Insel der Stürme
Arár
Nárdas
Tegaréssos
Golóni
Thárraxi
Minéa
See Xórostrai
Vulkan Scyéyan
Scyé
Saréxi
Die Trockenen Hügel
Tenéxi
Caláxi
Altéru
Gärten von Néhraja
Geristáni
Corredános
Defágos
Kílmini
Martáxi
Ebene von Fesos
Historische Lage von Anáxi
Mandóxi
Cuétos
Mrauréssi
See Jaru
Taláxi
Zwillingsstädte
Millássan
Millássu
Vreréssi
Ájeri
Noárta

HEIDE SOLVEIG GÖTTNER

Der Herr der Dunkelheit

HEIDE SOLVEIG GÖTTNER

Der Herr der Dunkelheit

Zweiter Roman der Trilogie
Die Insel der Stürme

Piper
München Zürich

www.heidesolveig-goettner.com

ISBN 978-3-492-75007-3

Vorsatzkarte: Erhard Ringer
Satz: C. Schaber Datentechnik, Wels
Druck und Bindung: Pustet, Regensburg
Printed in Germany

www.piper.de

Für I.
Und für C., *who showed me the lines*

Erster Teil

Staub schwebte in den Streifen aus Sonnenlicht, die in den Vorraum des Rundzelts fielen. Lichtpunkte leuchteten vor dem Halbdunkel auf und verglühten wieder wie sinkende Sterne. Stoffbahnen verhängten den Durchgang zum Innern des *kert*. Wächterinnen hatten beiderseits Stellung bezogen, im Hintergrund schimmerten Waffen und kostbare Geschirre.

Nesyn wartete regungslos inmitten des Vorraums. Schweiß juckte unter seinem ledernen Brustpanzer und prickelte zwischen den Hörnern, und er meinte noch immer, die wiegenden Schritte des Nouk unter sich zu spüren. Nach einem langen und beschwerlichen Ritt war er eben erst im Lager der Bahak eingetroffen und hatte sich sofort zum großen Rundzelt der Fürstin begeben. Und nun stand er hier – beladen mit einer düsteren Botschaft.

Die Augen der Wächterinnen ruhten auf ihm. Er roch die Hitze in ihren schwarzen Mähnen, das Öl, mit dem sie die dunklen Hörner poliert hatten. Die *nkemen* wanden sich in einer Spirale um das Gehörn; die nach außen gerichteten Klingen waren messerscharf geschliffen und endeten in Spitzen, die sowohl als Schmuck als auch als tödliche Waffe dienten. Die Wächterinnen hielten Speere vor sich, und jede trug einen runden Bronzeschild am Arm. Wie Nesyn gehörten auch sie zu den Bahak. Das Schwarze Volk, so wurden sie von den anderen Nraurn ehrfurchtsvoll genannt – die Mächtigsten unter den Gehörnten.

Nesyn starrte auf die Stoffbahnen, die den Hauptraum vom Vorzelt abtrennten. Die Säume waren mit Stickereien versehen, welche die Großtaten der Fürstin darstellten: die Demütigung der Arrak. Der Sieg über die Ehnek. Der lange Zug gegen die Oqun. Ein Nraurn-Volk nach dem anderen hatte Kajlyn-Gua mithilfe ihrer Feldherrin unterworfen. In vielen dieser Schlachten hatte Nesyn mitgekämpft. Als junger Krieger war er Zeuge geworden, wie sich die Anführerin der Ehnek vor Kajlyn-Gua in den Staub warf, während ihre Gefolgsleute noch in den angrenzenden Hügeln kämpften. Aus Scham über diese Niederlage hatte sich die fremde Kriegerin auf dem Schlachtfeld selbst getötet, und Kajlyn-Gua hatte keine Hand gehoben, um die verzweifelte Tat zu verhindern.

Erregung pochte durch Nesyns *Taú*. Kein Außenstehender betrat Kajlyn-Guas Zelt. Keinem Fremden und auch niemandem aus dem Volk war es gestattet, sich der Herrscherin der Bahak zu nähern. Nesyn erinnerte sich an so manche Gelegenheit, da er die Fürstin zu Gesicht bekommen hatte: nach einem siegreichen Kampf, in einer wogenden Masse von Leibern, die sich ihr zu Ehren hin- und herwiegten und zum dumpfen Klang der Trommeln stampften. Auch an hohen Festtagen zeigte Kajlyn-Gua sich den Gehörnten. Dann zeichnete sie die Besten unter den Kriegern aus oder huldigte Mequa-Te, der Ersten aller Königinnen, vor ihrem Schrein.

Hitze sammelte sich unter den schwarzen Zeltbahnen. Die Luft war angereichert mit Gerüchen: Leder und Noukschweiß, Kupfer und Rauch. Von draußen drang das Blöken der Herden herein, ab und zu erklang der Schrei eines hoch in der Luft kreisenden Koron. Nesyn vernahm die scharfen Befehle, die seine Krieger den Gefangenen zuschrien, und das gelegentliche Klirren von Waffen.

Das Volk der Bahak jedoch schwieg.

Es schwieg, und die Königin musste dieses Schweigen in ihrem Zelt vernehmen.

Plötzlich wurde der schwere Vorhang zurückgeschlagen, und Hnyn-Qe trat in den Vorraum. Das schmale, dunkle Gesicht der alten Dienerin war runzlig, das Gehörn abgestoßen. Narben auf Händen und Armen kündeten von der Zeit, da Hnyn-Qe jung und eine ungestüme Kriegerin gewesen war. Solange Nesyn zurückdenken konnte, diente sie der Fürstin in dem großen Rundzelt.

Hnyn-Qe musterte ihn von oben bis unten und kniff die Nüstern zusammen. Nesyn hatte sich nicht die Zeit genommen, den Schmutz des langen Ritts abzubürsten, bevor er das Zelt der Bahak-Fürstin aufsuchte. Seine Stiefel waren von gelbem Staub bedeckt, Staub saß in allen Falten seiner Gewänder. Er und seine Krieger waren in höchster Eile geritten. Sie hatten die Gefangenen bis zur Erschöpfung vorangetrieben, und nun war er hier, um der Herrscherin eine schlimme Nachricht zu überbringen. Die schlimmste aller Nachrichten: die Kunde vom Ende einer großen Zeit.

Bei diesem Gedanken spannte er unwillkürlich alle Muskeln an. Sofort stießen die Wächterinnen ein scharfes Prusten aus, eine unmissverständliche Warnung. Sie wölbten die Hälse und drohten mit dem bewehrten Gehörn in seine Richtung.

»Sie erwartet dich«, stieß Hnyn-Qe hervor. In ihrer Stimme schwang Ungläubigkeit. »Kajlyn-Gua lässt dich vor.«

Nesyn ließ die Fürstin keinen Augenblick lang warten. Er senkte den Kopf, um das zurückgeschlagene Tuch über dem Eingang nicht mit den Hörnern zu streifen, und betrat den Innenraum des großen Zelts.

Hier fiel kein Tageslicht herein; die Dachklappe war geschlossen. Ringsum auf Schemeln brannten Dutzende von Bronzelampen. Von den Dochten stieg öliger Ruß auf; die Luft war stickig. Die Flammen beleuchteten das Gestänge, das die Stoffbahnen des Zelts trug. Sie spiegelten sich auf unzähligen Kostbarkeiten wider, die Jahre der Herrschaft angesammelt hatten: Waffen, viele alte Waffen; Zierrat, der von den Menschen stammte; Kessel, Kelche und Kupfergeschirr. Auf einem Tischchen neben dem Lager lag ein Spiel. Messingfiguren waren auf dem Brett aufgebaut, als träte die Fürstin der Bahak an den langen Abenden gegen sich selbst an.

Nesyns Blick streifte die Schätze nur. Am Rande seines Gesichtsfeldes nahm er sie als Schimmer wahr, doch er bewunderte sie nicht offen, obwohl ihn danach verlangte. Sein *Taú*, seine ganze Aufmerksamkeit waren auf die ausladende Bettstatt gerichtet, die sich in der Mitte des Zelts befand, ein üppiges Lager aus schwarzem Tuch und edlen Polstern.

Dort ruhte Kajlyn-Gua, die Königin der Bahak.

Lang ausgestreckt lag sie da, eine große Kriegerin, in Leder gekleidet. Ihre Hörner glänzten im Schein der Lampen. Zu Spiralen gedreht, schwangen sie in einem Bogen nach hinten; die Spitzen streiften das Lager. Die Arme der Nraurin waren mit Kupferschmuck umwunden, die Spangen schützten sie wie für den Kampf, und aus gelben Augen starrte sie ihn reglos an.

Hastig griff Nesyn nach den Hörnern und zog den Kopf nach unten. Er verharrte in dieser Haltung. Seit Mequa-Te, der Königin der Ersten Tage, war dies die Ehrbezeugung einer Fürstin gegenüber. Mit der Verbeugung bot er sich ihr als Gefolgsmann an.

Von Kajlyn-Gua kam kein Laut.

Nesyn stand da und rührte sich nicht, für eine lange Zeit. Der kunstvoll geflochtene Bart hing ihm weit auf den Lederpanzer hinab, die dichte, schwarze Mähne hatte er über die Schulter zurückgeschlagen. Er gestattete sich keine Regung und lauschte auf die Herrscherin, auf ihr flackerndes *Taú*, mit dem sie sein innerstes Wesen abtastete, unstet und unberechenbar.

»Nesyn«, sang Kajlyn-Gua plötzlich weich, »Nesyn, was bringst du mir?«

Ein Schauer rann ihm über den Nacken, als er diese totgeglaubte Tonlage hörte, dieses bedrohlich sanfte Wispern. Sie wusste es längst. Seine Botschaft war ihm vorausgeeilt, hatte sich verteilt und vervielfältigt und kam nun als unheilvolles Echo zu ihm zurück.

»Sie ist tot«, stieß er hervor. »Quinda-Na, deine treue Vasallin, Feldherrin deiner Heere. Sie ist gefallen.«

Kajlyn-Guas *Taú* sandte Funken aus, die sengend sein Innerstes berührten. Seit Vyseks Tod war Nesyn an der Seite der Feldherrin geritten und hatte ihr ergeben gedient – eine Ehre, die ihm in sehr jungen Jahren zuteil geworden war. Menschliche Städte hatten hinter ihnen gebrannt, die Türme des Kahlen Volks waren gefallen, und die Nraurn des Südens hatten bei ihrer Ankunft gezittert. Quinda-Na war ausgezogen, die Letzten zu unterwerfen, die sich Kajlyn-Guas Herrschaft nicht beugten. Doch die Mnek, jenes wankelmütige Volk, das auf den Vorhügeln des Altéru lebte, hatten Widerstand geleistet. An seinem selbstsüchtigen Zögern war der Triumph zerbrochen, der schon greifbar nahe gewesen war, und statt Kajlyn-Gua den Sieg zu Füßen zu legen, wie es Quinda-Nas erklärtes Ziel gewesen war, wurde die Rückkehr der Feldherrin zu einem Augenblick bitterster Schande.

Die Stoffbahnen des Lagers raschelten. Nesyn hörte das glatte Geräusch von Leder und das Klimpern von Schmuck. Es war heiß in dem Zelt, die Aromen der Öle verwirrten ihm die Sinne.

»Meine Feldherrin ist tot?«, erkundigte die Königin der Bahak sich endlich. »Und du bringst mir ihre Leiche? Ist es so, Nesyn?«

»Kajlyn-Gua«, hauchte er. Er fühlte den Zug der eigenen Hände an den Hörnern, der sich auf die Knochenplatte der Stirn übertrug. Er spürte ihr *Taú* wie das weiße Herz in der Glut.

»Wo ist das Eine Kind?«, fragte Kajlyn-Gua unvermittelt. »Das Mädchen, nach dem ich meine Feldherrin ausgesandt hatte? Bringst du mir wenigstens die kleine Geisel?«

»Die Menschen sind mit dem Kind geflohen«, antwortete Nesyn der Wahrheit entsprechend. Er hielt den Atem an und erwartete den Zorn der Fürstin. Doch es blieb still, und in diesem unvermuteten Schweigen blickte er auf. Die Königin der Bahak lehnte sich auf einen Ellbogen, die Beine ausgestreckt, die Augen im Halbdunkel des Zelts geweitet. Hauchdünne Bronzefäden durchflochten ihre Mähne.

»Menschen«, stieß sie hervor und mahlte mit dem Kiefer. »Ich höre immer wieder ›Menschen‹. Seit wann, Nesyn, sind Menschen uns ein Hindernis?«

Er verneigte sich erneut, streifte sein Gehörn diesmal nur. »Ein Krieger aus dem Süden und eine *Laîren*«, berichtete er. »Und der Schütze aus Tegaréssos, der es wagte, das Eine Kind aus Quinda-Nas Händen zu befreien. Der Nárdas hat sie mit sich fortgespült. Wir ritten das ganze Ufer ab, doch wir konnten nirgendwo eine Spur der Kahlen entdecken. Wenn sie nicht im Norden an Land gekommen sind, sind sie im Fluss ertrunken.«

Kajlyn-Gua lachte, ein leiser, bedrohlicher Klang.

»Das wäre allerdings bedauerlich«, murmelte sie. Mit einer schwungvollen Bewegung erhob sie sich von ihrem Lager. Als sie dicht vor ihm stand, stellte Nesyn überrascht fest, dass sie größer war als er, der unter den Kriegern zu den Hochgewachsenen zählte. Er spürte die Spannung, die von ihr ausging, das Bewusstsein ihrer Macht – einer weitaus größeren Macht, als er sie je bei Quinda-Na wahrgenommen hatte – und die Feldherrin *war* überaus mächtig gewesen. Kajlyn-Gua umgab jedoch etwas anderes: die Ausstrahlung eines unbeugsamen Willens, als wäre sie nie zu etwas anderem erschaffen worden als zur Herrschaft über das Gehörnte Volk.

»Berichte«, forderte sie ihn auf. »Erkläre mir, wie sich die Flucht der Menschen zugetragen hat und wie es zum Tod meiner Feldherrin kam! Und lass nichts aus, Nesyn! Ich habe ein gutes Gedächtnis, besonders für Aussagen, die aus seltsamen Gründen der Wahrheit widersprechen.«

Das ließ Nesyn sich nicht zweimal sagen. Er hielt seinen Bericht so knapp wie möglich und beobachtete, wie sich die Miene der Nraurin verdüsterte. Er unterrichtete sie von den Widerständen, auf die Quinda-Na gestoßen war, vom Trotz, den Menschen und südliche Nraurn der Feldherrin entgegengebracht hatten. Als er geendet hatte, wollte er sich erneut verneigen, doch Kajlyn-Gua wartete seine Ehrbezeugung nicht ab. Sie winkte ihn zur Seite, betrat den Vorraum und wechselte einige Worte mit ihrer Wache. Dann verließ sie das Zelt mit langen Schritten. Die Wächterinnen und die alte Dienerin folgten der Fürstin augenblicklich, und Nesyn schloss sich den Kriegerinnen an.

Grelles Licht blendete ihn, als er vor das Zelt trat; er blinzelte. Die Sonne stand hoch am Himmel, und der Vulkan, der sich im Hintergrund des Lagers erhob, warf nur einen schmalen Schatten. Der Berg hieß Scyéyan. Sein Ausbruch hatte vor langer Zeit das Land zerrissen und die Insel in zwei Teile gesprengt. Der Name entstammte weder der Sprache des Gehörnten Volks noch der hässlich gelispelten Redeweise der Menschen. Das Wort gehörte zur Alten Sprache und bedeutete der »Erhabene«, der »Ehrwürdige« – so als throne der mächtige Kegel wie ein Fürst über der Insel. Vom Gipfel wehte dünner Rauch zum makellosen Himmel empor. Der Krater verbreiterte sich zu Flanken, deren Farbton sich deutlich von dem umliegenden Hügelland abhob. Auf den Hängen am Fuß des »Erhabenen« breitete sich das Lager der Nraurn aus – das größte Lager, das Nesyn je gesehen hatte.

Zelt reihte sich an Zelt, so weit das Auge reichte. Die runden Behausungen der Bahak standen neben den schlichteren Unterkünften anderer Stämme, und über den vielen rauchlosen Feuern flimmerte die Luft. Ringsum auf den Hängen grasten Nouk, die großen, gehörnten Reittiere der Krieger. So viele waren es, dass ihre Herden wie Schatten ziehender Wolken wirkten. Ebenso groß war die Zahl ihrer Reiter, die sich schweigend auf dem Platz um Kajlyn-Guas Zelt eingefunden hatten. Nesyn sah Kerrek aus dem Süden und Arrak, die ihre Mähnen kurz und buschig trugen. Ehnek und Gemnen trugen glänzende Waffen, und daneben standen die zierlicheren Oqun mit hellen, gestreiften Gesichtern.

Sämtliche Völker waren zusammengekommen, aus allen Winkeln der Trockenen Hügel, beinahe wie zur Zeit der Pilgerströme des Frühjahrs, wenn die Gehörnten in die Bemalte Schlucht zogen, um der Gründerin des Ziegenvolks zu huldigen und den Wächter der Schlucht nach den Vorzeichen für das anbrechende Jahr zu befragen. Nesyn erinnerte sich daran, wie sein Vater ihn aus dem Sattel hochgehoben hatte, damit er die Felsbilder betrachten konnte, welche die legendären Herrscherinnen der Gehörnten zeigten. Obwohl er damals noch klein gewesen war, gehörte dieser Tag zu seinen schönsten Erinnerungen.

Jetzt stand der Sommer bereits im letzten Drittel, und es war eine lebende Königin, um die sich die Völker der Gehörnten versammelten. Die Bahak waren am zahlreichsten vertreten, das Schwarze Volk – große Nraurn mit unverzweigtem Gehörn und dunklen Mähnen. Ein Ruck der Überraschung lief durch die Reihen, als die Königin das Zelt verließ und mitten unter ihre Gefolgsleute trat. Glühende Verehrung stand in den Augen vieler Kriegerinnen und Krieger; Nesyn spürte die wilden Empfindungen in ihren *Taú*. Die Bahak bildeten einen Ring um die Mitte des Platzes. Dort, zwischen drohenden Waffen, kauerten die Mnek im Staub, besiegt und stumm vor Erschöpfung. Die rötlichen Mähnen waren verkrustet von Staub und Blut. Als sie begriffen, wer sich ihnen näherte, erhoben sich manche mit furchtsamen Rufen auf die Knie, doch die Schläge der Wächter brachten sie rasch wieder zum Schweigen – das letzte Volk, das sich Kajlyn-Guas Herrschaft widersetzt hatte.

Vor den Gefangenen standen zwei eng aneinandergeschirrte Nouk. Zwischen den Sätteln war eine Decke ausgespannt, und darauf trugen die Tiere ein Bündel, das in Nesyns Mantel gehüllt war – eine bittere Last. Neben Quinda-Nas Leichnam lag der Speer, der ihr die tödliche Wunde zugefügt hatte.

»Ah!«, stieß Kajlyn-Gua hervor, ein weicher Klagelaut. Hnyn-Qe eilte an ihre Seite, als die Königin beide Fäuste in den Mantelstoff grub.

»Sie erkennt mich nicht!«, rief Kajlyn-Gua aus. »Meine Feldherrin blickt mich nicht mehr an!«

Das Gesicht der alten Dienerin verzog sich vor Schmerz. Hnyn-Qe war die Amme der beiden Anführerinnen gewesen;

Kajlyn-Gua und ihre vornehmste Kriegerin waren Schwestern. Nicht eine Königin kannte das Schwarze Volk, sondern zwei – die eine Herrscherin befahl, und die andere führte die Befehle aus. Zu Lebzeiten war Quinda-Na der waffenschwere Arm der Fürstin gewesen, und Kajlyn-Gua war das Wort und der Wille der Bahak. Nun war ihre Gemeinschaft unwiderruflich beendet.

Kajlyn-Gua schwang die Hörner hin und her, ihre Augen schlossen sich. Die Mnek lagen im Staub und rührten sich nicht. Sie wagten nicht einmal zu atmen, während die Fürstin der Bahak um ihre Feldherrin trauerte. Eine tiefe Stille lag über dem Platz, in der Kajlyn-Guas Klage umso lauter zu hören war.

Plötzlich veränderte sich der Ausdruck in ihrem *Taú*. Die Fürstin fuhr zu den versammelten Nraurn herum.

»Wer hat das getan?«, zischte sie. »Wer hat es gewagt, sie zu ermorden? Sie, die von meinem Blut war?«

Sofort kam Bewegung in die Gruppe der Kriegerinnen und Krieger, die mit Quinda-Na geritten waren, sie drängten heran. »Ein Speerkämpfer aus dem Süden«, stieß Syne-Ne hervor, und andere ergänzten: »Gorun von Caláxi lautet sein Name – er brüstete sich vor der Feldherrin mit seiner Abstammung.«

»Gorun aus der Stadt Caláxi«, wiederholte Kajlyn-Gua, und mit jedem weiteren Wort schwoll ihre Stimme drohend an. »Mein Volk wird sich den Namen dieses Mannes merken müssen – doch nur für eine gewisse Zeit. Denn wenn meine Feldherrin gerächt ist, wird sich niemand mehr daran erinnern, dass es auf der Insel der Stürme jemals Menschen gab!«

Ein Raunen erhob sich auf dem Platz zwischen den Zelten, als das glimmende *Taú* der Bahak-Königin über die Versammelten hinwegstrich. Manche Krieger schwenkten die Waffen und stießen raue Rufe aus, zum Zeichen ihrer Bereitschaft, den Befehl der Herrscherin auszuführen.

Kajlyn-Gua hob die Hand und verlangte Ruhe. Die Klingen

an ihren Hörnern blinkten, als sie die Stirnplatte in Richtung der Mnek senkte. Ihre Augen verengten sich zu Schlitzen.

»Wie ich erfuhr, hat eure erbärmliche Schar meiner Feldherrin Widerstand geleistet«, raunte sie.

Die Mnek duckten sich furchtsam. Manche starrten in vollkommener Erschöpfung vor sich hin. »Vergebung«, baten einige und krochen auf den Knien an die Fürstin heran. Ein Nraur mit ergrautem Bart und Mähne streckte flehend die Hände aus.

»Kajlyn-Gua ...«, begann er, doch die Wächter drohten ihm mit den Schäften ihrer Speere. Die Bahak-Fürstin beachtete den alten Krieger nicht.

»Ihr hieltet das Eine Kind in eurem Lager gefangen, aber ihr habt es meiner Heerführerin verweigert. Ihr habt die Übergabe so lange verzögert, bis Quinda-Na im Kampf um das Mädchen starb – auf *eurem* Boden. So lauten die Berichte, die mir zugetragen wurden.«

Mit einem Nicken des Gehörns wies sie auf Nesyn. Er atmete in kurzen, erregten Zügen, denn er spürte, welches Verlangen sich im *Taú* der Bahak-Königin regte – Rachsucht und rasender Zorn.

»Ich sollte euch alle vernichten«, stieß Kajlyn-Gua hervor. »Auf der Stelle sollte ich euer ganzes verräterisches Volk auslöschen, so wie ihr hier vor mir liegt, und den Namen der Mnek aus der Erinnerung der Gehörnten tilgen!«

Angstvolle Rufe wurden laut, als sie diese Drohung ausstieß. Eine Mnek-Frau zog ihre beiden Söhne dichter zu sich heran und breitete die Arme schützend über die Kinder. Die Nraurin senkte hastig den Blick, als Kajlyn-Gua ihre Bewegung gewahrte und sie ansah. Der alte Krieger starrte die Königin an und vergaß die Ehrbezeugung, die er ihr schuldete – die einzige Geste, mit der er vielleicht ihre Gnade hätte erflehen können.

Kajlyn-Gua trat näher zu den kauernden Mnek, die Leibwache im vollendeten Gleichklang hinter ihr. Ihr Blick glitt über die Gefangenen.

»Es heißt, ihr seid mit dem Süden wohlvertraut. Euer Wissen wird mir von Nutzen sein. Deshalb gebe ich euch eine letzte Gelegenheit, euer elendes Dasein vor mir zu rechtfertigen und meine Vergebung zu erflehen. Ihr werdet euch meinem Willen unterwerfen – ohne jede Bedingung und ohne ein einziges Recht auf eurer Seite, denn das habt ihr mit dem Tod meiner Feldherrin verwirkt. Ihr werdet mit mir in den letzten Krieg gegen die Menschen ziehen. Mein Blut und mein Atem sollt ihr sein und mir jeden Willen tun, als wäre es euer eigenes *Taú*, das von euch fordert, was ich verlange!«

Die Mnek fuhren zusammen, als sie die Worte des Treueschwurs hörten. Der Eid band ein Volk an seine Herrscherin. Der alte Nraur besann sich als Erster. Auf den Knien liegend sank er nach vorn und presste das Gehörn in den Sand.

»*Nraur-a-Khae!*«, stieß er hervor.

Nesyn reckte sich voller Überraschung. Der ehrenvolle Name galt der Herrscherin über alle Nraurn. In der langen Geschichte der Gehörnten hatte er nur wenigen Fürstinnen zugestanden, allen voran Mequa-Te, der Gründerin des Ziegenvolks.

Doch einer nach dem anderen taten es die Mnek dem alten Nraur nach. Selbst die Kleinsten, deren Hörner erst halblang und stumpf waren, unterwarfen sich der Bahak-Fürstin im Staub des Platzes. Die anderen Kriegerinnen und Krieger stimmten in das Lobpreisen ein. Die Arrak und die Gemnen griffen den Ruf auf, die Oqun stießen ein schrilles Trillern aus, und zuletzt fielen auch die Bahak ein, denn ihrer Königin galt der Ehrenname nun. Die Stimmen der Gehörnten schwollen zu einem einzigen gellenden Schrei.

»*Nraur-a-Khae!*«

Reglos blickte Kajlyn-Gua über die Menge hinweg, die sich vor ihr verneigte.

»Nesyn«, sagte sie weich. »Siehst du, wie sie mich und meine tote Heerführerin verehren? Wirst du mir ebenso treu ergeben sein?«

»*Nraur-a-Khae*«, flüsterte er und berührte seine Hörner

ein drittes Mal. Er wollte ebenfalls das Knie vor ihr beugen und Kajlyn-Guas unerhörter Größe Verehrung erweisen – der einzigen Königin des Gehörnten Volks von nun an, der größten Herrscherin seit den Ersten Tagen.

Mit einer Handbewegung hielt Kajlyn-Gua ihn zurück. Sie legte den Kopf in den Nacken; die Bronzefäden in ihrer Mähne glühten im Sonnenlicht.

»Bis zu ihrem Tod rittest du an der Seite meiner Feldherrin. Du wusstest über ihre Pläne Bescheid und warst bei allen Verhandlungen dabei. So geh denn, Nesyn, und führe ihr Vorhaben aus. Reite in den Norden und bringe zu Ende, was meine Heerführerin begonnen hat. Falls du bei dieser Gelegenheit auf die Mörder der Feldherrin triffst – schaff sie her! Schaff sie her und bring sie lebend, damit die Menschen die Rache der Gehörnten fühlen.«

Schweigend nahm Nesyn die Order entgegen.

»Vor allen Dingen aber müssen wir das Eine Kind wieder in die Hand bekommen«, fuhr Kajlyn-Gua fort. »Das Windkind, das Sternkind, das Kind aus Feuer, von dem die Prophezeiung sprach. Die Menschen dürfen es unter keinen Umständen in ihrem Gewahrsam behalten. Die Kahlen dürfen nicht einmal herausfinden, was es mit dem Mädchen auf sich hat. Merk dir meine Worte gut, Nesyn: Das Schicksal der Insel hängt von diesem Mädchen ab.«

1

Der Wind wehte in kalten Stößen vom Meer heran. Weit unten am Fuß der Klippen brach sich die Gischt, die Grasbüschel flatterten in den Böen. Große weiße Vögel ließen sich hoch in den Himmel hinauftragen und stießen heisere Schreie aus.

Seit dem Morgen eilten Gorun und seine Begleiter an der Steilküste entlang. Aufmerksam musterte der Reiter die Umgebung. Die Landschaft schien ihm bedrückend fremd, alle Farben wirkten blass: Sand und Kalkstein, Ried und Schaumkronen auf den Wellen. Die Weggefährten achteten sorgfältig darauf, dass sich stets ein festes Hindernis zwischen ihrer Gruppe und dem Inland der Insel befand: Felsen, Bäume oder Dünen. Jede Erhebung war Gorun recht – solange die Deckung so beschaffen war, dass Pfeile sie nicht zu durchschlagen vermochten.

Sie befanden sich auf der Flucht. Seit Tagen liefen sie vor Nret und den Bogenschützen aus Thárraxi davon. Die Gegner blieben ihnen dicht auf den Fersen, und wenn Gorun das Gefühl im *Taú* nicht täuschte, so holten die Verfolger sogar Schritt für Schritt auf. Unter anderen Umständen wäre er stehen geblieben und hätte das Herannahen der Feinde abgewartet, denn er hätte liebend gern herausgefunden, wie Nret mit einer offenen Herausforderung umging – aber er war nicht allein.

Die Flüchtlingsgruppe bestand aus drei Erwachsenen und einem kleinen Mädchen. Amra, die *Laîren* von Caláxi, schritt stets in Goruns Nähe. Die Röcke flatterten der jungen Frau um die Beine; der Zopf fiel ihr weit auf den Rücken hinab. In dem schlichten Kleid, das man ihr in Thárraxi überlassen hatte, sah sie schlanker aus als sonst. Sie *war* schlanker; sie alle hatten an Gewicht verloren. Der Weg, der sie in diesen kargen Landstrich geführt hatte, hatte Kräfte verzehrt, und ihnen war kaum Gelegenheit vergönnt gewesen, sich von den Entbehrungen zu erholen. Aber es hatte keinen Zweck, länger auf ein Einsehen der Stadt Thárraxi zu warten.

Amra blickte besorgt umher. Ihr *Taú* war dazu ausgebildet, jede fremde Gegenwart wahrzunehmen – und ihre Fähigkeit bezog sich keineswegs nur auf lebende Wesen. Sie wusste sicherlich, wie nah die Verfolger waren – so nah, dass es ratsam erschien, den Kopf einzuziehen und zwischen Klippen und Sanddünen unsichtbar zu bleiben. Obwohl Jemren mit den sandigen, halbverwehten Pfaden in diesem Land offenkundig bestens vertraut war, war es dem Schützen nicht gelungen, Nret und ihre Brut abzuschütteln.

»Bleib dicht neben mir!«, rief Gorun Amra zu – und sie lachte darüber, dass er sich besorgt zeigte: Der Erste Reiter von Caláxi bangte um die *Laîren*, die in der Stadt den niedrigsten Dienst versah.

»Amra«, mahnte er ernst, wollte nicht zugeben, was ihn im *Taú* bewegte.

Er hatte sie vermisst. Als die Nraurn sie in ihre Gewalt brachten, war ihm so elend zumute gewesen wie nie zuvor. Nicht einmal Milans Tod, das schreckliche Ende seines Bruders, hatte ihn so schmerzlich berührt wie jener Augenblick, als er die *Laîren* seiner Stadt mit Sicherheit verloren geglaubt hatte. So erklärte er sich den Wunsch, nach ihrer Hand zu greifen und sie so dicht wie möglich in seiner Nähe zu halten: Er wollte sie in den staubigen Böen nicht wieder aus den Augen verlieren. Die Bräuche des Südens verboten allerdings jede Berührung zwischen Speerkrieger und Totenpriesterin, und so passte er lediglich seine Schritte den ihren an.

Und dann war da noch Lillia.

Gorun betrachtete das kleine Mädchen, das an der Seite des Bogenschützen schritt. Sie hielt Jemren an der Hand gefasst und bemühte sich tapfer, mit den Schritten der Erwachsenen mitzuhalten. Ab und zu flüsterte sie ihrem Begleiter etwas zu und lenkte seine Aufmerksamkeit auf das Meer, den Himmel oder die karge Landschaft. Plötzlich – als habe sie Goruns Blick gespürt – drehte sie den Kopf und starrte ihn an. Ihre Stirn lag in Falten, als sei er noch immer Grund für Kummer und Sorgen.

Unbehagen durchströmte sein *Taú*. Lillias Augen schimmerten türkisfarben wie der Himmel nach Sonnenuntergang. Ihr Gesicht war zart und weiß und von dunklen Locken umrahmt; Silbersträhnen zogen sich durch das Haar. Nichts deutete darauf hin, dass sie die Gabe besaß, Fluten und Feuer heraufzubeschwören. Aber bei Lillia handelte es sich nur dem äußeren Anschein nach um ein kleines Mädchen. In Wahrheit war sie das Kind aus der Prophezeiung von Anáxi – das Verlorene Kind.

Gorun streifte mit den Fingern flüchtig über das Figürchen des Gottes Nemnos, die er neben seinem Klanzeichen um den Hals trug. Vor diesem Mädchen warnte die Weissagung aus der Stolzen Stadt, und in seiner Heimat nahm man die Mahnungen überaus ernst. Der Süden hütete sich vor Kindern mit dieser Augenfarbe, denn wegen eines Mädchens von Lillias Art waren einst die Langen Kriege entbrannt und die Feindschaft zwischen dem Norden und dem südlichen Teil der Insel entstanden. Anáxi – die Stolze Stadt, die erste Stadt der Menschen – war im Zuge dieser Auseinandersetzung untergegangen. Das Ereignis hatte sich viele Jahre vor Goruns Geburt zugetragen; bis in seine Tage kündeten Ruinen von der großen Vergangenheit des Südens. In Anáxi war die Prophezeiung damals verkündet worden.

Niemals wäre Gorun auf den Gedanken gekommen, die Überlieferung könnte ihn auf irgendeine Weise betreffen. Aber dann war im Frühjahr das Verlorene Kind erschienen, inmitten seiner Stadt, inmitten seines Lebens, und hatte ihn aus allem Gewohnten und Liebgewonnenen herausgerissen. Seit Jemren sie aus den Händen der Nraurn befreit hatte, lenkte Lillia jeden Schritt des Bogenschützen; sie bestimmte sein Handeln und Denken. Und so war es ausschließlich diesem Kind zu verdanken, dass sie sich alle hier an dieser windigen Küste aufhielten – im Norden.

Gorun hatte sich nie gewünscht, diesen Teil der Insel zu bereisen. Nie hatte er auch nur einen Gedanken daran verschwendet, wie die Gegenden jenseits des Scyé wohl aussehen mochten, denn es schien ausgeschlossen, dass er dieses Gebiet je zu Gesicht bekam: Der Norden war das Land seiner Feinde.

»Wie weit ist der Weg bis Tegaréssos denn noch?«, fragte er den Bogenschützen – ihren Führer in einem Netz kaum sichtbarer Fußpfade. »Allmählich wird es Zeit, dass wir deine Stadt erreichen. So wie es aussieht, braut sich dort draußen ein Sturm zusammen.«

Er deutete über die Klippen hinaus, wo Himmel und Wasser im Dunst miteinander verschmolzen. Der Tag war so trüb, dass er kaum drei Speerlängen auf das Meer hinaus sah. Tief unter ihm brachen sich die Wogen donnernd an den Felsen und verströmten einen fremden Duft. Sanddünen zogen sich bis weit ins Landesinnere, und trotz der Nähe des Meers knisterte die Luft und war so trocken, dass sie in den Augen brannte.

Wie Gorun nicht anders erwartet hatte, gab Jemren ihm keine Antwort. Der Bogenschütze aus Tegaréssos war ein verschlossener, eigensinniger Mann. Wie gewohnt gab sein *Taú* herzlich wenig über seine Empfindungen preis; nur eine zähe, ruhige Entschlossenheit war zu spüren, die ihn alle bisherige Unbill hatte überstehen lassen.

Sie waren keine Freunde, der Bogenschütze und er – ein Speerkämpfer des Südens und der Erste Reiter seiner Stadt. Während der Langen Kriege hatten Krieger wie sie die erbitterten Auseinandersetzungen ausgetragen und jene unversöhnliche Feindschaft geschaffen, welche die Insel seit Generationen spaltete – bis in ihre Zeit hinein. Die blanke Not hatte sie zusammengezwungen, die widersinnigen Launen der Götter, die sie in dieses raue Land geführt hatten.

»Was will Nret von dir? Weshalb verfolgt sie uns?«, hakte

Gorun nach. Die feindselige Haltung von Thárraxi war ihm unbegreiflich – schließlich handelte es sich bei den Türmen am Nárdas und bei Jemrens Heimatstadt um Nachbarn.

Der Schütze hob die Hand vor Goruns Augen – eine Geste der Selbstverletzung. An den Fingern schimmerte Silber. »Hast du bemerkt, dass Nret die Ringe trägt – eine Klankönigin?«, fragte er zurück. Er meinte die Schützenringe, die er selbst an zwei Fingern einer Hand trug. Sie waren das Zeichen der nördlichen Bogenschützen. Gorun hatte den Sinn und Zweck dieses Schmucks mehrfach erlebt: Durch die Kerbe in der Mitte jedes Rings wurde die Bogensehne gespannt, während das Innerste eines Schützen auf den Gegner gerichtet war. Ausgerechnet mit dem *Taú*, mit dem Wesenskern alles Lebendigen, suchte und fand ein Schütze aus dem Norden sein Ziel. Bei diesem Gedanken stieg Abscheu in Gorun auf.

»Blindschützen folgen uns? Die Klankönigin und ihre Begleiter verfügen über dieselbe Fertigkeit, wie *du* sie besitzt?«, fragte er.

Jemren sog hörbar den Atem ein. »Blindschützen – wenn du unbedingt auf dem Wort bestehst«, entgegnete er.

»Aber warum lässt Nret dich nicht einfach ziehen? Bist du in deinem eigenen Land nicht frei?«, erkundigte Amra sich.

»Thárraxi vertraut mir nicht«, antwortete Jemren. Er zuckte die Achseln, als er Amras Befremden bemerkte. »Keine Stadt des Nordens wird mir vertrauen, sobald man meine Geschichte hört und erfährt, dass ich im Süden war – in eurem Land. Während der Langen Kriege kehrte nur selten ein Schütze zurück, der in die Hand des Feindes gefallen war. Mit diesen Unglücklichen war zuvor etwas Schreckliches geschehen. Im Süden hatte man in ihren Schützensinn eingegriffen und ihn verändert – in das *Taú*, wie du es nennst. Sie kehrten als Verräter in ihre Städte zurück und wussten es nicht. Doch allmählich breitete sich der Wahnsinn wie ein schleichendes Gift in ihnen aus. Schließlich kam der Tag, an dem sie Freund und Feind nicht mehr unterscheiden konnten und wahllos jeden töteten, der in ihre Nähe kam – mitten in ihren Städten.«

Zum ersten Mal vernahm Gorun, dass es auch im Norden eine Bezeichnung für das *Taú* gab und eine überaus passende dazu – Schützensinn. Im *Taú* verbanden sich Gefühl und Verstand zur Einheit; das *Taú* machte einen Menschen aus, sagte man im Süden. Eine solche Gabe zum Töten zu missbrauchen – allein bei der Vorstellung graute ihm. Und doch hatte er gesehen, zu welcher Treffsicherheit der Schützensinn Jemren befähigte.

»Antiles' Gier«, bemerkte Amra kühl. »Du sprichst vom unstillbaren Verlangen des Schwarzen Gottes. Es erfasst jeden, der sich unbedacht in die Nähe des Todes wagt. Ich habe dich mehrfach davor gewarnt, Jemren. Im Süden wird große Sorgfalt darauf verwendet, sich dem Herrn der Dunkelheit nicht einmal zufällig zuzuwenden. Doch ihr, die Blindschützen, bietet ihm eure *Taú* geradezu an. Es ist nicht recht, wenn du nun uns beschuldigst, wir seien verantwortlich für alles Unheil, das eure Schützen während der Langen Kriege befiel. Der Wahnsinn entsteht allein durch die Art und Weise, wie ihr das *Taú* im Kampf benutzt.«

»Du könntest eine solche Veränderung des Schützensinns bewirken«, erwiderte Jemren gelassen und verriet mit diesen Worten, wie er Amras Fähigkeiten einschätzte. Die junge Frau war nicht nur eine Heilkundige und Kräuterweise; sie war *Laîren* – die Priesterin des Totengottes. Ihr oblag es, den Verstorbenen die letzte Ehre zu erweisen und das *Taú* bis zur Grenze des Entfernten Landes zu begleiten. Für jeden Bewohner der diesseitigen Welt war sie jedoch unberührbar. Jetzt wirkte sie entrüstet.

»Wenn du entschlossen wärst, deine Gabe einzusetzen, um einen Schützensinn zu verderben – ein Mann könnte wenig dagegen unternehmen«, beharrte Jemren.

Es kam nicht oft vor, dass die beiden sich stritten. Amra und Jemren hatten längst ein Auskommen gefunden, doch nun hörte Gorun, dass es auch zwischen ihnen einen wunden Punkt gab. Mit einer empörten Geste wies Amra das Ansinnen des Schützen von sich und ließ die Hand sinken. Vielleicht fiel ihr soeben ein, dass sie Jemren einmal auf eben diese Weise erforscht hatte, auf Goruns Veranlassung hin. Als der Schütze im Süden ihr Gefangener gewesen war, hatte er so beharrlich geschwiegen, dass Gorun schließlich die *Laîren* seiner Stadt rufen ließ. Amra erfasste mit ihrem ausgeprägten Sinn Einzelheiten, die anderen Menschen verborgen blieben. Offenbar war dem Schützen nicht entgangen, dass sie ihn aushorchte.

Mittlerweile wusste Gorun, dass Jemrens eigenartige Zurückhaltung mit dem Blindschießen zu tun hatte. Sich mitten im Kampf der Gier des Totengottes zu öffnen, ohne *sofort* den Verstand zu verlieren – das bedurfte ganz sicher einer besonderen Widerstandskraft im *Taú*. Jemren hätte solchen Überlegungen natürlich entschieden widersprochen, denn im Norden hielt man die Götter schlicht für Erscheinungen südlicher Einbildungskraft.

»Nret weiß, wohin wir uns wenden«, meinte Gorun jetzt. »Sie kann sich doch wohl denken, dass du deine Stadt aufsuchen willst.«

Jemren schüttelte den Kopf. »Würde Nret ahnen, welchen Weg ich einschlage, hätte sie uns längst eingeholt«, erwiderte er. »Die Pfade hier gehören zu Tegaréssos. Nicht ihr Gebiet.«

»Aber deines«, mutmaßte Gorun.

Jemren musterte ihn. Der Wind zupfte an seinem Kragen, die Böen bliesen ihm dunkle Haarsträhnen in die Stirn. Der Bogen, mit schlichten Verzierungen versehen, glänzte über seiner Schulter. Die Sehne war nicht eingehakt, das geölte Holz entspannt. Das kleine Mädchen blickte zwischen ihnen hin und her, als hätte es in allen Unterredungen ein gewichtiges Wort mitzureden. Und manchmal mischte Lillia sich tatsächlich in das Gespräch der Erwachsenen ein und tat ungefragt ihre merkwürdigen Ansichten kund.

»Jede Stadt im Norden ist für den Schutz ihres Umlands

verantwortlich. Dieses Gebiet hier ... meines, ja«, gab Jemren schließlich zu.

Gorun betrachtete das Land ringsum, die sandigen Anhöhen, die Klippen, die windzerzausten Grasbüschel, zwischen denen sich sandige Pfade verloren. Die kargen Böden des Nordens waren sogar im Süden sprichwörtlich, aber was er hier erblickte, übertraf sämtliche Vorstellungen. Ein Landstrich, in dem Menschen nicht willkommen waren: So nannte das »Lied der Insel« die Gegenden jenseits des Scyé. Vermutlich aus diesem Grund war der nördliche Teil der Insel so lange unbesiedelt geblieben – bis zum Ende der Langen Kriege, als die Abtrünnigen eine neue Heimat gesucht hatten. Viele der Wege führten in die Irre, in eine Sackgasse zwischen steil abfallenden Felsen. Jemren hatte ihn mehrfach davor gewarnt, bedenkenlos einem solchen Weg zu folgen. Die Pfade lockten einen Unkundigen im Kreis herum oder so dicht an den Abgrund, dass er unweigerlich abrutschen und in die Tiefe stürzen musste.

Welch ein Irrsinn, dachte Gorun. Welch ein Irrsinn in einem Land, das derart unter den Nraurn zu leiden hat. Die Türme hier hielten es nicht für nötig, Abkommen zu treffen und sich durch Bündnisse zu stärken, wie es die Städte im Süden seit jeher taten. Der starrsinnige Norden.

»Wir müssen weiter«, drängte der Schütze. »Wenn wir länger hier herumstehen, geraten wir in den Sturm. Außerdem wird Nret nicht lange auf sich warten lassen. Es hat der Klanherrin sicherlich nicht gefallen, auf welche Weise wir Thárraxi verließen.«

Durchaus nicht, dachte Gorun mit grimmiger Zufriedenheit, während sie entlang der Steilküste weiterzogen. Die Stadt am Nárdas hatte ihnen nach der Flucht aus dem Nraurnland Zuflucht gewährt. Doch obwohl Jemren aus dem Norden stammte und sein Möglichstes tat, um die Anwesenheit seiner seltsamen Gefährten zu erklären, war man ihnen mit frostiger Feindseligkeit begegnet. Aus dem einen Tag der

Rast, den der Schütze für sie erbeten hatte, war schließlich über eine Handvoll geworden – nicht zuletzt deshalb, weil Jemren von ihnen allen in der schlechtesten Verfassung war. Im Kampf gegen Quinda-Na und ihre Krieger hatte sich der Schütze Verletzungen zugezogen, die eine sorgfältigere Behandlung benötigten als die Kratzer, die Gorun davongetragen hatte. Es bedurfte Amras ganzer Heilkunst, um schlimmere Entzündungen zu verhindern und Gliedmaßen wieder beweglich zu machen. Aber die *Laîren* musste jeden Tropfen Öl und jeden Streifen Leinen von Thárraxi erbitten. Die Türme jenseits des Scyé waren einander offenbar nicht wohl gesinnt.

Mitten in der Nacht hatte der Schütze Gorun schließlich aus dem Schlaf geschüttelt.

»Wach auf!«, hatte Jemren geflüstert und ihm bedeutet, er solle leise sein. Sofort war Gorun hellwach. Amra und das Mädchen waren bereits für eine Reise angekleidet und warteten am Eingang der Turmkammer, die in den vergangenen Tagen ihre Unterkunft gewesen war.

»Wir verlassen die Stadt«, erklärte der Schütze auf Goruns fragenden Blick hin.

Auf der Treppe wären sie ums Haar mit einem Wächter zusammengestoßen. Der Mann wollte sie schon durch einen Ausruf verraten, doch mit einem Satz war Gorun bei ihm, packte ihn an der Kehle und stieß ihn mit dem Hinterkopf so hart gegen die Wand, dass der Schütze aus Thárraxi zusammensank und besinnungslos liegen blieb. Vermutlich litt er noch Tage später an Kopfschmerzen, doch Gorun bedauerte die Folgen seines Stoßes keineswegs. Ohne jeden Einwand nahm Jemren Bogen und Köcher des Bewusstlosen an sich und führte sie in stockfinsterer Nacht durch einen Gang unter der Mauer hindurch ins Freie – ein beachtliches, bauliches Merkmal der Turmanlagen im Norden, das Gorun unter anderen Umständen sicher niemals zu Gesicht bekommen hätte. Nach mehreren Tagesmärschen erreichten sie schließlich das Umland von Jemrens Stadt.

Die Windböen gewannen nun zunehmend an Stärke. Die tief hängenden Wolken hatten die Farbe von Stein und tauchten die Umgebung in ein dämmriges Halblicht; die Luft schmeckte bitter nach Meer und Tang. Plötzlich vernahm Gorun in den Gräsern ringsum ein Wispern und Rascheln. Erstaunt blickte er sich um, doch er entdeckte nicht sogleich die Ursache des Knisterns. Da bemerkte er in Amras Zopf etliche leuchtend weiße Körnchen.

»Warte, bleib stehen!«, lachte er. »Etwas hat sich in deinem Haar verfangen.«

Beinahe hätte er die Hand gehoben, um eines der Körnchen aus den Flechten zu klauben, besann sich im letzten Augenblick eines Besseren. Die *Laîren* zog den langen Zopf über die Schulter nach vorn und pickte mit spitzen Fingern eines der Bröckchen aus ihrem Haar. Im gleichen Augenblick verfing sich ein Dutzend weiterer Körnchen in ihrem Zopf. Eine Berührung streifte Goruns Wange, etwas Weißes fiel in seinen Kragen, und er hob den Kopf. Die Körnchen rieselten aus den Wolken. Über dem ganzen Küstenstrich ging ein heller Schauer nieder. Amra streckte die Hand aus, fing einige der Bröckchen auf und führte die Finger zum Mund.

»Salz«, stieß sie überrascht hervor. »Das ist Salz!«

Jemrens Blick glitt besorgt über die Wolkenbänke, die sich vom Meer heranschoben.

»Ein Salzsturm«, bestätigte der Schütze. »Wir müssen uns beeilen.«

»Salz? Es fällt hier einfach aus den Wolken?«, fragte Gorun ungläubig. Immer dichter gingen die Körnchen über der Küste nieder, sammelten sich in Vertiefungen und auf flachen Steinen und leuchteten im düsteren Land.

»Ihr solltet damit Handel treiben«, schlug er kopfschüttelnd vor, als er daran dachte, wie mühsam die Kostbarkeit in südlichen Küstenstädten wie Martáxi und Mrauréssi aus dem Meer gewonnen wurde.

»Handel treiben? Mit den Nraurn? Oder gar mit dem Süden?«, fragte Jemren zurück. Er hatte die Brauen gerunzelt;

offenbar fühlte er sich verspottet. Mit einer Handbewegung drängte er sie zur Eile, und da begriff Gorun die Hast des Schützen – sie galt nicht allein ihren feindseligen Verfolgern, sondern auch der Wetterlage. Wenn der Salzwind sich wirklich zu einem Sturm steigerte, wurde er zu einer ernsten Gefahr.

Als Jemren sich dem Landesinneren zuwandte, widerstrebte Lillia dem Zug seiner Hand.

»Ich will nicht weitergehen«, erklärte das Mädchen.

»Und warum nicht?«, erkundigte Jemren sich.

»Weil alles zerbrochen ist«, behauptete das Kind. »Zerbrochen und schmutzig.«

»Zerbrochen? Was ist zerbrochen? Was meinst du, Lillia?« Wie immer nahm der Schütze sie beim Wort, lauschte geduldig ihren wirren Bedenken und war bereit, noch der seltsamsten ihrer Regungen nachzugeben.

»Alles«, beharrte Lillia.

Gorun atmete tief durch. Sein Klanzeichen und die kleine Statue des Nemnos verrutschten auf der Brust und glitten wieder zurück über das *Taú*, aber er verbiss sich jede rüde Bemerkung. Schweigend stand er da und wartete, bis der Schütze dem Mädchen den Unsinn ausgeredet hatte. Wie so oft sprach das Kind in Rätseln. Mittlerweile hatte Gorun allerdings mehrfach erlebt, wie Lillias Voraussagen wider Erwarten zutrafen. Jemren hatte diesen Umstand lange vor ihm erkannt und folgte dem Mädchen auf Gedeih und Verderb.

Diesmal ging der Schütze jedoch nicht auf ihre Bedenken ein.

»Wir gehen weiter«, bestimmte er mit einem Blick auf das Wetter und gab auch dann nicht nach, als das Mädchen sich mit einem zornigen Laut gegen seine Hand stemmte. Noch nie hatte sie sich derartig widerspenstig verhalten. Wortlos fasste Jemren sie unter den Achseln und hob sie hoch, achtete nicht länger auf die kindlichen Beschwerden, die in ein Jammern übergingen, als er Lillia über halb verwehte Pfade landeinwärts trug.

Auch das war noch nie vorgekommen.

Sie drangen rasch tiefer ins Landesinnere vor. Der Wind schwoll unablässig an, und sie taten gut daran, so schnell wie möglich auszuschreiten, denn das weiße Rieseln, das eine eigenartige Verzauberung der Landschaft bewirkte, wurde schnell unangenehm. Die Luft war erfüllt von ätzendem Staub, der die Augen zum Tränen brachte und in der Kehle brannte, und der Wind wurde so trocken, dass Gorun das Atmen schwer fiel.

Bei der Quelle, welch ein Land, dachte er. Nichts als Nraurn, Salz und Stürme.

Er schlug den lederbesetzten Kragen hoch, um das Gesicht vor dem Staub zu schützen. Der aufgewirbelte Sand drang ihm in alle Poren und blendete ihn. Als er in der näheren Umgebung nichts weiter erkennen konnte als wehende Salzschwaden, lauschte er umso angestrengter, aber das Heulen und Pfeifen des Sturms übertönten jedes andere Geräusch. Besorgt fragte er sich, was wohl geschähe, falls Nret und ihre Begleiter ihnen in der Nähe der Steilküste auflauerten.

Da blieb Jemren so unerwartet stehen, dass Gorun beinahe gegen ihn geprallt wäre.

»Was ist? Warum geht es nicht weiter?«, fragte er und verwünschte halblaut den Sturm, der ihn so weit brachte, sich sogar auf die Ankunft in Tegaréssos zu freuen – eine weitere Stadt im Norden, in der Amra und er wohl kaum willkommene Gäste wären.

Aber es gab keinen anderen Zufluchtsort.

Wortlos deutete Jemren nach vorn. Der Schatten eines Turms tauchte geisterhaft aus den Sandschleiern auf und wurde sogleich wieder vom wehenden Salz verschluckt – ein stumpfer, formloser Kegel. Tegaréssos.

»Worauf warten wir noch? Gehen wir zum Tor und erbitten Einlass!«, rief Gorun gegen den tosenden Wind. Er verstand das Zögern des Schützen nicht. Sie mussten so rasch wie möglich diesem Salzstaub entkommen, der ihnen das Gesicht zerfraß. Entschlossen drängte er sich an Jemren vorbei.

»Nun komm schon!«, forderte er den Schützen auf. »Die Wachen auf der Turmkrone werden nicht gleich ...«

Jemrens Finger gruben sich in seinen Arm. »Die Krone *fehlt*, Gorun«, stieß der Schütze hervor.

Gorun fuhr herum. Und plötzlich sah auch er die ungleichmäßig ausgebrochene Kante des Bauwerks. Er erblickte geborstene Ränder, wo sich eine Brüstung hätte befinden sollen, eine Plattform. Und Wächter über der Stadt.

»Bei der Quelle, was ist hier geschehen?«, stieß er hervor.

»Quinda-Na muss mir gefolgt sein«, vermutete Jemren. »Wie es scheint, haben die Bahak die Stadt geschleift.«

Sein *Taú* war nicht zu deuten. Er stand da und hatte beide Arme um das Mädchen gelegt. Lillia verbarg das Gesicht an seiner Schulter, trotzig und gekränkt wie alle Kinder, die ihren Willen nicht bekommen.

Alles ist zerbrochen.

Das Kind hatte die Verwüstungen vorausgeahnt. Doch mit welchem Sinn das Mädchen die Begebenheiten in Jemrens Stadt hatte erfassen können, war Gorun unbegreiflich.

»Die Nachricht vom Überfall auf deine Stadt verbreitete sich sicher wie ein Lauffeuer im Norden. Nret muss davon gehört haben!«, warf Amra ein.

»Und sie hat dich mit keiner Silbe über das Unglück unterrichtet!«, setzte Gorun aufgebracht hinzu. »Dabei wusste sie ganz genau, dass du deine Stadt aufsuchen würdest – wohin sonst solltest du dich wenden?«

Jemren schwieg. Er blickte auf den Turm, der gespenstisch hinter bleichen Salzschleiern verschwand.

»Wahrscheinlich habt ihr recht«, murmelte er schließlich. Er ließ das Mädchen zu Boden gleiten und nahm den Bogen von der Schulter. »Ich werde vorausgehen und mich umsehen. Am besten wartet ihr hier, bis ich zurückkomme.«

»Nein!«, widersprachen Amra und Lillia wie aus einem Mund. Das Mädchen ergriff Jemrens Ärmel und hielt ihn fest; die *Laîren* schüttelte den Kopf. »Du weißt nicht, was dich dort erwartet. Etwas schwirrt im Wind«, erklärte sie. »Etwas ... Dunkles. Über der Stadt.«

Sie sprach als Priesterin des Schwarzen Gottes. Und wenn Jemren noch vor kurzem für ihre Einwände höchstens ein Achselzucken übrig gehabt hatte, so hörte er ihr jetzt ernst und aufmerksam zu. Auch ihm war der Schatten nicht entgangen, in dem der Herr der Dunkelheit sich zeigte.

»Wir sehen uns gemeinsam um«, schlug Gorun vor. »Es ist besser, wenn wir zusammenbleiben.«

Jemren wischte über den Salzstaub auf seinem Gesicht. Wortlos bog er das Bogenholz und hakte mit geübter Bewegung die Sehne ein. Nun war die Waffe gespannt und bereit.

»Haltet euch in meiner Nähe«, sagte er. »Und wenn euch jemand anruft, dann bleibt unter allen Umständen stehen.«

Ein dünner, gewundener Pfad führte zur Stadt hinab. Außer dem Pfeifen des Windes und dem Rascheln des Salzgestöbers war nichts zu hören; kein Laut verriet, wie nahe sie der Stadt waren. Der Turm war von einem Außenwall umgeben, wie Gorun es von den Städten des Südens kannte. Als sie das Tor erreichten, fanden sie jedoch nur noch einen Haufen gesplitterten Holzes vor. Die Angeln waren gewaltsam aus der Mauer gebrochen worden; der Wind heulte durch die Öffnung. Überrascht betrachtete Gorun die Steinquader. Schmale Furchen und Verästelungen zierten den Außenwall, und als er mit der Hand über die Oberfläche strich, stellte er fest, dass es keine von Menschen gemachten Verzierungen waren. Zu Stein gepresste Muscheln und Seesterne, Meeresfarne, Schnecken und winzige Fische schmückten die Mauer von Tegaréssos. Eine mehlige Schicht blieb auf den Fingern zurück, als er die Hand zurückzog – die Stadt war aus demselben mattweißen Kalkstein erbaut, aus dem auch die Steilküste bestand.

Er warf Jemren einen Blick zu. Der Schütze beugte sich mit großer Vorsicht aus der Deckung des Durchgangs und warf einen Blick in die Stadt; ein Pfeil lag auf der Sehne.

Offenbar bestand keine unmittelbare Gefahr, denn Jemren stieß sich von der Mauer ab und schritt aus dem Schatten des Torbogens auf den Platz vor dem Turm.

Ein toter Esel lag hier – schon lange tot.

Gorun wandte rasch die Augen von dem scheußlichen Anblick ab und rechnete zurück, wann der Tod eingetreten sein musste. Noch bevor Caláxi gefallen war, schätzte er. Quinda-Na hatte keine Zeit verstreichen lassen.

»Du umrundest den Turm dort drüben, und ich nehme die andere Seite«, schlug Jemren vor. Er deutete mit der Pfeilspitze in die Richtung, die er einschlagen wollte. Es gefiel Gorun nicht, dass sie sich aufteilten und Amra und das Mädchen am Tor zurückließen; diese bleiche, totenstille Stadt behagte ihm nicht. Aber der Vorschlag des Schützen war nur vernünftig.

»Die Außenmauer hat tiefe Nischen. Und erinnere dich an die unterirdischen Gänge«, warnte Jemren ihn.

Er nickte. In Thárraxi hatte er einen Eindruck von der verwinkelten Bauweise des Nordens bekommen. Zwei Schritte von ihm entfernt lag eine Stange aus Metall. Als er sich danach bückte, stellte er fest, dass es ein dünner Speer war – ein Spieß, um Fische zu stechen. Er wog die Harpune in der Hand und lachte grimmig über diese Bewaffnung, die für einen Speerkämpfer aus dem Süden ganz sicher einzigartig war. Der Spieß war leicht verbogen – die Nraurn hatten ihn wohl dazu benutzt, um Steinquader aus der Turmkrone zu brechen. Durch ihr Gewicht hatten die Trümmer dem unteren Teil des Bauwerks schwere Schäden zugefügt; überall war der weiße Sandstein gesplittert und zerbrochen. Die Wohnhäuser im Halbkreis zwischen Turm und Mauer sahen kaum besser aus, und Gorun wollte sich lieber nicht vorstellen, was Jemren und ihn dort erwartete.

»Du musst dich von den Toten abwenden«, mahnte Amra den Schützen. Sie hatte Lillia an der Hand gefasst und warf einen kummervollen Blick auf die Verwüstungen. »Auch wenn es dir schwer fällt: Sieh die Verstorbenen nicht an. Eine zu große Gefahr geht von ihnen aus. Solange sie nicht bestattet sind, lauert der Schwarze Gott in ihrer Nähe, um jeden Unvorsichtigen ebenfalls ins Verderben zu locken.«

Der Schütze nickte nur, das *Taú* in sich gekehrt.

»Warte hier mit dem Kind«, raunte Gorun Amra zu, während Jemren bereits auf den Turm zuschritt. »Der Torbogen bietet dir und Lillia Deckung. Jemren und ich werden schon mit den Überraschungen fertig, die uns erwarten.«

Doch Amra schüttelte den Kopf; in Schauern rann ihr das Salz aus dem Haar.

»Diese Stadt ist ein Grab, Gorun«, sagte sie so leise, dass nur er es hörte.

Sie hatte recht.

Nichts war mehr übrig von Tegaréssos. Nichts regte sich in den zerstörten Häusern, nirgendwo sah Gorun Leben. Die engen Wege zwischen den Häusern waren sorgfältig mit Muschelschalen bestreut. Schutt und Schmutz übersäten die Pfade, zerschlagene Gerätschaften lagen auf dem Platz, die verrottenden Besitztümer der einstigen Bewohner. In der Mitte der Stadt ragte der Turm auf – *ein* Turm, nur ein einziger Turm. Nach den Maßstäben des Südens war Tegaréssos keine Stadt, sondern ein Dorf ähnlich der Ansiedlungen entlang des Corredános. Der Umstand verwirrte Gorun, denn unbewusst hatte er immer angenommen, Jemren komme aus einer Wehranlage, die Caláxi vergleichbar war, mit mehrfachem Mauerwerk und einer Vielzahl an Türmen. Ein Ort wie dieser bot kaum Schutz gegen die Nraurn, und er fragte sich, wie Tegaréssos überhaupt so lange den Angriffen der Feldherrin hatte widerstehen können.

Die Gebäude sahen schlimm aus. Überall hatten Quinda-Nas Krieger Wände eingerissen und die herabstürzenden Schilfdächer in Brand gesteckt. Jedes der Klanhäuser war kleiner als die ärmlichste Behausung in Caláxi. Ein Gebäude ging ins nächste über, die Häuser duckten sich unter den Dächern, Verstecken ähnlicher als Wohnstätten. Jemren hatte einmal behauptet, die Bewohner des Nordens betrachteten sich als Flüchtlinge, als Vertriebene und Opfer der Langen Kriege. Offenbar hatten selbst die vielen vergangenen Jahre an dieser Einstellung nichts geändert.

Während Gorun zwischen den Ruinen hindurchschritt, fragte er sich, wie viele Einwohner diese Stadt gezählt haben mochte – und wovon die Menschen gelebt hatten in einem Land, in dem der Wind das Meer aufpeitschte und das umherwehende Salz die Böden verdarb. Nirgendwo erblickte er ein Abbild oder eine Statue der Götter, wie sie in seiner Stadt fast alle Plätze und Häuser zierten. Ihre Abwesenheit bedrückte ihn und vermittelte ihm ein Gefühl der Verlassenheit. Verlassen vom wohlwollenden Einfluss der Ewigen – das war der Norden. Einst hatten die Abtrünnigen sich von den Göttern abgewandt; an der Frage, ob die Ewigen der Verehrung wert seien, hatten sich in Anáxi der Streit und die nachfolgenden Kriege entzündet. Nun sah Gorun eine Stadt vor sich, die ganz und gar auf die Anbetung der Götter verzichtete – und er konnte feststellen, wie wohl es Land und Leuten mit solch einer Haltung erging.

Flüchtig berührte er die Statue des Nemnos. Zu seiner großen Erleichterung stieß er nirgendwo auf Tote, und er hoffte inständig, dass dies auch auf Jemrens Seite des Turms so war. Was immer mit den Einwohnern von Tegaréssos geschehen war – es gab keine Spur von ihnen.

Etwas klapperte in einem der zerstörten Häuser, und er fuhr herum, den Spieß hoch erhoben in der Faust. Ein gehörnter Schatten raste auf ihn zu; der Gegner sprang ihm regelrecht ins Gesicht. Durch den Aufprall wurde Gorun rückwärts gegen die Mauer geschleudert und bekam einen Augenblick lang keine Luft. Der Mantel des Nraur flatterte im Sturm, und an seiner Gestalt blinkte Metall – Waffen.

Blindlings rammte Gorun den Spieß nach vorn. Die Spitze prallte auf einen festen Gegenstand und wurde seitlich abgelenkt. Eine Klinge sauste auf ihn zu; er hörte den Angriff, bevor er das Ausholen des Ziegenkriegers sah. Hastig warf er sich zur Seite. Funken stoben auf, wo die Schneide auf Stein prallte. Der Gegner taumelte von der Wucht des eigenen Schlags, und Gorun duckte sich an dem Nraur vorbei und sprang auf.

Der Gehörnte war nicht allein. Zwei weitere Ziegenkrieger stürmten aus den Schatten hervor und trieben ihn zwischen einer Hauswand und der Mauer in die Enge. Ich muss Jemren warnen!, schoss es Gorun durch den Kopf, aber er kam nicht einmal dazu, den Mund zum Schrei zu öffnen. Die gegnerischen Hiebe prasselten auf ihn ein. Er wehrte den Angriff mit der Harpune ab und sah zugleich, dass einer der Nraurn einen Haken schwang – die gefährlichste Waffe des Ziegenvolks. Die Klingen öffneten und schlossen sich wie eine Klaue und sausten an einem langen Lederriemen durch die Luft, während Gorun kaum genug Platz hatte, um mit dem Spieß auszuholen. Der Schaft scharrte an der Wand entlang.

Wut schoss ihm durchs *Taú* – glühende Wut angesichts des feigen Hinterhalts. Mit einem Aufschrei warf er sich nach vorn und erzwang eine Lücke, wo keine Lücke war. Er erwischte einen der Angreifer mit dem Widerhaken der Harpune am Hals. Der Nraur schrie grell auf und wich zurück, eine Hand auf die Wunde gepresst.

Ohne jede Vorwarnung brach der mit dem Haken Bewaffnete zusammen; die Waffe schwirrte in den Salzschwaden davon. Verblüfft starrte Gorun den Gefallenen an – er hatte den Gegner nicht einmal mit dem Spieß gestreift.

»Pass auf! Hinter dir!«

Als er Jemrens Zuruf vernahm, warf er sich herum – keinen Augenblick zu früh. Seine Waffe drang dem Ziegenkrieger unter der Achsel in die Brust, die Spitze trat unterhalb des Schulterblatts aus. Mit einem Ächzen sank der Nraur gegen die Mauer.

Als der letzte Angreifer erkannte, dass er es nun allein mit zwei Gegnern zu tun hatte, entschloss er sich zur Flucht. Er stürmte mit langen Sätzen zur Mauer. Behände wie eine Ziege erklomm er das Bollwerk und verschwand jenseits des Walls. Jemren rannte dem Nraur über einen Treppenaufgang hinterher, zog im Laufen den Bogen aus und sandte einen Pfeil in die anbrechende Dämmerung. Ohne sich um die Folgen seines Schusses zu kümmern, machte er sogleich wieder kehrt und eilte die Treppe hinab.

Gorun war neben dem verwundeten Ziegenkrieger stehen geblieben. Erst jetzt merkte er, wie der Schreck in seinem *Taú* pochte; sämtliche Glieder zitterten ihm. Der Gehörnte atmete noch. Ab und zu blinzelte er, und seine großen Augen schimmerten im Halblicht. Er hatte die Zähne entblößt – ob der Schmerzen wegen oder aufgrund der Spottlust über die Menschen, die ihm und seinen Gefährten beinahe in die Falle gegangen waren, vermochte Gorun nicht zu sagen. Jemren fasste den Nraur am Mantelkragen und zog ihn aus der halb liegenden Stellung hoch.

»Wo sind die Bewohner meiner Stadt?«, fauchte er. »Wohin habt ihr die Einwohner von Tegaréssos verschleppt?«

Der Nraur stieß einen gurgelnden Laut hervor – er lachte. Jemren stieß ihn gegen die Mauer.

»Antworte!«, fuhr er den Gehörnten an. »In dieser Stadt lebten mehrere hundert Menschen! Ich will wissen, was mit ihnen geschehen ist.«

»Frag die *Nraur-a-Khae*!«, verhöhnte ihn der Gehörnte. »Sie kann dir Auskunft geben – und sie weiß sicher auch, wie mit dir und deinem Begleiter zu verfahren ist.«

»Vorsicht!«, schrie Gorun, als er das Aufbäumen des Nraur bemerkte. Aber der Ziegenkrieger plante keinen Angriff – er warf sich mit dem Rücken gegen die Mauer. Die Harpune drang in entgegengesetzter Richtung aus der Wunde. Blut sprudelte hervor und ergoss sich über die Brust des Gehörnten; sein Sterben dauerte nur wenige Atemzüge lang.

»Bei allen Göttern«, stieß Gorun hervor. Er wandte sich von dem Toten ab, wie es unter den Kriegern jenseits des Scyé Sitte war: Man blickte die Beute des Schwarzen Gottes nicht an.

»Der Nraur gehörte zu den Bahak«, stellte Jemren fest. Für den Schützen hatten die Verhaltensregeln und Bedenken des

Südens keinerlei Bedeutung. »Vermutlich hat Quinda-Na die Krieger nach dem Überfall hier zurückgelassen. Sie wollte offenbar sichergehen, dass ihr kein einziger Bewohner von Tegaréssos entwischt.«

Das *Taú* des Schützen wirkte wie Stein. Beunruhigt musterte Gorun die Mauer, die im Dämmerlicht über ihnen aufragte. Salz prasselte gegen die Wände und sammelte sich in Nischen und Vertiefungen, weißer als der Außenwall.

»Der entflohene Nraur wird Verstärkung holen«, meinte er.

»Er ist nicht entflohen«, widersprach Jemren.

Bestürzt drehte Gorun sich zu ihm um. Die Blindschützen des Nordens waren zum Erfassen ihres Ziels nicht auf gute Sichtverhältnisse angewiesen – und im *Taú* hatten sie sogleich Gewissheit über ihren Treffer. Plötzlich war er erleichtert, die Außenmauer zwischen sich und den Verfolgern aus Thárraxi zu wissen.

Da durchfuhr ihn ein neuer Schreck. »Amra!«, stieß er hervor. »Amra und das Mädchen! Wenn sich noch mehr Nraurn in der Stadt versteckt halten …«

Ein lautes Krachen unterbrach ihn. Donner grollte über dem Turm, ein rötliches Licht flackerte in den Wolken, und plötzlich gab der Himmel nach. Kalter Regen prasselte herab und durchnässte sämtliche Kleidungsstücke binnen weniger Augenblicke. Die Böen peitschten Schauer gegen die Steine, salziger und bitterer als Meerwasser. Angewidert vom scharfen Geschmack, spie Gorun aus.

»Auf meiner Seite des Turms war alles ruhig«, unterrichtete der Schütze ihn, während sie im Laufschritt zum Tor eilten. Amra kam ihnen auf halbem Weg entgegen; sie trug das Mädchen auf dem Arm. Lillia klebten die Locken auf dem Rücken, sie fror im kalten Wind.

»Kommt rasch! Im hinteren Teil der Stadt haben die Häuser wenigstens noch ein Dach!«, rief Gorun. Er deutete auf ein Gebäude, das er zuvor im Vorbeigehen flüchtig in Augenschein genommen hatte. Die Wand wies einen Spalt auf, das Dach hing auf einer Seite durch. Doch die Mauern standen noch und würden den Wind und die beißende Salzlake abhalten.

»Wir müssen die Stadt verlassen – sofort!«, verlangte die *Laîren*. Sie blickte Gorun an. Als Reiter aus dem Süden wusste er, dass man die Hinweise von Antiles' Priesterin nicht infrage stellte.

»Weshalb?«, fragte Jemren hingegen barsch. »Was stört dich?«

Sein Tonfall klang alles andere als höflich. Amra ließ sich nicht beirren.

»Die Stadt ist zu unruhig« erklärte sie. »Zwischen den Häusern lauern zu viele Schatten.«

»Schatten«, echote der Schütze, »Schatten stellen im Norden keine Gefahr dar – wohl aber Nraurn und Stürme. Sieh dir den Himmel an; es wird bereits dunkel. Wer bei Verstand ist, bleibt in einer solchen Nacht innerhalb der Mauern.«

»Es ist nicht ratsam, länger hier zu verweilen«, widersprach Amra. »Antiles ...«

Mit einer knappen Handbewegung schnitt Jemren ihr das Wort ab. »Wir verbringen die Nacht in Tegaréssos«, entschied er. Schroff wandte er sich von seinen Begleitern ab und schritt auf den Turm zu.

»Ich fürchte, diesmal müssen wir auf seinen Vorschlag eingehen«, raunte Gorun der *Laîren* zu, als er ihre Verärgerung spürte. »Er kennt dieses Land und ...«

»Ein solches Benehmen nennst du einen ›Vorschlag‹?«, gab Amra zurück. »Weißt du, was Jemren an uns nicht passt? Unser Glaube an die Götter! Er will einfach nicht wahrhaben, dass die Ewigen ein Teil der Welt sind und wir alle ihren Spielregeln unterworfen sind – ob es uns nun gefällt oder nicht.«

Mit diesen Worten ließ auch sie ihn im Regen stehen und stieg mit dem Kind über die Stufen zum Eingang des Hauses hinauf. Gorun seufzte. Uns bleibt nur zu hoffen, dass Nret und ihre Schützen die Verfolgung aufgrund der Dunkelheit und der Wetterlage fürs Erste aufgeben müssen, dachte er.

Zumindest bis zum Morgengrauen sahen ihre Verfolger aus Thárraxi einer ungemütlichen Nacht im Freien entgegen.

Sturm und Nebelfetzen umwehten die beschädigte Turmkrone. Da bemerkte Gorun, dass offenbar ein Geräusch Jemrens Aufmerksamkeit erregt hatte. Der Schütze kniete dicht an der Wand des Bauwerks, in der Nähe eines gemauerten Schachts.

Geduckt rannte Gorun durch die Regenschauer. Muschelschalen knirschten unter seinen Schritten; auf dem Platz standen Pfützen, an deren Rändern weißes Salz schmolz. Das Prasseln der Körner hatte nicht nachgelassen.

»Was gibt es?«, rief er gegen das Heulen des Sturms.

Achtlos lagen Bogen und Köcher auf dem Boden, während Jemren sich über den Schacht beugte. Treppenstufen führten zum Gewölbe unter dem Turm – ein seitlicher Zugang zur Quelle. Ein Steinquader, der aus der Turmkrone gebrochen war, lag quer über dem Schacht und versperrte den Zugang.

»Dort unten liegt mein Hund«, stieß der Schütze hervor. Rasch bückte Gorun sich zu dem Spalt hinab und spähte in das Halbdunkel. Der Hund lag am Fuß der Treppe. Er war dort hinabgekrochen – oder geworfen worden, ein großes Tier, dessen Umrisse Gorun nur erahnen konnte. Der Hund lebte noch und winselte kläglich, als er Jemrens Stimme hörte.

»Wir müssen den Stein zur Seite schieben«, sagte der Schütze und stemmte sich mit der Schulter dagegen. Doch der Quader war schwer, zu schwer selbst für zwei Männer. Der Regen fiel auf den behauenen Stein und spritzte wieder in die Höhe, das kalte Wasser prasselte ihnen auf Rücken und Schultern und rann Gorun in die Augen.

»So hat das keinen Zweck!«, keuchte er schließlich. »Wir brauchen einen Hebel!«

Die halb verheilte Pfeilwunde in seinem Arm pochte. Das Salzwasser brannte in der Narbe, und er unterdrückte eine Reihe von Verwünschungen nur, um Atemluft zu sparen. Er hatte die Harpune wieder an sich genommen; jetzt setzte er den Griff des Spießes unter dem Stein an und lehnte sich mit dem ganzen Gewicht auf die dünne Stange. Als Jemren sich erneut gegen den Quader warf, gab der Stein plötzlich nach, und Gorun wäre beinahe kopfüber in das Loch hinabgestürzt.

Der Hund fletschte die Zähne.

Es war keines der sanften gefleckten Tiere, welche die Kinder von Caláxi begleiteten und jede noch so aufdringliche Zärtlichkeit ihrer kleinen Herren erduldeten. Jemrens Hund war wolfsgroß, sein Fell bläulich grau und struppig. Sicher war das Tier einmal wendig und kräftig gewesen, doch nun lag es auf der Seite und streckte einen blutverkrusteten Vorderlauf aus. Obwohl der Hund abgemagert und verletzt war, starrte er zu Gorun hinauf und ließ ein drohendes Grollen hören.

»Ragan!«, rief Jemren, und aus dem Zähnefletschen wurde erneut ein Winseln. Der Hund klopfte mit dem Schwanz einige Male auf den glitschigen Boden, aber er konnte nicht aus eigener Kraft aufstehen.

Der Stein war zur Seite gerutscht und gab einen engen Spalt frei. Jemren ließ sich in den Schacht hinab und betastete flüchtig die verletzte Pfote des Tiers. Als er den Hund unter gutem Zureden zum Aufstehen bewegen wollte, jaulte Ragan vor Schmerz und sank immer wieder zurück.

Der Schütze hob den Kopf. »Ich kann ihn nicht allein herausheben«, sagte er.

Gorun verbarg das Unbehagen im *Taú* und zwängte sich ebenfalls in den Schacht hinab. Sein Klanring und die bronzene Götterfigur stießen aneinander, als er sich über das Tier beugte.

»Halt nur die Schnauze gut fest!«, verlangte er. Solange Jemrens Finger die bläulichen Lefzen umschlossen, ließ der Hund es zu, dass ein Fremder ihn anfasste. Als sie das Tier gemeinsam hochhoben, spürte Gorun, wie mager es war. Ragan saß gewiss schon lange in diesem Loch gefangen. Behutsam legten sie ihn neben der Treppe ab; dann stemmte Gorun sich wieder aus dem Schacht heraus und wischte sich den Schmutz von den Händen. Der Hund stand auch jetzt nicht auf, obwohl Jemren ihn mehrmals dazu ermunterte. Sie suchten einen Stofffetzen, den Rest einer Matte, die einmal einen Hauseingang verschlossen hatte, betteten das Tier auf die Trage und brachten es durch Wind und Regen zu dem Haus.

Im Innern des Gebäudes führten Stufen in einen Saal hinab. Eine kleine schwarze Ziege hatte sich in dem Raum niedergelassen. Aufgeschreckt durch die Gegenwart der Menschen, rannte das Tier durch den verwaisten Saal. Amra scheuchte es zum Ausgang, und mit einem Satz entkam die Ziege ins Freie. Gorun und Jemren legten den Hund am Fuß der Treppe ab; hechelnd blieb er liegen. Der Reiter blickte in dem Saal umher. Es roch nach kalter Asche und feuchten Wänden. Die Herdstelle in der Mitte des Raums war aus demselben Kalkstein gemauert wie der Außenwall und der Turm. Auf der dem Feuer zugewandten Seite waren die versteinerten Muscheln vom Ruß geschwärzt. Mehrere Schlafkammern grenzten unmittelbar an den Saal an. Es gab keinen Gang, keine aufwändige Bauweise wie in Caláxi und auch keinerlei Verzierungen. Der Saal war kahl und kalt. Und unvorstellbar verwüstet.

Umgestürzte Schemel und Truhen, Decken und Tonwaren – alles war auseinandergerissen und mutwillig zerschlagen. Einer der Stützbalken des Dachs war umgestoßen worden und lag quer über der Herdstelle. Schmutz zeugte von einer langen Verlassenheit, von Tieren, die sich hier niedergelassen hatten, da es keine Bewohner mehr gab. Wo der Balken fehlte, hing das Dach durch; salziges Wasser tropfte zu Boden.

»Würdest du ein Feuer anzünden?«, fragte Jemren, an Amra gewandt.

Die *Laîren* hatte nichts angefasst. Sie stand in der Mitte des Saals und blickte sich voller Unbehagen um. Das Hüten der Herdstelle war das Vorrecht der Klankönigin. Nun war es

Amras Vorrecht – so wurde der kleine Saal zur Halle der Totenpriesterin.

Und das entspricht genau den Tatsachen, dachte Gorun. Er streifte die tropfende Jacke ab, bückte sich und stemmte den Stützbalken zur Seite, der quer über der Feuerstelle lag. Anschließend säuberte er den Platz, so gut es möglich war. Amra las dürre Zweige und Holz auf, die überall auf dem Boden verstreut lagen, und schichtete sie in der Herdstelle auf. So wie es aussah, hatte sich die einzige Ziege von Tegaréssos am Reisig gütlich getan. Jemren entnahm einem Tonkrug Harz und Feuerstein und reichte beides an Amra weiter. Er und die *Laîren* hatten ihre *Taú* nun wieder im Griff und begegneten einander mit der Förmlichkeit von Fremden.

Jemren winkte das Mädchen zu sich heran. »Zieh die nassen Kleider aus«, mahnte er. »Du musst dir das Salz abspülen, sonst wirst du krank.«

»Ich werde niemals krank«, erklärte Lillia, obwohl sie zitternd beide Arme an sich drückte. Ihre grünlichen Augen wanderten durch den Saal. »Hier ist alles voller Gespenster«, flüsterte sie.

Jemren zuckte sichtlich zusammen. Er ließ sich vor ihr auf ein Knie nieder und nestelte an den durchweichten Bändern, die ihr Kleid zusammenhielten, stur beschäftigt mit dem Notwendigsten, als wolle er das Elend ringsum nicht sehen. Als er die Knoten geöffnet hatte, blickte er sich suchend nach einem trockenen Stück Stoff um.

Die Nraurn hatten sämtliche Kleider und Tücher aus den Truhen gezerrt, die an der Wand des Saals aufgereiht standen. Soeben bückte Amra sich, hob einen bestickten Schal auf und schüttelte den Staub heraus. Wasser tropfte ihr aus dem Zopf, als sie das Tuch vor ihrem Rock ausbreitete. Plötzlich wurde sie gewahr, dass der Schütze sie beobachtete, und ließ den Schal rasch sinken.

»Oh, Jemren«, sagte sie erschrocken. »Es tut mir leid.«

Er wehrte mit einer Handbewegung ab, als sie den Schal zurücklegen wollte.

»Behalte ihn nur, Amra«, erwiderte er. »Er gehörte meiner Schwester. Harat hätte sicher darauf bestanden, dass du ihn nimmst.«

Gorun starrte ihn an. Mit einem Schlag ging ihm auf, was Amra längst bemerkt hatte: die gedankenlose Gewissheit, mit der Jemren den Feuerstein gefunden hatte; die abwesenden Handgriffe, mit denen er den einen oder anderen Gegenstand an seinen Platz zurücklegte, als wüsste er genau, wohin alles einmal gehört hatte.

»Das ist dein Haus!«, stieß Gorun hervor. »Das Haus deines Klans!«

Jemrens Blick glitt über die triefende Decke, den umgestürzten Balken und die zerschlagene Einrichtung.

»Mein Haus«, bestätigte er endlich. »Das war es einmal – bevor Quinda-Na die Stadt verwüstete.«

Sein *Taú* war undurchdringlich, es gab keine Regung preis – sein Schutz, sein Schild, hinter dem er alles ertrug, was die Nraurn seinem Land zufügten. Doch in seinen Augen zeigte sich ein ganz anderer Ausdruck. Dort stand jemand, der um Fassung rang, um die Herrschaft über den Stolz.

»In Caláxi hast du mich immer wieder nach der Kampfkraft des Nordens gefragt, nach der zahlenmäßigen Stärke und der Bewaffnung unserer Krieger«, fuhr Jemren fort. »Nun, Gorun – hier siehst du sie. Tegaréssos hatte ein knappes Dutzend Schützen, ich war einer davon. Das war unsere ganze Verteidigung Quinda-Na und ihren schwarzen Kriegern gegenüber. Die Irrwege, die Schützen und eine Handvoll Fischer und Ziegenhirten, die, wenn sie einen Bogen in die Hand nahmen, mehr schlecht als recht trafen. Wie viele Reiter und Speerkämpfer, wie viele Wächter hatte Caláxi?«

Bitterkeit sprach aus diesen Worten. Es war eine Bitterkeit, die Gorun sich reichlich verdient hatte, und er schwieg schuldbewusst. Er war dem Schützen stets mit der selbstgefälligen Art des Südens entgegengetreten, mit der Überzeugung, dass das Recht, abgeleitet aus der langen und leidvollen Geschichte der Insel, auf seiner Seite war.

Er war nie auf den Gedanken gekommen, dass er sich vielleicht irrte.

Wie oft hatte er gehört, im Norden sinne ein erbitterter Feind auf Rache, die stets auf einen Sieg folgen musste. In den alten Berichten hatte er gelesen, wie grauenvoll die letzten Schlachten gewesen waren, mit welcher Erbarmungslosigkeit beide Seiten die Kämpfe ausgetragen hatten. In der Ebene von Fésos hatten einst wenige Blindschützen genügt, um unter den Speerkriegern des Südens ein Blutbad anzurichten, und die Reiter hatten diese Tat mit ebensolcher Härte vergolten. Erst als der Scyéyan ausbrach und einen Spalt in das Land riss, so tief und glühend, dass niemand ihn zu überschreiten wagte, hatten die Kämpfe aufgehört. Seitdem hatte es keine Verbindung mehr zwischen beiden Teilen der Insel gegeben – bis Jemren mit dem kleinen Mädchen nach Caláxi kam.

Gorun hatte in Bezug auf den fremden Schützen nie über einen Klan nachgedacht, über eine Schwester, über Angehörige, die dieses Haus bewohnt haben mochten. Jemrens Klanname war Su Tachra, aber er wusste nicht, wer Tachra war; er hatte nie gefragt. Er hatte den Schützen ausschließlich mit dem Maß gemessen, das er an sich selbst anzulegen pflegte.

Er war ein Reiter, ein Krieger, und in Caláxi war er ausschließlich von Seinesgleichen umgeben gewesen – von Falrau, Khani und den anderen Freunden. Doch im Norden gab es keine Kaste berittener Speerkämpfer und Wächter, deren einzige Aufgabe darin bestand, Turm und Quelle vor Gefahren zu schützen. Seine jahrelange Übung im Sattel und mit dem Speer, die gewissenhaften Studien alter Aufzeichnungen und die Schulung seines strategischen Denkens – das alles hatte nur einem Zweck gedient: ihn auf einen weiteren Krieg gegen den alten Feind vorzubereiten, wie man ihn seit Generationen erwartete. In Caláxi hatte er Jemren unbedingt dazu zwingen wollen, seine Vorstellung zu bestätigen, doch diesen Gefallen hatte ihm der Schütze nie getan. Und nun musste Gorun erkennen, dass es den gefürchteten und verhassten Norden gar nicht gab.

Der Bogenschütze schwieg. Er kehrte seinen Schicksalsgefährten den Rücken zu, hob das Mädchen hoch und verließ den Saal. Gorun und Amra tauschten einen Blick.

»Wir können uns hier nicht lange aufhalten«, meinte die *Laîren*. Ihr Tonfall klang besorgt. »Wir müssen Tegaréssos verlassen, sobald der Sturm nachlässt, oder Nret holt uns ein. Aber wohin sollen wir uns dann wenden? Du und ich – wir können vom Norden keinerlei Unterstützung erwarten. Wenn Jemren sich nun auch noch von uns abwendet ...«

Sie vollendete den Satz nicht. Gorun nickte grimmig.

»Ich rede mit ihm«, versprach er. »Wir sind ohne Absicht in diese Schwierigkeiten hineingeraten, und wir werden einen Ausweg finden, Amra.«

Der Sturm tobte jetzt mit voller Wucht. Die Böen wälzten Gerümpel durch die Stadt, Salz prasselte auf das Vordach, und der Regen spritzte von der Traufe. Unter solchen Bedingungen war ein Vorankommen im offenen Land höchst unwahrscheinlich; Windstöße dieser Stärke mussten selbst einen Nraur von den Beinen reißen. Vermutlich hatten die Schützen aus Thárraxi einen Unterschlupf aufgesucht, in dem sie das Unwetter abwarteten.

An der Hauswand sammelte sich frisches Quellwasser in einem Steintrog und floss von dort durch einen Überlauf in eine Rinne. Hier stand Lillia auf einem Steinblock. Jemren hatte ihr das Kleid abgestreift und sie in ein Laken gehüllt; Gänsehaut bedeckte ihre Arme. Als der Schütze mit einem Tonkrug Wasser aus dem Brunnen schöpfte und ihr Salz und Sand aus den Haaren wusch, kniff sie die Augen zusammen und presste beide Hände an den Kopf.

»Gieß mir bitte kein Wasser in die Ohren«, bat sie. Jemren nickte.

Gorun trat zu dem Trog. »Jemren, hör mich an«, begann er. »Auch auf die Gefahr hin, dass ich mich wiederhole: Wir könnten immer noch in den Süden zurückkehren. In den Türmen jenseits des Scyé ...«

Der Schütze schnitt ihm das Wort ab, war seinen Gedankengängen mit dem feinen Sinn des *Taû* vielleicht längst weiter gefolgt, als er ahnte.

»Hilf mir, Gorun«, sagte er. Die Bitte kam so unerwartet, dass sie den Reiter aus der Fassung brachte. Jemren deutete auf das Mädchen. »Hilf *ihr*. Wenn Lillia wirklich das Verlorene Kind ist, dessen Rückkehr alle befürchten, das Kind, von dem unser aller Schicksal abhängt – wäre es dann nicht klug, wenn wir uns zusammentun? Gemeinsam gelänge es uns vielleicht, sie an den Ort zurückzubringen, von dem Quinda-Na sie entführt hat. Du weißt andere Dinge als ich, du kennst den südlichen Teil der Insel und ich den Norden, und gegen die Nraurn haben wir beide gekämpft. Wenn wir gemeinsam versuchen, Lillia in Sicherheit zu bringen, könnte es uns vielleicht gelingen.«

Jemren hatte genau verstanden, was sie in den Trockenen Hügeln gesehen hatten: Die Macht des gehörnten Volks wuchs zusehends und diente düsteren Vorhaben; die Nraurn hegten Pläne, in denen ein zorniger Gott eine Rolle spielte – und das kleine Mädchen, das fröstelnd neben dem Brunnen stand. In den Trockenen Hügeln hatten sich Lillias Kräfte offenbart; sie war mitnichten, was das Auge wahrnahm.

»Was willst du als Nächstes unternehmen?«, fragte Gorun. »Willst du noch einmal die Durchquerung des Nraurnlands wagen, obwohl wir den Gehörnten nur mit äußerst knapper Not entronnen sind? Willst du dich allen Ernstes noch einmal Lillias Führung anvertrauen und auf die Einflüsterungen hören, mit deren Hilfe sie dich lenkt? Ich habe erlebt, wie eine solche Wegweisung aussieht, und, bei der Quelle, das ist keine angenehme Art zu reisen!«

Der Schütze schwieg. Gorun schüttelte den Kopf. »Die Städte des Südens sind alt, Jemren, viel älter als Tegaréssos; älter als alles, was ich bislang im Norden zu sehen bekam. Vielleicht finden wir dort eine Antwort auf die Frage, was es mit dem Verlorenen Kind auf sich hat. Amra beharrte stets darauf, dass das Mädchen nicht für alles Unheil verantwortlich ist, das über Caláxi kam. Ich habe mich ihrer Ansicht angeschlossen. Ich bin bereit, nach einer Lösung zu forschen – um Lillia zu helfen.«

»Von hier aus führt kein Weg in den Süden«, erinnerte Jemren ihn. »Der Scyé teilt die Insel von der Küste im Westen bis zum Scyéyan. Der einzige Zugang führt durch das Land der Gehörnten. Dort werden uns die Bahak auflauern – wenn sie nicht schon längst auf dem Weg hierher sind. Ich nehme doch wohl an, dass Nesyn seiner Königin von Quinda-Nas Tod berichten wird. Vielleicht hat er die *Nraur-a-Khae* längst über die genauen Umstände unserer Flucht in Kenntnis gesetzt.«

Gorun runzelte die Stirn. »In Caláxi hast du stets behauptet, du hättest den Scyé durchquert.«

Ein befremdlicher Ausdruck glitt durch Jemrens *Taú*, und er starrte einen Augenblick lang ins Leere. Gleich darauf war die Empfindung wieder verschwunden. Furcht, dachte Gorun. Eine tiefe Furcht, die ihn bei dem ansonsten unerschrockenen Schützen überraschte.

»Ich habe dir die Wahrheit gesagt«, erwiderte Jemren nur. »Ich bin durch den Scyé in den Süden gelangt. Aber es gibt keinen Weg.«

Mit solch einer seltsamen Antwort wollte Gorun sich nicht zufriedengeben.

»Sobald der Sturm nachlässt, wird Nret unsere Verfolgung wieder aufnehmen. Unser grußloses Verschwinden aus Thárraxi lässt sie ganz sicher nicht auf sich sitzen. Glaubst du nicht auch, dass sie längst die besondere Bewandtnis des Einen Kindes ahnt? Aus welchem anderen Grund sollte sie sich so hartnäckig an unsere Fersen heften? Du hast alles versucht, um Thárraxi vor der Bedrohung durch die Bahak zu warnen, auch wenn Nret viel zu verstockt ist, um deine Worte ernst zu nehmen. Wir sollten uns unter keinen Umständen der Gefahr aussetzen, zwischen alle Fronten zu geraten. Wir sollten vielmehr ...«

Er wurde erneut unterbrochen.

»Du musst richtig zuhören, Gorun. Du hörst nämlich nie richtig zu.«

Das kam von Lillia.

Das Mädchen stand barfuß auf dem Stein, bis zum Kinn in eine trockene Decke gewickelt, und musterte ihn mit dem üblichen, sorgenvollen Starren.

Ärger wollte in Gorun aufsteigen, als das Kind ihm ins Wort fiel. Aber dann besann er sich eines Besseren und nickte Lillia zu.

»Also sprich, Mädchen«, forderte er sie auf. »Und glaub mir, ich achte sehr genau auf deine Worte.«

Lillia holte tief Luft.

»Mein Zuhause ist sehr groß«, erklärte sie. »*Alles* ist da. Es kommt dort zusammen und geht wieder auseinander, und das geht immer so weiter, Tag und Nacht. Die Wände sind weiß und manchmal blau, nämlich am Abend, und als sich die Nraurn einschlichen, hat das niemand gemerkt. Sie waren einfach plötzlich da und haben mich mitgenommen.«

Gorun sah Jemren an, der diese Beschreibung sicherlich schon mehr als einmal vernommen hatte. Ratlos hob der Schütze die Schultern.

»Eine Stadt. Ein Turm. Ein weißer Turm«, schlug Gorun vor, wenig hilfreich, denn er glaubte kaum selbst an seine Worte. Im ganzen Süden gab es keine Stadt, wie Lillia sie beschrieb, und im Norden sicherlich auch nicht, denn sonst hätte Jemren den Weg dorthin längst eingeschlagen. Aber wie der Schütze einmal zu Recht erklärt hatte: Von irgendwoher musste das Kind gekommen sein.

»Ich habe Lillia mein Wort gegeben«, sagte Jemren. »Ich versprach, sie in Sicherheit zu bringen. Nun stehe ich wieder am Anfang.«

»Was genau geschah, nachdem du deine Stadt mit ihr verlassen hattest?«, forschte Gorun.

»Lillia führte mich zuerst nach Caláxi. Und dann immer weiter nach Osten.«

»Wie bitte? Sie *führte* dich nach Caláxi?«, erkundigte Gorun sich beunruhigt. »Ihr seid also nicht zufällig auf meine Stadt gestoßen?« Bis jetzt hatte er diese Möglichkeit für wahrscheinlich gehalten. Jemren schüttelte den Kopf.

»Lillia folgte den ›Linien im Boden‹, wie sie es nannte«, erklärte er. »Sie zogen sich vom Scyé bis zu den roten Felsen, wo wir uns begegneten.«

Gorun betrachtete den Schützen. Wie verzweifelt musste ein Mann sein, um sich auf eine solche Wegweisung einzulassen?

»Die Nraurn sind in deinen Turm eingedrungen?«, wandte er sich wieder an das Kind. »Quinda-Na hat dich mitten aus deinem Heim entführt?«

Das Mädchen nickte. Als sie jetzt von diesem Albtraum eingeholt wurde, schloss sie die Augen und lehnte sich mit bleichem Gesicht gegen den Schützen. Plötzlich wirkte sie auf seltsame Weise zerbrechlich – ein Kind voller Angst vor den unberechenbaren, kriegerischen Wesen, die es schon so lange verfolgten.

Jemren strich Lillia flüchtig über das Haar; das Silber seiner Ringe glänzte in den dunklen Locken. Nichts verband ihn mit dem Mädchen außer einem Augenblick des Erschreckens; Lillia war eine Fremde für ihn. Und dennoch war er seit jener Nacht, in der er sie befreit hatte, nicht mehr von ihrer Seite gewichen.

»Etwas Derartiges wird nicht wieder geschehen, hörst du?«, erklärte Gorun ernst. Die grünlichen Augen öffneten sich wieder und suchten seinen Blick. »Die Nraurn kommen nicht noch einmal so dicht an dich heran, Lillia. Das lassen wir nicht zu.«

Als sie in den Saal zurückkehrten, brannte ein helles Feuer in der Einfassung aus Kalkstein. Der Schein flackerte tröstlich über die Wände und vertrieb die Schatten, der Duft von Holzrauch erfüllte die Luft. Amra hatte ein trockenes Gewand angezogen und trug den Schal um die Schultern. Sie kauerte bei Jemrens Hund und betastete vorsichtig den verletzten Vorderlauf. Ragan nahm ihre Berührung ergeben hin. Als Gorun jedoch an dem Hund vorbei ins Haus treten wollte, hob das Tier den Kopf und stieß ein Knurren aus. Der Reiter tat so, als ginge ihn die Feindseligkeit nichts an, doch hütete er sich wohlweislich, dem Hund zu nahe zu kommen. Seine Anwesenheit gefiel dem Tier überhaupt nicht; die gelben Augen folgten jeder seiner Bewegungen, als wittere der Hund, dass ein Krieger aus dem Süden in Tegaréssos nichts verloren hatte. Ein Wort von Jemren genügte jedoch, und Ragan sank seufzend zurück.

Amra reinigte die schmutzverkrustete Wunde mit einem Lappen und etwas Wasser. Dann begutachtete sie das Bein sorgfältig. Der Hund leckte ihr über das Handgelenk und jaulte, wann immer ihm eine Berührung Schmerz zufügte.

»Es sieht nicht gut aus«, erklärte die *Laîren* schließlich. »Der Knochen ist mehrfach gebrochen, eine schwer zu behandelnde Verletzung, und ich glaube nicht, dass der Hund genug Kraft hat, um sich von seiner Schwäche zu erholen. Es ist kein junges Tier mehr.«

Jemren ging neben dem Hund in die Hocke und versenkte die Finger im dichten Fell, bis der Hund hechelte und ein eindrucksvolles Gebiss sehen ließ.

»Wenn du willst, könnte ich ihn ...«, bot Gorun an und hütete sich, den Gedanken laut auszusprechen. Ihm war nicht wohl bei der Vorstellung, das Tier töten zu müssen. Doch besser er gab dem Hund den Gnadenstoß, als dass Jemren sich überwinden musste, seinen alten Begleiter zu erlösen. Der Schütze schüttelte jedoch den Kopf.

»Wenigstens bis morgen früh«, bat er. »Ich will sehen, ob er dann aufstehen kann.«

Die Regung war verständlich: das letzte lebende Wesen in einer toten Stadt zu erhalten. Doch Amra täuschte sich selten, was Verletzungen und Krankheiten betraf. Sie hatte ihr Wissen von der alten Kräuterweisen aus Caláxi erworben und wusste genau, wann eine Verwundung so schwer war, dass sie nicht mehr heilte.

»Ich werde den Vorderlauf schienen«, schlug sie dennoch vor. Jemren nickte dankbar.

Lillia kauerte sich neben die *Laîren* und sah zu, wie Amra sich um den großen Hund bemühte. Indessen suchten Gorun und der Schütze nach Vorräten, die von den Nraurn verschmäht oder übersehen worden waren: ein Krug mit Öl; ein Tongefäß, in dem das Mehl noch frisch war; eine Schale, in der grobkörniges Salz winzige, silbrige Fische bedeckte. Als Gorun das Siegel eines weiteren Topfs brach, fand er Obst darin, das in Salzlake eingelegt war, wovon es hier nun wirklich reichlich gab. Vorsichtig kostete er und fand die Zubereitung überraschend wohl schmeckend, wenn auch äußerst ungewohnt. Jemren hatte seine zögernden Handgriffe beobachtet.

»Fisch und Salz«, erklärte Gorun mit einem Obststein zwischen den Zähnen, aus dem er den Sud sog. »Allmählich gewöhne ich mich an diese Kost.«

Der Schütze stutzte, dann lachte er. Aus dem Mehl knetete er flache Fladen und buk sie auf einer Steinplatte neben dem Feuer. Gorun spuckte den Kern in die hohle Hand und warf ihn in die Glut. Er war heikel, was Speisen anging, und Fisch gehörte nicht gerade zu seinen Leibgerichten. Seine ausgeprägten Vorlieben und Abneigungen hatten die Freunde in Caláxi und insbesondere Falrau stets zu spöttischen Sticheleien gereizt.

»Mäkelig wie eine trächtige Stute«, lautete eine Bemerkung des Speerkriegers. »Ich frage mich, ob du heute noch satt wirst.«

Gorun blickte ins Feuer, wo der Obststein knackend verbrannte und sich mit einem Mantel aus Asche umhüllte. Irgendwann musste er aufhören, von seinen Freunden wie von Lebenden zu denken.

»Der Scyé kommt mir wie eine Wetterscheide vor«, bemerkte er, um sich von den trüben Gedanken abzulenken. »Man weiß im Süden, dass jenseits der Schlucht rauere Winde wehen, doch dass die Unterschiede so groß sind, hätte ich nicht erwartet. So weit liegen die beiden Teile der Insel eigentlich nicht auseinander. Aber das Wetter und der Pflanzenbewuchs scheinen hier völlig anders zu sein als im Süden.«

Jemren nickte. »Die Unterschiede haben mich auch überrascht«, gab er zu. »Vermutlich liegt es an den Stürmen. Sie bestimmen hier alles. Zu jeder Jahreszeit ziehen sie herauf und toben manchmal so heftig, dass sie sogar die Küstenlinie verändern. Einmal verschlangen die Wogen im Lauf einer Nacht einen ganzen Strand. Die alten Leute sagen dann, das Meer strecke schon die Hand nach den Menschen aus.«

Er zuckte die Schultern, als halte er nichts von solcherlei Geraune. Unbehaglich dachte Gorun an die aufgewühlte See vor den Klippen, an die Schaumkronen auf den Wogen und die gedrungenen Wolken.

»Der Wind bringt stets Salz mit sich und bläst es bis Thárraxi – so weit ins Landesinnere?«, wunderte er sich. »Von einer solchen Wettererscheinung habe ich noch nie gehört, obwohl es im Süden gelegentlich auch sehr stürmisch sein kann.«

Ein Unwetter kam ihm in den Sinn, das Falrau und ihn an einem Winterabend auf einem Berggrat in der Nähe von Geristáni überrascht hatte. Blitz und Donner hatten die Böen begleitet, und sie waren gezwungen gewesen, die Pferde unter einem Baum anzubinden. Die ganze Nacht über harrten die Freunde unter einem Felsvorsprung aus, bis auf die Haut durchnässt und durchfroren. Damals hatte Falrau ihm eröffnet, dass er seinen Gott nicht selbst gewählt habe, wie es sonst meistens geschah. Narduk sei ihm vor langen Jahren auf einem einsamen Ritt erschienen – ein unerwartetes Eingeständnis, denn der Speerkämpfer mit dem schwarzen Bart neigte nicht zu Visionen und Vorahnungen. Außerdem geschah es äußerst selten, dass ein Gott sich den Menschen zeigte.

»Er tauchte aus dem Nichts auf und forderte mich umgehend zu einem Zweikampf auf«, berichtete Falrau. »Ich wollte zunächst den Speer nicht gegen ihn erheben – ein Mensch gegen den Herrn des Krieges. Da traf mich sein erster Schlag, und ich erfuhr, wie ernst es ihm mit der Herausforderung war.«

Der Gott und der Krieger rangen lange miteinander, doch in dieser Auseinandersetzung unterlag Falrau hoffnungslos. Als er schließlich mit schmerzenden Gliedern auf der Erde kauerte und ein rasches Ende erwartete, lachte Narduk laut auf und erklärte, erneut habe ein Mensch sich seiner würdig erwiesen. Anschließend verschwand er wie ein Spuk.

»Leider nahm er die Schrammen und Blutergüsse nicht mit sich. Sobald ich in die Stadt zurückgekehrt war, gab ich die Spange in Auftrag«, erklärte der Speerkrieger und drehte das Schmuckstück an seinem triefenden Mantel nach außen, sodass Gorun das Zeichen des Narduk betrachten konnte. Das Licht der Blitze zuckte über die bronzene Oberfläche. Der Kriegsgott war mit Schild und Speer und seinem heiligen Tier dargestellt – einem Falken.

Falraus Blick ruhte auf ihm. »Du hast mir nie erzählt, was in Defágos geschah«, sagte der Speerkämpfer. »Ich weiß noch, wie sehr du vor deinem Weggang mit Nemnos' widersprüchlichen Eigenschaften hadertest. Als du nach Ablauf eines Jahrs aus der Kühnen Stadt zurückkehrtest, warst du ein anderer Mensch. Du hattest dich mit der Wahl abgefunden.«

Gorun schlang die Arme um den Körper, um sich zu wärmen. Sein Atem schwebte als weißer Hauch in der Luft. »Es ist wahr, ich war lange Zeit nicht mit mir im Reinen. Mut und Zorn, Abwehr und Freundschaft – wie sollten Nemnos' Eigenschaften zusammenpassen? Ich wünschte einen eindeutigen Gott für mich, einen verlässlichen Begleiter im Kampf. Nemnos indes galt als schwankend. Du erinnerst dich: Wir beide beredeten Abende lang die Wesenszüge der Ewigen.«

»Elrel konnten wir jedenfalls sogleich ausschließen«, bemerkte Falrau, und sie lachten. Ein Gott der Geduld hätte der Gemütsart des Reiters ganz sicher nicht entsprochen.

»Ich konnte den Gedanken an Nemnos nicht abschütteln«, fuhr Gorun fort. »Im Knabenalter hatte ich einmal einen Traum, in dem mir ein Mann mit bronzenem Gesicht die

Hand reichte. Mein Haus deutete das Bild damals als Zeichen meiner Wahl. Als ich nun unentschlossen zauderte, kehrte der Traum zurück. Nacht für Nacht bedrängte mich die Erscheinung – bis ich ihr in Defágos schließlich gegenüberstand.« Er schloss die Augen, um sich besser erinnern zu können. »Es war dunkel. Die Lampen brannten, und ihr Schein ergoss sich über die Statuen auf dem großen Platz. In diesem Licht wirkte das Gesicht des Nemnos tatsächlich wie mit Bronze überzogen. Die Statue streckte mir die Hand entgegen und schien auf etwas zu warten. Ich ... war wie gebannt. Schließlich schritt ich auf die Figur des Gottes zu und ergriff die steinerne Hand. Damit war unser Bund besiegelt.«

Falrau nickte. »Mut und Bronze«, sagte er und schauderte vor Kälte. »Es war in jedem Fall die richtige Entscheidung.«

»Wen meinst du – meinen Gott oder mich?«, lachte Gorun, und sie verbrachten den Rest der kalten Nacht damit, sich über die Gabe der Vorsehung lustig zu machen.

Ein Ast knackte im Herdfeuer. Gorun schrak aus seinen Grübeleien auf und fand sich in dem verlassenen Saal in Tegaréssos wieder. Offenbar ließen sich die trostlosen Erinnerungen nicht verscheuchen.

Er beugte sich in den Feuerschein. »Wie verfahren die Bahak mit ihren Gefangenen? Weiß man das hier, Jemren? Weißt du das?«, forschte er.

Seit dem Fall seiner Stadt hatte er keine Nachricht mehr von den Verschleppten erhalten, doch er hatte die Hoffnung nicht aufgegeben, dass die Angehörigen seines Hauses noch am Leben waren.

Der Schütze betrachtete ihn eine Weile. »Wie hieß dein Bruder, Gorun?«, fragte er schließlich, und Gorun sog den Atem ein, so stechend wurde der Kummer. Er wandte das Gesicht ab – und drehte sich dann wieder zum Feuer, bereit, das Gespräch bis zum bitteren Ende fortzusetzen.

»Milan«, sagte er nicht ohne Mühe. »Mein Bruder hieß Milan.«

Unter den Kleidern tastete er nach dem Klanzeichen. Er trug es, seit er den Bronzering auf der schrecklich zugerichteten Leiche des Jungen gefunden hatte. Er dachte an den Speer, den er Quinda-Na entgegengeschleudert hatte. Doch ihr Tod heilte nichts, überhaupt nichts.

»Milan«, wiederholte Jemren nachdenklich. »Ich kann mir vorstellen, was Quinda-Na ihm angetan hat. Sie war äußerst grausam gegen alle Krieger, die ihr in die Hände fielen. Auf diese Weise rächte sie sich an den Kämpfern, die es wagten, ihr Widerstand zu leisten. Was die anderen Gefangenen angeht ... von den Unglücklichen, die von den Nraurn aus unseren Städten verschleppt wurden, ist nie einer zurückgekehrt.«

Das war deutlich.

Gorun saß nur da, die Ellbogen auf die Knie gestützt, und ließ die Hände herabhängen. Er lauschte auf die Vorgänge im *Taú*, auf die stumme Sprache, die oft beredter war als alle Worte. Der Schütze wirkte zurückhaltend und gefasst, als besinne er sich bereits auf das Kommende. Längst hatte er eingesehen, dass es keinen Sinn hatte, der Vergangenheit nachzutrauern und falsche Hoffnungen zu hegen.

»Wer hat hier gelebt? Wer gehört zu deinem Klan?«, fragte Gorun schließlich und betrachtete die vielen kleinen Gegenstände, die von der Anwesenheit mehrerer Menschen zeugten. Der Bogenschütze und er hatten einander bislang niemals vertrauliche Gedanken oder Gefühle mitgeteilt; für einen solchen Austausch war das gegenseitige Befremden viel zu groß gewesen.

Jemren antwortete nicht sogleich, sondern stocherte mit einem Stock im Feuer herum. Als die Flammen wieder heller brannten, zeichnete er mit dem rußigen Ende flüchtig seine Verwandtschaftslinien auf einen Stein der Einfassung.

»Tachra ist meine Großmutter«, erklärte er. »Durch sie bin ich mit einigen anderen Häusern der Stadt verbunden – Sa Vres, Sa Auru und Sa Tassra. Mein Onkel lebte mit uns, Harat und ich. Ein kleines Haus«, bemerkte er, doch das war maßlos untertrieben. Es war ein Haus, das von jeder Warte aus von erlittenen Verlusten erzählte. Ein Haus, in dem nichts mehr so war, wie es sein sollte.

»Immerhin waren die Bewohner von Tegaréssos gewarnt«, gab Gorun zu bedenken. »Indem du mit dem Kind zuerst hierherkamst, warntest du sie vor den Nraurn. Vielleicht konnten sie rechtzeitig fliehen.«

»Ja«, entgegnete Jemren nur. »Vielleicht.« Ohne eine Spur von Überzeugung.

Die Nacht zog rasch herauf. Das Feuer war die einzige Lichtquelle in einem Saal, in dem keine Lampe heil geblieben war. Als dünner Faden tänzelte der Rauch zur überdachten Öffnung hinauf und breitete sich wieder unter der Decke aus, sobald der Wind zu stark herabfuhr. Sie füllten die dampfenden Brote mit den Fischen und aßen sie warm. Die Mahlzeit war bei weitem genießbarer als alles, was man ihnen in Thárraxi vorgesetzt hatte. Der Hund fraß die Reste und bewies damit mehr Lebenswillen, als Gorun ihm noch zugetraut hätte. Nach dem kalten Bad fühlte er sich besser. Er streckte die Beine zur Herdstelle aus und genoss die Muße, solange er Gelegenheit dazu hatte. Der Spieß lag griffbereit in seiner Nähe, die Bronzestatuette des Nemnos glänzte an ihrer Lederschnur. Gleich neben dem Figürchen hing das Klanzeichen, ein Kupferring mit einem steigenden Pferdchen darin. Er trug beide Anhänger über dem Leinenhemd. Der Stoff spannte ein wenig an den Schultern; Jemren war schlanker als er, weniger breit gebaut, doch dafür umso beweglicher: Für einen Bogenschützen waren Schnelligkeit und Geschick alles, während er sich mit dem Speer vor allem auf seine Kraft verlassen musste.

Amra saß auf den Decken, die sie rings um die Herdstelle ausgebreitet hatten, knüpfte ihren Zopf auf und rieb das Haar zwischen den Händen trocken. Wenn sie wegen der Dunkelheit über der Stadt noch immer beunruhigt war, zeigte sie es nicht. Lillia lief zwischen ihrem Platz und dem

Hund hin und her und berichtete der *Laîren* eifrig vom Zustand des Tiers. Ragan war als Wächter vermutlich besser geeignet als jeder Mensch. Dem Hund entging nicht das kleinste Geräusch in der Stadt; immer wieder fuhr er hoch und starrte mit gespitzten Ohren zum Eingang – dann blieb das Mädchen in sicherer Entfernung stehen. Jemren beobachtete das Verhalten des Tiers mit großer Sorgfalt. Offenbar wusste er jede Regung einzuschätzen, und Gorun sank mit einem Aufatmen auf die Decken zurück, als der Schütze die Unruhe des Tiers nicht weiter besorgniserregend fand.

»Womit hast du Ragans Wunde vorhin eingerieben?«, erkundigte Lillia sich bei der *Laîren*.

Amra lächelte. »Das Kraut nennt sich Windraute«, erklärte sie. »Es wirkt bei Wundbrand und Ausschlägen. Ich kannte es bislang lediglich in getrocknetem Zustand, da es nur an der Küste wächst.«

Sie hielt dem Mädchen einen frischen Zweig unter die Nase. Lillia sog den Duft der Blättchen ein. »Es riecht sehr gesund«, fand sie.

Amra lachte. Die Fransen des Schals folgten jeder ihrer Bewegungen, ihre Augen leuchteten im Feuerschein wie Bernstein; auch ihr *Taú* glänzte sanft. Es war Gorun stets gegenwärtig, selbst wenn er nicht darauf achtete – das ausgeprägte *Taú* der *Laîren*. In ihren Zügen erkannte er das Gesicht seiner Stadt wieder, das Lächeln Caláxis, das an einem einzigen Tag untergegangen war.

Plötzlich bemerkte er, dass Jemren die junge Frau ebenfalls betrachtete. Beunruhigt setzte er sich auf. Der Schütze hatte nie wirklich verstanden, wer Amra war. Sie musste ihm ihre Aufgabe erklären, und selbst dann vermittelte er den Eindruck, als wisse er mit ihrem Titel nichts anzufangen.

»Du solltest dir das Salz von der Haut spülen«, schlug Gorun vor, und dann erst wurde ihm klar, dass er soeben Jemrens Worte wiederholt hatte. Amra lächelte und schwieg und fuhr fort, die üppigen Locken mit den Fingern zu durchkämmen.

Der Schütze hatte den Blick gesenkt. Umständlich überprüfte er die Befiederung eines Pfeils, an der ihm eine Kleinigkeit missfiel. Er hatte die anderen Geschosse im Köcher bereits derselben Musterung unterzogen. Ein Windstoß flackerte in den Flammen, das Dach neigte sich an der gebrochenen Stelle und sandte einen Schwall salzigen Wassers herab. Plötzlich stieß der Hund ein Grollen aus.

Jemren war schon auf den Beinen, als Gorun sich ebenfalls zum Aufstehen anschickte.

»Bleib bei Amra und dem Kind!«, winkte der Schütze ihm zu. »Wahrscheinlich hörte Ragan nur den Wind. Ich kenne jeden Winkel in der Stadt, ich sehe nach.«

Er hatte die Sehne so beiläufig eingespannt, dass Gorun den Handgriff gar nicht bemerkt hatte. Nun schritt er zur Tür und war ganz offensichtlich froh, der Stimmung in dem kleinen Saal für eine Weile zu entgehen. Gorun legte den Spieß quer über die Knie und richtete das *Taú* auf die verlassene Stadt. Die Harpune hatte nicht das Geringste mit dem kostbaren Bronzespeer gemein, den er einst besessen hatte. Aber sie würde auch ihre Dienste leisten, wenn es darauf ankam.

Amra stützte das Kinn in die Hände und starrte in die Flammen. Lillia kauerte neben ihr und verhielt sich plötzlich vollkommen still, als spüre auch sie eine Bedrohung. Beunruhigt nahm Gorun einen Anflug von Furcht in der *Laîren* wahr. Kedras Tochter war keine ängstliche Frau – und als Dienerin des Schwarzen Gottes durfte sie erst recht keine Furcht empfinden.

»Woran denkst du?«, fragte er.

»Noch ahnt der Süden nichts von den Plänen der Nraurn«, murmelte sie. »Wir hatten bislang keine Gelegenheit, unser Land zu warnen. Kajlyn-Guas Rache wird die Türme jenseits des Scyé vollkommen unvorbereitet treffen.«

»Die Rache der Bahak wird zuallererst uns treffen«, knurrte Gorun. Amra blickte auf, und der Reiter seufzte. »Ich habe alles versucht, um Jemren zur Rückkehr in den Süden zu überreden. Aber auf meine Vorschläge will er ja nicht eingehen.«

Es war ihm gelungen, wieder ein kleines Lächeln auf das Gesicht der *Laîren* zu locken. Doch ebenso rasch, wie sie erschienen war, verschwand Amras Heiterkeit wieder.

»Die Dunkelheit über dem Meer und über dem Turm ...«, flüsterte sie und zog den Schal enger um sich. »Hier muss sich etwas Schreckliches zugetragen haben. Ich hätte mich vorhin im Streit gegen Jemren durchsetzen sollen. Wir hätten uns besser eine Höhle in den Klippen oder einen geschützten Platz unter den Bäumen gesucht. Mit dieser Stadt stimmt etwas nicht.«

Gorun stieß die Decke mit dem Fuß zurück und stand auf. »Morgen«, versprach er und versuchte Zuversicht auszustrahlen. »Morgen bei Tagesanbruch verlassen wir Tegaréssos – so oder so. Sobald der Weg vor uns liegt, werden wir uns schon über die Richtung einig.«

Unruhig ging er in dem Saal umher. Auf dem Boden neben dem Eingang lagen zertrampelte, ungewachste Bogensehnen. Neben einer umgestürzten Schale glänzten Muscheln, die keinerlei Nutzen zu haben schienen – außer das Auge zu erfreuen. Daneben lag ein Kamm, mit dem sich die Frauen an Festtagen das Haar hochsteckten. Ein Korb voller Garne stand auf einem sorgsam gefalteten Kleid, ein Anblick der Unversehrtheit, der Gorun inmitten der Zerstörung seltsam anmutete. Eine Reuse hing an der Wand und dazu ein Bündel Messer mit gebogener Klinge; sie hatten wohl zum Ausnehmen der Fische gedient. Das kleine Haus barg so viele Erinnerungen wie das *Taú*, in das Jemren ihn nie, niemals hatte blicken lassen. Nun lag das vergangene Leben des Schützen weit ausgebreitet vor ihm.

In einer Ecke des Saals lagen Rindenrollen und beschriftete Blätter, die aus Bast gefertigt waren. Sie waren aus ihrem Behälter gerissen und über den ganzen Boden verstreut worden. Gorun hob einen Bogen auf – es handelte sich um Karten. Die Nraurn hatten sie achtlos weggeworfen, und nun waren sie fleckig und an manchen Stellen eingerissen: Abbildungen des Nachthimmels im Winter wie im Sommer, jedes Sternbild war verzeichnet. Seekarten und Landkarten, alle mit großer Genauigkeit angefertigt. Doch jenseits des Scyé verloren sie sich in unvollkommenen Andeutungen, in Linien, die keinen Sinn ergaben und keine Fortsetzung hatten, wo das Wissen fehlte.

Als Gorun ein Geräusch hinter sich hörte, warf er einen Blick über die Schulter. Jemren war von seinem Rundgang durch die Stadt zurückgekehrt und ertappte ihn mit der Bastrolle in der Hand.

»Hast du diese Karten gezeichnet?«, fragte er. Der Schütze legte Bogen und Köcher neben der Feuerstelle ab und trat näher, das Haar feucht vom Regen.

»Manche davon«, erwiderte er und ließ den Blick über das Durcheinander gleiten. »Die Landkarten.«

Gorun betrachtete die Zeichnung. Die Karte zeigte einen großen Teil des Nordens sowie einen Ausschnitt des Meers. Er wischte den Schmutz ab, den Nraurnstiefel über der Abbildung verteilt hatten.

»Was stellt das hier dar?«, erkundigte er sich. In Küstennähe ragte eine Vielzahl steiler Spitzen aus dem Meer.

Jemren sank neben ihm auf die Fersen. »Die Gärten von Néhraja«, erklärte er. »Es sind Felsnadeln, die teils über dem Wasser aufragen und teils unter dem Meeresspiegel verborgen sind. Mein Onkel hat sie in die Karte eingetragen. Die See vor der Insel ist sehr gefährlich, nicht nur wegen der Stürme. Es gibt Strömungen, die Boote über große Strecken hinweg mit sich fortreißen, bis sie an den Klippen zerschellen. Die meisten Fischer segeln deshalb nicht aus Sichtweite der Vier Isžj hinaus.« Der Schütze deutete auf eine Inselgruppe, die sich östlich von Thárraxi aus dem Meer erhob. »Aber Merras meinte immer, entlang der Küste gebe es so viel zu erkunden: Berge und schwarze Klippen. Das offene Meer.«

Gorun warf Jemren einen Seitenblick zu. Die Schwarzen Klippen befanden sich weit, sehr weit im Süden. Sie waren ein Teil des Küstengebirges, in dem der Altéru auslief, doch die Zeichnung war so ungenau, dass er die Gegend nicht wiedererkannt hatte. Es gab Seewege; natürlich gab es Seewege. Über diesen Umstand hatte er, der in einem Tal im Landesinnern und auf dem Rücken der grauen Pferde von Caláxi aufgewachsen war, nie nachgedacht.

Offenbar hatte man im Norden keine Möglichkeit gesehen, entlang der Küste in den Süden vorzudringen. Wie Jemren es beschrieben hatte: Das Meer rund um die Insel zeigte sich selbst in der ruhigen Jahreszeit aufgewühlt und rastlos. Auch Gorun kannte Berichte von Fischern, die mitsamt ihren Booten verschollen waren. Mandóxi besaß eine kleine Handelsflotte; sie verband die Stadt mit Noárta und Martáxi. Einmal waren von dort Schiffe aufgebrochen, um den Seeweg zu erkunden, auf welchem die ersten Menschen auf die Insel gelangt waren. Gorun erinnerte sich noch an das Abschiedsfest, das die Stadt zu Ehren der Seefahrer veranstaltet hatte. Er war damals ein kleiner Junge gewesen, der sich nicht satt sehen konnte an den schaukelnden Lichtern im Hafenbecken. Auf den Molen brannten Feuer, ihr Schein glänzte auf den Segeln. Wie prächtig war ihm die Flotte vorgekommen, als sie auf das nächtliche Meer hinausglitt! Ungeduldig wartete er auf die Berichte, die sie aus dem Land der Vorväter bringen würden. Doch der Sommer verging, ohne dass die Insel Nachricht von den Seefahrern erhielt, und im Herbst tosten schwere Stürme über die Küste hinweg. Im nächsten Frühjahr musste man schließlich die Hoffnung aufgeben, dass die Schiffe jemals zurückkehrten.

Er blickte wieder auf die Karte, die er in den Händen hielt. Jenseits des Scyé war die Zeichnung unvollständig und in vielen Einzelheiten fehlerhaft. Zudem hatte Jemren eine Schreibweise benutzt, die Gorun nur aus sehr alten Aufzeichnungen kannte.

»Caláxi liegt viel weiter westlich«, bemerkte er und deutete auf den Namen seiner Stadt.

Der Schütze nickte zustimmend, konnte die Entfernungen doch inzwischen selbst einschätzen.

»Wie sprichst du den Namen meiner Stadt aus?«, wollte Gorun wissen. Selbst die Sprechweise im Norden unterschied sich von den Betonungen, die er gewohnt war. Als Jemren ihm das Wort vorsagte, wiederholte er es mehrmals.

»Calacži. Tharracži, Cžorostrai«, übte er, aber offenbar glückten ihm die Zischlaute nicht sonderlich gut. Jemren lachte nur und schüttelte den Kopf. Gorun seufzte. »Der Name meiner Stadt kommt von *calassu, calassa* – dem Wort für ›Rot‹«, erklärte er. »Wegen der Färbung der Steine.«

»Ich weiß«, sagte der Schütze. »Die Rote Stadt. So wird sie in den ›Liedern der Erinnerung‹ genannt.« Als er Goruns Erstaunen bemerkte, fuhr er fort: »Es ist ein Zyklus von Gesängen ähnlich euren ›Chören der Geschichte‹. Sie halten fest, was wir noch über den Süden wissen: Teile der Prophezeiung, das ›Lied vom Klan‹, das ›Lied von der Insel‹ und einige wichtige historische Ereignisse. Zur Zeit des großen Rats von Anáxi, heißt es an einer Stelle. Oder: An den grünen Ufern des Jaru. Noch heute beginnen alle unsere Geschichten im Süden.«

Es war still in dem verlassenen Saal in Tegaréssos. Nur hin und wieder sang ein Scheit im Feuer oder der Hund veränderte seufzend seine Lage. Plötzlich erinnerte Gorun sich an die Aufmerksamkeit, die Jemren den Götterstatuen und Türmen von Caláxi gewidmet hatte. Selbst die dürren Landstriche der Trockenen Hügel hatte der Schütze länger betrachtet, als es auf der Flucht vor Quinda-Nas Kriegern ratsam erschienen war. Gorun hatte diese Versunkenheit stets für Tagträumerei gehalten, für jene gefährliche Geistesabwesenheit, mit der Jemren sich auch Lillia zuwandte. Nun erkannte er ein Verlangen darin, das er selbst nie empfunden hatte, und er fragte sich, wie man etwas vermissen konnte, das man niemals zuvor zu Gesicht bekommen hatte.

Den großen Süden. Den mythischen Süden, um den sich alle Erzählungen rankten.

Einem plötzlichen Antrieb folgend, bückte er sich und raffte die Karten zusammen, wollte sie wenigstens vor dem salzigen Wasser retten, das sich in Pfützen auf dem Boden ausbreitete. Doch Jemren winkte ab.

»Lass sie liegen, Gorun«, wehrte er ab. »Diese Aufzeichnungen gehören in eine andere Zeit. Und wie du bemerkt hast, taugen die meisten ohnehin nichts.«

Da vernahmen die beiden Männer einen erschrockenen Ausruf und fuhren herum. Amra hatte sich an der Feuerstelle auf die Knie aufgerichtet und starrte mit geweiteten Augen zur Tür.

»Er ist hier!«, flüsterte die *Laîren*. »Der Schwarze Gott hat soeben die Stadt betreten.«

2

Der Herr der Dunkelheit schlich um die leeren Häuser und den Turm von Tegaréssos. Amra spürte seine Gegenwart bis ins Innerste – den Lockruf aus der Nacht, der ihr und allem Lebendigen galt; ein stetiges Ziehen im *Taú*, das ihr in dieser toten Stadt das Leben aus dem Mark sog, bis nichts als Kälte blieb.

Gorun und der Bogenschütze eilten zu ihr ans Feuer. »Was siehst du?«, fragte der Reiter besorgt. »Wo steckt er?«

Jemren hielt sich mit Äußerungen zurück; er betrachtete sie lediglich mit einem Ausdruck im *Taú*, als sehe er in der *Laîren* samt ihren Wahrnehmungen und Befürchtungen ein bemitleidenswertes Geschöpf. Der Schütze mochte vielleicht die Ansicht vertreten, dass man den Gott der Toten von den Stätten der Menschen fernhielt, indem man schlichtweg nicht an ihn glaubte. Aber Amra wusste es besser.

Der Hungrige Gott war nie zufrieden zu stellen, ein nie zu befriedigendes Verlangen trieb ihn um. Er lauerte in den Schatten, er lauerte überall – der Gott der Tausend Gesichter, wie Antiles im Süden auch genannt wurde. Die Menschen jenseits des Scyé wandten sich voller Schrecken von ihm ab, denn wie jedes lebende Wesen fürchteten sie, seine Aufmerksamkeit vor der Zeit auf sich zu lenken. Aber manchmal halfen auch die Schutzgesten und Gebete nicht. Manchmal wurde Antiles' Macht zu groß, und auch eine *Laîren* konnte sein Verlangen nicht länger zurückweisen.

Amra erhob sich und schritt zur Tür. Vorsichtig schob sie die Matte vor dem Eingang ein Stück zur Seite und warf einen Blick auf den verlassenen Platz vor dem Klanhaus. Schwarz und sternlos war die Nacht; das Unwetter entlud sich mit voller Heftigkeit über der Stadt. Je länger Amra in die Finsternis hinausblickte, umso mehr beschlich sie das

Gefühl, Tegaréssos sei samt seinen Mauern und dem Turm von der Insel verschwunden. Die Dunkelheit hatte alle Gebäude im Umkreis verschluckt, die Böen steigerten sich zu einem ohrenbetäubenden Tosen.

Die Männer waren ihr zur Tür gefolgt. Auch die beiden Krieger blickten beunruhigt in die stürmische Nacht hinaus. »Erinnerst du dich an ein solches Unwetter? Gab es hier je zuvor einen derart schlimmen Sturm?«, fragte Amra den Schützen. Sie musste die Stimme heben, um das Brüllen des Winds zu übertönen.

Jemren schüttelte verneinend den Kopf. »Vermutlich siehst du jetzt ein, wie notwendig es war, in meiner Stadt Schutz zu suchen«, bemerkte er. »Wer sich nun noch an der Steilküste aufhält, wird unweigerlich ins Meer geweht.«

Amra ließ die Matte zufallen. »Deine Stadt liegt genau in der Schneise des Sturms«, erwiderte sie kühl. »An jedem anderen Ort wären wir sicherer.«

Falls Jemren sich auch nur im Entferntesten an den Schatten über dem Ufer des Nárdas erinnerte, an die letzten, verzweifelten Augenblicke ihrer Flucht, hätte er ihr recht gegeben. Aber in ihrem Gegenüber spürte sie ein *Taú*, das sich voller Sturheit und Stolz der Einsicht verweigerte.

»Tegaréssos hat den Stürmen stets standgehalten«, erklärte der Schütze. »Den Stürmen, den Nraurn sowie allen anderen Plagen, die der Norden zu bieten hat.«

»Doch heute Nacht tobt kein gewöhnlicher Sturm über der Stadt«, gab Amra zurück. »Heute Nacht stattet uns ein zorniger Gott einen Besuch ab.«

»Ein Gott?«, wiederholte Jemren verächtlich. »Diese Düsternis soll einen Gott darstellen ... *deinen* Gott etwa?«

Amra blickte ihm ins Gesicht und wusste nicht recht, ob sie sich über den Schützen ärgern oder ihn beneiden sollte. Wie sorglos vermochte er über die vielfältigen Verflechtungen dieser Welt mit der nächsten hinwegzusehen! Aber auch im Norden starben die Menschen, sobald der Schwarze Gott sie zu sich rief, und Tegaréssos hatte im Lauf der Zeit vermutlich mehr als genug Tote zu beklagen gehabt – insbesondere das Klanhaus Sa Tachra erzählte diese Geschichte.

»Antiles sucht nach mir«, sagte Lillia da.

Die drei Erwachsenen fuhren herum. Das Kind stand dicht hinter ihnen, und doch hatte keiner von ihnen sein Herannahen gespürt. Auch Jemrens Hund, der sonst bei jedem Knacken hochfuhr, rührte sich nicht; Ragan nahm das Mädchen nicht wahr.

Denn Lillia hatte kein *Taú*. Es gab kein Anzeichen von Lebendigkeit in ihr – sie wirkte wie ein heller Schatten unter all den Schemen im Saal.

Ihre Worte ernüchterten Jemren auf einen Schlag. »Er sucht nach dir? Was hat das zu bedeuten?«, fragte der Schütze.

»Ich weiß nicht«, murmelte das Mädchen. »Aber mir ist ganz kalt. Und ich höre schon die ganze Zeit über sein Geflüster.«

Amras Herz setzte für einige Schläge aus, als sie begriff, wovon das Mädchen sprach. Es war allein Aufgabe der *Laîren*, auf das Wispern des Totengottes zu lauschen.

»Du darfst nicht auf dieses Raunen achten«, mahnte sie. Besorgt ergriff sie das Handgelenk des Mädchens – ein Kind ohne *Taú* durfte auch die *Laîren* berühren. Lillia schauderte und schloss die Augen; ihr Arm war eiskalt. Das erste aller Kinder – so hatte die Nraun-Feldherrin sie genannt. Amra vermochte sich nicht vorzustellen, welches Schicksal der Insel blühte, sollte Antiles ihrer habhaft werden.

»Was sollen wir denn jetzt unternehmen?«, fragte Gorun.

Erneut begutachtete Amra den Zustand ihres Verstecks. Der Wind fauchte durch die Ritzen des Dachgebälks, Salzwasser tropfte von der Decke. Schatten duckten sich in den Ecken, und in dem Spalt, der in der Wand klaffte, lauerte Dunkelheit.

»Das Feuer darf unter keinen Umständen ausgehen«, erklärte sie. »Solange wir Licht und Wärme haben …«

»Das Feuer darf nicht ausgehen?«, wiederholte Jemren, als habe er sich soeben verhört. »Auf diese Weise bekämpft man den Schwarzen Gott?«

Amra funkelte ihn an. »Das Licht vertreibt die Dunkelheit. Was ist daran so schwer zu verstehen?«

Der Schütze verschränkte die Arme und schwieg.

Gorun räusperte sich vernehmlich. »Bei allen guten Geistern, was ist denn in euch beide gefahren?«, erkundigte er sich. »Wir sitzen nun einmal alle hier fest, und die Nacht vergeht nicht angenehmer, wenn wir uns streiten. Machen wir also das Beste aus unserer Lage!«

Das Beste in einer solchen Nacht war ein Platz am prasselnden Herdfeuer. Die Erwachsenen unterhielten sich eine Weile; das anschließende Schweigen währte allerdings viel länger als das Gespräch. Die *Taú* rückten voneinander ab, als jeder den eigenen Gedanken nachhing. Amra betrachtete die Gesichter ihrer Gefährten, während Lillia sich behaglich in ihre Arme kuschelte. Scheinbar war sie die Kleinste und Jüngste in der Runde; allerdings täuschte nichts so sehr wie das Erscheinungsbild des Mädchens. Im Grunde sitzen wir alle hier wie Kinder, die nicht zugeben wollen, dass sie zusammen weniger Furcht vor der Dunkelheit verspüren, ging es Amra durch den Kopf.

Der Sturm toste mit unverminderter Heftigkeit um das Haus. Schauer prasselten auf das Dach; das Wasser floss plätschernd und gurgelnd durch Abläufe und Rinnen. Manchmal glaubte Amra, sie höre die Schritte des Schwarzen Gottes, während er durch die Stadt ging. Dann redete sie sich schnell ein, es sei nur ein losgerissenes Brett, das in den Böen gegen einen Balken schlug. Besorgt beobachtete sie, wie der Holzvorrat zur Neige ging. Bald mussten die Männer auf die Einrichtungsgegenstände zurückgreifen, um das Feuer in Gang zu halten. Die Flammen flackerten und knisterten bei jedem Windstoß und fraßen sich gierig durch Truhendeckel und Sitzbänke; die Schnitzereien glühten und zerfielen dann zu immer kleiner werdenden Kohlebröckchen. Bekümmert starrte Amra auf das Häufchen Asche und wünschte, sie wüsste, wie man den Herrn der Dunkelheit für alle Zeiten von der Insel verbannte.

Zum ersten Mal in ihrem Leben fürchtete sie sich vor Antiles. Sie fürchtete ihn, weil er erzürnt und mächtig war und aus dem Nichts nach ihr greifen konnte – und weil sie mit diesem Wissen ganz allein war. Seit Drauras Tod gab es keinen Menschen mehr, den sie um Rat fragen konnte; im Norden schon gar nicht.

Die alte *Laîren* von Caláxi hatten sie in sämtliche Bräuche und Überlieferungen eingewiesen und sie die Gesten gelehrt, mit deren Hilfe die Grenze zwischen dem Hier und dem Entfernten Land gewahrt wurde. Damals war es ihr als die größte Hürde erschienen, sich all die langwierigen Verfahren einzuprägen, die Reihenfolge der Gesänge und jedes scheinbar noch so unbedeutende Wort. Doch der weitaus schwierigste Teil ihrer Kunst war der Blick in Antiles' schreckliches Gesicht. Die *Laîren* musste den Anblick des Totengottes ertragen, obwohl sie wusste, dass sein Schatten eines Tages auch über sie fallen würde. Wie sonst hätte sie ihn in die Schranken weisen können?

Sie hatte Antiles erzürnt. Sie hatte sich ihrem Gott widersetzt und ihm streitig gemacht, was er schon in den Klauen gehalten hatte. Es war nichts Ungewöhnliches für eine *Laîren*, sich über die Grenze ins Entfernte Land zu begeben, um das *Taú* eines Schwerkranken zurückzuholen. Aber bei diesen Gelegenheiten war sie lediglich einem umherirrenden Licht gefolgt und hatte es sanft in die Helligkeit des Tages zurückgelockt, ohne dem Herrscher des Schattenreichs zu begegnen. Am Ufer des Nárdas jedoch hatte sie sich zwischen Antiles und seine Beute gestellt. Auf diese Weise hatte sie verhindert, dass er bekam, wonach es ihn gelüstete: Der Herr der Dunkelheit begehrte Lillia.

Amra schlang die Arme fest um das Mädchen. Menschliche Nähe tröstete das Kind, auch wenn es nicht menschlich war. Goruns Gegenwart nahm Amra bis in die Träume wahr, auch Jemrens verschlossenes Wesen war ihr mittlerweile vertraut. Sogar den Hund spürte sie, wie er litt und sich dann wieder mit seinem Los abfand. Lillia indessen war ein blinder Fleck, ein Bündel Stoff in ihrem Arm – ein Gegenstand, hätte das Kind nicht geatmet.

»Hab keine Angst«, flüsterte sie in die dichten Locken des Mädchens. »Du trägst doch die kleine Münze, die ich dir gegeben habe – mein altes Amulett.« Lillia nickte und zog den Anhänger unter dem Kleid hervor. »Draura, meine alte Lehrmeisterin, hat mir die Münze geschenkt, nachdem ich das erste Jahr meiner Ausbildung vollendet hatte. Hier, auf dieser Seite zeigt sie das Symbol des Lebens«, fuhr Amra fort und ließ das Mädchen das Schriftzeichen mit den Fingern ertasten. »Auf der anderen Seite ist das Zeichen des Sterbens eingeprägt. Diese Münze erinnert die *Laîren* daran, dass beides zusammengehört, aber sie gemahnt auch daran, dass beide Kräfte ausgewogen sein müssen. Das eine kann nicht ohne das andere sein. Deshalb ist Antiles' Macht nicht unbegrenzt. Solange du diese Münze bei dir trägst, kann er dir keinen Schaden zufügen.«

Lillia betastete das Amulett aufmerksam. »Genauso wie Jemren, Gorun und du zusammengehören«, meinte sie dann.

Über die knisternden Flammen hinweg tauschten die Erwachsenen einen Blick. »Wie kommst du denn darauf?«, fragte Amra. Nichts ergab weniger eine Einheit als der Reiter, der Schütze und sie; nichts hatte weniger gemein als ihre Schicksale.

»Qyon hat das gesagt«, erwiderte das Kind. »Weißt du noch?«

»Qyon?«, warf Gorun verblüfft ein. Er setzte sich aufrechter hin. Sie alle erinnerten sich gut an den verkrüppelten alten Nraur, der einsam in der Bemalten Schlucht lebte. Dass er einen solchen Eindruck auf Lillia gemacht hatte, war Amra damals entgangen. »Er sprach mit dir – aber was meinte er? Du hattest keine Angst vor ihm, obwohl er ein solch erschreckendes Äußeres hat.«

»Natürlich habe ich keine Angst vor ihm«, entrüstete Lillia sich. »Qyon kennt mich doch. Er täte mir nie etwas Böses an.«

»Qyon ... kennt dich?«, wiederholte Gorun ungläubig. »Aber wie ist das möglich? Wo seid ihr euch begegnet? Unterhält man an dem Ort, an dem du lebst, Verbindungen zum Ziegenvolk?«

»Zu *allem*«, flüsterte das Mädchen. Sie starrte den Reiter an, ohne eine Miene zu verziehen. Amra hielt den Atem an – auf diese Weise erlangte das Kind Macht über Feuer und Wind, über Quelle und Stein. Gorun bewegte sich nicht. Schließlich blinzelte Lillia und brach den Bann. Die Schnur des Amuletts lief ihr über den ausgestreckten Finger, und sie ließ die Münze hin- und herschwingen.

»Früher besuchte Qyon mich ganz oft«, erzählte sie. »Und er brachte mir immer eine andere Geschichte mit. Habt ihr gewusst, dass er die Bilder in der Schlucht malt?«

»Der Nraur hielt sich schon einmal in deiner Heimat auf? Er wusste also ganz genau über den Ort Bescheid, von dem du stammst?« Jemren lehnte sich zurück, schloss die Augen und rieb sich über die Stirn; das Silber seiner Ringe blinkte.

So nahe waren sie der Lösung des Rätsels gekommen. Ein Wort des Wächters hätte sie auf die richtige Spur geführt. Andererseits war es durchaus denkbar, dass der verwirrte alte Nraur Quinda-Na den Aufenthaltsort des Mädchens verraten hatte.

»Wer teilt dein Zuhause mit dir, Lillia?«, forschte Amra. »Einmal erzähltest du mir, du habest keine Geschwister. Aber so wie wir alle stammst doch auch du bestimmt aus einem Klan. Hast du keine Mutter? Keinen Onkel, der darauf achtet, dass dir nichts zustößt?«

Als Antwort auf jede Frage schüttelte das Mädchen nur den Kopf. Mit ihrer Mitteilsamkeit war es vorbei; sie spielte mit der Münze wie ein Kind, das sich nicht mehr an das eben Gesagte erinnerte – oder erinnern wollte. Plötzlich gähnte sie und erklärte, jetzt sei ihr wieder warm und sie könne einschlafen.

Amra stand auf und holte dem Kind eine Decke. Das Feuer hatte den Wollstoff angenehm vorgewärmt, sie wickelte Lillias Füße darin ein. Plötzlich erstarrte sie.

Amra, flüsterte der Herr der Dunkelheit – oder war es nur ein Luftzug im Gebälk?

Geh, dachte sie mit klopfendem Herzen. Hier hast du alles genommen, was zu nehmen war, Grausamer. Geh fort.

Amra, raunten die Schatten.

Sie warf einen Blick auf die beiden Männer. Gorun und Jemren hatten das verstohlene Herannahen des Schwarzen Gottes nicht bemerkt; soeben tauschten sie sich über jene Feinde aus, die man mit den Händen zu fassen bekam und mit Waffen besiegen konnte.

Harat, seufzte der Wind.

Da stieß Jemrens Hund ein langgezogenes Heulen aus – einen wilden, wolfsähnlichen Klagelaut. Fluchend sprang der Reiter auf, und der Schütze griff hastig hinter sich und zog Köcher und Bogen zu sich heran.

»Hör mit dem Gejaule auf!«, rief Jemren dem Hund zu, aber Ragan ließ das Winseln nicht bleiben; es steigerte sich zu einer schrillen Klage. Da schrie Lillia auf und deutete auf den Spalt in der Wand. Schwärze strömte ins Innere des Hauses. Mit spinnengleicher Geschwindigkeit glitten die Schatten über die Wände.

Ein Spalt, Amra! Ein Riss, ein Loch in der Welt! Eine solche Gelegenheit kommt Antiles wie gerufen. Plötzlich schien es Amra, als vernehme sie inmitten des heulenden Sturms Drauras altersschwache Stimme. Ihre Lehrmeisterin sprach aus dem Entfernten Land zu ihr. *Steh nicht länger nutzlos herum, Kind! Du musst etwas unternehmen.*

»Das Feuer!«, rief Amra den Männern zu. »Das Feuer muss weiterbrennen!«

Sie zog ein glimmendes Holzstück aus der Herdstelle, den Rest eines Asts, und lief damit auf den Riss zu. Als sie die Fackel hob, wich die Dunkelheit zurück – aber sie floh nicht wieder in Nacht und Sturm hinaus. Die Schatten huschten über die Decke, krochen ins Dachgebälk und nisteten sich dort ein. Immer mehr Düsternis sickerte durch den Spalt ins Haus.

Vorsichtig bewegte Amra sich durch den Saal. Sie hielt den Blick nach oben gerichtet und umklammerte den brennenden Ast mit beiden Händen. Die Fackel warf einen Kranz aus Licht an die Decke, aber der flackernde Schein reichte nicht bis in die Ecken – dort flimmerte Schwärze. Aus den Augenwinkeln sah sie, wie sich ihre Gefährten nach Kräften bemühten, das Feuer in Gang zu halten – und dennoch drohten die Flammen zu ersticken. Rauch kräuselte sich unter dem Dachgebälk. Lillia kniete auf der Wolldecke und verfolgte das unruhige Tänzeln von Hell und Dunkel mit offenem Mund.

»Da!«, flüsterte das Kind. »Da ist er! Er ist ganz nah!«

Das Tosen des Sturms steigerte sich zu einer Bö von ungeheurer Wucht. Das Dach knackte, es hob und senkte sich, bis Amra meinte, es flattere jeden Augenblick davon, und der Sturm sprenge die Wände ihres Verstecks. Die Flammen in der Herdstelle sackten in sich zusammen; bis auf ein bläuliches Glimmen über der Asche wurde es finster im Saal.

»Schnell!«, schrie Lillia. »Er kommt!«

Amra stieß die Fackel nach oben. Aus dem Gebälk stürzte ein großer Aasvogel auf sie herab – der Albtraum, der sie seit dem Kampf am Ufer des Nárdas nicht mehr losgelassen hatte. Sein Pesthauch hüllte sie ein, die Schwingen schlugen ihr um den Kopf. Der glühende Ast wurde ihr aus der Hand geprellt, als der Geflügelte sie zu Boden stieß und ihr mit aufgerissenem Schnabel drohte.

Mein!, gellte Antiles. *Das Eine Kind hat kein Taú! Es ist mein!*

Amra grub die Finger in das stinkende Gefieder. Es barst unter dem Druck ihrer Hand wie morsches Holz, Splitter und Staub fielen auf sie herab.

Zurück!, schrie sie den Herrn der Dunkelheit an. *Weich zurück in die Schatten und erkenne die Grenze zwischen dem Reich der Toten und der Welt der Lebenden an! Hier hast du genug angerichtet – jetzt verlass diese Stadt!*

Antiles' Kopf ruckte herum, er reckte ihr sein Vogelgesicht entgegen. Blicklose Augen starrten auf sie herab, und sein Wispern fuhr ihr durch das *Taú*.

Mein! Er zerrte an ihr. Staub floss ihr über die Augenlider, Sand rann ihr durchs Haar, als der Aasvogel seine Beute verscharrte.

»Amra!«

Sie spürte den Ruck, der den Gott durchfuhr, als sich ihnen ein lebensvolles *Taú* näherte, ein *Taú*, das nicht ins Entfernte Land gehörte. Nein!, dachte sie voller Panik. Nicht Gorun. Nicht jetzt schon.

Sie stieß den Arm durch das Loch in der Brust des Vogels und tastete nach dem Kern, der dieses Geschöpf zusammenhielt. Aber sie griff ins Leere – im Innern war der Gott hohl.

»Bei der Quelle und allen Ewigen Göttern – Amra!«

Der glimmende Stock lag eine Armlänge von ihr entfernt. Sie streckte sich und bekam ein Ende zu fassen. Die Spitze glühte auf und zog eine Rauchspur hinter sich her, als der Ast durch die Luft sauste; aus dem verkohlten Holz brachen Flämmchen hervor. Funken sprühten über das Gefieder des Totenvogels, als ihn der Schlag traf.

Kreischend fuhr Antiles zurück. Er ließ von Amra ab und erhob sich mit lauten Flügelschlägen. Einen Augenblick lang sah es so aus, als sei er bereit, abermals auf die *Laîren* herabzustoßen. Aber dann faltete Antiles mitten im Flug die Schwingen zusammen und stürzte auf den Riss in der Hauswand zu.

Hastig sprang Amra auf und rannte zu dem Spalt hinüber. Der Gott entschlüpfte dicht vor ihr ins Freie. Dreimal schlug seine Priesterin mit dem Stock gegen die Wand; die Funken schwirrten umher. Ein dreimaliges Klopfen rief den Herrn der Dunkelheit ans Tor zur andern Welt, und ein dreimaliger Abschied genügte meist, um ihn wieder in sein Reich zu entlassen. Mit dem glimmenden Ende des Asts schrieb Amra Zeichen an die Wand: das Zeichen des Bannens, das auf den Stelen nahe der Gräber prangte; das Zeichen des Begrenzens, mit dem die *Laîren* die Totenkammern versiegelte; und das Zeichen des Abschieds, nach dessen Vollendung man dem Entfernten Land den Rücken kehrte.

Dann lauschte sie.

In der Ferne hörte sie das Meer. Die Wogen brandeten gegen die Klippen, der Wind trug das gleichmäßige Donnern heran – ein frischer Nachtwind, wie er vermutlich oft über der Stadt an der Küste wehte. Mit der letzten Bö hatte sich der Sturm gelegt, und nun war wieder Ruhe eingekehrt.

Zitternd lehnte Amra sich gegen die Wand und wartete darauf, dass sich das wilde Herzklopfen beruhigte. Als sie schließlich feststellte, dass sie im Saal hinter sich keinen Laut vernahm, drehte sie sich um.

Das Feuer brannte wieder hell und freundlich. Gorun stand in ihrer Nähe und hielt den Spieß umklammert, als habe er sich mit der Harpune auf den Herrn der Schatten stürzen wollen. Jemren kniete neben Lillia auf den Decken und presste das Mädchen an sich, und die Kleine hielt sich ihrerseits an ihrem Beschützer fest. Beide Männer starrten Amra an.

Mit einem Aufatmen trat sie zur Herdstelle, warf den Stock in die Flammen und wischte sich den Ruß von den Händen.

»Mit etwas Licht vertreibt man den Herrn der Dunkelheit«, sagte sie. »So habe ich es von meiner Lehrmeisterin gelernt.«

Nun, da sich der Sturm gelegt hatte, wagten die Gefährten ein wenig zu schlafen. Abwechselnd streckten sie sich in der Wärme neben der Herdstelle aus, während stets einer von ihnen Wache hielt. Als Amra schließlich aus einem unruhigen Schlummer erwachte, war das Feuer verloschen und die Matte vor dem Eingang hochgezogen; schwache Helligkeit erfüllte den Saal. Sie erhob sich und trat vor das Haus. Der Tag begann grau, doch es war das Grau sehr frühen Lichts. Über der Mauer verblassten die letzten Sterne.

Tegaréssos bot einen ganz und gar unerwarteten Anblick. Über Nacht hatte sich das Salz abgelagert; es bildete Ausblühungen auf den Steinen, sammelte sich an den Rändern der Pfützen und lief in weißen Bändern um den Turm. Auf dem Schutt, der am Tag zuvor noch ein Bild der Trostlosigkeit geboten hatte, glitzerte ein Pelz aus Salznadeln. Die Mauer, der gedrungene Turm – die ganze Welt funkelte.

»Es sieht merkwürdig aus, nicht wahr?«, bemerkte Jemren. Er hatte einige brauchbare Fundstücke auf den Stufen vor dem Haus zusammengetragen und schnürte sie soeben in ein Bündel. »Das ›Salzland‹ nannte Harat diese Erscheinung.« Er verstummte kurz. »Manchmal hielt ein Sturm tagelang an. Bis der nächste Regenguss aus dem Inland die Krusten fortspülte, ernährte uns das Meer. Schwieriger ist es mit den Wasserstellen.« Er deutete zu dem Trog unter dem Vordach hinüber. Die Einfassung war mit blinkenden Kristallen überzogen. Der Wind hatte in der Nacht gedreht und das Salz vor sich hergetrieben, sodass das frische Wasser nun verdorben war. »Nur der Brunnen unter dem Turm bleibt wirklich salzfrei«, erklärte der Schütze.

Er kam zu Amra und bot ihr einen Tonbecher an. Schweigend nahm sie an und nippte von dem heißen Getränk. In der kühlen Morgenluft wärmte sie der Schal, und bei Tageslicht konnte sie die Muster erkennen, die in den Stoff gestickt waren: schilfgrün, meeresblau und sandfarben wie das Umland der Stadt. Als sie wieder aufblickte, bemerkte sie, dass Jemren zögernd stehen geblieben war.

»Wohin würdest du gehen, Amra?«, fragte er. »Wohin würdest du dich als Nächstes wenden?«

»Das fragst du *mich*?«, gab sie überrascht zurück. »Welche Auskunft kann ich dir geben, außer über den Süden?« Jemrens dunkle Augen ruhten auf ihr. »Du willst in den Süden? Dann hat Gorun dich also überredet«, entfuhr es ihr, als er schwieg.

Der Schütze lächelte, doch er wurde rasch wieder ernst. Sein Blick glitt über die verlassene Stadt, die zerstörten Häuser, über denen sich der Himmel zaghaft färbte.

»Hier besitze ich nichts mehr«, erklärte er ruhig. »Alle Menschen, die mir nahestanden, befanden sich in dieser Stadt. Vielleicht konnten sie sich wirklich in Sicherheit bringen, wie Gorun vermutete: Unsere Boote lagen in einer Bucht unweit von hier. Wir vier müssen Tegaréssos jetzt schnellstens verlassen, bevor Nret und ihre Schützen uns hier aufspüren. Aber wenn ich ehrlich bin ... ich habe nicht die geringste Ahnung, was wir jetzt tun sollen.«

Ihr müsst zurückgehen, Kind. Weit zurück.

Verwirrt stellte Amra den Becher ab und lauschte auf die ferne Stimme im *Taú*. Drauras Wispern war kaum mehr als das Echo eines Echos, aber die alte *Laîren* von Caláxi schien ihr etwas von Bedeutung mitzuteilen.

Zurück, zurück! Das Wort hallte Amra durchs *Taú*.

»Wir müssen ... wieder zurückgehen«, wiederholte sie zögernd. Sie hütete sich davor, dem Schützen zu verraten, woher sie ihre Weisheit nahm. Drauras Ratschlag konnte alles Mögliche bedeuten. Angespannt wartete Amra auf weitere Einflüsterungen, aber das Wispern ihrer alten Freundin verklang.

Jemren seufzte; dann nickte er. Der halb geleerte Becher stand auf den Stufen, und er griff nach dem Gefäß, unbekümmert und unbelastet von den Gebräuchen des Südens. Rasch hob Amra die Hand und schlug den Becher aus seiner Reichweite. Das Gefäß fiel zu Boden und zerbrach, sein Inhalt versickerte.

»Du darfst mich nicht berühren – mich nicht und keinen Gegenstand, den ich zuvor in der Hand gehalten habe«, warnte sie den Schützen. »Ich bin Antiles' Dienerin. In der vergangenen Nacht hast du erlebt, was das bedeutet. Halte dich an das Gebot, Jemren, auch wenn du es nicht verstehst.«

Entgeistert starrte der Schütze sie an. Bevor er zu einem Einwand ansetzen konnte, hörten sie ein Geräusch hinter sich. Der Hund erschien an der Tür, ein magerer, bläulicher Wolf. Lillia begleitete das Tier. Mühsam schleppte Ragan sich in ihre Nähe und sank mit einem Seufzen auf die Stufen. Jemren runzelte die Stirn.

»Es geht ihm schon viel besser«, meinte er dann dankbar. »Ich denke, wir nehmen ihn mit. Ragan könnte uns auf dem Weg durch den Norden durchaus nützlich sein. Gorun füllt nur noch die Wasserflaschen, dann brechen wir auf.«

»Gorun füllt die Wasserflaschen? An der Quelle unter dem Turm?« Beunruhigt stand Amra auf. Der Brunnen war das größte Heiligtum einer Stadt. Niemand außer der *Nashan* und ihren Priesterinnen durfte das Gewölbe betreten – so verhielt es sich im Süden.

Jemren zuckte die Schultern, als sei nichts weiter dabei. »Im Norden macht es keinen Unterschied, wer sich ums Wasserholen kümmert«, meinte er.

»Nein! Es ist falsch!« Amra wusste nicht, was die Unruhe auslöste, doch plötzlich schlug ihr das Herz bis zum Hals. »Gorun darf nicht in das Gewölbe hinabsteigen! – Komm mit, schnell!«

Gefolgt von dem Schützen, rannte sie zur Vorderseite des Bauwerks, wo sich der Eingang befand. »Warte hier bei dem Hund, Lillia! Wir sind gleich zurück«, rief Jemren dem Mädchen zu. Die Kleine war ihnen auf den Platz am Stadttor gefolgt. Jetzt kauerte sie sich nieder und legte den Arm um Ragans struppigen Nacken.

Die Steinquader, die von den Nraurn aus der Turmkrone gebrochen worden waren, hatten Löcher in die Mauern geschlagen, sodass Tageslicht einfiel, wo sonst Halbdunkel herrschte. Gleich hinter dem Eingang gelangten sie in eine ebenerdige Kammer, in deren Mitte steile Treppenstufen in die Tiefe führten. Amras *Taú* pochte. Sie war auch in ihrer eigenen Stadt noch nie in das Gelass unter dem Hauptturm hinabgestiegen. Die Luft war kühl, und es roch nach Wasser. Die Steinwände neben der Treppe waren von grünen Moosen und Flechten überzogen, die ebenso wundersame Muster bildeten wie das Salz auf den Außenmauern.

Da ertönte am Fuß der Treppe ein Scharren; das Geräusch hallte zwischen den engen Steinwänden herauf.

»Gorun?«, rief Jemren in die Tiefe hinab.

Der Reiter trat rückwärts in einen Lichtstrahl, bis er mit den Schultern gegen die Steinmauer stieß – er warf sich regelrecht gegen die Wand. Als er das Gesicht zu ihnen hob, waren seine Züge bleich und verzerrt.

Jemren rannte die Stufen hinab und sprang über den Steinquader, der quer über dem Ende der Treppe lag. Als er sich an Gorun vorbeidrängen wollte, ergriff der Reiter ihn am Arm und hielt ihn zurück.

»Geh da nicht hinein!«, stieß Gorun hervor. »Betritt das Gewölbe nicht.«

Jemren schüttelte die Hand des Reiters ab und bückte sich unter den Eingang. Amra folgte dem Schützen hastig – da prallte er gegen sie, so heftig fuhr er zurück und schlug mit einem erstickten Laut die Hand vor das *Taú*.

Auf den Steinplatten vor dem Brunnen lag ein toter Junge.

Schwarzes Blut bildete eine Lache unter dem Körper, das Gesicht war hohlwangig und die Augen lagen eingesunken in den Höhlen. Als Amra den Blick von der Leiche hob, bemerkte sie zu ihrem Entsetzen, dass am Rand des Brunnens weitere Tote lagen. Gliedmaßen trieben im Wasser, die Gesichter von Männern, Frauen und Kindern, Menschen jeden Alters, jeden Geschlechts und jeden Klans. Die Nraurn hatten die Bewohner von Tegaréssos ermordet und die Toten in die Quelle geworfen.

Jemrens *Taú* erlosch. Für Augenblicke erstarb jede Regung darin – und kehrte dann umso qualvoller wieder.

»Sieh sie nicht an!«, stieß Gorun hervor. »Wir müssen das Gewölbe sofort verlassen, Jemren. Du und ich – wir dürfen uns nicht hier aufhalten.«

Und dennoch war der Reiter ihnen gefolgt, hatte dieses furchtbare Gelass abermals betreten. Jemren hörte ihn nicht. Er streckte die Hand nach dem toten Jungen aus und wollte auf die Fersen sinken, doch da fasste der Reiter ihn erneut am Arm.

»Nein«, raunte Gorun. »Du kannst hier nichts mehr tun,

deine Stadt ist für immer verloren. Ein solches Verbrechen kann niemand mehr gutmachen. Wir werden den Eingang zur Quelle verschließen. Wir werden das Gelass versiegeln und den Ermordeten ein Grab geben. Aber, bei der Quelle, lass sie. Lass sie liegen.«

Jemren starrte auf die Toten, was niemand mit lebendigem *Taú* tun sollte, weder Klankönigin noch Krieger – nur die *Laîren*. Entschlossen trat Amra zwischen den Schützen und die Verstorbenen; sie überdeckte sein *Taú* mit dem ihren und schauderte, als sie sein Innerstes streifte.

»Jemren!«, rief sie ihn. Da endlich hob der Schütze die Hand zum Gesicht und bedeckte die Augen. Er ließ sich von Gorun aus dem Gewölbe führen, zum Fuß der Treppe, wo das Tageslicht hereinfiel. Am ganzen Leib zitternd, wandte Amra sich zu den Toten von Tegaréssos um.

Vergebt, flehte sie im *Taú* und hob die Hände, um jene vertraute, kummervolle Geste auszuführen, mit der die Gesänge des Abschieds begannen; sie wurden vorgetragen, um die Verstorbenen Antiles zu überantworten.

Ich verachte dich, dachte Amra statt der Gebete, und die Arme sanken ihr an den Seiten hinab. *Wie kannst du so etwas geschehen lassen? Ich verachte dich!*

Schatten wirbelten in den Ecken. Der Wasserspiegel erzitterte. Schwarze Blasen stiegen im Brunnen auf, und durch die Wellenbewegung sah es aus, als strebten die Toten zum Rand des Beckens.

Amra!, lockten sie.

Das war der Sog, den sie in der vergangenen Nacht gespürt hatte; das war der Grund, weshalb Antiles seinen Zorn so heftig über der kleinen Küstenstadt austobte.

Gorun duckte sich unter dem Eingang, als wollte er dieses Gewölbe wirklich noch ein drittes Mal betreten.

»Bleib stehen!«, schrie Amra. »Komm nicht näher!« Der Reiter erstarrte.

Das Wasser im Brunnen schien zu kochen. Über dem toten Kind flimmerte die Luft.

»Hinaus! Los doch!«, drängte Gorun sie. Er hielt die Augen nur auf sie gerichtet.

»Ich kann nichts mehr für diese armen Menschen tun«, klagte sie. »Ich ...«

»Komm jetzt, Amra! Wir dürfen keinen Augenblick länger in diesem Gewölbe bleiben«, drängte der Reiter, aber er bewegte sich keinen Schritt von ihr fort – als fehle nicht viel und er strecke die Hand nach ihr aus.

Jemren saß auf der untersten Treppenstufe, das Gesicht in den Händen vergraben und das *Taú* in solch erbärmlichem Zustand, dass Amra erschrak. Ein Anblick wie jener unter dem Turm konnte einen Mann töten, den Lebensfunken in ihm auslöschen, wie der Wind eine Flamme ausblies. Quinda-Na hatte genau gewusst, was sie tat, als sie die Toten in die Quelle werfen ließ – sie hatte das *Taú* von Tegaréssos vernichtet.

»Lillia!«, stieß Amra hervor. »Wir haben sie auf dem Platz am Tor zurückgelassen!« Hastig drängte sie sich an dem Schützen vorbei.

Gorun packte Jemren an der Schulter. »Lillia sitzt dort oben ganz allein! Wir müssen uns um das Kind kümmern, hörst du?« Der Schütze hob den Kopf. Amra eilte bereits die Treppe hinauf, als Gorun den Namen des Mädchens wiederholte, und das kleine Wort brachte Jemren wieder auf die Beine.

Erleichtert atmete Amra auf, als sie das Kind auf dem Platz in der Sonne sitzen sah. Lillia schmiegte die Wange an Ragans raues Fell, ihre Locken hingen bis zum Boden. Sie kraulte den Hund an der Kehle. Behaglich ließ das große Tier die Zunge über die Lefzen hängen, ein Tropfen Speichel fiel in den Staub des Platzes.

»Ihr wart aber lange weg«, beschwerte das Mädchen sich in seiner kindlichen Art.

»Jetzt sind wir wieder da«, erwiderte Amra nur. Sie ging neben Lillia in die Hocke. Eine Welle der Erleichterung durchströmte sie, als das Mädchen einen unversehrten Eindruck machte.

»Was ist mit dir, Amra?«, fragte Lillia. »Bist du krank?«

Die *Laîren* schüttelte den Kopf und wusste zugleich, dass sie log: Sie war krank bis ins Innerste. Ihre Glieder waren schwer vor Krankheit, und das *Taú* schmerzte. Aber es war kein Leiden, wie sie so viele behandelt hatte: Sie sah den Anblick in dem Gewölbe vor sich, als befände sie sich noch immer dort; der Geruch des Gelasses hing an ihren Händen. Unversehens rannen ihr Tränen über das Gesicht.

Lillia blickte sie aus ihren seltsamen Augen an.

»Warum hast du dich denn nicht von den toten Leuten verabschiedet?«, fragte das Mädchen.

»Lillia«, flüsterte Amra, und ihr *Taú* wurde kalt. Zum ersten Mal empfand sie Angst vor dem Einen Kind.

Etwas streifte ihre Sinne, schweifte ab, kehrte wieder und berührte sie unangenehm.

»Halt still, Amra! Beweg dich nicht!«, rief Jemren hinter ihr. Sie drehte den Kopf und stellte zu ihrer Verwirrung fest, dass ein Pfeil auf der Sehne seines Bogens lag. »Bleib, wo du bist!«, rief er ihr zu, überraschend gesammelt – und aufgebracht, wie sie ihn noch nie gesehen hatte.

Erst da begriff sie das Geschehen.

Jemand zielte auf sie, eine Pfeilspitze war auf ihre Brust gerichtet – das war die Berührung im *Taú*. Sie keuchte, als sie den fremden Willen hinter der Waffe spürte. Der Mann dort auf der Mauer war erfahren und entschlossen; er spürte ihre Furcht, las alle ihre Empfindungen aus der erzwungenen Nähe – es war schamlos, es war abstoßend.

Plötzlich zischten Geschosse über sie hinweg. Sie schrie auf. Aber die Pfeile sollten ihr Ziel nicht treffen; sie dienten lediglich dazu, Gorun und Jemren wieder in den Eingang des Turms zurückzutreiben. Fluchend duckte sich der Reiter unter den Steinbogen, wo er Deckung hatte.

Eine große, dunkel gekleidete Frau zeigte sich auf der

Mauer. Ein Silberband hielt ihr das Haar aus der Stirn, quer über das Gesicht verlief eine Narbe, und ein Auge war weiß. Aber sie benötigte das volle Augenlicht nicht, um den geschwungenen Bogen zu führen: Die Schützenringe blinkten an ihrer Hand.

»Nret!«, fluchte Gorun.

»Hat dir unsere Gastfreundschaft nicht behagt, Reiter aus dem Süden?«, rief die Klankönigin aus Thárraxi zu ihnen herab. Sie wirkte sehr selbstsicher: Ihre Schützen warteten nur auf ein Zeichen von ihrer Seite.

»An Gastfreundschaft kann ich mich nicht erinnern«, gab Gorun grimmig zurück.

Er wog den Metallspieß in der Hand. Seine Bewegungen sahen beiläufig aus, doch das täuschte; er war äußerst schnell und gefährlich mit dieser Waffe. Allerdings wusste der Reiter auch, über welche Fähigkeiten die Blindschützen verfügten, und so hütete er sich, etwas Unüberlegtes zu tun, solange der Pfeil auf Amra gerichtet war. Sie wagte nicht, sich aus der unbequemen Haltung zu erheben, in der sie neben dem Mädchen kauerte.

»Deshalb also habt ihr euch nicht mit der Höflichkeit von Gästen verabschiedet«, erwiderte Nret. Sie wandte sich an Jemren, und ihr *Taú* wirkte um etliche Grade frostiger. »Hak die Sehne aus und leg den Bogen auf den Boden! Dann wird euch niemand anrühren, das verspreche ich.«

Jemren lachte – ohne eine Spur von Belustigung. Sein Arm spannte sich, und er hob den Bogen, bis die Spitze des Pfeils auf die Klankönigin aus Thárraxi zeigte. »Verschwinde, Nret«, verlangte er. »Dies ist nicht deine Stadt.«

»Jemren«, raunte Gorun warnend, ohne die Augen von der Gestalt auf der Mauer abzuwenden. Offensichtlich war er besorgt über das Verhalten des Schützen. »Am Tor. Und dort drüben bei den Steinen. Spürst du sie?«

Jemren bewegte sich nicht. »Ja«, entgegnete er nur, und Gorun verstummte.

Amra schlug das Herz bis zum Hals. Ihre Muskeln verkrampften sich, aber sie wagte keine Bewegung, solange der Druck auf das Brustbein nicht nachließ. Ohne *Taú* verriet das Kind an ihrer Seite weder Sorge noch Furcht.

Nret beugte sich vor. Die Schmuckketten, die an den Schläfen von ihrem Kopfschmuck herabhingen, regneten ihr in einem silbernen Schauer über die Schulter. »Tegaréssos hat nicht allzu lange Stand gehalten, nachdem du deine Stadt im Stich gelassen hast, Su Tachra«, rief sie. »O ja, es hat sich herumgesprochen, wie eilig du diesen Mauern den Rücken kehrtest, sobald die Nraurn im Anrücken waren.«

»Thárraxi könnte leicht ein ähnliches Unglück widerfahren«, gab der Schütze zurück. »Es erstaunt mich, dass du dich so weit aus dem Umkreis deiner Türme hervorgewagt hast, noch dazu auf fremden Pfaden. Du tätest gut daran, zurückzukehren und Maßnahmen zur Verteidigung zu ergreifen, Nret. Also verlass meine Stadt und vergiss keinen deiner Schützen zwischen den Mauern.«

Nret stieß ein dunkles Lachen aus. Sie dehnte den Bogen noch ein wenig mehr, so als bereite ihr der Gegenzug der starken Wurfarme keine Mühe.

»Nur zu gern, Tegaréssos. Mir liegt nichts daran, weiterhin an dieser verregneten Küste zu verweilen. Aber ihr drei wart mit dem Kind so plötzlich verschwunden, dass einige Fragen offen blieben – die Frage beispielsweise, was mit dem Mädchen zu geschehen hat. Oder mit dem Speerwerfer hinter dir.«

Sie fuhr fort, Jemren mit dem Namen seiner Stadt anzusprechen, obwohl sie wissen musste, was ihn diese Anrede angesichts der Zerstörung ringsum kostete. Amra spürte die Anspannung des Schützen, die vollendete Sammlung im *Taú* – und Goruns helle Wut. Beide Männer wussten, wo sich ihre Gegner befanden, aber Nrets Blindschützen hatten ihre Ziele längst erfasst – eine Begegnung im *Taú*, die sich ohne jeden Laut vollzog.

»Ich habe der Versammlung von Thárraxi alles gesagt, was

ich weiß!«, rief Jemren zu Nret hinauf. »Mehr noch: Ich habe dich gewarnt, dass die Nraurn eine Streitmacht zusammenziehen, groß genug, um alle unsere Städte niederzubrennen. Sie wird sicher bald im Norden eintreffen – doch du kommst hierher und suchst Streit.«

»Die Nraurn!«, lachte Nret. »Eine bessere Ausrede kommt dir nicht in den Sinn? Du bringst den Feind in unser Land, erwartest, dass wir euch zuvorkommend behandeln – und wenn wir es tun, dann ist es nicht genug? Wer ist dieser Mann, der dich begleitet? Wer sonst als ein Krieger des Südens, berstend vor Überheblichkeit? Und die Frau, die da im Staub kniet und so tut, als wüsste sie von unsichtbaren Kräften? Glaubst du im Ernst, der Norden sähe keine Veranlassung, dafür zu sorgen, dass ihr alle unsere Gebiete so schnell wie möglich verlasst?«

»Wenn du unsere Feinde jenseits des Scyé vermutest, suchst du am falschen Ort«, entgegnete der Schütze. »Aber wir kommen deinem Wunsch nach Ungestörtheit umgehend nach, Nret. Zieht ab – und wir kehren dem Norden den Rücken.«

»Wahrlich, du erzählst wundersame Geschichten, Jemren aus der Zerstörten Stadt«, befand Nret eisig. »Doch du weißt, wie das ist: Niemand kehrt aus dem Land jenseits des Scyé zurück, den der Süden nicht aus freien Stücken gehen lässt. *Du* magst zwar wieder hier sein, aber deine Aufrichtigkeit hast du weit dort draußen verloren.« Unvermittelt senkte die Klanherrin den Bogen, nahm den Pfeil von der Sehne und schob das Geschoss mit einer gelassenen Bewegung in den Köcher zurück. »Überdies komme ich mit der Erlaubnis deiner Stadt hierher«, erklärte sie.

Sie winkte, und ein Mann stieg neben sie auf die Mauer. Mit seinem aufrechten Gang und dem braunen Haar hätte er ein Cousin Jemrens sein können, ein naher Verwandter, so unübersehbar war die Ähnlichkeit. Aber als er neben Nret trat, bemerkte Amra die unterdrückte Anspannung in seinen Bewegungen. Sein *Taú* wirkte unruhig, und ein verkniffener Zug lag um den Mund. Auch er trug die Schützenringe.

»Tarepin!«, stieß Jemren hervor. Er war so betroffen, dass er den Bogen senkte.

»Entspann die Sehne!«, rief der andere Mann zu ihm herunter. »Vertrau mir, Jem, sei kein Narr! Tu, was Nret verlangt, und wir werden mit dir reden!«

»Wie kommst du hierher?«, fragte Jemren zurück. Seine Stimme schwankte verräterisch.

Ragan hatte den anderen Schützen ebenfalls erkannt und streckte sich mit begeistertem Grollen. Mit dem Schwanz wirbelte er Staub und Salz vom Boden auf. Deshalb also hatte der Hund sie nicht vor Nret und ihren Schützen gewarnt – mit diesem Mann dort war er bestens vertraut.

»Leg den Bogen nieder, und der Krieger hinter dir soll seinen Speer senken!«, verlangte Tarepin erneut. »Und dann kommt vor das Tor.«

Jemren schwieg für einen Augenblick. Dann löste er den Pfeil, zog die Sehne mit einem Ruck aus ihrer Kerbe und warf die Waffe samt Köcher weit vor sich auf den Platz. Erst da senkte Gorun den Speer. Ergrimmt rammte er die Spitze in einen Spalt zwischen den Steinen. Sein *Taú* loderte vor Zorn, als er mit raschen Schritten auf den Platz hinaustrat.

»Das sind jetzt also deine Freunde?«, fragte er.

Jemren warf ihm einen Blick zu. »Tarepin war mein Bogengefährte«, erklärte er.

»Dann will ich nur hoffen, dass er sich ebenfalls daran erinnert«, knurrte der Reiter.

Schützen traten hinter dem geborstenen Tor hervor und winkten ihnen, andere verbargen sich noch immer hinter Mauern und Stein und behielten ihre Ziele im Visier. Nret und Tarepin verschwanden von der Mauer, und endlich, endlich löste sich auch die unangenehme Berührung von Amras *Taú*. Erleichtert holte sie Atem und stand auf, klopfte flüchtig das Salz aus den Röcken.

Jemren ergriff Lillias Hand. »Was auch immer geschieht, Amra«, sagte er leise zu ihr. »Bleib in jedem Fall stehen. Bleib stehen und rühr dich nicht von der Stelle. Wir sind sehr wohl in der Lage, ein bewegliches Ziel zu treffen.«

Wir. Sie warf ihm einen Blick zu und in ihr stieg abermals die Erkenntnis auf, unter welchen Umständen er in diesem Land gelebt hatte.

Der große Hund humpelte steifbeinig hinter ihnen her, als sie auf das Tor zuschritten. Vor der Stadt wartete Nret im Kreis ihrer Schützen. Tenon stand neben ihr, ihr Bruder und Stellvertreter im Klan, und mehr als zwei Handvoll weiterer Schützen. Jemren trat auf seinen einstigen Gefährten zu. Es gelang ihm nicht, das *Taú* vollständig unbewegt wirken zu lassen, wie es bei Nret und den meisten Männern ringsum der Fall war.

»Tarepin, du lebst!«, rief er aus.

»Und du ebenso«, entgegnete der andere Schütze. »Niemand im Norden rechnete noch mit deiner Rückkehr.« Tarepins misstrauischer Blick streifte Gorun, insbesondere Gorun, und dann Amra und das Kind.

»Was ist hier geschehen?«, drängte Jemren den Freund, ohne auf Tarepins argwöhnische Haltung einzugehen. »Sag mir, was sich in jener Nacht zugetragen hat, als ich mit Lillia von hier fortging.«

Das *Taú* des anderen Schützen verdunkelte sich.

»Dir war doch klar, dass Quinda-Na die Befreiung des Mädchens niemals hingenommen hätte – noch dazu, da du das Kind aus der Mitte ihres Lagers geholt hast. Das war dir doch wohl klar?«, fragte er.

»Deshalb hat die Feldherrin mich verfolgt«, stieß Jemren hervor. »Bis zum Scyé waren ihre Krieger dicht hinter mir. Ich bin ihnen nur entwischt, weil ich das Land besser kenne als sie.«

Tarepin schüttelte den Kopf. »Jemren, du bist ein solcher Träumer. Bevor sie deine Verfolgung aufnahm, kam die Feldherrin zuerst nach Tegaréssos. Noch vor dem Morgengrauen griff sie die Stadt an. Als sie herausfand, dass du dich mit dem Kind nicht mehr zwischen den Mauern aufhieltest, ließ sie die Leute auf dem Platz vor dem Turm zusammentreiben, und ihre Krieger schlugen einen nach dem anderen ...«

»Was ist mit den Überlebenden?«, unterbrach Jemren ihn hastig. »So wie du müssen doch auch andere entkommen sein.«

Er verstummte, als der Freund seinem Blick auswich. Amra vermied es, die *Taú* der beiden Schützen auch nur mit einer Ahnung zu streifen.

»Ich bedaure, dass deiner Stadt ein solches Schicksal widerfahren ist, Su Tachra«, sagte Nret da. »Du wirst sicherlich begreifen, dass ich um jeden Preis ein solches Unglück in Thárraxi verhindern will. Dir und deiner Stadt wäre viel erspart geblieben, wenn du dich nicht in die Angelegenheiten der Nraurn-Feldherrin eingemischt hättest. Vielleicht ist es noch nicht zu spät; vielleicht gelingt es uns noch, das Versäumte nachzuholen. Deshalb überlass mir das Kind – und ihr könnt gehen.«

Mit einem Ruck drehte Jemren sich zu der Klankönigin um. »Deshalb bist du hier?«, fuhr er sie an. »Um das Mädchen an dich zu nehmen? Das haben schon ganz andere versucht, Nret.«

»Du weißt nicht, was du da verlangst!«, mischte sich auch Amra bestürzt ein. »Dieses Kind darf keinesfalls in falsche Hände gelangen.«

Das dunkle Auge der Klankönigin musterte sie, das weiße lag leblos in seiner Höhle. »Willst du damit andeuten, meine Hände seien weniger geeignet als die deinen?«, fragte sie abschätzig. »Übergib mir das Kind, Su Tachra. Dann lasse ich dich und deine merkwürdigen Begleiter unbehelligt ziehen, obwohl ich mir nicht sicher bin, ob ich dem Norden damit einen Gefallen erweise.«

»Unter keinen Umständen«, lehnte Jemren ab. Lillia umklammerte seine Finger und hielt sich so dicht wie möglich neben ihm, als sie erneut zum Mittelpunkt einer Auseinandersetzung wurde. Die Klankönigin verzog spöttisch und verärgert den Mund und wies auf ihre Begleiter, die ringsum mit halb gespannten Bogen warteten.

»Sieh dich doch um, Tegaréssos«, sagte sie. »Die Umstände bestimme ich.«

»Was willst du, Nret? Das Kind – und was dann?«, mischte sich Gorun ein. Er bewegte sich zwischen den drohenden Pfeilen keineswegs wie ein Eindringling, der in diesem Landstrich nichts verloren hatte, sondern wie ein Mann, der Respekt erwartete. »Willst du behaupten, dass ausgerechnet *du* die richtige Deutung der Prophezeiung kennst, nach welcher der Süden seit Langem vergeblich sucht? Ausgerechnet der Norden weiß, wie mit dem Verlorenen Kind zu verfahren ist, das auf meiner Seite des Scyé alle Städte fürchten?«

In Nrets *Taú* regte sich nichts. »Ganz recht, so ist es«, entgegnete sie. »Und ich werde dir sagen, wie mit dem Mädchen zu verfahren ist: Sie muss so schnell wie möglich an den Ort zurückkehren, von dem sie gekommen ist.«

In der entstandenen Stille tauschten Gorun, Amra und Jemren einen Blick.

»Du kennst diesen Ort?«, zweifelte der Krieger und machte keinen Hehl daraus, wie wenig er von den Worten der Klankönigin hielt. Nret beachtete seinen Unmut nicht.

»Quinda-Na kannte ihn, Reiter. Was hatte sie sonst in unserem Land zu suchen? Ob sie das Mädchen nun holte oder zurückbrachte – wir alle täten gut daran, das Kind alsbald dem Meer zu übergeben.«

»Dem Meer?« Gorun runzelte die Stirn.

»Hör mich an, Nret«, bat Amra. Das Herz klopfte ihr vor Sorge. »Im Süden sind sehr viele Bedeutungen an das Verlorene Kind geknüpft – so viele, dass wir den Grund seines Daseins noch nicht vollständig begreifen. Seit geraumer Zeit forscht man in meinem Land nach Antworten. Auch Jemren machte sich auf die Suche, und Lillia führte ihn. Aus diesem Grund wagte er sich in den Süden. Vorschnelle Entscheidungen sind jedoch gefährlich.«

Nret blickte sie an und lächelte – ein erschreckendes Lächeln angesichts der klaffenden Narbe, die ihr Gesicht entstellte.

»Natürlich glaubst du ihm«, sagte sie weich. »Wer würde ihm nicht glauben, diesem ansehnlichen Schützen aus Tegaréssos? Aber woher weißt du, dass er dich nicht belogen hat?«

»Nret!«, fuhr Jemren empört auf.

Amra stand da wie versteinert. Nicht einmal jene Menschen im Süden, die nur die geringste Achtung für den Stand der Totenpriesterin hatten, hätten es gewagt, so mit ihr zu sprechen. Gorun tat einen langen Schritt auf die Klankönigin zu. Bogenholz knackte, als etliche Sehnen straffgezogen wurden.

»Sie ist *Laîren*«, sagte der Reiter dunkel. »Beleidige sie, und du lernst eine neue Seite an mir kennen.«

Nret lachte nur und winkte ab. »In eurem Land strebt man wohl kaum nach Erkenntnis, sondern nach Macht. Weshalb sonst sollte der Süden das Kind für sich beanspruchen? Aber ihr befindet euch nun im Norden. Hier gelten andere Gesetze als in euren Breiten, Reiter, und eure Götter nützen euch wenig. Allerdings wart ihr Gäste in meinem Turm, und so will ich dieses eine Mal auf die Worte deiner hellsichtigen Begleiterin eingehen. Fragen wir also die Kleine, wohin sie gehen möchte.«

Aller Augen richteten sich auf Lillia.

Das Mädchen musterte die Erwachsenen. Eine seltsame Ungerührtheit lag in diesem Blick, obwohl sich das Kind eben noch unter dem Tonfall der Auseinandersetzung geduckt hatte. Schließlich sah sie zu Jemren auf, der die ganze Zeit ihre Hand gefasst hielt.

»Wir gehen zum Meer«, erklärte sie. »Ich will das Meer sehen.«

Inmitten der fremden Schützen kehrten sie zur Steilküste zurück. Seevögel segelten in der Brise, die vom Meer wehte. Der feuchte Sand bildete Wellenmuster, Salz umrandete Blätter und Grashalme. Nach dem Sturm wagte sich das Leben nur zaghaft wieder hervor; das Land schien auf seltsame Weise verwundet und erschöpft. Hasen flohen in großen Sätzen vor den Menschen und entlockten Jemrens Hund ein aufgeregtes Schnaufen, und einmal überquerten sie die Spur eines größeren Wildtiers. Ragan lahmte stark und war doch bemüht, mit ihnen Schritt zu halten, das Hunde-*Taú* erfüllt vom Verlangen nach der Nähe zu seinem Herrn.

Für den Augenblick gab es keine drohenden Gebärden. Die Bogen waren gesenkt, und die meisten Schützen hielten die *Taú* in sich gekehrt, wie Amra es von Jemren gewohnt war. Selbst Gorun fügte sich einstweilen Lillias Wunsch. Er ging mit weit ausholenden Schritten neben ihr her. Der Bann des Einen Kindes war stärker als der Wille, über den ein Mensch verfügte, stärker auch als Nrets Winkelzüge und Pläne, die sicher nicht reiner Freundlichkeit entsprangen. Zumindest hoffte Amra, dass es sich mit der Macht des Mädchens so verhielt.

Besorgt achtete sie auf die Zeichen, in denen sich das Nahen des Schwarzen Gottes ankündigte. Doch nichts Beunruhigendes wehte im Wind, keine Schatten huschten zwischen den Bäumen hindurch – der Tag versprach hell und windig zu werden, ein ruhiger Morgen an der Küste. Nach dem Sturm war die Luft sehr klar, die Sonne blitzte zwischen den Wolken hindurch, und als sie schließlich auf die Klippen traten, lag ein Schimmer über der Küste, der von den Wellen zurückgeworfen wurde. Das Land endete hier, steile weiße Felsen bildeten eine Bucht, und dahinter spannte das Meer seinen blauen Bogen.

Mit einem Ausruf der Überraschung trat Gorun an den Rand der Klippen. In der Bucht unter ihnen lag ein weißes Schiff. Es war das seltsamste Gebilde, das Amra je gesehen hatte, denn trotz seiner Größe wirkte das Schiff durchscheinend und zart, wie Schaum auf den Wellen. Die Masten ragten so hoch auf wie die Türme einer Stadt, aber sie trugen keine Segel. Vögel drängten sich auf den Rahen und krallten sich in die Taue. Der Rumpf war über und über mit Figuren bedeckt, Bug und Heck ragten über dem Wasser auf. So blendend weiß waren Deck und Aufbauten, dass das Licht schillerte und der Anblick noch unwirklicher erschien.

»Das Schiff, Nret?«, fragte Jemren. »Was hat denn das Weiße Schiff mit dem Kind zu tun?« Er runzelte die Stirn.

Gorun drehte sich ungläubig zu dem Schützen um. »Du *kennst* dieses Schiff?«

»Es ist ... es ist eine Legende«, brachte Jemren stockend hervor. »Die Fischer erzählen manchmal, sie hätten es weit draußen auf dem Meer entdeckt, kurz vor oder nach einem Sturm. Aber es war der Küste noch nie so nahe.«

Gorun zog die Brauen hoch. »So sehen also deine Legenden aus, Jemren?«, meinte er. »Ich muss sagen, gelegentlich versetzt du mich in Erstaunen.«

Aber dem Schützen war nicht nach Scherzen zumute. »Warum bringst du das Kind hierher?«, wandte er sich an Nret.

Die Klankönigin aus Thárraxi hob das Kinn, die Silberkettchen an ihrem Kopfschmuck klickten. »Ich dachte, du wüsstest, wohin das Mädchen will. Sieh doch nur, wie seltsam sich dein kleiner Schützling verhält.« Wirklich hatte Lillia Jemrens Hand losgelassen und lief am Rand der Klippen entlang.

»*Weiße Wände und manchmal blau. Alles kommt zusammen und geht wieder auseinander*«, raunte Gorun dem Schützen zu. »Erinnerst du dich, als Lillia das zu uns sagte? Vielleicht meinte sie dieses Schiff, die Bewegung der Wellen – oder das Wasser, das im Meer zusammenfließt.«

Jemren schüttelte den Kopf.

»Sie hat mich stets landeinwärts geführt, nicht zur Küste«, beharrte er.

»Weil die Nraurn euch den Weg abschnitten«, warf Tarepin ein. »Quinda-Nas Lagerplatz befand sich keine hundert Schritte von hier, weißt du nicht mehr?«

Besorgt blickte Jemren zu Lillia hinüber. Die große Höhe

der Klippen schien dem Mädchen nichts auszumachen. Ihre ganze Aufmerksamkeit galt dem Schiff, das sich auf der Dünung wiegte. Als sie sich so weit vorbeugte, dass der Wind ihr Haar erfasste und mit den Locken spielte, stieß Jemren einen warnenden Ruf aus, doch als er dem Mädchen nacheilen wollte, trat Tarepin ihm in den Weg.

»Alles Unglück, das über unsere Stadt gekommen ist, verdanken wir diesem Kind«, sagte der Bogengefährte von einst. »Jetzt lass das Mädchen gehen, Jem. Lass sie gehen, damit nicht noch mehr Unheil geschieht.«

Jemren achtete nicht auf den Freund.

»Lillia!«, rief er, als sie sich noch weiter von der Gruppe entfernte. Stets hatte er sich ihrem Willen gefügt und sich von ihren Einfällen leiten lassen, ohne Rücksicht auf die Härten, die ihm das einbrachte. Als sie ihren Namen hörte, wandte sie sich um.

»Ich will da hinunter«, erklärte sie und deutete auf das Schiff. Das Türkisgrün ihrer Augen schillerte durchscheinend wie das Meer. Wie das *Meer*.

Amras Herz pochte. Diese Möglichkeit hatten sie niemals bedacht: dass die Gesten des Kindes womöglich über das Land hinauswiesen, wenn es auf die Frage nach seiner Herkunft gen Osten zeigte. Vielleicht war nicht das feste Land ihr Ursprung, sondern die See jenseits der Insel.

Amra trat neben den Schützen. »Jemren«, sagte sie leise, »vielleicht hat Nret recht. Vielleicht ist Lillia wirklich ein Kind der See, und ihre seltsame Macht über Wasser und Wind beruht auf ihrer Verbindung zum Meer. Es würde erklären, weshalb wir auf der Insel keinen Ort für sie finden konnten.«

Der Schütze ließ das Kind nicht aus den Augen.

»Ich weiß«, erwiderte er nur.

Ein senkrechter Einschnitt in den Klippen führte in die Bucht hinab; eine Treppe war in den Fels gehauen. Amra klammerte sich mit beiden Händen an das Seil, das sich durch Steinösen spannte, denn der Abgrund öffnete sich jäh zu ihren Füßen. Die Steine waren von Wind und Wetter glatt geschliffen. Jemren hingegen schien keinen Halt zu benötigen; er bewegte sich vollkommen sicher auf den ausgetretenen Stufen, als sei er sie bereits unzählige Male hinauf- und hinabgestiegen. Er ging ihnen voraus; sein Blick glitt aufmerksam über Höhlungen und Gänge im Kalkgestein. Außer Nistplätzen von Vögeln war nichts zu entdecken, und schließlich wandte er sich mit einem Seufzer der Enttäuschung von der Steilwand ab.

Je näher Amra dem Schiff kam, desto größer wirkte es. Es hob und senkte sich im flirrenden Licht, weiße Vögel lösten sich von der Takelung und segelten über die Klippen hinweg. Wellen klatschten gegen den Fels und gurgelten in tiefen Spalten. Salz bedeckte Amras Hände, als sie endlich auf die Kiesel der Bucht trat und auf das Schiff zuging. Nun erkannte sie, dass die Figuren an der Bordwand Tiere darstellten – große Barsche und Seevögel mit ausgebreiteten Schwingen. Mit aufgerissenen Mäulern und Schnäbeln drangen sie aus dem Rumpf hervor. Das Licht wurde so grell von dem Schiffsleib zurückgeworfen, dass es in den Augen schmerzte.

Lillia war bis zur Wasserlinie vorausgelaufen, Wellen leckten an ihren Füßen. Sie hatte nur noch Augen für das Weiße Schiff. Es fehlte nicht viel und sie wäre in die Bucht hinausgewatet, doch Jemren legte ihr die Hand auf die Schulter und hielt sie zurück.

»Warte«, mahnte er. »Noch wissen wir nicht, was das alles zu bedeuten hat.«

Das Mädchen beachtete ihn nicht. Wie gebannt starrte sie auf den Bug. Als Nret und ihre Gefolgsleute herangekommen waren, stieß die Klankönigin eine Spitze ihres Bogens zwischen die Steine und legte beide Hände um den Griff. Geblendet von dem Licht, das auf dem Wasser tanzte, kniff sie das dunkle Auge zusammen; das weiße veränderte sich nicht.

»Nimm den Abschied nicht so schwer, Tegaréssos«, bemerkte sie. »Für eine Weile der Begleiter dieses Kindes zu sein, hat dich wahrlich mehr als genug gekostet.«

»Woher willst du wissen, dass es ein Abschied ist?«, gab Jemren ungerührt zurück. Da hob Nret den Bogen und wies mit der Spitze auf den Bug des Schiffes.

»Gleiches zu Gleichem«, sagte sie kalt.

Amra musste die Augen mit der Hand beschirmen, um die Gestalt zu erkennen, die an die höchste Stelle des Decks trat: ein Mann in kostbarem Ornat. Sein Gesicht wirkte schmal und streng, blass wie die Züge des Mädchens. Von den Schultern fiel ein weißer Mantel bis auf das Deck, und er trug eine Krone aus dem gleichen Stoff, aus dem sein Schiff erschaffen war – ein Fürst der See.

»Bei der Quelle«, murmelte Gorun dicht neben Amra, »wir werden wohl einige Lieder neu schreiben müssen, sollten wir je in den Süden zurückkehren.«

Der Seefürst beugte sich über die Reling.

»Endlich bringt ihr sie!«, rief er. Seine Stimme wurde fast von den Wellen übertönt, die schäumend über die Steine ausrollten. »Mein Kind, meine Tochter!«

Huldvoll winkte er ihnen zu. Da streckte Lillia die Hand nach der federleichten Form des Schiffs aus. Sie streifte Jemrens Hand von der Schulter und watete in die Bucht hinaus. Stärkere Wellen drängten vom Meer herein und umspülten ihre Knöchel, der Saum des Kleidchens schwamm im Wasser. Der Seefürst rief einen Befehl, und Boote lösten sich vom Schiffsrumpf; Ruderer trieben sie mit schnellen Schlägen auf das Kind zu.

»Mein Dank sei euch gewiss, Landvolk«, vernahm Amra die Stimme des Fürsten. Sie klang wie vom Wind verzerrt, und dennoch verstand Amra jedes einzelne Wort. Der Herr der See streckte eine Hand über die Reling und winkte dem Kind. Weiße Ringe bedeckten seine Finger. Lillia gehorchte der Geste und reckte den Ruderern die Arme entgegen, damit die Männer sie an Bord nehmen konnten. Die Diener des Seefürsten wendeten die Boote und ruderten zum Schiff zurück.

Nicht einmal schaute das Mädchen zu ihnen zurück.

Amra blickte zu Jemren hinüber, doch die Aufmerksamkeit des Schützen galt nicht länger dem Kind, das ihn ohne ein Wort des Abschieds verließ. Jemren starrte ins Wasser der Bucht. Die Fluten waren so klar, dass Amra sah, wie tief der Kiel des Weißen Schiffes reichte. Schillernde Fische näherten sich dem Rumpf, berührten ihn und schossen sofort wieder davon. Seepflanzen wehten in der Strömung, und da erkannte sie plötzlich, dass die dunklen Stellen unter Wasser keine moos- und tangüberwucherten Felsen waren, wie sie zunächst angenommen hatte. Auf dem Grund der Bucht lagen die Überreste versunkener Boote: Planken, Taue, Masten und aus den Ösen gerissene Ruder, von den eigenen Netzen bedeckt. Offenbar lagen sie schon eine Zeit lang unter Wasser, nicht erst seit dem Sturm der vergangenen Nacht. Der Schatten des fremden Kiels fiel über sie.

Verstört hob Amra den Kopf. Soeben neigte sich der Herr der See über die Reling, um das Kind in Empfang zu nehmen, das die Ruderer, in geknüpften Leitern hängend, zu ihm hinaufreichten.

»Endlich kommst du zu mir!«, vernahm Amra die dünne Stimme und hörte sie doch nicht. »Ah, endlich kommst du!«

Endlich bist du mein!

Die letzten Worte waren kaum mehr als ein Echo im *Taú*, ein verklingender Hauch. Amra schrie auf.

»Lillia! Spring, Kind! Spring von Bord und rette dich!«, rief sie.

Sie rannte auf das Schiff zu, und einen Augenblick lang war ihr, als drehe sich das Mädchen zu ihr um. Doch der Fürst umkrallte das Kind schon mit beiden Händen. Er warf den Kopf in den Nacken, und ein wölfisches Grinsen verzerrte seine Züge – es war Antiles!

Schwere Schritte überholten sie; Gorun stürmte den Strand entlang.

»Wir sind betrogen worden!«, schrie Amra dem Reiter zu. »Der Schwarze Gott hat uns getäuscht!«

Gorun stürzte auf einen Felsen hinaus, der flach über das Wasser hinausragte, und mit Entsetzen hörte Amra hinter sich das Klacken von Pfeilschäften und das Sirren von Bogensehnen, die gespannt wurden.

Sie warf sich herum. Ihr *Taú* wurde licht und weit, es dehnte sich aus wie auf den Pfaden des Entfernten Landes, wo nur dieses Licht sie führte. Die Schützen des Nordens fluchten, als die Gabe der *Laîren* sie blendete. Ihre Pfeile zischten in wirren, sich kreuzenden Bogen durch die Bucht. Mit einem Satz schnellte Gorun sich von der Klippe und tauchte ins Wasser.

Jemren versuchte vergeblich, sich loszureißen. Ihn hatten Nrets Schützen als Ersten gepackt, doch mit Goruns raschem Entschluss hatte offenbar niemand gerechnet. In langen Zügen schwamm der Reiter auf das Schiff zu, während die Bogen ein zweites Mal gestrafft wurden. Da packte Gorun eine der Leinen, die hinter dem Schiff herschwammen, und zog sich dicht an den Rumpf heran. Er tauchte erneut unter, als ein Pfeil über seinen Kopf hinwegflog und von den Verzierungen der Bordwand abprallte. Weitere Geschosse klatschten ins Wasser.

Ein Sog hatte eingesetzt, der das Schiff aus der Bucht zog. Der Wind frischte auf, und die Vögel auf den Rahen rückten enger zueinander. Sie blähten das Gefieder, breiteten die Schwingen aus und umkrallten flatternd die Rahen, einem lebendigen Segel gleich. Reglos stand Lillia am Bug und warf als einziges Wesen inmitten der tanzenden Lichter einen Schatten – den geflügelten, schakalköpfigen Schatten des Schwarzen Gottes.

Im Herz des Steins, in der Stille der Nacht und im Dunkel der tiefen See – überall im Verborgenen war Antiles zu finden. Jetzt erkannte Amra, dass sie sich ihrer Sache zu sicher gewesen war. Sie, die im Süden Antiles' Dienerin genannt wurde, hatte nicht bedacht, dass der Herr der Tausend Gesichter im Norden eine ganz andere Gestalt annehmen konnte, als sie gewohnt war; dass er hier nicht nur als jener Schatten erschien, der ihr seit frühester Jugend vertraut war. Er hatte sie nach seinem Willen gelenkt – bis zu dieser Bucht. Er hatte jeden Gedanken vergiftet, den sie fasste, und jeden Rat verdorben, den sie gab. Der *Laîren* war Zurückhaltung auferlegt und jede Einmischung in die Geschicke der Lebenden untersagt. Aber sie hatte sich leichtfertig über alle Gebote hinweggesetzt. Und nun bekam der Herr der Dunkelheit, wonach er verlangt hatte – und ein weiteres Leben obendrein.

Schritte erklangen hinter ihr auf dem Kies, doch sie drehte sich nicht um; sie fand weder die Kraft noch den Mut dazu. Sie presste die Hand auf die Lippen, als die Bucht und die blendenden Felsen vor ihren Augen verschwammen, und ihr *Taú* schmerzte vor Leere. Die ganze Welt war leer, eine Spiegelung im Wasser, die beim kleinsten Windhauch zerbarst.

»Versuch ja nicht noch einmal, die Schützen zu blenden, Amra«, mahnte Jemren ernst. Er rieb sich die Handgelenke. »Sie hätten dich ohne weiteres töten können.«

Sie widersprach ihm nicht. Sie raffte den Schal seiner Schwester fest um sich und zitterte. Die Klankönigin und ihre Begleiter beobachteten sie aus einigen Schritten Entfernung.

»Antiles ist Herr über das Weiße Schiff«, stieß Amra hervor und konnte nicht verhindern, dass ihr Tränen über das Gesicht rannen. »Du hast doch einmal erzählt, dass ihr eure Toten dem Meer übergebt. Ach, Jemren, ich hätte viel genauer auf deine Worte achten sollen. *Er* bringt die schlimmen Stürme, *er* ist das Dunkle im Wind, er ...« ... ist überall, hätte sie beinahe gesagt.

Jemren wischte ihre Worte beiseite. »Antiles«, sprach der Schütze den ihm unbekannten Namen nach. Abscheu schwang in seiner Stimme. »Der Herr der Dunkelheit, der Fürst der Schatten ... nenn ihn, wie du willst, Amra! Aber in diesem verräterischen Wesen einen Gott zu verehren – niemals. Wenn das eure Götter sind, dann bedaure ich euch.«

Amra blickte ihm ins Gesicht. Sie spürte eine Ahnung seines *Taú* – und las dieselbe Leere darin, dasselbe Gefühl von Verlassenheit, wie sie es empfand. Jemren starrte aufs Meer hinaus, und da wandte auch sie sich noch einmal um.

Das Schiff segelte an den äußeren Klippen vorbei und verließ die Bucht von Tegaréssos. Lautlos glitt es aufs offene Meer hinaus, wo Segel und Masten im Gegenlicht von Himmel und Wasser verblassten.

3

Das Seil brannte in Goruns Händen. Das Schiff hatte rasch an Fahrt aufgenommen, die Wellen klatschten über ihn hinweg, doch so wenig er je Schildriemen und Zügel losgelassen hätte, ebenso wenig ließ er jetzt das Seil fahren. Hand um Hand hangelte er sich voran, und die Wut verlieh ihm Kraft – die Wut über Nrets feige Schützen, die ihre Pfeile auf einen unbewaffneten Mann abfeuerten, der ihnen überdies den Rücken kehrte. Sie hatten ihn nicht getroffen, soweit er fühlen konnte, denn kein Wundschmerz behinderte ihn. Er packte das Tau und zog sich noch näher an das Schiff heran. Schließlich konnte er einen Fuß gegen die Bordwand stemmen und tastete mit einer Hand nach oben. Im geöffneten Maul einer vorspringenden Fratze fand er Halt.

Die Figur bestand aus Salz.

Ihr Kiefer taute unter seinen nassen Fingern, und als er erschrocken aufblickte, sah er, dass sich die Geschöpfe, die in großer Zahl aus dem Schiffsbauch hervorzustreben schienen, tatsächlich bewegten – ihr Hervorquellen aus der Bordwand war keine Täuschung spiegelnder Lichter. Die Vögel stiegen wirklich in den Himmel auf, und die Fische sprangen in anmutigem Bogen ins Meer, doch noch während sie sich aus Salz formten, zerfielen die schuppigen Leiber und die ausgebreiteten Schwingen bereits wieder. Das ganze Schiff war ein Gebilde aus Schaum und Gischt, ein zerbrechliches Nichts, das durch die bloße Berührung des Windes dahinflog und sich ohne Unterlass selbst aus den Stoffen der See erschuf.

Glitzernde Wellen zogen unter ihm dahin. Das Sonnenlicht tauchte seine weißen Speere in die Wogen, doch die Strahlen reichten nicht weit – zu tief und dunkel war das Meer, ein Abgrund, den Gorun bis ins *Taú* fühlte. Panik stieg in ihm auf. Er hatte sich noch nie auf einem Schiff befunden – schon gar nicht auf einem solchen gischtgeborenen Gebilde, das nach den ihm bekannten Gesetzen der Welt eigentlich nicht schwimmen konnte. Von Land aus hatte er oftmals die prächtigen Segel der Handelsschiffe beobachtet, die entlang der Küste fuhren, doch da hatte er einen Sattel und festen Boden unter sich gespürt.

Er biss die Zähne zusammen. Bald würde er nur noch einen kümmerlichen Stumpen Salz in der Hand halten, der sein Gewicht nicht tragen konnte. Das Seil hatte er längst losgelassen, es trieb unter ihm davon. Aus einer kleinen Knospe über ihm wuchs ein Schwertfisch hervor. Gorun packte eine Flosse und zog sich an der Figur hoch. Mit raschen Zügen kletterte er an der Bordwand hinauf und wagte nicht noch einmal einen Blick nach unten, denn die Aussicht auf das wogende Meer schwächte ihn und bewirkte, dass er am ganzen Leib zitterte. Auch ohne den Schwindel fielen ihm die Klimmzüge immer schwerer. In den nassen Kleidern geriet er rasch außer Atem, und schließlich kam er nicht mehr weiter. Sein Griff rutschte immer wieder von einem glatten Buckel ab, und er fand keinen neuen Halt.

Er stieß eine Verwünschung hervor. Gleich würde er fallen, und das Meer nähme ihn in nasskalter Umarmung auf. Da streckte sich ihm plötzlich eine weiße Hand entgegen. Salzharte Finger verschränkten sich mit den seinen, und vor Schreck hätte er beinahe losgelassen. Das Gesicht einer Frau tauchte zwischen den Fischleibern auf. Ihre schlafenden Züge wirkten kühl und schön und wie von feiner Gaze überzogen. Mit den Lippen formte sie einen Laut, und noch während sie ihm etwas Unhörbares zurief, zerflossen ihre Züge wie ein Abdruck im Sand, den der Wind verwehte. Voller Grauen tastete Gorun nach einem Vorsprung, während ihr Arm unter seinen Fingern schwand. Da sah er, wie aus der Bordwand weitere Gesichter hervortraten.

Es waren die Toten. Er befand sich auf Antiles' Schiff, und die Geschöpfe des Dunklen Gottes umgaben ihn. Gorun schloss die Augen. Denn er fürchtete nichts so sehr, wie unter den verwehenden Zügen ein Gesicht zu erblicken, das er einst als lebendiges Antlitz gekannt hatte. Sein ganzes Leben lang war er ermahnt worden, den Blick und das *Taú* von den Verstorbenen abzuwenden. Nun hing er über dem Abgrund des Meeres und hielt sich allein an den Händen fest, die die Toten zu ihm herabstreckten. Und ihm blieb nichts anderes übrig, als ihre zerfallenden Finger zu ergreifen und zu klettern – oder sehr bald selbst einer der ihren zu werden.

Mit zugekniffenen Augen zog er sich weiter hinauf. Der Atem brannte ihm in den Lungen, der Bug des Schiffs hob sich, tauchte klatschend ins Wasser und besprühte ihn mit Schauern von Gischt. Endlich wagte er einen Blick zur Reling, die Augen ausschließlich nach oben gerichtet, und sah, dass er bereits erwartet wurde.

Die bleichen Ruderer beugten sich über den Handlauf der Reling, der aus ineinander verbissenen Bestien bestand. Ihre Gewänder flatterten im Wind, und ihre Augen hatten die Farbe von Eis. Gorun konnte ihnen nicht ausweichen. Er musste zur Reling hinaufklettern; schließlich konnte er nicht ewig an der Bordwand hängen. Da packten ihn die blassen Männer an den Schultern und am nassen Kragen. Der Griff fühlte sich gar nicht nach Schaum und Wind und Wellen an, sondern nach ganz erheblicher Muskelkraft. Unsanft zerrten ihn die Ruderer über den Handlauf. Als das Schiff über einen Wellenkamm schoss, rollte Gorun unter ihren Händen hindurch an Deck und blieb liegen – außer Atem, mit wild pochendem Herzen und einen Augenblick lang glücklich über die festen Planken unter sich.

Doch der Boden rollte und schwankte, bis sich ihm alle Sinne verdrehten. Widerwärtig brannte ihm der Salzgeschmack im Mund. Niemand hinderte ihn daran, dass er sich mühsam erhob. Die Ruderer standen zu beiden Seiten der Reling aufgereiht und hielten Speere neben sich, die Harpunen glichen und aus dünnen Knochen geschnitzt waren. Die Krieger des Totengottes waren alle von ähnlichem Wuchs, groß, schlank und in helle Gewänder gekleidet. Ausdruckslos beobachteten sie Gorun. Vielleicht starrten sie aber auch durch ihn hindurch, denn er war das einzige lebende Wesen auf dem Totenschiff. Wenn er die Augen schloss, konnte er nicht einmal sagen, ob die Krieger noch da waren – denn sie besaßen kein *Taú*, genau wie das Mädchen.

Suchend blickte er sich um. Lillia saß am Bug des Schiffs auf einem weißen Thron. Ihre Hände ruhten auf Schädeln, die den scheußlichen Sitz zierten; die Finger hatte sie in die Augenhöhlen gekrallt. Das blaugrüne Leuchten in ihren Augen war erloschen. Gorun kannte diesen Zustand, in dem seltsame Kräfte von ihr Besitz ergriffen. Kein Mensch konnte sich ihr dann nähern, ohne Gefahr zu laufen, von ihrer Macht gezeichnet zu werden – Jemren hätte dies ohne Zweifel bestätigt.

Gorun schritt auf das Mädchen zu. Die bleichen Krieger regten sich nicht, doch er bemerkte die verstohlenen Blicke, die ihm folgten, den Griff um die knöchernen Speere, die sie sicherlich mit tödlicher Genauigkeit von einem Ende des Decks bis zum anderen schleudern konnten.

Erschrocken fuhr er zusammen, als tief in seinem *Taú* eine Stimme ertönte.

Ich kenne dich ... ah, ich kenne dich. Wir sind uns bereits begegnet, Gorun von Caláxi. Damals weigertest du dich zu sterben. Bist du nun gekommen, um den versäumten Tod nachzuholen?

Kälte kroch ihm über den Rücken. Antiles sprach mit ihm, er ahnte den Herrn der Schatten hinter sich, doch er wagte nicht, sich umzudrehen – ein Krieger durfte dem Tod nicht begegnen, wollte er am Leben bleiben.

Aber ich befinde mich längst in Antiles' Reich, dachte er dann. Der Gott hatte das Schiff erschaffen, von den Figuren an der Bordwand, den Planken und Spanten des Rumpfs bis zu den krächzenden Vögeln in den Rahen. Mit zwei, drei tiefen Zügen vergewisserte Gorun sich, dass er noch atmete – und fuhr herum.

Der Herrscher des Schiffs stand vor ihm. Wie die Salzfiguren quoll auch Antiles' Krone unablässig aus dem Nichts hervor, eine Haube aus Pflanzen und Seegetier; seine weißen Gewänder flatterten im Wind. Der Fürst der See und ihrer Abgründe wandte Gorun ein fahles Gesicht zu. Es schien nicht allzu fest mit Stirn, Wangen und Kinn verwachsen: Wie ein Segel blähte es sich, wenn der Wind auffrischte, und sank sogleich wieder auf die Knochen zurück. Die bleichen Züge verschwammen, unruhig wie die Geschöpfe an der Bordwand, die ebenfalls den Anschein von Lebendigkeit erweckten und doch nichts als Schemen aus Salz waren. Hoch über Antiles rückten die Vögel auf den Rahen hin und her und suchten mit ausgebreiteten Schwingen Halt.

Gorun hob anklagend die Hand. »Du hast uns ein Kind geraubt«, sagte er. »Im Namen aller Menschen, die auf der Insel leben: Ich verlange das Mädchen von dir zurück.« Obwohl er nicht erwartet hatte, an diesem Ort überhaupt menschliche Laute zu vernehmen, klang seine Stimme klar und fest. Mit gespreizten Beinen stand er auf dem schlingernden Deck – ein Mensch, der einen Gott herausforderte.

Um des Kindes willen wagst du dich hierher?, dröhnte Antiles' Stimme in seinem *Taú*. *Trug dir nicht deine eigene Stadt auf, mir das Mädchen zu überbringen, so wie es einst mit Jardara von Anáxi geschah? Kaum ist die Übergabe gelungen, möchtest du sie nun zurückhaben. Wahrlich, ihr Menschen ändert eure Ansichten mit dem Wind.*

»Wir halten uns eben nicht für allwissend. Wir lernen und begehen dabei so manchen Fehler«, gab Gorun zu. »Mag sein, das Mädchen dort war einst ein Verlorenes Kind. Aber sie wurde wiedergefunden, und nun gehört sie nicht länger zu deinem Reich.«

Reglos stand Antiles vor ihm. Plötzlich erzitterte Goruns *Taú* wie der Kupfergong auf dem Hauptturm, wenn der Klöppel gegen die Scheibe schlug: Antiles lachte. Der Gott der Toten verlachte ihn und sein Ansinnen.

Gorun blickte zu dem Mädchen hinüber. Lillia saß sehr

aufrecht auf dem Sitz aus Salz und starrte ins Leere – sie *war* die Leere, die beängstigend das *Taú* streifte, wenn man in die Nähe des Kindes kam. Ein Abgrund tat sich in ihr auf – Jardaras Fluch, Vergeltung für das Unrecht, das die Menschen den Verlorenen Kindern angetan hatten. Aber Gorun erinnerte sich auch an jene Augenblicke, da Lillia nichts weiter gewesen war als ein kleines Mädchen, das so lange um Jemrens Aufmerksamkeit bettelte, bis sie dem ernsten Schützen ein Lächeln entlockte. Auch ihn selbst hatte sie betört und veranlasst, Dinge zu tun, die er nie vorgehabt hatte. Und diese Lillia war ihm entschieden lieber als die Figur aus salzweißem Stein, in die sie sich verwandelt zu haben schien.

Entschlossen trat er auf sie zu. Als er den Arm des Mädchens berührte, verloren sich der helle Tag, der Himmel und das Schiff in einem blitzenden Rausch, einem Wirbel aus Licht und Nacht. Gorun wurde auf das Deck zurückgeschleudert. Er fand sich auf Händen und Knien wieder und rang in seinen halb getrockneten Kleidern nach Luft, als hätte man ihn eben erst aus dem Meer gezogen.

Wag es nie wieder, sie zu berühren, Mensch!, hallten Antiles' Worte in seinem *Taú* wider. *Sie ist nicht von deiner Art. Sie ist nicht sterblich und vergänglich wie du!*

Mit einem dürren Finger wies der Gott auf die Speerhand, mit der Gorun sich auf das Deck stützte. Zu seinem Entsetzen sah er plötzlich die eigenen Knochen durchscheinen, das Fleisch flatterte in grauen Fetzen daran. Erschrocken riss er die Hand hoch, und die Einbildung verschwand. Der Fürst glitt auf ihn zu. Gorun sprang auf und suchte Halt auf dem schwankenden Deck.

»Ein Gott willst du sein und bist dir nicht zu niedrig, dich einer Feldherrin der Nraurn anzudienen?«, hielt er dem Fürst des Weißen Schiffes entgegen. »Ein Bündnis, ein Pakt mit dir – davon träumte Quinda-Na, bevor sie starb. Lillia ist nichts weiter als ein Spielball in euren Plänen.«

Das Eine Kind gehört mir, nachdem ihr es einmal getötet habt, zürnte der Gott. *Es fällt mir zu, es ist ganz allein mein. Du bist mein, Gorun von Caláxi, sobald dein Herz nicht mehr schlägt!*

Der Fürst riss die Arme auseinander. Bleigraue Klauen fuhren aus den Ärmeln und griffen nach Goruns *Taú*. Fluchend prallte er zurück. Das war der Schreckliche Gott, dem Amra diente; vor dieser widerwärtigen Gegenwart kniete sie tagelang im Staub – vor diesem knochigen Nichts. Hastig umfasste Gorun das Figürchen des Nemnos, das er um den Hals trug. Sein Gott war Herr der Bronze, der Gott des ungestümen Lebensmuts, den man ihm – im Scherz wie im Ernst – stets nachgesagt hatte.

Der Fürst der Dunkelheit zuckte zurück. Antiles glitt eine Winzigkeit fort von ihm, ein Schatten, der das Licht scheute.

Gorun lachte auf. »So ist das also! Du kannst mich nicht so einfach töten!«, schleuderte er dem Gott ins Gesicht. »Du kannst nur das Aas an dich raffen, in dem sich kein Leben mehr regt. Nun, Antiles – dann werde ich nicht sterben! Ich sterbe nicht und durchkreuze auf diese Weise die Pläne, die du mit dem Einen Kind hegst!«

Er umklammerte die Statuette und dachte daran, wie oft ihn Nemnos' heiliger Zorn schon am Leben erhalten hatte: in der hitzigen Schlacht, in der Dürre der Trockenen Hügel und in seinen dunkelsten Stunden, als er eingeklemmt unter dem Tor von Caláxi lag.

Die Krallen sanken wieder in die Ärmel des Gewandes, das nichts als Scheußlichkeit und Fäulnis verhüllte.

Das ist wahr, Mensch, gab Antiles zu. *Ich kann dich nicht töten, solange du dich ans Weiterleben klammerst. Doch ich besitze andere Fähigkeiten.*

Nichts Gewaltsames geschah, obwohl Gorun sich unter Anspannung aller Muskeln darauf gefasst machte. Gar nichts geschah, außer dass das Meer entlang der Bordwand rauschte und die Vögel sich in der Takelung stritten. Gerade als er wieder einatmete, hörte Gorun die Stimme: eine wohl vertraute Stimme, eine schmerzlich vermisste Stimme, die ihn wie die Spitze eines Speers durchfuhr. Milan kam über das salzweiße Deck auf ihn zu. Er trug die seltsamen hellen Gewänder, in die auch die Krieger des Totengottes gehüllt waren, aber es handelte sich unverkennbar um seinen jüngeren Bruder. Mit windzerzaustem Haar eilte er herbei – Milan, dessen fürchterliche Wunden Gorun gesehen hatte, als er und Falrau die Leiche zwischen den Steinen fanden.

»Verschwinde!«, herrschte er den Bruder an und konnte sich doch nicht bezwingen, die Hände auszustrecken und sein lachendes Gegenüber zu begrüßen. Milans Arm war hart und weiß wie die Gliedmaßen der Figuren an der Bordwand, und noch während der Bruder zu sprechen anhob, wurde er von Verwesung zerfressen; vor Goruns Augen zerfiel er zu Salzstaub und Knochenresten.

Gorun warf sich auf die Knie und wühlte mit beiden Händen in dem Häufchen, als gäbe es noch einen Funken Leben zu finden, einen Schimmer des *Taú* – als wäre es ein Ding, das er an sich nehmen und in Sicherheit bringen konnte. Milans Klanzeichen schlug ihm wie Eis gegen die Brust, und nun begriff er die Dringlichkeit der Warnungen, die ihm rieten, er möge den Klanschmuck eines Toten ablegen.

Gorun!, rief der Bruder da vom anderen Ende des Schiffs und winkte ihn mit vertrauter, spiegelbildlicher Ungeduld herbei. Heiße Tränen schossen Gorun in die Augen. Er versuchte sich einzureden, dass dies eine Täuschung sei, eine grausame List des Schwarzen Gottes, und konnte sich doch nicht gegen die Empfindungen wehren, die Milans Erscheinung in seinem *Taú* heraufbeschwor.

Antiles stand an seiner Seite, ein leichenblasser Schatten. *Töten kann ich dich nicht, Reiter aus Caláxi,* höhnte der Herr der Dunkelheit. *Aber ich kann dafür sorgen, dass du dein Ende mit jeder Faser herbeisehnst.*

Mit einem Fluch warf Gorun sich herum, bereit, dieses Bündel aus Knochen und Bösartigkeit zu packen und ins Meer zu schleudern – mit ihm ins Wasser zu springen, sollte es nötig sein. Der Fürst wich über das Deck zurück und entzog sich dem Griff des Menschen. An seiner Statt eilten die blassen Krieger auf Gorun zu, die Speere aus Fischbein in den Händen. Er packte den Erstbesten von ihnen und schleuderte ihn mit solcher Wucht auf das Deck, dass sein überraschter Gegner mit dem Kopf auf die Planken prallte. Schon kniete er auf dem Mann, einem Gespenst ohne *Taú*, das doch Sehnen und Muskeln und einen Kehlkopf hatte und röchelnd in seinem Griff zu ersticken drohte, als er das feine Gewand am Kragen zudrehte.

»Zurück!«, knurrte er drohend, als die anderen Krieger näher kamen. »Weg mit euch, oder dieser hier wird dafür mit dem Leben büßen!«

Es war eine lachhafte Drohung auf einem Schiff, das dem Tod gehörte. Einen Augenblick lang zögerten die bleichen Krieger, und dann krachte ein solcher Schlag auf Goruns Hinterkopf, dass ihm schwarz vor Augen wurde.

Sie gossen ihm Salzwasser ins Gesicht, damit er wieder zu sich kam.

Als er aufzustehen versuchte, traten ihm die Diener des Totengottes die Beine weg und ergriffen ihn an den Armen. Sie schleiften ihn über das Deck und warfen ihn in einen Käfig am Mast, und er wehrte sich nicht einmal mehr gegen diese Behandlung. Er ließ die Grobheit der blassen Krieger über sich ergehen und blieb mit dem Gesicht nach unten auf dem Boden des Gelasses liegen – krank von der Einsicht, dass keiner der Freunde und Verwandten, die ihm vorausgegangen waren, je das Entfernte Land erreicht hatte.

Sie waren alle hier, Geiseln eines grausamen Gottes, der mit den Toten wie mit den Lebenden sein Spiel trieb. Die feierliche Stille des Grabs, das milde Licht einer anderen Welt, in der er Milan geborgen gewähnt hatte, waren nichts als Betrug und Täuschung, und er fragte sich, ob die *Laîren* durch ihre Zurückgezogenheit nicht gerade dieses Geheimnis hütete: die Trostlosigkeit, welche die Verstorbenen nach dem Tod ereilte.

Aber Amra wäre niemals zu einer solchen Lüge fähig. Mit

langsamen Bewegungen setzte Gorun sich auf und lehnte sich an die Stäbe aus Salzstein, aus denen sein Gefängnis bestand. Niemals hätte er einen Weg wählen können wie sie. Er hing viel zu sehr am Leben, liebte die Annehmlichkeiten und die Geselligkeit, die entspannten Stunden ebenso wie die Aufregung eines raschen Rittes. Genau dafür hatte Quinda-Na ihn einst verspottet. *Du hast ein Talent dafür, deinen Tod zu umgehen, Reiter,* hatte die Nraurin gesagt. Und es stimmte: Nemnos' Lebenswille machte sein Wesen aus.

Dennoch – eine Ahnung von Dunkelheit wohnte ihm längst inne. Tief im Innern, wo die Erinnerung an die Verstorbenen ruhte, ahnte er den Tag voraus, an dem er den letzten Atemzug tat. Dann würde Antiles auf sein Recht pochen und einfordern, was von einem Menschen blieb: das *Taú.*

Die Sonne zog einen Bogen aus weißem Feuer über den Himmel. Gorun bedeckte die Augen mit den Händen, um das Weiße Schiff und seine Chimären nicht länger zu sehen. Er dachte an Amra und sah sie vor sich, wie sie vor Drauras ärmlicher Hütte kauerte und die Erde in den Pflanzschälchen festklopfte. Er sah sie durch das Tal ihrer Stadt wandern, wo sie jeden Halm beim Namen nennen konnte, sah sie an jenem letzten Festtag in Caláxi, ein Tuch im Haar und einen Krug in den Händen. Für sie ertrug er das endlose Schwanken und Schlingern des Schiffs, für sie nahm er alle Qualen hin, die der Totengott ihm zufügte. Für sie ertrug er das Flüstern von Milans Gespenst, das ohne Unterlass um den Käfig schlich und ihm aus den Tagen ihrer gemeinsamen Kindheit erzählte.

4

Sie zogen landeinwärts, einen Tag, den nächsten und den dritten ebenso. Nret und ihre Gefolgsleute schwiegen die meiste Zeit über, und Jemren war froh über die Stille, denn er verspürte nicht die geringste Lust, dem Norden ein weiteres Mal die Ereignisse und Gedankengänge auseinanderzusetzen, die ihn an der Seite des fremden Mädchens in den Süden und bis in die Stadt Caláxi geführt hatten. Man ließ ihn in Ruhe, begnügte sich damit, dass er widerstandslos neben Amra einherschritt. Ständig hatten die Wächter ihn im Auge. Er spürte die Aufmerksamkeit ihrer *Taú*, die aufreibende Berührung im Innersten, doch er setzte sich gegen die Aufdringlichkeit nicht zur Wehr. Er ließ die Männer gewähren, und sie beobachteten jede seiner Bewegungen, obwohl sie sehr wohl wussten, dass er keinen Fluchtversuch unternähme, solange er Amra zurücklassen müsste.

Und er würde sie zurücklassen müssen.

Ihm genügten wenige Augenblicke, um zwischen den Buschinseln zu verschwinden. Er hatte dasselbe Leben gelebt wie Nrets Schützen, dieselben Kämpfe ausgefochten, und er würde es auf seine Schnelligkeit und Geschicklichkeit im Ausweichen ankommen lassen. Aber Amras *Taú*, das ausgeprägte *Taú* der *Laîren*, wäre wie eine Zielscheibe. In der Bucht von Tegaréssos hatten Nrets Schützen eine Kostprobe ihrer Kunst bekommen, als Amra die Pfeile von Gorun ablenkte. Ein zweites Mal gelänge ihr die Blendung der Schützen nicht mehr.

»Das Land verändert sich zusehends«, murmelte sie. »Wie grau und trostlos alles aussieht! Als flösse das Leben aus allen Dingen, seit sich Lillia nicht mehr auf der Insel befindet.«

Im Gehen blickte sie im flachen Gelände umher. Jemren antwortete nicht, denn die *Laîren* hatte mehr zu sich selbst als zu ihm gesprochen. Auch ihm gefiel die Richtung nicht, die Nret eingeschlagen hatte; der Weg über die Hochebene im Landesinnern bestätigte seine Befürchtungen. Der Himmel war verhangen, das Gelände dehnte sich endlos vor ihnen aus, und die Steine hatten nahezu dieselbe Farbe wie die Wolken. Ab und zu kamen sie an Senken vorbei, deren Boden mit Salzresten bedeckt war. Gestrüpp wucherte am Rand der Vertiefungen, Klauenkraut mit harten, fünfzackigen Blättern, an deren Spitzen Dornen wuchsen. Wie die Finger einer Hand krümmten sie sich dem Betrachter entgegen, und Nret musste oftmals einen weiten Bogen schlagen, um dem Dickicht auszuweichen.

»Mir fehlt Lillia auch«, gab Jemren schließlich zu. Er war sich nicht sicher, ob Amra dasselbe meinte. Die Gedankengänge der *Laîren* bewegten sich in Bereichen, die ihm fremd und bisweilen Furcht einflößend vorkamen. Amra warf ihm einen überraschten Blick zu, und dann lächelte sie, vermutlich über die Schlichtheit, mit der er die Welt sah.

»Auf dem Totenschiff ist sie für unsere Welt verloren, und Gorun ist es ebenfalls«, erklärte sie, und ihr *Taú* wirkte blasser als eben noch. »Kein Gebet kann ihnen mehr helfen, kein Ruf kann sie zurückholen. Wir müssen jetzt an die Lebenden denken, Jemren.«

Sie gab ihm Rat, so klug und kühl, wie sie Gorun stets beraten hatte.

»Ich höre dich«, sagte er, zum Zeichen, dass er ihren Hinweis verstanden hatte. Dem Schicksal mit Gleichmut zu begegnen – das bedeutete *laîren*. Verlust zu ertragen und den Willen der Götter hinzunehmen wie das Wetter. Der Norden teilte diese Haltung nicht, und Jemren spürte deutlich Widerstand in sich aufsteigen. Aber er schwieg, um die Priesterin aus dem Süden nicht zu beleidigen.

Der Norden betet nicht, er handelt – wie oft hatte er diesen Satz aus Tachras Mund gehört, wenn die jüngeren Frauen der Klanherrin Beschwerden und Kümmernisse vortrugen. Wegen ihres hohen Alters wurde Tachra oft in Angelegenheiten der Stadt zu Rate gezogen, und stets liefen ihre Ermahnungen auf das Gleiche hinaus: Wenn dich etwas stört, dann ändere es.

Jemren konnte nicht mit Gewissheit sagen, was »beten« bedeutete: das Meer zu schelten, wenn die Wogen das Boot zu sehr umherwarfen, wie es zu Merras' Gewohnheiten gehörte? Die winzige Statue eines Gottes zwischen den Fingern zu reiben, was Gorun oft tat, irgendeinen unausgesprochenen Wunsch im *Taû*? Zugleich drückte jede Geste des Reiters Handlungsbereitschaft und Entschlossenheit aus; Gorun war niemand, der tatenlos auf eine günstige Fügung des Schicksals wartete. Und sogar Tachra hatte manchmal die Flammen in der Herdstelle beschworen, endlich aufs nasse Feuerholz überzugreifen und nicht schon wieder zu verlöschen. Beten bedeutete mit den Dingen sprechen – das hatte Jemren als Junge geglaubt.

»Nicht mit den Dingen – mit den Göttern sprechen die Menschen im Süden«, belehrte Harat ihn, nachdem der Onkel ihr jene Strophen der »Lieder der Erinnerung« vorgetragen hatte, in denen von den Vorstellungen jenseits des Scyé die Rede war. »Aber die Götter kann man nicht sehen. Beten heißt also mit dem Unsichtbaren sprechen«, schlussfolgerte die Schwester – und dann blickten sie einander erschrocken an. Denn nach dieser Erklärung beteten sie manchmal selbst, wenn sie abends auf die Klippen der Bucht kletterten, bis zu jener Spitze, die weit über das Meer hinausragte. Dort berichteten sie der Mutter von den jüngsten Ereignissen und wünschten ihr auch weiterhin eine glückliche Reise. In Jemrens neuntem Sommer hatte Mrara Haus und Klan verlassen. Seitdem hatten Harat und er sie nie wiedergesehen – Mrara war das Unsichtbare in ihrem Leben.

»Was hat Nret denn nun vor? Wohin bringt sie uns?«, erkundigte Amra sich leise und holte ihn mit ihrer Frage ins Hier und Jetzt zurück. »Kannst du ihre Absichten erraten?«

»Ich habe eine Vermutung«, erwiderte Jemren ausweichend. Er wusste nicht, ob es besser war, Amra die Wahrheit über seinen Verdacht mitzuteilen oder Stillschweigen zu bewahren und abzuwarten, ob seine Befürchtungen wirklich eintraten. Sorgenvoll musterte er das Land.

Amra zog Harats Schal fest um sich. Der stetige Wind war allerdings nicht die Ursache für ihr Unbehagen. Jemren entgingen die Blicke nicht, welche Nrets Schützen ihr zuwarfen. Die Stimmung und die fortgesetzten Bemerkungen der Männer waren ihm zuwider.

»Niemand wird es wagen, dir zu nahe zu treten«, erklärte er gefasst, um Amra nicht noch mehr zu beunruhigen. In Wahrheit waren die Sprüche jedoch der Grund, weshalb er ihr nicht von der Seite wich. Aber in dem Blick, mit dem die *Laîren* die fremden Krieger bedachte, lag keine Furcht, sondern Verachtung.

»Ich sehe doch, wie herablassend sie dich behandeln«, entgegnete sie mit Empörung in der Stimme. Jemren zuckte die Achseln und tat das Misstrauen der anderen Schützen ab: *Sie* war es, die ihm Sorgen bereitete. Amras Schönheit wirkte fremdartig und anziehend zugleich auf die Männer, die noch nie eine Frau aus dem Süden gesehen hatten. Ihre Gestalt und ihre Gesten waren anmutig, Augen und Haar hatten die gleiche Farbe, ein dunkler Goldton, der im Norden selten war.

Er ließ den Blick über die Bogenschützen gleiten und fragte sich, wer ihn gerade im Visier hatte. Nret schritt an der Spitze, ihr Bruder Tenon begleitete sie. Tarepin hatte sich nach dem Verblassen des Weißen Schiffs von der Gruppe getrennt und war einen Tag und eine Nacht lang verschwunden geblieben. Als er wieder zu Nrets Schar stieß, schien er missmutiger als zuvor, so als sei seinen Wünschen etwas zuwidergelaufen. Seitdem richtete er es so ein, dass er entweder hinter Jemren herschritt oder den Zug vom Rand aus sicherte, damit sich ihre Blicke nicht allzu oft begegneten.

Früher einmal hatten sie sich sehr nahegestanden, hatten Gutes wie Schlechtes zusammen erlebt, und Tarepin war im Haus Su Tachra ein und aus gegangen wie ein Mitglied des

Klans. Jemren dachte manchmal an die Zeit zurück, als ihre beiden Bogen der Stadt gedient hatten. Nur durch Zufall hatte Tarepins Vater entdeckt, dass auch er über die Gabe verfügte, den Pfeil mithilfe des *Taú* zu lenken; nur weil Tarepin ihn einmal zu einem Probeschuss gedrängt hatte. Der Vater des Freundes war ausgerechnet in dem Augenblick hinzugestoßen, als sein Pfeil die Möwe vom Felsen riss.

Er hatte nie den Wunsch verspürt, die Kunst der *Taú*-Schützen zu erlernen. Viel lieber wäre er mit dem Onkel auf das Meer hinausgesegelt, um zu fischen und die Küste der Insel aus der Ferne zu betrachten. Aber in einer Stadt wie Tegaréssos war ein solcher Entschluss keine Frage des Wünschens, und da seine Begabung nun offenkundig war, musste er sich dem Willen der Häuser fügen. Jeder im Norden, der über den Schützensinn verfügte, stellte seine Fähigkeit in den Dienst der Türme – so war es seit Langem.

Auf den sandigen Hängen hinter der Stadt hatte Tarepins Vater die beiden Jungen in allen Bogenfertigkeiten unterwiesen und ihnen gezeigt, wie man sogar eine Tage alte Fährte aufspürte. Bei allen Aufgaben war Tarepin stets der Eifrigere gewesen – um dem Vater zu gefallen und um sich möglichst bald die silbernen Ringe zu verdienen, die Auszeichnung für einen guten Schützen. Jemren dagegen war zu sehr eingenommen von den Eindrücken, die den Schützensinn erfüllten, sobald sein *Taú* das des Ziels streifte – selbst wenn es nur ein Feldhase war. Die Leichtfüßigkeit, die Bereitschaft zur Flucht, das Wittern und Lauschen in alle Windrichtungen: Oft hatten ihn diese Wahrnehmungen so sehr gebannt, dass er den rechten Augenblick für den Schuss verpasste. Plötzlich spürte der Hase seine Gegenwart, schlug einen Haken und verschwand blitzschnell zwischen Sandhafer und Salzbinse.

»Ah, Jem, wer ist jetzt mehr erschrocken – der Hase oder du?«, hatte Tarepin zu ihm herübergerufen und ihn bis zum Abend mit Spott überhäuft. Längst war offenkundig, dass Tarepin es einmal dem Vater gleichtun und Meisterschütze der Stadt werden würde. »Du überlegst viel zu lange. Du musst auch treffen *wollen*«, hatte der Freund erklärt.

Und es stimmte – allein die Absicht des Schützen lenkte den Pfeil ins Ziel. Früh hatte Jemren einsehen müssen, dass hier seine größte Schwäche lag: Das Töten behagte ihm nicht.

Im darauffolgenden Frühjahr hatte eine Schar junger Bahak die Stadt überfallen. Es handelte sich wohl um eine Mutprobe nach Nraurn-Art, denn bis auf einige Säcke mit Salz und etliche Ziegen, welche die Gehörnten an einem Bein packten und quer vor sich in die Sättel zerrten, entstand kein großer Schaden. Die Schützen von Tegaréssos hatten einen der Diebe an der Flucht hindern können. Mit erschrockenen Sätzen rannte der junge Nraur auf den Dünen hin und her, während die Männer ihn mit den Harpunen immer weiter in die Enge trieben. Der Bahak trug noch keine Klingen an den Hörnern, die Spitzen glänzten, als habe er sie noch nie zum Stoß benutzt, und ein kurzer Bart bedeckte das Kinn. Seine Verzweiflungsschreie hatten Jemren und Tarepin angelockt, die unweit einen aufgeplatzten Sack Salz bargen. Sie eilten herbei, während die älteren Männer den Bahak einkreisten. Vielleicht erkannte der Nraur, dass die beiden Jungen kaum älter waren als er; vielleicht wirkten sie weniger bedrohlich als die erwachsenen Schützen. Der Bahak stürmte auf sie zu, streckte flehentlich die Hände aus und schrie etwas in seiner Sprache.

Der Pfeil flog so schnell, dass Jemren das Geschoss erst bemerkte, als es sich in die Brust des Nraur bohrte. Zitternd blieb der Pfeil stecken. Der junge Bahak fiel auf die Knie und starrte sie an, sein Kiefer mahlte, doch er brachte keinen Laut hervor. Er atmete noch, als Tarepin die Bogensehne löste.

»Mitten ins Leben«, erklärte der junge Schütze ungerührt. »Der wird keine Ziegen mehr stehlen.«

»Warum hast du das getan?«, stieß Jemren hervor. »Er war doch keine Bedrohung mehr.«

»Der Schuss war unnötig«, tadelte auch Larrad den Sohn. »Der Nraur war so gut wie gefangen. Dann hätten wir eine Geisel in der Hand gehabt.«

Andere jedoch lobten die Kaltblütigkeit des jungen Schützen. Ein Jahr später hatte Tarepin sich dann die Schützenringe verdient, früher als alle anderen in Tegaréssos. Mittlerweile hatte er auch die Stellung des Meisterschützen vom Vater übernommen und führte die Verteidiger der Stadt an. Wie oft hatten sie Seite an Seite gekämpft – doch jetzt hielt der einstige Gefährte sich von ihm fern. Und Jemren war es recht so.

Am Abend rasteten sie an einem Ausläufer des Xórostrai, in dessen ruhigem Wasser sich der Himmel spiegelte. Der See wies einen hohen Salzgehalt auf. Fische lebten in den Fluten, sonderbare Geschöpfe mit langen Barteln und Stacheln auf dem Rücken. Bis auf wenige Schilfbüschel war das Ufer kahl.

Bekümmert beobachtete Jemren, wie Ragan sich heranschleppte. Jeden Tag fiel der Hund weiter zurück, entschwand bald nach dem Aufbruch des Zugs außer Sicht, doch am Abend tauchte er wieder auf, beharrlich auf seiner Spur. Jemren überlegte immer wieder, ob er den Hund zum Zurückbleiben veranlassen sollte. Aber worauf hätte Ragan dann warten sollen außer auf einen langsamen Tod? Jetzt kam er herbei und ließ sich schwer auf Jemrens Füße fallen. Der Schütze lehnte sich nach vorn und kraulte den Hund eine Weile, bis Ragan seufzte und die Schnauze behaglich an der gesunden Pfote rieb. Schließlich schob Jemren den warmen Körper zur Seite, denn der Hund dachte nicht daran, seinem Herrn von sich aus Platz zu machen. Amra beugte sich über den verletzten Vorderlauf.

»Der Verband hat sich gelockert«, stellte sie fest.

»Ich werde uns etwas zu essen besorgen. Vielleicht kann ich auch ein Stück Leinen auftreiben«, entgegnete Jemren. »Bleib bei dem Hund, dann wird niemand dich belästigen.«

Amra blickte nicht auf. »Leinen und einen Lederriemen«, sagte sie nur.

Es war bereits dämmrig. Nrets Gefolgsleute hatten keine Feuer angezündet, denn im offenen Land hätte der Schein der Flammen zu weit geleuchtet und ihren Lagerplatz verraten. Die Schützen standen in Gruppen beisammen und unterhielten sich. Mürrisch erlaubten sie Jemren, dass er sich aus ihren Vorräten bediente und zwei Becher mit bitterem, kaltem Tee füllte, der am Morgen gebrüht worden war. Er spürte flüchtig die Aufmerksamkeit eines *Taú* – sein Wächter, irgendwo am Rand des Lagers. Die Schützen hatten sich zwischen den Schilfstreifen am Ufer Stellungen gesucht.

Tenon nickte ihm zu und erkundigte sich nach dem Zustand seiner Verletzungen. Nrets Klanbruder war Zeuge gewesen, in welchem Zustand er nach der Flucht vor den Nraurn in Thárraxi eingetroffen war.

»Die Wunden verheilen«, entgegnete Jemren. »Mein Hund macht mir mehr Sorgen.« Ihm war nicht besonders gesprächig zumute.

Tenon warf einen Blick auf Amra und das Tier und willigte ein, einen Stoffstreifen aufzutreiben, den die *Laîren* als Verband für Ragans Vorderlauf benutzen konnte.

»Quinda-Na tat deiner Stadt ... ein schlimmes Unrecht an«, sagte der ältere Schütze zögernd, als Jemren sich schon abwenden wollte. Er blieb stehen, doch er schwieg abweisend. Auf ein Wort des Bedauerns aus Thárraxi konnte er gut und gern verzichten.

»Wir wären Tegaréssos zu Hilfe gekommen, hätten wir früher von dem Überfall erfahren«, fuhr Tenon fort. »Als Tarepin in unserer Stadt eintraf, war es längst zu spät.«

Beunruhigt horchte Jemren auf. »Tarepin begab sich nach Thárraxi?« Kein Schütze verließ die eigenen Mauern, schon gar nicht, wenn Nraurn im Land waren. »Weshalb kam er zu euch? Und wann genau war das?«, forschte er.

»Das musst du deinen Bogengefährten schon selbst fragen«, entgegnete Tenon. »Ich will dir nur einen Rat geben: Wende dich nicht zu leichtfertig von deinem Land ab! Der Norden hat gute Gründe für seine Haltung.«

Jetzt schlug die Unruhe endgültig in Besorgnis um. Tenon warnte ihn, klar und unmissverständlich. »Nret geht es nicht um irgendeine Haltung«, gab Jemren zurück. »Sie führt etwas im Schilde. Weshalb bringt sie die Schützen hierher?«

Auf diese Frage erhielt er keine Antwort. Tenon brach das Gespräch ab, doch immerhin hielt Nrets Klanbruder Wort und beschaffte ihm das versprochene Verbandszeug. Als Jemren zu dem Platz zurückkehrte, an dem er die *Laîren* von Caláxi verlassen hatte, kauerte Tarepin dicht neben ihr – und als Einzigen im Lager knurrte Ragan diesen Mann nicht an.

»Macht man im Süden immer so viel Aufhebens um ein verletztes Tier? Oder versorgst du den Hund nur Jemren zuliebe mit so viel Aufmerksamkeit?«, erkundigte Tarepin sich gerade.

»Was hat Amras Hilfsbereitschaft denn mit mir zu tun?«, warf Jemren ein, doch sein einstiger Gefährte schenkte ihm keine Beachtung.

In Tegaréssos war Tarepin für die gelegentliche Schärfe seiner Worte verrufen gewesen. Nie hatte er einen Tadel auf sich sitzen lassen und war schnell bei der Hand, wenn es galt, die Schwächen eines anderen bloßzustellen.

»Deine Sprüche sind wesentlich spitzer und treffsicherer als die Pfeile, die du abschießt«, hatte Harat ihn verspottet. Ihre flinke Zunge stand Tarepins Bissigkeit in nichts nach, und so hatten sich Jemrens Schwester und sein Bogengefährte bisweilen in ausgedehnte Sticheleien vertieft. Nicht selten gipfelte ihr Streit darin, dass Tarepin wutentbrannt das Haus verließ und den Klan Su Tachra für zwei volle Tage mied. Länger hielt der Groll jedoch nie an, und dann flogen wieder Scherzworte über die Gasse zwischen ihren Häusern.

Tarepins jetziger Bemerkung fehlte allerdings der Witz vergangener Tage. Als er sich jetzt zu Amra hinüberbeugte, erhob sie sich und wich vor seiner Aufdringlichkeit zurück, den Schal am Hals gerafft.

»Du entfernst dich von mir? Bin ich es nicht wert, dass du dich mit mir unterhältst?«, rief Tarepin ihr nach. »Schätzt du den Norden so gering, Frau?«

Mit einem unbehaglichen Gefühl stellte Jemren die Becher ab. »Lass sie in Ruhe, Tarepin«, warnte er. »Im Süden bekleidet Amra eine geachtete Stellung. Dort ist es niemandem gestattet, sich ihr zu nähern – nicht einmal Gorun.«

Tarepin erhob sich aus der Hocke und musterte ihn.

»Du warst wirklich dort, Jem. Du hast es wirklich über den Scyé geschafft«, stellte er kopfschüttelnd fest. Er benutzte noch immer die Anrede aus jenen längst vergangenen Tagen, als sie Knaben gewesen waren und sich unter Larrads Aufsicht mit dem Bogen geübt hatten. Doch gerade diese allzu große Vertraulichkeit missfiel Jemren.

»Bei der Quelle, wer hätte gedacht, dass dir dieses Wagnis gelänge?«, setzte Tarepin hinzu. »Nun, du hast ja auch sonst immer nur getan, was dir gerade in den Sinn kam, ohne Rücksicht auf andere. Hast du dich eigentlich gefragt, was dein plötzliches Verschwinden für Harat bedeutete? Aber wahrscheinlich hattest du keine Zeit für solche Sorgen – bei so vielen neuen ... Eindrücken.« Bei diesen Worten glitt sein Blick über Amras Gestalt.

»Was ist los mit dir, Tarepin?«, fragte Jemren ungehalten. »Hast du dich seit dem Angriff auf unsere Stadt so verändert? Oder passt du deine Stimmung lediglich der Laune von Nrets Gefolgsleuten an?«

Der Freund ging nicht auf seine Verärgerung ein. »Und? Was würdest du sagen?«, forschte er. »Bewegen sie sich dort alle mit so aufreizender Freizügigkeit, die Frauen im Süden?«

Mit einem Schritt trat er auf Amra zu, fasste sie unter dem Kinn und drehte ihr Gesicht in das schwache Licht, das noch über dem See lag.

»Tarepin ... was tust du da?«, stieß Jemren erschrocken hervor, als er die Grobheit dieses Griffs sah. »Lass sie los!«

Er eilte auf die beiden zu. Da schrie Tarepin plötzlich auf und krümmte sich. Amra hatte nur eine winzige Gebärde ausgeführt, eine Drehung aus dem Handgelenk, als greife sie nach einem unsichtbaren Gegenstand – eine ihrer zauberischen Gesten. Tarepin stieß sie so hart zurück, dass sie stolperte und hinfiel, während der Schütze schmerzerfüllt die Finger in die Gewänder über der Brust grub.

»Sie hat mich verletzt! Die Hexe aus dem Süden hat mich angegriffen!«, schrie er.

Hastig kroch Amra von Tarepin fort und kam wieder auf die Füße. »Ganz recht«, keuchte sie, doch Jemren spürte, dass sie Angst hatte. »Ich werde dir den Schützensinn im Leib verdrehen, wenn du mich noch einmal anfasst!«

Alle Gespräche waren verstummt, die Aufmerksamkeit des ganzen Lagers war auf sie gerichtet. Wutentbrannt wollte Tarepin der *Laîren* nachsetzen, da packte Jemren ihn am Arm.

»Lass sie, sage ich!«, fuhr er den Gefährten an. »Weshalb behandelst du sie so? Was ist bloß mit dir geschehen?«

Tarepin drehte sich um und maß Jemren mit einem Blick von oben bis unten. Sie waren fast gleich groß und von ähnlicher Statur, außer dass Tarepin geringfügig älter war. Ihre Häuser, Su Tachra und Su Vres, waren auf undurchschaubare Weise miteinander verwandt. Plötzlich lachte Tarepin auf.

»Wessen Gespielin ist sie nun – deine oder die des Speerkriegers?«, fragte er.

In dem entstandenen Schweigen konnte Jemren die eigenen Atemzüge hören. Kälte kroch in ihm herauf, jene wohl vertraute Kälte, die das Vergangene hinterließ, das man nicht mehr zurückholen konnte.

»Wie kommt es, dass ausgerechnet du hier bist?«, brachte er endlich hervor. »Von allen Menschen aus Tegaréssos lässt Quinda-Na ausgerechnet dich laufen – den Meisterschützen? Das glaubst du doch selbst nicht.«

Er spürte noch das unbeherrschte Aufflammen von Tarepins Zorn, doch er hatte nicht mit der Plötzlichkeit gerechnet, mit welcher sich der Gefährte auf ihn warf. Sie prallten zusammen und stürzten beinahe, doch keiner wollte den anderen loslassen. Als Tarepin zum Schlag ausholte, riss Jemren abwehrend den Arm hoch, schwang ihn über die Deckung seines Gegners hinweg und traf Tarepin mit dem Ellenbogen mitten ins Gesicht. Im nächsten Augenblick hatten Nrets Gefolgsleute die Kämpfenden gepackt und rissen sie auseinander. Ragan fuhr drohend hoch, doch als der Hund den verletzten Vorderlauf aufsetzen wollte, trug ihn das Bein nicht, und er sackte winselnd zusammen.

»Wo ist meine Schwester?«, schrie Jemren außer sich vor Zorn, als Nrets Krieger ihn länger als nötig festhielten. »Liegt Harat tot im Brunnen wie alle anderen? Du musst es doch wissen, denn dir war die Sicherheit unserer Stadt anvertraut! *Du* hast unsere *Taú*-Schützen angeführt – nicht ich! Wo warst du, als Tegaréssos dich so dringend brauchte? Warst du überhaupt noch dort? Oder hattest du dich schon längst in die bequeme Sicherheit von Thárraxi geflüchtet?«

Blut lief Tarepin über Lippen und Kinn und tropfte auf den lederbesetzten Kragen seiner Jacke. Er hatte keine Hand frei, um es fortzuwischen, und vermutlich hätte er nicht einmal daran gedacht, sich zu säubern. Er starrte Jemren an – alle im Lager starrten ihn an.

»*Taú*-Schützen?«, stieß Tarepin hervor. »Was soll das denn heißen: *Taú*-Schützen? Und zu mir sagst du, ich habe mich verändert? Wahrlich, Jemren, der Süden hat einen Menschen aus dir gemacht, der dir zuwider wäre, könntest du dich nur selbst sehen!«

Er spie auf den Boden, und da erst wurde Jemren bewusst, dass er ein Wort benutzt hatte, das der Norden nicht kannte. *Taú* war ein Begriff, den er von Amra gelernt hatte. Dieses Wort umriss die Fähigkeiten des Schützensinns, die im Norden so umständlich und voller Bedenken erklärt werden mussten. Jemren hatte nicht einmal gemerkt, wie sehr er sich an den Gebrauch des Ausdrucks gewöhnt hatte.

Mit einem Ruck befreite er sich aus dem Griff der Männer, und da ließ man auch Tarepin los. Unwirsch zerrte der Schütze seine Kleider zurecht und wehrte alle ab, die ihm begütigend zureden wollten. Er stapfte zum Seeufer hinunter, schöpfte einige Handvoll Wasser und kühlte sich das Gesicht. Nret saß mit untergeschlagenen Beinen auf einer Decke, ihr

Stirnband war der hellste Fleck in der Nacht. Sie hatte die Auseinandersetzung voller Aufmerksamkeit verfolgt. Jetzt wandte sie sich der unterbrochenen Besprechung mit ihrem Klanbruder zu.

Jemren ließ sich auf dem feuchten Boden nieder, stützte die Ellbogen auf die Knie und legte die Stirn in die Hände. Eine ganze Weile saß er so, auch nachdem er neben sich das Rascheln von Amras Röcken vernommen hatte. Erst als er sicher war, den Schützensinn – das *Taú* – wieder beherrschen zu können, ließ er die Hände sinken.

Die *Laîren* von Caláxi brach winzige Stücke von einem Brotfladen ab und aß sie zusammen mit dem getrockneten Fisch und dem Dörrobst, das Nrets Schützen mit sich führten. Ragan lag unweit von ihr und leckte eifrig über den neuen Verband. Nichts in Amras *Taú* verriet eine Kränkung, sie wirkte ungerührt und von gelassenem Stolz erfüllt.

»Allmählich glaube ich, all das Üble, das Gorun im Norden vermutete, entspricht den Tatsachen«, meinte Jemren, nicht zuletzt unglücklich über sich selber. Amra betrachtete ihn eine Weile. Schließlich huschte ein Lächeln über das Gesicht der *Laîren*, und ihr *Taú* wirkte wärmer.

»Nein, Jemren«, sagte sie sanft. »Gorun hatte keineswegs in allen Belangen recht.«

Vor dem Morgengrauen legte sich der Wind, doch dafür kamen die Mücken. Vom sumpfigen Ufer des Xórostrai aus schwirrten sie auf und stachen wahllos alle im Lager, bis sich die Schützen fluchend unter den Decken regten und die Wachen rascher auf und ab gingen. Mit der flachen Hand schlugen sie nach den Plagegeistern.

Als Jemren Schritte hörte, die sich dem Lager näherten, richtete er sich auf den Ellbogen auf. Er hatte kein Auge zugetan, hatte ängstlich wachend alle Erinnerungen und Träume von sich ferngehalten, und jetzt fühlte er sich zerschlagen und beinahe so missgelaunt wie Nret und ihre Begleiter. Seine Stimmung hob sich keineswegs, als er die Gruppe erblickte, die am flachen Ufer des Sees entlangschritt – Männer wie Frauen mit Köchern und langen Bogen über der Schulter. Sie kamen aus der Richtung, in welcher die Türme von Golóni lagen, und es waren mehr als zwei Handvoll.

Nret war bereits auf den Beinen. Sie ging den Ankömmlingen entgegen und begrüßte jeden Schützen einzeln. Alle Ankömmlinge trugen die silbernen Ringe. Ihre Hunde hatten sie offenbar bei den Türmen zurückgelassen, zum Schutz der Mauern und Herden. Bereits in den vergangenen Tagen waren Krieger des Nordens zu Nrets Gefolge gestoßen. Das Ungewöhnlichste an diesem Vorgang war die Tatsache, dass sie alle aus unterschiedlichen Städten stammten. Der Norden schloss sich zusammen – zu welchem Vorhaben vermochte Jemren unschwer zu erahnen. Beunruhigt setzte er sich auf.

Die Klankönigin beriet sich kurz mit Tenon und Tarepin. Die Oberlippe des Meisterschützen von Tegaréssos war verfärbt und aufgeplatzt, und an Tarepins schleppender Sprechweise hörte Jemren, dass die getroffene Stelle angeschwollen war. Für ein Wort des Bedauerns war es jedoch längst zu spät. Tarepin machte einen Bogen um ihn, während er von einem Schläfer zum anderen ging und die Schlummernden weckte. Nret rief das Lager zum Aufbruch.

Der Zug der Schützen folgte dem Ufer des Sees. Durch Zuspruch ermuntert, hielt Ragan mit Jemren Schritt. Kein Windhauch regte sich, das Wasser des Xórostrai zeigte die Farbe von altem Silber. Nach einer Weile löste die Sonne den morgendlichen Dunst auf und enthüllte eine Erhebung aus Stein, bei deren Anblick selbst erfahrene Schützen in Rufe des Abscheus ausbrachen. Ein zerfressenes Band erstreckte sich über den Horizont. Schwefeldämpfe stiegen von dem Wulst auf, rostrote Ränder breiteten sich weit in die Ebene hinein aus und verätzten den Boden. Stümpfe ragten aus dem Erdreich hervor, wo einst Bäume gestanden hatten. Jetzt wuchs dort nichts mehr.

»Bei der Quelle, welch ein Anblick«, stieß Amra hervor.

Sie rieb sich einen Mückenstich am Handgelenk. »Was für eine Scheußlichkeit ist das?«

Jemren verschränkte die Arme. Beim Gedanken an die Ereignisse, die dieser Tag bringen mochte, wurde ihm kalt. »Das«, erwiderte er voller Unbehagen, »ist der Scyé.«

Sie hielten auf das Band zu. Ein Strom aus geschmolzenem Stein – so wälzte der Scyé sich durch das Land. In Schichten schob sich die erkaltete Lava übereinander und hatte sich an manchen Stellen zu bizarren Formen aufgetürmt, die mehr als zweifache Mannshöhe erreichten. Gesteinszungen erstreckten sich ins Land und vergifteten den Boden im Umkreis vieler Schritte, zähe Blasen hatten sich aufgeworfen. Wo sie einst aufgeplatzt waren, starrten Zacken und Spitzen in alle Richtungen.

Diese Verwerfung teilte die Insel. Ausgehend vom Scyéyan, jenem hohen Vulkan im Gebiet der Nraurn, durchzog sie das ganze Land bis zur westlichen Küste der Insel, wo Lavaklippen sich ins Meer stürzten. Sommers wie winters wallte dort Dampf auf, und die See kochte – so hatte der Onkel Jemren diesen Ort einmal beschrieben.

Nrets Schützen warfen unbehagliche Blicke auf den Steinwulst. Hin und wieder erwachte der Wind und blies stinkenden Dampf über sie hinweg, wodurch ihnen zeitweilig die Sicht genommen wurde. Als sich die erhitzten Nebel wieder lichteten, stießen einige der Männer Verwünschungen aus.

In scharfem Galopp jagte eine Kriegergruppe auf sie zu. Die Reiter und ihre gehörnten Tiere hatten nahezu dieselbe Farbe wie die Lava. Hier und da hob sich das Blinken von Waffen gegen den Scyé ab. Auf dem vordersten Tier saß ein großer Krieger; sein Mantel fiel mit jedem Galoppsprung auf die Kruppe des Nouk, und der lange, mit Lederbändern umflochtene Bart wehte ihm über die Schulter in die Mähne.

»Das sind Bahak!«, stieß Jemren hervor, doch niemand beachtete seine Warnung.

Als Nesyn die Menschen erblickte, hieb er das Gehörn durch die Luft und schrie seinen Kriegern etwas zu. Die Nraurn spornten ihre Nouk an, aber Nret tat nichts, um die Gefahr abzuwenden oder wenigstens in Deckung zu gehen. Die Klankönigin stand da und blickte den Nraurn abwartend entgegen. Keiner ihrer Schützen spannte den Bogen.

Die Gehörnten kreisten sie ein. Die Nouk schwitzten, Schaum troff ihnen in Flocken von den Mäulern, und ihre Ausdünstungen mischten sich mit dem Gestank des Scyé.

Ragan knurrte drohend. Unter den Bahak entdeckte Jemren auch Nraurn mit hellen, rötlichen Mähnen – es waren Mnek, ein Ziegenvolk aus dem Süden. Kajlyn-Guas Macht war weiter gewachsen. Nesyns gelber Blick glitt über die Menschen, streifte ihn und Amra und heftete sich schließlich auf Tarepin. Als er sprach, mahlte Quinda-Nas Marschall die Worte zwischen den Zähnen, wie es der Art der Nraurn entsprach.

»Du hattest uns für unseren Feldzug erheblich mehr Schützen versprochen«, grollte er.

Der trübe Tag und jede Bewegung darin verblassten. Jemrens Herz setzte für etliche Schläge aus, und als es wieder zu klopfen begann, zog es sich in solch schmerzhaften Krämpfen zusammen, dass es ihm den Atem nahm.

»Was hat das zu bedeuten?«, stieß er hervor. »Tarepin, was hast du getan?«

»Nret aus Thárraxi und ihr Klanbruder Tenon«, stellte der Meisterschütze statt einer Antwort seine Begleiter vor. Äußerlich gab er sich selbstsicher, doch im *Taú* konnte Tarepin nicht lügen; dort beherrschte eine flackernde Unruhe jeden seiner Gedanken. »Gerras und seine beiden Söhne. Varca aus Golóni. Aus allen Städten haben sich die besten Schützen eingefunden, die der Norden aufbieten kann.«

»Es sind zu wenige«, stieß Nesyn hervor und straffte die Zügel seines Reittiers. »Ist das eure ganze Streitmacht?«

»Warum, Tarepin?«, fragte Jemren. Ihm war, als stünde er auf Treibsand. Ragan, dem sich jede Gefühlsregung mitteilte, lehnte sich bebend gegen sein Bein. Wortlos drehte ihm der Bogengefährte von einst den Rücken zu. Nrets weißes Auge starrte ins Nichts, und mit dem anderen blickte die Klanherrin Nesyn an.

»Du schätzt unsere Bogen wohl zu gering«, stellte sie frostig fest. »Dabei solltet gerade ihr es besser wissen, Nraur.«

Nesyn stieß Luft durch die Nüstern, ob verächtlich oder belustigt, vermochte Jemren nicht zu sagen. Er ballte die Fäuste, um das Zittern seiner Arme zu beenden.

»Du führst sie an?«, fragte der Nraur die Klanherrin. »Die Bogenschützen unterstehen deinem Befehl?«

»Tarepin kam zuerst nach Thárraxi, um uns von eurem Feldzug gegen den Süden zu unterrichten und unsere Unterstützung zu erbitten. Es ist die älteste Stadt im Norden«, erklärte Nret stolz. »Ja, ich führe diese Schützen an, Nesyn. Sie sind bereit, sich euch anzuschließen – falls ihr euch an die Absprachen haltet.«

Mit Schwung senkte der Nraur das Gehörn in ihre Richtung, nickte auf seine Weise.

»Du bist ebenfalls an Abmachungen gebunden«, erinnerte er die Klankönigin. Nret hob ruckartig das Kinn. Die Kettchen an ihrem Kopfschmuck klirrten, einige davon verfingen sich in ihrem Haar. »Wo befindet sich das Mädchen?«, forschte Nesyn. »Drei Menschen begleiteten das Eine Kind. Wo steckt es? Und wo hält sich der Krieger aus dem Süden auf?«

»Das Kind war kein Teil der Abmachung«, entgegnete die Klankönigin ungerührt. »Die Rede war von Schützen und von Waffen. Das Mädchen gehört längst wieder der See. Diese Übergabe beabsichtigte Quinda-Na doch wohl bei ihrem Besuch an unserer Küste. Nun habe *ich* das Vorhaben der Feldherrin ausgeführt. Das Kind befindet sich nicht länger auf der Insel, und der Krieger, der ihr vorschnell hinterhersprang, ist vermutlich ertrunken.«

Verraten, dachte Jemren. Vom ersten Augenblick an waren wir verraten. Ein Gutes hatte Nrets Tat wenigstens: Sie verhinderte Lillias erneute Gefangennahme durch die Nraurn.

Aber der Trost hielt nur so lange an, bis ihm einfiel, wer Herr des Weißen Schiffs war.

Sichtlich verärgert richtete Nesyn sich im Sattel auf. »Du maßt dir an, der Feldherrin vorzugreifen?«, fuhr er Nret an. »Wie kannst du es wagen, unsere Pläne zu durchkreuzen?«

Die Klanherrin zuckte die Achseln. »Pläne ändern sich, Nraur. Willst du nun streiten oder den Scyé überqueren? Hier steht der Mann, der uns in den Süden führen kann.«

Als sie auf Jemren deutete, fletschte Ragan die Zähne. Schnell packte der Schütze die graue Schnauze und drückte die Lefzen seitlich gegen sein Bein; der Hund schnaufte aufgebracht unter seiner Hand. Nret musterte ihn mit dem verbliebenen Auge.

»An welcher Stelle hast du die Verwerfung überquert?«, fragte sie.

Jemren hatte mit dieser Frage gerechnet. Seit Tagen kreisten seine Gedanken um diesen Augenblick. Doch die Umstände hatte er nicht vorhergesehen.

»Man kann nicht über den Scyé gehen«, erklärte er.

»Du hast es getan«, gab Nret zurück.

»Es gibt keinen Weg«, beharrte Jemren.

Amras Blick ruhte auf ihm; er spürte es, ohne die *Laîren* anzusehen. Nret forderte ihn zum Verrat an ihrem Land auf. Aus allen Städten des Nordens hatte die Klanherrin Schützen um sich geschart, sowohl junge als auch erfahrene Krieger, die ihr Leben lang erbittert gegen die Nraurn gekämpft hatten. Als Blindschützen hatte Gorun sie bezeichnet: die gefürchteten *Taú*-Schützen des Nordens, deren Kampfkunst seit der verheerenden Schlacht auf der Ebene von Fésos geächtet war. Trotz des Banns waren diese Fähigkeiten im Norden weiterhin gepflegt worden. Und nun waren Nrets Schützen entschlossen, ihr Können gegen den Süden einzusetzen, wie es schon einmal in der Geschichte der Insel geschehen war.

»Der kürzeste Weg nach Süden führt über den Scyé«, sagte Nret in sein Schweigen hinein. »Lange Zeit war uns dieser Zugang verschlossen, aber du hast allen bewiesen, dass man die Lavafelder gefahrlos überqueren kann. Aus diesem Grund wirst du uns jetzt einen gangbaren Pfad in den Süden zeigen.«

»Das tue ich auf keinen Fall«, widersprach Jemren und dachte dabei, dass sich seit der Begegnung mit Lillia jede seiner Entscheidungen doppelt und dreifach gegen ihn gewendet hatte. »Du ahnst nicht, welche Auseinandersetzung du heraufbeschwörst, wenn du mit deinen Schützen gegen den Süden ziehst. Du kannst dort nichts gewinnen, Nret. Die Städte jenseits des Scyé sind uns turmhoch überlegen.«

Zaumzeug klirrte, als eines der Nouk schnaubte. Abwartend standen die Schützen da. Tarepin musterte ihn ohne einen Ausdruck im *Taú*, die Arme vor der Brust verschränkt. Das vernarbte Gesicht der Klankönigin zuckte.

»Genau das ist der Punkt«, erwiderte sie. »Der Süden ist uns überlegen. Deshalb liegt mir daran, seinem Angriff zuvorzukommen. Glaubst du nicht auch, dass unsere Gegner den Weg nutzen werden, den du ihnen aufgetan hast? Die Streitmächte des Südens werden *deinen* Spuren folgen. Sie werden hierherkommen und vollenden, was weder die Langen Kriege noch die Nraurn oder die Salzstürme geschafft haben: die Vernichtung des Nordens!«

»Der Süden weiß gar nichts«, widersprach Jemren mit wachsendem Entsetzen. »Der Süden hat nicht das Geringste von mir erfahren, Nret.«

»Und er will keinen neuen Krieg«, ergänzte Amra. Sie trat auf die Klankönigin zu. Inmitten der feindlichen Schützen und Nraurn sprach sie sicher und überlegt. »Unsere letzten Kämpfe liegen weit zurück, Nret, und so schrecklich sie auch waren – im Süden bestimmen längst andere Absichten das Denken und Handeln der Menschen. Einzig und allein die Furcht steht zwischen uns, eine schlimme Furcht, weil sie durch schlimme Ereignisse hervorgerufen wird. Angst sollte für das Verhältnis unserer Länder jedoch kein Maßstab sein.«

»Klug gesprochen«, höhnte Nret. »Und es hört sich beinahe aufrichtig an. Aber verstehst nicht gerade du dich darauf, den Sinn eines Schützen zu verderben? Das hast du Tarepin am gestrigen Abend angedroht, und genau *das*, Amra aus dem Süden, ist eines jener schlimmen Ereignisse, die uns während der Langen Kriege entzweiten. Wer weiß, was du Jemren angetan hast, damit er sich so über jeden Zweifel erhaben wähnt, während er sich auf deine Seite schlägt. Aber du und er, ihr könnt euch nicht mehr herausreden, erkennt ihr das nicht?«

»Nicht Jemren hat sich die falschen Verbündeten ausgesucht, sondern du«, entgegnete Amra kühl. »Die Nraurn werden dich und deine Krieger töten, sobald du ihnen ausgedient hast. So verfahren sie selbst mit den eigenen Gefolgsleuten.«

Die Mnek rückten unruhig in den Sätteln umher. Nesyn warf den Nraurn aus dem Süden einen warnenden Blick zu.

»Wenn ich die Wahl habe zwischen zwei Übeln, dann wähle ich jenes, das mich stärker macht«, antwortete Nret kalt.

Nesyns Nouk drängte sich vor. Das Tier war kräftig und erweckte den Eindruck von großer Ausdauer. Seine kurzen Hörner waren mit Kupferspitzen versehen, der Schweif peitschte erregt hin und her.

»Führe uns!«, verlangte der Nraur. »Zeig uns den Weg über den Scyé!«

Die Nraurnlanze stach in Jemrens Richtung. Das Nouk näherte sich noch einen weiteren Schritt – da riss Ragan sich ohne jede Vorwarnung los.

»Lass ab! Ragan, lass ab!«, schrie Jemren, doch der Hund sprang das Nouk an und schnappte nach dessen Kehle. Nesyns Reittier scheute, stieß das Gehörn nach Ragan, und der geschwächte Hund verfehlte sein Ziel. Er prallte von der Schulter des Nouk ab und verbiss sich in einen zuckenden Muskel. Grollend riss er an seiner Beute. Das Nouk blökte vor Schmerz und prallte im Zurückweichen gegen seine Artgenossen.

Mit einem Satz war Jemren bei Ragan, schlang die Arme

um ihn und versuchte ihn zurückzuziehen. Da spürte er den Stoß, mit dem Nesyns Speer das Tier durchbohrte. Der Ruck war so heftig, dass die Spitze auf Jemrens Seite austrat und er und der Hund zurückgestoßen wurden. Er ließ Ragan zu Boden gleiten und fiel neben ihm auf die Knie. Wütend biss der Hund um sich, doch sein *Taú* wurde rasch schwächer. Als Jemren seinen Namen rief, spitzte der Hund die Ohren, und seine Pfoten streckten sich, als setze er zum Sprung an – bereit, noch einmal alles zu geben. In dieser Bewegung erschlaffte der Körper, und das tote Gewicht sank zur Seite.

Jemren griff in das raue Fell. Wie aus großer Ferne hörte er die Flüche der Menschen und die Befehle der Nraurn. Er blickte nicht auf, ganz gleich was man ihm zurief – selbst dann nicht, als sich die Hufe eines Nouk unmittelbar vor ihm in den Boden gruben.

»Jemren«, sagte Amra mit belegter Stimme.

Er hob den Kopf. Nesyn hatte den Zopf der *Laîren* ergriffen und sich das Haar mehrfach um die Hand geschlungen. Vom Sattel aus zog der Nraur Amra zu sich heran, gerade so wie man Vieh führte. Amra gab keinen weiteren Laut von sich, das bange *Taú* auf Jemren gerichtet.

Er stand auf. Nesyns Nouk warf den Kopf hoch, als es spürte, was ihm in diesem Augenblick durch den Sinn ging. Das Tier schwitzte, von der Bisswunde in der Schulter rann ihm Blut über das Bein. Jemren heftete den Blick auf den schwarz gehörnten Nraur, und aus gelben Augen starrte Nesyn zurück.

»Du könntest weitaus mehr verlieren als nur deinen Hund«, stieß der Nraur hervor. »Du könntest alles verlieren, Mensch – das weißt du. Und jetzt zeig uns den Weg über den Scyé.«

Die Menschen hatten Angst.

Nesyn roch ihre Furcht zusammen mit dem Schweiß und dem Blutgeruch, der vom Aas des Hundes ausging. Er kniff die Nüstern zusammen, als er den Speer in die Halterung am Sattel schob. Zu seiner Überraschung erinnerte sich der Schütze aus Tegaréssos an ihn; der Mann sprach sogar seinen Namen aus, als er ihn verfluchte. Das verblüffte Nesyn. Er hatte nicht gewusst, dass Menschen für Nraurn-Namen ein Gedächtnis besaßen, solange es sich nicht um die Titel von Herrscherinnen handelte.

»Geh voraus!«, forderte er den Schützen auf. Die sinnlose Sturheit des Menschen ärgerte ihn. Als er sein Nouk antrieb und die Frau am Haar hinter sich herzog, fügte der Mann sich endlich. Mit raschen Schritten holte er auf und setzte sich an die Spitze der Gruppe aus Gehörnten und Menschen.

Sie ritten am Seyé entlang. Nesyn winkte einen jungen Bahak zu sich heran. Die Hand zitterte ihm vor Grimm über die Eigenmächtigkeit der Bogenschützin, die das Eine Kind aus der Reichweite der Gehörnten geschafft hatte. Jetzt war es ihm unmöglich, den Auftrag der *Nraur-a-Khae* auszuführen. »Reite zurück in unser Hauptlager, so schnell dein Nouk zu laufen vermag«, befahl er. »Richte Kajlyn-Gua meine Verehrung aus und teile ihr mit, dass das Kind dem Fürsten des Weißen Schiffs übergeben wurde.«

Eifrig nickte der junge Krieger und spornte sein Tier an. Nesyn wählte eine weitere Kriegergruppe aus und schickte sie zur Küste, nachdem er sich von der halbblinden Schützin den Ort der Übergabe hatte beschreiben lassen. Auch wenn ein Anlanden des Schiffs äußerst unwahrscheinlich war, wollte er sich keine Nachlässigkeit vorwerfen lassen.

Der Bogenschütze aus Tegaréssos führte sie an der Verwerfung entlang in östlicher Richtung, über eine so lange Zeit, dass Nesyn schon fürchtete, der Mensch treibe Spott mit ihnen. Schon einmal hatte dieser Mann ihn und Vysek in die Irre geführt. Als er mit dem befreiten Kind vor ihnen floh, hatte er sie immer wieder genarrt und war ihnen trotz der schnelleren Nouk wiederholt entwischt. An der Verwerfung hatte er sie in einen Hinterhalt gelockt, in dem Quinda-Nas alter Marschall umkam. Diesmal jedoch hielt Nesyn den Mann an einem unsichtbaren Band – indem er die *Laîren* am Haar neben sich herführte.

Endlich gelangten sie zu einer Stelle, an der ein senkrechter Spalt in der Lava klaffte. Auf dieses Tor schritt der Schütze zu. Das Nouk scheute vor den Dämpfen und der Hitze, die aus dem Spalt hervorquollen, aber Nesyn trieb das Tier erbarmungslos an. Die Frau stolperte neben ihm her, behindert von ihren Röcken. Der Durchgang wies Spitzen und Kanten auf, scharf genug, um Haut und Leder aufzureißen. Die Nraurn-Krieger folgten ihm ohne Zögern, doch die menschlichen Vasallen äußerten ihr Missfallen über den Anblick, der sich vor ihnen auftat: geronnener Stein, so weit das Auge reichte. Gase stiegen aus Spalten im Boden auf und verpesteten die Luft. Der Untergrund strahlte Hitze ab, die Nesyn bis in den Sattel herauf spürte. Das Geborstene Land lag vor ihnen.

Zweifelnd verharrten die Hörnerlosen am Spalt und berieten sich. Ihr Führer war bereits viele Schritte vorausgegangen, Gas- und Rauchschwaden verschluckten seine Umrisse nahezu. Auf dieselbe Weise war er damals mit dem Kind entkommen: Er war im giftigen Nebel des Geborstenen Lands verschwunden, und Nesyn hatte sich allein nicht weiter in das dampfende, unübersichtliche Gelände gewagt.

»Weiter! Geht weiter!«, befahl er den Menschen. Vorsichtig suchte das Nouk sich den Weg über das scharfkantige Gestein. Nesyns Mähnenkamm juckte, weil er die Schützen des

Nordens hinter sich wusste, denen niemals zu trauen war. Sein großes Gesichtsfeld erlaubte ihm jedoch, die Menschen unauffällig im Auge zu behalten. Sie ahnten nichts von seinem Argwohn; es fiel ihnen nicht einmal auf, dass Syne-Ne mit einer Abteilung Bahak so weit zurückfiel, bis sie im Rücken der Schützen ritt. Nesyn hatte der jungen Kriegerin Anweisung erteilt, auf jede Verhaltensänderung der Kahlen zu achten und jeden Verrat im Keim zu ersticken – mit Haken und Speeren, wenn es sein musste. In einer langen Reihe schritten die Schützen zwischen den Nouk einher und beklagten sich über die Hitze, den Gestank und die Hässlichkeit des Landes, doch die eigentliche Gefahr, in der sie schwebten, bemerkten sie nicht.

Nesyn hielt die Frau dicht neben seinem Tier. Er fühlte die dicken Haarflechten zwischen den Fingern und war erstaunt, wie weich und glatt die Strähnen sich anfühlten – ganz anders als die rauen Mähnen der Nraurn. Der Zopf glänzte wie polierte Bronze. Nesyn hielt ihn so kurz, dass der Kopf der Frau zu seinem Knie herangezogen wurde. Sie klammerte sich an einen Sattelriemen, zerbrechlich in allen Gliedern. Bis ins *Taú* spürte er die Angst, die sie ausstand.

Menschen waren empfindlich. Vysek hatte ihn über diesen Umstand unterrichtet. Quinda-Nas alter Marschall war in vielen Bereichen sein Lehrer gewesen. Das Kahle Volk besaß weder Hörner noch die Stirnplatte, die den Kopf vor Stößen schützte – ein blasses, schwaches Geschlecht, das ohne Waffen in den Händen ganz und gar wehrlos war. Die Menschen mussten Türme aus Stein erbauen, um sich vor der heißen Sonne und den Stürmen zu schützen. Doch trotz ihrer unvorteilhaften Statur hatten die Kahlen immer mehr Gebiete erobert und die Nraurn aus den angestammten Weidegründen vertrieben. Bis in die unwirtlichsten Gegenden der Insel hatten die Hörnerlosen sie zurückgedrängt, bis in die Trockenen Hügel, wo das Gehörnte Volk nun ein kümmerliches Dasein fristete, während die Menschen sich zu neuen Herren über das Land aufschwangen.

Am empfindlichsten jedoch waren die Beziehungen der Menschen untereinander. Offenbar konnten sie ihre Verbindungen frei wählen, als seien gewisse Verhältnisse nicht durch Blutlinien vorgegeben. So fühlten sich Männer zu Frauen hingezogen, mit denen sie nicht verwandt waren; der *Taú*-Schütze dort vorn hatte ein fremdes Kind beschützt, und selbst zu ihren Feinden konnten die Kahlhäutigen Verbindungen unterhalten, die nicht ausschließlich kriegerischer Natur waren – sonst wäre der Schütze niemals aus dem Süden zurückgekehrt.

Diese Eigenschaft beunruhigte Nesyn am meisten, denn sie erschwerte es ungemein, den Gegner einzuschätzen. Andererseits hatte er sich gerade auf diese Schwäche verlassen, als er die Frau am Zopf ergriff – und er hatte sich nicht getäuscht. Immer wieder warf der Schütze einen Blick auf die Gefangene, und sein *Taú* spiegelte menschliche Besorgnis wider, selbst wenn seine Bewegungen beherrscht und gemessen wirkten.

Mit einem schmerzerfüllten Laut stemmte die Frau sich gegen den Zug, mit dem Nesyn sie führte. Er lockerte die Haarschlingen nicht, aber er zügelte sein Nouk ein wenig, ließ es langsamer gehen und beugte sich zu der *Laîren* hinunter.

»Komm!«, versuchte er sie zu locken, damit sie begriff, dass sein Griff sie weniger schmerzen würde, wenn sie ohne Widerstreben mit ihm ginge.

Und sie fügte sich.

Mit jedem Schritt nahm die Hitze zu. Als ein Windstoß die Dämpfe zerriss, stießen die Schützen erschrockene Rufe aus, und selbst die Nraurn-Krieger zügelten hastig ihre Nouk. Vor ihnen klaffte eine Schlucht, so breit und so tief, dass man weder den Grund noch den gegenüberliegenden Rand sah – ein Abgrund aus verkohltem Stein.

»Bleib stehen!«, befahl Nesyn ihrem Führer, als dieser bereits in die Schlucht hinabsteigen wollte. Dampfschwaden umwehten die aus der Tiefe aufragenden Lavapfeiler. Hin und wieder drangen ein Grollen und ein dumpfes Poltern zu ihnen herauf.

»Warum zögerst du, Nesyn? Gefällt dir die Gegend nicht?«, spottete der Schütze, der dieses Gebiet schon einmal durchquert hatte. Der Hass der Menschen hatte diese Kluft einst ins Land gesprengt, hieß es. Die Insel hatte sich aufgetan, um der Erbarmungslosigkeit ein Ende zu setzen, mit der das Kahle Volk sich bekriegte.

»Wohin führst du uns? Bist du dir des eingeschlagenen Pfads sicher? Wag nicht, dein Spiel mit uns zu treiben – oder deine Gefährtin büßt für deinen Übermut!«, schrie Nesyn dem Schützen zu und schwenkte den Kopf, um das Gewicht der Hörner zu spüren. Die Mähne flog und fiel ihm wieder auf den Rücken.

»Wir ziehen nach Süden, Nesyn – immer nach Süden. Dorthin wolltest du doch! Oder hast du deine Meinung inzwischen geändert?«, rief der Mann.

»Trau ihm nicht!«, zischte die Anführerin der Menschen. Sie drängte sich an das schwitzende Nouk heran. Ihr heiles Auge weitete sich, als ihr Blick über den Abgrund irrte. Ihre Gefolgsleute waren blass geworden. »Du darfst ihm nicht trauen.«

»Du wolltest es doch nicht anders«, keuchte die *Laîren*. Mit einem Zerren am Zopf mahnte sie Nesyn zu schweigen.

»Willst du dich nicht länger auf mich verlassen, Nret?«, rief der Schütze herüber. »Dann übernimm du die Führung. Du kannst den Weg kaum verfehlen – immer geradeaus.«

Mit einer nachlässigen Handbewegung winkte der Mensch über den Abgrund hinweg. Die Gefährten der Bogenschützin stießen Verwünschungen aus und griffen nach den Waffen. Nesyn richtete blitzartig den Nacken auf, bis sein Bart die Brust berührte und die Hörner zum Stoß bereit waren. Aber die Menschen verstanden diese Drohgebärde nicht.

Niemand verdiente Vertrauen, sofern er dem Kahlen Volk angehörte. Menschen verrieten ihre Verbündeten, und sie verrieten einander – so hatten es die Nraurn immer wieder erlebt. Die Hörnerlosen waren zu schwach und zu sehr an ihre Bedürfnisse und Begierden gebunden, um Wort zu halten. Trotzdem hatte Kajlyn-Gua beschlossen, die Gefolgschaft des Nordens anzunehmen, sobald Nesyn sie von dem Angebot unterrichtet hatte, mit dem der Meisterschütze aus Tegaréssos sein Leben von Quinda-Na erfleht hatte. Der Mann stand dort neben der einäugigen Anführerin, ein Mensch mit kaltem *Taú*. Tarepin wurde er von seinen Gefährten genannt. Er wich Nesyns Blicken aus – wohl weil er sich noch an den Augenblick seiner Schande erinnerte. Vor den Toren seiner Stadt war er Quinda-Na und ihren Kriegern entgegengetreten und wollte Bedingungen aushandeln, unter denen die Feldherrin Tegaréssos ungeschoren ließe. Aber Quinda-Na hatte ihn bitter verhöhnt und ihm Schrecken über Schrecken eingejagt, bis der Schütze schließlich um jeden weiteren Atemzug bettelte. Als er erkannte, dass seine Stadt nicht zu retten war, bot er den Gehörnten Gefolgschaft an – Unterstützung für den Kampf gegen den Süden, falls sein Gefährte mit dem Kind tatsächlich die Gebiete auf der anderen Seite des Scyé erreichen und dort für Unruhe sorgen sollte. Quinda-Na lauschte seinem Stammeln mit schräg gelegtem Kopf.

»Lasst ihn laufen«, befahl sie ihren Kriegern. Auf den Sattelknauf gelehnt, blickte sie dem Mann nach, der mit langen Sätzen um sein Leben rannte.

»Dieser Feigling gibt uns eine Waffe von unschätzbarem Wert in die Hand«, murmelte die Feldherrin zufrieden. »Während die Menschen wieder Krieg führen und sich gegenseitig töten, werden unsere Heere ungehindert über die Insel ziehen und ihre eitlen Türme zu Fall bringen. Präge dir diesen Augenblick gut ein, Nesyn, denn du bist jung – jung genug, um einst den Nachkommen der Bahak von den Großtaten ihrer Königin zu berichten. Der Tag ist nicht mehr fern, da man Kajlyn-Gua als jene Fürstin verehren wird, der es gelang, die Herrschaft der Menschen zu brechen und das Volk der Gehörnten zu befreien.«

Erregung prickelte unter Nesyns Mähne, und sein *Taú*

flammte, als er an die Kühnheit der Bahak und ihrer beiden Anführerinnen dachte. Das Schwarze Volk, das mit den Schatten ritt – sie würden zurückerobern, was die Menschen ihnen geraubt hatten. Die *Nraur-a-Khae* würde die Gehörnten in eine neue Zeit führen.

Unterdessen lebten die Menschen selbstzufrieden in ihren Türmen und ahnten nicht einmal, dass die Prophezeiung Verse enthielt, die das Gehörnte Volk betrafen. Offenbar glaubten sie, die Alten Worte gehörten ihnen allein. Doch der Sieg der Gehörnten war vorherbestimmt. Die wiedererlangte Freiheit war den Nraurn in einer Zeile der Prophezeiung versprochen worden, als die Weissagung einst allen Völkern auf der Insel verkündet worden war. Aber daran erinnerten die Menschen sich nicht mehr.

Die Kahlen wussten ohnehin nur wenig. Vermutlich kennen sie nicht einmal mehr den Grund für ihre Feindschaft, dachte Nesyn verächtlich. Menschen vergessen, hatte Vysek ihm erklärt. Selbst die Namen ihrer Städte würden ihnen entfallen, wenn sie nicht alles aufschrieben, und nicht einer unter ihnen konnte berichten, wo ihr wahrer Ursprung lag. Und so hatten die Hörnerlosen über die Jahre hinweg sogar die Wahrheit über die Prophezeiung vergessen, in der das Ende der Zeit verkündet wurde – das Ende ihrer Zeit.

»Wir gehen weiter«, befahl Nesyn.

Mit knappen Handzeichen bedeutete er seinen Kriegern, in Abständen zu reiten, und trieb sein Nouk auf die Schlucht zu. Über Schründe und löchriges Gestein hinweg fiel der Boden ab, Rauch verdunkelte den Himmel. Gelegentlich überlief Nesyns Nouk ein Zittern; er spürte es zwischen den Knien. Auf dem Hals des Reittiers spiegelte sich das üble Licht, das Fell glänzte vor Schweiß. Das Nouk schien an der Verletzung zu leiden, die der Hund ihm zugefügt hatte, und Nesyn überlegte, ob er es gegen das Tier eines seiner Krieger auswechseln sollte. Doch der Vorsprung, auf dem sie an der steilen Flanke entlang in die Tiefe ritten, war sowohl zum

Wenden als auch zum Absteigen zu schmal. Die Menschenfrau fand kaum Halt auf dem Grat und klammerte sich mit aller Kraft an den Sattel. Nesyn verkürzte die Zügel und ermunterte das Tier mit einer raschen Folge von Schlägen zum Durchhalten.

Die Bahak und Mnek folgten ihm dichtauf. Hinter den gehörnten Kriegern kamen die Menschen, und ganz zum Schluss ritten Syne-Ne und ihre Schar – wachsam gespannt. Der Abstand zwischen den ersten beiden Gruppen vergrößerte sich allmählich, denn die Kahlen litten unter den aufsteigenden Dämpfen und an ihrer Furcht. Sie benötigten häufig Rast, stützten sich unbedacht auf die Felsen und verbrannten sich die Hände am heißen Gestein – und dann fluchten sie und warfen dem Mann, der sie führte, bedeutsame Blicke zu.

Der Schütze suchte den Weg in die Tiefe mit großer Sorgfalt. Nach welchen Landmarken der Mensch sich richtete, blieb Nesyn verborgen, aber er versuchte sich gewisse Eindrücke einzuprägen: auffällige Vorsprünge und Kanten, die Form der vom Grund der Schlucht aufragenden Lavasäulen, verwitterte Gesteinszüge. Je weiter sie sich dem Grund der Schlucht näherten, desto heißer wurde der Boden und weichte schließlich zu einer trägen Masse auf. Der Gestank wurde überwältigend, doch endlich flachte das Gelände ab. Siedendes Wasser bildete Rinnsale, und von den Hufabdrücken des Nouk stieg Dampf auf. Nesyn schwenkte benommen den Kopf, als er spürte, wie seine Hörner sich erhitzten.

Unbeirrt ging der Schütze voraus. Der Mensch schritt ausschließlich auf den Krusten entlang, die neben Pfuhlen voll schwarzen Schlamms wucherten, und Nesyn trieb das Nouk auf demselben Weg hinterher. Die Frau klammerte sich an seinen Stiefelschaft, und er ließ sie gewähren, denn ihre Atemzüge kamen stoßweise; sie schluchzte vor Anstrengung und Schmerz.

Das Land war zornig. Eine aufgestaute alte Wut strich Nesyn als heißer Hauch über die Haut; das Zischen und Pfeifen ringsum wirkte bedrohlich. Die Insel war wild und unbezähmbar, und bisweilen machte sie ihrem Zorn Luft. Dann bebte die Erde, der Himmel verdunkelte sich, und aus dem Scyéyan rannen Feuerströme, die nächtelang das Land erhellten. Einmal hatte Nesyn einen solchen Ausbruch miterlebt. Die Erkenntnis, wie groß der Zorn war – so groß, dass er die Welt erschütterte –, hatte ihm einen tiefen Schrecken versetzt. Aber die Alten lachten nur und erinnerten ihn an den Tag, da das Land sich geteilt hatte. Ein Bild in der Bemalten Schlucht stellte das Ereignis dar: Berge waren in sich zusammengestürzt und hatten sich an anderer Stelle wieder erhoben. Flutwellen überspülten die Küsten, ganze Seen verschwanden spurlos, Flüsse änderten ihren Lauf, und für ein Jahr hatte sich kein Licht am Himmel gezeigt. Erst als der Untergrund sich wieder beruhigt hatte, wagten die Nraurn sich aus den entlegensten Winkeln der Trockenen Hügel hervor und besahen sich die Folgen des großen Bebens: Die Insel war in zwei ungleiche Hälften zerbrochen.

Unbehaglich blickte Nesyn umher. Der Schlamm kochte an vielen Stellen. Gebannt starrte er auf eine Wölbung, die sich immer weiter aufblähte. Vor seinen Augen entstand eine Blase, und als sie plötzlich zersprang, quollen Gase hervor und strichen siedend heiß über die Wunde an der Schulter des Nouk.

Blökend warf das Tier sich zurück. Die Frau schrie auf, als der Ruck sie mitriss. Nesyn versuchte, das Nouk auf dem trügerischen Boden zu bändigen – da fühlte er Finger am Knie, eine schmale Hand, die in seinen Stiefelschaft glitt und den Dolch hervorzog, den die *Laîren* durch das Leder ertastet haben musste. Er stieß einen schrillen Schrei aus und riss an ihrem Haar, aber mit einem Schnitt durchtrennte sie den langen Zopf, der sie zu seiner Gefangenen machte.

»Amra, schnell!«, rief der Schütze ihr zu, denn er hatte die Befreiung beobachtet. Die Frau duckte sich geschickt unter dem Hals des Nouk hinweg und floh über den Sinterrand. Die Nraurn hinter Nesyn stießen erzürnte Schreie aus und zückten die Waffen; wohlweislich hielten sie die Nouk jedoch zurück.

Aber nicht alle waren so klug.

»Halt ein!«, schrie Nesyn auf, als ein Krieger sein Tier in Sätzen an ihm vorbeitrieb. Kugaj missachtete den Warnruf, und schon war es zu spät. Das Nouk glitt auf dem schlüpfrigen Untergrund aus, und Nesyn musste voll Entsetzen zusehen, wie der Bahak mitsamt seinem Tier in dem kochenden Pfuhl versank.

Eine Schlammfontäne schoss aus dem Loch. Die Frau duckte sich und verlor beinahe das Gleichgewicht; der Schütze schrie erneut. Nesyns Nouk bäumte sich auf. Dampf und Schlammspritzer verbrühten das Tier, wo es nicht durch die schweren Falten des Mantels geschützt war. Nesyn hatte bereits den Haken vom Sattel gelöst und ließ die Waffe an dem langen Seil herumwirbeln. In den Dunstschleiern ahnte er die Frau nur noch als Schemen – er schleuderte die Klingen auf ihr untrüglich helles *Taú*.

Die Waffe traf. Mit einem Ruck spannte Nesyn das Seil und sah durch die Dampfschwaden, wie die Frau zu Boden fiel. Augenblicklich zog er das Nouk herum und zerrte an dem Riemen, der ihn mit seinem Opfer verband.

Aber er hatte wohl nicht richtig getroffen, denn plötzlich sackte das Seil durch, der Haken schleifte durch den Schlamm. Rasch zog Nesyn die Waffe zu sich heran. Ein Stofffetzen hing in den Klingen. Er zwang sein Tier zum Halten und spähte durch den Dampf. Die Fontäne fiel in sich zusammen, lebte kurzzeitig wieder auf und versiegte schließlich ganz. Nasse Hitze tränkte Nesyns Mähne, das Nouk zitterte heftig, doch endlich stand es still. Eine Kriegerin hinter ihm stieß Verwünschungen aus, als die Dunstschleier sich verzogen und sie das verlassene Gelände jenseits des Schlammtopfs erblickten. Etliche Bahak murmelten Klageworte, die dem unvorsichtigen Krieger galten, der im Schlamm umgekommen war. Die Menschen wahrten Abstand zu den Gehörnten und dem dampfenden Pfuhl. Der Schreck glänzte auf ihren Gesichtern, und sie klammerten sich an ihre Waffen, als ein weiterer Ausbruch des Schlammvulkans den Boden zum Erzittern brachte.

Nesyn wartete geduldig, bis sich das Fauchen und Tosen gelegt hatten. Dann lenkte er sein Nouk über den Sinterrand zu der Stelle, an welcher die Frau gestürzt war. Der Boden war so weich, dass sogar die Schritte der zierlichen Menschenfrau Abdrücke hinterlassen hatten, von dem Schützen ganz zu schweigen. Als Nesyn sich aus dem Sattel beugte, um die Fährte genauer in Augenschein zu nehmen, witterte er außer den Schwefeldämpfen und dem Lehmgeruch eine feine Blutspur.

Zufrieden richtete er sich im Sattel auf und winkte seine Krieger und die zögernden Menschen heran. Sie mussten sich nicht beeilen.

5

Die Sonne brannte auf Gorun herab.

Er hatte einen Arm über die Augen gelegt, um das Gesicht vor dem grellen Licht zu schützen. Er wusste nicht mehr, wie oft das Taggestirn untergegangen und auf der anderen Seite des Meers wieder aufgestiegen war; ihm war jegliches Zeitgefühl abhanden gekommen. Das Schlingern des Schiffs war die einzige Bewegung der Welt. Sie liefen keine Bucht an, Antiles entführte ihn und das Mädchen in keinen noch so fernen Hafen. Das Weiße Schiff gehörte auf die offene See. Es glitt durch das Nichts zwischen Himmel und Meer – das war seine einzige Daseinsform.

Das Gefängnis war so eng, dass Gorun nicht einmal die Beine ausstrecken konnte. Die Salzstäbe hatten keine Naht, keine Schwachstelle, und sosehr er sich auch dagegengeworfen hatte – sie hatten jedem seiner Tritte standgehalten. Er konnte nicht einmal sagen, von welcher Seite man ihn in den Käfig gestoßen hatte. Das Gitter umschloss ihn wie aus einem Guss. Es unterlag demselben Werden und Vergehen wie das ganze Schiff.

Seit Langem lag er reglos da, die Füße angewinkelt und in eine Ecke des Gitters gestemmt. Salz bedeckte alles. Es klebte auf der Haut, an den Händen und im Gesicht, es verkrustete das Haar und die Kleidung. Gorun hatte Durst, doch es war nicht das rasende Verlangen nach Wasser, das ihn in den Trockenen Hügeln gequält hatte: Schleichend wie ein Gift durchwanderte der Durst seinen Körper und dörrte den Lebenswillen aus. Er war zu matt, um sich gegen das Verderben aufzulehnen; eine große Gleichgültigkeit erfüllte sein *Taú*. Er wünschte nur, nie wieder den Versprechungen und Verlockungen seines toten Bruders lauschen zu müssen – und diese Gnade hatte Antiles ihm gewährt.

Milan war verschwunden, und das blasse Gefolge des Totengottes mit ihm. Gorun lag allein in dem Käfig am Mast, nur die Vögel kreischten und flatterten über ihm, und das Wasser rauschte fortwährend unter dem Bug. Der Fürst des Todes hatte sich in den Bauch des Schiffs zurückgezogen. Auch Lillia war fort, ihr Thron stand verwaist.

Anfangs hatte Gorun sich immer wieder auf die Knie aufgerichtet und über die Reling hinweg auf das gleißende Wasser hinausgespäht. Stehen konnte er nicht, dazu war sein Gefängnis zu niedrig. Weit in der Ferne erblickte er die Insel: eine bläuliche Wolke, die über dem Meer schwebte. So klein war das Land vom Meer aus gesehen – es schien ihm unbegreiflich, dass sich sein ganzes bisheriges Leben auf diesem Fleckchen abgespielt hatte: die hitzigen Kämpfe und Rechthabereien, die Wortgefechte, das Ringen um Anerkennung. Vom Meer aus betrachtet verlor alles Streben seine Bedeutung. Nichts blieb von der Welt außer Dunst, der sich im nächsten Augenblick auflöste.

Der Anblick der Insel von hoher See aus: Dieses Wissen hatte Jemren ihm voraus – und das begleitende Gefühl der Nichtigkeit. Vielleicht erklärte das den Unterschied zwischen ihm und dem Bogenschützen aus Tegaréssos. Hatte Jemren nicht einmal einen Onkel erwähnt, der seinen Lebensunterhalt als Fischer bestritt? Sicherlich hatte er den Verwandten bei Gelegenheit begleitet und mit eigenen Augen gesehen, dass das Meer keine Begrenzungen hatte – die Welt der Menschen dagegen sehr wohl.

Gorun hatte seine Stadt und mit ihr den Süden stets für den Mittelpunkt der Welt gehalten, für die Achse, um die sich das Himmelsgewölbe drehte – aufgehängt am ausgestreckten Arm der Göttin Celessedra, wie die Lieder es beschrieben. Die Aufmerksamkeit der Ewigen galt dem Ort, an dem sie verehrt wurden: Mit dieser Überzeugung war er aufgewachsen. Nun traf ihn die Erkenntnis, wie unbedeutend er und alle ihm Nahestehenden waren – nichts als Stäubchen im Atem der Götter.

Er warf den Arm von sich. Das Sonnenlicht war grell und weiß; es war salzig und brannte auf dem Gesicht. Mit großer Anstrengung hob Gorun die Hand und wischte sich über Stirn und Augenlider. Die Haut fühlte sich an wie Leder, und als er sich über die Lippen leckte, waren auch sie salzig, schmeckten wie der Wind und das Meer. Wenn er noch ein wenig länger in dem Käfig am Mast läge, würde er zu einem Gespenst werden wie Milan, zu einer jener Figuren, die rastlos aus der Bordwand hervorstrebten und dennoch keine Erlösung fanden.

Das Schiff wiegte sich auf den Wellen, und ein Schwindel ergriff ihn, als vertauschten die Abgründe unter dem Kiel und das tiefe Blau des Himmels ihren Platz. Das Gefühl kam ihm bekannt vor, und er schlug die Augen auf.

Lillia stand am Gitter seines Gefängnisses. Um sie war die Luft dunkler; Dämmerung umgab das Kind, eine Ahnung silberner Sterne, und in seinen Augen herrschte Nacht. Gorun konnte das Mädchen nicht anblicken, ohne in den Sog ihrer Macht zu geraten.

»Ich sterbe«, vertraute er Lillia an, denn sie war gekommen, um diesem Sterben beizuwohnen – mit jeder Faser eines von Antiles' Geschöpfen. *Gleiches zu Gleichem,* hatte die Schützenkönigin aus Thárraxi gehöhnt. Nun erkannte Gorun, wie töricht sein Versuch gewesen war, ein *taú*loses Kind vom Gott der Toten zu erbitten. Lillia trug nun ebenfalls kostbare weiße Roben. Eine knöcherne Spange hielt ihre Locken zurück, die Strähnen darin hatten die Farbe von Eis.

»Wasser.«

Gorun wusste nicht, ob er das Wort nur gedacht hatte oder ob es ihm tatsächlich über die Lippen gekommen war. Das Kind rührte sich nicht.

»Lillia. Wasser.«

Er flehte sie an, was er sich sowohl Mensch als auch Gott gegenüber versagt hätte. Das Mädchen jedoch bat er, und sie starrte mit nachtschwarzen Augen durch ihn hindurch, als sei er nie gewesen.

Auch das Kind hatte es in Wirklichkeit nie gegeben. Lillia war ein Traum, eine Gestalt aus einem alten Lied, mit dessen Worten die Menschen beschrieben, wie sie sich den Ursprung ihrer Welt dachten. *Ein Bild für etwas, das wir nicht fassen können,* hatte Amra einmal gesagt. Deshalb lebte das Eine Kind nicht, und ebenso wenig konnte es sterben.

Goruns Brust hob und senkte sich unter einem mühsamen Atemzug. »Denkst du manchmal an Jemren?«, fragte er flüsternd. »Erinnerst du dich überhaupt noch an ihn? Oder an Amra? Die beiden haben alles aufgegeben, nur um dich zu begleiten. Allen Warnungen zum Trotz hielten sie zu dir und wollten deinen Platz in unserer Welt verteidigen.«

Nicht einmal die Namen derer, an denen Lillia einst gehangen hatte, erreichten sie jetzt noch. Jemren hatte die Kleine einmal mit den Göttern des Südens verglichen. Jeder der Ewigen versinnbildlichte einen Teil der Welt: Amatha stand für das Wachsen und Reifen des Getreides unter der heißen Sonne, Cenlana trug Züge des wankelmütigen Monds, und Jaruk entsprach dem vorwitzigen Wesen der Ziegen. Lillia hingegen stand außerhalb der Welt und ihrer Gesetze. Ihr Dasein ergab nicht den geringsten Sinn.

Plötzlich lachte Gorun auf.

»Unsere Bemühungen waren vollkommen umsonst, nicht wahr?«, stellte er bitter fest. »Jemrens unerschütterliche Treue oder die Freundlichkeit, die Amra dir entgegenbrachte – dir bedeuten Menschen und ihre Empfindungen nicht das Geringste. Dein ganzes Bestreben war auf dieses Schiff gerichtet. Du wolltest unbedingt in das Zwischenreich gelangen, in dem Antiles auf die Sterbenden lauert. Aber warum, Kind? Kannst du mir wenigstens jetzt eine Antwort geben, bevor es endgültig zu spät ist, um dich und deine seltsamen Wanderungen zu verstehen?«

Lillia bewegte sich nicht. Eine Stele aus Salz – so stand sie an seinem Käfig. Mit der flachen Hand drückte sie die Münze an sich, die Amra ihr geschenkt hatte, und plötzlich sah Gorun, dass ihr feuchte Bahnen über die Wangen rannen.

Er zog einen Ellbogen unter den Körper und richtete sich auf. Das Gesicht des Mädchens war unbewegt. Ihre Augen starrten ins Leere, die Dunkelheit raste darin. Aber sie weinte.

»Lillia«, tröstete er sie und streckte die Hand durch das Gitter. Die Wange des Mädchens war eiskalt – ein Kind aus Stein, das Tränen vergoss, wenn man es an seine Freunde in der Menschenwelt erinnerte. Feuchtigkeit benetzte Goruns Finger, und als er die Hand zum Mund führte, schmeckte er nicht Salz, sondern kühles Wasser.

Er fasste die Stäbe und zog sich näher ans Gitter.

»Antiles hält dich auf seinem Schiff gefangen, so wie er mich hier in diesem Käfig eingesperrt hat – verhält es sich so? Befindest du dich deshalb im Zustand der Erstarrung? Ich kann nicht in die Geheimnisse blicken, die allein Amra versteht. Sie ist *Laîren*, ich aber bin nur ein Krieger, den man Furcht vor dem Schwarzen Gott lehrte. Du musst mir erklären, wie die Dinge liegen, Lillia. Konnte Antiles deine Kräfte bisher nicht an sich reißen, weil ich noch lebe? Suchst du mich deshalb auf? Dann hilf mir, Kind! Hilf mir, am Leben zu bleiben, und ich verspreche dir, ich werde dem Herrn der Dunkelheit entgegentreten. Es wird eine Begegnung, wie sie ihm noch nie widerfuhr!«

Gorun wusste weder, ob das Mädchen ihn hören konnte, noch ob sie seine Überlegungen verstand. Plötzlich hob sie die Arme wie einst auf dem Platz von Caláxi und spreizte die Finger. Ein dumpfes Grollen polterte über den Himmel.

Gorun blickte auf. Gewitterwolken quollen über den Masten herauf. Die Vögel legten die Köpfe in den Nacken und sperrten die Schnäbel auf. Sie klammerten sich unbehaglich an die Rahen, als der Wind auffrischte. Das Schlingern des Schiffs wurde stärker.

Gorun mühte sich auf die Knie und hielt sich an den Gitterstäben fest, während er die Wetterfront beobachtete. Sie zog genau über dem Schiff dahin, dunkle Wolkentürme, in deren Bäuchen Blitze zuckten. Er sehnte den Augenblick herbei, da sie die Sonne verdecken würden. Ein weiteres Mal tastete er das Gitter ab. Die Stäbe waren so dick wie der Schaft eines Speers und wiesen keinen einzigen Makel auf. Selbst in den Ecken wuchsen sie nahtlos zusammen. Das Salz hinterließ ein klebriges Gefühl auf der Haut. Gorun schluckte entmutigt, ein Zwang der trockenen Kehle.

Von dem Mädchen kam kein Laut. Lillias Finger bogen sich, ihre Hände formten Schalen – und da begann es zu regnen. Dicke, satte Tropfen platschten auf das Deck und hinterließen glänzende Muster. Unter Protestgeschrei stießen sich die Vögel von den Rahen ab und ließen sich in den Böen davontragen. Ein kräftiger Schauer ging auf das Schiff nieder. Gorun hielt das Gesicht den Tropfen entgegen. Das Wasser war köstlich, nicht salzig und verdorben, sondern erfrischend kühl. Es tropfte vom Gitter seines Gefängnisses und durchnässte ihn. Er lachte und trank den Regen aus den hohlen Händen – lachte über sich, der beinahe einer weiteren von Antiles' Täuschungen erlegen wäre.

Lillia blinzelte nicht, als ihr das Wasser über das Gesicht rann. Der Regen sammelte sich in ihren Handflächen und floss über. Er tropfte aus ihren Locken auf das Deck, und um ihre Füße entstanden salzige Löcher in den Planken. Verblüfft bemerkte Gorun, wie die Pfützen sich ins Deck fraßen. Er betastete den Boden seines Gefängnisses. Die Planken fühlten sich wie aufgeweicht an, von seimiger Beschaffenheit. Er ergriff die Gitterstäbe des Käfigs und entdeckte dort die gleiche Veränderung.

Regen, nicht Meereswasser – Lillias frischer Schauer löste das Salz auf, aus dem Antiles' Totenschiff geformt war!

Gorun warf sich herum und trat mit beiden Füßen gegen die Käfigstäbe. Die Knie taten ihm weh von der endlosen Zeit, da er sie nur angewinkelt hatte halten können, aber er rammte die Stiefel immer wieder gegen das Gitter. Noch war das Salz hart genug und hielt der Wucht seiner Tritte stand, doch die Stäbe hatten ihr glattes Aussehen verloren. Die Oberflächen wirkten pockennarbig und matt, und es war nur eine Frage der Zeit, bis sie nachgeben würden.

Gorun warf einen Blick zu den Wolken hinauf. Sie bedeckten den ganzen Himmel. Längst goss es in Strömen und würde wohl noch eine Zeit lang so weiterregnen. Blitze flammten hinter den Masten auf und verästelten sich mit rötlichem Schein, der Wind heulte und türmte hohe Wogen auf.

Durch eine Luke am Heck eilten Antiles' bleiche Krieger an Deck, aufgeschreckt vom Donner und Schlingern des Schiffs. Als sie das Mädchen neben dem Käfig erblickten, stießen sie ungehaltene Rufe aus und liefen auf sie zu. Gorun stieß eine Verwünschung hervor, denn er war gefangen und vermochte dem Kind nicht beizustehen. Die Gefolgsleute des Totengottes duckten sich unter den Regenschauern, die der Wind über das Deck trieb, und sehr zu Goruns Bedauern lösten sie sich nicht auf wie die Figuren der Reling, deren schuppige Leiber aufweichten und als Salzbrei herabtropften.

Plötzlich sackte das Schiff in die Tiefe. Die Krieger des Totengottes taumelten. Der Horizont kippte, der Stoß warf Gorun um. Er rutschte über den Boden und stieß gegen das Gitter, stemmte rasch die Füße ein, um nicht weiter umhergeworfen zu werden. Vor Schreck schrie er auf, als das Meer sich ringsum erhob. Wände aus dunklem Wasser umgaben das Schiff, Schaumkronen leuchteten im trüben Licht, und ein Wellenkamm raste auf die Reling zu.

»Lillia, pass auf!«, schrie Gorun. Er warf sich nach vorn, streckte beide Arme durch das Gitter und drückte das kalte Mädchen an sich – da brach die Woge auch schon über das Heck herein. Die Wucht des Wassers riss hervorstehende Teile der Salzfiguren ab, die weiß gekleideten Krieger wurden hochgeschleudert und über die Reling ins Meer gespült. Ihre Schreie verklangen im Tosen der Woge, die sich schäumend überschlug. Der Sog hob Gorun über dem Boden empor, bis er gegen das Gitter stieß. Der Druck presste ihm den Atem aus den Lungen. Im Wasser raste ein Schatten auf ihn zu – der abgebrochene Kopf einer Seeschlange. Er duckte sich unwillkürlich, als das Stück – groß wie ein Fass – gegen sein

Gefängnis krachte. Salzsplitter wirbelten durch das Wasser. Lillia mit einem Arm festhaltend, tastete er hastig nach der Schadstelle und fühlte geborstene Gitterstäbe, eine Lücke, die zum Hindurchzwängen vielleicht ausreichte.

Die Welle schwappte über sie hinweg, floss über das Deck und rann zurück ins Meer. Gorun ließ das Mädchen los und zwängte sich in den Spalt. Von den gesplitterten Enden der Käfigstangen tropfte bereits neues Salz herab, die Stäbe wuchsen aufeinander zu. Das Gitter würde sich rasch wieder schließen. Einen schreckerfüllten Augenblick lang glaubte er festzuhängen; er spürte bereits, wie die Spitze eines Stabs sich ihm in die Brust bohrte. Mit einem heftigen Ruck kam er frei, musste das Hemd in Fetzen zurücklassen – und Haut dazu. Aufatmend rollte er an Deck, bevor die Stangen ihn durchbohrten und der Käfig sich für immer um ihn schloss.

Die Woge hatte sich über das ganze Schiff ergossen. Einige Krieger des Totengottes hatten sich an der Reling festklammern können, jetzt rafften sie sich auf. Aus ihren Gewändern rann Salzwasser, und sie wirkten benommen. Den meisten Kämpfern hatte die Woge die Speere entrissen – ein Mann war jedoch noch bewaffnet und näherte sich mit raschen Schritten.

Im Aufstehen hob Gorun eine der Stangen auf, die der Aufprall aus dem Gitter gebrochen hatte. Er drehte den Stab in den Händen – kürzer und leichter als ein Speer –, aber der Stock brach nicht, als er mit einem harten Schlag den Speerstoß des Angreifers abwehrte. Antiles' Krieger war kräftig und gewandt und starrte ihn aus kalten Augen an, ohne jede Leidenschaft für den Kampf. Immer wieder stach er auf Gorun ein, Speer und Stab krachten aufeinander. Der Reiter duckte sich unter einem pfeifenden Hieb hinweg und schwang die Waffe seitlich gegen den Gegner – mit einem raschen Ausfall fing der Seekrieger seinen Angriff ab.

Gorun fand nicht in den Rhythmus des Kampfs. Nach der erzwungenen Reglosigkeit im Käfig geriet er außer Atem, und die Bewegungsabläufe, die ihm seit seiner Jugend in

Fleisch und Blut übergegangen waren, stockten. Vor allem aber war ihm die Waffe nicht vertraut. Mit einem Stab aus Salz konnte er nichts anfangen, er war durch und durch ein Krieger des Nemnos. Im Kampf stimmte sich sein *Taú* auf den Speer ein, es folgte dem Klang und den Schwingungen der Bronze. Das Wesen einer Waffe aus Salz blieb ihm fremd. Er bekam kein Gefühl für die ausgeteilten Schläge; durch das geringe Gewicht des Stabs verschätzte er sich und stach so manches Mal ins Leere. Ihm blieb nichts anderes übrig, als sich auf die eingeübten Schrittfolgen zu besinnen – Ausweichen, sicherer Stand, Abwehr und Gegenschlag.

Da fuhr ihm die Knochenspitze des Gegners über die Brust und hinterließ einen brennenden, blutenden Kratzer. Selbst ohne *Taú* wusste der Seekrieger, wo das Leben eines Menschen saß – sein Speer zielte stets auf das Brustbein. Zornig warf Gorun sich nach vorn, schlug den Knochenspeer zur Seite und setzte dem überraschten Angreifer mit einer raschen Folge von Stößen nach, was auf dem glitschigen Deck schwierig war.

Die Vögel hatten die Masten verlassen. Das Totenschiff war führungslos, es schlingerte und schaukelte auf den Wellen, ein Spielball von Wind und Wasser. Salziger Schlamm spritzte unter jedem Schritt auf. Der Regen weichte die Planken auf, das Deck faulte unter den Füßen, bis Gorun die Spanten sah, und er musste aufpassen, dass er nicht in eines der Löcher trat.

Diesen Nachteil teilte sein Gegner mit ihm. Gorun ergriff den Stab mit beiden Händen und fing einen weiteren Schlag ab. Mit lautem Schaben glitt der Stock am Speerschaft entlang. Der Ruck brachte Antiles' Kämpfer zum Taumeln, und während er noch Halt suchte, holte Gorun aus. Die Waffe sauste nieder und zerschmetterte dem Krieger das Handgelenk. Der Speer entglitt der Hand des Gegners, er griff nach dem verwundeten Arm. Die Waffe verschwand in einem Spalt in den Planken und schlug einige Male auf, bevor sie tief unten im Schiffsrumpf zu Boden klapperte. Goruns zweiter Hieb traf den Gegner quer über den Rippen und schickte ihn dem Speer hinterher in das Loch. Selbst jetzt schrie der blasse Kämpfer nicht. Er schlug hart auf den Spanten auf und rutschte zur tiefsten Stelle des Schiffsbauchs. Dort blieb er auf dem Rücken liegen und schnappte mit pfeifenden Atemgeräuschen nach Luft.

Gorun eilte zu Lillia zurück und fasste sie an der Hand. Aber als er das Mädchen mit sich ziehen wollte, rührte sie sich nicht vom Fleck. Ihre Gewänder schleiften auf den Planken, die kunstvoll bestickten Säume gingen in das Deck über – sie war mit dem Schiff verwachsen wie eine der Salzfiguren. Genauso gut hätte Gorun am Gitter seines Käfigs ziehen und zerren können.

Er stieß einen Fluch aus. Die Krieger des Totengottes erkannten seine missliche Lage und näherten sich ihm und dem Kind, geduckt unter Windböen und Gischtfetzen. Einige von ihnen hatten sich ebenfalls mit geborstenen Käfigstangen bewaffnet. In ihren Händen verlängerten sich die Stäbe und formten scharfe Spitzen – die Speere wuchsen aus dem Nichts. Gorun schwenkte den Speer auf Augenhöhe im Halbkreis herum – so hielt er die bleichen Gefolgsleute des Totengottes auf Abstand. Niemand wagte einen Speerwurf, solange er dicht neben dem Mädchen stand.

Plötzlich ging ein Ruck durch das Schiff. Antiles stand am Mast. Der Schwarze Gott blähte sich auf; seine Gestalt reichte schon bis zur ersten Rahe. Die Klauen umklammerten die Segelstange, griffen in Taue und Seile; sein knochenfarbenes Gewand bauschte und straffte sich im Wind. Der Herr der Dunkelheit gewann die Gewalt über das Totenschiff zurück und lenkte es nach seinem Willen.

»Lillia, hör mich an!«, keuchte Gorun, ohne die Gegner aus den Augen zu lassen. »Ich sehe ein, dass wir Jardara Unrecht taten, ihr und allen Verlorenen Kindern. *Ich* habe dir Unrecht getan. Wenn ich dich im Namen der Menschen um Vergebung bitten kann – dann verzeih! Vergib mir und meiner Stadt, vergib den Türmen des Südens! Wir wussten es nicht besser, denn wenn wir geahnt hätten, dass ihr durch unsere Ablehnung dem Scheusal dort am Mast anheimfallt – wir hätten die Verlorenen Kinder niemals verstoßen.«

Wind und Regen übertönten seine Stimme fast. Plötzlich drehte sich alles um ihn: die Wolken und die Vögel, die der Wind wie Weberschiffchen auf einem Rahmen hin- und hertrieb; das Meer und seine Geschöpfe. Die See hob und senkte sich, das Schiff mit ihr, und der strömende Regen zeichnete Kreise auf die Wellen.

»Gefällt dir das Wetter?«, fragte Lillia. Sie hielt das Gesicht den Wolken entgegen und ließ sich den Schauer auf Stirn und Wangen fallen. Dann blinzelte sie das Wasser von den Wimpern: Ihre Augen strahlten türkisgrün. Von einem Atemzug auf den andern sah sie wieder lebendig aus.

»Der Regen ist wunderbar«, raunte Gorun ihr zu. »Ich weiß, du hast ihn meinetwegen herbeigerufen, aber jetzt sag mir lieber, ob du die Füße wieder heben kannst.«

Lillia nickte. »Aber meine Kleider sind so schwer«, klagte sie. Rasch umfasste Gorun sie mit einem Arm und zog sie hoch: ein mageres kleines Mädchen. Und doch schien es ihm, als würde er Steine stemmen – so schwer waren die durchweichten Gewänder. Mit solcher Macht zerrte Antiles an dem Kind.

»Höchste Zeit, dass wir ins Trockene kommen. Wenn es so weiter regnet, ist dieses Schiff bald nur noch ein Klumpen Salz!«, flüsterte er ihr ins Ohr. »Jetzt halt dich gut an mir fest.«

Sie schlang ihm die dünnen Arme um den Hals. Antiles' Krieger umringten ihn; sie lauerten auf eine günstige Gelegenheit, auf eine Unachtsamkeit von seiner Seite, doch mit dem Stab forderte Gorun gebührenden Abstand ein – und täuschte die Gegner mit einem Ausfallschritt in Richtung Heck. Als Antiles' Gefolgsleute sich von dieser Seite auf ihn werfen wollten, fuhr er herum und schleuderte den Stab aus der Drehung wie einen Speer. Die Waffe hatte keine Spitze, aber mit einem dumpfen Aufprall riss sie einen der Krieger von den Beinen. Gorun sprang über den Gestürzten hinweg und rannte über das glitschige Deck. In mehreren Stufen stieg es zum Bug an; er überwand sie mit langen Schritten. Unter den Regengüssen hatte der Salzthron eine hässliche Form angenommen. Löcher klafften in den Planken, durch die Gorun bis auf das Meer hinuntersah.

Die blassen Krieger waren dicht hinter ihm. Er vernahm ihre Schritte, doch auch sie mussten sich auf dem trügerischen Deck in Acht nehmen. Von der Bugspitze hingen Seile herab. Gorun hatte gehofft, sich an einem Tau aus der Reichweite der Krieger hangeln zu können, aber als er das tiefe Wellental unter dem Bug sah, fuhr er mit einer Verwünschung von der Reling zurück. Getrieben vom Wind, der Antiles' Totenhemd blähte, flog das Schiff über die Wogen.

»Zurück – oder ich werfe das Eine Kind über Bord! Dann möchte ich sehen, wie ihr nach dem Mädchen taucht«, rief Gorun – und presste Lillia umso fester an sich, je weiter er sich über die schäumende See beugte. Angesichts dieser wüsten Drohung zögerten die Krieger, aber Gorun machte sich nichts vor: In der Bugspitze des Totenschiffs hatten Antiles' Gefolgsleute ihn umstellt; es war nur eine Frage der Zeit, bis sie ihn überwältigten.

Am Rand seines Gesichtsfelds flog ein Schatten vorbei. Verwirrt drehte er den Kopf – welche Erhebungen konnte es weit draußen auf dem Meer geben? Zu seiner Überraschung ragte rings um das Weiße Schiff ein Unzahl steiler Felsnadeln auf. Die See toste und schäumte, das Wasser brach sich an den Klippen, Gischtfetzen leckten am Stein. Bald standen die Felsspitzen in dichten Gruppen und bald wieder vereinzelt, sodass das Schiff wie durch einen Irrgarten dahinschoss.

Gorun fuhr zusammen. Die Felsgärten von Néhraja! Diese Steinnadeln waren auf Jemrens Seekarte verzeichnet. Wenn die Karte mit den tatsächlichen Verhältnissen übereinstimmte – und das wollte er hoffen –, waren er und das Mädchen keineswegs in der Weite des Meers verloren, wie er geglaubt hatte. Antiles' Schiff hatte sich nie weit von der Küste entfernt; es umkreiste die Insel wie ein ausgehungerter Schakal seine Beute.

»Dort vorn ist Land, Lillia!«, stieß er hervor. Er spähte durch die Regenschleier, um zu erkennen, wie nahe sie der Insel waren. »Hinter den Felsspitzen liegt die Küste, und dort wären wir beide gerettet! Wenn du wirklich Macht über Wind und Wogen besitzt – bei den Göttern, Kind, jetzt wäre der rechte Augenblick, sie einzusetzen.«

Das Mädchen antwortete nicht. Sie streckte die Arme aus und spreizte die Finger erneut, hielt die Handflächen diesmal dem Meer entgegen. Ein Sog erfasste das Schiff, eine gewaltige Unterströmung. Die blassen Krieger stießen Schreckensrufe aus, als die Felsnadeln an ihnen vorbeirasten. Gorun hielt den Atem an und wagte nicht, sich auszumalen, was mit einem Schiff aus Salz und Schaum geschähe, sollte es gegen eine dieser Klippen geschleudert werden. Die Figur des Nemnos baumelte vor seiner Brust, aber er hatte keine Hand frei, um sie zu ergreifen und seinen Schutzgott um Hilfe anzuflehen. Mit einem Arm drückte er das Mädchen an sich, mit der anderen Hand hielt er sich fest, während er auf den verbliebenen Streben das Gleichgewicht zu halten versuchte.

Antiles' Macht hielt die Salzplanken nicht länger zusammen. Der Hauptmast brach und zerschmetterte das Heck. Der Bug hob sich aus dem Meer, als gurgelnd Wasser in den Rumpf strömte. Der Fürst des Totenreichs stand immer noch an Deck, aber das Gewand hing in Fetzen an ihm herab, verrottetes Segeltuch. Schlaff lehnte Antiles in den Rahen und zerfiel noch rascher als sein Schiff. Da erkannten die blassen Krieger endlich die Gefahr, in der sie schwebten. Einer nach dem anderen wandte sich um und irrte über das Deck, auf der Suche nach Rettung.

Gorun wandte sich ab. Er wollte nicht, dass das zerfallende Schiff den letzten Anblick seines Lebens bot. Die Planken lösten sich unter seinen Füßen auf, Stück für Stück versank das Schiff in den Wellen, doch sein *Taú* klammerte sich verzweifelt an eine letzte Hoffnung. Denn in den Regenschleiern vor dem Bug erhob sich ein dunkler Buckel aus dem Meer – die Insel der Stürme.

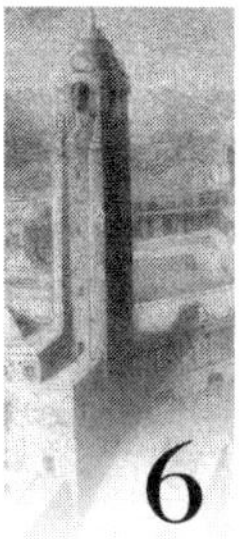

6

Es regnete. Mitten im Scyé fielen dicke Tropfen und verpufften, bevor sie den Boden erreichten. Amra und Jemren durcheilten den Grund der Schlucht, die sich endlos zu beiden Seiten dehnte. Die Lavawände, über die sie abgestiegen waren, verloren sich im Dunst.

Amras Bein schmerzte so heftig, dass ihr Tränen in die Augen traten. Schwankend blieb sie stehen.

»Ich muss die Verletzung verbinden«, stieß sie hervor. Blut lief ihr das Bein hinab, sie stand in einer roten Lache. Viel zu viel Blut, dicker und dunkler, als es sein durfte. Jemren warf einen raschen Blick über die Schulter nach hinten. Der von den Schlammtöpfen aufsteigende Dampf verbarg ihre Verfolger, doch die Nraurn kamen auf ihrer Spur immer näher; das fühlten sie beide. Amra kauerte auf dem Boden nieder und streifte die Röcke hoch. Unwillkürlich sog sie den Atem ein, als sie die tiefe Wunde sah, die Nesyns Haken in ihren Oberschenkel gerissen hatte. Blut quoll hervor, die Ränder sahen übel aus.

Jemren streifte die Jacke ab, zog das Hemd aus und zerriss den Leinenstoff ohne Umschweife in breite Streifen. Besorgnis sprach aus seiner Miene, doch das *Taú* wirkte ruhig, als wolle er Amra durch seine Gelassenheit ermutigen.

»Gib mir den Schal!«, bat er, indem er ihr die Leinenstreifen reichte. Als sie ihm das Tuch überließ, tauchte er den Stoff ins Wasser, das sich neben ihnen in einem Becken sammelte. Mit der Jacke verfuhr er ebenso und wartete, bis sich die Kleidungsstücke vollgesogen hatte. Dann zog er sie an einem trockenen Zipfel wieder aus dem Becken und breitete sie über eine Lavabank.

Wortlos beobachtete Amra das Verhalten des Schützen. Sie war zu erschöpft und von Schmerzen geplagt, um Fragen zu stellen. Die Finger zitterten ihr, während sie die Wundränder zusammenpresste und einen straffen Verband anlegte. Augenblicklich verfärbte sich das Leinen, Blut sickerte durch die Bandagen.

Sobald sich der dampfende Stoff anfassen ließ, reichte Jemren ihr das Tuch und bedeutete ihr, es sich um die Schultern zu legen; er selbst zog die nasse Jacke über.

»Wir müssen durch das Becken waten und dann dort weitergehen«, zeigte er ihr. Als Amra aufstehen wollte, stöhnte sie unwillkürlich auf und griff nach einem Halt, doch sie fand nur glutheißes Gestein. In seiner ganzen Arg- und Ahnungslosigkeit trat Jemren auf sie zu und streckte ihr die Hand entgegen.

»Tritt zurück!«, forderte sie ihn auf. Als er ihr zögernd Platz machte, kam sie ohne Hilfe auf die Füße. Sie humpelte an ihm vorbei in das flache Becken. Die Reste des Zopfs lösten sich auf, das Haar wellte sich im Dampf. Im heißen Wasser weichten ihre Stiefel auf, und wo sie den Fuß hinsetzte, floss Blut in Schlieren mit der Strömung.

Furcht stieg in ihr auf. Die *Laîren* durfte niemals, unter keinen Umständen verletzt werden. Wie oft hatte sie diese Mahnung schon gehört? Wie oft hatte man ihr diese Warnung schon eingeschärft? An das Gebot hatten sich während der Langen Kriege sogar die feindlichen Kämpfer gehalten. Die *Laîren* früherer Tage waren auf den Schlachtfeldern umhergegangen, noch während die Kämpfe tobten, und niemand hatte es jemals gewagt, die Hand gegen sie zu erheben. Worte hatten sie einst geschützt, das Tabu war ihr Schild gewesen, aber nun nützte es nichts mehr, denn weder die Nraurn noch der Norden hielten sich an die Überlieferungen.

Was soll ich denn jetzt tun?, fragte sie. Im *Taú*, wo sie das Wispern der Ahnen vernahm, lauschte sie auf Drauras Antwort, doch ihre alte Lehrmeisterin schwieg; vielleicht konnte sie das verzweifelte Rufen vom Grund des Scyé nicht hören. Amras Ausbildung war noch nicht beendet gewesen, als die alte *Laîren* von Caláxi starb; Draura war ins Entfernte Land gegangen, ohne ihre Schülerin in die letzten Geheimnisse einzuweihen. Seitdem hatte Amra sich auf dem gewählten Weg allein vorangetastet und die Entscheidungen ganz ohne jeden Beistand getroffen. Aber nun wusste sie nicht mehr weiter. Und ihr einziger Gefährte war ein Mann, dem nicht einmal die Namen der Götter etwas sagten.

Prüfend schob Jemren den Fuß vor. An manchen Stellen schien ihm der Untergrund zu unsicher, und er wählte einen anderen Weg entlang der Felder aus kochendem Schlamm. Hitze stach durch die Stiefelsohlen, Dampf schoss unter hohem Druck aus Löchern und Ritzen im Boden und erzeugte unheimliche Pfeiflaute – es klang, als ächze und stöhne das Land ringsum. Die Locken flogen Amra knisternd um die Schultern, und sie fürchtete schon, das Haar werde sich von selbst entzünden. Sie zog Harats Tuch über den Kopf. Der Stoff war unangenehm heiß, aber die aufgesogene Feuchtigkeit würde sie wenigstens so lange schützen, bis das Wasser verdunstet war. Sie blickte immer wieder über die Schulter zurück, und da entdeckte sie plötzlich die Gestalt eines großen Nraur. Nesyn watete durch das Becken. Hin und wieder verharrte er, als wittere er. Sein Gehörn zeichnete sich in den Dampfschwaden ab.

»Die Nraurn verfolgen uns«, flüsterte Amra. »Bei der Quelle, sie verfolgen uns sogar bis hierher.«

Angstvoll presste sie das Tuch an sich. Nesyn hatte sie noch nicht bemerkt, doch es konnte nicht mehr lange dauern, bis er die fliehenden Menschen entdeckte – und dann würden er und seine Begleiter sie rasch einholen.

»Auch die Gehörnten müssen sich vor den Tücken dieses Geländes hüten. Wenn sie sich nicht in Acht nehmen, verschluckt sie der Scyé. Die Vorsicht sollte sie ein wenig aufhalten«, beruhigte Jemren sie. Sein *Taû* strahlte Gewissheit aus, während er einen Weg einschlug, der sie immer tiefer in die glutheiße Dämmerung hineinführte.

Schmerzen tobten in Amras Bein und strahlten bis in die Hüfte hinauf. Schließlich waren auch die letzten Wasserreste im Boden verkocht, und es wurde still – so still, dass sie das Knacken der Hitze hörte und ein Sirren wie von einem zum Zerreißen gespannten Kupferdraht. Die Luft war dunkel und rauchig, achtkantige Säulen ragten ringsum auf. Das obere Ende verschwand in den Gasschwaden. Amra hatte das Gefühl, eine Halle zu durchqueren – eine Halle von gewaltigen Ausmaßen.

Sie hatten den tiefsten Punkt des Scyé erreicht.

Vor ihnen leuchtete ein rötliches Licht; es strahlte aus einem Spalt im Boden herauf. Unbeirrt schritt Jemren auf den Schein zu. Dort lag ein Fluss – ein Strom aus zäher, flimmernder Glut. Er wälzte sich von einem Ende der Schlucht bis zum anderen, von den Hängen des Vulkans bis ins Meer. Der Glutfluss bildete die Grenze zwischen dem Norden und dem Süden.

»Weiter!«, drängte der Schütze. Am Heben und Senken seines Brustkorbs sah Amra, wie sehr ihm die Hitze zusetzte.

Hinter ihnen erklangen Rufe. Die Nraurn hatten ihren Schattenriss vor dem Schein der Lava ausgemacht und näherten sich mit langen Sätzen. Nesyn und seine Krieger schwangen die Hörner, als sei ihnen die Hitze unangenehm. Sie hatten die Nouk jenseits des Wasserbeckens zurückgelassen und warfen die glutheißen Waffen von einer Hand in die andere. Nrets Schützen waren ein Stück hinter den Gehörnten zurückgeblieben. Als Tarepin Jemren und Amra erblickte, hob er den Arm.

»Dort vorn! Da sind sie!«, schrie er seinen Begleitern zu, und Nret trieb ihre Gefolgsleute zum Laufschritt an.

Die Gejagten flohen an dem Glutfluss entlang. Steilwände ragten zu beiden Seiten des Stroms auf, und die Lava begann rascher zu strömen. Amras Kleider raschelten wie trockenes Laub, die Stoffe versengten ihr die Haut. Jeder Schritt wurde zur Qual. Sie zog das Bein nach, und der Abstand zwischen ihr und den Verfolgern wurde in dem Maße kleiner, wie die Kräfte sie verließen.

»Lauf weiter!«, winkte sie Jemren zu, als er sich nach ihr umschaute. »Warte nicht auf mich.«

Der Schütze schüttelte den Kopf und deutete auf eine natürliche Brücke, die sich flussabwärts über die Glut spannte.

»Halte nur noch ein kleines Stück durch!«, ermutigte er sie. »An der Brücke haben wir es geschafft!«

Sie konnte nichts erkennen, was seine Zuversicht rechtfertigte. Jenseits des Flusses ragten schwarze Wände auf; die Brücke führte in flimmernden Schatten.

Jemren eilte unbeirrt in diese Richtung. Das Ufer wurde immer schmaler und endete schließlich ganz. Ein Tunnel begann hier, eine lang gestreckte Höhle, die neben dem Fluss verlief. Als Amra in die Dunkelheit trat, hallte ihr Keuchen von den Wänden wider. Sie stolperte blindlings voran, fort von den zornigen Echos der Nraurnstimmen, die sich in dem Tunnel vervielfältigten und von überall her zu kommen schienen.

Geblendet kniff sie die Augen zusammen, als sie auf der anderen Seite auf einen Felsvorsprung hinaustrat. Hitze versengte ihr die Wangen und Brauen, und sie hob schützend die Hände vor das Gesicht. Die Lava wälzte sich auf einen Abgrund zu und stürzte mit lautem Donnern in die Tiefe. Der Felsvorsprung ging in den Brückenbogen über – und dort warteten die Geister.

Riesen aus Basalt und Lava reckten sich vor dem Glutfluss. Ihre Leiber waren aus dem Gestein des Scyé erschaffen – manche rau und rissig und von Furchen durchzogen, andere glatt und dunkel. Ein Geräusch ging von ihnen aus, als würde Rauch in einer gewaltigen Esse aufgesogen; ihre Glieder knackten und knirschten, wenn sie aneinanderrieben. Als die Riesen die beiden Menschen entdeckten, richteten sie sich drohend auf. Ihre winzigen Augen glitzerten.

»Lillia hat mich geführt!«, schrie Jemren über das Donnern der in die Tiefe stürzenden Glut hinweg. »Sie führte mich hierher – zu dieser Brücke. Das Mädchen allein hatte die Macht, diese Wesen zurückzuhalten.«

Sein Gesicht war vom Schein des Glutflusses angestrahlt. Amra sah die Verzweiflung in seinen Zügen, das *Taú* des

Schützen spiegelte Furcht und Entsetzen wider. Jemren hatte genau gewusst, wer hier auf sie wartete.

Die Geister stürmten auf sie zu. Der Scyé war ihre Heimstatt. Jeder Verrat und jeder Wunsch nach Krieg mussten in ihrem Zorn verglühen. Niemand würde ihnen entkommen, niemand würde hier einen Durchgang in den Süden finden. Mit Bedacht hatte Jemren die Nraurn und die Menschen hinter sich hergelockt, bis zum tiefsten Punkt der Schlucht, und sie alle in eine Falle geführt, aus der es kein Entrinnen gab.

Amra sprach seinen Namen aus, unhörbar im Tosen der Glut. Da hielt er ihrem Blick nicht länger stand und wandte das Gesicht ab. Der Felsvorsprung erzitterte unter den Schritten der Geister. Der unruhige Schein der Glut huschte über die Steingesichter und erweckte Lava und Fels zum Leben.

Die Nraurn drängten aus dem Tunnel. »Zurück! Zurück mit euch!«, brüllte Nesyn seinen Kriegern zu, als er die Felsriesen erblickte, und schrie eine Verwünschung in Jemrens Richtung. Augenblicklich wandten die Geister sich den Gehörnten zu. Einer packte einen Mnek im Nacken. Durch Risse in der Oberfläche seiner Arme schimmerte Glut. Qualm stieg auf, und es stank nach verbranntem Horn, als die Mähne des Nraur in Flammen aufging. Der Gehörnte schrie gellend, doch sein Schmerzgeheul verstummte sofort, als der Riese den Nraur schüttelte und ihm dabei das Genick brach. Wie einen zerbrochenen Ast schleuderte der Geist den Körper in den Fluss.

Ein Riese aus schwarzem Stein trieb Amra und Jemren in die Enge. Im Schein der Glut wirkte er noch gewaltiger als seine Gefährten; seine Glieder waren aus Basalt geformt, schwer und glatt wie Säulen. Mit ausgebreiteten Armen scheuchte er die beiden Menschen auf den Fluss zu. Am Höhleneingang entstand Gedränge, denn als die Gehörnten in den Tunnel fliehen wollten, prallten sie gegen die Schützen, die sich soeben ins Freie schoben. Amras Blick fiel auf Nrets erstarrtes Gesicht. Das unverletzte Auge der Klankönigin war aufgerissen, als überstiege der Anblick, der sich ihr auf dem Felsvorsprung bot, ihre Aufnahmekraft.

»Die Brücke! Wir fliehen über die Brücke!«, stieß Jemren hervor.

Amra humpelte auf den Steinbogen zu, so schnell sie vermochte, doch der Riese erkannte ihre Absicht. Er schnitt den Menschen den Weg ab, und seine winzigen Augen hefteten sich auf sie.

»AHHA!«, stöhnte er. »AACHHAAH!«

Amra fuhr zusammen, als sie die Stimme des Geists hörte. Sie hatte ein ähnliches Geräusch schon einmal vernommen: aus den Mauern Caláxis, kurz bevor das Beben ihre Stadt verwüstet hatte. Wie ein Dröhnen aus der Tiefe klang die Stimme des Geists, wie das Mahlen und Poltern eines Felssturzes. Das Gesicht des Riesen wies Furchen auf, die sich im unruhigen Licht ständig zu verändern schienen und ihm bald ein erzürntes, bald ein erstauntes Aussehen verliehen. Steinchen fielen von seinen Gliedern herab, als er sich vorbeugte und Jemren mit dem Finger anstieß.

Das Pochen warf den Schützen fast um. Stolpernd wich er zurück, taumelte auf den Fluss zu und fing sich am Aufgang zur Brücke. Aber der Geist ließ nicht von ihm ab. Er stieß Jemren zu Boden und setzte ihm den Finger auf die Brust.

»AHHALL«, grollte er.

Glutheiße Gase strichen über Amra hinweg. Sie schützte das Gesicht mit den Händen und hinkte mühsam auf den Geist zu.

»Yku«, sagte sie bittend und berührte das Bein des Riesen. Der Basalt war schwarz und heiß – aber nicht so glutheiß wie die Glieder der Lavariesen. Der Geist drehte den Kopf, seine Augen funkelten sie an. »Du bist Yku, und deine Gefährten sind Xyx aus Feuer und Yhv aus Wind. Wir haben euch nicht vergessen.«

Die Worte entstammten keiner menschlichen Sprache. Sie waren älter als der erste Turm, den Menschen errichtet hatten. Amra wusste nicht, wer den wilden Geschöpfen aus den

Tiefen der Insel Namen verliehen hatte, doch der Yku schien dem Klang ihrer Stimme zu lauschen, er wiegte den Kopf hin und her. Plötzlich öffnete er den Mund und spuckte Gesteinssplitter nach ihr. Aber er wollte sie nicht treffen, nur erschrecken, und sie blieb mit klopfendem Herzen stehen.

Aus dem Höhleneingang ertönten Schmerz- und Schreckenslaute. Die Nraurn schoben die Schützen mit Gewalt in den Durchgang zurück und retteten sich selbst in die Höhle, aber nicht alle hatten das Glück, den Yku zu entkommen. Die Geister kreisten die verbliebenen Nraurn ein. Voller Zorn verfolgten sie die Gehörnten, die auf dem schmalen Vorsprung hin- und herrannten und in Panik versuchten, die glutheißen Wände zu erklimmen.

»Lass Jemren gehen!«, flehte Amra den Geist an. »Dieser Mann hat nichts Böses getan.«

Der Schütze drohte unter dem Gewicht der steinernen Hand zu ersticken. Er hatte die Augen geschlossen, aus einem Nasenloch rann ihm Blut über das Jochbein. Mit beiden Armen umklammerte er den Finger des Yku, stemmte sich gegen das Steingewicht und wagte kaum auszuatmen, denn unter dem Druck mussten menschliche Knochen bersten wie morsches Holz.

»Jemren ist der Begleiter des Einen Kindes! Du darfst ihn nicht einfach zerquetschen. Er hat Lillia vor den Nraurn gerettet«, beharrte Amra.

»LLLYYRRLLAAHH«, dröhnte der Geist.

Das Herz sprang ihr schier aus dem Hals. »Lillia«, antwortete sie. »Lillia, Lillia.«

Sie sprach den Namen des Mädchens aus wie ein Wort der Alten Sprache, in der alles mehr als eine Bedeutung hatte – in der Worte Dinge waren, Dinge mit Macht. Jemren hatte die Augen geöffnet und blickte sie an, seine Lippen bewegten sich, als er ihr lautlos nachsprach.

Der Yku rollte den Kopf in den Nacken, Fels knirschte auf Fels.

»LLYYAAHH«, stimmte er ein. Er hob den Finger und stieß

den Schützen vorwärts. Auf Händen und Knien kroch Jemren den Aufgang zur Brücke hinauf, so schnell er es vermochte, angetrieben von den Stößen des Riesen.

Plötzlich hob der Yku die Faust. Amra schrie auf, doch der Schlag galt nicht dem Menschen, der vor dem Zorn der Geister floh – der Yku schmetterte die Faust seitlich gegen die Brücke. Der ganze Bogen erzitterte, beinah wäre Jemren abgerutscht. Er warf die Arme um einen Steinvorsprung und bewahrte sich gerade noch vor dem Sturz in die Glut.

»Komm schon, Amra! Du musst mir folgen!«, schrie er ihr zu. »Die Brücke ist der einzige Ausweg!«

Sie hatte Angst. Sie musste dicht an dem Yku vorbei, der wutentbrannt auf die Brücke einschlug. Immer wieder krachte die Faust des Riesen gegen den Stein, bis Stücke davon abbrachen und vom Fluss davongetragen wurden. Von den Nraurn, die auf dem Steinvorsprung zurückgeblieben waren, lebte keiner mehr; die Geister hatten alle Gehörnten getötet.

Vorsichtig setzte Amra den Fuß auf den Bogen und breitete Halt suchend die Arme aus. Doch es gab nichts Greifbares, das sie hätte umklammern, woran sie sich hätte festhalten können, während sie sich Fußlänge um Fußlänge voranschob. Der Yku beachtete sie nicht. Er war so vertieft in sein Zerstörungswerk, dass er sie ungehindert vorbeiließ. Die Brücke bebte und schwankte unter seinen Hammerschlägen, während sie sich zum höchsten Punkt des Bogens vortastete. Der Glutfluss strömte unter ihr dahin und ergoss sich über eine Steilwand. Am Fuß des Abgrunds spritzte Lava auf, Hitze wirbelte empor. In der Tiefe schlängelte sich der Fluss wie ein orangeroter Faden durch die Schlucht.

Jemren hatte sich aufgerafft. Er presste die Hände auf das *Taú*, als schmerze ihn die Stelle, an der ihn der Geist zu Boden gedrückt hatte.

»Glaubst du mir jetzt, dass es keinen Weg über den Scyé gibt?«, stieß er hervor.

»Ich habe dir von Anfang an geglaubt«, gab Amra zurück, und da schien dem Schützen zu Bewusstsein zu kommen, wer mit ihm über die Brücke floh.

»Ja, das stimmt … das stimmt. Aber du warst die Einzige«, keuchte er und fuhr sich über das Gesicht. Er schrak zusammen, als ein weiterer Schlag den Bogen der Brücke erschütterte.

»Der Yku will uns nicht entkommen lassen«, erkannte Amra entsetzt.

»Reich mir die Hand!«, verlangte Jemren, um ihr auf dem letzten Stück behilflich zu sein. Sie schüttelte den Kopf, sie wagte es nicht. Die Wunde loderte wie Feuer, das Bein hing wie ein lebloses Gewicht an ihr.

Plötzlich spaltete die Brücke sich mit lautem Knacken, der Riss verästelte sich in Windeseile durch den Stein.

»Lauf!«, schrie Jemren.

Die Angst war stärker als Schmerzen und Schwäche; die Angst verbot Amra jeden Blick zurück, als sie in die stickige Dunkelheit auf der anderen Seite der Brücke floh. Der steinerne Bogen zerbröckelte unter ihren Füßen. Aus schierer Verzweiflung warf sie sich nach vorn. Das verwundete Bein knickte beim Aufkommen um, und sie fiel – doch sie fiel auf festen Untergrund. Zitternd lag sie da und befühlte den Boden unter ihren Händen, wunderbar regloses Gestein.

Jemren hatte sich auf die Knie aufgerichtet und blickte zur Brücke zurück. Der Bogen stürzte vollends ein, die Trümmer drehten sich im Fluss und wurden über den Abgrund davongetragen. Ein Stumpen ragte über dem Fluss auf, wo sich der Aufgang befunden hatte.

Die letzte Verbindung zwischen dem Norden und dem Süden der Insel bestand nicht mehr.

Nach einer Weile setzte Amra sich auf und blickte an den Felswänden empor, die das diesseitige Ufer begrenzten. Basaltblöcke bildeten Überhänge und Absätze. Die Wand wirkte ganz und gar unüberwindlich, aber Jemren beharrte darauf, dass ihm Lillia einen Weg aus dem Abgrund gezeigt habe. Nach einigem Suchen fand er einen schmalen Pfad, der sich zwischen den Steinwänden in die rauchige Dunkelheit hinaufschlängelte.

Lange Zeit stiegen sie aufwärts. Der Pfad führte steil bergan, und Amra musste ihre ganze Willenskraft aufbieten, um sich zum Weitergehen zu überwinden. Am liebsten wäre sie an Ort und Stelle zu Boden gesunken, so elend fühlte sie sich. Allmählich kühlten die Wände ab, doch sie beruhigte sich erst, nachdem sie sich vergewissert hatte, dass die Stille ringsum von schlafender Erde herrührte, von schlafendem Stein.

Zuletzt ging der Abhang in natürliche Stufen über, alle von unterschiedlicher Höhe. Die Treppe verlief mitten durch die Felswand. Der Himmel über dem Spalt war pechschwarz, und Amra schien es, als müsste sie bis zu den Wolken hinaufsteigen – endlos zog sich der Pfad dahin. Jemren wartete auf dem nächsten Absatz und beobachtete sie mit gerunzelten Brauen beim Klettern. Aber er bot ihr keine Hilfe mehr an, hatte eingesehen, dass die *Laîren* den eingeschlagenen Weg allein bewältigen musste.

Endlich streifte sie ein kühlerer Luftzug, und sie atmete auf. Jenseits der letzten Stufen dehnte sich eine mit kurzem Gras bewachsene Anhöhe aus. Der Hang fiel sanft in die Dunkelheit ab, und es regnete.

»Wir haben es geschafft«, sagte Jemren leise, als er ihren Blick sah. »Der Scyé liegt hinter uns.«

Noch in der Nacht stiegen sie so lange ab, bis sie ein Rinnsal fanden, an dem sie ihren Durst stillen und sich den Rauchgestank und den Schrecken des Scyé abspülen konnten. Amra streckte sich im weichen Gras aus, doch vor Schmerzen konnte sie kein Auge schließen. Angespannt lag sie da und wartete auf das Morgenlicht, auf die Bestätigung, dass sie wirklich im Süden war.

Als sie schließlich aus dem Halbschlaf aufschrak, war es

hell. Sie stemmte sich auf einen Ellbogen hoch. Hügelland breitete sich vor ihr aus. Dunst sammelte sich in den Tälern, und in der Ferne erhob sich die auffällige Tafelform des Bergs Saréxi aus den Morgenschleiern. Tränen traten ihr in die Augen, als sie die vertraute Silhouette erkannte. Am Fuß dieses Bergs lag Caláxi; dort standen die roten Türme ihrer Heimat.

Sie blickte zu Jemren hinüber. Der Schütze saß mit untergeschlagenen Beinen im Gras und betrachtete die Landschaft. Seinem Gesichtsausdruck zufolge hing er keinen fröhlichen Gedanken nach. Mühsam setzte sie sich auf. Als ihr Begleiter das Geräusch hörte, drehte er den Kopf und blickte sie an. So ernst seine Miene auch war – sie konnte nicht das Geringste in seinem *Taú* lesen. Hier im Süden, wo sie zu Hause war, erschien ihr Jemrens Verschlossenheit mit einem Mal sehr fremd. Sie hätte gern gewusst, was er wirklich über sie dachte.

Sie hatte ihn bei ihrer ersten Begegnung an Gorun und seine Krieger verraten. Hätte sie dem Reiter nicht zugerufen, sie habe einen Fremden gesehen – Gorun wäre vermutlich weitergeritten, und der Schütze hätte seinen Weg ungehindert fortsetzen können. Sie wusste nicht, ob Jemren ähnlich über die Umstände seiner Gefangennahme dachte. Aber wenn dem so war, hatte er ihr vergeben, noch bevor sie seine Beweggründe verstand.

»Warum tust du das? Warum hilfst du uns?«, hatte sie ihn gefragt, während er sich abmühte, Gorun unter dem Tor von Caláxi herauszuziehen. Einige Atemzüge lang hielt er mit seinen Anstrengungen inne und stützte sich auf die Bronzeverstrebungen.

»Niemand hat es verdient, so dazuliegen wie der Erste Reiter deiner Stadt, ein weiteres von Quinda-Nas Opfern.« So lautete seine ganze Begründung, doch Amra spürte noch etwas anderes in ihm als Mitgefühl mit dem verletzten Krieger. Als befinde Jemren sich auf irgendeiner Art von Suche, ohne genau zu wissen, was ihm verloren gegangen war – so schien es ihr. Und diese Suche hatte mit Lillia und ihren Nöten nichts zu tun.

»Ich habe Tarepin nicht ernstlich verletzt«, hörte sie sich jetzt sagen. »An jenem Abend am Xórostrai habe ich deinem Freund einen Schreck versetzt, damit er mich loslässt; das ist alles. Wir *Laîren* täten niemals etwas Derartiges – das *Taú* eines Menschen verderben. Nrets Anschuldigungen sind haltlos, Jemren.«

Der Schütze musterte sie. Schließlich nickte er, als verstünde er, was sie zu dieser Aussage bewegte. »Ich weiß nicht, was in ihn gefahren ist«, entgegnete er. »So kenne ich ihn nicht. Tarepin kam mir vor wie ein Fremder. Und was Nret angeht ...« Er zuckte die Achseln.

Erneut entstand Schweigen zwischen ihnen. Schließlich erhob Jemren sich.

»Ich fürchte, wir müssen noch eine ganze Weile laufen«, meinte er. »Fühlst du dich kräftig genug zum Aufstehen?« Amra nickte. »In welche Richtung gehen wir – nach Caláxi?«, erkundigte der Schütze sich.

Wann immer sie die Landschaft betrachtete: Ihr Blick blieb an der Tafelform des Saréxi hängen. Wieder neigte sie bejahend den Kopf.

Jemren suchte ihr einen Stock, auf den sie sich beim Gehen stützen konnte. In der Zwischenzeit erneuerte sie den Verband und polsterte die Wunde mit blutstillenden Moosen, die am Ufer des Bachlaufs wuchsen. Schließlich stand sie auf, umfasste den Stab und humpelte die Hügelflanke hinunter.

Zwei Tage lang schritten sie auf den Berg zu. Zwei lange Tage schleppte Amra sich vorwärts und wälzte sich in den sternhellen Nächten auf einem Lager aus Laub und Gras. Sie tranken aus Rinnsalen, die an der Nordseite der Hänge flossen, und aßen Wurzeln, die Jemren auf ihre Veranlassung hin ausgrub. Gelegentlich machte sie den Schützen auf Kleinigkeiten aufmerksam, die er ohne ihren Hinweis vielleicht übersehen hätte: Ein dösender Fenn lag auf einem Stein und sperrte vor lauter Faulheit das Maul auf. Die Haut des Reptils schillerte blaugrün. Einmal entdeckten sie das Nachtlager eines Gebbu, den sie Jemren als ein scheues, hochbeiniges Wild beschrieb, das zum Schlafen das Gras niederdrückte.

Nach jeder Rast kamen sie langsamer voran. Die Welt schien von Amra fortzurücken, bis sie ganze Wegstrecken im Dämmerzustand zurücklegte. Jemren verlor kein Wort über ihre Schwäche, doch er beobachtete ihre mühevollen Bewegungen mit wachsender Besorgnis.

Am Nachmittag des dritten Tages erreichten sie die flachen Hänge am Fuß des Saréxi. Die Sonne stand über dem Gebirge im Südwesten, das Tal leuchtete in den goldenen Strahlen. Amra betrachtete die Geländeformen, und das *Taú* pochte ihr vor Hoffnung und Furcht. Erst ganz zuletzt wagte sie einen Blick auf ihre Stadt.

Der Westturm lag geborsten wie in ihrer Erinnerung, Mauern und Tor waren aufgesprengt. Über den Türmen kreiste eine Schar Korone. Die schwarzen Aasfresser hoben sich von den Flanken des Saréxi ab – satt und träge und in so großer Zahl, dass Amra sich hastig abwandte. Niemand war nach Caláxi zurückgekehrt. Niemand hatte sich darangemacht, die roten Türme wieder aufzubauen, wie sie gehofft hatte; ihre Stadt lag zerstört und verlassen da. Niemals mehr würden sich im Tal die vertrauten Stimmen erheben, nie mehr die Gesänge und Scherze der Festtage zu hören sein. Und nie mehr Goruns Lachen.

Entmutigt sank sie auf einen Stein und verbarg das Gesicht hinter dem offenen Haar.

»Was jetzt, Amra?«, fragte Jemren neben ihr. »Wohin sollen wir uns nun wenden?«

Seine Frage war berechtigt. Der Süden war ihr Land, sie kannte die Umgebung von Caláxi und die benachbarten Türme. Sie musste wissen, welcher Weg einzuschlagen war. Aber der einzige Ort, der ihr in den Sinn kam, waren die Gräber ihrer Stadt. Lange starrte sie auf die Stelen und Steinplatten, die in der Ferne aus dem hohen Gras aufragten. Sie sehnte sich nach der Stille im Innern der Totenkammern, wo sie sich so oft aufgehalten hatte, nach dem gedämpften Licht. Wie gerne hätte sie sich in eine der Nischen gelegt, in welche die Verstorbenen gebettet wurden, und geschlafen. Schlafen und nie mehr erwachen, dachte sie.

Jemren stand neben ihr und wartete, wie sie sich entscheiden würde, doch schließlich dauerte selbst dem geduldigen Schützen das Schweigen zu lange. Auf der Suche nach einer Wasserstelle schlenderte er über den Hang und kehrte bald darauf mit einer Handvoll langer Grasstreifen zurück.

»Du musst den Verband erneuern«, erinnerte er sie.

Sie vernachlässigte die Verletzung, wollte nicht sehen, was aus ihrem Bein geworden war. Als sie das Knie streckte und den Rock hochschob, verzog sie das Gesicht. Jede Bewegung tat weh. Die Leinenstreifen waren an der Wunde festgetrocknet, und es dauerte lange, bis sie die Verklebungen aufgeweicht hatte. Behutsam wickelte sie den Verband ab, doch eine solche Vorsicht wäre gar nicht nötig gewesen.

Es hatte sich kein Schorf gebildet, die Wunde sah hässlich aus. Nesyns Haken hatte ihr das Bein ungleichmäßig aufgeschlitzt. Die Ränder klafften auseinander, und Jemren zuckte unwillkürlich zusammen, als sie sich die Grasstreifen um das Bein wickelte und fest zusammenzog, um die Wunde wenigstens notdürftig zu schließen. Übel riechende Säfte traten aus und rannen ihr das Bein hinunter. Mit etwas Moos wischte Amra die Absonderungen weg und verband die Verletzung mit den ausgewaschenen Leinenstreifen. Sie behandelte die Wunde, als gehöre sie nicht zu ihr. Insgeheim fühlte sie jedoch, wie das Bein anschwoll und pochte. Im nächsten Augenblick schrumpfte es wieder und verdorrte – und dann blähte es sich von neuem auf. Es hatte ein düsteres Eigenleben begonnen.

Antiles hatte sie überlistet. Sämtliche Riten und Waschungen, die Unnahbarkeit, mit welcher die *Laîren* sich umgab, hielten den Totengott von ihr fern – von ihr, von den Menschen, von der ganzen Stadt. Aber in jenem Augenblick, da Nesyns Haken sich in ihr Bein grub, waren alle diese Schranken gefallen. Die *Laîren* durfte niemals verletzt werden – weil Antiles sonst Besitz von ihr ergriff. Der Schatten des Totengottes war in sie geschlüpft, so wie er sich in jener Sturmnacht in das kleine Klanhaus in Tegaréssos geschlichen hatte. Und nun schwamm er wie ein öliges Gift in ihrem Blut, und sie wurde mit jedem Atemzug schwächer, während seine Macht wuchs.

Der Schwarze Gott hatte ein Tor gefunden.

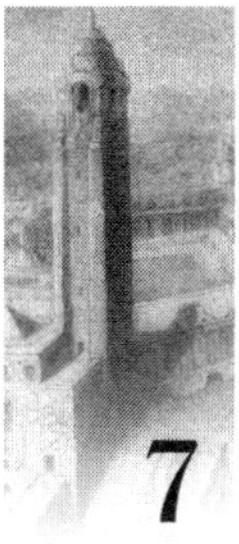

7

Das Meer spannte sich über den Horizont, die Mondsichel zeichnete einen Silberpfad aufs Wasser. Es war windstill, die Bäume standen in tiefem Schweigen. Gorun stand am Waldsaum und genoss den Anblick der ruhigen See. Wie friedlich die Nacht war, wie unwirklich ihm der Sturm nun erschien! Weit unter ihm lag der Strand, an dem er mit dem Mädchen an Land gekommen war.

Als das Weiße Schiff versank, hatte er sich an die sich auflösende Bugspitze geklammert und alle ihm bekannten Götter angerufen, damit der Sog ihn und das Kind nicht in die Tiefe riss oder die Wogen sie gegen die Klippen schmetterten. Eine Ewigkeit lang trieben sie zwischen den Felsnadeln von Néhraja umher. Als das Unwetter sich schließlich verzog, sah Gorun zwar die Küste vor sich, doch kein noch so kräftiger Zug mit den Armen, kein noch so entschlossenes Ausstoßen mit den Beinen brachten ihn der Bucht näher. Erst die einsetzende Flut trug ihn und das Kind so nahe ans Land heran, dass er neue Hoffnung schöpfte. Dennoch musste er lange schwimmen, bevor er Grund unter den Füßen spürte und an den Strand waten konnte.

Lillia ertrug alle Unbill ohne Klage. Sie kniete im schwarzen Sand, spielte mit einer Handvoll Muscheln und wusste plötzlich nicht das Geringste mehr über ihren Einfluss auf Meer und Regen. Sobald ihre Gewänder halbwegs getrocknet waren, machte Gorun sich mit ihr auf den Weg durch die bewaldeten Höhenzüge hinter dem Küstenstreifen. Endlich wusste er wieder, wo er sich befand: Das Gebirge trennte ihn von Defágos. Er brannte darauf, die Kühne Stadt über die Neuigkeiten in Kenntnis zu setzen, die er auf seiner merkwürdigen Reise erfahren hatte. Den Süden vor den Plänen der Nraurn-Königin warnen – wie oft hatte er mit Amra über diese Notwendigkeit gesprochen. Nun kam er allein, doch er würde dafür Sorge tragen, dass man im Süden noch lange von der tapferen *Laîren* aus Caláxi sprach.

Ein verglühender Stern zog eine Leuchtspur über den Himmel. Der größte Teil der Nacht lag noch vor ihnen, und die Dunkelheit würde sie auf ihrer Wanderung vor unliebsamen Überraschungen verbergen. Auch wenn er sich wieder im Süden befand: Nach den jüngsten Erlebnissen traute er selbst dem schweigenden Funkeln der Sterne nicht länger.

»Lillia, wo steckst du?«, rief er halblaut. Seit sie sich von der Küste abgewandt hatten, verbrachte er die meiste Zeit mit der Suche nach dem Kind. Er bückte sich unter Ästen hindurch und trat in das Dunkel zwischen den Stämmen. Die Bäume waren alt und verwachsen, der Wind hatte sie in eine schiefe Haltung gebogen. An manchen Stellen wuchsen Unterholz und Gestrüpp, der Boden war sandig. Als Gorun sich auf der Lichtung umsah, entdeckte er das Mädchen unter einem Baum. Sie hatte beide Arme um den verwitterten Stamm geschlungen und blickte in das Gewirr der Äste hinauf.

Seufzend schritt Gorun zu ihr. Der Wald zog Lillia vollständig in seinen Bann – und sie hatte sich in eines seiner Geschöpfe verwandelt. Das makellose Weiß ihrer Kleidung war längst mit Gras- und Harzflecken überzogen. Gorun hatte die Gewänder mit einer scharfkantigen Muschelschale gekürzt, damit das Kind nicht ständig über den Saum stolperte. Jetzt fransten die Ränder aus, und Lillia zog eine Schleppe aus Zweigen, Blättern und Disteln hinter sich her. Wie eine kleine Schlafwandlerin ließ sie sich von manchen Plätzen anlocken. Dann stand sie wie angewurzelt auf einem Fleck und sog die Eindrücke in sich auf. Gorun hatte sich mehrfach erkundigt, ob ihr vielleicht eine der Stellen bekannt vorkam, ob sie sich an eine der baumbestandenen Anhöhen erinnerte. Lillia schüttelte jedes Mal den Kopf.

»Hier war ich noch nie«, erklärte sie. »Aber den Wald kenne ich.«

Gorun stützte die Hand gegen den Stamm, den das Mädchen umarmte. »Hör zu, Lillia«, sagte er ernst. »Im Gegensatz zu dir kenne *ich* diese Wälder sehr gut. Während meines Aufenthalts in Defágos durchstreifte ich die Höhenzüge so manches Mal auf der Suche nach etwas Abwechslung. Wir hätten uns der Kühnen Stadt längst ein gutes Stück nähern können, wenn du nicht immer wieder hinter den Bäumen verschwändest.«

Sie wandte ihm das Gesicht zu; das Mondlicht erhellte ihre Züge. Die Augen waren dunkelblau wie die Schatten zwischen den Stämmen.

»Ich streife auch durch die Wälder«, erwiderte sie ungerührt.

»Willst du nicht endlich an einem behaglicheren Ort ankommen?«, gab Gorun zurück. »Wir sind beide müde und hungrig und schleppen seit dem Untergang des Schiffes ein Dutzend Schrammen mit uns herum. Ein Bad, ein Bett und etwas Handfestes zu essen – kennst du solche Bedürfnisse nicht?«

Das Mädchen warf einen Blick in das dichte Laub über ihrem Kopf. Bevor sie den Baum mit einem Seufzen losließ, flüsterte sie ein unbekanntes Wort.

»Was hast du eben gesagt?«, fragte Gorun. Überrascht beugte er sich vor. »Was war das für ein Ausdruck?«

»*Ylda*«, wiederholte Lillia. »So nennt sich der Wald.«

Gorun stieß sich von der rauen Borke ab und verschränkte die Arme. »Ich denke, du warst noch nie hier! Wie willst du dann den Namen des Waldes erfahren haben? Außerdem liegst du falsch, Kind. Wir befinden uns in den Flammenden Wäldern unweit von Defágos.«

»*Ylda*«, beharrte das Mädchen. »Wald. *Ykun* – Stein. *Sgú* – Weg.«

Er hatte diese Begriffe noch nie gehört. Der Klang der fremden Sprache erinnerte ihn an manche Ortsnamen auf der Insel: *Jarú. Scyéyan. Altéru.* Niemand konnte mit Gewissheit sagen, woher diese Worte stammten, sie waren einfach da – wie der Himmel und das Meer.

»Was ist das für eine Sprache?«, forschte Gorun. »Wer lehrte dich diese Worte? Spricht man in deiner Stadt so? Bei der Quelle, Kind, je länger man mit dir Umgang hat, desto größer wird das Rätsel.«

Lillia betrachtete ihn. Schließlich streckte sie den Arm aus und deutete auf einen baumbestandenen Abhang. *»Sgú«*, sagte sie.

Gorun warf einen Blick in die angewiesene Richtung. Der Hang fiel zu einem schattigen Grund ab, der Boden war mit Ranken überwachsen. »Du willst dort entlang gehen?«, vergewisserte er sich. Lillia nickte.

Er zögerte. Sich dem Kind und seinem seltsamen Gespür anzuvertrauen, wie Jemren es getan hatte, behagte ihm nicht. Andererseits hatten ihm seine Entscheidungen selten Glück gebracht, solange sie den Wünschen des Kindes zuwiderliefen. Er beschloss, die Vernunft des Mädchens anzurufen.

»In Defágos fänden wir die dringend benötigte Unterstützung, Lillia«, erklärte er. »Der Erste Reiter dort hört sich deine Geschichte sicherlich mit großer Aufmerksamkeit an. Vrarras ist ein Freund, ein guter Freund. Die Kühne Stadt ist anders als Caláxi, wo man zugegebenermaßen unfreundlich zu dir war. In Defágos wärst du willkommen.«

Das Mädchen musterte ihn. »Du bestimmst«, stellte sie fest. »Du bist ein Bestimmer.«

Gorun ließ sich auf den Fersen nieder. »Ich ... ja«, gab er verblüfft zu. »In meiner Stadt war ich der Erste Reiter. Das Bestimmen wurde von mir erwartet.«

»Du bestimmst auch über andere«, meinte Lillia. Sie erforschte ihn – wie sie den Wald erkundete.

»Wenn es sein muss«, erwiderte Gorun. »Ich bestimmte über das Verhältnis anderer Menschen zu meiner Stadt und zu mir – wer Freund ist und wer Feind.« Nemnos' ausgestreckte oder abwehrende Hand, dachte er. Sein Gott war Herr über alle Entscheidungen.

Lillia schwieg. »Und wer bin ich?«, flüsterte sie dann.

Die Zweige bewegten sich schwach, Mondstrahlen irrlichterten über ihr Haar. Im Schatten unter den Bäumen wirkte das zarte Gesicht beinahe unwirklich. Das Mädchen stand vor ihm wie eine Erscheinung aus einer anderen Welt.

Alte und neue Befürchtungen durchdrangen Goruns *Taú*. Er hatte die Bedeutung des Einen Kindes nie wirklich durchschaut; Lillias verwirrende Eigenschaften fügten sich nicht zu einem Ganzen. Eine Ahnung sagte ihm, wie groß die Macht des Mädchens war. Aber ihr Äußeres verwirrte ihn immer wieder. *Behandle sie wie das Kind, das du in ihr siehst,* lautete Amras Ratschlag. Als *Laîren* war sie es gewohnt, das Wesen der Dinge zu beeinflussen – vielleicht glaubte sie daher, ein Mensch könne sich das Eine Kind gewogen machen.

Als er Lillias Hand ergriff und eine Weile zwischen beiden Handflächen hielt, dachte er an das »Lied vom Klan«, an das Versprechen, das man den jüngsten Bewohnern der Türme mit diesen Zeilen gab.

»Du bist eine Freundin«, versicherte er. Oder war es der eigene Wunsch, den er da laut aussprach? »Eine kleine Freundin der Menschen.«

Lillia stand reglos vor ihm. Das Mondlicht wanderte, das Meer brandete an die Küsten, die Wurzeln der Bäume gruben sich tiefer in die Erde – so erschien es ihm. In Wirklichkeit konnte er die vergehenden Herzschläge zählen.

Das Kind wusste, was ihm in Caláxi aufgetragen worden war. Lillia hatte mit angehört, wie Xora, die Hohepriesterin der Quelle, von ihrem Ersten Krieger verlangte, er solle das fremde Mädchen töten und ihren Leichnam außerhalb der Stadtmauer verscharren. Seit Jardaras Tod war keines der Kinder mit meerblauen Augen am Leben geblieben – aus Angst vor der Prophezeiung.

Schließlich nickte Lillia wie zur Bestätigung und murmelte ein weiteres unverständliches Wort. Sie entzog ihm die Hand. Plötzlich sah sie müde aus: ein Kind, das einen weiten Weg zurückgelegt hatte.

»Bald sind wir in Sicherheit«, tröstete Gorun sie. »Vielleicht kannst du mir vorher noch eine Frage beantworten: Wer waren die Krieger auf dem Schiff? Antiles war mir schon vor unserer unfreiwilligen Seereise bekannt, aber dass er über Gefolgsleute verfügt, überraschte mich. Um Schatten handelte es sich jedenfalls nicht: Mein Gegner im Zweikampf hat ziemlich hart zugeschlagen. Die Krieger glichen dir.« Wie du hatten sie kein *Taú*, fügte er in Gedanken hinzu.

»Oh«, sagte Lillia und lächelte endlich wieder. »Wir sind viele.«

Gorun starrte sie an. *Wir sind viele.* Das Kind gehörte einem Volk an – einem Volk blasser Gespenster.

»Wie ist das möglich?«, stieß er hervor. »Auf die Frage nach deinem Klan hast du immer nur den Kopf geschüttelt. Wo leben deine Angehörigen, Lillia? Auf der Insel? Oder auf Schiffen auf dem Meer, so wie der Schwarze Gott? Bei der Quelle, warum haben wir mit keinem Wort von deinen Lebensumständen erfahren? Wie sollen wir dich je nach Hause bringen, wenn du uns nichts über deine Herkunft mitteilst?«

Daraufhin hob das kleine Mädchen den Arm und zeigte zwischen die Bäume.

»*Sgú*«, sagte sie.

Es war ein unbequemer Pfad, den das Kind wählte. Der Boden war abschüssig, Ranken behinderten ihr Vorankommen, doch wenigstens fiel der Hang gen Westen ab – in Richtung der Kühnen Stadt. Sie waren noch keine fünf Schritte tief in das Gestrüpp eingedrungen, als über ihnen Hufschlag erklang.

Gorun duckte sich rasch hinter das dornige Gesträuch und zog das Mädchen neben sich zu Boden. Er lauschte. Zaumzeug klirrte – kein Wild also. Den Schritten nach handelte es sich um mehrere große Tiere. Ein Spähtrupp aus der Kühnen Stadt vielleicht, doch ein unbestimmtes Gefühl warnte ihn davor, sich zu erkennen zu geben. Plötzlich brach das Trappeln ab. Wer immer sich dort oben aufhielt – die Reiter verharrten auf der Lichtung über ihnen.

Gorun legte den Finger auf die Lippen. Bleib hier und rühr dich nicht vom Fleck!, bedeutete er dem Mädchen und war zum ersten Mal froh über ihr fehlendes *Taú*. Lillia verhielt sich vollkommen still; sie war nicht zum ersten Mal in einer solchen Lage. Behutsam zog er stachlige Ranken und Blätter über sie, bis von dem Kind nichts mehr zu sehen war.

Ich komme hierher zurück, deutete er an und drückte ihr zur Beruhigung den Arm. Lillia schloss die Augen und stellte sich schlafend – ein kleines Tier in der Falle.

Gorun schob sich rückwärts aus dem Gestrüpp. Er schmiegte sich so flach wie möglich an den Boden und betastete jede Stelle sorgsam mit der Hand, bevor er sich aufstützte – kein Knirschen von Stein auf Stein, kein knackender Zweig sollten ihn verraten. Lautlos schob er sich den Hang hinauf, bis er einen Blick auf die Reiter erhaschte.

Nraurn. Er zählte fünf Krieger auf der kleinen Lichtung. Mondlicht und Schatten sprenkelte die gebogenen Hörner und die Kruppen der Nouk. In den Mantelfalten blinkten Waffen und Abzeichen, welche die Krieger an sich trugen. Bahak – so tief im Süden, im Umland der Kühnen Stadt. Im Stillen sprach Gorun eine Verwünschung aus. Der fünfte Reiter wirkte kleiner und schwächlicher; vermutlich war es ein Mnek, der den Nraurn aus dem Norden als Führer diente.

Die Krieger reichten einen Wasserschlauch herum und tauschten sich mit leisen Worten aus. Gorun lag so weit entfernt, dass die Worte nur als undeutliches Gemurmel zu ihm drangen. Als er vorsichtig umherspähte, machte er über sich am Hang einen Schatten aus – einen umgestürzten Baumstamm. Vorsichtig näherte er sich. Die Figur des Nemnos stieß ihm bei jeder Bewegung gegen die Brust; den Klanring hatte er abgenommen, damit ihn der klingende Schmuck nicht verriet. Vor Anstrengung brach ihm der Schweiß aus, doch er unterdrückte jeden lauten Atemzug und schmiegte sich eng an den Stamm. Immerhin war er den gehörnten Kriegern nun so nahe, dass er zumindest einzelne Wortfetzen verstand.

Die Sprechweise der Bahak klang abgehakt und kehliger als die Dialekte südlicher Nraurn. Die Sprache der Gehörnten war schwer zu verstehen; an einem Wort hingen unzählige Bedeutungen, sodass eine einfache Übersetzung unmöglich wurde. Da vernahm Gorun plötzlich ein Wort, das ihn aufhorchen ließ: Defágos. Die Nraurn sprachen von der Kühnen Stadt.

Vorsichtig hob er den Kopf, um weitere Einzelheiten zu verstehen. *Rak* – auch dieses Wort fiel mehrmals. Es bedeutete so viel wie Kupfer und Blut, aber auch Handelsgut. Die richtige Auslegung kam auf den Zusammenhang an, in dem es gebraucht wurde. *Ehnu* erinnerte ihn an *ehnun*, den Begriff für »bringen, halten, übertragen«. *A-rak-ehnu:* Kupfer bringen? Handelsgüter übertragen? Sprachen die Nraurn vom Warentausch mit der Kühnen Stadt? Nraurn vom Volk der Kerrek und der Mnek kamen gelegentlich vor das Tor von Defágos. Bahak hatte er dort noch nie gesehen.

»Yu-guyen qerrh«, vernahm er weiter. Das war ihm geläufiger: *Yu* war ein Zahlwort, *guyen* bedeutete Krieger und damit so viel wie »Mann« oder »Frau« in einem Volk, in dem jeder ohne Ausnahme unter Waffen stand. Und *qerrh*? Von *qerrhun*, was so viel hieß wie schenken? Das Gehörte ergab keinen Sinn.

Wieder fiel der Name der Kühnen Stadt. Dazwischen hörte er die Begriffe für Meer und Wind. Die Krieger sprachen von dem Unwetter, das ihn und Lillia an Land geworfen hatte. Offenbar waren sie an der Küste ebenfalls von dem Sturm überrascht worden. Ihren Worten entnahm er, dass die Gehörnten dem Weißen Schiff auf dem Landweg gefolgt waren – mit dem Auftrag, das Mädchen gefangen zu nehmen, sollte das Boot anlanden.

Besorgt hob Gorun den Kopf und spähte zu dem Kind hinab. Nichts rührte sich an dem Hang – Lillia hielt sich gut versteckt. Als er sich zurücksinken ließ, rollte er mit der bloßen Schulter auf eine Dornenranke, zuckte zusammen und stieß mit dem Ellenbogen gegen den Stamm. Das Holz gab ein dumpfes Geräusch von sich. Das Gemurmel der Nraurn verstummte augenblicklich. Die eigene Ungeschicklichkeit verfluchend, tastete Gorun nach einem Ast, nach einem Stein, um nicht mit leeren Händen vor den Gegnern zu stehen. Da vernahm er dicht an seinem Kopf ein Rascheln.

Ein Tier regte sich im Innern des hohlen Stamms. Aufgeschreckt von seinem Stoß, schlüpfte es an einem Ende heraus, begleitet von einem stechenden Geruch – ein Baumschläfer. Mit langen Sätzen floh das pelzige Geschöpf den Hang hinauf, huschte wieselgleich zwischen den Noukbeinen hindurch und entschwand jenseits der Lichtung.

Die gehörnten Krieger entspannten sich nicht, sie lauschten reglos in die Dunkelheit. Ein Bahak trieb sein Tier bis an den Rand der Lichtung und spähte den Abhang hinunter.

Gorun hielt den Atem an. Hoffentlich entdecken sie Lillia nicht!, bat er im Stillen. Hoffentlich verhält sich das Mädchen weiterhin ruhig. Mit der Hand umklammerte er einen knorrigen Stock und machte sich auf eine Auseinandersetzung mit fünf bewaffneten Kriegern gefasst. Der Gehörnte starrte ins Dunkel unter den Baumkronen, das Mondlicht glänzte auf der Lanze. Endlich stieß der Bahak einen Laut aus und wendete das Nouk. Er raunte dem Führer eine Warnung zu, die den Mnek zu erhöhter Wachsamkeit ermahnte. Einer nach dem andern verließen die Gehörnten die Lichtung, nicht ohne wachsam nach allen Seiten zu spähen. Endlich verschwanden sie im Schatten unter den Bäumen.

Gorun atmete auf. Er wartete, bis die Huftritte vollends verklungen waren, und wagte erst dann, sich die Stacheln aus der Haut zu ziehen. Lautlos erhob er sich, den Stock schlagbereit in der Faust. Aber die Nraurn stürmten nicht plötzlich über die Lichtung auf ihn zu, sie hatten ihm keinen Hinterhalt gelegt. Offenbar waren sie wirklich weitergezogen. Erleichtert streifte er sich das Klanzeichen wieder über den Kopf und eilte den Hang zu Lillia hinab. Er fand das Mädchen in jener kauernden Stellung vor, in der er es verlassen hatte.

»Komm!«, flüsterte er und half ihr beim Hervorkriechen unter den Dornen. »Nichts wie weg hier.«

Der Mond versank, und die dunkelste Stunde der Nacht brach an. Im Stockfinstern unter den Bäumen erschien Gorun das Weitergehen zu gefährlich; selbst das vorsichtigste Vorantasten verursachte Geräusche und würde womöglich die Aufmerksamkeit der Feinde auf sie ziehen. Er wählte einen Felsvorsprung, unter dem Lillia sich bequem ausstrecken konnte. Er nahm vor dem Spalt Platz und legte den Stock quer über die Knie.

Lange saß er so da und ließ sich die merkwürdigen Begebenheiten der Nacht durch den Kopf gehen. Die Nraurn hatten die Suche nach dem Einen Kind nicht aufgegeben. Lillia und ihre seltsamen Kräfte spielten in Kajlyn-Guas Plänen noch immer eine tragende Rolle – doch welcher Art die Bedeutung war, die dem Mädchen zukam, konnte Gorun beim besten Willen nicht erkennen. Alles läuft auf einen bestimmten Punkt zu, dachte er. Auf einen Punkt, den andere als er vorhersahen.

Er rieb sich die Schläfen. Ganz allmählich verlor der Wald den Anschein unbegrenzter Ausdehnung, die Stämme traten wieder aus dem Dunkel der Nacht hervor. Lillia schlief unter dem Überhang, den Kopf auf die Arme gelegt. Als schließlich die Sonne aufging, weckte Gorun das Mädchen.

»Die Nraurn suchen nach dir«, unterrichtete er sie. »Kajlyn-Gua will dich wieder in ihre Gewalt bringen. Zu diesem Zweck durchstöbern ihre Krieger die Küsten im Süden.«

Es war sinnlos gewesen, dem Kind diese Umstände zu verschweigen. Lillia wusste ohnehin meist besser als ihre Begleiter, wie es um sie stand. Jetzt machte sie ein ernstes Gesicht und strich immer wieder eine Falte ihrer ehemals weißen Gewänder glatt.

»Gestern Nacht nanntest du mich einen Bestimmer«, fuhr Gorun fort. »Also bestimme ich jetzt Folgendes: Wir beide begeben uns auf dem kürzesten Weg nach Defágos. Keine Umwege und keine Waldspaziergänge mehr, Lillia. Und auch keine verborgenen Pfade, die dich vielleicht nach Hause bringen, viel eher aber eine weitere Runde im Kreis herumführen. Ich weiß, du fühlst, ob bestimmte Richtungen günstig für uns sind, und vermagst das Eintreffen gewisser Umstände vorherzusehen. Aber dein Weg muss jetzt eine Weile warten. Ich habe der Kühnen Stadt eine Botschaft zu überbringen, die nicht länger warten kann – und du begleitest mich dorthin.«

Zu seiner Überraschung erhob Lillia keinerlei Einwände.

»Wo liegt Defágos?«, fragte sie, und als Gorun ihr zwischen den Stämmen die ungefähre Richtung andeutete, erklärte sie sich mit der Wegstrecke einverstanden. Sie stand auf, um eine Handvoll Beeren von den stachligen Ranken zu pflücken. Gorun betrachtete sie mit einiger Verwunderung. Er wusste nicht, was sich verändert hatte, doch plötzlich war alles ganz einfach. Plötzlich war das Eine Kind bereit, mit ihm zu kommen, als sei jetzt der richtige Zeitpunkt gekommen, um die Schritte in die Kühne Stadt zu lenken – in die mächtigste Stadt der Menschen.

Mit der Sonne im Rücken brachen sie auf. Lillia hielt sich an die Abmachung und wich nicht von seiner Seite. Unterwegs erzählte er ihr von Begebenheiten, die sich im Laufe der Geschichte in den Flammenden Wäldern zugetragen hatten. Im Morgenwind leuchteten die Baumkronen in allen Schattierungen zwischen Dunkelrot und Golden, und das Blattwerk schien zu lodern. Die Laubfärbung gab den Wäldern hinter Defágos ihren Namen. Der Sage nach waren sie der Feuergöttin gewidmet, die aus dem Laub ihr raschelndes, lohfarbenes Gewand fertigte. Wurde ihr Zorn geweckt, entfachte Xynope manch schrecklichen Brand. Einmal war Gorun auf die Überreste eines solchen Feuers gestoßen. Der Anblick der verkohlten Berghänge und der qualmenden Baumstümpfe hatte sich tief in sein Gedächtnis gegraben.

Lillia lauschte seiner Erzählung mit angehaltenem Atem und wurde nicht müde, ihn nach allen Einzelheiten der Begegnungen zwischen Menschen und Göttern zu fragen. Als die Sonne hoch am Himmel stand, rasteten die ungleichen Weggefährten im Schatten unter den Bäumen; sie zogen erst weiter, als es kühler geworden war. Gegen Abend lichtete sich der Wald und ließ die weiten Ebenen im Landesinnern erahnen. Das Gelände fiel gen Westen ab, Felsen durchsetzten die Hänge. Die Luft war geschwängert von Gerüchen: Harz und Farne und vermoderndes Holz. Sie schritten in einer Schneise dahin, als Gorun plötzlich erneut Hufgetrappel und Schnauben vernahm. Zwischen den Stämmen blitzte Bronze auf. Hastig griff er nach Lillias Hand und zog sie dicht zu sich heran, doch schon im nächsten Augenblick atmete er auf. Reiter tauchten zwischen den Bäumen auf – Menschen zu Pferd. Vilon, einer von Vrarras' Vertrauten, führte den Spähtrupp an. Überrascht zügelte der Krieger seinen Rappen.

»Gorun!«, rief er aus. »Du hier? Ohne Schild und ohne Speer, aber dafür mit einem ...«

Mitten im Satz brach Vilon ab und warf seinen Begleitern einen Blick zu. Die Reiter grinsten.

»Mit einem Kind«, ergänzte Gorun säuerlich. »Es dauerte ziemlich lange, bis ihr unsere Anwesenheit bemerkt habt. Wir sind bereits seit Tagen unterwegs.« Er nickte in Richtung der Küste.

»Woher kommst du? Aus Mandóxi? Wie auch immer«, winkte Vilon ab. »Vrarras wird über deinen Besuch sehr erfreut sein.«

Die Krieger führten Handpferde mit sich. Auf den ausgeruhten Tieren jagten die Boten gewöhnlich zurück zur Kühnen Stadt, sollte der Trupp in den Bergen auf etwas Ungewöhnliches stoßen. Jetzt reichte man Gorun die Zügel; der Rappe umtänzelte ihn, als er Lillia in den Sattel hob. Mit gewohntem Schwung saß er hinter dem Mädchen auf.

»Wir haben Noukspuren gefunden«, berichtete einer der Männer. »Offenbar streifen die Gehörnten durch unsere Wälder.«

Gorun nickte. »*A-rak-ehnu. Yu-guyen qerrh*«, wiederholte er und übersetzte den erstaunten Reitern die nächtliche Unterredung der Nraurn. »›Wir bringen Kupfer und Blut. Eintausend Krieger schenken sich.‹ Das kann nur eines bedeuten: Kajlyn-Gua trägt den Krieg nach Defágos.«

Der Kegel des Scyéyan, der tagelang den Blick nach Westen bestimmt hatte, wurde allmählich kleiner und versank schließlich ganz hinter staubgelben Hängen. Nesyn musste seine Krieger zu großer Eile antreiben, wenn er rechtzeitig mit der Streitmacht der *Nraur-a-Khae* zusammentreffen wollte. Denn nun mussten sie den weiten Umweg über die Trockenen Hügel in Kauf nehmen, den sie durch die Überquerung des Scyé hatten vermeiden wollen.

Anfangs blendete ihn der Zorn, wenn er die frischen Brandwunden seiner Krieger sah – und die vielen leeren Sättel. Sie waren den Wächtern der Brücke nur mit knapper Not entkommen; die Geister hatten sie bis zum Nordrand des Scyé verfolgt. Die großspurige Schützenkönigin, die sich als Letzte auf den Vorsprung zur Brücke hinausgewagt hatte, war als Erste vor den Yku geflohen. Ihre Krieger waren nahezu unverletzt geblieben.

Nesyns Zorn verrauchte jedoch allmählich, als mehr als zwei Handvoll verspätete *Taú*-Schützen zu ihrem Tross stießen, während sie am Scyé dahineilten. Zufrieden musterte er ihre zahlenmäßige Stärke und ihre Bewaffnung: lange Bogen und Köcher voller Pfeile. Er würde Kajlyn-Gua die ersehnten Bündnispartner bringen.

»Wir sollten rasten«, riet Syne-Ne ihm leise. Die Bahak-Kriegerin schritt dicht neben ihm. Mit dem Wind sog Nesyn den Duft ihrer Mähne ein. Syne-Nes schmale Ohren zuckten und schmiegten sich wieder an ihren Kopf. »Die Kahlen nützen der *Nraur-a-Khae* nichts, wenn sie vollkommen erschöpft sind.«

Seit dem Mittag führten sie die Nouk, um die Tiere zu schonen – und um den Menschen Gelegenheit zum Aufholen zu geben. Aus den Augenwinkeln beobachtete Nesyn, wie die Hörnerlosen weit abgeschlagen einen Abhang hinunterschritten und vor Müdigkeit beim Gehen schwankten.

In den kühlen Nächten eilten sie im Laufschritt neben den Nouk her, und bei Tag schienen ihnen die Trockenen Hügel ebenso wenig zu gefallen wie die Schlucht der Geister. Nesyn lauschte auf ihr halblautes Gezänk, doch sosehr die Menschen sich auch untereinander stritten – und sie stritten umso ärger, je mehr seine Krieger sie zur Eile antrieben –, so waren sie misstrauisch genug, kein verräterisches Wort verlauten zu lassen. Er ging nicht davon aus, dass die Hörnerlosen sich seinem Volk allein aus gutem Willen andienten. Sicherlich verfolgten sie ihre eigenen Absichten in diesem Krieg. Hass erfüllte ihre Reden, Hass auf den Süden, den sie nie zuvor zu Gesicht bekommen hatten, und sie konnten es kaum erwarten, zum Heer der *Nraur-a-Khae* zu stoßen.

»Dort vorn liegt eine Wasserstelle«, unterbrach Syne-Ne seine Gedankengänge. Die junge Bahak deutete auf eine Senke. Von dem See, der sich im Frühjahr an dieser Stelle ausdehnte, war kaum mehr als ein schlammiger Pfuhl übrig. Gelbes Gras wuchs rings um das Wasserloch, Buschstreifen unterteilten das Gelände. Junge Nraurn ließen hier eine Schafherde weiden. Als sie Nesyn und seine Krieger näher kommen sahen, trieben sie die Tiere eiligst zusammen und erklommen mit der Herde die nächste Anhöhe. Von dort aus beobachteten sie, wie die Krieger den Nouk auf Nesyns Befehl hin die Sättel abnahmen und den Zaum abstreiften. Die Tiere schnauften erleichtert, einige schüttelten sich und scharrten mit den Hufen im weichen Boden.

Die Hirten gehörten zu den Arrak, die sich die Mähnen zu Beginn des Frühjahrs kurz schoren. Jetzt spross das Haar in dichten Büscheln. Offenbar erkannten sie Nesyn und hatten gehört, dass er unmittelbar dem Befehl der *Nraur-a-Khae* unterstand. Und die Augen der Jungen wurden noch größer, als die Menschen über den von Hufabdrücken übersäten Lehm torkelten, sich am Rand des Lochs auf die Knie warfen und das Gesicht im unsauberen Nass badeten.

Nesyn rümpfte die Nase. Er hatte seine Krieger angewiesen, genug Wasser für alle abzuseihen, auch für die Menschen, doch offenbar konnten die Kahlen das Ende dieser Bemühungen nicht abwarten. Die einäugige Königin schöpfte gleich mehrmals aus dem Pfuhl und stillte ihren Durst aus den hohlen Händen. Schließlich sank sie auf die Fersen zurück. Ihr Kopfschmuck war von Staub und Sand stumpf geworden. Die Narbe teilte ihre Züge, hässlich und wulstig wie der Scyé.

»Wie weit ist es bis zum vereinbarten Treffpunkt?«, stieß sie hervor. »Wie lange sollen wir euch noch durch diese Ödnis nachlaufen?«

Nesyn antwortete nicht. Vielleicht hatten die Hörnerlosen angenommen, die Trockenen Hügel seien begrenzt wie ihre eigenen Gebiete. Auch wenn die Menschen die Gehörnten in unwirtliche Landstriche verdrängt hatten, waren die Nraurn insgeheim doch Herren über die Insel geblieben – als einziges Volk konnten sie sich diesseits wie jenseits des Scyé aufhalten. Als Nesyn die Bogenschützin reglos anstarrte, wandte sie endlich das nackte Gesicht von ihm ab und befahl ihren Schützen, sich im Schatten der Büsche Rastplätze zu suchen.

»Sie hasst dich«, flüsterte Syne-Ne. »Siehst du ihre Blicke? Die Kahlen hassen und fürchten uns. Wenn dem nicht so wäre ...« Sie sprach den Satz nicht zu Ende.

Nesyn packte eines ihrer Hörner und zog den Kopf der Nraurin spielerisch zu sich heran. Syne-Ne befreite sich mit einem Ruck und stieß das Gehörn gegen ihn. Die *nkemen* klirrten, so heftig prallten sie zusammen und pressten die Stirnen gegeneinander. Für einen Augenblick bedauerte Nesyn, dass es noch nicht Abend war. Im Frühjahr hatte er Syne-Ne und ihre Schwestern besessen, Nraurinnen mit samtigen Gesichtern, die anfangs seine Werbung so hartnäckig zurückgewiesen hatten, als läge noch ein ganzes Zeitalter vor ihnen. Nun schienen diese milden, sternübersäten Nächte eine Ewigkeit zurückzuliegen.

An den Sternen hatten die Fürstin der Bahak und ihre Feldherrin erkannt, dass die Zeit gekommen war, das Eine Kind von dem geheimen Ort zu rauben, an dem es lebte. Die Schatten hatten Kajlyn-Gua und Quinda-Na das Versteck verraten; die Dunkelheit war seit jeher der Verbündete der beiden Bahak-Führerinnen. In der Nacht ihrer Geburt, so wollte es die Legende, war ein schrecklicher Sturm über die Insel hinweggezogen. Eine so düstere und Schrecken erregende Macht war auf die Küsten geprallt, dass die Erzähler an den Winterfeuern nur mit gesenkter Stimme davon sprachen. Und noch während die Schwestern mit nassem Mähnenflaum neben der Mutter lagen, enthüllte ihnen die Dunkelheit ihre Bestimmung.

Das geraubte Mädchen enttäuschte Nesyns Erwartungen allerdings. Er hatte ein zauberisches Wesen erwartet, ein Wesen mit Macht, aber mehr als ein verängstigtes Kind konnte er durch die Maschen des Netzes nicht erkennen. Das Mädchen kauerte sich in ihrem Gefängnis zusammen und flüsterte unablässig vor sich hin. Zu Nesyns Überraschung ließ die Feldherrin sie gewähren.

»Das Murmeln gehört zur Natur des Einen Kindes«, hatte Quinda-Na spöttisch bemerkt. »Hör nur genau hin, Nesyn, dann vernimmst du ihr Wispern überall.«

Und wirklich: Das Gras flüsterte, wenn es sich bog. Die Baumkronen raunten und raschelten, der Wind sirrte zwischen den Felsen. Und während Nesyn auf seiner nächtlichen Wache unter dem an einem Ast aufgehängten Netz auf und ab ging, wandte sich das Flüstern sogar an ihn.

»Bitte lass mich frei!«, bat das Mädchen. Ihr langes Haar hing durch die Maschen herab, das Sternenlicht schimmerte auf den Strähnen. »Lass mich aus dem Netz!«

»Sei still!«, rief er ungehalten zu dem Kind hinauf, ungewollt im selben Flüsterton. »Schweig, oder die Feldherrin lässt es dich büßen, wenn du ihre Nachtruhe störst.«

Erschrocken verstummte das Mädchen. Und von einem Augenblick auf den anderen war es, als frören die Sterne am Himmel ein. Nichts regte sich mehr. Die Nouk standen wie Schemen unter den Bäumen, kein Laut drang von den Tieren zu ihm herüber, obwohl Nesyn gerade noch das Mahlen der Kiefer und das zufriedene Schnauben gehört hatte. Die ruhenden Bahak lagen da wie Steine, und ihm selbst stockte der Atem, als die Welt erstarrte.

Rasch holte er einige Nüsse und ein Getreideplätzchen aus seiner Tasche hervor, schob die Hand durch die Maschen und hielt dem Kind die Speisen hin.

»Nimm und iss! Und lass nichts davon übrig!«, befahl er rau. Das *Taú* pochte in ihm.

Eine kleine Hand tastete nach seinen Fingern, das Mädchen hielt ihn bittend fest.

»Befrei mich aus dem Netz, Nesyn!«, wisperte sie. Und die Sterne funkelten wieder.

Hastig zog er die Hand zurück und fuhr mit dem Auf- und Abschreiten fort. Er erzählte niemandem von dieser Begegnung, nicht einmal Syne-Ne. Doch er wagte nie wieder, dem Einen Kind das Wort zu verbieten.

Die Bahak wuschen den Nouk die verschwitzten Rücken und Flanken und ließen die Tiere anschließend zum Grasen frei. Die Nouk zerstreuten sich sofort um das Wasserloch. Mit grellen Pfiffen riefen die Krieger einige der Hirtenjungen zu sich, damit diese auf die Reittiere aufpassten.

Das Lager zerfiel in drei Gruppen. Bei jeder Rast beobachtete Nesyn die gleiche Anordnung, die nur scheinbar durch Zufall entstand. Die Bahak scharten sich um ihn und sprachen voller Eifer von ihrer Unternehmung. Die Mnek lagerten abseits. Das rotmähnige Volk blieb für sich und senkte schweigend die Hörner, wenn einer der Bahak an ihrem Rastplatz vorbeiging. Die Menschen hockten in kleinen

Gruppen beisammen, kauten auf ihren Vorräten und warfen missmutige Blicke umher.

Syne-Ne reichte Nesyn einen Becher mit sauberem Wasser. Sie hatte die schweren Waffen und den Mantel abgelegt. »Schick den Schützen aus Tegaréssos zu mir!«, wies er die Nraurin an. »Und zieh bei den Hirtenjungen Erkundigungen ein, wie weit uns Kajlyn-Guas Heereszug voraus ist.«

Sie nickte und machte sich mit einem Mähnenschwung daran, seine Aufträge auszuführen. Nesyn folgte ihrer biegsamen Gestalt mit Blicken. Der Mensch Tarepin duckte sich, als Syne-Ne ihn ansprach, und es bedurfte einer Aufforderung seiner eigenen Königin, damit er sich zögernd erhob. In seinen nackten Gesichtszügen malten sich Befürchtungen, das *Taú* wanderte beunruhigt bald in diese, bald in jene Richtung. Nesyn winkte den Mann hinter eine Buschreihe, wo sie außer Sicht- und Hörweite der übrigen Menschen waren. Dort ließ er sich auf einem mitgebrachten Schemel nieder.

»Was willst du von mir?«, fragte der Schütze. »Ich kenne keinen anderen Weg über den Scyé, das habe ich dir doch schon ein Dutzend Mal erklärt. Wir hätten einen solchen Pfad ganz bestimmt eingeschlagen, oder glaubst du etwa, wir ziehen gern mit euch durch die Wüste?«

Nesyn musterte den Menschen noch ein Weilchen länger, denn Schweigen – so hatte er festgestellt – verunsicherte die Hörnerlosen am meisten. »Setz dich!«, forderte er den Menschen schließlich auf und deutete vor sich auf den Boden. Da ließ sich der Mann endlich mit gekreuzten Beinen auf der Erde nieder. Besorgt blickte er sich um, als erwarte er, hintergangen zu werden, als stünde Syne-Ne mit gezückter Klinge hinter dem Busch, um ihn zu erstechen. Als Nesyn sich vorbeugte, fuhr der Mensch zusammen.

»Was wird dein Bogengefährte als Nächstes unternehmen? Wohin wendet er sich nun, und mit wem wird er sich zusammentun?«, fragte Nesyn.

Ein Ausdruck von Widerwillen breitete sich auf dem Gesicht des Schützen aus. »Jemren?« Verächtlich spuckte der Mensch aus. »Wir sind schon lange keine Gefährten mehr. Woher soll ich seine Pläne kennen? Du hast doch erlebt, dass er sich nicht einmal scheut, mich ebenso wie die anderen Schützen ins Verderben zu locken.«

»Ihr hattet euch also zuvor nicht über den Weg geeinigt?«, erkundigte Nesyn sich, ohne den Tonfall zu verändern. »Es war nicht eure Absicht, uns zum Glutfluss zu locken, wo die Yku mich und meine Krieger vernichten, während ihr durch den Tunnel und über die Brücke entkommt?«

Der Mensch war nicht dumm. Nesyn beobachtete, wie das nackte Gesicht die Farbe wechselte.

»Was unterstellst du mir!«, fuhr der Schütze auf. Er wollte aufspringen, um seine Entrüstung zu bekräftigen, aber Nesyn packte ihn an der Schulter und drückte ihn in eine sitzende Haltung nieder. Er näherte das Gesicht dem des Menschen, bis er die Angst in den Ausdünstungen des Hörnerlosen roch.

»Nicht einer von euch ist im Scyé ums Leben gekommen! Ist das nur Zufall, oder gehört ein derartiges Glück zu eurem Plan? Sollte dies der Fall sein, Tarepin aus der Toten Stadt, sollten du und dein Gefährte uns jenseits des Scyé einen Hinterhalt legen – du würdest es für den Rest deines Lebens bereuen.«

Der Schütze zappelte in Nesyns Griff. Von seinem *Taú* ging eine kränkliche Unruhe aus. »Es gibt keine Übereinkunft. Ich gebe dir mein Wort, Nraur!«

»Dein Wort!«, lachte Nesyn. »Sicherlich hast du ein Dutzend Worte übrig, für jeden Tag ein anderes! Nein, Mensch, deine Versicherung allein reicht nicht aus. Nicht einmal dein eigenes Leben genügt mir als Unterpfand, denn es liegt schon lange in meiner Hand, wie weit du uns begleitest. Wenn ich dich zur *Nraur-a-Khae* bringe, verlange ich von dir die Gewissheit, dass du sie nicht verrätst!«

Der erschrockene Blick des Schützen wanderte von einem Auge Nesyns zum anderen. Es fiel den Hörnerlosen schwer,

Nraurn unmittelbar anzublicken; die Augen der Kahlen standen zu dicht beisammen.

»Jemren und ich haben keine Absprachen getroffen, um euch zu schaden«, beteuerte der Mensch erneut. »Ich ahnte ja nicht einmal, dass er wirklich einen Weg durch die Feuerschlucht gefunden hatte. Wir glaubten alle, er sei tot. Aber ich kann dir verraten, wie du ihn so weit in die Enge treiben kannst, bis ihm keine andere Wahl mehr bleibt, als sich dem Willen deiner Fürstin zu beugen.«

Das Hinterhältige Volk. Angewidert ließ Nesyn den Schützen los. Der Mensch setzte sich zurecht und schien schon wieder neues Selbstvertrauen zu schöpfen.

»Sprich!«, herrschte Nesyn ihn an.

»Seine Schwester«, stieß der Schütze hervor. »Wenn er erführe, dass sie noch am Leben ist ...«

Nesyn neigte den Kopf zur Seite. »Seine Schwester? Demnach haben wir also nicht alle Einwohner in Tegaréssos angetroffen, wie du uns versichert hast?«

Der Schreck weitete das *Taú* seines Gegenübers. »Nein ... doch ... aber nicht Harat, nicht sie«, stammelte der Mensch. Schweiß stand ihm auf der Stirn, und er wischte sich immer wieder fahrig über die Lippen. »Erst wollte sie nichts von einer Flucht aus Tegaréssos hören, aber schließlich konnte ich sie dazu überreden, die Stadt mit mir zu verlassen. Sie bestand darauf, den Verhandlungen beizuwohnen, doch ich überzeugte sie, dass es besser sei, ein Versteck aufzusuchen, bis ich mit Quinda-Na gesprochen hätte. Wir halten schon seit Langem an gewissen Plätzen Vorräte bereit.«

Deshalb also hatten die Gehörnten die Wohnstätten und Türme im Norden oft verlassen vorgefunden – die Menschen verkrochen sich und kamen erst nach dem Abzug der Feldherrin wieder aus ihren Löchern hervor. Nesyn beschloss, sich diesen Umstand gut einzuprägen.

»Harat harrt noch immer in diesem Versteck aus?«, forschte er.

Das *Taú* des Mannes wand sich, als seien alle seine Wesenszüge in Widerstreit miteinander geraten. Da erkannte Nesyn plötzlich, dass der Mensch an jenem Übel litt, das die Bogenschützen des Nordens bisweilen befiel. Das Leiden zerfraß das Innerste, das *Taú*; der Wahn war der Preis für den leichtfertigen Umgang mit der Waffe. So viele Nraurn waren unter dem Pfeilhagel der Menschen gefallen, aber die Hörnerlosen besaßen nicht einmal genug Widerstandskraft, um ihr eigenes Tun zu ertragen. Drohend beugte er sich vor und schreckte das *Taú* des Menschen zusätzlich auf.

»Antworte mir! Wo befindet sich die Schwester des Schützen?«, wiederholte er. »Und wag nicht, mir mit einer Lüge zu kommen. Du würdest deine Unehrlichkeit bitter bereuen, sobald sie ans Licht käme!«

»Harat hält sich bestimmt noch immer verborgen«, stieß der Mensch hervor. »Wohin sollte sie sich auch wenden? Ihre Stadt ist zerstört, und für ein alleinstehendes Mädchen sind die Pfade des Nordens ein gefährliches Gelände. Nein, sie muss ausharren und auf Hilfe warten. Ohne mich würdest du ihre Zuflucht jedoch niemals aufspüren, Nesyn. Du brauchst mich! Wenn Jemren befürchten muss, dass ich euch den Aufenthaltsort seiner Schwester verrate, wird er bereitwillig auf alle Forderungen eingehen. Niemand steht ihm näher als sie. Und wenn alles vorbei ist, lässt du Harat und mich unbehelligt unseres Wegs ziehen.«

Mit dieser Mitteilung hast du wohlweislich gewartet, bis der Scyé weit hinter uns liegt, dachte Nesyn. Vielleicht ahnst du ja, dass euer Versteck längst nicht mehr so sicher ist, wie du glaubst. Ihr lenkt die Aufmerksamkeit unserer Krieger mit zu großer Anstrengung von manchen Flecken rings um eure Städte ab. Ich weiß jedenfalls genau, wo ich mit der Suche zu beginnen hätte.

Er lehnte sich zurück. Offenbar gaben die Hörnerlosen doch etwas auf verwandtschaftliche Bindungen – und dann auch wieder nicht, denn der Bogengefährte dieses Mannes hatte seine Schwester wegen des fremden Kindes verlassen. Menschen waren schwer zu durchschauen, sowohl in ihrer

Feigheit als auch in dem seltsamen Mut, der sie bisweilen überkam.

Der Schütze hockte in lauernder Haltung vor ihm. »Was jetzt, Nesyn?«, fragte er herausfordernd. »Gehst du auf mein Angebot ein?«

Nesyn nickte so rasch mit dem Kopf, dass der Schütze erst aufschrie, als es schon zu spät war. Mit den Hörnerklingen hatte er dem Menschen quer über die Stirn geritzt, Blut quoll hervor: keine ernste Verletzung, nur ein Kratzer. Der Schnitt sollte dem Mann eine Warnung sein – und für jeden Nraur ein Zeichen, dass dieser Mensch ein Verräter an seiner eigenen Art war. Mit einer Handbewegung scheuchte Nesyn den Schützen auf die Füße.

»Unsere Unterredung ist beendet«, erklärte er. »Kehr zu deinen Begleitern zurück und raste, bis wir weiterziehen! Über unser Gespräch wirst du Stillschweigen bewahren, bis ich mit der *Nraur-a-Khae* gesprochen habe.«

Der Mensch rieb sich über die Stirn und zog ein grimmiges Gesicht.

»Von mir verlangst du einen Beweis meiner Aufrichtigkeit, aber für euch selbst gelten unsere Abmachungen nicht! Quinda-Na versprach, die Bewohner von Tegaréssos zu verschonen, wenn ich ihr genügend Schützen bringe. Hat die Feldherrin sich vielleicht an ihr Wort gehalten? Nein, sie musste meine Stadt vernichten, nur um den Beweis zu erbringen, dass sie zu solcher Grausamkeit im Stande ist!« Der Schütze zeigte mit dem blutigen Finger auf ihn. »Glaub ja nicht, wir wüssten nichts von der Bedeutung des Kindes, Nesyn. Uns ist längst klar, worum es in diesem Kampf geht und was für uns und für euch auf dem Spiel steht. Leider bekam Nret es mit der Angst zu tun und wollte das Mädchen so schnell wie möglich von der Insel schaffen. Wäre es nach mir gegangen, hätten wir die Kleine in ein sicheres Versteck geschafft. Dann befände sich das Kind jetzt in unseren Händen, und ihr und der stolze Süden hätten das Nachsehen!«

Mit diesen Worten machte der Mensch auf dem Absatz kehrt und stapfte aufgebracht davon.

Nesyn erhob sich. In raschen Sätzen erklomm er den Hang jenseits der Wasserstelle und hielt Syne-Ne mit einem Wink davon ab, ihm zu folgen. Er musste allein sein und nachdenken. Erregt schritt er auf dem Kamm entlang, bis er weder das Blöken der Herde noch die Stimmen am Lagerplatz hörte.

Die Menschen im Norden deuteten die Prophezeiung also auch nach eigenem Gutdünken. Ebenso wie der Süden maßen sie dem Einen Kind eine Bedeutung bei. Viel zu viel Unvorhergesehenes war seit der Befreiung des Mädchens geschehen, und das Geschick war den Gehörnten bei weitem nicht so gewogen, wie Nesyn es erwartet hatte. Erst entkam der Schütze ihnen durch den Scyé, dann fand er entgegen aller Erwartungen im Süden Unterstützung. Ein weiteres Mal wünschte Nesyn, er hätte die Feldherrin gedrängt, die Begleiter des Kindes an Ort und Stelle ihrer Gefangennahme zu töten. Doch Quinda-Na hatte mit den Menschen anderes vorgehabt, und so hatte er den Schützen und den Reiter aus Galáxi eigenhändig am Leben gehalten, ganz wie es den Plänen der Feldherrin entsprach. Jetzt verdammte er sich für seine Bemühungen – durch diese Milde hatte er Quinda-Nas Tod mitzuverantworten.

Nicht allein der Verlust der Feldherrin bedrückte ihn – längst hatte er bemerkt, wie unwillig die Mnek ihm und seinen Kriegern folgten. Zwar äußerten die Rotmähnigen ihren Unmut nicht laut, doch er erkannte an der Nachlässigkeit, mit der die Nraurn aus dem Süden seinen Anweisungen gehorchten, dass sie sich noch immer nicht mit den neuen Machtverhältnissen abgefunden hatten. Die Mnek hatten ihre Niederlage nicht verwunden und trauerten der früheren Ungebundenheit nach. Das war nicht gut, denn der mangelnde Eifer machte sie zu unzuverlässigen Verbündeten.

Bis zu ihrer Unterwerfung hatten die rotmähnigen Nraurn ein recht behagliches Leben geführt. Sie pflegten zahlreiche

Verbindungen zu den Menschenstädten auf der Südseite des Scyé: Getreide gegen Messerklingen, Leder gegen Schilde und Speere, Öl gegen Schalen und Lampen – seit jeher handelten die Nraurn mit Metall und tauschten dafür Güter ein, an die in den Trockenen Hügeln nur schwer heranzukommen war. Unter den Menschen gab es nur wenige Bronzeschmiede, und selbst wenn einige der Hörnerlosen das Handwerk ausübten, brachten sie es darin zu keinerlei Geschick. Das Schmieden war die angestammte Kunst der Nraurn. Unter allen Gehörnten waren insbesondere die Bahak für ihr Können berühmt. In der Glut des Scyéyan stellten sie Waffen sowie begehrte Gebrauchs- und Kunstgegenstände her. Die Unwissenheit der Menschen in Bezug auf diese Fertigkeit hatte Quinda-Na stets mit Hohn und Verachtung für das Kahle Volk erfüllt. Die Menschen brauchten die Nraurn, um ihr Verlangen nach Kupfer und Bronze zu stillen; durch den Tauschhandel waren sie überhaupt erst in den Besitz von Waffen gelangt.

Doch kaum verfügten die Kahlen über Pfeile und Speere, so richteten sie die Klingen schon gegen das Gehörnte Volk. Seitdem hatten die Nraurn den Handel mit den Hörnerlosen weitgehend eingestellt. Lediglich die Mnek sowie die Kerrek betrachteten sich als Ausnahmen, da sie von allen Gehörnten die südlichsten Gebiete der Trockenen Hügel bewohnten und sich sehr alter Beziehungen zu den Menschenstädten rühmten. Ihr Treiben war Kajlyn-Gua seit Langem ein Dorn im Auge. Die Mnek wurden nicht einmal reich durch ihren Handel – weil die Menschen sie betrogen, vermuteten manche Gehörnte. Nach Nesyns eigener Einschätzung war es wahrscheinlicher, dass die Rotmähnigen die eingetauschten Güter noch während des Herbsts verprassten. Im Winter mussten sie dann von ihren nördlichen Nachbarn Almosen erbitten, um die magere Zeit zu überstehen.

Beunruhigt schritt er aus. Kajlyn-Gua konnte sich auf diese Verbündeten ebenso wenig verlassen wie auf die Schützen aus dem Norden. Es galt so viele Einzelheiten zu bedenken, so viele Unsicherheiten abzuwägen, wenn sie sich des

Siegs sicher sein wollten. Gewiss – die *Nraur-a-Khae* folgte der Prophezeiung. Aber das Kahle Volk hatte ihnen schon einmal unerwartet großen Schaden zugefügt. Dieser Umstand beschäftigte Nesyn am meisten: Wie hatte es nur zum Verlust der Feldherrin kommen können, nachdem doch der Triumph der Gehörnten in der Weissagung enthalten war?

Auf dem Scheitelpunkt der Anhöhe blieb er stehen. Die Sonne sank auf den Westen zu, und im Abendlicht nahmen die Hügel und Täler eine rötliche Färbung an. Die Tage waren längst nicht mehr brennend heiß, der Sommer neigte sich dem Ende entgegen, und der nahende Herbst würde den Sieg der *Nraur-a-Khae* bringen – so wie es Kajlyn-Gua und ihre Feldherrin aus den Sternen gelesen hatten. Oft hatte dieser Gedanke Nesyn mit Gewissheit erfüllt. Diesmal jedoch beherrschte Unruhe sein *Taú*.

»Nesyn weiß keinen Rat, wagt keine Tat.«

Mit einem Satz fuhr er herum, als die Stimme unmittelbar hinter ihm erklang. Ein Nraur hockte auf einem Steinbuckel, die Beine angezogen, die Hände aufgestützt, als wäre er eben aus dem Fels hervorgekrochen. Er schwenkte das schiefe Gehörn und seine Schultern zuckten vor Heiterkeit. »Keinen Rat, keine Tat«, neckte er.

»Qyon!«, fluchte Nesyn. »Was suchst du hier? Solltest du nicht als Wächter beim Grabmal der Ersten Nraurin sein?«

Es war unerhört, in dieser Weise mit dem Hüter des Heiligtums zu sprechen, doch Nesyn war zu erschrocken, um an Höflichkeit zu denken. Von Kindesbeinen an kannte er Qyon nur als Wächter der Bemalten Schlucht, und es schien ihm, als sei der Nraur schon damals hochbetagt gewesen.

»Suchen? Suchen ist richtig und wichtig!«, lachte der greise Nraur. Er sprang von dem Stein herab. Qyon war bucklig und verkrüppelt, ob durch einen Kampf oder von Geburt an, vermochte Nesyn nicht zu sagen. Der Wächter zog ein Bein nach, und die Hörner, schon lange nicht mehr mit Öl bestrichen, wirkten rissig und stumpf. Wülste verunstalteten die Stirnplatte, als wolle dort ein drittes Horn hervorsprießen.

»Suchst du Rat, ratloser Nesyn?«, fragte Qyon. »Besprichst du dich deshalb mit den Menschen und eilst mit langen Schritten durch das Land?« Belustigung zitterte im *Taú* des alten Wächters.

»Du hast unsere Unterredung belauscht!«, fuhr Nesyn auf. Er fühlte sich ertappt wie ein Halbwüchsiger, der unerlaubt seinen Posten verlassen hatte und nun einem Älteren Rede und Antwort stehen musste.

»Lauschen ... ja«, kicherte der alte Nraur. »Du hast ihr gelauscht, und ich habe sie gesehen.« Seine Augen standen noch weiter auseinander, als es bei einem gewöhnlichen Nraur der Fall war, und plötzlich erging es Nesyn wie kurz zuvor dem Menschen. Verwirrt versuchte er Qyons Blick zu fassen, doch es gelang ihm nicht. Er blinzelte.

»Ich lausche nicht. Ich bin der Marschall der *Nraur-a-Khae*«, entgegnete er ungehalten, als jedes seiner Worte herumgedreht wurde und pfeilschnell zu ihm zurückflog.

»*Nraur-a-Khae.*« Qyon kaute bedächtig auf dem Wort. »Sie braucht keinen Marschall mehr. Sie ruht in ihrem Grab tief in der Bemalten Schlucht.«

Nesyn schüttelte die Mähne. »Sie ist zurückgekehrt! In Gestalt von Kajlyn-Gua, der Fürstin der Bahak, führt sie die Nraurn wieder an. Alle Völker haben ihre Herrschaft anerkannt und ihr Treue geschworen. Hast du nicht davon gehört?«

Der alte Nraur legte den Kopf schief. »Wie kann sie alle Gehörnten anführen, wenn ich nichts von ihrem Anspruch vernommen habe? Nichts habe ich gehört, gar nichts! Aber so manches gesehen. Deine Königin hat mich bestohlen.«

»Das kann nicht sein! Kajlyn-Gua hat das Stehlen nicht nötig! Es ist für jeden Gehörnten eine Ehre, ihr Verlangen zu erfüllen«, fuhr Nesyn auf. Entrüstung pochte in ihm, als mit der Fürstin der Bahak sein ganzes Volk beleidigt wurde. Wäre es nicht der greise Wächter der Schlucht gewesen, der vor ihm stand, er hätte seinem Gegenüber die Lügen mit den Hörnerklingen ausgetrieben.

»Sie nahm sich, was ihr nicht gehörte«, fuhr Qyon unbeirrt fort. »Nennt man das neuerdings bei einem anderen Namen?«

»Welchen Schatz besitzt du schon, den sie dir nehmen könnte? Was immer es ist – Kajlyn-Gua hat es sicher nur geborgt und wird es bald zurückgeben«, erwiderte Nesyn.

Qyon schloss die Augen und mahlte mit dem Kiefer. Sein schütterer Bart erzitterte. »Die geborgte Königin«, murmelte er. »Glaubst du an ihren Sieg?«

Unbehaglich straffte Nesyn die Schultern. »*Du* deutest die Zeichen für uns, Wächter. Kajlyn-Guas Sieg wurde geweissagt.«

Qyon wiegte den grauen Kopf. »Oh, Zeichen ... die Welt ist voller Zeichen. Gute, schlimme und solche, die uns nicht gehören.«

Ehrerbietig senkte Nesyn die Stirn. Qyon war der Hüter des Wissens und der Geschichte; nur er konnte die Geheimnisse deuten. Solange Nesyn zurückdenken konnte, suchten die Nraurn die Bemalte Schlucht auf, um den Wächter über die Zukunft oder die Vergangenheit zu befragen oder um die Ursache einer hartnäckigen Erkrankung zu ergründen.

»*Wenn das Eine Kind zurückkehrt, ist das Ende der Zeit gekommen. Das Zerrissene wird sich fügen, und die Insel schüttelt das Übel ab, das sie befallen hat.* Beziehst du dich auf diese Worte?«, forschte der greise Nraur. »Das Zerrissene – das ist das Gehörnte Volk? Deine Fürstin fügt es, indem sie alle Blutlinien auf sich zurückführt? Und das Übel sind die Menschen? Zeichen zu deuten ist so einfach, Nesyn. Selbst du könntest es, wenn du dir ein wenig Mühe gäbst.«

Nesyn entging nicht, dass der Wächter ihn verspottete. Zugleich beunruhigte ihn der Umstand, dass Qyon von schlimmen Vorzeichen sprach. »Weißt du, was als Nächstes geschehen wird?«, erkundigte er sich. »Kannst du in die Zukunft blicken?«

Qyon kicherte wieder. »Aber sicher. Du wirst mit der *Nraur-a-Khae* zusammentreffen und ihr von dem Menschenmädchen berichten – von der Schwester des Schützen.«

Nesyn kniff die Nüstern zusammen. »Wie lange folgst du mir und meinen Kriegern schon?«, fragte er missgelaunt.

»Wem folgst *du*?«, gab der Hüter der Geheimnisse zurück. Er umrundete Nesyn, sodass dieser gezwungen war, sich mit dem alten Nraur im Kreis zu drehen. »Fragst du dich manchmal?«

»Kajlyn-Gua ist die wiedergekehrte *Nraur-a-Khae*«, erklärte Nesyn voller Überzeugung.

Der Wächter schüttelte die Mähne. »Sie kehrt nicht zurück. Kehr um!«

Entgeistert blieb Nesyn stehen. »Du warnst mich vor ihr? Vor der Ersten des Volks? Kajlyn-Gua ist es gelungen, die Nraurn wieder zu einen. Ist das nicht Beweis genug? Wie lange gab es keine solche Fürstin mehr? An den Wänden der Bemalten Schlucht steht geschrieben, wie das Gehörnte Volk zerbrach. Nun führt Kajlyn-Gua es wieder an!«

Die Lider sanken über Qyons gelbe Augen. »Doch was führt sie?«, raunte er. »Lausche am rechten Ort, Ratsucher Nesyn.«

»Warte!«, rief Nesyn ihm hinterher, als der alte Nraur sich plötzlich von ihm abwandte und sich in eiligen Sätzen entfernte. »Ich habe deine Worte vernommen, aber ich verstehe ihren Sinn nicht. Bleib und erkläre mir das Rätsel!«

»Ein Rätsel kann man nicht erklären – man muss es lösen!«, spottete Qyon. Der Wächter stürmte davon, seine Stimme verklang in der Ferne. »Nesyn ohne Rat, ohne Tat!«, rief er.

Nesyn rannte dem alten Nraur hinterher, doch schon nach wenigen Schritten gab er die Verfolgung auf. Qyon hätte ihn ohnehin nur aufs Neue verwirrt, wenn er den greisen Wächter zur Rede gestellt hätte. Er blickte dem Hüter der Bemalten Schlucht nach, bis dieser im Einschnitt eines Tals verschwunden war.

Und plötzlich hörte er es: das Knistern im dürren Gras. Der Wind strich über die Felsen, und die Sonne versank mit einem hohen, feinen Ton zwischen den Hügeln im Westen.

Sein Mähnenhaar sträubte sich. Das Wispern des Einen Kindes war überall. Seit jener Nacht, als er dem Mädchen das Flüstern verbot und sie und mit ihr die ganze Welt den Atem anhielt, hörte er ihre Stimme in allen Dingen.

Rasch lief er die Anhöhe hinunter und eilte auf demselben Weg zum Lager zurück, auf dem er gekommen war. Aber er musste eine ganze Weile ausschreiten, bis er auf Syne-Ne und zwei junge Bahak-Krieger stieß, die bereits nach ihm suchten. Offenbar hatte er sich in der Aufregung viel weiter von der Wasserstelle entfernt als angenommen.

»Kajlyn-Gua hat mit ihrem Heer vor zwei Tagen hier Halt gemacht«, berichtete die junge Nraurin. Und wölbte den glatten Hals, als sie die Verstimmung in Nesyns *Taú* spürte.

»Wir brechen sofort auf«, ordnete er an. »Die Menschen sollen sich bereitmachen. Wir müssen die *Nraur-a-Khae* so rasch wie möglich einholen.«

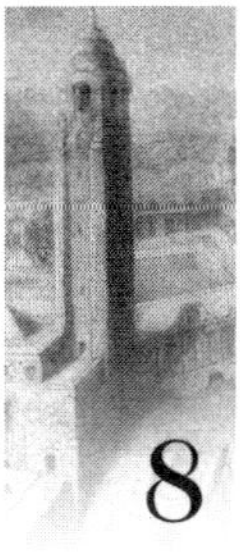

8

Die Gräser waren dürr und gelb, alle Blumen verblüht. Das Tal von Caláxi sah ganz anders aus, als Jemren es in Erinnerung hatte. Damals hätte er die Gegend niemals mit solcher Unbefangenheit durchwandert, so nahe an feindlichen Türmen. Vieles war seitdem geschehen. Jetzt schritt er im hellen Tageslicht durch das Umland von Goruns Stadt.

Sie hatten die Nacht und den halben Vormittag auf den Ausläufern des Bergs Saréxi verbracht. Amra hatte einen weiteren Fieberschub erlitten. Die Anfälle suchten die *Laîren* in immer kürzeren Abständen heim. Dann fiel sie in einen Dämmerzustand und redete wirr vor sich hin, erzählte ihm von Steintoren und Wegen, die nur sie beschreiten konnte. Gegen Morgen war das Fieber zum Glück gesunken, und als sie wieder bei sich war, gelang es Jemren schließlich, sie zum Weitergehen zu überreden.

Sie klagte nicht, doch ihre Kräfte schwanden zusehends. Ihr Gesicht war schmal geworden, jede Leichtigkeit war aus ihren Bewegungen gewichen und die Strahlkraft ihres *Taú* verblasst; es wirkte nur noch wie ein matter Abglanz ihrer sonstigen Ausstrahlung. Trotzdem verbot sie ihm jede Einmischung. Keine Handreichung erlaubte sie ihm, und auch wenn Jemren sich vorgenommen hatte, die Gebote zu beachten, um deren Einhaltung sie so besorgt war, so fand er ihren Stolz in höchstem Maße widersinnig. Durch ihre abweisende Haltung schwebte Amra in viel größerer Gefahr, als wenn sie endlich seine Hilfe angenommen und sich auf ihn gestützt hätte. Er konnte nur hoffen, dass sie bald auf eine Ansiedlung stießen, auf jemanden, der wusste, wie einer *Laîren* des Südens beizustehen war.

Er ließ den Blick über das Grasland schweifen. In der Ferne war die rötliche Felskette zu erahnen, in deren Hängen er einst mit Lillia ein Versteck gefunden hatte. Auf dem Grund des Tals schlängelte sich eine Reihe von Büschen und Bäumen dahin und deutete den Verlauf eines Flusses an. Die Luft war warm und erfüllt von Vogelgezwitscher und dem Zirpen der Grassänger – doch gerade in der Stille konnte sich Unheil verbergen. Es geschähe nicht zum ersten Mal, dass mitten in einer scheinbar friedlichen Umgebung ein Angriff erfolgte, und so erschrak Jemren zunächst auch, als er in einigen Schritten Entfernung eine Bewegung bemerkte. Als er die Stelle jedoch genauer in Augenschein nahm, entdeckte er ein graues Pferd, das mit erhobenem Kopf verharrte, zu einem Standbild erstarrt. Die Flanken des kleinen Hengstes hoben und senkten sich kaum merklich, die Nüstern weiteten sich, als wittere er. Im Umkreis grasten weitere Tiere, drahtig und wendig – die grauen Pferde von Caláxi.

»Amra, sieh doch nur!«, flüsterte Jemren. Er war stehen geblieben, weil er die Herde nicht aufscheuchen wollte. Sie hob den Kopf und strich sich eine Haarsträhne aus der Stirn. Ihre Züge waren bleich, die Augen eingesunken, doch als sie den kleinen Hengst erblickte, umfasste sie den Stock fester und humpelte an Jemrens Seite.

»Aber das ist ja Sraxi!«, rief sie gedämpft aus und setzte erklärend hinzu: »Goruns bestes Kriegspony. Und jetzt sieh dir die Kletten im Schweif an und die verfilzte Mähne!« Sie lachte leise, zum ersten Mal, seit Nesyn sie verletzt hatte.

»Ich könnte versuchen, ihn einzufangen«, schlug Jemren vor. »Dann könntest du auf ihm reiten.«

Amra schüttelte den Kopf. »Glaub ja nicht, dass er sich von dir anfassen lässt. In der Stadt hat er niemanden an sich herangelassen, nicht einmal Falrau. Nur Gorun konnte ihn bändigen, aber der Umgang mit diesem Wildfang trug ihm so manchen Sturz und etliche blaue Flecken ein.«

Ein eigensinniges Tier – das passt zu ihm, dachte Jemren bei sich. Während sie langsam auf die kleine Herde zugingen, löste er den Gürtel und formte eine Schlinge. Die Pferde fühlten sich offenbar wohl in ihrer neuen Freiheit. Da sie an Menschen gewöhnt waren, stürmten sie bei Amras und seinem Anblick nicht sofort davon. Sraxi sah ihm aus großen dunklen Augen entgegen und erlaubte ihm, sich auf einen Steinwurf zu nähern. Dann scheute der Hengst zur Seite und trabte einige Schritte davon, die Herde vor sich hertreibend.

Behutsam näherte sich Jemren dem Tier von neuem. Vor Amra wollte er ungern zugeben, dass er von Pferden nur wenig verstand – gar nichts eigentlich, wenn er ehrlich war. Der Norden besaß keine Pferde mehr. Nach allem, was Jemren wusste, waren die Herden der Siedler in den Salzstürmen des ersten Winters umgekommen. Der Norden war kein Land, in dem Pferde gediehen. Eigentlich gedieh dort gar nichts, setzte er im Stillen hinzu, während er durch die blühende Üppigkeit des Tals schritt. Nichts außer Misstrauen und Hass.

Sraxi hatte den Kopf gesenkt und rupfte ein Maulvoll Kräuter. Wachsam beäugte der Hengst den Schützen und scheute vor dessen ausgestreckter Hand zurück. Das Pferd lockte ihn und Amra immer weiter an den Baumreihen und Büschen entlang, die an der Uferböschung wuchsen. Der Schopf fiel Sraxi in die Augen, ein weißer Fleck leuchtete auf der Stirn. Jemren schmeichelte dem Hengst mit leisen Worten, und diesmal ließ das Pferd ihn so nahe herankommen, dass er die Hand auf den warmen Hals legen konnte. Das Fell war glatt wie Fischhaut, der Geruch von sonnenbeschienener Erde und Rinde stieg aus der Mähne auf. Vorsichtig hob Jemren die Gürtelschlinge und hatte sie Goruns kleinem Hengst fast über den Hals gestreift, als dieser plötzlich den Kopf hochwarf und ein warnendes Schnauben ausstieß. Augenblicklich warf sich die Herde herum und floh in gestrecktem Galopp das Tal hinab.

»Was habe ich dir gesagt?«, lachte Amra, beide Hände um den Stab gelegt. »Sraxi lässt sich nicht einfangen.«

Jemren hob rasch die Hand und bat die *Laîren* um Schweigen. Etwas hatte das Pferd erschreckt. Kaum war der Hufschlag verklungen, hörte er auch schon, was die Tiere verscheucht hatte: Hinter einer Biegung des Flusses ertönten Stimmen, wütende Rufe und das Aufklingen von Metall.

»Dort vorn wird gekämpft!«, rief er Amra zu und verwünschte innerlich das Pech, das sie unfehlbar von einer Schwierigkeit in die nächste führte. »Such dir Deckung!«

Aber die *Laîren* wusste selbst, wie sie für ihre Sicherheit zu sorgen hatte. Auf den Stab gestützt, humpelte sie bereits auf die steile Uferböschung zu und kletterte zwischen den Zweigen hinab auf den lehmigen Grund. Jemren wartete, bis er nichts mehr von ihr sah, und rannte dann die Biegung des ausgetrockneten Flusses entlang. Anhand der Schreie ahnte er schon, wer dort vorn aufeinandertraf.

Zuerst sah er nur die Angreifer – einen zusammengewürfelten Trupp Nraurn: Mnek mit sand- und lehmfarbenen Mähnen sowie ein hellhäutiges Nraurnvolk. Zum Glück ritt nur eine Handvoll der schwarzen Kriegerinnen und Krieger aus dem Norden zwischen ihnen. Die Gehörnten trieben ihre Nouk auf den Fluss zu – und stießen auf erbitterten Widerstand.

Jemren erkannte den vordersten Kämpfer sofort, einen Mann mit scharfen Gesichtszügen. Falrau war Goruns hervorragendster Speerkämpfer gewesen, wenn er damals in Caláxi die Verhältnisse richtig gedeutet hatte. Der Krieger schwang seine Waffe mit beiden Händen, prallte mit dem Gegner zusammen, und sie rangen um den Schaft. Mehr als ein Dutzend Männer kämpften an Falraus Seite, mit gleicher Entschlossenheit – doch nicht alle waren so gewandt wie der Speerkämpfer aus Caláxi.

Unweit von Jemren kniete ein Junge im hohen Gras und hantierte mit Pfeil und Bogen. Die Hände zitterten ihm, und die Finger fanden den Schlitz für die Sehne nicht.

»Wirf her!«, rief Jemren dem jugendlichen Schützen zu. »Den Bogen und deinen Köcher. Mach schnell!«

Verwirrt blickte der Junge auf, als ein Fremder auf ihn zulief, doch er zögerte keinen Augenblick lang. Jemren fing die Waffe auf, ließ den Köcher zwischen den Füßen zu Boden gleiten und zog die Sehne aus – kein Blindschuss diesmal, sondern ein gerade gezielter Pfeil, der sich dem heranstürmenden Nouk in die Brust bohrte. Das Tier fiel auf die Knie, stöhnte und schlitterte in einer Staubwolke dahin. Der zweite Schuss riss den Nraur rücklings um, als der Gehörnte sich wutentbrannt aus dem Sattel schwang.

Mittlerweile war der Kampf in vollem Gang. Mit schrillen Schreien feuerten die Nraurn ihre Tiere an und hieben auf die Menschen ein, die sich mit wilder Entschlossenheit gegen den Überfall wehrten. Äxte dröhnten mit lautem Hall gegen Schilde, Speere klirrten, und Jemren sah, wie ein hünenhafter Krieger einen Nraur an den Hörnern gepackt hatte und mit bloßen Händen niederrang.

»Bleib hinter mir!«, wies er den Jungen an, der einen Ast aufgehoben hatte und ebenso entschlossen wie ängstlich dreinblickte. Er zog einen weiteren Pfeil aus dem Köcher. Der Lärm und der aufgewirbelte Staub versanken ringsum, als sein Schützensinn fast unmerklich in jenen Zustand der Entrückung glitt, in dem er nur mehr die *Taú* der Kämpfenden wahrnahm. Als er sein Ziel erfasst hatte, spürte der Krieger auf dem Nouk die Gefahr und fuhr herum. Für zwei, drei Herzschläge waren sie eins, Nraur und Mensch; dann durchschlug der Pfeil den Lederpanzer, zerriss das fremde *Taú* und beendete das Leben des Gehörnten.

Jemren schoss in immer kürzeren Abständen. Er zielte auf die Bahak, die gefährlichsten unter ihren Gegnern, und holte sie aus den Sätteln, während die Kämpfenden verwirrt zu orten versuchten, woher die Pfeile kamen. Die schwarzen Krieger aus dem Norden erkannten den *Taú*-Schützen an seinem tödlichen Stil und brüllten einander Warnungen zu. Sie rissen ihre Nouk herum und zogen sich hastig aus der Reichweite seines Bogens zurück, ihre Verbündeten aus dem Süden im Stich lassend.

Der Boden erzitterte unter schweren Huftritten, doch in seiner selbstvergessenen Versunkenheit konnte Jemren die Schwingungen nicht richtig einordnen. Erst als der Junge aufschrie, warf er sich herum, doch da war es fast zu spät. Das Nouk war unmittelbar vor ihm, sein Reiter schwang eine kurze, schwere Waffe. Jemren ließ sich fallen – und schon streiften ihn die wirbelnden Beine, prellten ihn zu Boden. Er riss den Bogen hoch und entließ den Pfeil, als der von Adern überzogene Bauch des Nouk genau über ihm war. Das Tier schlug heftig aus und schleuderte seinen Reiter kopfüber aus dem Sattel. Es bockte noch im Fallen, aber dann blieb es auf der Seite liegen, und seine Beine zuckten, während es verendete.

Benommen rollte Jemren sich von dem Tier weg und stemmte sich auf einen Ellbogen hoch. Auch der Nraur kroch von seinem Tier fort. Sobald der Gehörnte auf den Füßen war, griff er nicht von neuem an, sondern rannte davon. Er war nicht der Einzige, der dem Kampf den Rücken kehrte. Wer ein unversehrtes Nouk hatte, wendete es und floh. Die restlichen Nraurn zogen sich zu Fuß in die nahegelegenen Hänge zurück. Offensichtlich hatten die Gehörnten mit einer leichteren Beute gerechnet.

Die Hohnrufe der Männer folgten ihnen, und die Krieger schwenkten die Waffen. Jemren ließ sich zurückfallen und blieb auf dem Rücken liegen, bis er wieder zu Atem gekommen war. Erst als der Junge ihn höflich und mit großer Verwirrung anrief, richtete er sich auf. Der Junge starrte ihn an. Falrau eilte mit langen Schritten herbei; der Gesichtsausdruck des Kriegers verhieß nichts Gutes. Dieser Mann war im dunklen Turm von Caláxi sein ärgster Gegner gewesen. Falrau hatte ihm härter zugesetzt als Gorun und alle anderen, die ihn befragt hatten.

Jemren war erst auf ein Knie hochgekommen. Rasch stützte er den Bogen gegen den Fuß und löste die Sehne mit einem Ruck, um jeder Art von Missverständnissen zuvorzukommen. Aber Falrau packte ihn lediglich an der Hand und zog ihn auf die Füße.

»Du hier«, knurrte der Speerkrieger. »Warum überrascht mich deine Anwesenheit nicht?«

»Wir sind über den ... ich wollte sagen, Nesyn ...«, begann Jemren, doch er sah ein, dass er nur sinnloses Gestammel zustande brachte. Er war viel zu aufgewühlt vom Töten, das erst Augenblicke zurücklag. Falrau stieß einen unwilligen Laut hervor, dem ein Pfiff folgte.

»Zieht euch zum Fluss zurück!«, rief er seinen Leuten zu, die im Gras die Waffen der gefallenen Nraurn auflasen. »Fürs Erste haben wir die Gehörnten abgewehrt!«

Das Flussbett bestand aus rötlichem Lehm. Es schlängelte sich zwischen den Uferböschungen dahin, dicht bewachsene Erhebungen unterbrachen den Verlauf – Inseln, wenn der Fluss Wasser führte. Viele Menschen drängten sich hier: Kinder und Kranke, Frauen und alte Männer, die Packtiere führten. Hunde liefen mit eingeklemmten Schwänzen zwischen den Pferden umher. In bangem Schweigen hatten die Menschen auf den Ausgang des Kampfs gewartet. Die Mütter hatten den Kleinsten die Finger in den Mund gesteckt, damit kein Laut die Verborgenen verriet. Als sie jetzt erkannten, dass die Angreifer zurückgeschlagen waren, löste sich ihre Anspannung, und sie umdrängten die Krieger in freudiger Erleichterung.

Jemrens Blick glitt über den langen Zug. Neben den grauen Pferden von Caláxi entdeckte er auch silberweiße und kupferfarbene Tiere sowie solche, deren Fell matt und dunkel war. Offenbar hatten die Nraurn nicht nur Caláxi verwüstet, denn diese Flüchtlinge stammten aus verschiedenen Städten des Südens. Die Pferde trugen die ganze Habe der Vertriebenen. Oben auf den Packen saßen kleine Kinder, hielten sich an den Seilen fest und betrachteten das Treiben von ihrer hohen Warte aus.

Seitenblicke streiften ihn, die Menschen tuschelten beunruhigt. Sie bemerkten sofort, wie wenig er hierher gehörte. Aber in der Menge gab es jemanden, der sich an ihn erinnerte, der seinen Namen kannte und sich jetzt eilig durch die Umstehenden drängte.

»Jemren!«, rief Khani und ergriff seine Hand. Das kurze Haar des jungen Reiters war so widerspenstig, wie Jemren es in Erinnerung hatte. Khani strahlte über das ganze Gesicht, und die Neuigkeiten sprudelten nur so aus ihm heraus.

»Amra ist dort hinten zu uns gestoßen. Sie hat uns berichtet, dass du Gorun unter dem Tor von Caláxi herausgezogen hast und wie ihr ... also dass ihr zusammen ...« Er unterbrach sich und lachte. »Gorun ist mein Cousin«, erklärte er, und in seinen Augen blitzte Stolz.

Jemren erwiderte den Händedruck des jungen Reiters. »Unsere Erlebnisse sprechen sich offenbar schnell herum«, meinte er.

Falrau stützte sich auf den Speer. Der durchdringende Blick des Reiters ruhte auf ihm – jener stechende Raubvogelblick, den Jemren nur allzu gut kannte und der vom *Taú* des Kriegers noch unterstützt wurde. Furchen hatten sich in Falraus Züge eingegraben, ein schwarzer Bart umrahmte das Kinn.

»Gorun lebt?«, fragte er nur.

»Das hoffe ich«, erklärte Jemren aufrichtig. Der Speerkämpfer musterte ihn. Dann stieß er sich von seiner Waffe ab, hob den Arm und schwenkte den Speer. »Macht euch bereit!«, rief er den Flüchtlingen zu und deutete den Flusslauf entlang. »Wir ziehen weiter!«

Und das war alles.

Niemand verlangte den Bogen von ihm, niemand stellte ihm auch nur eine einzige Frage. Einigermaßen erleichtert blickte Jemren sich nach Amra um. Sie saß auf einem Pferd, das Bein lag ausgestreckt über der Last, die das Tier trug. Die *Laîren* ritt nach vorn gebeugt, als litte sie Schmerzen, doch wenigstens musste sie nicht länger laufen. Eine Frau ging neben ihr her und sprach mit ihr. Sie trug ein kleines Kind in einem Tuch auf der Hüfte. Jemren erinnerte sich flüchtig an das Gesicht, und auch die junge Mutter blickte hin und wieder zu ihm herüber. Sogar an manche Namen erinnerte er sich: Kimra hieß jene große schwere Frau, die zwischen ihren Söhnen am Ende des Zugs schritt. Neben ihr zog ein alter Mann eine Ziege am Strick mit sich. Manche Menschen hatten sich Lasten aufgeladen, während andere genug an sich selbst zu schleppen hatten. Viele Kinder waren vor Erschöpfung auf den Pferden eingeschlafen; ihre Köpfe nickten im Rhythmus der wiegenden Schritte, und wenn sie zur Seite rutschten, griffen eine Schwester oder ein Onkel nach ihnen und rückte sie wieder zurecht. Die Flüchtlinge irrten offenbar schon sehr lange umher.

Der Zug folgte dem Flusslauf; das hohe Ufer bot ihnen Sichtschutz und Deckung. Falrau hatte seine Krieger umsichtig entlang der Reihen verteilt. Der Speerkämpfer und Khani hielten sich an der Spitze. Als Jemren mit den beiden Anführern aufschloss, streckte Khani ihm eine Wasserflasche entgegen; der Verschluss war bereits geöffnet. Jemren nahm einen tiefen Zug und noch einen weiteren. Dann reichte er die Flasche zurück.

»Wohin gehen wir?«, erkundigte er sich. Mit der Speerspitze wies der junge Reiter auf eine bläuliche Bergkette, die sich hinter den Büschen und Bäumen abzeichnete.

»Wir ziehen nach Defágos«, erklärte Khani. »Es ist die größte Stadt im Süden. An ihren Mauern können die Nraurn sich dann die Hörner einrennen, wenn sie unbedingt Lust dazu haben.«

Jemren schwieg einen Augenblick lang, als er etwas so Leichtsinniges und Unbekümmertes hörte.

»Größer als Caláxi?«, fragte er dann, und der junge Reiter lachte.

Falrau behielt die Uferböschung wachsam im Auge. Offenbar war der Angriff vorhin nicht der einzige Überfall auf den Flüchtlingszug gewesen.

»Wie kommt ihr hierher?«, forschte Jemren. »Ihr beide wart doch gefangen. Ich weiß noch, wie die Nraurn euch mit den anderen Geiseln aus Caláxi forttrieben.«

»O ja, Quinda-Na hatte uns in ihrer Gewalt«, bestätigte Khani. Falrau entblößte die Zähne und spie auf den Boden, als liege ihm schon bei der Erwähnung der Feldherrin ein übler Geschmack auf der Zunge. »Nach dem Überfall auf Caláxi teilte sie ihre Streitmacht auf und ritt mit der größeren Schar fort. Die Nraurn zwangen uns zu endlosen Märschen, immer tiefer in die Trockenen Hügel hinein. Wer weiß, wohin sie uns getrieben hätten! Eines Nachts traf jedoch ein Bote ein, und es entstand eine ungeheure Aufregung unter unseren Wächtern. Da gelang einigen von uns die Flucht.«

»Gorun!«, entfuhr es Jemren. Die beiden Reiter blickten ihn an. »Er hat die Feldherrin getötet, mit einem einzigen Speerstoß. Wahrscheinlich erhielten die Nraurn diese Nachricht – es würde ihr Entsetzen erklären.«

Falrau stieß einen befriedigten Laut aus. Beiläufig und zugleich mit vollendeter Geschicklichkeit ließ er den Speer über den Handrücken rollen, wendete die Waffe und packte sie mit triumphierendem Griff – gerade so, als habe er immer gewusst, dass es Gorun eines Tages gelänge, ihre Stadt zu rächen.

»Nach unserer Flucht kehrten wir sofort nach Caláxi zurück, in der Hoffnung, Überlebende zu finden – oder wenigstens auf die Krieger anderer Städte zu stoßen«, fuhr Khani fort. »Gorun hatte Boten ausgeschickt, auch Amras Bruder befand sich unter ihnen. Doch da war niemand, das Tal und die Stadt lagen wie ausgestorben da. Sogar Goruns Leichnam war verschwunden – zumindest mussten wir bis zur Begegnung mit dir von seinem Tod ausgehen.« Jemren nickte. »Nachdem wir Caláxi verlassen vorgefunden hatten, wendeten wir uns nach Geristáni. In der Nähe der Glänzenden Stadt stießen wir auf die ersten Flüchtlinge, die uns von Überfällen der Bahak berichteten. Wir schlossen uns zusammen und suchten nach weiteren Überlebenden, doch in den letzten vier Tagen stieß niemand mehr dazu – bis auf dich und Amra.«

»Was hatten die Bahak mit euch vor?«, erkundigte Jemren

sich. Niemals zuvor hatte er Nachricht von Verschleppten und Gefangenen der schwarzen Nraurn erhalten. »Sie wollten euch nicht töten?«

»Zumindest nicht sofort«, meinte der junge Reiter und lachte sogar über diese Bemerkung.

Als das Licht merklich abnahm, verließ der Zug der Flüchtlinge das Flussbett und hielt auf die Berge zu. Je weiter sie sich den Höhenzügen näherten, desto hügeliger und felsiger wurde das Land. Sie befanden sich viel tiefer im Süden, als Jemren je gekommen war. Er nahm die wechselnden Landschaften sorglos in sich auf, denn die Wachsamkeit verteilte sich nun auf viele. Die Umgebung fühlte sich sicher an, so als hätten sie die Nraurn wirklich fürs Erste zurückgeschlagen, und der Abend mit seinen schläfrigen Geräuschen besänftigte das *Taú*.

Die Kinder waren müde. Sie klagten bereits seit geraumer Zeit über leere Bäuche und wunde Füße, und noch bevor es vollständig dunkel war, ließ Falrau den Zug anhalten. Buschwerk begrenzte den Rastplatz, den der Reiter ausgewählt hatte, Bäume breiteten fächerförmige Kronen aus, und an einer Seite erhob sich eine rötliche Felswand. Das Lager war so gut abgeschirmt, dass sie es sogar wagen konnten, rauchlose Feuer anzuzünden. Falrau teilte Jemren eine Wache zu, in den frühen Morgenstunden, und er nahm das ruppige Vertrauen des Speerkämpfers hin, wie es kam.

Er half beim Absatteln der Pferde, und als alle Arbeit getan war, begleitete er Khani zu einem Feuer. Dort hatten sich bereits etliche Krieger niedergelassen. Jener hünenhafte Kämpfer, der den Nraur mit bloßen Händen zu Boden gerungen hatte, rutschte zur Seite und machte Platz für sie. Jemren setzte sich und löste als Erstes die Verschnürung seiner Stiefel. Er streckte die Beine aus, während Khani sich mit einem tiefen Seufzer neben ihm auf den Boden fallen ließ.

»Hrauri aus Geristáni«, stellte der Hüne sich vor. Er trug das Haar lockig und lang und neben den Schläfen zu lederdurchsetzten Zöpfen geflochten, was eher Nraurn- denn Menschenart entsprach. Auch andere nannten ihre Namen. Jemren erwiderte die Grüße, und die *Taú* der Männer wandten sich ihm zu, prüfend und neugierig, doch ohne Arg. Niemand gab sich große Mühe, Gedankengänge oder Empfindungen zu verbergen, wie es im Norden geboten wäre.

»Tegaréssos, ah?«, wiederholte jemand. »Das war wohl ein langer Weg.«

»Du bist ziemlich schnell mit dem Bogen«, nickte Hrauri anerkennend, und andere stimmten zu. »Das wird den Nraurn eine Lehre sein.«

Verstohlen schob Jemren die Finger mit den Ringen unter die andere Hand und fragte sich, ob die Männer überhaupt bemerkt hatten, auf welche Weise er sein Ziel fand. Das Silber zog immer wieder unwillkürliche Blicke auf sich. Niemand im Süden trug solche Ringe. Der Schmuck der Krieger bestand aus Kupfer oder Bronze: Kunstfertige Spangen umschlossen Handgelenke und Oberarme, Amulette hingen von dünnen Lederriemen. Jemren war sich über ihre Bedeutung nicht im Klaren; vielleicht stellten sie Götter dar, wie jene kleine Figur, die Gorun um den Hals trug.

Es lag keine Feindseligkeit in den Fragen, die ihm gestellt wurden. Nichts von dem Misstrauen, das ihm in Caláxi entgegengeschlagen war, erfüllte die *Taú*, so als genüge den Männern allein die Tatsache, dass er der Weggefährte des Ersten Reiters gewesen war. *Meine Verbindungen reichen weit,* hatte Gorun einmal erklärt. Jemren hatte diese Bemerkung eigentlich einem etwas zu selbstsicheren Stolz zugeschrieben, doch nun spürte er den Respekt, mit dem die Krieger von dem Reiter aus der Roten Stadt sprachen.

»Wir wollten die Kunde von Caláxis Untergang erst nicht glauben«, setzte Hrauri das unterbrochene Gespräch fort. »Aber dann brachen die schwarzen Horden über Geristáni und Martáxi herein. Selbst Mrauréssi griffen sie an, die Befestigte Stadt, und niemand weiß, was sie als Nächstes vorhaben.«

Falrau lehnte an einem Felsen und begutachtete angelegentlich die Schneide seines Dolchs. Im Abendschatten sah jeder Zug im Gesicht des Kriegers wie gemeißelt aus.

»Er weiß es«, sagte er mit einer Schärfe, die längst Gewohnheit war, und deutete mit der Klinge auf Jemren. Alle Blicke wandten sich ihm zu, die Krieger neigten sich vor, um zu hören, was er zu sagen hatte. Jemrens *Taú* zog sich zusammen. Er dachte an Lügen und Verrat und verbannte diese Gedanken rasch wieder. Er wollte nicht über solch düstere Neuigkeiten sprechen, nicht an diesem Abend und nicht an diesem Feuer.

»Quinda-Na drohte damit, unsere Städte zu vernichten«, erklärte er. Nach bestem Wissen berichtete er den Männern vom Vorhaben der Feldherrin, mit dem sie ihm und Gorun gegenüber geprahlt hatte. Mit der Wirkung seiner Worte hatte er allerdings nicht gerechnet: Die Krieger stutzten – und dann lachten sie. Hrauri stieß einen Ast ins Feuer, dass Funken aufstoben.

»Die Gehörnten wollen unsere Türme zu Fall bringen?«, rief der Hüne. »Nun, sollen sie bei Defágos den Anfang machen. Es wird ihnen gut bekommen.«

Offenbar schienen sie Quinda-Nas Drohung nicht ernst zu nehmen. Die Krieger aus dem Süden hatten vorwiegend gegen kleinere Nraurnvölker gekämpft; die Streitmacht der Bahak aus dem Norden der Trockenen Hügel war ihnen fremd. Stolz erfüllte sie; derselbe Stolz, mit dem Gorun kämpfte, als habe es für den Reiter noch nie den Gedanken an eine Niederlage gegeben – selbst wenn er es besser wusste.

Khani schien Jemrens Zweifel zu bemerken. »Die Nraurn würden es niemals wagen, Defágos anzugreifen«, erklärte der junge Reiter voller Zuversicht. »Die Kühne Stadt besitzt sieben Türme.«

Sieben Türme.

Eine Stadt von solchen Ausmaßen konnte Jemren sich beim besten Willen nicht vorstellen. Eine derartige Größe gehörte ins Reich der Legenden und alten Lieder, die von längst untergegangenen Türmen kündeten. Die Männer am Feuer sprachen weiter und berieten sich, welcher Weg einzuschlagen war und wie sie die Nraurn im offenen Land am besten umgehen konnten. Selbstgewiss sprachen sie den Beinamen der Stadt aus: Defágos, die Kühne, Defágos, die Große.

Jungen kamen an das Feuer und brachten Töpfe und Krüge, denn zu den Annehmlichkeiten des langsamen Reisens gehörte auch eine warme Mahlzeit. »Das ist Kimrin«, stellte Khani ihm jemanden vor, und Jemren erkannte den Jungen wieder, der ihm den Bogen überlassen hatte. Ein frischer, blutunterlaufener Schnitt verlief über Kimrins Wange, doch ansonsten wirkte der Junge wohlauf.

»Eine solche Waffe liegt mir mehr«, erklärte er verlegen und deutete auf einen Speer, der am Felsen lehnte. Jemren nickte. Der Junge reichte ihm Brot, gegartes Fleisch und einen Becher. Khani plauderte unbefangen mit ihm und röstete währenddessen ein Stück einer unbekannten Speise über dem Feuer. Jemrens Meinung nach sah es aus wie einer jener ungenießbaren Schwämme, die sich gelegentlich im Netz seines Onkels verfangen hatten, wenn Merras den Fang vom Meeresgrund heraufholte. Unter den Kriegern am Feuer erfreute sich das Gericht jedoch großer Beliebtheit.

»Das ist *Falal*«, erklärte Khani und hielt ihm die mit dem Messer aufgespießte Scheibe hin. Der junge Reiter deutete an einem abgestorbenen Baum hinauf. Zwischen den Ästen sprossen schirmartige Gebilde, die in rohem Zustand keineswegs besser aussahen. Die Oberseite glänzte dunkel und schleimig wie ein Fischbauch, die Unterseite bestand aus winzigen Poren.

»Was ist das? Ein Pilz?«, erkundigte Jemren sich.

Khani nickte. »Ein ausgesprochener Leckerbissen. Falrau hat mit diesem Lagerplatz eine glückliche Wahl getroffen«, meinte er zufrieden und lachte, als Jemren nur ein winziges Stück kostete. Der Pilz schmeckte nicht einmal schlecht, und die Glut hatte dem festen Fleisch ein zusätzliches Aroma verliehen. In den salzfreien Böden des Südens wuchsen Pflanzen, wie er noch nie welche gesehen hatte: Disteln mit fleischigen Blättern oder der Olza-Strauch mit seinen schwarzen Früchten.

Unaufdringlich teilte Khani das Messer mit ihm; die eigene Klinge war Jemren längst irgendwo entlang des Wegs abhanden gekommen. Er war froh, den jungen Reiter wohlbehalten wiederzusehen. Im Westturm von Caláxi war Khanis Gesellschaft die einzige Abwechslung gewesen, die ihm während der langen Stunden seiner Gefangenschaft zuteil wurde. Ihre Gespräche hatten ihn auf andere Gedanken gebracht und ihm den ersten Einblick in die Denkweise des Südens gewährt. Als sie sich schließlich zum Schlafen zurückzogen, überließ ihm der junge Reiter auch eine Decke. Mit der Begründung, er habe ohnehin den Lagerplatz des einen oder anderen Cousins aufsuchen wollen, verabschiedete Khani sich für die Nacht.

Jemren suchte sich einen Schlafplatz am Rand des Lagers. Der Boden war noch sonnenwarm. Die Kinder lagen im Gras unter den Bäumen, die *Taú* voller Träume, und die Erwachsenen unterhielten sich leise. Befreit von den Lasten, grasten die Pferde in der Dunkelheit außerhalb des Lagers. Mit halbem Ohr hörte Jemren auf die Geräusche und Gespräche in seiner Nähe. Für eine Weile zogen die Bilder des vergangenen Tags durch sein *Taú*, doch sie wurden zunehmend rätselhafter und trieben schließlich von ihm fort.

Ein Weg führte in die Tiefe.

Immer führten die Wege in seinen Träumen in die Tiefe. Bald ging der Pfad in eine steile Treppe über; ein Ende der Stufen war nicht absehbar. Echos führten ihn in die Irre, das Scharren der eigenen Schritte auf Stein. Er tastete sich im Stockdunkeln voran und war nicht sicher, was er hier suchte. Doch es handelte sich um etwas Wichtiges, und sein Herz klopfte.

Die Echos verstärkten sich und verklangen wieder. Als er Schritte zu hören glaubte, blieb er stehen und lauschte.

»Harat?«, fragte er in die Tiefe. »Bist du dort unten?«

Sie antwortete nicht, doch sie ging irgendwo in der Dunkelheit unter ihm umher. Unruhe erfasste ihn.

»Antworte doch!«, rief er und tastete sich weiter, obwohl ihn alle Sinne vor dem Abstieg in die Tiefe warnten. Da tauchte die Schwester plötzlich vor ihm auf, das Gesicht ein heller Fleck in den Schatten. Pechschwarzes Haar ringelte sich um ihre Schultern, und sie hielt einen Korb in der Hand.

»Du kommst spät«, beschwerte sie sich.

»Wir müssen fort von hier«, drängte er sie, atemlos vor Sorge. Aber Harat hörte nicht auf ihn, das tat sie nie. Er wollte ihre Hand ergreifen; da wich sie ihm aus und neckte ihn.

»Du siehst wieder einmal Gespenster, Jemren, wie damals, als wir Kinder waren. Weißt du noch, wie du Nacht für Nacht vor meinem Bett schliefst, damit Mutter uns zusammen findet, wenn sie kommt, um uns zu holen? Aber sie ist nie zurückgekehrt.«

»Sie ist tot, Harat«, erklärte er ihr. »Mrara ist am Fieber gestorben. Du warst zu klein, um zu verstehen, dass ihr Boot niemals mehr umkehren würde. Deshalb dachte ich mir die Geschichte von ihrer Reise aus. Aber jetzt ist keine Zeit für Erinnerungen. Wir müssen hier weg.«

Spöttisch schüttelte Harat den Kopf. Sie trat einen Schritt zurück, und Jemrens Unruhe steigerte sich zur Panik.

»Nun komm schon!«, rief die Schwester. »Ich muss dir etwas zeigen.« Behände lief sie über die Stufen in die Tiefe hinab.

Schweiß brach ihm aus. »Bleib stehen!«, flehte er. »Harat, bleib bei mir!«

Sie beachtete seine Rufe nicht. Er eilte ihr nach, sah sie dicht vor sich und streckte die Hand nach ihr aus, um sie zurückzuhalten. Doch es war ihm unmöglich, sie einzuholen. Tiefer und tiefer führten die Treppen in die Schwärze hinab. Plötzlich trat Jemren in Wasser und schrak zurück. Ein See breitete sich vor ihm aus, ein See in einer Höhle – so vermutete er, denn es war zu dunkel, um die Umgebung zu erkennen. Wasser gluckerte an Felswänden.

Harat bückte sich. Sie setzte den Korb auf die Oberfläche des Sees und gab ihm einen Stoß. Das Behältnis trieb davon, ein winziges Boot in endloser Nacht. Plötzlich war Jemren alles wieder gegenwärtig: die windige Küste; die Totenbarke, die den Leichnam der Mutter zum Rand der Welt tragen würde; die Leute aus Tegaréssos, die sich allmählich vom Ort der Seebestattung abwandten, bis nur noch Mraras Kinder auf den Klippen standen.

»Hier fließt eine schwache Strömung«, stellte Harat fest. »Auf der anderen Seite führt der Weg bestimmt weiter, aber allein schaffe ich die Überquerung nicht. Du musst mir helfen.«

Das Wasser reichte ihr bis zu den Knöcheln; bald umspülte es die Knie. Ihre Röcke bauschten sich in den Fluten.

»Geh nicht weiter!«, schrie er. »Du darfst dieses Gewässer nicht befahren! Es ist viel zu gefährlich.«

Das schwarze Nass leckte bereits an ihren Schultern. Sie winkte ihm: Komm! Und dann tauchte ihr Gesicht unter. Es verzerrte sich unter Wasser; schwarze Haarsträhnen schwammen auf der Oberfläche. Harats Gesicht versank in den Fluten, und die Schatten löschten ihre Züge aus.

Jemren fuhr hoch, schweißnass. Er hatte Khanis Decke auf die Füße zurückgeworfen. Sein *Taú* verkrampfte sich, und er rang nach Luft. Rasch presste er die Handballen auf die Augen, als ob die Bilder davon verschwänden, zurücksänken in das *Taú*, wo sie lauerten, bis erneut die Erschöpfung die Oberhand gewann. Jede Nacht träumte er denselben Traum, jede Nacht, seit sie die furchtbare Entdeckung unter dem Turm von Tegaréssos gemacht hatten.

Als er schließlich die Hände sinken ließ, gewann das Lager ringsum wieder Form und Farbe: die niedergebrannten Feuer, die dösenden Hunde, die Umrisse der Schlafenden. Er blickte zu den Sternen hinauf – sie waren kaum weitergezogen. Dieselben Leute wie zuvor saßen noch an den Feuern und unterhielten sich gedämpft. Es waren nur Augenblicke vergangen, seit er sich niedergelegt hatte.

Er stand auf. Mit wachsender Verzweiflung ging er unter den Bäumen umher, so wie in den Nächten zuvor, als er sich bemüht hatte, Amra nicht zu wecken. Er hatte viele Nächte auf den Pfaden rund um seine Stadt verbracht, im Wechsel mit Tarepin und den anderen Schützen, und war es gewohnt, nur unregelmäßig auszuruhen. Aber dieses tagelange Wachen hielt er nicht mehr lange durch; es ging über seine Kräfte. Nicht einmal die Nraurn, die er getötet hatte, nicht einmal die zornigen Geister des Scyé vermochten solche Albträume heraufzubeschwören wie seine kleine Schwester, die ihn Nacht für Nacht in die Dunkelheit lockte.

Als er sich der Felswand näherte, die das Lager begrenzte, stellte er fest, dass auch Amra nicht schlief. Die *Laîren* saß abseits an einem kleinen Feuer und hatte offenbar den ganzen Abend allein verbracht. Das Bein war jetzt geschient, und um die Verletzung in dieser Steifheit besser behandeln zu können, hatte sie den Rock der Länge nach aufgeschlitzt. Harats Tuch lag ihr um die Schultern und wärmte sie.

»Geh weg, Jemren«, sagte sie zur Begrüßung, doch ihr Tonfall klang freundlich. »Du kannst dich unmöglich hier mit mir blicken lassen. Geh weg, oder die Leute werden reden.«

»Wenn das der einzige Grund ist ...«, meinte er mit einem Achselzucken, wollte sich nicht vertreiben lassen. Über die Schulter warf er einen Blick auf die Schläfer und die Wachenden. »Sie reden ohnehin über mich.«

Amras Lächeln vertiefte sich. Sie zupfte staubblaue Beeren von einem Zweig, zerdrückte sie und fing den Saft in einem Becher auf. Ihre Handgriffe, sonst anmutig und geschickt, wirkten an diesem Abend fahrig; die Finger zitterten ihr.

Jemren ließ sich auf den Fersen nieder.

»Ist das eine Aufgabe der *Laîren*?«, fragte er und nickte in

Richtung des Bechers. Es würde ihnen beiden guttun, über Dinge zu sprechen, die mit dem Leben zu tun hatten. »Gehört das zu deinem Wissen? Wie man Tränke zubereitet?«

»Tränke und Salben«, erwiderte sie. »Farben, Öle und Tee gegen alle Arten von Beschwerden. In Caláxi hatte ich eine Vielzahl von Rezepten, aber sie sind alle verloren gegangen.«

Jemren blickte ins Feuer. Wenn es denn so einfach wäre, über das Leben zu sprechen, dachte er. »Weshalb bist du *Laîren* geworden?«, erkundigte er sich nach einer Weile. »War es deine Pflicht? Oder hat man dich einfach zur Unberührbaren bestimmt? Das wäre grausam.«

Amra legte den Zweig zur Seite. Das Kriechgewächs wuchs oben auf dem Felsen; jemand musste ihr einige Büschel gepflückt haben.

»Nein, Jemren, so ist es nicht. Ich habe diesen Weg aus freien Stücken gewählt. Es war ganz allein meine Entscheidung, und mein Haus war alles andere als glücklich über meine Wahl. Setz dich«, forderte sie ihn seufzend auf und deutete auf eine flache Wurzel. »Wenn du diese Geschichte hören willst, musst du ein wenig Zeit erübrigen.«

Er kam ihrer Einladung nach und lehnte den Rücken an den Baumstamm. In der Rinde knackte es leise, ein warmer Wind zupfte an den Zweigen, die sich vor dem Nachthimmel abhoben, und dazwischen glitzerten die Sterne. Amra begann nicht sofort zu erzählen. Sie schloss die Augen und strich sich mit den Fingerspitzen einige Male über die Brauen. Als sie die Hände in den Schoß sinken ließ, war ihr Gesicht ernst.

»Früher einmal muss der Stand der Kräuterkundigen und Totengräberin ehrenvoll gewesen sein. Was kann es Wichtigeres geben, als für das Wohlergehen der Menschen und für die Ruhe der Toten zu sorgen? Draura hat mir stets recht gegeben, wenn ich diese Überlegungen ansprach. Sie war meine Lehrerin, die alte Kräuterweise von Caláxi.« Für eine kleine Weile gab sie sich ihren Gedanken hin. »Als Kinder hatten wir Angst vor ihr – ich auch. Aber in den Töpfen rings um ihre Hütte wuchs Labkraut, und der Milchbaum blühte, und so blieb ich stehen, um den Duft zu genießen. Schon streckte Draura den Kopf zur Tür heraus und schalt mich: Ich solle nicht herumstehen und begaffen, was mich nichts angehe. Als ich ihr entgegnete, wie sehr mir ihre Blumen und Gewächse gefielen, sagte sie, ich dürfe erst wiederkommen, wenn ich die Nase auch *in* ihre Hütte stecken würde. Seitdem hat mich die Neugier getrieben, was sie dort wohl verwahrte – ganz andere Aromen, kann ich dir versichern!«

In Erinnerung an diese Gerüche zog Amra die Nase kraus und rieb sich mit der Hand darüber. In diesem Augenblick hatte sie nichts von der strengen Priesterin des Totengottes an sich; sie kam Jemren vor wie das junge Mädchen, von dem sie sprach.

»In Caláxi lebte noch eine andere ältere Frau – die *Hreka*, die ›Verrückte‹, nannten wir sie. Vor ihr hatten wir noch mehr Angst als vor Draura, denn wir kannten ihre Geschichte nicht. Nachts lief sie manchmal ins Tal hinaus, heulte und jaulte und japste, bis die Reiter sie wieder einfingen und in die Stadt zurückbrachten. *Hrek-jeffa*, die verrückte Wölfin. Als die Große Flut das Tal verwüstete – das Unglück trug sich viele Jahre vor meiner Geburt zu –, verlor sie viele Angehörige ihres Klans. Im darauffolgenden Winter, als im Tal nichts zu finden war außer gefrorenem Schlamm, stahlen die Wölfe auch noch ihre beiden letzten Kinder. Eigentlich wagen die Grauen sich nie in die Stadt, doch in jener Zeit trieb der Hunger sie von den Hängen des Saréxi herab, und die Reiter mussten sie Nacht für Nacht mit Fackeln und Knüppeln verjagen. Von da an suchte die *Hreka* nach ihren Töchtern, sobald es dunkel wurde. Aber das wussten wir nicht. Wir haben uns nur an ihrem wilden Blick erfreut und kratzten winselnd an ihrer Schwelle, um sie aus dem Haus zu locken.«

Amra lehnte sich zurück. Ihr *Taú* wirkte fein gespannt, und sie hatte die Augen geschlossen, als sähe sie die Rote Stadt und ihre Bewohner deutlich vor sich.

»Eines Abends bemerkte ich, wie erst Draura und dann die Wölfin in das Tal hinauswanderten. Ich sollte meiner Mutter Feldfrüchte besorgen; Kedra wollte das Abendessen zubereiten. Aber als ich von den Feldern aus beobachtete, wie die *Hreka* und die alte *Laîren* an einem vereinbarten Treffpunkt zusammenkamen, hielt mich nichts mehr – ich musste ihnen einfach folgen. Wie ich bereits vermutet hatte, begaben sie sich zum großen Gräberfeld von Caláxi. Ohne Erlaubnis der *Laîren* darf sich niemand in der Nähe der Totenkammern aufhalten, aber ich dachte nicht an die Folgen; ich war viel zu aufgeregt. Als Kedra, meine Mutter, von meinem Ausflug erfuhr, war sie so erzürnt, dass sie die Hand gegen mich erhob – es geschah nur ein einziges Mal in meinem Leben.«

Jemren schwieg. Amra schien vollständig in ihrer Erinnerung versunken.

»In der Nähe der Gräber wuchsen Olza-Büsche. Ich zwängte mich in das Gesträuch, bis ich von oben bis unten zerkratzt war. Von dem Versteck aus entdeckte ich, dass Draura einen Behälter aus geflochtenem Schilf mitgebracht hatte. Ich hatte erwartet, dass die beiden Frauen die Gräber besuchen und den Verstorbenen Totenspeise bringen wollten. Doch dann sah ich, dass in dem Korb eine Sundschlange herumkroch – jene Schlange, die du auch kennst. Und die *Hreka* steckte den ganzen Arm hinein!«

Jemren erinnerte sich an das Reptil – ein glatter grauer Leib, den ein verschlungenes Muster zierte. Er hatte nicht gewusst, dass Amra die Schlange von der verstorbenen *Laîren* geerbt hatte. Sie hatte den schuppigen Leib in der Hand getragen, als sei nichts Gefährliches dabei, aber jetzt stellten sich ihr die Härchen an den Armen auf, und ein Frösteln überlief sie.

»Lange Zeit stand die Wölfin reglos da. Das Gift der Sundschlange ist sehr stark; ich dachte, sie müsse jeden Augenblick fallen, aber nein – sie blieb stehen. Da näherte sich von den Gräbern eine Gestalt, ganz langsam, so wie am Abend die Schatten immer länger werden. Als sie vor Draura innehielt, erkannte ich deutlich einen großen Mann mit Flügeln und dem Kopf eines Schakals. Er wirkte Furcht erregend, aber auf seltsame Weise auch schön ... ehrgebietend. Draura sprach lange mit ihm. Vielleicht antwortete der Schakalgott auch, ich weiß es nicht mehr. Ich erinnere mich nur noch, wie er schließlich die Flügel ausbreitete und die *Hreka* sanft umhüllte. Dichter und dichter umspann er ihr *Taú* und trug es davon. Und dann, erst dann, sank die Wölfin zu Boden und war tot.«

Längst liefen auch Jemren Schauer über den Rücken. Er stützte die Schultern gegen den Baum und verschränkte die Hände, ohne die Augen von Amra zu wenden. Außer den Posten am Rand des Lagers waren nur noch sie beide wach. Nachdenklich blickte die *Laîren* von Caláxi in die Glut.

»So zeigte Antiles, der Herr der Dunkelheit, sich mir zum ersten Mal: im gütigen Antlitz des Todes, der sich jener annimmt, die des Lebens satt und müde sind. Draura hatte mich in meinem Busch natürlich längst entdeckt«, setzte sie seufzend hinzu. »Zu meiner Überraschung war die alte *Laîren* aber nicht sehr ärgerlich auf mich. Sie meinte nur, wer wirklich ein Geheimnis entdecken wolle, müsse sich erst einmal darauf verstehen, sich vor den Augen anderer zu verbergen. Erst viel später lehrte sie mich, wie man das *Taú* still hält und auf diese Weise wirklich unentdeckt bleibt. Noch auf dem Rückweg in die Stadt bat ich sie, mich als Schülerin anzunehmen.«

Amra beugte sich vor, sammelte einige runde Zapfen auf, die um ihren Platz verstreut lagen, und warf ihre Ausbeute in die Glut. Das Knistern und die aufflackernde Helligkeit vertrieben sofort das unbehagliche Gefühl, das Jemren beschlichen hatte. Ein Zapfen sang leise vor sich hin, ein wenig Harz kochte am Stiel, und plötzlich platzte er funkensprühend auseinander. Der Süden und seine Geschichten, dachte Jemren. Der Süden und seine uralte Magie, die das *Taú* der jungen Frau ihm gegenüber vollständig erfüllte.

»Was hat es mit Antiles' Verlangen auf sich? Weshalb müssen wir seine Gier fürchten?«, fragte er. »Du hast mir gegenüber einmal von einer Veränderung gesprochen, die mit dem Schwarzen Gott vor sich geht. Hatte deine Lehrmeisterin eine Antwort auf diese Frage?«

Amra schüttelte den Kopf. »Draura starb während des Erdbebens in Caláxi«, berichtete sie. »Sie war seit Langem bereit für diesen Schritt – aber ich nicht. Nach ihrem Tod fühlte ich mich hilflos und viel zu jung, die Geheimnisse des Entfernten Landes zu verstehen. Erst jetzt vermag ich langsam zu begreifen, dass das Alter für Antiles keine Rolle spielt. Er erscheint, wann immer er die Zeit für gekommen hält, und wir müssen seinem Ruf gehorchen.«

»Er ist unbarmherzig«, bestätigte Jemren. Der Ausdruck auf Amras Gesicht und das blasse *Taú* der *Laîren* beunruhigten ihn. »Trotzdem wolltest du ihm dienen?«

Jetzt lächelte sie wieder. »Nicht ihm, Jemren, sondern den Menschen, die zu ihm gehen – Menschen wie die Wölfin oder Goruns Bruder. Ich wollte ihnen in ihrer letzten Stunde beistehen, so wie Draura an jenem Tag an der Seite der *Hreka* blieb. Viele habe ich zu ihm geführt, und der dunkle Herrscher hat sie stets empfangen. Aber jetzt muss ich mich vor ihm hüten!«

Ihre Stimme war zu einem Flüstern geworden. Sie presste die Hand auf das verletzte Bein und senkte den Kopf, das dichte Haar fiel ihr über Nacken und Schultern nach vorn. Sie hatte die Locken nicht wieder geflochten, seit sie den Zopf mit Nesyns Dolch abgetrennt hatte.

»Du bist sehr mutig«, versuchte Jemren sie zu trösten, aber er war nicht sicher, ob eine solche Äußerung im Süden vielleicht als Unhöflichkeit galt. »Du bist eine mutige *Laîren*. Kann man das so sagen?«

Amra hob den Kopf. Sie lachte, und zugleich hingen Tränen an ihren Wimpern und tropften ihr auf die Wange. Sie wischte die feuchten Spuren weg.

»Was ist mit dir?«, wollte sie wissen und deutete auf das

Silber an seiner Hand. »Bist du nie auf den Gedanken gekommen, die Ringe abzunehmen, als du dich in den Süden wagtest? Wenn Gorun früher gemerkt hätte, dass es Schützenringe sind – wer weiß, ob er dir dann Gelegenheit gegeben hätte, deine Anwesenheit in unserem Land zu rechfertigen.«

»Sie passen schon lange nicht mehr über das Gelenk«, meinte Jemren und zog an einem der Ringe, um Amra zu zeigen, dass er sie nicht mehr abstreifen konnte. »Ich war jünger als Khani, als ich sie bekam. Außerdem bin ich viel zu sehr daran gewöhnt.«

Amra nickte. »Ja, vermutlich hast du recht«, murmelte sie nachdenklich. »Vermutlich würde uns fehlen, was wir sind, wenn wir uns veränderten. Dabei sind wir es nicht immer gern.« Sie ließ die Finger durch die Fransen des Schals gleiten. »Und Harat?«, fragte sie leise. »Wer war sie?«

Allein der Klang dieses Namens schreckte das *Taú* auf. Jemren ließ sich einige Atemzüge Zeit, bis sich die Gefühle wieder beruhigt hatten. Er wollte Amras Frage beantworten, wollte ihr die Schwester genau so beschreiben, wie er sie in Erinnerung behielt. Aber sosehr er sich bemühte, die richtigen Worte zu finden: Sie wollten sich nicht einstellen. Zu viele Gedanken drängten sich heran. Am liebsten hätte er von allen Eigenschaften Harats auf einmal berichtet, und dann wieder wollte er keinen einzigen der verlebten Augenblicke preisgeben.

»Ich wünschte, wir hätten sie gefunden«, sagte er schließlich. »Dann hätte ich wenigstens Gewissheit.« Er bedeckte die Augen mit der Hand und konnte für eine Weile nicht weitersprechen.

Amra betrachtete ihn. »Du hattest nicht ganz unrecht, als du mir vorwarfst, ich könne ein *Taú* beeinflussen«, gab sie zu. »Die *Laîren* verfügt über Mittel und Wege, sich ein fremdes Inneres zu erschließen; über Mittel und Wege, quälende Erinnerungen zu vertreiben oder ihnen zumindest den Stachel zu nehmen.« Sie deutete auf Jemrens Brust, wo er den Sitz des Schützensinns wusste, und plötzlich hoffte er, sie möge nicht weitersprechen. »Ich habe solch einen Eingriff nie selbst ausgeführt, aber meine alte Lehrmeisterin erwähnte die Möglichkeit einer Veränderung des *Taú*. Sie hatte der *Hreka* damals diesen Ausweg angeboten, doch die Wölfin lehnte den Vorschlag ab. Zu viel von ihr weile schon im Entfernten Land, sie wolle auch hinübergehen, erklärte sie. Wenn du es wünschst, könnte ich versuchen, die Erinnerungen zu vertreiben.«

Jemren schüttelte den Kopf. »Nein, Amra«, lehnte er ihr Angebot ab. »Jemand muss sich schließlich erinnern – jemand, der weiß, wie Tegaréssos früher gewesen ist.«

Sie nickte. Kummer stand im *Taú* der *Laîren* zu lesen, die das Abschiednehmen doch gewöhnt war. Sie hob den Becher und ließ einige Tropfen Beerensaft in ein unbenutztes Gefäß fallen. Mit einer Geste bot sie ihm den Trank an.

»Du musst schlafen, Jemren. Jede Nacht höre ich, wie du auf und ab gehst. Wenigstens bis zum Morgengrauen solltest du Ruhe finden«, sagte sie eindringlich.

Er schob den Gedanken an Schlangen und Gifte weit von sich, als er einen kleinen Schluck nahm. Der Saft war sehr dunkel und schmeckte unerwartet herb.

»Der Trank beschwichtigt das *Taú*. Ich werde mir selbst auch eine gewisse Menge zubereiten«, erklärte sie mit einem Hinweis auf ihr Bein.

Sie sagte wohl noch das eine oder andere, aber Jemren konnte sich an keines ihrer Worte erinnern, als Khani ihn am nächsten Morgen aus einem bleiernen Schlaf aufrüttelte. Die Sonne schien ihm ins Gesicht, er lag auf der geliehenen Decke und wusste nicht mehr, wie er dorthin gekommen war. Man hatte die Lasten bereits wieder auf dem Pferderücken verschnürt; das Lager befand sich im Aufbruch. Als er peinlich berührt den Kopf hob, pochte ihm das Blut derart unangenehm in den Schläfen, dass er das Gesicht verzog.

»Amra und ihre Tränke«, meinte der junge Reiter mitfühlend. »Alle wissen, dass die Heilmittel der *Laîren* nur mit äußerster Vorsicht zu genießen sind. Ich glaube fast, ich hätte dich warnen sollen.«

Der Zug der Flüchtlinge kam nur langsam voran. Sie durchwanderten das Land mit der Geschwindigkeit der Verletzten und der Kinder, und so dauerte es lange, bis sie schließlich die Berge erreichten. Erst führte der Weg durch bewaldete Hänge bergan, doch je höher sie gelangten, desto spärlicher wurde der Bewuchs, und die Sonne schien auf nackten Boden. Steile Rinnen gruben sich rund um die Bergkuppen ein. Die Pferde kamen auf dem Geröll nur mühsam voran, und die Kinder mussten immer wieder zum Weitergehen aufgefordert werden. Das Gelände bot ihnen ausreichend Deckung; zugleich gab es jedoch genügend Gelegenheit für einen Hinterhalt. Falrau führte die Speerkrieger vornweg und sicherte den Weg, den der Zug nehmen sollte. Wer einen Bogen trug, bildete die Nachhut. Die Schützen würden den Flüchtlingen ausreichend Zeit verschaffen, sich im Angriffsfall eine gute Deckung zu suchen.

Jemren musterte die zurückgelegte Strecke. Am Waldsaum unter ihm flatterten Vögel auf und ließen sich gleich darauf wieder in den Wipfeln nieder. Mit geübten Handgriffen überprüfte er Sitz und Spannung der Sehne; der Köcher war ein gewohntes Gewicht auf der Schulter. Kimrins Bogen unterschied sich in vielen Kleinigkeiten von der Art und Weise, wie die Waffen im Norden gearbeitet wurden: Die Wurfarme waren kürzer und weniger biegsam, was dem Bogen eine geringere Reichweite verlieh. Dafür waren die Pfeilschäfte sehr kräftig und die Spitzen mit Widerhaken versehen. Jemren prägte sich diese Eigenschaften genau ein, denn in der Hitze eines Kampfes hätte er keine Zeit mehr, auf solche Besonderheiten zu achten. Mit Bedacht prüfte er die Belastbarkeit der Waffe, und als er den Bogen wieder sinken ließ, entdeckte er den Jungen in seiner Nähe. Kimrin war zu scheu, ihn sogleich anzusprechen, aber Jemren entgingen die verstohlenen Blicke nicht, die der Junge ihm zuwarf.

Er tat so, als kümmere ihn diese Neugier nicht weiter. Auch wenn er sich nicht ausgesprochen abweisend verhielt, so hütete er sich doch, Kimrin in irgendeiner Weise auf den Gedanken zu bringen, die Fertigkeiten eines *Taú*-Schützen seien der Nachahmung würdig oder gar bewundernswert. Dennoch heftete sich ihm der Junge hartnäckig an die Fersen.

»Mein Vater hat den Bogen angefertigt«, stieß Kimrin hervor, als Jemren sich schließlich zu ihm umdrehte. »Er hat das Holz ausgesucht und zurechtgeschnitzt und den Griff mit Leder umwickelt.«

Jemren wog die Waffe in der Hand. Sie fühlte sich leicht und ausgeglichen an.

»Es ist ein guter Bogen«, bestätigte er, und Kimrin wagte sich einen Schritt näher.

»Vater hat ihn nur für mich gemacht«, erklärte der Junge. »Die Pfeile sind kürzer, damit ich die Sehne ganz ausziehen kann.«

»Wer ist dein Vater – ein Schütze? Ein Waffenmeister?«, erkundigte Jemren sich.

Kimrin schüttelte den Kopf. »Mein Haus handelt mit Gewürzen. Der Klan Sa Ara aus Geristáni. Den Bogen fertigte mein Vater nur deshalb, weil ihm die Arbeit mit Holz gefällt ... oh, aber er ist nicht hier«, ergänzte der Junge, als Jemrens Blick über die Männer glitt. »Er ist in Geristáni zurückgeblieben, um die Quelle zu verteidigen, falls die Nraurn noch einmal zurückkommen.«

Jemren musterte den Jungen. Kimrin hatte die Daumen in den Gürtel gehakt und schob mit der Stiefelspitze ein Steinchen hin und her. Er trug ein Messer mit abgebrochener Spitze und eine Wurfschlinge mit beschwerten Enden bei sich, mit der man Kaninchen fing.

»Leihst du mir den Bogen, bis wir in Defágos sind?«, fragte Jemren. »Dann gebe ich ihn dir zurück, doch bis wir die Kühne Stadt erreicht haben, könnte ich die Waffe gut gebrauchen.«

Kimrin blickte überrascht drein. Dann straffte er die Schultern und blies sich eine Haarsträhne aus der Stirn.

»Einverstanden«, erklärte er und gab sich Mühe, wie ein

Erwachsener zu klingen. »Bis Defágos kannst du meinen Bogen haben.« Und dann brachte er es endlich über die Lippen. »Du hast nicht hingesehen. Die schwarzen Nraurn – du hast sie überhaupt nicht angesehen, als du geschossen hast.«

Jemren unterdrückte ein Seufzen. So verlockend waren diese sicheren Treffer, doch es gab Schattenseiten, von denen der Junge nichts ahnte. Und er wünschte, dass es immer so bliebe.

»Nein, ich sehe nicht hin. Nicht so, wie du es tätest«, erwiderte er und hoffte, das Gespräch damit beendet zu haben. Aber Kimrin schritt weiter neben ihm her und schien nur auf die nächste Gelegenheit zu warten, um ihn weiter auszufragen.

Sie stiegen weiter bergauf. Die Sonne brannte vom Himmel herab, und in der Rinne wehte kein Luftzug. Hin und wieder wischte Jemren sich den Schweiß von der Stirn. Amra ritt an letzter Stelle, weit hinter den anderen Flüchtlingen. Sie hatte keine Kraft mehr, ihr Tier anzutreiben; die graue Stute fiel immer weiter zurück. Zusammengesunken saß die *Laîren* auf dem Pferd. Eine Hand hatte sie unter die Seile geschoben, mit denen die Packen festgeschnürt waren. Schnaubend mühte sich die Stute über das Geröll, schwankte unter den Lasten, und plötzlich verlor Amra den Halt.

»Pass auf!«, schrie Jemren, doch ihre Hand glitt unter dem Riemen hervor. Sie stürzte vom Pferd und rutschte auf losem Geröll die Rinne hinunter, bis Sträucher sie auffingen.

»Hol das Pferd zurück!«, rief Jemren dem Jungen zu, als er schon zu Amra hinuntereilte. Flink kletterte Kimrin der Stute durch das unwegsame Gelände hinterher. Mit schmerzverzerrtem Gesicht krümmte Amra sich über das verletzte Bein, aber als Jemren sich zu ihr hinabbeugte, fuhr sie zurück.

»Fass mich nicht an! Untersteh dich, mich zu berühren!«, herrschte sie ihn an. »Ich bin *Laîren* – wann nimmst du das endlich zur Kenntnis?«

Bestürzt zögerte er. »Was geschieht mit dir?«, fragte er, als er die Veränderung an ihr bemerkte. Sie ballte die Hände in den Rock, das *Taú* zuckte wie ein Irrlicht auf dem Meer.

»Geh mit den anderen weiter!«, keuchte sie und stieß den Atem durch die Zähne hervor. »Lass das Pferd hier, dann werde ich euch schon folgen.«

Entschieden schüttelte Jemren den Kopf. »Was verlangst du da von mir, Amra? Ich lasse dich nicht hier liegen. Ich werde Gorun unter keinen Umständen unter die Augen treten und ihm mitteilen, wir hätten dich in diesen Bergen vergessen.«

Da hob sie den Kopf vom Boden; vertrocknete Blüten rieselten ihr aus den Locken.

»Gorun ist tot!«, schrie sie ihn an. »Er ist *tot*, begreif das doch endlich! Er starb in dem Augenblick, als er Antiles' weißes Schiff berührte, auch wenn er es da noch nicht wahrhaben wollte, der leichtsinnige Narr! Aus dem Reich des Totengottes gibt es keine Rückkehr – für niemanden!«

Jemren ließ sich neben ihr auf ein Knie nieder. »So schnell stirbt es sich nicht«, behauptete er. »So schnell gibt Gorun nicht auf.« Er hoffte, dass sich seine Überzeugung auf sie übertrug.

Amra schloss die Augen. Sie konnte die Finger kaum mehr ausstrecken, das Bein verdrehte sich in einem Krampf.

»Was ist mit dir?«, drängte Jemren sie. »Sag mir, wie ich dir helfen kann.«

»Geh weg!«, flüsterte sie. Angst zeigte sich in ihren Zügen, ihr Blick irrte umher wie das *Taú*. »Geh weg und blick nicht zurück! Ich kann ihn nicht länger vertreiben. Ich habe es versucht, aber er ist zu mächtig; er ist kein Schatten mehr, der vor einer *Laîren* zurückweicht. Bald wird er die Oberhand gewinnen – ich fühle es!«

»Er ... wer? Von wem redest du, Amra?«, fragte Jemren – und dann fuhr ihm der Schrecken in die Glieder. Also deshalb schloss die Wunde sich nicht. Deshalb schwärte sie trotz aller Fürsorge und verschlimmerte sich mit jedem Tag – weil der Schwarze Gott Amras Nähe suchte.

Abscheu stieg in Jemren auf. Als er die Hände der *Laîren* umfassen wollte, schlug sie nach ihm, doch er fing den Hieb mühelos ab und hielt ihre Arme fest. Die Finger waren eiskalt, die Hände bogen sich zu Klauen.

»Lass mich los«, stöhnte sie. »Du kannst mich nicht berühren, niemand in dieser Welt kann es. Ich gehöre der Dunkelheit.«

Der Krampf schüttelte sie. Behutsam zog Jemren sie hoch, bis er sie mit dem Rücken gegen sein Knie stützen konnte. Er spürte, wie sehr sie unter Hitze- und Kälteschauern bebte. Schatten flimmerten um sie, obwohl die Sonne genau über ihnen stand; Schatten flimmerten zwischen den Büschen.

»Du musst dich gegen ihn zur Wehr setzen!«, ermutigte er sie. »Du weißt, wie du ihn vertreiben kannst. Du darfst ihm keine Macht über dich geben.«

»Aber er ist hier«, flüsterte sie mit schreckgeweiteten Augen. »Durch mich ist er hier ... in meinem schlimmen Bein!« Sie stemmte die Hände gegen ihn.

»Wir sind uns viel ähnlicher, als du glaubst«, beharrte Jemren. »Wir Blindschützen zielen durch das offene *Taú*, wir bieten dem Schwarzen Gott den Schützensinn an – so hast du dich stets über mich empört. Nun ... dann kenne ich ihn. Ich bin deinem Gott schon oft begegnet und weiß, wie man ihn in die Schranken weist!«

»Nein, Jemren, wag das nicht!«, schrie sie warnend auf, doch da erfasste er ihr *Taú* bereits mit dem Schützensinn, so wie er sich einem Gegner zugewandt hätte. Die Begegnung mit dem ausgeprägten *Taú* der Totenpriesterin war so eindringlich, dass es ihm den Atem verschlug. Aber er schrak nicht zurück; das durfte er nicht, wenn er ihr nun seine Stärke leihen wollte. Binnen eines Lidschlags wusste er alles von ihr: was sie liebte und was sie verabscheute; wem sie vertraute und wem nicht; wie Schlangenhaut sich anfühlte und wie das Innere von Drauras Hütte gerochen hatte. Ihre Erinnerungen und Empfindungen stürzten auf ihn ein, jedes noch so sorgsam gehütete Geheimnis, und er wusste, dass es ihr nicht anders erging.

Er dachte an Harat. Er ließ das Bild seiner Schwester entstehen, wie er es sich für alle vor ihm liegenden Tage bewahrt hatte. Harat, die keine Furcht vor der Dunkelheit kannte. Nicht vor der Dunkelheit und nicht vor den Stürmen – vor niemandem ängstigte seine Schwester sich, selbst wenn er es sich manchmal gewünscht hatte, denn dann wäre sie vielleicht vorsichtiger gewesen. Stets lief sie am äußersten Rand der Klippen entlang und bot jedem Älteren im Streit die Stirn. Ganz sicher hatte sie Quinda-Na ins Gesicht gespuckt, als die Nraurin die Stadt einnahm. Und nun erlebte Amra selbst, wer seine kleine Schwester gewesen war.

Antiles war anwesend. Jemren spürte ihn – eine Kälte in der Nähe des Herzens, ein Schweigen tief im Innern. Der Norden bezeichnete die stumme Gegenwart nicht als Gott; der Norden fand andere Worte dafür, doch es war dieselbe Kälte und dasselbe Schweigen, das nach einem erfolgreichen Schuss einkehrte. Die *Taú*-Schützen nutzten die Kraft, die dunkle Bahn des Pfeils, wie sie genannt wurde, aber sie ließen sich niemals von ihr einnehmen.

Jemren scheuchte die Gegenwart auf. Er vertrieb sie aus jedem Winkel von Amras *Taú*, entschlossen, sie nicht mehr sein zu lassen, als sie war – ein Schatten. Er zwang Antiles zur Rückkehr in die Wunde in Amras Bein, an den einzigen Aufenthaltsort, von dem er den Schwarzen Gott nicht vertreiben konnte.

Sie lehnte mit geschlossenen Augen an seiner Schulter, das Gesicht beinahe so weiß wie Lillias Züge – die unberührbare Priesterin aus der Roten Stadt. Es war totenstill auf dem Hang, kein Insekt regte sich. Sogar die Sonnenstrahlen schienen gefroren. Auf einem Zweig plusterte sich ein winziges Vögelchen auf, als spüre es eine Gefahr. Plötzlich schüttelte es das Gefieder und schwirrte davon. Das Zwitschern löste den Bann, der Berghang und der lichte Wald erwachten wieder zum Leben.

Behutsam nahm Jemren den Schützensinn zurück. Amra

schien zu schlafen, ihr *Taú* war vollkommen in sich selbst versunken. Einen Augenblick lang machte er sich Sorgen, als er sah, wie flach sie atmete. Doch die schmalen Hände waren wieder die ihren, die Finger geöffnet und entspannt.

Kimrin stand auf dem Hang und starrte zu ihm und der *Laîren* herab. Er hielt die Zügel der grauen Stute in der Hand und hatte alles mit angesehen. Jemren winkte ihn heran. Der Zug der Flüchtlinge war fast über der Bergkuppe verschwunden; niemand sonst schien Amras Sturz bemerkt zu haben.

»Du behältst für dich, was du gerade erlebt hast«, raunte Jemren dem Jungen zu. »Kein Wort darüber, zu niemandem, hast du verstanden? Und jetzt hilf mir, Amra wieder auf das Pferd zu setzen.«

»Aber sie ist *Laîren*«, widersprach Kimrin, und beinahe hätte Jemren die Geduld mit dem abergläubischen Süden verloren.

»Nimm ihre Beine, Kimrin! Und jetzt heb sie hoch. Vorsichtig ... so«, wies er den Jungen an, und Kimrin wagte keine weitere Widerrede. Gemeinsam betteten sie Amra auf die weichen Ballen, die über den Packsattel der Stute geschnürt waren, und als das Tier diesmal den Hang erklomm, hielten der Junge und er die *Laîren* von beiden Seiten fest.

Als sie den Berggipfel erreichten, eilte Falrau ihnen bereits entgegen. Der Speerkrieger hatte ihre Abwesenheit bemerkt und den Zug anhalten lassen. Erschöpft hockten die Leute im Gras oder lehnten an verwitterten Felsen. Jemren ließ die Hand von Amras Schulter gleiten, bevor jemand den Griff bemerkte.

»Was ist geschehen?«, erkundigte der Speerkrieger sich.

Amras Rock war staubig, Zweige hingen ihr in den Haaren. Die Menschen begutachteten ihren Zustand, doch niemand machte Anstalten, ihr beizustehen.

»Sie ist vom Pferd gefallen«, erklärte Jemren. »Sie hat keine Kraft mehr zum Reiten. Wir müssen eine Trage bauen.«

Seine Stimme klang ungehalten. Falrau warf ihm einen forschenden Blick zu, doch dann nickte er und erteilte Kimrin und einem anderen Jungen die nötigen Anweisungen. Jemren half beim Bau der Trage und befestigte das Gestell am Sattel der Stute. Schließlich lag Amra auf einem Geflecht aus Lederriemen, Zweigen und weichen Decken. Harats Tuch war über sie gebreitet, und Kimra flößte ihr einige Tropfen Wasser ein. Endlich bemühte sich jemand aus ihrer Stadt um sie.

Jemren blickte sich auf dem Berggipfel um. Khani stand auf einer kleinen Erhebung; der junge Reiter beschattete die Augen mit der Hand, während er ins Land blickte. Jemren stieg zu ihm auf die Kuppe. Bergketten reihten sich vor ihnen, ein Flusslauf glitzerte in der Tiefe, und am jenseitigen Ufer dehnte sich eine Ebene bis zum Horizont aus.

»Dort unten fließt der Corredános!«, rief der junge Reiter und deutete zum Fuß des Gebirges. »Wir haben einen Bogen um die Trockenen Hügel geschlagen. Nun müssen wir nur noch über den Fluss, und dann führt der Weg schnurgerade durch die Ebene von Fésos.«

Jemren kniff die Augen zusammen. Das Sonnenlicht flimmerte über dem weiten Land.

»Die Ebene von Fésos?«, wiederholte er. Er war sich nicht sicher, ob er richtig gehört hatte.

»Ein berühmtes Schlachtfeld«, erklärte Khani und schauderte wohlig, vielleicht im Gedanken an abenteuerliche Berichte. »Die entscheidenden Kämpfe der Langen Kriege wurden hier ausgetragen. Die Auseinandersetzungen sollen tagelang gedauert haben. Gorun erzählte mir einmal, dass die Pferde mancherorts über Knochen stolpern, die noch heute aus dem Boden ...« Plötzlich verstummte der junge Reiter und nagte erschrocken an der Unterlippe, als sei ihm gerade aufgegangen, mit wem er sprach.

Jemren überhörte Khanis letzte Bemerkung. »In welcher Richtung liegt Defágos?«, erkundigte er sich. Goruns Cousin streckte den Arm aus und deutete über die Bergkuppen hinweg.

»Siehst du den gelben Schimmer dort? Das sind die Ausläufer der Trockenen Hügel. Dort müssen wir entlang, immer in Richtung Küste.«

Jemren musterte die Ebenen, die Täler und die Berge des Südens. Schließlich blickte er zu Amra hinüber. Mit geschlossenen Augen lag sie auf der Trage, und ihre Stirn spannte sich, als leide sie Schmerzen.

Der Weg nach Defágos war noch weit. Sehr weit.

Zweiter Teil

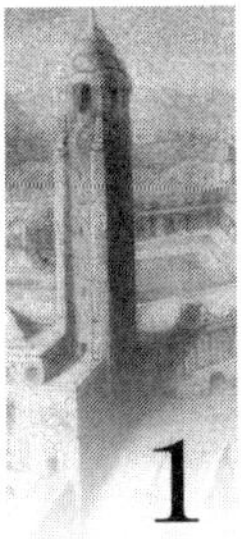

1

Seit seiner Ankunft in der Kühnen Stadt ruhte Gorun sich aus. Er ruhte so lange, bis es ihm der Ruhe zu viel wurde und er den Ersten Reiter um Pferd und Schild und Speer bat, damit er mit den anderen Kriegern vor das Tor reiten konnte. Aber Vrarras lachte nur und riet ihm, seine Ungeduld zu zügeln und noch ein wenig länger zu ruhen. Und das war ein guter Rat in einer Stadt, die zum Mittelpunkt eines solch traurigen Ansturms geworden war.

Aus allen Teilen des Südens strömten Flüchtlinge nach Defágos, ausgehungerte, verängstigte Menschen, verwundet von Nraurnpfeilen und Nraurnhaken. Viele erreichten die Stadt nur noch, um zu sterben, und die Berichte der Überlebenden wurden zunehmend hoffnungsloser. Die Bahak trieben im gesamten Süden ihr Unwesen, sie griffen eine Stadt nach der anderen an. Defágos nahm die Geflohenen in den Klanhäusern und Versammlungsräumen auf und versorgte sie aus reich gefüllten Lagern. Doch mit jedem Tag trafen neue Vertriebene und mit ihnen neue Schreckensnachrichten ein. Mittlerweile mussten viele der Ankömmlinge unter freiem Himmel ausharren, auf den Plätzen und unter den alten Bäumen der Stadt.

Seit dem frühen Morgen schritt Gorun rastlos auf der Mauer auf und ab und spähte immer wieder in die dunstige Ebene hinaus. Defágos war auf den Vorhügeln des Küstengebirges erbaut, die sich auf der Landseite sanft aus der Ebene von Fésos erhoben. Wie die meisten Gebäude der Stadt bestand der Außenwall aus schwarz glänzendem Gestein, die Mauer zog sich in Absätzen und Treppen über die Hänge. Sieben Tore besaß Defágos, und jedes wurde von schlanken Wehrtürmen bewacht, die sich beiderseits aus der Mauer erhoben.

Widerstreitende Gefühle erfüllten Gorun beim Anblick der Kühnen Stadt. Als sehr junger Mann hatte er ein ganzes Jahr hier verbracht. Damals war er in ähnlich gedrückter Stimmung gewesen, denn seinem Abritt aus Caláxi war eine Auseinandersetzung mit seinem Klan vorausgegangen. Sein eigenes Haus schickte ihn fort. Schon seit Langem war die Rede davon, Kaseiras ältester Sohn solle in Defágos das Kriegshandwerk erlernen und »endlich Vernunft annehmen« – so wurde in den Klans seiner Heimat herumerzählt.

»Ein Jahr in der Kühnen Stadt? Beneidenswert«, lautete Falraus Einschätzung, als Gorun ihm sein Leid klagte. Nicht einmal bei seinem besten Freund fand er Verständnis für seine missliche Lage. Denn ob kühn und im ganzen Süden berühmt oder nicht – er empfand Kaseiras Entscheidung als unverdiente Strafe.

Die Königin seines Klans ließ sich jedoch nicht erweichen.

»Ich darf dich daran erinnern, dass weder euer tagelanges Verschwinden nach dem Frühjahrsfest noch der Ritt in die Trockenen Hügel mit Zustimmung der Stadt geschahen«, entgegnete sie ungerührt, als Gorun sich bei ihr über die Ungerechtigkeit beschwerte. »Die anderen Häuser beklagen sich bei mir, weil du ihre Söhne zu solchen Abenteuern anstiftest. Wie oft hast du mir versichert, es käme nicht mehr vor, dass ihr euch ohne Erlaubnis von der Stadt entfernt? Du hast dein Wort nicht gehalten, mein Sohn.«

Gorun brachte allerlei Ausflüchte und Erklärungen vor, doch Kaseira ließ keine seiner Begründungen gelten. Sie pochte sogar auf einen baldigen Aufbruch.

Sie standen vor Sraxis Pferch. Missmutig beobachtete Gorun die Bocksprünge des jungen Hengstes. Plötzlich verharrte das Pferd, beschnupperte den Boden und knickte mit den Vorderbeinen ein. Behaglich wälzte Sraxi sich im Sand. Noch in diesem Sommer hatte er den Junghengst an den Sattel gewöhnen wollen. Nun wurde nichts daraus – dank Kaseiras Plänen.

»Ein Jahr, Gorun«, sagte seine Mutter und legte ihm die

Hand auf den Arm. »Noch vor dem Reiterfest im nächsten Sommer bist du wieder zurück. Bis dahin wird Vrarras dich in allen Fertigkeiten unterweisen, die ich dir nicht beibringen kann.«

Die Fertigkeiten des Ersten Reiters – davon sprach sie. Gorun betrachtete die Klanherrin. Kaseiras Haar war früh ergraut; das Gesicht hatte jedoch nichts von seiner jugendlichen Schönheit verloren. Sie besaß eine hohe Stirn und geschwungene Wangenknochen, in den Augenwinkeln warteten Fältchen auf das nächste Lachen – und Kaseira lachte gern und oft, ohne dabei an Ausstrahlung zu verlieren. Jetzt wirkte sie allerdings sehr ernst.

Sie zog die Möglichkeit in Betracht, er könnte eines Tages Verteidiger seiner Stadt werden. Diese Überlegungen waren Gorun neu, und nun verstand er ihr Drängen: In seinem Klanhaus gab es niemanden, der ihn in der Kriegskunst hätte unterweisen können. Kaseira lebte mit ihm, Milan und den Schwestern in einem weitverzweigten Klan, dessen vornehmste Vertreterin sie war. Goruns männliche Verwandte gingen friedfertigen Beschäftigungen nach. Viele züchteten Pferde und stellten Sattelzeug sowie kunstvoll geflochtene Zäume her; andere bebauten die Felder außerhalb der Stadt oder zogen als Händler durch die Lande. Ein Onkel gehörte zu den Steinmetzen der Stadt und sorgte für den Erhalt der Statuen und Brunnen. Gorun vermutete seit Langem, einen der Reiter zum Vater zu haben, einen der Speerkrieger, dem er sein hitziges Wesen verdankte. Zumindest wünschte er, dass es so wäre, doch Kaseira schwieg sich über seine Abstammung aus. Weil es nicht wichtig ist – so lautete ihre ganze Begründung.

»Den Umgang mit Schild und Speer lerne ich genauso gut hier«, murrte er. »Falrau und ich üben uns jeden Tag mit den Waffen. Das ist übrigens der Grund, weshalb wir uns so oft von der Stadt entfernen. Das Kämpfen lernt man nicht innerhalb der eigenen Mauern.«

»Eben«, erwiderte Kaseira trocken.

In der Umzäunung sprang der kleine Hengst auf und schüttelte sich eine Staubwolke aus der Mähne. Als Gorun einen Pfiff ausstieß, begleitet von einem Wunsch im *Taú*, trottete das Pferd zum Zaun und streckte ihm die samtene Nase entgegen.

»Es genügt nicht, allein die Kampfkunst zu beherrschen, Gorun«, fuhr die Klanherrin fort. »Als Erster Reiter musst du eines Tages schwerwiegende Entscheidungen fällen. Du benötigst Wissen, und Defágos ist der beste Ort, um einen Einblick in die Überlieferungen und die wechselhafte Geschichte des Südens zu bekommen. Du verbringst ein Jahr in der Kühnen Stadt, das ist beschlossene Sache. Außerdem hat Sraxi dann noch ein wenig Zeit, um sich auszutoben«, setzte sie hinzu, und das gewohnte Lächeln huschte über ihr Gesicht.

Gorun war mittlerweile um einiges älter als zum Zeitpunkt jenes Gesprächs, und ihm war längst klar, was Kaseira mit »schwerwiegenden Entscheidungen« meinte. Damals jedoch, auf dem langen, einsamen Ritt in die Kühne Stadt, hatte er über eine ganze Reihe von Gründen gebrütet, weshalb der Erste Reiter ihn umgehend nach Caláxi zurückschicken müsse – darunter nicht zuletzt der Einwand, er sei sich über seinen Gott nicht im Klaren und deshalb noch gar nicht für solch eine Ausbildung bereit.

Vrarras empfing ihn am Haupttor – einen übermüdeten und sehr unglücklichen jungen Mann. Als er dem berühmten Krieger von Angesicht zu Angesicht gegenüberstand, brachte Gorun keine seiner Klagen über die Lippen. Der Kriegerkönig von Defágos war im Süden kaum weniger bekannt als die Stadt mit den Sieben Türmen. Seine Statur und die maßvolle Gelassenheit seiner Bewegungen hatten so manchen Gegner über seine Schnelligkeit mit Schild und Speer getäuscht. Vrarras trug das Haar im Nacken zu einem dunklen Zopf gebunden. Das Nasenbein zeigte deutliche Spuren vergangener Kämpfe – den Narben zufolge war es oft gebrochen gewesen. Wie Falrau diente auch der Erste Reiter von Defágos dem Kriegsgott Narduk und trug dessen Zeichen an einer

Spange um den Oberarm. Während sie in die Stadt hinaufschritten, bemerkte der Kriegerkönig Goruns gedrückte Stimmung.

»Du scheinst von dem Besuch in Defágos nicht sonderlich erbaut zu sein«, stellte Vrarras fest. Gorun murmelte etwas von einem weiten Weg und schlechten Reisebedingungen, aber er nahm sich zusammen, um nicht länger unhöflich zu erscheinen.

»Dein Klanhaus und ich haben deinen Aufenthalt bei uns schon vor längerer Zeit vereinbart«, unterrichtete ihn der Erste Reiter. Ein Trost war das nicht – eher eine noch größere Enttäuschung, denn nun erkannte Gorun, wie wenig Gewicht beide Häuser seinen Wünschen beimaßen. Kaseira hatte also schon längst mit Vrarras gesprochen und die Abreise aus Caláxi hinter seinem Rücken vorbereitet.

Als der Kriegsherr sein Gesicht sah, klopfte er ihm aufmunternd auf die Schulter.

»Dein Haus hat sich die Entscheidung nicht leicht gemacht«, erklärte er. »Den ältesten Sohn fortzuschicken – das ist nicht einfach.«

Betroffen senkte Gorun den Blick. Er hatte in der ganzen Angelegenheit bisher nur an sich und seine gescheiterten Pläne gedacht. Auf den Einfall, sein Weggang könne auch Kaseira etwas ausmachen, war er nicht gekommen. Plötzlich hatte er das Gefühl, dass es Fragen gab, die er ihr hätte stellen sollen; Fragen, die ihn und sein Haus betrafen. Doch nun war er viele Tagesreisen von Caláxi entfernt.

Vrarras wies ihm eine Kammer im Turm der Reiter zu, und als früh am nächsten Morgen seine Ausbildung begann, blieb Gorun keine Zeit mehr, sich über Unausgesprochenes den Kopf zu zerbrechen – ein ganzes Jahr lang nicht.

Seufzend blieb er stehen und fuhr sich mit der Hand über das Gesicht. Defágos mit den bekannten Plätzen und den vielen vertrauten Gesichtern erinnerte ihn häufiger an die eigene Stadt, als ihm lieb war. Alle seine Nachforschungen unter den Flüchtlingen hatten jedoch keine Neuigkeiten ergeben; niemand wusste etwas vom Verbleib der Menschen aus Caláxi. Die Boten, die Gorun ausgesandt hatte, um die Städte des Südens zu warnen, hatten die befreundeten Türme nicht mehr rechtzeitig erreicht.

Unten am Haupttor schlug ein Kupfergong an. Das war nichts Ungewohntes in Kriegszeiten, da Defágos' Reiter unablässig die Ebenen und Berghänge rings um die Kühne Stadt durchkämmten. Die rasche Schlagfolge ließ Gorun allerdings aufhorchen. Der Klang kündigte das Herannahen von Fremden an. Er warf einen Blick über die Mauer. Weit in der Ferne entdeckte er eine langsam ziehende Gruppe von Menschen. Unter den Wandernden entdeckte er nur wenige Reiter. Die meisten Menschen gingen zu Fuß; der Trupp führte Handpferde mit sich. Vereinzelt glaubte Gorun Fellfarben zu erkennen, und das Herz klopfte ihm rascher.

Mit langen Schritten eilte er auf der Mauerkrone hinab zum Haupttor. Die Wachen an den Wehrtürmen kannten ihn und ließen ihn mit einem Nicken durch. Auf der Treppe gab Gorun den Stolz auf und rannte die Stufen hinunter. Das Haupttor von Defágos mündete in einen großen Innenhof inmitten der Mauer. Vom Hof aus führte ein Torbogen hinauf in die Stadt, zum Platz um den Blauen Turm. Auf der gegenüberliegenden Seite öffneten sich drei Durchgänge zum Umland. Der Innenhof konnte im Ernstfall von den Wehrgängen und den schlanken Türmen zu beiden Seiten verteidigt werden.

Rufe erschallten zwischen den Mauern, Hufe klapperten auf Stein. Vrarras' Krieger schwangen sich in die Sättel und sprengten zu zweien und dreien in die Ebene vor dem Tor hinaus, um den Herannahenden wenigstens auf dem letzten Wegstück sicheres Geleit zu geben. Gorun trat zu einem der Rappen und knotete eilig den Zügel vom Ring in der Mauer los. Das Pferd scheute vor seiner Hast zurück, doch bevor er den Fuß in den Steigbügel setzen konnte, legte sich ihm eine Hand auf die Schulter.

»O nein, Gorun – du reitest nicht mit meinen Kriegern vor

das Tor. Wenn die Stadt angegriffen wird, brauche ich dich hier an meiner Seite und nicht dort draußen zwischen den Nraurn«, erklärte Vrarras ernst. Und setzte, ohne eine Miene zu verziehen, hinzu: »Überdies verziehe deine Mutter mir wohl kaum, wenn dir ausgerechnet vor meinem Tor etwas zustieße.«

Nach allen schlimmen Ereignissen dieses Sommers sprach der Kriegerkönig von Kaseira, als lebe sie noch immer das gewohnte Leben in Caláxi; als hätten Quinda-Nas gehörnte Horden sie und so viele andere aus der Freundlichen Stadt nicht ins Ungewisse verschleppt.

»Silberweiße und rötliche Pferde«, beschrieb Gorun, was er im Dunst erkannt hatte. »Das bedeutet Geristáni und Mrauréssi, Vrarras. Wann kamen zuletzt Flüchtlinge aus dem Umkreis meiner Stadt?«

Der Erste Reiter schüttelte den Kopf.

»Meine Krieger begleiten die Menschen sicher zum Tor. Komm mit mir und hör dir an, was Vilons Späher entdeckt haben«, schlug er vor. »Sie sind eben erst von einem Erkundungsritt zurückgekehrt.«

Seufzend übergab Gorun einem anderen Mann die Zügel und folgte Vrarras zu einer Kriegergruppe.

»Ein Heer zieht durch die Trockenen Hügel, viele Speere stark. Ehnek reiten Seite an Seite mit Arrak und weiteren Nraurnvölkern«, berichtete einer der Männer. »Es verhält sich so, wie Gorun uns erzählte: Die Gehörnten haben sich zusammengeschlossen, und eine schwarze Kriegerin führt sie an.«

»Das muss Kajlyn-Gua sein«, warf Gorun ein. »Die Königin der Bahak.«

Vrarras nickte. »Von Noárta und den Türmen am Jarú haben wir noch immer keine Kunde erhalten«, erklärte er. »Die Stadt Vreréssi besorgt ihre eigene Verteidigung, ließ man mich wissen. Ihre Türme liegen gut geschützt in den Bergen. Kleinere Siedlungen wie Ájeri und die Ortschaften am Corredános bereiten mir mehr Sorgen.«

Die Männer murmelten zustimmend.

»Wir können keinen unserer Reiter entbehren«, wandte Vilon ein. »Ich habe die Ausmaße dieser Streitmacht mit eigenen Augen gesehen. Wir brauchen jede Hand zur Verteidigung der Kühnen Stadt.«

Vrarras verschränkte die Arme, sein Kiefer spannte sich. »Die Zeit wird kommen, da uns die Nraurnfürstin Rede und Antwort stehen muss«, sagte er düster. In seinem *Taú* wurde Narduks Schildkraft spürbar, der kalte Kampfeswille des Kriegsgottes. »Aus nahezu allen Städten des Südens sind Flüchtlinge eingetroffen und berichten von grausamen Übergriffen. Von uns erwarten sie Sicherheit und Schutz – und Defágos wird sie nicht enttäuschen. Heute Morgen habe ich den Befehl erteilt, die Nebenpforten der Stadt zu versiegeln. Nur das Haupttor bleibt geöffnet, um den Flüchtlingen auch im letzten Augenblick Aufnahme zu gewähren.« Er nickte den Spähern dankend zu. »Geht hinauf in die Stadt und erfrischt euch. Heute zur Mittagszeit werden wir eine Versammlung abhalten und alle über die neuen Ereignisse unterrichten.«

Die Männer zerstreuten sich.

»Nun ist es also so weit«, bemerkte der Kriegerkönig, als nur noch Gorun neben ihm stand. »Der Kampf gegen die Nraurn wird die härteste Bewährungsprobe des Südens seit dem Ende der Langen Kriege. In gewisser Weise haben wir eine solche Herausforderung immer erwartet. Jetzt wird sich zeigen, ob wir der Prüfung gewachsen sind.«

Gorun nickte und blickte durch die drei Torbogen auf das wogende Grasmeer von Fésos. Diesen Tag sahen Vrarras und meine Mutter also voraus, dachte er. So weit haben sie in die Zukunft geblickt und meinen Platz darin festgelegt. Der Groll seiner Jugendjahre war längst verflogen; er empfand Achtung für die Umsicht beider Klanhäuser. Und er war bereit, die Herausforderung anzunehmen.

Endlich traten die ersten Flüchtlinge durch das Tor. Manche Menschen weinten und berührten die schwarzen Mauern, als sie endlich den Schutz der Wälle um sich wussten. Wer nicht aus eigener Kraft gehen konnte, wurde von Vrarras' Kriegern gestützt. Der Zug war wiederholt von Nraurn angegriffen worden, zuletzt in erheblicher Nähe zur Stadt – so vernahm Gorun aus den Berichten.

»Geht weiter!«, rief Vrarras den Menschen zu. »Geht hinauf in die Stadt! Dort findet ihr Aufnahme!«

Aber die Ankömmlinge waren viel zu aufgewühlt, um der Aufforderung Folge zu leisten. Aus der Stadt strömten die zuvor Eingetroffenen herbei und suchten in der Menge nach Angehörigen und Freunden. Erleichtert und voller Kummer sanken sich die Menschen in die Arme, die Namen von Vermissten wurden gerufen, und im Innenhof des Falkentors entstand ein großes Gedränge. Behutsam ordneten Vrarras und seine Reiter das Durcheinander. Viele der Flüchtlinge kannten Gorun und hatten vom Los seiner Stadt gehört. Sie ergriffen seine Hände, traurig und froh zugleich, und er sprach ihnen Mut zu, so gut er es vermochte. Die Zeit wird kommen, wiederholte er Vrarras' Worte für sich. Eines Tages wird es für Kajlyn-Guas Untaten Genugtuung geben.

»Gorun! Dort ist Gorun!«, hörte er plötzlich jemanden rufen.

Er fuhr herum. Khani lief auf ihn zu, Falrau folgte dem Cousin dichtauf. So abgerissen und staubbedeckt hatte Gorun die Freunde noch nie gesehen, aber kein Anblick wäre ihm in diesem Augenblick lieber gewesen. Der junge Reiter schwenkte den Arm, und selbst das düstere Gesicht des Speerkriegers hellte sich auf, als sie sich an den Armen packten und einander begrüßten. Khanis Speerhand war von Abschürfungen und blauen Flecken bedeckt.

»Es ist nichts«, erklärte der junge Reiter jedoch. »Ich bin gestolpert und hingefallen.«

»Das sieht dir ähnlich«, erwiderte Gorun rau und schloss den Cousin in die Arme. Dass Khani und Falrau den Kampf um Caláxi überstanden hatten, grenzte an ein Wunder. Niemals hätte er geglaubt, dass er die beiden Freunde noch einmal wiedersähe. Doch nun waren sie hier, und sie waren wohlauf.

Als er Khani losließ, glitt der Blick des jungen Reiters zurück zu dem Bogengang, durch den er in den Innenhof gekommen war. Zusammen mit den letzten Ankömmlingen betrat eine weitere vertraute Gestalt die Stadt, der ungewöhnlichste Gast, den Defágos vermutlich je empfangen hatte. Mühsam bahnte Jemren zwei Jungen mit einer Bahre den Weg durch die Menge.

»Gebt Acht!«, rief der Schütze den Menschen zu, die in der allgemeinen Aufregung gegen die Trage zu stoßen drohten. »So tretet doch zur Seite! Diese Frau braucht dringend Hilfe.«

Hastig drängte Gorun sich zu der Gruppe durch. Unter Amras Augen lagen dunkle Schatten, ihr Gesicht war totenbleich, und sie erkannte ihn nicht. Ihr *Taú* wirkte trüb, und er erschrak, als er ihre Schwäche spürte.

»Gorun! Du bist hier! Wie ist das möglich?«, stieß Jemren überrascht hervor – sichtlich erfreut über das Wiedersehen. Er war nicht weniger staubig und abgekämpft als Khani und Falrau; der Riemen eines Köchers lief ihm über die Schulter. Zwei Pfeile waren ihm noch verblieben, zwei Pfeile mit beschädigtem Schaft, und das *Taú* des Schützen verriet, dass er genug hatte von unwegsamen Pfaden, die sich die Berge hinauf- und hinunterwanden, von Wegstrecken unter dem Beschuss der Nraurn.

»Ich dachte, du seist auf dem Meer verschollen«, setzte er hinzu. »Amra war überzeugt, es gebe für dich und Lillia keinen Weg zurück auf die Insel.«

Gorun nickte. »Beinahe war es auch so«, entgegnete er. »Wir gingen in der Nähe der Felsgärten von Néhraja an Land. Die Seekarte deines Onkels hat mir gute Dienste geleistet.« Mit einem Nicken in Amras Richtung fragte er: »Was ist geschehen?«

»Nesyn hat ihr das angetan«, entgegnete Jemren.

»Nesyn«, wiederholte Gorun voller Grimm. Plötzlich zog er die Brauen zusammen. »Nesyn? Wo bist du ihm begegnet? Wie kommt ihr überhaupt …«

Er unterbrach sich. Dies war weder der rechte Augenblick noch der rechte Ort, um Fragen zu stellen. Amra krümmte sich zur Seite, Schweiß stand ihr auf der Stirn. Mit den Finger zerrte sie am Deckenstoff, bis die Knöchel hervortraten. Gorun winkte eine der Priesterinnen zu sich, die den Flüchtlingen Wasser reichten und sich um die Kranken und Erschöpften kümmerten.

»Sie ist *Laîren*«, klärte Gorun sie auf. »Das ist die *Laîren* von Caláxi.«

»Sie muss sofort zu Any«, entschied die junge Frau nach dem ersten Blick auf Amra. Sie wandte sich an die beiden Jungen, die das Gestell aus Zweigen und Lederriemen trugen. »Bringt sie zum Blauen Turm. Ihr wisst den Weg?«

Der ältere Knabe nickte, ein Junge mit braunen Augen.

»Kimrin, warte!«, rief Jemren ihm nach, als die beiden Träger sich schon dem Torbogen zuwandten. Er streifte den Köcher von der Schulter und reichte dem Jungen den Pfeilbehälter und die Waffe.

»Richte deinem Vater aus, dass es ein ausgezeichneter Bogen ist«, meinte er. Kimrin nickte. Hastig warf er sich beide Riemen über die Schulter und fasste die Griffe der Trage. Als Gorun Kimrin und seinem Gefährten folgen wollte, hob die Priesterin abwehrend die Hand.

»Du kannst sie nicht begleiten, Gorun. Vertrau mir, die *Laîren* ist in den besten Händen. Ich lasse dich wissen, wie es um sie steht, sobald die Verletzung versorgt ist«, versprach sie. Dankend nickte Gorun ihr zu und blickte besorgt den Jungen und der Trage nach, bis sie im Gedränge verschwunden waren.

Amra, Jemren und seine Freunde waren nicht die einzigen vertrauten Gesichter, die mit den Flüchtlingen gekommen waren. Gorun schritt zu der kleinen Gruppe aus Caláxi. Er begrüßte jeden Einzelnen von ihnen, und Falrau begleitete ihn so selbstverständlich, wie es früher immer der Fall gewesen war.

»Sind das alle?«, erkundigte Gorun sich schließlich leise und ließ den Blick über die ermüdeten Wanderer gleiten. »Kimra und ihre Söhne, Tadira mit ihrem Kind, die Angehörigen des Hauses Sa Caminia – das sind alle Geretteten?«

Falrau nickte düster. In aller Kürze vernahm Gorun den Bericht des Speerkriegers – einen Bericht, der ihn in einen Zustand zwischen Hoffen und Verzweifeln versetzte.

»Keine Neuigkeiten von meinem Haus?«, fragte er schließlich.

Falrau verzog das Gesicht zu einer kummervollen Grimasse. »Kaseira lebte, als unserer kleinen Schar die Flucht gelang«, erwiderte er. »Doch wir konnten nichts für sie und die anderen Gefangenen tun, denn sonst hätten die Nraurn uns abermals ergriffen. Uns blieb nur die Flucht – und die Hoffnung, dass die Gehörnten ihre Geiseln weiterhin mit sich schleppen, welches Ziel auch immer sie dabei verfolgen.«

Gorun ergriff den Arm des Speerkämpfers, seines Vertrauten und Freundes seit so vielen Jahren. »Vrarras zieht Reiter aus den umliegenden Städten zusammen«, erklärte er, und eine heiße Woge durchflutete sein *Taú*. »Wer kämpfen kann, macht sich bereit. Wir werden uns deinen Kriegern anschließen, wenn die Nraurn kommen. Vrarras hat mich bereits um Unterstützung gebeten.«

Als Falrau diese Worte vernahm, strich er sich mit einem zufriedenen Laut über den Bart. Der Speerkrieger war kein Mann großer Worte, doch ein unbestechlicher Beobachter und ein hervorragender Kämpfer zu Pferd und mit dem Speer.

Im Gedränge blickte Gorun sich suchend nach Jemren um. Schließlich entdeckte er den Schützen in der Menge; er wirkte sichtlich mitgenommen von dem Trubel und dem Lärm einer fremden Stadt. Sein Blick hing an den schwarzen

Mauern, den Wehrtürmen und den Mosaiken über den Durchgängen.

»Das berühmte Falkentor von Defágos«, erläuterte Gorun. Er deutete auf die Darstellungen aufsteigender Raubvögel. »Narduks heilige Tiere wachen über der Ebene. Ihren scharfen Augen entgeht nichts. Der Gott des Kriegs wird oft mit einem Falken auf dem Handgelenk dargestellt. Da du nun schon einmal hier bist, willst du dir die ganze Stadt ansehen, nehme ich an?«

Jemren lachte. »Khani hat mir von erstaunlichen Sehenswürdigkeiten erzählt«, gab er zu.

»Oh, auf Khani verließe ich mich in dieser Hinsicht nicht«, entgegnete Gorun leichthin. »Soviel ich weiß, war mein Cousin erst einmal hier. Und er übertreibt gern. Komm«, lud er den Schützen ein, »Lillia freut sich bestimmt, dich wiederzusehen.«

Zuerst hatten jedoch andere Bedürfnisse Vorrang. Gorun führte die kleine Gruppe zu einem der weitläufigen Badehäuser von Defágos. In der Stadt entsprang nicht nur die klare, kalte Quelle unter dem Hauptturm. An mehreren Stellen quoll heißes Wasser aus dem Boden und wurde in den Bädern in große Becken geleitet. Unter einem künstlich angelegten Wasserfall rieben die Männer sich mit feinem Sand den Schmutz von der Haut. Khani träufelte erhitzte Öle auf die wunden Stellen an seinem Arm, und dann lagen sie eine Weile im heißen Wasser und dösten oder unterhielten sich mit gedämpfter Stimme. Hier erzählte Gorun den anderen, was auf dem Meer geschehen war, und ließ sich seinerseits berichten, wie es Jemren gelungen war, den Scyé zu überqueren – zum zweiten Mal. Das Herz klopfte ihm beim Gedanken an die Gefahren, die Amra durchgestanden hatte. Er hatte noch nie von den Wächtern des Scyé gehört, doch er zweifelte keinen Augenblick lang an den Worten des Schützen.

Nach dem Bad lagen frische Leintücher für sie bereit, und

man brachte ihnen Erfrischungen auf die Terrasse vor der Kuppelhalle. An der Auswahl der Speisen erkannte Gorun, dass Vrarras ihnen diesen Willkommensgruß schickte. Als ehemaliger Schützling des Ersten Reiters genoss er erhebliche Vorzüge in der Stadt – und genoss sie umso mehr, da er sie nun teilen konnte.

Sie hatten auf Steinliegen Platz genommen. Von hier aus überblickte man die ganze Stadt. In unzähligen Treppen und Terrassen stieg Defágos bis zu einer Steilwand empor. Dort, am höchstgelegenen Punkt der Stadt, verschmolz der gemauerte Außenwall mit den Felsen. Jeder der schwarzen Türme stand frei auf einer Kuppe zwischen den Häusern und Brunnen, den Gärten und alten Bäumen. Ornamente zeigten die Bedeutung jedes Bauwerks an: der Kornturm, der Offene Turm, der Turm der Reiter. Der Hauptturm auf dem großen Platz gleich hinter dem Falkentor war über der Quelle errichtet worden. Die Statuen der Götter umgaben das Bauwerk in einem weiten Ring und hatten die steinernen Gesichter dem Turm zugekehrt. Zu Füßen der Standbilder führten zwei umlaufende Stufen auf den Platz hinab. Der Blaue Turm gehörte zu den Wundern des Südens. Gorun konnte nicht sagen, woraus die Wände bestanden – ein Stein, doch nicht schwarz und schwer, sondern durchscheinend und blaugrün wie Wasser. Am Tag fingen die Mauern das Sonnenlicht ein, und bei Nacht sah man die Lampen im Innern des Turms durch die Wände schimmern.

Mit weit ausholenden Gesten erläuterte Khani Jemren die wichtigsten Gebäude und Plätze von Defágos und erklärte dem Schützen die Anordnung der Tempel. In Gegenwart des jungen Reiters gab Jemren seine sonstige Zurückhaltung auf und stellte immer neue Fragen. Falrau musterte Gorun nachdenklich.

»Du hast den Gott des Todes in seinem eigenen Reich geschlagen«, meinte der Speerkrieger anerkennend. »Doch ob er damit auch besiegt ist?«

»Das Weiße Schiff hat sich buchstäblich in nichts aufgelöst«, entgegnete Gorun. »Dass Antiles mitsamt seinem Schiff untergegangen ist, wage ich allerdings kaum zu hoffen.«

»Er ist ein Gott«, meinte Falrau achselzuckend. Sein Bart war wieder bis auf eine schmale Umrandung von Mund und Kinn gestutzt. »Es würde mich wundern, wenn er ertrinken kann wie ein Mensch. Aber ich wäre durchaus erfreut über sein Ende.«

Gorun lachte und streckte sich auf der Liege aus. Bei dieser Bewegung rutschte das Klanzeichen unter dem Laken hervor. Falrau runzelte die Stirn.

»Du trägst den Anhänger immer noch?«, bemerkte er. »Das ist nicht gut.«

Gorun drückte den Bronzering mit der flachen Hand an sich. Das Grauen stieg in ihm auf, die Albträume und Gespenster, die ihn gequält hatten, weit draußen auf dem Meer.

»Für Milan«, sagte er leise. »Für Milan und die Verschollenen aus Caláxi. Solange ich nicht weiß, was den Angehörigen meines Hauses widerfahren ist, lege ich das Zeichen nicht ab.«

Der Speerkrieger schüttelte voller Unbehagen den Kopf. »Irgendwann wird Antiles nach dir greifen. Irgendwann, Gorun, wenn du es nicht erwartest, wird er dir das *Taú* aus dem Leib reißen. An diesem Zeichen erkennt er dich wieder. Das sage nicht ich – so lauteten einst Amras Warnungen.«

»Er kennt jeden von uns«, entgegnete Gorun düster. »Vor dem Herrn der Dunkelheit gibt es kein Versteck. Irgendwann greift er nach uns allen.« Er starrte über die Dächer und das Laub der Bäume zum Blauen Turm hinüber.

»Wenn es für Amra Hilfe gibt, dann in dieser Stadt«, sagte Jemren da in das Schweigen hinein. Sie alle blickten den Bogenschützen an. Wenn du wüsstest, wie recht du hast, dachte Gorun und wunderte sich erneut, mit welcher Sicherheit Jemren oft die Wahrheit erahnte, selbst wenn er unmöglich von den tatsächlichen Umständen wissen konnte. Gorun wagte jedoch nicht, der eigenen Hoffnung Ausdruck zu verleihen, aus Angst, ihr dünnes Gespinst könne zerreißen.

Falrau beugte sich vor und ergriff eines der Gefäße auf dem Tablett, Kostbarkeiten aus blauem Glas. Es war bis zum Rand gefüllt mit einem kräftigen Likör, für den der Speerkrieger eine allseits bekannte Schwäche hatte.

»Wir haben kein einziges Menschenleben verloren. Wir haben alle sicher nach Defágos gebracht«, nickte er Jemren zu und reichte ihm das Glas. Der Schütze nahm das Gefäß behutsam zwischen zwei Fingern entgegen.

»Lass es dir diesmal rechtzeitig gesagt sein, Jemren: Vom *razál* bekommt man erst recht Kopfschmerzen – viel ärger als von Amras Heiltränken!«, warnte Khani scherzhaft und griff seinerseits nach einem Glas. Jemren und Falrau tranken sich zu und schlossen Frieden miteinander – keinen leicht errungenen Frieden, da war Gorun sich sicher. Der Schütze hatte sich die Achtung seiner engsten Freunde erworben, stellte er fest, Khanis unbekümmerte Freundschaft und Falraus raue Wertschätzung. Dennoch war die Anspannung nicht vollständig von ihm gewichen. So gut kannte Gorun ihn mittlerweile, dass er das Unbehagen im *Taú* spürte. Jemren war in sich gekehrt, als beschäftigten ihn Gedanken, die nicht in ihre Runde gehörten.

Gorun drängte ihn nicht. Für alles kommt eine Zeit, sagte er sich, während er sein Glas leerte und auf das Tablett zurückstellte. Wenn er auf dem langen Weg in die Kühne Stadt etwas gelernt hatte, dann zu warten – zu vertrauen und zu warten.

Am Hauptturm erklang ein Gong. Eine Schar Vögel flatterte von der Krone des Bauwerks auf und zog eine blitzende Runde über die Stadt.

»Die Versammlung tritt zusammen«, erklärte Gorun. »Jeden Tag um die Mittagszeit ruft Vrarras die Anwesenden zusammen und bespricht dann den Stand der Dinge mit der Stadt.«

Man hatte ihnen frische Kleider gebracht. Sie zogen sich an, feinstes Leder und Leinenstoffe; die leichte Kleidung der

Reiter, die innerhalb der Stadt getragen wurde. Bevor sie das Badehaus verließen, begab sich Gorun zu den Priesterinnen, die über die Quellen wachten, und dankte im Namen aller für die Bewirtung, wie es Brauch war.

Gemeinsam begaben sie sich zum Hauptturm. Die Menschen strömten aus der ganzen Stadt herbei und betraten den ebenerdigen Versammlungsraum. Der Saal war rund und hoch und hell, denn der glasartige Stein war durchlässig für das Tageslicht. Die weit gespannte Kuppel wölbte sich über einem Brunnen; das Blau des Gewölbes wurde zur Mitte hin immer dunkler – wie der sommerliche Himmel an seiner höchsten Stelle. Obwohl Gorun sich schon oft in dieser Halle aufgehalten hatte, staunte er doch jedes Mal über die Bauweise der Kuppel – eine Meisterleistung der Steinmetze der Stadt, die ihren Beinamen nicht zuletzt wegen des kühnen Entwurfs mancher Bauwerke trug.

In der Mitte des Saals sammelte sich Wasser in einem Steinbecken. Es handelte sich nicht um die Quelle selbst; das Heiligtum befand sich tief unter ihnen im Gestein und speiste von dort aus den allen Einwohnern zugänglichen Brunnen. Steinplättchen fügten sich auf dem Grund des Beckens zu Mustern. Durch neun Kerben floss das Wasser über, den Neun Winden zur Ehre. Die Statuen der Götter schmückten den Rand, anderthalb Handspannen hoch: Verkleinerungen der überlebensgroßen Vorbilder auf dem Platz.

Der Saal war voller Menschen. Vrarras stand in der Nähe des Brunnens und besprach sich mit Hrauri und weiteren Kriegern; er nickte Gorun zu. Die Klanvertreter der Stadt nahmen auf Steinbänken an den Wänden Platz. Sie rückten enger zusammen, damit sich auch die Angehörigen fremder Häuser setzen konnten. Kimra kam als eine der Letzten. Sie war allein – in Caláxi hatte sie den Bruder und den Gatten verloren. Gorun schritt der Klankönigin entgegen und begleitete sie zu ihrem Platz. Er selbst ließ sich zwischen Khani und Jemren nieder. Der junge Reiter hatte eigentlich noch keinen Sitz in dieser Runde, doch Gorun hatte ihn mitgenommen, damit er die Beratungen hören konnte. Wie Vilon gesagt hatte: Jeder Speer und jeder Schild würden zur Verteidigung der Kühnen Stadt gebraucht.

Vrarras wandte sich an die Versammelten.

»Seid willkommen!«, rief er. Das Murmeln der vielen Stimmen erstarb langsam, die Aufmerksamkeit der Anwesenden wandte sich dem Kriegerkönig zu. »Schutz und Willkommen der Stadt Defágos für euch.«

»Unseren Dank an Quelle und Turm«, erwiderten die Menschen den althergebrachten Gruß.

»Zu meinem Bedauern ist es kein fröhlicher Anlass, der uns zusammenführt«, fuhr Vrarras fort. »Euch allen sind die Berichte über das fremde Nraurn-Volk bekannt, das seit dem Frühjahr eine Spur der Verwüstung durch unser Land zieht. Auch heute trafen wieder Überlebende ein, diesmal aus dem äußersten Westen. Hört, was sich in ihren Städten zugetragen hat!«

Tarqa erhob sich als Erste. Gorun lauschte ihren Worten besorgt, denn die Quellenpriesterin von Mrauréssi beschrieb, wie es den Nraurn gelungen war, den dreifachen Mauerring der Befestigten Stadt zu überwinden. Was sich dann zugetragen hatte, ähnelte den Geschehnissen in den anderen Städten: Die Bahak und ihre Verbündeten überrannten die Verteidiger in erschreckend kurzer Zeit. Sie drangen bis ins Innere der Turmanlage vor und verschonten niemanden, der sich ihnen in den Weg stellte.

»Wie in Caláxi«, murmelte Falrau. »Es scheint fast so, als hätten wir den Gehörnten nichts entgegenzusetzen.«

»Mnek und Kerrek sowie die Nraurn aus dem Norden – wie Besessene ritten sie gegen uns. Ich habe mein Lebtag noch nicht gesehen, dass die Gehörnten sich einmal auf ein gemeinsames Ziel besinnen!«, rief Hrauri. Das *Taú* des Hünen verriet immer noch seine Entrüstung über diesen Überfall.

»Warum bringen die Nraurn solches Leid über uns?«, klagte Valassa aus Martáxi. »Was haben wir ihnen getan? Treibt die Kühne Stadt nicht seit Langem Handel mit ihnen, und war es je zu ihrem Schaden?«

Vrarras hob die Hände, und es kehrte wieder Ruhe ein.

»Wir kennen die wahren Absichten und Ziele der Nraurn nicht. Ihre Anführerin Kajlyn-Gua gehört den Bahak an, einem Ziegenvolk aus den Gebieten um den Vulkan Scyéyan. Wir hatten bislang keinerlei Austausch mit ihnen. Gorun vom befreundeten Haus Sa Kaseira geriet in die Hände der Bahak-Feldherrin Quinda-Na. Er kann uns Näheres mitteilen.«

Gorun schritt zur Mitte des Saals und blieb neben Vrarras stehen. Von hier aus konnten alle seine Worte vernehmen. Er berichtete den Anwesenden, was sich in Caláxi und auf dem langen Marsch über die Trockenen Hügel zugetragen hatte. Als er zum darauffolgenden Abschnitt seiner Reise kam, erhob sich ein unruhiges Gemurmel. Der Norden, der Norden – immer wieder lief dieses Wort durch die Reihen der Versammelten.

Komm!, winkte Gorun Jemren zu. Der Schütze hatte alle Reden aufmerksam verfolgt, jetzt erhob er sich. Wem die Silberringe an seiner Hand noch nicht aufgefallen waren, der bemerkte sie jetzt, und das Raunen verstärkte sich. Vrarras musterte den Schützen eindringlich, doch der Kriegsherr schwieg und wartete darauf, dass Gorun erneut das Wort ergriff.

»Wie ich bereits erklärte: Vor weniger als einem Mondlauf hielt ich mich im Norden auf. Auch dort haben die Bahak eine Stadt verwüstet – auf eine schreckliche Weise. Berichte ihnen«, forderte er Jemren leise auf. »Quinda-Nas Untaten müssen vor der Versammlung ausgesprochen werden.«

Der Schütze blickte in die Runde. Stille war nun eingekehrt, die Menschen warteten auf seine Worte: gespannt, verschlossen oder neugierig.

»Meine Stadt hieß Tegaréssos«, begann Jemren mit jener äußerlichen Gelassenheit, die Gorun schon oft an ihm beobachtet hatte. Er lauschte auf den Namen der fremden

Stadt, der zum ersten Mal in Defágos' hohem Saal erklang. Er lauschte im *Taú*, als Jemren die Gräuel beschrieb, die sie unter dem Turm an der Nordküste vorgefunden hatten. Der Schütze sprach ruhig und gefasst – jemand, der seine Stadt mehr als einmal verteidigt hatte. Als er das Schlimmste hinter sich gebracht hatte, schlug Tarqa plötzlich die Hände vor die Brust.

»Auch in Mrauréssi wollten die Gehörnten sich mit Gewalt Zugang zur Quelle erzwingen«, stieß die Priesterin hervor. »Unsere Krieger konnten sie nur mit großer Mühe vom Eindringen in das Gewölbe abhalten.«

»In Martáxi gelangten einige Gehörnte bis in das Brunnengelass«, ergänzte Valassa. »Als die Priesterinnen sie nicht zum Wasser vorlassen wollten, schlugen sie die *Nashan* nieder.«

Also das ist ihr Ziel, dachte Gorun erschrocken. Die Nraurn wollen die Quellen zerstören.

Tiefe Stille senkte sich über den Saal. Plötzlich war das Plätschern des Brunnens zu hören. Das Wasser kreiste in dem steinernen Becken – das *Taú* der Stadt. Der Quell ihres Wohlergehens, ihres ganzen Daseins. Ohne die Brunnen konnte es weder Türme noch Städte geben. Und auch keine Menschen mehr.

»Kajlyn-Gua und ihre Feldherrin haben mit Antiles einen Pakt geschlossen«, sprach Gorun in das Schweigen hinein. Hastig bedeckten die Priesterinnen das *Taú*, denn der Name des Schwarzen Gottes durfte in ihrer Gegenwart nicht ausgesprochen werden. Angesichts der vielen ängstlichen Gesichter hütete Gorun sich, das wahre Ausmaß seiner Besorgnis zu offenbaren.

»Deshalb haben eure Mauern nicht standgehalten. Deshalb dringen die Heerscharen der Gehörnten so rasch bis ins Innere der Turmanlagen vor: Der Herr der Dunkelheit leiht der Nraurn-Königin seine Macht. Wir – die *Laîren* von Caláxi, Jemren aus Tegaréssos und ich – haben Kajlyn-Guas Plan aufgedeckt und ihr Vorhaben fürs Erste vereitelt. Doch sie sammelt sich von neuem. An der Küste unweit von hier belauschte ich einen Trupp Nraurn. Die Königin der Bahak führt ihre Streitmacht vor die Tore dieser Stadt. Die Quelle von Defágos ist ihr nächstes Ziel.«

Die Kühne Stadt galt als das Herz des Südens. Wenn sie fiele, wären alle Türme verloren – das wusste jeder in diesem Saal. Die Klanherrinnen und ihre Vertrauten beugten sich näher zueinander und führten besorgte Gespräche. Die Speerkämpfer starrten mit verschränkten Armen zu Boden, die Priesterinnen schützten sich mit Gesten der Abwehr vor dem Gedanken an den Schwarzen Gott.

»Die Nraurn stellen nicht die einzige Gefahr dar, die euch droht«, sagte Jemren da.

Erneut ging ein Raunen durch den Saal. Vrarras drehte sich um und fasste den Schützen schärfer ins Auge.

»Ruhe!«, verlangte Hrauri. »So hört doch zu!«

»Im Norden sammeln sich Krieger«, erklärte Jemren, als sich die Aufmerksamkeit ihm zugewandt hatte. »Die Klankönigin Nret aus Thárraxi schart Schützen um sich – Blindschützen.«

Er hob die Hand, damit alle die silbernen Ringe sehen konnten. Die Bezeichnung passte ihm ganz und gar nicht, das hatte Gorun längst bemerkt. Augenblicklich wurde das Wort verstanden. Einige der Anwesenden stießen Flüche hervor, halblaute Verwünschungen. Vrarras unterband das Getuschel sofort. Der Kriegsherr wirkte alles andere als erfreut.

»Sprich weiter!«, forderte er Jemren auf.

»Nret steht nicht für den ganzen Norden«, fuhr der Schütze fort. »Sie handelt ganz sicher nicht im Einvernehmen mit allen unseren Türmen; davon bin ich überzeugt. Sie und ihre Gefolgsleute haben sich unter der Führung von Kajlyn-Guas ehemaligem Marschall Nesyn den Nraurn angeschlossen. Sie verlangten von mir, ihnen den Weg über den Scyé zu zeigen – den Weg in den Süden.«

Gorun atmete so tief ein, dass die kleine Figur des Nemnos an ihrer Schnur verrutschte.

»Wer steht dann für den Norden – du etwa?«, rief ein Reiter herausfordernd. Aufgebracht war der Mann von seinem Sitz aufgesprungen. »Nun sag schon: Hast du ihnen diesen Zugang gezeigt?«

»Die Yku bewachen den Scyé«, antwortete Jemren, ohne auf die Empörung des Mannes einzugehen. »Die Yku und die Feuergeister. Dort ist kein Durchkommen. Deshalb werden Nesyn und die Schützen sich Defágos vermutlich durch das Nraurnland nähern. Aber sie kommen«, setzte er hinzu, als wolle er jeden Zweifel ausschließen. »Sie werden ganz sicher kommen.«

»Wie viele?«, fragte Gorun. »Wie viele Schützen haben sich Nret angeschlossen?«

Der Schütze blickte ihn an. »Als ich sie das letzte Mal sah, hatte sie einige Dutzend um sich geschart«, erwiderte er. »Vielleicht sind es mittlerweile mehr.«

»Einige Dutzend!«, entfuhr es Gorun. Falrau starrte düster zu ihnen herüber. Der Speerkrieger hatte erlebt, was Jemren mit dem Bogen anrichten konnte – *ein* Blindschütze allein.

Vrarras strich sich nachdenklich über das Kinn. »Wenn ich dich recht verstehe, Jemren aus Tegaréssos, dann verfügst du über dieselben Bogenfertigkeiten wie diese Klankönigin«, stellte der Kriegerkönig fest. »Du könntest meine Reiter in derselben Kunst unterweisen.«

»Ausgeschlossen!«, widersprach der Schütze sofort. Seine Ablehnung erfolgte derart heftig, dass sich im Saal unwillige Bemerkungen erhoben. »Der Norden und der Süden sind einst übereingekommen, dass die Fähigkeit der *Taú*-Schützen nicht fortbestehen darf. Zumindest in diesem Punkt hatten wir ein Einvernehmen erzielt, und was ich auf dem Weg hierher sah, lässt unsere Übereinkunft überaus ratsam erscheinen.«

»Doch die Abmachung gilt nicht mehr«, widersprach Vrarras. »Sie hatte nie Bestand – weil der Norden sich von Anfang an nicht an die Vereinbarung hielt. Das hast du uns soeben mitgeteilt. *Du* besitzt dieses Können. Dir wurde die alte Bogenkunst beigebracht.«

»Aber ich gebe mein Wissen nicht weiter«, beharrte der Schütze. Er hatte die Stirn gerunzelt und verschloss das *Taú* vor dem Ansinnen des Ersten Reiters.

»Jemren«, drängte Gorun leise und legte ihm die Hand auf den Arm, eine Freiheit, die er sich noch nie herausgenommen hatte – nicht in Freundschaft zumindest. »Im Süden ist niemand mehr auf die Fertigkeiten der *Taú*-Schützen gefasst – das hast du an mir gesehen. Ich wüsste nicht, wie ich mich gegen ihren Angriff verteidigen sollte. Ich wusste nicht einmal, welchem Zweck die Schützenringe dienen. Niemand hier hat auch nur die geringste Vorstellung von der Bedrohung, die von Nret und ihren Gefolgsleuten ausgeht. Wir können uns nur auf einen Kampf gegen sie vorbereiten, wenn wir wissen, welche Gefahr auf uns zukommt. Du kannst uns nicht mit einer halben Warnung zurücklassen.«

Jemren schüttelte den Kopf. »Du, von allen hier, hast den Norden gesehen, Gorun – den *wahren* Norden. Du weißt, wie es um unsere Türme steht. Wenn ich Vrarras' Kriegern die Bogenkunst zeigen würde, bliebe uns keine Verteidigung mehr. Dann könnte der Norden nichts mehr gegen eure Kämpfer aufbieten, und wir wären verloren.«

Wir. Uns. Gorun überhörte es nicht. »Wir sind keine Feinde«, gab er zurück. »Das hast du selbst einmal zu mir gesagt. Wir sind keine Feinde mehr, Jemren.«

»Genau das werden wir wieder sein, sobald Nret den ersten Pfeil auf Defágos' Krieger abschießt«, erwiderte der Schütze.

»Wer sagt denn, dass diese Klankönigin aus Thárraxi unsere Geschicke bestimmt?«, entgegnete Gorun mit aufsteigender Hitze im *Taú*. »Du hast Amra durch den Scyé begleitet – die Götter mögen wissen, wie ihr das geschafft habt! Du hast die Flüchtlinge so entschlossen verteidigt, dass Falrau dir seine Hochachtung ausdrückt. Glaub ja nicht, dass der Speerkrieger täglich neue Freundschaften schließt! Schließlich findet Lillia hier, hinter diesen Mauern, zum ersten Mal Schutz vor den Gehörnten. Und nun willst du von alledem nichts wissen? Das klingt aber gar nicht nach dir.«

Sie blickten sich an. Jemren tat einen tiefen Atemzug, und Gorun fühlte die beklemmende Enge im *Taú* des Schützen.

»Tarepin hatte recht«, erwiderte Jemren bekümmert. »Ich habe mich wohl verändert, und nun gibt es kein Zurück mehr. Aber wenn ich dir und Vrarras nachgebe, verrate ich mein Land. Ich verrate die Türme des Nordens, und ich hätte nie geglaubt, dass es einmal so weit käme.«

Vrarras hatte als Einziger den leisen Wortwechsel verstehen können. »Der Süden hat nicht die Absicht, euren Türmen zu schaden«, warf der Kriegerkönig ein. »Wir hegen keine Pläne für einen neuen Krieg – *wir* werden angegriffen.«

Jemren schwieg. Dann nickte er Vrarras zu. »Schick mir die jungen Schützen der Stadt«, willigte er schweren Herzens ein. »Alle, die im Kampf noch niemanden getötet haben. Ich werde ihnen das Blindschießen beibringen.«

Als seien die Versammelten noch immer nicht zufrieden, lief abermals ein Raunen durch die Menge. Schwerfällig stand Darru auf; viele Narben behinderten den alten Krieger.

»Speerkämpfer und Bogenschützen verteidigen also die Mauern von Defágos«, nickte er. »So sei es. Doch damit sind noch nicht alle Neuigkeiten beredet, Vrarras. Die ganze Stadt schwirrt von Gerüchten über ein Verlorenes Kind. Es heißt, es sei ein Mädchen, und sie sei bereits seit Tagen hier. Was hat es mit dem Gerede auf sich? Wenn es der Wahrheit entspricht – was nützt es da noch, dass wir gegen die Nraurn kämpfen? Wenn das Eine Kind erscheint, wird die Prophezeiung sich erfüllen – heißt es nicht so? Und haben unsere Türme sich nicht aus diesem Grund stets vor einem solchen

Kind in Acht genommen?« Darru deutete auf Gorun. »Kaseiras Sohn berichtete uns nun, Antiles habe sich auf die Seite unserer Feinde geschlagen. Ausgerechnet der Herr über das Totenreich steht den Nraurn bei! Was kann das anderes bedeuten, als dass das Ende der Zeit gekommen ist, wie es die Weissagung verkündet?«

Viele der Anwesenden murmelten beifällig, als sie diese Worte hörten.

»Die Prophezeiung von Anáxi kann auf vielerlei Weise ausgelegt werden«, entgegnete Vrarras ernst. »Der Untergang unserer Welt ist nur eine mögliche Deutung.«

»Die Prophezeiung zu deuten ist Aufgabe der *Nashan*, nicht des Ersten Reiters. Wo ist deine Priesterin, Vrarras?«, beharrte der alte Krieger. Er nickte zu einem Sockel hinüber, der sich in der Mitte des Beckens erhob, einem Thron aus blauem Stein. Er war leer. »Noch nie hat die Quellenpriesterin von Defágos sich in der Versammlung gezeigt. Stets hast du uns als Bote ihr Wort überbracht. Nun wird die Kühne Stadt bedroht, und die Quelle ist in Gefahr. Was hat die Hohepriesterin zu dieser Herausforderung zu sagen? Wir haben ein Recht, ihre Meinung zu hören.«

Zustimmende Rufe wurden laut. Der Kriegerkönig nickte der Versammlung zu. »Defágos weiß um die Bedrängnis, in die der Süden geraten ist, und wir nehmen diese Lage sehr ernst. Euer Wunsch greift unseren Absichten vor, denn längst haben die *Nashan* und ich beschlossen, dass die Hohepriesterin heute zu den Häusern und Türmen des Südens sprechen wird.«

Mit einer Geste lenkte Vrarras die Aufmerksamkeit der Menschen zum Eingang. Die Unruhe erstarb schlagartig, als die *Nashan* den Saal betrat. Gorun warf einen Blick auf Jemrens Gesicht, um sich dessen Ausdruck nicht entgehen zu lassen. Denn die Hohepriesterin von Defágos war – mit dunklen Locken und Augen in leuchtendem, schillerndem Türkis – das erwachsene Ebenbild des Mädchens, das sie an der Hand führte.

»Jemren«, raunte er, als die beiden durch den Saal zum Brunnen schritten. »Ist es nicht auch im Norden gegen alle guten Sitten, die Priesterin der Quelle so anzustarren?«

Voller Verwirrung drehte der Schütze sich zu ihm um. »Aber du ... du selbst hast mir doch erklärt, dass niemand im Süden so aussieht wie Lillia«, brachte er hervor. »Du hast sogar behauptet, eure Städte würden ein Kind mit ihrer Augenfarbe niemals hinter den Mauern dulden. Und nun ist die *Naszan* von Defágos von gleicher Art wie sie!«

Gorun lachte, weil er Jemren selten so fassungslos erlebt hatte. »Sieh dir doch nur die Leute ringsum an – niemand im Süden hatte eine Ahnung von Defágos' Geheimnis, glaub mir. Nicht einmal ich erfuhr etwas von dieser Priesterin, und ich war oft zu Gast in dieser Stadt. Erst vor wenigen Tagen hat Vrarras mich zur *Nashan* geführt, damit ich ihr von dem Weißen Schiff und seinem Fürsten berichte. Da begegnete ich ihr zum ersten Mal.«

Lillia hatte Jemren entdeckt. Sie lief quer durch den Saal auf ihn zu und begrüßte ihn überschwänglich.

»Das ist Any«, erklärte sie, als Jemrens Blick sich immer wieder zu der Priesterin verirrte. »Sie ist meine Lehrerin.«

»Was lehrt sie dich?«, wollte Jemren wissen.

»Oh, alles«, erwiderte das Mädchen selbstbewusst. Gorun betrachtete sie. Er war sehr erleichtert gewesen, sie in Defágos endlich jemandem übergeben zu können, der ihren Kräften gewachsen war. Lillia trug ein ähnliches Kleid wie die *Nashan*, ein Gewand aus dunkelblauem Stoff. Dünne Schnüre kreuzten sich an den Oberarmen, und das Mädchen drückte die kleine Faust mit dem Amulett an sich.

»Amra geht es gar nicht gut«, sagte sie bekümmert. »Sie will und will nicht aufwachen. Any macht sich große Sorgen um sie.«

Gorun spannte die Arme, als könne er das *Taú* durch Muskelkraft beherrschen. Jemren warf ihm einen Blick zu.

»Wenn wir etwas tun können ...«, setzte Gorun an, doch Lillia schüttelte den Kopf.

»Sie muss sich ausruhen«, erklärte sie. »Später will Any noch einmal versuchen, sie aufzuwecken.«

Während dieses kurzen Wortwechsels war die Hohepriesterin an den Brunnen getreten. Sie tauchte die Hand ein, eine Geste der Verehrung. Das Wasser wallte empor und beruhigte sich wieder. Die *Nashan* von Defágos war nicht sonderlich groß – eine junge Frau, die weder Bemalungen noch üppigen Schmuck trug, nur einen Reif am Handgelenk. Die Spange war aus demselben Stein gefertigt wie der Turm. Sie machte keinerlei Anstalten, sich auf dem Thron im Brunnen niederzulassen. Kein Erkennungszeichen verriet ihre große Macht, doch sie war Hohepriesterin der wichtigsten Stadt im Süden.

Als sie sich in der Runde der Häuser und Krieger umblickte, wandten sich viele Menschen schaudernd ab. Genauso wie die Versammelten ihrer Musterung nicht standhalten konnten, hatte Gorun anfangs Lillias Blick unerträglich gefunden. Die außergewöhnliche Augenfarbe verursachte das Unbehagen nicht allein: Wie das Mädchen hatte auch die *Nashan* von Defágos kein *Taú*.

»Ich bin Anrynan vom Feenvolk«, stellte sie sich vor. »So wurden wir einst genannt, doch das ist lange her, und dieser Name ist seit vielen Jahren außer Gebrauch. Die meisten von euch sind sicherlich sehr überrascht und vielleicht sogar erschrocken, mich als *Nashan* von Defágos zu sehen. Denn seit Langem gelten wir euch als Verkünder von Unglück, als Vorboten oder gar als Verursacher von Feuer und Flut.«

Vrarras stand dicht neben seiner Priesterin. Die ganzen Jahre über hatte er Anrynans Geheimnis bewahrt und ihr im Verborgenen gedient; ihr allein war er verpflichtet – der Kriegerkönig der Kühnen Stadt, der überall hoch angesehen war und den jeder im Süden zu kennen meinte. Wie sehr wir uns alle getäuscht haben, dachte Gorun.

»Wir sind die Ältesten auf der Insel«, fuhr Anrynan fort. »Älter als die Nraurn, wesentlich älter als ihr, die ihr uns in vielem ähnlich seid, wenn auch nicht in allem. Einst zähmten wir die Geister, denn zu Anbeginn der Zeiten gehörte die Insel allein den Yku aus der Tiefe und den Yhv aus allen neun Windrichtungen. Sie und ihre Gefährten waren die einzigen Wesen auf diesem Land; außer ihnen gab es nichts. Wir besänftigten ihre wilden Kräfte, und als das gelungen war, überließen sie uns einen Platz auf ihrer Insel.«

Langsam schritt die *Nashan* um den Brunnen herum. Die Oberfläche des Wassers kräuselte sich. Die Strömung folgte Anrynans jeweiligem Standort.

»Indem wir den Dingen Namen gaben, gewannen wir Macht über sie. Das Fließen der Gewässer, das Reifen des Korns, die Herden und die wilden Tiere – eins ums andere fügten wir dem Land hinzu. Nach und nach entstand die Insel, wie eure Vorfahren sie bei ihrer Ankunft vorfanden. Es waren Verschollene, die lange auf dem Meer umhergeirrt waren, vertrieben aus ihrer alten Heimat und dem Verschmachten nahe. In der Bucht unweit der heutigen Zwillingsstädte Millássan und Millássu kamen sie an Land. Als sie sahen, wie reich und fruchtbar die Insel ist, baten sie uns, ihnen das Bleiberecht zu gewähren, damit sie neues Leben beginnen könnten.«

Anrynan vom Feenvolk blieb stehen. In der Runde der Menschen war kein Laut zu hören. Die Augen aller Anwesenden hingen an der Hohepriesterin: Anrynan verkörperte die Geschichte der Insel.

»Ich will offen mit euch sein«, fuhr sie fort. »Wir zögerten, ob wir eurer Bitte entsprechen sollten. Etliche Stimmen sprachen sich gegen eure Aufnahme auf der Insel aus. Schließlich ist es leichter, die Dinge zu verändern, als sie zu bewahren – und das Bewahren war über lange Jahre unsere Aufgabe. Ihr schient unsere Bedenken zu spüren und wart verzweifelt. Da löste sich ein Mädchen aus eurer Gruppe und schritt über den Strand auf uns zu. Sie bat uns, weniger mit Worten als durch das *Taú*, eurem Wunsch zu entsprechen.«

Anrynan lächelte, als sähe sie die Begegnung von Neuem vor sich. Die Farben von Meer und Himmel spiegelten sich in ihrem Blick.

»So kam es, dass ihr auf der Insel der Stürme einen Platz fandet. Wir gewannen die Gunst der Geister auch für euch Menschen – so alt ist unsere Freundschaft. Im Laufe der Jahre siedeltet ihr an vielen Orten der Insel und errichtetet eure Städte. In dieser Zeit herrschte ein reger Austausch zwischen unseren Völkern. Wir suchten eure Türme oft auf, vermittelten euch unser Wissen und lernten von euch alles über die Fremde. Jenes Mädchen wurde die erste *Nashan*, und ihre Kinder und Kindeskinder führten die Tradition weiter. Nach ihrem Tod schickten wir Gesandte in eure Städte, um euch an unsere erste Begegnung zu erinnern. So gingen viele Jahre ins Land, Jahre der Freundschaft und des Friedens. Schließlich aber gewannen andere Einflüsse an Kraft.«

Blaue Schatten glitten durch den Brunnen, Anrynans Augen wirkten dunkler als zuvor. Lillia hatte Jemrens Hand gefasst und hielt sich dicht neben dem Schützen.

»Wir sahen das Unglück voraus, aber was auch immer wir unternahmen: Wir konnten nicht verhindern, dass die Welt in Feindschaft zerbrach. In Anáxi begann der Zwist, der die ganze Insel entzweien sollte. Als dort das Mädchen Jardara getötet wurde und die Stolze Stadt fiel, begannt ihr unsere Rache zu fürchten. Denn in Jardara starb die erste Abgesandte meines Volks, und wie viele mussten ihr folgen! Ihr habt die Gesandten verstoßen. *Ihr* habt sie zu den Verlorenen Kindern gemacht.«

Viele der Anwesenden blickten zu Boden, andere betrachteten das Kind. Lillias Züge waren blass und angespannt, sodass Gorun beinahe versucht war, sie zu trösten und an den Wald zu erinnern, wo sie fröhlich und unbeschwert gewesen war.

Als Anrynan weitersprach, klang ihre Stimme weicher. »Mein Volk zog sich zurück und lebte fortan im Verborgenen.

Nur hier in Defágos – in der ältesten Stadt nach Anáxi – unterhielt man die Verbindung zu uns weiterhin, wenn auch im Geheimen unter diesem Turm. Das war euer Glück, denn ohne uns könnt ihr nicht auf dieser Insel leben. Wir sind das Feenvolk, das die Geister besänftigt, und auch wenn unser Name seit langer Zeit in Vergessenheit geraten ist – in Gestalt eurer Götter waren wir stets in eurer Nähe.«

Flüchtig glitten die Finger der Priesterin über eine Statue auf dem Brunnenrand. Die Figur stellte sie selbst dar – Anrynan, die Göttin der Quelle. In jeder Stadt des Südens verehrte man sie, doch erst in Defágos war Gorun ihr in ihrer wahren Gestalt begegnet. Unruhe erfasste die Menschen, als ihnen aufging, wer die allerorts gepriesenen Ewigen in Wirklichkeit waren.

»Hört sie an!«, rief Vrarras über das Raunen hinweg und klatschte in die Hände. »Hört die *Nashan* bis zum Ende an.«

»Ja, hört mich an«, bat Anrynan. »Ihr müsst erfahren, wie es sich heute zwischen unseren Völkern verhält.« Sie trat neben den Kriegerkönig von Defágos. »Mein Freund Vrarras und ich haben uns oft beraten, wie wir das alte Bündnis neu knüpfen könnten. Ich gehörte zu den Befürwortern, als es um die Aufnahme eurer Vorfahren auf der Insel ging. Ich war in euren Städten stets wohl gelitten – deshalb wollte ich die Hoffnung auf Frieden nicht aufgeben. Aus diesem Grund lebe ich noch heute unter dem Blauen Turm. Aber mein Volk hatte mir Stillschweigen auferlegt. Es verbot jede Begegnung zwischen eurer und unserer Art – aus Furcht, mir könne dasselbe Schicksal widerfahren wie den Verstoßenen Kindern. Dieses Wagnis wollte auch Vrarras nicht eingehen. Wir mussten warten, bis das Eine Kind erscheint, so wie es in der Weissagung verkündet wird. Erst jetzt vermag Defágos euch das Geheimnis seiner Quelle zu offenbaren.«

Anrynan wandte sich dem Mädchen zu. »Lillia ist das wahre Eine Kind«, fuhr sie fort. »Sie ist keine Gesandte, wie Jardara es war. Sie ist die Jüngste und zugleich die Älteste meines Volks, das Erste Kind – der Anfang, der immer währt. Als einziges Wesen auf der Insel wandelt sie sich nicht, sondern bleibt für immer, was sie ist. Seit Anbeginn der Zeiten lebte sie an einem geheimen Ort. Es beunruhigt mich sehr, dass Quinda-Na ihre Entführung gelang, denn die Tat der Feldherrin beweist, wie sehr mein Volk bereits geschwächt ist. Auch wir müssen uns seit Langem eines erbitterten Feindes erwehren.«

Die Priesterin berührte Lillia mit den Fingerspitzen wie zuvor die Statue auf dem Brunnenrand. Das Mädchen erschauerte und schloss die Augen. »Die Nraurn wollten das Eine Kind nicht für sich behalten. Lillia war das Unterpfand in ihrem Pakt mit dem Schwarzen Gott. Ihr alle habt gehört, dass Antiles nach dem Mädchen greift. Nur wenn er ihrer habhaft geworden ist, kann der Herr der Dunkelheit sein Reich auf der Insel errichten, denn in ihrer Begegnung schließt sich der Kreis. Davon berichtet die Prophezeiung.«

Wir sind viele, hatte Lillia gesagt – so viele wie die Götter. Sie gehörte zum Volk der Ewigen, genau wie die *Nashan* von Defágos. Anrynan schwieg. Fee und Feenkind blickten einander an, aber Goruns Verstand sperrte sich, als er zu begreifen versuchte, dass das kleine Mädchen von beiden die Ältere war – älter als alle in diesem Saal. Bei seiner ersten Begegnung mit Lillia war er nicht weniger unwissend gewesen als Jemren. Er konnte nicht einmal genau sagen, was ihn schließlich veranlasst hatte, dem Kind beizustehen und es durch alle Gefahren hindurch zur Kühnen Stadt zu begleiten. Amra, dachte er dann. Amra und ihr untrügliches Gefühl, dass sie dem Mädchen helfen müssten. Vielleicht war das die beste Erklärung.

»Nun wisst ihr also, worum es in dem vor uns liegenden Kampf geht«, wandte Vrarras sich an die Versammelten. »Vom Ausgang der Schlacht hängt das Schicksal der Insel ab. Den Nraurn sind die Umstände wohlbekannt, von denen euch die *Nashan* berichtete. Ich versichere euch, Defágos wird sein Möglichstes tun, um das Kind und die Quelle zu schützen. Doch es wird ein schwerer Tag, wenn die Gehörnten vor unseren Toren stehen.«

Die Glassteine des Turms glühten wie flüssiges Feuer, die tief stehende Sonne tauchte den Saal in ein warmes Licht. Über ihre Beratungen war es Abend geworden. Die Versammelten saßen in nachdenklichem Schweigen auf den Bänken und betrachteten das Kind und die *Nashan* vom Feenvolk. Da trat Tarqa auf Anrynan zu und erwies der Hohepriesterin von Defágos ihre Verehrung. Eine nach der andern folgten ihr die Priesterinnen des Südens und verneigten sich vor der wahren Königin der Quelle.

Gorun beugte sich zu Jemren hinüber. »Wie ich zugeben muss, war keiner von uns im Recht, was die Frage nach den Göttern anbetrifft«, raunte er dem Schützen zu.

»Oder wir beide hatten recht«, gab Jemren ohne Zögern zurück. »Es gibt sie – und es gibt sie doch nicht.«

Die Hohepriesterin von Defágos lächelte, als sei ihr der leise Wortwechsel nicht entgangen. Sie wandte sich zu Jemren um und berührte seine Handfläche, so wie seit jeher die *Nashan* die Krieger ihrer Stadt willkommen hieß.

»Alle hier nennen mich Any«, sagte sie. Der Schütze erwiderte die Begrüßung höflich und mit spürbarer Verunsicherung, denn während die Hohepriesterin von Defágos ihn forschend betrachtete, stand Lillia neben ihr und tat ihr alles nach – und solch einem zweifachen Blick war unmöglich standzuhalten.

»Die Wächter des Scyé haben dich und die *Laîren* von Caláxi unbehelligt ziehen lassen?«, erkundigte Anrynan sich. Als Jemren bejahte, schüttelte sie nachdenklich den Kopf. »Von einer Überquerung der Lavaschlucht habe ich noch nie gehört. Und zu diesem Zeitpunkt hatte der Nraur Amra schon verletzt? Sie ist weitaus stärker, als ich dachte.«

Hoffentlich ist sie auch stark genug, um den Schwarzen Gott zu besiegen, dachte Gorun.

Die Sonnenglut berührte bereits die Mauerkrone, aber Jemren bestand darauf, dass sich die von Vrarras ausgewählten Schützen vor dem Turm einfanden. Neugierig schloss sich Gorun der Gruppe an. Die Knaben waren wirklich jung, allesamt jünger als Khani. Vrarras' eigener Sohn befand sich darunter, ein hoch aufgeschossener Junge, dessen Körperbau später einmal der schweren Statur des Vaters gleichen würde. Jetzt wirkten Mrerems Bewegungen noch ungelenk und übertrieben gleichmütig, als er seine Waffen mit ernster Miene zur Schau trug. Die anderen Jungen übten weniger Zurückhaltung. Sie lachten und schwatzten und konnten ihre Aufregung nur schlecht verbergen, denn sie hatten alle schon von dem fremden Schützen aus dem Norden gehört.

»Kimrin«, seufzte Jemren, als er den Jungen aus Geristáni erblickte, »du willst die Bogenkunst anscheinend wirklich lernen. Also gut. Wohin begeben wir uns jetzt?«

»Oberhalb der Häuser gibt es einen Platz für Waffenübungen«, erklärte Kimrin und lief über die langen Treppen voraus. Sie stiegen zur höchsten Stelle der Stadt hinauf. Am Fuß der Steilwand befand sich ein Sandrund. Hufspuren bedeckten den Boden, der Platz war von alten Bäumen gesäumt. Für die Schützen hatte man aufwändige Vorrichtungen gebaut: Rollen, Schwingen und mannshohe drehbare Scheiben, damit sie auf starre wie auf bewegliche Ziele schießen konnten.

Jemren ließ sich alle Einrichtungen genau erklären, aber er griff kaum in die Vorführung ein. Schweigend sah er zu, wie die jungen Schützen im letzten Abendlicht ihre Fähigkeiten bewiesen – nicht gerade in bester Stimmung, wie Gorun fand. Dabei gaben die Jungen sich alle Mühe, den fremden Schützen zu beeindrucken. Sie ließen einen Pfeilhagel auf die Ziele niederprasseln und spornten sich gegenseitig an, wenn einem von ihnen ein guter Treffer gelungen war. Gnadenlos machten sie sich hingegen über jene lustig, die sich weniger geschickt anstellten.

Gorun stützte sich mit dem Rücken und einem Fuß gegen die sonnenwarme Felswand und sah dem Treiben zu.

»Was denkst du? Was hältst du von ihrem Können?«, erkundigte er sich nach einer Weile.

»Sie reiten zu viel«, erwiderte Jemren, und als Gorun bereits lachte, merkte er, dass es dem Schützen mit dieser Beurteilung ernst war. »Sie können kaum die Hände ruhig halten, sobald sie ein Stück gelaufen sind.«

Gorun schüttelte den Kopf. »Warum diese Knaben?«, wollte er wissen. »Defágos hat viel erfahrenere Schützen, erwachsene Männer. Warum hast du dir von Vrarras diese Jungen zuteilen lassen?«

»Sie wissen noch nicht, wie das Töten ist«, erklärte Jemren. »Jeder Krieger des Südens würde sich kurz vor dem Treffer abwenden, so wie es auch dir beigebracht wurde. Aber das dürfen sie nicht – nicht die *Taú*-Schützen.«

Er schob die Hände unter die Achseln wie jemand, dem das eigene Tun nicht gefällt. Vlessi lief zu ihnen hinüber und blieb keuchend und schwitzend stehen. Vielleicht saß der Junge wirklich zu viel im Sattel, überlegte Gorun. Mit Sicherheit hatte Vlessi jedoch zu üppig von den Leckereien der Stadt gekostet.

»Jetzt ist es zu dunkel«, stieß er hervor. »Aber morgen können wir dir noch viel mehr zeigen. Wir schießen auch vom Sattel aus.«

Die Jungen hatten ihre Bogen gesenkt. Bis auf einen schmalen Lichtstreifen am Horizont war die Dämmerung erloschen, und die ersten Sterne glitzerten über der Stadt. Lampen brannten am Fuß der Mauern; das Bollwerk versprang in Absätzen über die Hänge. Wachen schritten ohne Unterlass auf der Krone auf und ab, ihre Speerspitzen blinkten.

Jemren trat auf die Mitte des Platzes und suchte den Himmel ab. Die Jungen stießen sich schon die Ellbogen in die Rippen und tuschelten, als der Schütze plötzlich den Arm hob und einen Bogen beschrieb.

»Da sind sie«, sagte er. Gorun hob den Kopf. Aus den Felsspalten und von den Türmen lösten sich flinke Schatten. Wie ein Spuk glitten sie über den Himmel. Nur wenn sie das Licht der Sterne verdeckten, waren ihre Umrisse zu erahnen. Doch schon im nächsten Augenblick wurden sie wieder zu einem Teil der Nacht. »Das sind eure Ziele«, setzte Jemren hinzu.

Die Jungen stutzten. »Fledermäuse?«, schrie Vlessi entgeistert, und einige seiner Freunde lachten. »Wir sollen auf Fledermäuse schießen?«

»Es ist schwieriger, als du vielleicht denkst«, entgegnete Jemren. »Dein *Taú* und das *Taú* des Tiers müssen zur Deckung kommen, ehe du die Sehne loslässt, und zugleich musst du den Bogen sehr ruhig führen, um überhaupt etwas zu treffen.«

Die jungen Schützen von Defágos starrten ihn an, als sie begriffen, dass er seine Worte ernst meinte.

»Das ist doch verrückt!«, stieß einer der Jungen hervor.

Jemren ließ sich nicht aus der Ruhe bringen. »Kimrin«, winkte er den Jungen aus Geristáni zu sich, »leg den Pfeil an.«

Als Kimrin gehorchte, fasste Jemren ihn an den Armen und zeigte ihm, wie er den Bogen auszurichten hatte. »Spürst du sie? Im *Taú* weißt du immer genau, wo sie sind. Verlass dich darauf, wenn du den Bogen hochziehst – aber gleichmäßig. Du musst versuchen, ihre Bewegung vorauszuahnen.«

Als Jemren zurücktrat, folgte der Junge den hin und her huschenden Schatten mit der Pfeilspitze. Rasch wurde ein wildes Fuchteln daraus, vor dem die anderen Knaben mit Begeisterung flohen. Kimrin ließ die Sehne los, der Pfeil zischte in die Dunkelheit und klapperte ein Stück entfernt gegen die Mauer.

»Das war ja ein Meisterschuss, Kimrin!«, höhnte einer der älteren Schützen, und Vlessi bettelte: »Können wir nicht warten, bis der Mond aufgegangen ist?«

»Habt ihr nie darüber nachgedacht, was das Wort Blindschütze bedeutet?«, fragte Jemren. »Ihr könnt euer Ziel nicht immer sehen, und manchmal bleibt ohnehin keine Zeit mehr, den Gegner erst lange ins Auge zu fassen. Aber auf den Schützensinn – das *Taú* – ist immer Verlass.«

Gorun stieß sich von der Felswand ab und schlenderte zu der Gruppe hinüber. Die Knaben raunten einander Bemerkungen zu, doch sie wagten es nicht, ihre Ansichten laut zu äußern. Als sie den Reiter erblickten, verstummten sie. Keiner von ihnen machte Anstalten, Jemrens Anweisungen in die Tat umzusetzen – solange Mrerem nicht den Anfang machte. Vrarras' Sohn stützte sich breitbeinig auf den Bogen und beobachtete Kimrins zwecklose Zielversuche.

»Das ist mir zu dumm«, erklärte er schließlich mit jugendlicher Grobheit und nahm seine Waffe auf. »Im Dunkeln auf Schatten schießen – wer hat je so etwas Lächerliches gehört? Ich für meinen Teil gehe jetzt nach Hause. Morgen werden wir ja sehen, wer wirklich mit dem Bogen umzugehen versteht.«

Betretenes Schweigen senkte sich über Mrerems Gefährten; die Jungen zupften verlegen an den Sehnen ihrer Waffen. Gespannt und belustigt wartete Gorun auf Jemrens Erwiderung, doch der Schütze sagte zunächst einmal gar nichts, als Mrerem an ihm vorbeistapfte.

»Ihr wisst alle, weshalb ihr zu mir geschickt wurdet«, erinnerte er den Jungen erst, als Vrarras' Sohn den Fuß schon auf der ersten Treppenstufe hatte. Mrerem blieb stehen. Einem fremden Schützen zu trotzen war eine Sache; etwas ganz anderes war jedoch eine Auseinandersetzung mit Vrarras über eine unmissverständliche Anweisung.

»Ihr beherrscht den Umgang mit dem Bogen ausgezeichnet«, fuhr Jemren fort. »Was das Zielen und Treffen angeht, habe ich euch wenig beizubringen, ihr seid längst gute Schützen. Aber was meine Fähigkeiten betrifft – da habt ihr keine Ahnung.«

Im Licht der Sterne blickten ihm die Jungen zum ersten Mal ins Gesicht. Jemren wandte sich mit offenem *Taú* an sie; sein anfänglicher Widerwille schien verflogen.

»Fledermäuse«, nickte der Schütze. »Ich gebe zu, es gibt ruhmreichere Ziele. Aber was, wenn beim nächsten Mal ein Nraur auf einem Nouk auf euch zukommt? Er bietet euch kein ruhiges Ziel, er weicht aus, ist einmal hier und im nächsten Augenblick dort. Die Bahak haben oft gegen uns gekämpft, sie wissen über die Fähigkeiten und die Reichweite eines *Taú*-Schützen bestens Bescheid. Wie viel Zeit habt ihr, wie nahe könnt ihr ihn heranlassen? Und wenn er ebenfalls einen Bogen spannt, was dann?«

Keiner der Jungen sprach. Vrarras' Sohn hatte sich umgedreht und hörte mit gerunzelten Brauen zu.

»Ihr wollt aber nicht nur Kajlyn-Guas Kriegern, sondern auch den *Taú*-Schützen aus dem Norden gegenübertreten, für die das hier« – Jemren deutete in den Himmel – »eine leichte Übung ist. Auf eines könnt ihr euch verlassen: Nret und ihre Anhänger werden keinen Augenblick lang zögern, wenn sie ein gutes Ziel vor sich haben. Eure einzige Möglichkeit, ihren Pfeilen auszuweichen, ist das *Taú*. Aber die nötige Schnelligkeit will geübt sein. Deshalb versucht jetzt einmal, die Schatten dort oben zu treffen.«

Diesmal kamen die Jungen seiner Aufforderung ohne Widerrede nach. Sogar Mrerem kehrte auf den Platz zurück und gab sich alle Mühe, den Anweisungen des Schützen zu folgen. Mit der ihm eigenen Genauigkeit und Geduld erklärte Jemren den Jungen, wie die Pfeilbahn auszusehen hatte und welche Rolle das *Taú* beim Erfassen des Ziels spielte. Doch sosehr die Knaben sich auch bemühten, wie viele Pfeile sie auch verschossen – es war kein einziger Treffer darunter. Selbst Mrerem, der zu den besten von Defágos' zukünftigen Schützen gehörte, ließ schließlich entmutigt den Bogen sinken.

»Ihr dürft nicht so schnell aufgeben. Ich habe das Blindschießen auch nicht in einer Nacht gelernt«, munterte Jemren die Jungen auf. Er bremste Vlessis' Schwung mit der Hand, als der Junge rückwärts auf ihn zustürmte, Bogen und Aufmerksamkeit auf den schwarzen Himmel gerichtet. »Ihr müsst ein Gefühl für eure Umgebung entwickeln. Hinter euch könnte jederzeit einer der Euren stehen, Vlessi. Setzt die Zielübungen fort, bis der Mond über der Mauer steht; dann ist es zu hell. Morgen zeige ich euch dann, wie wir *Taú*-Schützen die Sehne durch die Ringe spannen.«

Seufzend machten sich die Jungen an die gestellte Aufgabe.

»Bei der Quelle, Jemren, hast du den Umgang mit dem Bogen etwa auf die gleiche Weise erlernt?«, wollte Gorun wissen, als der Schütze neben ihn trat.

Jemren nickte. »Wie viele Tage bleiben uns bis zum Eintreffen der Nraurn? Zwei? Drei? Die Zeit ist viel zu kurz. Vrarras verlangt etwas Unmögliches von mir.« Er beobachtete die Zielversuche der Knaben eine Weile. »Im Gegenzug«, schlug er dann vor, ohne Gorun anzusehen, »könntest du mir zeigen, wie man mit Pferden umgeht.«

Gorun lachte. Endlich hatte Jemren eingesehen, dass es das Beste war, mit dem Süden zu verhandeln. »Einverstanden«, stimmte er zu. »Gleich morgen früh wählen wir die Pferde aus. Aber vorher zeige ich dir noch etwas anderes.«

Über die langen Treppen stiegen sie in die Stadt hinab. Überall brannten Lampen: an den Brunnen, entlang der Wege und am Fuß der Statuen. Auf den Plätzen hatte man sogar helle Feuer entzündet, um die sich jene Flüchtlinge scharten, für die es in den Häusern und Tempeln keinen Platz mehr gegeben hatte. Vrarras hatte Zelte und Baldachine aufstellen lassen. Die Nächte waren bereits kühl, der Wind kündigte das Nahen des Herbstes an.

Immer wieder musste Gorun stehen bleiben, um eine Auskunft zu erteilen oder einige kurze Worte zu wechseln. Wer zusammen mit Jemren eingetroffen war, richtete auch einen freundlichen Gruß an den Schützen, und so dauerte es eine ganze Weile, bis sie schließlich zu einem hohen Bauwerk gelangten. Auf den Stufen vor dem Eingang des Turms standen Tonschalen. Dochte schwammen auf dem Öl, die Flammen beleuchteten das Gebäude und die Treppe. Als dünner Faden schlängelte sich Ruß in den Nachthimmel.

»In Defágos gibt es gar keine Wächter«, bemerkte Jemren, als sie den Offenen Turm betraten.

Er hatte recht. In den Mauernischen neben dem Eingang, wo in Caláxi bewaffnete Wachen Posten bezogen hatten, stand das Bildnis von Elrel, dem Gott der Weisheit; auf der anderen Seite wachte Zesake über Wohlstand und Handwerkskunst. Gorun war der Umstand noch nie so deutlich aufgefallen, aber anders als in seiner Stadt bewachten in Defágos ausschließlich Vrarras und seine Reiter Tor und Turm. Weil Defágos stark ist, dachte er. Und mit der Stärke kam die Offenheit, denn wer stark war, musste sich nicht hinter Mauern und Masken verbergen.

»Die Wächter in Caláxi wurden auf Xoras Wunsch berufen«, erklärte er. »Die Hohepriesterin meiner Stadt war immer sehr darauf bedacht, ihr Amt zu stärken. Die Quelle benötige den größtmöglichen Schutz – mit dieser Begründung setzte Xora in meiner Stadt wesentliche Änderungen durch. Ich war ihr verpflichtet, so wie Vrarras Anrynan dient.«

Mit einer Geste der Verehrung schritt er an den Statuen vorbei. Zur Schildhand führte eine gewundene Treppe in den Turm hinauf. Das trockene Mauerwerk, die erhitzte Bronze der Lampen, der Geruch von Rinden und Leder riefen in Gorun vertraute Empfindungen wach und versetzten ihn in die Zeit zurück, da er Vrarras' Schüler gewesen war – ein sehr missmutiger Schüler, wenn es hieß, den Offenen Turm aufzusuchen.

Er führte Jemren in die mittlere Turmkammer. Teppiche aus Ziegenhaar bedeckten den Boden, und der Raum war hell erleuchtet. In der Mitte befanden sich Sitzgelegenheiten und ein kleiner Tisch. Ringsum an den Wänden hingen Gestelle aus kunstvoll geflochtenen Bronzebändern. Rollen über Rollen stapelten sich auf den Regalen, gegerbte Häute und zerbrechliches Papier, alles in peinlichster Ordnung aufgeschichtet.

Gorun trat an eines der Fächer und zog eine Rolle heraus. Kein Stäubchen lag auf dem Bast. Er behandelte das Stück mit großer Sorgfalt, während er die Spange löste und das Schriftstück über dem Tisch ausbreitete.

»Hier«, sagte er befriedigt. »›Das Lied von Kerron‹, dem Jäger. Ich weiß noch ganz genau, an welcher Stelle es aufbewahrt wird.«

Jemren hatte sich in dem hohen Raum umgesehen. Jetzt trat er an den Tisch und warf einen Blick auf die Aufzeichnung. Der alte Bast wurde an den Rändern bereits brüchig; die Schrift war gleichmäßig gehalten und mit farbigen Punkten unterlegt.

»Das ist ein Sternbild«, stellte Jemren fest und zog mit der Hand die Verbindungen zwischen den Farbtupfen nach.

»Das stimmt«, bestätigte Gorun. »Sein Name geht angeblich auf eine wahre Begebenheit zurück. In diesem Raum werden die ›Chöre der Geschichte‹ aufbewahrt – aufgezeichnet auf diesen Rollen. Alle Lieder, die der Süden kennt, sind hier zu finden. Dort drüben liegen die Annalen von Anáxi, soweit sie noch erhalten sind. Sie sind nicht mehr vollständig. Manche Berichte gingen während der Langen Kriege verloren. Aufzeichnungen über die späteren Ereignisse findest du hier.«

Er deutete auf die Gestelle, deren Fächer sich in zeitlicher Reihenfolge gliederten.

»In der Kammer unter uns befinden sich die Pläne der Baumeister. Ölpressen, Lederherstellung und Töpferei: Die Schriften sind nach Handwerkskünsten geordnet. Im Raum über uns befinden sich schließlich die Prophezeiungen der Quellenpriesterinnen, mit Ausnahme der Großen Prophezeiung von Anáxi – sie gehört zum Besitz der *Nashan*. Außer der Hohepriesterin kennt fast niemand den gesamten Wortlaut der Weissagung. In der obersten Turmkammer werden zudem Werke der Dichtkunst aufbewahrt, insbesondere die Schriften von Keakos Su Adra, der aus Defágos stammte. Meine Mutter verehrte ihn sehr, doch bis auf einige ausgesprochen ... sinnliche Verse fand ich seine Lieder äußerst langweilig.«

Er räusperte sich. Behutsam wickelte er den Bast wieder auf und legte die Rolle an den angestammten Platz zurück. Jemren betrachtete ihn erstaunt.

»Du hast alle Schriften in diesem Turm gelesen?«, fragte er. »Wie lange hast du dafür gebraucht?«

Gorun lachte. »Sämtliche Aufzeichnungen von Defágos lesen? Bei der Quelle, ich glaube kaum, dass es jemanden gibt, der alle Schriften kennt. Nein, der Offene Turm ist so etwas wie das Gedächtnis des Südens. Wer etwas vergessen hat oder nach der Antwort auf eine Frage sucht, begibt sich hierher. Wie der Name schon sagt: Der Turm steht jedem in der Stadt offen.«

Er warf einen Blick auf das Gesicht des Schützen, um zu sehen, ob dieser ihn auch richtig verstanden hatte. Jemren betrachtete die aufgestapelten Schriftrollen.

»Weshalb erinnerte sich der Süden trotz all dieses Wissens nicht mehr an Lillias Volk?«, überlegte er laut. »Die Feen müssen in diesen Schriften doch erwähnt sein.«

»Oh, wir wissen sehr viel über sie«, erwiderte Gorun. »Das Mädchen am Strand, das später die erste *Nashan* wurde; verschiedene Zusammentreffen von Menschen und Göttern; die ›Ewigen‹ und ihre Wesenszüge und geheiligten Aufgaben – über all das findest du Aufzeichnungen. Niemand wusste jedoch mehr, dass es sich dabei wirklich um ein Volk handelte, das – unserem gleich – auf der Insel lebt. Die Götter seien Zeichen, bloße Abbilder der Wirklichkeit: So wurde ich gelehrt. Mit dieser Vorstellung wuchs ich auf.« Gorun musterte die Regale. »Nach der Zerstörung von Anáxi dauerte es eine geraume Zeit, bis alle Schriftstücke in Defágos einen neuen Platz gefunden hatten. Darüber vergaß man wohl, dass es sich bei den Berichten um Tatsachen handelte. Für mich waren die Götter eben die Götter – etwas so Selbstverständliches wie Regen und Wind, wie die Insel und das Meer. Warum sollte ich sie infrage stellen? Ihre Namen und Statuen waren doch Beweis genug! Aber um ehrlich zu sein: Ich habe mich nie sonderlich gern auf solche Überlegungen eingelassen. Wenn es sich einrichten ließ, schlug ich einen großen Bogen um diesen Turm. Defágos' schwarze Pferde warteten vor dem Tor – wenn du verstehst, was ich meine.«

Jetzt lachte Jemren ebenfalls, auf seine zurückhaltende Art.

»Und was ist das hier?«, fragte er und schritt zur Wand gegenüber dem Eingang. An dieser Stelle hatte man keine Gestelle aufgehängt. Die Mauer war sorgfältig geglättet worden, Dutzende von Steinplättchen fügten sich zu einem Mosaik. Grüne Schattierungen gaben Täler und Flussläufe wieder, die Berge und Ebenen waren aus rotbraunen und sandfarbenen Täfelchen zusammengesetzt, und das Meer bestand aus Muschelsicheln und blauem Glas. Die Lage der Städte wurde durch winzige Kupfertürme angezeigt, die fugenlos in das Mosaik eingepasst waren. Schon oft hatte Gorun an dieser Stelle gestanden, um die Ritte nachzuvollziehen, die er allein oder mit Falrau unternommen hatte. Diesmal jedoch sah er die Karte mit anderen Augen.

»Das ist die Insel – bevor der Scyé sie in zwei Teile riss«, erklärte er. »Dieses Mosaik ist das kostbarste Gut, das aus Anáxi gerettet wurde.«

Er betrachtete das Hügelland hinter seiner Stadt. Unverletzt und friedvoll ging es in den Norden über. Die Abbildung entsprach längst nicht mehr der Wirklichkeit, doch von allen Karten im Offenen Turm war ihm diese veraltete Darstellung stets die Liebste gewesen, ohne dass er sich je nach dem Warum gefragt hätte.

Jemren konnte den Blick nicht von dem Mosaik abwenden. Er hielt sich bei vielen Einzelheiten auf, las die Namen der Städte laut und verfolgte den Küstenverlauf bis nach Noárta, der Südlichsten. »Wie es dort wohl aussieht?«, fragte er sich.

»Fünf schlanke Türme«, meinte Gorun. »Noárta liegt unmittelbar am Meer. Eine schöne Stadt.«

»Du warst schon einmal dort?«, erkundigte sich Jemren,

und als er erfuhr, dass Gorun die meisten Städte des Südens besucht hatte, wollte er alles Wissenswerte über ihre Lage und die Beschaffenheit der Türme hören. Gorun antwortete nach bestem Vermögen und ließ sich seinerseits den Weg zeigen, den sie im Norden zurückgelegt hatten. So standen sie vor der alten Karte aus Anáxi und unterhielten sich, bis die Lampen heruntergebrannt waren.

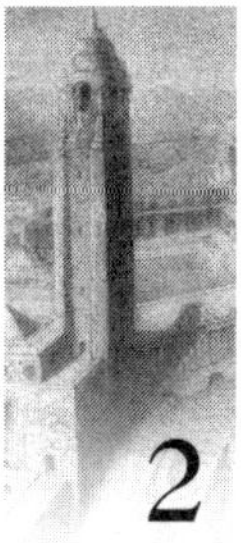

2

Es war dunkel. Der Himmel war bedeckt, oder aber es hatte die Sterne nie gegeben. Amra wanderte seit Langem in der Ebene umher, auf einen knorrigen Stock gestützt. Sie hatte den Ast in einem Hain gefunden. Die Bäume trugen Blätter, doch die Stämme waren ausgehöhlt und verkohlt; die Gräser bestanden aus Asche und würden bei der kleinsten Berührung zerfallen. Selbst die Felsen wirkten löchrig, als sei ein Feuersturm über die Gegend hinweggefegt und habe von allem nur noch die leere Hülle hinterlassen. Auch ihr selbst erging es so, auch sie bestand nur noch aus dem fahlen Umriss ihres Körpers. Das *Taú* hatte sie verlassen und mit ihm der wütende Schmerz im Bein. Seit einer Ewigkeit wanderte sie in der Ebene umher – allein. Das Land wirkte verlassen und still, kein Laut ertönte, sogar die Winde schliefen. Sie konnte sich nicht mehr auf ihr ursprüngliches Ziel besinnen. Sie hatte sich verirrt.

Erschöpft hielt sie inne und strich sich über die Stirn. Die Haut fühlte sich wie modriges Laub an. Der Geruch nach Erde und verwelkenden Pflanzen stieg vom Boden auf. Neben ihr ragten Knochen aus dem Erdreich – menschliche Knochen. Auf ihrer Wanderung stieß sie nicht zum ersten Mal auf ein solches Häufchen aus Schädel, Becken und Bein. Wer mochte der Tote gewesen sein? Vor den Verstorbenen in den Grabkammern hatte sie sich nie gefürchtet. In Gegenwart der Ahnen hatte sie sich geborgen gefühlt, als sei sie heimgekehrt in das Haus ihres Klans. Über der Ebene lag jedoch ein anderes Gefühl. Die Toten in diesem weiten Land waren gewaltsam aus dem Leben gerissen worden. Niemand hatte für ein Begräbnis gesorgt, niemand hatte die *Taú* zum Tor des Abschieds begleitet, und nun waren sie verloren und vergessen, gefangen im dunklen Grab.

Amra stützte sich auf den Stab. Sie fühlte sich matt, doch der blanke Boden lud nicht zum Ausruhen ein. Es war ein bedrückender Ort voller Unglück. Aber wozu sollte sie weitergehen? Es gab keine Richtung mehr, weder der Morgen noch der Abend zogen je über der Ebene herauf.

Eine Bewegung in dem weiten Land zog ihre Aufmerksamkeit auf sich. Erst schien es ihr, als zöge ein winziger Punkt am Horizont hin und her – ein Vogel oder ein schleichendes Tier. Als der Schatten näher kam, wurde er größer, bis Amra einen Wanderer erkannte, der auf sie zuschritt – allem Anschein nach ein Mann in einem langen Gewand. Sie hatte ihn noch nie zuvor gesehen, und dennoch kamen ihr seine langsam dahinschreitende Erscheinung und sein aufrechter Gang vertraut vor. Er schlug einen Bogen um sie und näherte sich der Stelle, an der sie ausruhte.

Wer bist du?, wollte sie fragen und: Wo sind wir? Kein Laut kam ihr über die Lippen.

Wir befinden uns im Entfernten Land, erwiderte der Unbekannte. *Erinnerst du dich nicht mehr?*

Besorgt blickte Amra umher. Auf den Verschlungenen Pfaden des Schattenreichs hatte sie sich immer zurechtgefunden, doch jetzt konnte sie in ihrer Umgebung keine Wege erkennen. Sie war tiefer in das Totenreich eingedrungen als je zuvor. In ihrer Eigenschaft als *Laîren* hatte sie die Schattenwelt oft betreten, um einem Verstorbenen den Weg zum Tor des Abschieds zu weisen. An dieser Stelle verblasste das *Taú*. Als Lebende durfte sie sich nicht über den Grenzstein hinauswagen, doch nun wusste sie nicht einmal mehr, in welcher Richtung das Tor lag.

Es spielt keine Rolle mehr, erklang die sanfte Stimme wieder. Der Mann umkreiste sie mit langen Schritten; das Gewand wehte hinter ihm her.

Wer bist du?, wiederholte sie ihre Frage, und die Antwort erklang wie ein Echo in ihren Gedanken.

Erkennst du mich nicht?

Sie betrachtete den Fremden. Der behutsame Gang und

das sachte Rucken erinnerten sie an einen schreitenden Vogel. Auf den Schultern saß ein menschlicher Kopf, das Gesicht war ihr zugewandt. Es trug keine ausgeprägten Züge; es konnte das Antlitz eines jeden Menschen sein. Zum ersten Mal zeigte Antiles sich ihr in dieser Gestalt.

Sie war gestorben.

Die Erkenntnis versetzte sie in Schrecken. Sie war gestorben, und niemand begleitete sie, keine *Laîren* wies ihr den Weg. So einsam, wie sie gelebt hatte, so einsam war sie im Tod.

Sie umfasste den Stab und nahm das Umherziehen wieder auf. Mit ähnlich ruckartigen Bewegungen wie ihr Begleiter hinkte sie durch das verlassene Land, auf der Suche nach der Stelle, an der sie sich für die eine oder andere Seite entscheiden konnte. Während sie das Schattenreich durchwanderte, rief sie nach den Menschen, die ihr vorausgegangen waren: nach Goruns Bruder und ihrer alten Lehrerin, nach Freunden und Verwandten, die sie als *Laîren* zum Tor begleitet hatte.

Ihre Rufe verhallten ungehört. Sie war verlassen in der dämmrigen Ebene, und plötzlich fürchtete sie, dass dieses Umherziehen von nun an für immer ihr Los wäre.

Sei unbesorgt, Amra – alles endet einmal. Es steht sogar in deiner Macht, über das Ende zu bestimmen.

Der Herr über das Schattenland war ihr Schritt für Schritt gefolgt. Nun stand er vor ihr, aufrecht wie die Statue zwischen den Gräbern von Caláxi, ein Bildnis aus glattem Stein. Seine Züge drückten Milde aus, und als er ihr die Hand entgegenstreckte, verspürte Amra den Wunsch, nicht länger vor dem Fürsten der Dunkelheit zu fliehen.

So komm nur!, lockte er sie. *Nichts trennt uns mehr. Du wirst einschlafen, und ich werde dich halten. Ich halte dich.*

Große Müdigkeit erfasste sie, die Sehnsucht nach Träumen. Zugleich war sie erleichtert. Sie hatte sich nicht verirrt – sie war angekommen. Sie hatte alle Wege beschritten, die es zu gehen galt, und nun war sie am Ziel.

Mit ausgebreiteten Armen spannte der Gott der Toten ein Tuch für sie aus.

Nur ein letzter Schritt noch. Komm und übergib mir dein Taú. Dann hat alles ein Ende.

Antiles deutete auf ihre Brust. Überrascht blickte Amra an sich hinab. Das *Taú* hing ihr an einer dünnen Schnur um den Hals, so wie sie einst das Amulett getragen hatte. Erstaunt hob sie den Finger und berührte das schwache Licht. Wie von einem Stein, der in Wasser fällt, breiteten sich Ringe darin aus.

Nimm es ab und gib es mir, verlangte der Gott. *Du brauchst das Weglicht nicht mehr – du bist am Ziel.*

Im Nacken ertastete Amra den Knoten. Sie nestelte an der Schnur, wollte sie abstreifen. Die Bäume warfen das Laub ab, und am Horizont zog Dunkelheit herauf – die lang ersehnte Nacht.

Warte, Amra! Warte noch! Es ist noch nicht Zeit!

Verwirrt ließ sie die Hand sinken, als in der Ferne eine Stimme ertönte; das *Taú* glitt ihr auf die Brust zurück. Im Dämmerlicht eilte eine Frau auf sie zu. Die Unbekannte hatte beide Arme erhoben. Die Gebärde kam Amra bekannt vor, doch die Bedeutung der Geste war ihr entfallen. Sie wusste keine Namen mehr, weder von Menschen noch von Dingen.

Sie ist nur eine Erinnerung, raunte der Totengott, *dein Spiegelbild auf der hellen Seite. Es ist nicht mehr wichtig. Nichts ist mehr wichtig.*

Er legte Amra das Tuch um die Schultern. Der Stab entglitt ihr, und die Augen fielen ihr zu. Schlaf umhüllte sie wie Seide. Sie wollte nicht mehr aufwachen. Alles hatte ein Ende, und sie war zufrieden.

Mit Sanftmut und List kommst du sie holen?, erklang die Frauenstimme von nahem. *Es wird dir nicht gelingen, mein Freund. Die Zeit ist noch nicht reif.*

Der Dunkle Gott drehte sich zu der Fremden um. *Du hier?*, fuhr er die Unbekannte an. *Was hast du hier zu suchen? Willst du mich jetzt auch noch aus meinem eigenen Reich vertreiben?*

Anklagend streckte die Unbekannte die Hand aus. *Du hältst dich nicht an die Grenzen, mein Freund,* sagte sie. *Du hast dich auf die Insel geschlichen, als dein Schiff versank. Vielleicht dachtest du, wir bemerken deine Anwesenheit nicht. Aber wir wachen noch immer über dieses Land.*

Der Dunkle Gott lachte auf.

Du hast nichts von deiner Selbstgerechtigkeit verloren, Schwester. Wächter über das Land wollt ihr sein? Blick einmal umher! Siehst du die Knochen dort? Es sind die Überreste großer Kriege. Beweisen sie nicht, wie sehr die Menschen meine Geschöpfe sind? Ihre Kriege haben die Insel einst mir geweiht, doch in eurem Kleinmut wolltet ihr meinen Sieg nicht anerkennen. Jetzt naht die Zeit, da sich die Wahrheit über die Sterblichen ein weiteres Mal offenbaren wird – und da kommst du und willst mich an Grenzen erinnern?

Die Unbekannte straffte sich, ihre Stimme klang streng.

Du hast die ungeschriebenen Gesetze der Insel verletzt, Antiles, und nun ist dein Anrecht auf einen Platz an Land verwirkt. Mit Heimtücke wirst du es nicht zurückgewinnen. Sie hob die Hand zu einer versöhnlichen Geste. *Der Zorn macht dich blind, mein Freund. Du glaubst noch immer, wir hätten dir Unrecht getan. Doch du bist uns jederzeit willkommen – in deiner anderen Gestalt.*

Der Dunkle Gott wischte das Ansinnen der Fremden beiseite. Der weite Ärmel seines Gewands flatterte und sank wieder herab. *Geschwächt und gebrochen – so lauten die Bedingungen für meine Rückkehr?*, fauchte er. *Als ihr mich einst von der Insel verbanntet, nahmt ihr mir zur Strafe mein eigentliches Äußeres. Fortan durfte ich mich an Land nur noch als Schatten aufhalten. Aber ihr habt nicht bedacht, wie viel gefährlicher ich euch werden kann, wenn ich an keine Erscheinungsform gebunden bin. Wie ein Schatten kann ich jede beliebige Gestalt annehmen und an vielen Orten zugleich auftauchen. Deshalb fürchtet ihr mich nun – und diese Furcht steht euch gut an, denn sobald ich Herr über die Insel bin, wird euch dieselbe Strafe zuteil wie einst mir. Doch für euch wird es keine Rettung geben – ihr werdet untergehen!*

Die Unbekannte schüttelte traurig den Kopf. *Ich hatte gehofft, ich könnte dich umstimmen, Antiles. Nun erkenne ich, wie vergebens unser Warten war – die Gier vergiftet dich noch immer. Ich werde dein Reich wieder verlassen, doch zuvor verlange ich die Laîren von dir. Ihre Lebenskraft ist längst noch nicht erloschen.*

Als hätten zwei Traumgebilde miteinander geredet, so war Amra der Streit erschienen. Als die Fremde nun sprach, lenkte sie Amras Aufmerksamkeit mit einer Geste auf das *Taú*. Der Schein auf ihrer Brust wurde heller und ebbte gleich darauf wieder ab.

Es regt sich noch, dachte sie verwundert. Sie deckte die Hand über das Licht; die Helligkeit glühte ihr durch die Finger. Da zog ihr der Dunkle Gott das Tuch mit einem Ruck straffer um Schultern und Arme. Er wand das Leinen so eng um sie, dass ihr der Atem stockte.

Die Laîren hat mein Reich aus freien Stücken betreten – nun gehört sie in meine Welt! Sie bleibt hier und dient mir, wie es ihr bestimmt ist.

Amra keuchte. Sie spürte die Wärme des *Taú* unter den Fingern und versuchte vergeblich, sich aus den Schlingen des Tuchs zu befreien. Bahn um Bahn wickelte der Totengott um sie, so wie sie einen Verstorbenen in das ölgetränkte Leichentuch zu schlagen pflegte.

Lass sie frei, Antiles! Wenn ich auf die helle Seite zurückkehre, begleitet sie mich, forderte die fremde Frau.

Amra schrak zusammen, als ihr ein hohes, schrilles Kreischen in den Ohren gellte. Der Dunkle Gott warf den Arm hoch, Klauen brachen aus seiner Hand hervor, und er schlug ihr die Krallen tief ins Bein. Sie schnitten durch die Tuchbahnen und gruben sich in die Wunde. Amra schrie auf, als sie plötzlich wieder an Schmerz und Leid erinnert wurde.

Die sehende Laîren, höhnte Antiles. *O ja, ich weiß: Ihr braucht ihr Wissen, um euch in der Dunkelheit zurechtzufinden! Sie war kühn oder leichtfertig genug, sich weit auf meine Seite zu wagen ... ein wenig zu weit! Nun kehrt sie nicht mehr zurück. Was kannst du gegen mich ausrichten – Schwester? Auch du musst dich an die Grenze halten, die ihr mir einst gezogen habt!*

Die Unbekannte trat einen Schritt zurück, streifte einen Armreif vom Handgelenk und warf ihn in die Luft. Der Ring stieg hoch in den Himmel.

Der Reif ist mein Geschenk an dich, Laîren, rief sie Amra zu. *Nun hast du den Zweiten Kreis des Wissens durchschritten und erfahren, wie es ist, verletzt zu werden und zu sterben. Aber du darfst nicht länger im Entfernten Land bleiben. Du musst zurückkehren!*

Als der Ring den Scheitelpunkt seiner Bahn erreichte, erglühte er in gleißendem Licht. Er strahlte wie ein Stern und beleuchtete Wege in Amras Umgebung – Pfade, die aus dem Entfernten Land fortführten.

Geblendet schrie der Herr der Dunkelheit auf. Er ließ Amra los und stürzte sich auf die Fremde, aber die scharfen Krallen glitten durch die Erscheinung hindurch, ohne Schaden anzurichten. Das Bild der Frau erzitterte wie eine Spiegelung im aufgeschreckten Wasser; sie verblasste an Ort und Stelle, und ihre Rufe verklangen.

Kehr zurück, Amra! Wir warten auf dich. Wir warten!

Hastig lockerte die *Laîren* die Schlingen und befreite sich aus dem Leichentuch. Das Licht des Rings schwand, doch sie hatte genug gesehen. Sie war noch nicht am Tor des Vergehens angekommen, noch lange nicht.

Der Schwarze Gott hatte sie belogen.

Fauchend fuhr Antiles zu ihr herum. Anstelle des menschlichen Gesichts sprang eine Schnauze hervor. Mit aufgerissenem Rachen drohte ihr der Schakalgott, schmale Augen funkelten sie an. Sie hob den Arm und fing den Reif auf. Er glitt ihr über die Hand und schmiegte sich an ihren Arm –

eine Schlange, die den eigenen Schwanz im Maul hielt. Sogar das Muster auf dem geschuppten Rücken war in den Stein eingeritzt.

Amra bückte sich hastig nach ihrem Stab und rannte, so schnell es das verletzte Bein erlaubte. Das Licht auf ihrer Brust war verschwunden, doch sie spürte das *Taú* wieder am angestammten Platz dicht neben dem hämmernden Herzen. Sie wusste wieder, wo sie war und wer sie war – *Laîren* im Zweiten Kreis des Wissens und Erfahrens, so hatte die Fremde sie genannt. Mit raschen Schritten näherte sie sich der Menschenwelt. Zornig stürmte Antiles ihr nach, aber auf den Steinen, an denen sie vorbeirannte, prangten Zeichen, an denen auch der Gott der Dunkelheit nicht vorbeizuschlüpfen vermochte. Sie hatte einen Begräbnisplatz erreicht, ein weites Rund aus Stelen. Hinter den Totenkammern erhob sich eine Anhöhe. Verschwommen nahm Amra eine Stadt wahr, lief auf die Mauer und die emporragenden Türme zu – und schlug die Augen auf.

Alles war ein Traum. Sie lag auf weichen Matten, ihr Atem flog, und der Schweiß rann ihr an den Seiten hinab, als wäre sie schnell gelaufen – doch nur ein düsterer Alb hatte sie verfolgt. Als sie die Hand hob, um sich über das Gesicht zu wischen, spürte sie ein ungewohntes Gewicht am Handgelenk – eine schmale Spange. Die Schlange schmiegte den Kopf an ihren Handrücken, winzige Augen glitzerten im Stein und ließen die Schlange beinahe lebendig wirken.

Erschrocken richtete Amra sich auf. Sie war nicht allein. Die Fremde aus dem Traum beugte sich über sie, und als Amra ihr ins Gesicht blickte, glaubte sie erneut, sie habe geschlafen – viele Jahre lang geschlafen, während Lillia zu einer jungen Frau herangewachsen war. Behutsam drückte die Unbekannte sie auf die Decken zurück.

»Du darfst noch nicht aufstehen, Amra«, erklärte sie. »Aber die Wunde an deinem Bein wird verheilen – wenn du ihr ein wenig Zeit lässt.«

Unzählige Fragen bestürmten Amra, doch sie war so verwirrt, dass sie nur eine einzige stellte. »Wo ist Gorun?« Ihre Stimme klang kläglich und heiser, der Mund brannte ihr vor Durst.

Die Frau lächelte. »Er wird gleich hier sein. Ich habe schon nach ihm geschickt.«

Obwohl diese Antwort seltsam war – Wie konnte Gorun hier sein? Und wie konnte diese Fremde wissen, wie sehr sie sich nach der Gegenwart des Reiters sehnte? –, sank Amra auf die Decken zurück. Eine Weile lag sie entspannt da, Wasser plätscherte im Hintergrund. Die Frau hielt ihr einen Becher an die Lippen und gab ihr zu trinken. Plötzlich riss Amra die Augen auf.

»Die Kammer gehört zum Quellenturm!«, stieß sie hervor. »Und du bist eine der Priesterinnen. Ich darf mich nicht in deiner Nähe aufhalten. Ich bin ... ich darf nicht hier sein.«

Beschämt verstummte sie. Sie lag auf feinem Leinen; jemand hatte die notwendigen Waschungen für sie vorgenommen, um das Unreine, das Verweste von der *Laîren* abzustreifen. Dennoch war ihr Aufenthalt im Hauptturm einer Stadt undenkbar.

»Sorge dich nicht, Amra«, beruhigte die Priesterin sie. »Zu meinem Turm hat Antiles keinen Zugang.«

»Bestimmt willst du nicht wieder in einer Hütte auf dem Boden schlafen, Amra!«, ertönte da eine weitere Stimme – die Stimme eines kleinen Mädchens.

Amra hob den Kopf vom Kissen. Lillia lag bäuchlings auf einer zweiten Liege. Sie stützte das Kinn auf beide Fäuste und wippte mit den Füßen, während sie über ihren nächsten Spielzug grübelte. Ein *Edú*-Brett war vor ihr aufgebaut, eine kostbare Arbeit. Die Felder waren aus verschiedenfarbigem Holz geschnitzt, sorgfältig eingepasst und lackiert. An den Eckpunkten waren Bronzenägel eingeschlagen; die winzigen Köpfchen glänzten. Den weißen Spielstein hatte ein wahrer Künstler aus einer Muschel geschliffen, der dunkle bestand aus Stein. Kupferfiguren standen auf den Feldern, ihre Stellung bezeichnete den Spielstand – Reiter und Priesterinnen, Türme und Schiffe. Soweit Amra sehen konnte, stand das Mädchen im Begriff zu verlieren. Sie kannte das Brettspiel gut, hatte sich mit ihren Schwestern an manch langen Winterabenden die Zeit mit einer Partie vertrieben.

Nach langem Hin und Her traf Lillia endlich eine Entscheidung und übersprang drei Felder mit ihrer Figur. »Das Schiff gehört mir!«, rief sie höchst zufrieden mit sich, strich den Spielstein ein und legte das kleine Boot neben sich auf die Decke. »Jetzt bist du wieder an der Reihe, Any.« Die Priesterin beugte sich vor, und ihre grünen Augen sprühten vor Belustigung, als sie eine Figur auf dem Brett verschob.

Der Anblick der beiden *Edú*-Spielerinnen verwirrte Amra. Die Priesterin und das Mädchen vertieften sich in das Spiel, als sei sonst nichts wichtig auf der Welt; als gäbe es keine drohende Dunkelheit und keine Schatten. Licht schwamm in den Steinquadern der Wand, weiße Felle bedeckten den Boden der Kammer, und aus einer Schale in der Mitte strömte Wasser. Da erst begriff Amra die Worte der Priesterin: In Anys Turm gab es tatsächlich keine Schatten.

»Antiles ist mächtig ... viel mächtiger als früher«, flüsterte sie. »Und er sucht meine Nähe.«

Die *Nashan* nickte ernst. »O ja, der Verbündete der Nraurn ist ein alter Feind«, sagte sie. »Antiles' Zorn richtet sich schon sehr lange gegen uns; er fügt meinem Volk Schaden zu, wo er nur kann. Einst waren wir Freunde, er und ich, doch vorhin hörtest du, wie er mir mit Vernichtung drohte.«

Mit leisen Worten berichtete Anrynan vom Blauen Turm, wie es gekommen war, dass das Feenvolk die Menschen auf der Insel willkommen hieß und später von den Bewohnern der Turmstädte vergessen wurde.

»Früher einmal wachte Antiles über die Salze und Erze im Innern der Berge. Nachdem er sich eines schweren Vergehens schuldig gemacht hatte, verbannten wir ihn von der Insel. Aus den Stoffen des Meers schuf er sich ein neues Reich und setzt seitdem seine ganze Verschlagenheit und List ein, um an

Land zurückzukehren. Deine Verwundung – die Verwundung einer *Laîren* – bot ihm Gelegenheit zu diesem Schritt. Es gelang mir fürs Erste, ihn zu vertreiben, aber ich weiß nicht, wohin er sich nun geflüchtet hat«, räumte Anrynan ein. »Wir müssen auf der Hut sein, du und ich.«

»Er hat dich ›Schwester‹ genannt«, erinnerte Amra sich. Sie fröstelte, als sie an das totenstille Land dachte, an die nicht enden wollende Dämmerung.

Die *Nashan* von Defágos senkte den Kopf und strich sich eine Haarlocke aus der Stirn. »Du musst eines wissen, Amra: Einst gehörte Antiles zu meinem Volk. Einst war er, was ich bin. Wenn Defágos im Kampf gegen die Nraurn und ihren Verbündeten fiele, dann ginge weit mehr unter als nur eure Stadt. Wir alle wären verloren. Die ganze Welt würde sich in ein Totenreich verwandeln.«

Anrynans Gesicht wirkte kummervoll. Beunruhigt vernahm Amra die Worte der Feenpriesterin. Nichts hatte mehr Bestand, die Ordnung der Dinge stand im Begriff, sich aufzulösen. Alles Wissen, das sie sich mühsam und im Lauf vieler Jahre angeeignet hatte, galt nicht mehr.

»Antiles hat mich immer nur für seine Zwecke benutzt. Wie kann ich nun noch *Laîren* sein, nachdem alle meine Bemühungen falsch und vergeblich waren?«, klagte sie – und legte rasch die Hand über die Lippen, als sie den Frevel in ihren Worten erkannte.

Mit schlanken, kühlen Fingern umfasste Anrynan ihr Handgelenk. »Du darfst nicht denken, dass alles umsonst war. Letztlich kann niemand vorhersagen, welche Kräfte den Ausgang der Auseinandersetzung entscheiden werden. Wie mein Freund Vrarras so klug erkannte: Die Prophezeiung lässt sich auf vielerlei Weise deuten. Es ist gut, dass wir alle hier versammelt sind. So hat das Eine Kind viele Beschützer.«

Sie blickten zu dem Mädchen hinüber. Lillia starrte mit gerunzelter Stirn auf das Spielbrett. Gelangweilt schob sie einen Turm auf den Feldern umher, während sie auf Anrynans nächsten Zug wartete.

»Jetzt hast du Amra aber wirklich alles erzählt, Any«, meinte sie. »Nun spiel weiter *Edú* mit mir! Du bist schon längst am Zug!«

Die Feenpriesterin strich dem Mädchen begütigend über das Haar. Plötzlich beugte sie sich vor und schob den hellen Stein mit wenigen Zügen in den Kreis im Mittelpunkt des Labyrinths. »Ah, Lillia ... jetzt habe ich gewonnen«, sagte sie und lachte, als das Mädchen voller Entrüstung Türme und Schiffe vom Spielbrett fegte.

»Du gewinnst *immer*!«, beschwerte Lillia sich. »So macht das doch keinen Spaß!«

Lächelnd hob Anrynan die verstreuten Figuren auf. »Irgendwann wirst du das Spiel beherrschen«, tröstete sie das Kind. »Wenn du allerdings jetzt schon gewinnen willst, musst du mit Gorun spielen. Er hat keine Geduld für die vielfältigen Regeln des *Edú* – ein ausgezeichneter Gegner.«

Die *Nashan* nickte zum Eingang der Turmkammer hinüber. Schnelle Schritte waren auf der Treppe zu hören, und einen Augenblick später schlug der Reiter den Vorhang zur Seite. »Amra!«, rief er aus. Sein besorgter Blick hellte sich auf, als er sah, dass sie wach und ansprechbar war. Er trat zu ihrer Liege.

Gorun wirkte ausgeruht und kraftvoll. In seinen grauen Augen, in seinem *Taú* wechselten die Empfindungen so rasch, wie Wolken einen windigen Himmel durchziehen. Erleichterung durchströmte Amra. Die Ereignisse auf Antiles' Schiff hatten ihn nicht verändert. Seine ungestüme Art, die Leichtigkeit, mit der er allen Widrigkeiten begegnete, die Wärme des *Taú* – so kannte sie ihn, so war er ihr von Kindesbeinen an vertraut. Sie richtete sich auf dem Ellbogen auf, während sich der Reiter mit untergeschlagenen Beinen auf einem Polster neben ihrer Liege niederließ. Sie hoben zur gleichen Zeit zu sprechen an, um einander von ihren Erlebnissen zu berichten, unterbrachen sich lachend und fingen den nächsten Satz doch wieder gemeinsam an. Erst nach einer Weile merkte Amra, dass die Priesterin und das Mädchen den Raum längst verlassen hatten.

»Any hat mich in die Ereignisse eingeweiht. So vieles ist neu für mich«, gestand sie. »Vieles ist verwirrend.«

Gorun nickte. Sie wollte ihm vom Weg durch den Norden berichten, von den Geistern des Scyé und von den Türmen ihrer Stadt, doch die Stimme versagte ihr. Erschöpft sank sie auf die Kissen zurück.

»Alles ist gut, Amra«, raunte der Reiter. »Ich weiß über alles Bescheid; Jemren hat mir von eurer Reise erzählt. Schlaf und ruh dich aus! Hier bist du in Sicherheit – nur das zählt.«

»Reiter! Reiter kommen!«

Nesyn fuhr im Sattel herum, als er die Rufe hörte. Das Nouk des Boten kam in einer Staubwolke zum Halten, der junge Bahak streckte den Arm aus.

»Dort ... hinten!«, keuchte er. »Sie sind ... schneller als wir.«

Nesyn kniff die Augen zusammen und spähte über die Hänge hinweg. Drei Schemen tauchten auf einer Kuppe auf und verschwanden sogleich wieder im angrenzenden Tal.

»Reitet auf den Spuren weiter!«, befahl er Syne-Ne, die sich neben ihm an der Spitze der Schar hielt. Schon seit dem Vorabend zogen sie auf einer breiten Fährte aus Hufabdrücken und Schleifspuren dahin. »Sobald ich festgestellt habe, wer uns folgt, hole ich euch wieder ein.«

Die junge Bahak-Kriegerin nickte. »Vorwärts!«, schrie sie und schwenkte den Arm. »Es geht weiter!«

Nesyn wendete das Nouk und jagte den Herannahenden entgegen. Die Blicke der Schützen aus dem Norden folgten ihm, aber er scherte sich nicht um ihren Argwohn. Auf der nächsten Hügelkuppe zügelte er sein Reittier und spähte ins Land. Tatsächlich – drei Berittene kamen auf ihn zu. Sein *Taú* weitete sich erwartungsvoll. Sollte ihm zuletzt doch noch Erfolg vergönnt sein? In diesem Fall würde er nicht gänzlich ohne Ergebnis von seiner Unternehmung zurückkehren und der *Nraur-a-Khae* mitteilen, er habe im Bezug auf das Eine Kind und seine drei Begleiter nichts erreicht.

Als er kurz nach dem merkwürdigen Zusammentreffen

mit dem Wächter der Bemalten Schlucht zwei Krieger in den Norden zurückgeschickt hatte, hatte er mit Bedacht die schnellsten Nouk für sie ausgewählt, über die seine Schar verfügte. Zudem waren Vlyn und sein Gefährte erfahrene Späher und Spurenleser und kannten das Land jenseits des Scyé gut. Nun zeigte sich, dass die Entscheidung richtig gewesen war: Die beiden Bahak-Krieger hatten die Schwester des Schützen tatsächlich aufgespürt. Unbeholfen hielt sich die Gefangene auf dem kleinsten Nouk. Ihre Hände waren an den Sattelknauf gefesselt, und eine lange Leine verband sie mit ihren Wächtern. Als die Krieger Nesyn entdeckten, galoppierten sie auf ihn zu.

»Ihr kommt gerade zur rechten Zeit!«, lachte er und deutete auf die Spuren. »Dank eurer raschen Rückkehr werden wir heute nicht mit leeren Händen vor die *Nraur-a-Khae* treten!«

»Deine Vermutung stimmte mit den Umständen im Norden vollkommen überein!«, rief Vlyn ihm zu. »Die Menschenfrau hielt sich in einer Höhle in den Klippen nahe Tegaréssos versteckt. Dort lebte sie von Fisch und verdorbenem Wasser. Sie klettert fast wie eine Nraurin und wäre uns beinahe entschlüpft, aber dann gelang es uns, sie in einem Gang in die Enge zu treiben.«

Sie klettert fast wie eine Nraurin – bei diesen Worten nahm Nesyn die Gefangene genauer in Augenschein. Ihr Haar war lang und schwarz, und sie trug noch immer das dünne Kleid, in dem sie aus ihrer Stadt geflohen war. Der Stoff war zerlumpt und dreckig, und vor Erschöpfung zitterte sie. Das Seil hatte ihr die Handgelenke wundgescheuert, Schmutz und Schrammen bedeckten die Beine bis zu den Knien, während ihre nackten Füße kaum zu den Steigbügeln hinabreichten. Sie war deutlich jünger als ihr Bruder, doch zu seiner Überraschung entdeckte Nesyn, dass es zwischen den Verwandten des Kahlen Volks offenbar ebensolche Ähnlichkeiten gab wie zwischen Nraurn-Geschwistern: die tiefdunklen Augen, der trotzige Zug um den Mund, die

Linie von Wange und Kinn – das Mädchen glich Jemren aus Tegaréssos in vielen Einzelheiten.

»Bist du hier der Anführer?«, redete sie Nesyn an, als dächte sie nicht daran, vor einem überlegenen Gegner den Blick zu senken. »Dann sag deinen Kriegern, dass sie mich losbinden sollen. Sie tun mir weh, und außerdem haben sie kein Recht, mich hinter sich herzuschleifen wie ... wie eine Ziege.«

Angesichts solcher Frechheit wölbte Nesyn den Nacken. Auch die beiden Krieger beherrschten die Menschensprache in hinreichendem Maße, um die Unbotmäßigkeit der Gefangenen zu verstehen. Vlyn, der das Seil um einen Sattelring geknotet hatte, riss an dem Riemen, sodass die junge Frau ins Schwanken geriet. Hastig packte sie den Sattelknauf, doch kaum hatte sie sich wieder gefangen, starrte sie Nesyn von neuem an.

»Ihr sollt mich freilassen!«, verlangte sie. »Wohin schleppt ihr mich überhaupt? Was ist das hier für eine öde Wüste? Was wollt ihr von mir?«

»Harat«, sprach Nesyn sie an – da zuckte sie zusammen.

»Woher kennst du meinen Namen? Woher weißt du, wie ich heiße?«

Der Bahak lehnte sich im Sattel zurück. »Ich habe gegen deinen Bruder gekämpft«, erklärte er.

Unversehens rannen Tränen durch den Schmutz auf ihrem Gesicht. »Du lügst«, gab sie zurück. »Hättest du wirklich gegen Jemren gekämpft, wärst du jetzt nicht hier. Du wärst ...«

Der Wächter stieß ihr das stumpfe Ende des Speers in den Rücken. »Schweig!«, drohte Vlyn der jungen Frau – und sie spuckte vor den Hufen seines Nouk ins Gras. Wahrhaftig, es gibt Ähnlichkeiten zwischen menschlichen Geschwistern, dachte Nesyn. Derselbe Starrsinn. Dieselbe Bockigkeit im *Taú*.

»Auf dich wartet die *Nraur-a-Khae*«, unterrichtete er die Gefangene. »Sehnsüchtig und lange wartet sie schon, um an dir Vergeltung für die Taten deines Bruders zu üben. Glaub ja nicht, dass du deinem Schicksal entkommst.«

»Diese Wer-auch-immer-sie-ist hat Grund, sich an Jemren zu rächen?«, fragte Harat, und dann nickte sie kaum merklich. »So ist es gut. Dann hat wenigstens er Wiedergutmachung für die Zerstörung unserer Stadt gefordert.«

Blitzschnell packte Nesyn die junge Frau am Kragen und zerrte sie zu sich heran. Das Kleid platzte ihr am Rücken auseinander und enthüllte nackte Haut, bleich wie die Mondsichel, die nachts über den Hügelketten stand. Der salzige Geruch ihres Haars wehte ihm entgegen, und obwohl er den Eindruck hatte, dass er ihr die Knochen mit einer Hand zerdrücken könne, kämpfte sie gegen seinen Griff an. Kein Laut kam ihr über die Lippen.

»Mir gegenüber magst du solche Frechheiten äußern!«, stieß er zornig hervor. »Aber wag es nicht, die *Nraur-a-Khae* mit deiner Unverschämtheit zu beleidigen, wenn du vor ihr stehst! Sie ist die Königin des Gehörnten Volks!«

»Ich weiß schon, was ich deiner Königin berichten werde!«, keuchte Harat, während sie den Fuß gegen die Schulter seines Nouk stemmte, als wolle sie das Tier samt Reiter von sich wegschieben. »Tegaréssos konnte sich nicht richtig verteidigen, weil sich unsere beiden besten Schützen zum Zeitpunkt des Angriffs nicht in der Stadt befanden. Ihr habt einen wehrlosen Turm überfallen – wenn das keine Heldentat ist! Mein Bruder sprach manchmal davon, dass euch in gewisser Weise Respekt gebühre, denn ihr wärt gewandt und kühn und schnell. Aber mittlerweile glaube ich, dass Jemren sich seine Gegner schöngeredet hat!«

Voller Unbehagen schüttelte Vlyn die Mähne, sein Kupferschmuck rasselte. »Wir haben ihr angedroht, sie bekäme nur dann Wasser zu trinken, wenn sie den Mund hält und unseren Befehlen gehorcht«, berichtete er. »Aber sie lässt sich nicht zähmen. Sie ist wilder als eine Bergziege.«

Mit einem Stoß ließ Nesyn die Menschenfrau los. Sie klammerte sich an den Sattel des Nouk und funkelte ihn an.

»Sie versteht es lediglich, ihre Angst zu verstecken«, bemerkte er. An Harats Gesichtsausdruck las er ab, dass sie sehr wohl verstand, was er und die beiden Krieger sprachen. »Aber das wird sich im Lauf dieses Tags ändern. Folgt mir!«, befahl er. »Heute schließen wir uns der *Nraur-a-Khae* und ihrer Streitmacht an.«

Er trieb das Nouk in einen scharfen Galopp. Kurze Zeit später tauchten Syne-Ne und ihre Krieger vor ihnen auf. Nesyn und seine Begleiter überholten die Schar ohne Mühe, denn die Nraurn passten sich der Schrittgeschwindigkeit der Schützen an. Als der Verräter aus Tegaréssos die Gefangene erblickte, löste er sich aus der Gruppe und rannte den Nouk hinterher.

»Harat!«, schrie er. »Harat! Verflucht, Nesyn – bleib stehen! Wohin bringst du das Mädchen?«

»Tarepin!«, rief die junge Frau ihrerseits. Immer wieder blickte sie zu dem Schützen zurück, obwohl sie auf dem galoppierenden Nouk offenkundig mit dem Gleichgewicht zu kämpfen hatte. Kurz darauf war der Mann außer Sicht; er wurde von den wirbelnden Staubschwaden verschluckt. Harat drehte sich wieder nach vorn und blickte starr geradeaus. Die Widerstandskraft in ihrem *Taú* war bereits erheblich schwächer als noch vor Augenblicken.

»Vorwärts!«, befahl Nesyn seinen Begleitern. »Dort vorn ist bereits die Nachhut von Kajlyn-Guas Heer zu erkennen.«

Der Zug der Nraurn-Krieger erstreckte sich über mehrere Hügel. In endlosen Reihen ritten und schritten die Gefolgsleute der *Nraur-a-Khae* dahin, und bei ihrem Anblick schlug Nesyns Herz höher. Die Streitmacht teilte sich in mehrere Gruppen. Die Ehnek und die Gemnen bildeten den Schluss. An ihren Sätteln waren Äxte befestigt; die Reiter trugen runde Schilde auf dem Rücken. Vor ihnen ritten die Arrak in einem losen Verband. Diese Nraurn verstanden sich hervorragend auf den Umgang mit den Haken und trafen einen

Gegner auch auf große Entfernung. Die Waffen waren an Sattelringen aufgehängt, die Klingen zusammengeklappt und mit einem Lederfutteral geschützt. Bei jedem Schritt der Nouk schwangen sie hin und her. Siegel und Bronzespangen klirrten an den Zaumzeugen, Schriftzeichen zierten die Speerspitzen und Schilde und verhießen dem Träger Glück und gutes Gelingen in der Schlacht. Jeder Gegenstand verriet etwas über seinen Besitzer, über kühne Taten und erworbenen Ruhm.

Jeweils sechs Nouk zogen die großen Rundzelte der Anführerinnen. Die *kert* waren vollständig aufgebaut und auf Plattformen festgezurrt, die auf dicken Balken über den Boden schleiften. Bestickte Banner flatterten im Wind, und rund um das Zeltdach liefen Spruchbänder, welche die Abstammung der jeweiligen Bewohnerin priesen. Der Geruch von Staub und Tierschweiß, Leder und gefetteter Wolle wehte zu Nesyn herüber. In bauchigen Tonkrügen im Schatten hinter den Zelten wurden Öl und geronnene Milch aufbewahrt, in Ledersäcken lagerten Getreide und Salz. Bündelweise führten die Gehörnten Äste mit, denn es gab nicht überall Brennholz, und die Nächte in den Trockenen Hügeln wurden manchmal empfindlich kalt. Die Kinder lasen deshalb jeden dürren Zweig vom Wegrand auf und steckten ihn vorsorglich zu den anderen Ästen.

Halbwüchsige Nraurn trieben Schafherden, Ziegen und Noukstuten mit ihren Fohlen vor sich her. Die schrillen Rufe der Hirtenjungen übertönten das Blöken und das Hufgetrappel. Die Mädchen trugen ihre Lasten an breiten, bunten Gurten, die über die Knochenplatte der Stirn verliefen, und zwischen den Herden tummelten sich die Kleinsten des Gehörnten Volks. Die Kinder maßen ihre Schnelligkeit in Wettrennen und steckten anschließend lachend und schwatzend die Köpfe zusammen – dunkle und rötliche, sandfarbene und gestreifte Mähnenschöpfe –, als bemerkten sie keine Unterschiede zwischen sich. Als sie Nesyn vorbeireiten sahen, brachen sie in Geschrei aus, winkten ihm und seinen Begleitern zu und rannten den Nouk hinterher, bis sie schließlich völlig außer Atem zurückfielen.

Der Heerzug kam nur langsam vorwärts, mit der Geschwindigkeit der lastenziehenden Nouk und der wandernden Herden, doch die Fürstin der Gehörnten hatte keine Eile. Wohin sollten die Menschen sich auch flüchten außer hinter die Mauern ihrer Städte? Weder Bangen noch Beten würde den Hörnerlosen etwas nützen – die *Nraur-a-Khae* näherte sich Defágos unaufhaltsam.

Die Bahak bildeten die Spitze des Zugs. Ein Wald aus Speeren überragte das Schwarze Volk, die Schneiden der *nkemen* an unzähligen Hörnern blinkten. Flankiert von ihrer Leibwache, führte Kajlyn-Gua den Heerzug an. Die Wächterinnen trugen ihre Waffen: Axt und Schild, Lanze und Speer. Ehrfürchtig neigte Nesyn das Gehörn vor den Klingen, denn sie waren berühmt und sehr alt, und er hatte sie noch nie in der Schlacht erlebt. Die Lanzenspitze brach aus dem Rachen eines geschmiedeten Schakals hervor; Wendigkeit und Schläue verhieß das Tier. Der leichtere und kürzere Speer war einem Vogel nachempfunden, denn diese Waffe sollte ihr Ziel im Flug finden. Der Schnabel bildete die Klinge, die Krallen formten Widerhaken am Übergang zwischen Speerspitze und Schaft. Angeblich hatte Yagu-Ya, die Hässliche Königin, diese Waffen anfertigen lassen und sie beidhändig in der Schlacht geführt.

Als die Fürstin der Gehörnten den Hufschlag vernahm, drehte sie sich um.

»Nesyn!«, rief sie erfreut und schwang zur Begrüßung die Peitsche. Sie ließ ihren Tross halten und wendete ihr Tier. »Ja, sieh dir Lanze und Speer nur genau an! Die Zwillingswaffen glänzen wieder im Tageslicht. Ich habe sie eigenhändig aus dem Felsspalt geholt, in dem sie seit Jahren nutzlos verrotteten. Jetzt führen sie mein Heer an – ein prächtiger Anblick!«

»*Nraur-a-Khae*«, grüßte Nesyn mit einer tiefen Verbeugung. Die Waffen hatten lange Zeit als verschollen gegolten. Es zeugte von Kajlyn-Guas weitreichenden Kenntnissen, dass es ihr gelungen war, sie aufzuspüren und der alten Bronze neuen Glanz zu verleihen. Kajlyn-Gua nahm die Ehrbezeugung mit knappem Nicken hin.

»Bringst du die Schützen aus dem Norden? Kommen sie?«, erkundigte sie sich.

»Sie folgen mir«, bestätigte Nesyn. »Sie sind langsamer als wir.«

Kajlyn-Gua zog ihr Nouk in einem Halbkreis herum. »Die Kahlen sollen aufschließen!«, rief sie ihren Wächterinnen zu und hieb die Gerte durch die Luft. Etliche Kriegerinnen wendeten ihre Reittiere und preschten zum Ende des Zugs, um die ermatteten Schützen zu größerer Eile anzutreiben.

Nesyn verneigte sich erneut, bis er mit der Stirn beinahe den Mähnenkamm des Nouk berührte; das *Taú* pochte in ihm. Er hatte Schande auf sich geladen und den Tod mehrerer Krieger zu verantworten. Wie ein Narr hatte er sich blenden lassen – von einem unbewaffneten Schützen und einer Frau mit weichem Haar.

»Vergebung«, bat er. »Vergebung, *Nraur-a-Khae*. Es gelang mir nicht, deinen Auftrag auszuführen. Jemren aus Tegaréssos und die *Laîren* entkamen im Scyé, der Speerkrieger folgte dem Kind auf das Weiße Schiff. Ich konnte dir nicht dienen, wie du es verlangtest.«

Kajlyn-Gua betrachtete ihn schweigend. Die Gerte baumelte von ihrem Handgelenk, das Nouk trat auf dem Fleck hin und her und schnaubte.

»Die Menschen sind gerissener, als ich dachte«, murmelte die Fürstin schließlich. »Ah, Nesyn, nein«, raunte sie, als er den Kopf weiterhin gesenkt hielt. »Unterwirf dich nicht vor mir wie die anderen Vasallen. Ihr Gehorsam entspringt allein der Furcht. Sie wagen nicht einmal zu atmen, wenn ich ihnen nicht den Befehl zum Luftholen gebe. Von dir aber berichtete meine tote Feldherrin, du verfügest über Willenskraft und Mut und träfest Entscheidungen aus eigenem Entschluss. Quinda-Na hatte eine hohe Meinung von dir, und nun, da die Anführerin meiner Heere nicht mehr ist, sind solche Kämpfer rar. Es wäre töricht, einen Streiter wie dich aufzugeben.«

Er wurde gepriesen statt gescholten. Verwirrt richtete Nesyn sich im Sattel auf. »Die Menschen hatten trotz allem kein Glück«, stieß er hervor. »Meinen Kriegern gelang es, eine Frau gefangen zu nehmen, die als Geisel großen Wert für uns besitzt. Dort drüben siehst du sie. Es handelt sich um die Schwester des Bogenschützen.«

Er winkte die beiden Wächter mit der Gefangenen zu sich. Vlyn und sein Gefährte hatten in gebührendem Abstand gewartet; nun ritten sie herbei. Unverhohlen bestaunte Harat die Streitmacht des Gehörnten Volks, die großen Herden und die prächtigen Zelte. Offenbar hatte sie sich keine Vorstellungen vom Leben in der »öden Wüste« gemacht, wie sie das Land der Nraurn nannte.

Sattelleder knarrte. Mit dem Peitschenknauf bog Kajlyn-Gua ihr den Kopf herum, bis Harat sie ansehen musste. Aus halb geschlossenen Augen musterte die Fürstin die Gefangene; Bronzefäden durchglühten die schwarze Mähne der *Nraur-a-Khae*.

»Wie ich höre, stammst du aus Tegaréssos? Ich wies meine Feldherrin an, jede Stadt im Norden auszulöschen, die ihr Widerstand entgegensetzt. Aber du bist Quinda-Na entwischt. Das ist – beachtlich.«

Abermals füllten Harats Augen sich mit Tränen. Der Wind presste ihr das dünne Kleid gegen den Leib, die Haarsträhnen flatterten ihr um die Schultern. »Meine Stadt ist noch nicht geschlagen«, gab sie zurück. »Soeben begegnete ich dem Meisterschützen von Tegaréssos und außerdem … lebe ich noch!«

Kajlyn-Gua lachte. »Ja, du lebst noch! Und dieser Umstand kommt uns sehr gelegen. – Komm mit, Nesyn! Ich will dir etwas zeigen«, befahl sie.

Rasch trieb er sein Tier hinter dem Nouk der *Nraur-a-Khae* her. Die Fürstin führte ihn auf eine Anhöhe. In sanftem Gefälle endeten die Trockenen Hügel und gingen in flaches Land über. Er folgte der ausgestreckten Gerte mit Blicken, und da sah er sie in flimmernder Entfernung am Rand der Ebene liegen: die Kühne Stadt der Menschen. Die älteste, noch bewohnte Stadt des Kahlen Volks, soweit die Hörnerlosen dem Alter eine Bedeutung beimaßen. Er zählte die Türme und Tore, bestaunte die Schönheit der geschwungenen Mauer. Die Kahlen hatten einen Ort von Dauer geschaffen. Vielleicht empfanden sie sogar selbst Stolz beim Anblick ihrer Stadt.

»Der Bruder der Gefangenen hält sich in Defágos auf«, unterbrach Kajlyn-Gua seine Gedanken. Überrascht stieß Nesyn Luft durch die Nüstern. Die *Nraur-a-Khae* lächelte. »Die Hörnerlosen plaudern viel, wenn sie sich unbeobachtet fühlen. Meine Kundschafter belauschten die Spähtrupps in der Ebene ohne sonderliche Mühe. Zuerst traf der Reiter aus Caláxi ein und brachte das Kind mit sich. Dann kamen der Schütze und die *Laîren* mit den Flüchtlingen aus dem Westen. Die Gesuchten sind hier, alle drei, und sie haben das Eine Kind an einen Ort geführt, wie er für uns nicht günstiger sein könnte. In Kürze erreicht mein Heer die Mauern von Defágos. Dann werde ich vor das Tor reiten und mich selbst von diesen glücklichen Umständen überzeugen. Alles findet sich«, setzte sie höchst zufrieden hinzu. »Alles fügt sich, wie es in der Prophezeiung heißt.«

Nesyn straffte sich. »*Nraur-a-Khae*«, sagte er wieder und ergriff sein Gehörn voller Ehrfurcht, denn sie war wirklich Fürstin und Kriegsherrin in einem. In ihr paarte sich Weitsicht mit Handlungsbereitschaft, Kühnheit mit Wissen. Während er voller Bedenken zauderte und schwankte, hatte Kajlyn-Gua längst die Zeichen erkannt. Die Fürstin lachte, als spüre sie die Woge der Bewunderung, die sein *Taú* durchströmte.

»Ja, nenn mich beim alten Namen, denn schließlich folge ich den alten Kräften – und sie leiteten bereits Mequa-Te. Die Insel verfügt über gewisse Plätze, Nesyn, Plätze mit Macht.

Der Scyé ist ein solcher Ort, in höchstem Maße, ebenso der Scyéyan, der über unsere Gebiete wacht. Auch mit dem Quellenfeld, auf dem Defágos liegt, verhält es sich so. Ob die Menschen diesen Umstand nun erkannten oder schlicht der Eingebung folgten, als sie die Standorte ihrer Städte wählten – sie errichteten ihren Hauptturm stets an einer Stelle, an welcher die Kräfte im Erdinnern zusammenfließen.«

Die Fürstin schwieg für einen Augenblick. Auf der Stirnfläche zwischen den Augen entstand eine steile Falte. »Einst gelobte das Feenvolk, dass wir außer ihnen die einzigen Bewohner der Insel bleiben sollten«, fuhr sie fort. »Für immer sollte unser Friede währen und die Gunst der Geister uns gewogen sein. Aber kaum setzten die Menschen den Fuß an Land, war es mit den Versprechungen des Alten Volks vorbei. Erst waren sie sich uneins, was mit den Neuankömmlingen zu geschehen habe, doch dann nahmen sie sich der Hilflosen an – ein wankelmütiges, wortbrüchiges Pack. Hätten sie die Kahlen nur dem Meer überlassen! Stattdessen verrieten sie unsere Freundschaft und ließen uns im Stich, als die Menschen erstarkten. Nur einer hatte den Mut, uns weiterhin beizustehen, doch für seine Treue musste er bitter büßen. Er wurde verbannt und mit Schimpfnamen belegt, den Herrn der Dunkelheit nannte man ihn fortan. Du bist ihm bereits begegnet.«

Nesyn nickte ehrfürchtig. Der Schatten, der sich auf die sterbende Feldherrin gestürzt hatte, war ihm gegenwärtig, sobald er die Augen schloss. Obwohl er wusste, dass der Düstere Gott auf der Seite der Gehörnten stand, hatte ihm der Anblick einen Schrecken eingejagt – die *Nraur-a-Khae* verfügte über einen mächtigen Verbündeten.

»All das geschah wegen dieser schwächlichen Gestalten«, stieß Kajlyn-Gua verächtlich hervor. Mit einem Gertenschwung wies sie auf die Schützen aus dem Norden, die von ihren Kriegerinnen herbeigetrieben wurden. »Sieh nur, wie sie geschlichen kommen und nicht wissen, ob sie auftrumpfen oder sich ducken sollen.«

Die *Nraur-a-Khae* trabte zum Heerzug zurück. Tatsächlich kamen die Menschen nur zögernd näher. Die Kinder liefen dem Trupp in Scharen nach, und die Befehlshaberinnen der anderen Nraurnvölker sprengten herbei, um dem Zusammentreffen der Vasallen mit der Fürstin beizuwohnen.

Mittlerweile hatten die beiden Krieger Harat von ihrem Nouk heruntergezogen und das Mädchen in die Mitte genommen. Als der Verräter aus Tegaréssos sie erblickte, eilte er zu ihr.

»Harat! Bei der Quelle, du siehst furchtbar aus! Was haben die Nraurn dir angetan?«

Nesyn behielt die junge Frau scharf im Auge. Sie musterte den Meisterschützen mit weitaus weniger Wiedersehensfreude, als er erwartet hatte. »Was hast du denn hier zu suchen, Tarepin? Weshalb gestatten die Nraurn dir, ihr Heerlager in voller Bewaffnung zu betreten? Und wer sind die anderen Schützen dort?«, forschte sie, während ihr Blick aufmerksam über den Mann glitt. Offenbar begutachtete sie sein *Taú*.

»Es geht mir gut, Harat«, lachte er. »Wirklich – es geht mir ausgezeichnet! Nret und ihre Schützen haben sich mir angeschlossen, weil ... nun, weil wir ...«

»Weißt du, wo Jemren sich zurzeit herumtreibt?«, fiel Harat ihm ins Wort. »Der riesige Nraur dort« – mit den gefesselten Händen deutete sie auf Nesyn – »behauptete, er wäre meinem Bruder erst vor kurzem begegnet.«

»Jemren, Jemren – kannst du denn an nichts anderes denken?« Erregt schritt der Meisterschütze auf und ab. »Was spielt sein Aufenthaltsort jetzt noch für eine Rolle? Viel wichtiger ist doch ... nein, warte.« Unvermittelt machte er kehrt und rannte auf Nesyn zu. »Weshalb schaffst du das Mädchen hierher? Wie habt ihr Harat überhaupt gefunden? Verflucht, Nraur – unsere Abmachung sah anders aus.«

Nesyn schwenkte den Kopf zur Seite und verharrte in dieser Haltung. »Abmachung?«, wiederholte er. »Wann trafen wir beide eine Abmachung?«

Hitze stieg dem Meisterschützen ins Gesicht. Seine Gefährten beobachteten die Begegnung voller Häme. »Handelst du hinter unserem Rücken etwa eigene Bedingungen mit den Gehörnten aus, Tarepin?«, rief die halbblinde Klankönigin. »Wie dem auch sei – wir brauchen dich und deine Dienste als Vermittler ohnehin nicht länger. Denn von nun an verhandeln wir mit der Anführerin der Nraurn persönlich.«

Frech blickte die Schützin der Königin des Ziegenvolks ins Gesicht, statt die Stirn in den Staub zu drücken, wie die Nraurn es zu tun pflegten. Aber Kajlyn-Gua hielt die murrenden Kriegerinnen zurück, die der Menschenfrau Ehrbezeugung beibringen wollten. Sie ritt dicht an die einäugige Schützin und deren Klanbruder heran.

»Du bist Nret«, begrüßte Kajlyn-Gua die Frau, die sich Königin unter den Ihren nannte.

Die *Taú*-Schützin verbeugte sich herablassend. »Aus Thárraxi«, entgegnete sie, und ihre Mundwinkel zuckten. Das weiße Auge lag leblos in seiner Höhle. »Wie ich hörte, wollt ihr gegen den Süden ziehen? Nun, das ist ein seit Langem überfälliger Plan. Ihr werdet unsere Bogen gut gebrauchen können, denn die Türme jenseits des Scyé sind stark. Die Frage lautet allerdings: Welchen Preis erhalten wir, wenn wir euch helfen?«

Angesichts der Überheblichkeit, mit der diese Forderung vorgebracht wurde, ballte Nesyn die Faust um den Zügel. Die Kriegerinnen der Leibwache richteten drohend die Lanzen auf, aber Kajlyn-Gua schloss die Augen, als dächte sie über das Begehr der Schützin nach.

»Einen Preis«, murmelte sie. »Einen Preis für den Angriff auf euren Erzfeind im Süden. Einen Preis, wenn wir euch für immer von der Bedrohung auf der anderen Seite des Scyé befreien. Was wäre ein angemessener Lohn – das nackte Leben?«

Die Menschenfrau stieß ein Keuchen aus, und ihr *Taú* zuckte, als sei sie unmittelbar bedroht. Die Nraurin warf den

Kopf zurück und lachte, als sie das verstörte Gesicht der Schützin gewahrte. »Ich biete euch so viel Kupferzeug, wie ihr tragen könnt. Außerdem Pferde und Waffen für jeden deiner Krieger. Sodann dürft ihr für jede eurer Städte, die hier durch ihre Schützen vertreten ist, sieben Packtiere mit Öl, Stoffen und Vorräten beladen – mit allen lebenswichtigen Gütern. Wie ich hörte, sind sie im Norden nur schwierig aufzutreiben.«

»Was geschieht mit dem Mädchen?«, fragte der Klanbruder der einäugigen Königin. Die Besorgnis stand dem Mann ins Gesicht geschrieben. Seine Schläfen waren silbergrau, was vielleicht auch bei den Hörnerlosen ein Zeichen von Alter und Erfahrung war.

»Solange ihr getreulich unsere Befehle ausführt, hat Harat nichts zu befürchten«, versicherte die *Nraur-a-Khae*. »Nach dem Kampf um Defágos ... wer weiß? Vielleicht erlaube ich ihr und dem Meisterschützen von Tegaréssos die Rückkehr in den Norden? Es wäre ein neuer Anfang.«

Als Tarepin diese Worte vernahm, schritt er auf die junge Frau zu und breitete selbstgefällig die Arme aus. »Hast du das gehört?«, rief er. »Die Nraurn sind sehr wohl zu Verhandlungen bereit, wenn man erst einmal auf ihre Forderungen eingeht! Begreifst du nun endlich, dass alles nur zu unserem Besten geschah?«

Statt die Umarmung über sich ergehen zu lassen, duckte Harat sich zwischen ihren Wächtern und wich vor Tarepins ausgestreckten Händen zurück. »Du hast gelogen!«, fauchte sie. »Du hast uns alle belogen – Jemren, mich, die ganze Stadt! Statt in Thárraxi Hilfe zu holen, wie du vor der Versammlung der Häuser versprachst, hast du dich auf die Seite der Gehörnten geschlagen!«

»Warum siehst du denn nicht ein, dass es keinen anderen Ausweg gab?«, schrie der Schütze.

Mit einem Satz war Nesyn bei ihm und stieß ihn mit dem Ansatz der Hörner zu Boden. Wimmernd rollte sich der Mann ein und schützte den Kopf mit beiden Armen. Das

Mädchen starrte Nesyn mit aufgerissenen Augen an. Da war sie endlich – die Angst in ihrem *Taú*.

»Schafft sie fort!«, befahl Kajlyn-Gua. »Bringt sie in mein Zelt und versorgt sie gut! Harat aus Tegaréssos bleibt unser Gast, bis der Sieg über den Süden errungen ist.«

Vlyn und sein Gefährte ergriffen die junge Frau an den Armen und führten sie durch die Menge zum großen *kert* der Fürstin. Am Rand der Plattform nahmen sie Angehörige von Kajlyn-Guas Leibwache in Empfang und brachten sie ins Innere. Anschließend bezogen die Kriegerinnen vor dem Eingang Stellung.

Nesyn trat nach dem stöhnenden Meisterschützen, der sich noch immer auf dem Boden wälzte. »Steh auf!«, knurrte er. »Die *Nraur-a-Khae* ist noch nicht fertig mit dir und deinen Gefährten!« Schwankend erhob sich der Mann auf die Knie.

»Wie lautet die Entscheidung des Nordens?« Mit diesen Worten wandte sich Kajlyn-Gua wieder an Nret und ihre Begleiter. Der Klanbruder hatte eindringlich auf die Bogenschützin eingeredet, aber nicht mehr als ein Kopfschütteln und eine versteinerte Miene zur Antwort bekommen. Jetzt verstummte er.

»Einmal sieben Lasttiere für jede Stadt im Norden – das ist nicht genug«, erklärte Nret. »Vorräte brauchen sich auf, und Waffen werden stumpf. Nein, Nraurin, wenn wir euch im Kampf gegen den Süden unterstützen, dann verlangen wir freies Geleit durch euer Land. Der Süden war einmal unser Gebiet, und wenn ihr euch nach dem Sieg ungehindert in diesen Gegenden ausbreitet, so verlangen wir das gleiche Recht für uns. Wir fordern den uneingeschränkten Zugang zum Land jenseits des Scyé.«

Nesyn hatte nicht übel Lust, die Frau ebenso zu Boden zu stoßen wie gerade eben den Meisterschützen aus Tegaréssos. Hätte Quinda-Na die Stellung der Nraurn-Königin inne, dann hätte die Schützin für ihre Überheblichkeit längst mit dem Leben bezahlt. Angesichts unverschämter Widerrede hatte die Feldherrin niemals Nachsicht geübt. Kajlyn-Gua hingegen nickte bedächtig, während ihr Volk atemlos dem Gespräch zwischen ihr und der Anführerin der Menschen lauschte.

»Du verstehst es, deinen Standpunkt zu vertreten, Nret aus Thárraxi«, bemerkte die Fürstin. »Ihr sehnt euch nach der Lebensweise, die euer Volk einst pflegte? Wohlstand und Künste, Muße und Frieden – so verbrachtet ihr eure Tage. Die Mauern von Anáxi klangen wider von Musik; Feste erleuchteten die lauen Abende ... o ja, auch wir kennen die Berichte über die Stolze Stadt. Eure Sehnsucht rührt mich an, denn wir, das Gehörnte Volk, haben mit der Freiheit ein ähnlich hohes Gut verloren. So sei dir dein Wunsch gewährt. Mehr noch: Wenn eure Bogen siegreich waren und die Stadt Defágos an uns gefallen ist, mache ich dich zur Königin über sieben Türme. Ich mache dich zur Herrscherin über den Süden, indem ich dir seine wichtigste Stadt übergebe. Dafür wirst du mir als Bündnispartnerin zur Seite stehen, wann immer ich deine Dienste verlange.«

Das Gesicht der Menschenfrau glänzte, ob vor Aufregung über die unerwarteten Aussichten oder vor Anspannung und Furcht, vermochte Nesyn nicht zu sagen. Er las alle diese Empfindungen in dem fremdartigen *Taú*.

»So sei es«, entgegnete die einäugige Schützin. »Unsere Abmachung gilt! Ich bin mehr als zufrieden, Kajlyn-Gua. Erlaube nun, dass ich dir meine Begleiter vorstelle und die Städte benenne, aus denen sie herbeigeeilt sind.«

Bei ihrem Bruder fing sie an und schritt dann von einem Schützen zum anderen, nannte Namen und Turm, als ob die kurzlebige Herkunft der Hörnerlosen für die *Nraur-a-Khae* von Belang wäre. Kajlyn-Gua nahm die Vorstellung wie eine Huldigung hin. Sie ritt an der Reihe der Schützen entlang, beugte sich zu jedem Mann und jeder Frau hinunter und richtete einige Worte an sie. Als sie beim letzten Schützen angelangt war, verkündete sie: »Ihr habt euch meinem Heer angeschlossen und sollt mit uns gegen Defágos ziehen! Vielleicht wisst ihr, dass das Gehörnte Volk großen Wert auf Glücksbringer und gute Vorzeichen legt. Ich möchte euch deshalb ein Geschenk überreichen, welches unseren Erfolg in der Schlacht sichert.«

Kajlyn-Gua ritt die wenigen Schritte zu ihrem Zelt und schwang sich vom Sattel aus auf die Plattform. Dann schlug sie die Matte vor dem Eingang zurück und verschwand im Innern. Als sie wieder ins Freie trat, hielt sie ein Kästchen in der Hand. Sie öffnete den Deckel. Das Innere war mit schwarzem Tuch ausgeschlagen. Pfeilspitzen lagen säuberlich aneinandergereiht auf dem Stoff. Die Schneiden waren frisch geschliffen, und in die breite Seite hatte man fein verschlungene Symbole getrieben. Nret entfuhr ein Ausruf der Überraschung.

»Du weißt also, welche Kostbarkeit ich hier in den Händen halte«, lachte Kajlyn-Gua leise. »Diese Geschosse sind so alt wie meine eigenen Waffen, und sie stammen vom gleichen Schmied. Ein Künstler, wahrlich. Sie sind euer, Nret von Thárraxi, als Zeichen unseres Bundes.«

Die Schützin streckte begehrlich die Hände nach dem Kästchen aus. Da legte der Klanbruder seiner Schwester die Hand auf den Arm. »Warte«, sagte er. »Diese Gabe darfst du nicht annehmen, Nret. Auf geheimen Wegen in den Süden – meinetwegen. Bündnisse mit den Nraurn – mir gefällt das nicht, aber vielleicht besteht darin wirklich unsere einzige Aussicht auf einen Sieg gegen die Übermacht der Reiter. Und was Harat angeht, so kann ich nur hoffen, dass die Nraurin Wort hält und das Mädchen freilässt, sobald alles vorbei ist. Aber diese Pfeilspitzen darfst du nicht anrühren.«

»Ein ehrlicher Mann, der offen seine Meinung kundtut«, bemerkte Kajlyn-Gua. »Ist er dein Stellvertreter im Klan?«

Die Menschenkönigin fuhr zu ihrem Bruder herum; die silbernen Kettchen des Stirnschmucks klimperten und verfingen sich in ihrem Haar. »Was behagt dir an dem Geschenk der Nraurin nicht, Tenon? Aus welchem Grund sollten wir es uns versagen, auf die alten Kräfte zurückzugreifen, da doch der ganze Süden nichts anderes tut? Der Süden und seine Götter, der Süden und seine Magie! Hast du vergessen, wie die fremde Frau Tarepin verletzte – mit der bloßen Hand? Jenseits des Scyé scheut sich niemand, im Kampf zauberische Fähigkeiten einzusetzen. Warum sollten wir auf eine solche Möglichkeit verzichten?«

Der Klanbruder schüttelte den Kopf. »Diese Pfeilspitzen haben einmal ein großes Unheil angerichtet. Ich will nicht, dass dergleichen wieder geschieht, selbst wenn es sich gegen den Süden richtet. Woher stammen diese Geschosse überhaupt, und wie sind sie in die Hände der Nraurn gelangt? Ich dachte, man hätte damals alle Pfeilspitzen dieser Art im Meer versenkt.«

»Wie ich höre, kennst du dich in der Geschichte der Insel aus«, warf Kajlyn-Gua ein. »Dann weißt du auch, dass ihr solche Waffen schon einmal aus unseren Händen erhalten habt. Wem gehören die Geschosse also, und wer besitzt das Recht, sie dem anderen zum Geschenk zu machen?«

Deine Königin hat mich bestohlen! Nesyn fuhr zusammen, als er das Wispern vernahm – eine fast vergessene Stimme im *Taú. Sie nahm an sich, was ihr nicht gehört! Diebische Königin!* Er schüttelte heftig den Kopf, um das aufdringliche Flüstern zu vertreiben. Das besorgte Gesicht des Mannes macht mich irre, dachte er. Von den Menschen, denen er bislang begegnet war, hatten nur wenige Angst vor dem eigenen Tun.

»Deine Bedenken in Ehren, Tenon«, entgegnete die Klankönigin ihrem Bruder. »Aber ich überlasse dem Süden keinen Vorteil. Anhand der Gabe siehst du, für wie gefährlich die Nraurn die Krieger jenseits des Scyé halten. Ein Grund mehr, das Geschenk anzunehmen.«

Sie ließ sich das Kästchen überreichen. Gestützt auf einen seiner Gefährten, konnte sich der Schütze aus Tegaréssos mittlerweile wieder auf den Beinen halten; er und seine Begleiter umringten die Klankönigin. Behutsam entnahm sie eine der Pfeilspitzen und hielt sie in die Höhe, damit alle die Machart der Waffe bewundern konnten: die gewellten Schneiden, die glückverheißenden Schriftzeichen, die Öffnung für den Pfeilschaft.

Kajlyn-Gua winkte Nesyn zu sich, solange die Menschen mit der Begutachtung der Geschosse beschäftigt waren. Er warf Syne-Ne die Zügel des Nouk zu und eilte zum *kert* der Fürstin. Kajlyn-Gua stützte beide Hände auf das Geländer der Plattform und betrachtete die Schützen, als wären es spielende Kinder.

»Die Närrin dort verfällt denselben Begierden wie alle Menschen vor ihr«, sagte sie weich. »Besitz. Geltung. Macht über Leben und Tod. Die Hörnerlosen sind leicht zufriedenzustellen.« Sie wandte sich von den Schützen ab. »Hör mir gut zu, Nesyn, denn ich werde dich jetzt über die Aufstellung meines Heers in Kenntnis setzen. Ich wünsche, dass du den zehnten Teil meiner Krieger anführst, denn ich habe dich für eine wichtige Aufgabe auserwählt.«

Nesyn neigte den Kopf, als ihm Ehre zuteil wurde. »Zuvor lass mich berichten, Kajlyn-Gua«, bat er. »Es gibt Umstände, die mich beunruhigen.«

Er senkte die Stimme, denn Nrets Klanbruder warf ihnen verstohlene Blicke zu. Manche Menschen verstanden die Sprache der Gehörnten leidlich und konnten sogar unvollkommene Sätze formen. Schweigend hörte Kajlyn-Gua ihn an.

»Wenn du den Mnek so wenig traust, dass du sie nicht in meinem Rücken wissen willst, dann nimm sie unter deinen Befehl«, riet sie ihm, als er seinen Bericht beendet hatte. »Ihre Schar soll deine Streitmacht unterstützen. Behandle sie ohne Nachsicht, damit sie nicht auf den Gedanken kommen, unsere Wachsamkeit habe nachgelassen! Und nun höre, worin deine Aufgabe bei der Eroberung von Defágos besteht.«

Schweigend nahm Nesyn die Befehle entgegen und verneigte sich anschließend vor der Fürstin des Gehörnten Volks. Der Wüstenwind strich über sie hinweg und brachte die Banner zum Tanzen. Die Zeltplanen flatterten, die Matte vor dem Eingang des großen *kert* hob sich in der Bö und fiel wieder in die Ausgangslage zurück. Der schmale Spalt, der sich geöffnet hatte, genügte für einen Blick ins Innere.

Nesyns Herz hämmerte. Er starrte auf die Matte. Worauf wartete er – auf einen weiteren Windstoß, auf einen zweiten Blick ins Innere, der das Unvorstellbare bestätigen würde?

»Warum zögerst du, mein Freund?«, raunte Kajlyn-Gua an seiner Schulter. »Tritt ein und sei mein Gast, bis die anderen Heerführerinnen zur Beratung eintreffen.«

Die Fürstin schob ihn zu ihrem Zelt. Im Innern war die Luft kühler als in der Sonne, die dicken Stoffe dämpften das Blöken und Meckern der Herden. Die Dachklappe war zurückgeschlagen, und in dem Ausschnitt zeigte sich der Himmel. Im Tageslicht wirkten die Schätze der *Nraur-a-Khae* fahl und stumpf. Eine Lichtsäule fiel auf einen Schemel in der Mitte des Zelts. Dort lehnte ein Bündel an einem Pfahl, und nun gab es für Nesyn keinen Zweifel mehr: Von seinem Mantel umhüllt, saß dort die tote Feldherrin.

Mit dem Ende ihrer Gerte schlug Kajlyn-Gua den Stoff zurück und beugte sich über die Verstorbene. Nesyn stockte der Atem. Quinda-Nas Antlitz war bleich und erstarrt und zeugte noch immer von den Qualen, unter denen sie gestorben war. Die Nüstern waren verkniffen, die Kiefer zusammengepresst in einem Schmerz, den sie längst nicht mehr fühlte. Straffe Bandagen hielten die Nraurin aufrecht und befestigten sie an dem Speer, der ihr den Tod gebracht hatte.

Vor allem aber wirkte Quinda-Nas Gesicht wie ein Abguss der Züge der *Nraur-a-Khae* – wie die Totenmaske der lebenden Fürstin. Es schien Nesyn, als blicke die Feldherrin ihn an. Denn statt der Augen hatte Kajlyn-Gua ihrem Zwilling Kostbarkeiten aus Bronze einsetzen lassen.

Das Mädchen aus Tegaréssos kauerte an der Rückwand des Zelts. Sie verhielt sich regungslos und stumm, als wisse sie um die Gefahr, in der sie schwebte. Sie ließ Nesyn jedoch nicht aus den Augen. Kajlyn-Guas alte Dienerin hatte einen Napf vor sie hingestellt. Sie musste das Wasser auflecken wie ein Hund, denn ihre Hände waren noch immer gefesselt.

Jetzt trat die alte Amme zu der Toten und tupfte ihr mit einem feuchten Lappen über Wangen und Stirn, wie man einer Kranken den Schweiß vom Gesicht wäscht. Quinda-Nas Haut glänzte von den Ölen und Tinkturen, mit denen man den Leichnam einbalsamiert hatte.

»Wie geht es meiner Feldherrin heute?«, erkundigte sich Kajlyn-Gua. Die alte Dienerin wiegte den Kopf und berichtete der Fürstin von den erhaltenden Maßnahmen des Tages. Zärtlich ließ Kajlyn-Gua die Finger über die erstarrten Züge ihrer Zwillingsschwester gleiten.

»Sie hält sich tapfer«, meinte sie. »Meine vornehmste Kriegerin, die Anführerin meiner Heere. Wie es scheint, wird sie den Angriff auf Defágos noch erleben. Was blickst du so erschrocken drein, Nesyn? Quinda-Na war im Leben an meiner Seite, und sie soll es auch im Tod sein. Sie zieht mit uns in den Krieg!«

»*Nraur-a-Khae*«, hauchte er. Hnyn-Qe musterte ihn, während sie den Lappen über einer Schale ausdrückte. Die bitteren Aromen der Tinktur stiegen ihm in die Nüstern. Noch nie hatte jemand den Tod herausgefordert. Niemand konnte dem Ende trotzen, das unweigerlich jeden Lebensweg besiegelte – doch die Fürstin der Nraurn bot der Vergänglichkeit die Stirn.

Lausche! Lausche, Nesyn! Die Stimme des greisen Wächters geisterte durch sein *Taú* und trieb ihm den Schweiß aus allen Poren. *Wem folgt deine Königin?*

»Mit deiner Erlaubnis gehe ich und unterrichte meine Krieger von dem Angriffsplan«, schlug er vor, im dringenden Wunsch, das Zelt schnellstmöglich zu verlassen.

Kajlyn-Gua fuhr fort, die Wange der Verstorbenen zu liebkosen, und zeigte mit keiner Geste, ob sie ihn aus der Gegenwart ihrer einbalsamierten Schwester entließ.

»Du bist ein Krieger und fürchtest dich dennoch vor dem Anblick des Todes«, stellte sie fest. »Eines Tages wirst du ihn aus der Nähe kennenlernen, und dann erfährst du, dass er ein Freund ist – ein Verwandter. Meine Schwester und ich, wir werden die Kühne Stadt gemeinsam erobern.«

3

Die bequeme Liege im Turm der Reiter war ganz sicher der merkwürdigste Ort, an dem sich ein *Taú*-Schütze aus dem Norden jemals zum Schlafen ausgestreckt hatte. Jemren hatte die Arme hinter dem Kopf verschränkt und ließ den Blick durch die Kammer schweifen. Die Wohnräume der Reiter lagen übereinander an der Außenseite der Treppe des Turms; an jeder fünften Stufe befand sich ein Eingang. Die Einrichtung glich der Ausstattung des Offenen Turms: Teppiche, Polster und runde Tische. Im Nachtlicht erschienen die Muster der Gewirke matt, doch am Tag hatte Jemren genügend Gelegenheit, die Farbenpracht der Kühnen Stadt zu bestaunen.

Es war sehr spät; die Hälfte der Sternbilder war bereits jenseits der Mauer versunken. Tagsüber zeigte Gorun ihm kundig, wie er auf dem Pferderücken größere Sicherheit gewann und das Tier zum gewünschten Richtungswechsel veranlasste. Allerdings belustigte es den Reiter ganz offensichtlich, dass er einen erwachsenen Mann in Fähigkeiten unterwies, die im Süden alle Kinder in Lillias Alter längst beherrschten.

»Sieh nicht ständig auf den Boden, Jemren! Das tut das Pferd schon für dich«, flachste er. Oder: »Ich habe das Reiten auch nicht in einer Nacht gelernt.«

Die Abende verbrachte Jemren im Offenen Turm, ungestört und ungefragt, was ein Fremder dort zu suchen habe. Die große alte Stadt Defágos offenbarte ihm die Geheimnisse und Schätze ihrer sieben Türme – alle Geheimnisse auf einmal, wie ihm schien. In den Aufzeichnungen sei die Antwort auf ungeklärte Fragen zu finden, hatte Gorun erläutert, doch je öfter Jemren den Turm aufsuchte, desto zweifelsfreier stellte er fest, dass jede Erkenntnis eine Vielzahl neuer Schwierigkeiten aufwarf. Wenn das Feenvolk einst die Geister zähmte, so mussten sie nach den wilden Yku und den Xyx auf der Insel eingetroffen sein. Woher aber stammten sie? Und woher stammten die Geister? Und vor den Geistern – hatte es da auch eine Insel der Stürme gegeben? Wie konnte man überhaupt wissen, was *zuerst* dagewesen war?

Seufzend drehte er sich auf die Seite. Mit diesen Fragen verhielt es sich beinahe so wie mit Lillia: Plötzlich war sie an der Küste nahe Tegaréssos aufgetaucht – und nichts war mehr wie zuvor. Eine einzige Entscheidung veränderte alles: sein Leben, Goruns Leben und Amras Dasein. Das ganze Gefüge der Insel war in jener Nacht ins Wanken geraten, als er das Mädchen aus dem Netz befreit hatte. Nichts in der Welt ist fest, dachte er. Die Menschen hatten sich nur so sehr an den rastlosen Wandel gewöhnt, dass er ihnen kaum noch auffiel.

Er seufzte abermals und zog sich die Decke über die Schultern. Für den Rest der Nacht hatte er sich an eindeutiger zu beantwortende Fragen gehalten: aus welchen Früchten und auf welche Weise Defágos das kostbare Öl gewann, wichtigstes Handelsgut der Kühnen Stadt. Oder wie man Glas herstellte. Dieser Gegenstand erstaunte ihn immer wieder aufs Neue: ein Stein, der das Tageslicht aufsog und die Welt widerspiegelte, fast wie das *Taú*.

Früher, als er noch in Tegaréssos gelebt hatte, hatten Harat und er sich oft ausgemalt, welche Entdeckungen einen Reisenden im Süden wohl erwarteten. Beim Abschied hatte er der Schwester versprochen, er werde ihr alles über seine Erlebnisse jenseits des Scyé berichten. Mittlerweile war er zur Überzeugung gelangt, dass sie nicht mehr lebte. Zwar hatten die Albträume von dem schwarzen See und dem davontreibenden Korb aufgehört, seit er die Kühne Stadt betreten hatte. Aber was hatten die nächtliche Erscheinung der Totenbarke und das Gerede von längst Verstorbenen anderes zu bedeuten, als dass seine Schwester ebenfalls ins »Entfernte Land« eingegangen war, wie Amra das Totenreich nannte?

Eine Zeit lang starrte Jemren ins Dunkel und dachte an das Haus Sa Harat, das es nun niemals geben würde. Niemals würde die Schwester Tachras Stellung einnehmen. Sein Haus und sein Klan waren erloschen.

Müde von den Eindrücken des Tages schloss er endlich die Augen – und erwachte in der Morgendämmerung. Unmerklich war er in den Schlaf hinübergeglitten und ebenso unbeschwert daraus erwacht.

Zum ersten Mal seit ihrem Eintreffen in Defágos verließ Amra den Blauen Turm. Sie saß ein kleines Stück von Gorun und Geretteten aus Caláxi entfernt, damit sie sich gerade noch an den Gesprächen beteiligen konnte und zugleich der Abstand zwischen der *Laîren* und den Menschen gewahrt blieb. Nie war Jemren die Anordnung widersinniger erschienen als in diesem Augenblick, da sich gerade einmal eine Hand voll Überlebender aus der Roten Stadt zusammengefunden hatte.

Er zögerte, denn er wusste nicht genau, wie er Amra nun gegenübertreten sollte. Je länger er über den Augenblick auf dem Berghang nachdachte, desto deutlicher wurde ihm bewusst, dass er nie zuvor einem Menschen so nahe gewesen war – mit Ausnahme von Harat. Aber Harat war seine Schwester, und sie hatten von Kindesbeinen an ohnehin alles miteinander geteilt. Amra hingegen war eine Fremde, eine Frau aus dem Süden – und sie war nicht weniger Priesterin als Anrynan. Das hatte er nicht verstanden, bis sich Defágos mit seinem alten Wissen vor ihm entfaltete. Nun war es zu spät, denn das Geschehene ließ sich nicht mehr rückgängig machen.

Amra lächelte, als sie ihn erblickte. Sie wirkte verändert: ernster und wissender – falls man einem Menschen sein Wissen ansehen konnte. Ihr Kleid ähnelte den Gewändern Lillias und der *Naszan*, und an einem Handgelenk trug sie einen gläsernen Armreif. Das verwundete Bein hatte sie auf ein Polster gestützt.

»Wie dünn du geworden bist«, bemerkte Tadira soeben. »Und was ist bloß mit deinem schönen langen Haar geschehen!« Das Kind der jungen Mutter spielte am Fuß der Treppe mit einem Kiesel.

»Dünn und dünnhäutiger«, erwiderte Amra. »Ich erschrecke viel leichter als früher. Jemren!«, begrüßte sie ihn. »Wo hast du gesteckt? Gorun besuchte mich jeden Tag, aber dich habe ich in der letzten Zeit nicht ein einziges Mal zu Gesicht bekommen.«

»Er war sehr beschäftigt«, warf der Reiter ein. Gorun stützte den Ellbogen auf das Knie und war so guter Laune, wie Jemren ihn noch nie erlebt hatte. Die Gegenwart seiner Freunde bewirkt diese Stimmung, dachte er. Amras Gegenwart. Gorun war ganz sicher kein Freund einsamer Zurückgezogenheit.

»In der Stadt gibt es eine Menge zu entdecken«, gab er zu. Unwillkürlich glitt sein Blick über Amras ausgestrecktes Bein.

»Er ist fort«, sagte sie. »Keine Schatten mehr.«

Jemren nickte. »Ich kann schlafen«, entgegnete er. »Keine Träume – überhaupt keine Träume, meine ich.«

»Manchmal ist es so besser«, nickte Amra.

Gorun blickte zwischen ihnen hin und her, sichtlich verwundert über diesen merkwürdigen Austausch. »Ihr beide scheint euch ja beinahe ohne Worte zu verstehen«, bemerkte er.

Jemren schwieg. Die stumme Sprache, die er mit seiner Schwester geteilt hatte – sie entfaltete sich wie ein Band zwischen ihm und der *Laîren* von Caláxi. Er konnte nachfühlen, wie es ihr in den vergangenen Tagen ergangen war und wie sehr sie die warme Sonne genoss. Sie trug das Tuch seiner Schwester um die Schultern, inmitten dieser reichen Stadt, und wusste ganz genau, was ihm diese Geste bedeutete.

»Es ist die Quelle«, erklärte Amra leise. »Any verstärkt die Wirkungsweise des Brunnens unter dem Turm. So schließt die Magie alle Menschen ein, auch die Kranken und die Unglücklichen unter uns. Keine Träume, Jemren. Keine Schmerzen in meinem Bein. Anrynans Quelle bewirkt Heilung. Deshalb ist Defágos trotz seiner schwarzen Mauern eine helle Stadt – weil hier eine lichte Quelle entspringt.«

Jemren nickte und schaute durch das Tor in die Ebene hinaus. Dunst lag über dem Land; die Sonnenstrahlen leuchteten auf den fernen Bergen. Der Süden war groß und schön – doch nie und nimmer so groß, wie er in seiner Unerfahrenheit angenommen hatte. Längst hatte er die Grenzen und Küsten genau im Kopf und konnte die Wegstrecken zwischen den Türmen abschätzen. Der Süden war nicht länger das Unbekannte, das endlose Grasland seiner Jungenträume, und angesichts der Bedrohung, die der Menschen harrte, erschien ihm die Insel plötzlich sehr klein.

Lillia saß neben der *Laîren* und stemmte beide Hände auf die Stufe. Mit bekümmertem Gesicht starrte sie zu Boden.

»Die Nraurn rücken immer näher«, murmelte sie. »Und sie sind nicht allein. Das geschieht nur wegen mir.«

»Hab keine Angst«, munterte Gorun sie auf. »Defágos wird dich beschützen. Jetzt wissen alle, dass das Böse dieser Schatten ist, der dir nachstellt.«

Lillia blickte nicht auf. Sie umklammerte die Kante und ließ die Füße hängen.

»Auf dem Meer war Antiles genauso wie Anrynan oder wie ich«, sagte sie. »Er zeigte mir sein ganzes Schiff, die Vögel in den Masten und die schlafenden Wesen unter Deck. Er erklärte mir, wie das Salz ins Meer kommt und wie er sein Schiff daraus formt. Wenn wir beide zusammen wären, müssten die Toten nicht mehr schlafen, sagte er. Zusammen könnten wir sehr mächtig sein, und ich bliebe nicht immer ein Kind, so wie jetzt. Ich würde einmal groß werden – genau wie Any.«

Jemren betrachtete den gesenkten Kopf des Mädchens. Der Wind spielte mit den langen Locken; Licht und Schatten huschten darüber.

»Darum geht es? Antiles hat dir das Erwachsenwerden versprochen – und du sehnst dich danach?«, fragte er. Er war sich bewusst, dass er das Geheimnis des Lebens ebenso wenig begriff wie die Magie von Anrynans Quelle – und zugleich war er vertrauter damit, als das Mädchen es je wäre. »Nun, du würdest also groß werden, so wie Anrynan. Und dann würdest du alt werden wie Elrel und sterben wie wir alle. Vielleicht will Antiles genau das: Wenn du sterben kannst, gehörst du ihm. Dann bist du nichts weiter als eine der schlafenden Toten im Bauch seines Schiffes. Aber was soll dann aus uns werden, Lillia? Das Feenvolk verschwände, wenn es das Eine Kind nicht mehr gäbe, und die Insel fiele zurück an die Geister. Dann sähe das ganze Land aus wie der Scyé. Dort gibt es nichts – außer den Geistern selbst.«

Jetzt blickte das Mädchen auf. »Du wirst alt? Und Gorun und Amra auch?«, staunte sie.

Der Reiter lachte und zuckte die Achseln. »Vielleicht, vielleicht auch nicht. Wir wissen nie, was der nächste Tag bringt. Aber die Gewissheit über unser Schicksal ist nicht so wichtig, solange es immer wieder einen Anfang gibt – und dieser Anfang liegt in dir.«

»Aber ich weiß nichts davon«, klagte das Mädchen enttäuscht. »Alle Leute geraten über mich immer so in Aufregung. Einmal sind sie zornig und einmal froh, wenn sie mir begegnen, aber ich kann mich an gar nichts erinnern. Immer ist alles neu.«

»So ist der Anfang nun einmal«, versuchte Jemren sie zu trösten. »Der Morgen und der Abend sind Fremde, sagen wir in Tegaréssos. Immerhin erinnerst du dich jetzt an meine Stadt und an Harat, oder etwa nicht? An unseren Weg nach Caláxi und an die Vorkommnisse zwischen Gorun und Amra und uns. Vielleicht ist es eines Tages so weit, und du siehst alle Erlebnisse auf einmal. Dann kennst du die ganze Geschichte – aber dann ist sie auch zu Ende.«

Lillia seufzte. »Bis es so weit ist, muss ich bestimmt ziemlich lange warten«, beklagte sie sich. Jemren legte den Arm um sie, was er schon lange nicht mehr getan hatte. Er berührte sie längst nicht mehr mit derselben Unbefangenheit wie früher.

»Du hast gehört, was Anrynan vor der Versammlung über den Fürsten der See gesagt hat«, gab Gorun zu bedenken. »Antiles will sich am Feenvolk rächen. Du darfst dem Herrn der Schatten nicht trauen, Lillia. Was kann er dir bieten außer einer endlosen Reise auf seinem Schiff?«

»Wenn ich nicht aus freien Stücken zu ihm komme, holt er mich«, flüsterte das Mädchen. Unwillkürlich schloss Jemren die Hand fester um ihre Schulter. Der Wind erstarb, die tanzenden Lichter auf dem Boden gefroren.

»Hast du mit Anrynan über Antiles' Drohung gesprochen?«, fragte Amra. Als Lillia verneinte, drängte sie das Kind: »Dann geh zu ihr! Erzähl der *Nashan*, welche Versprechungen Antiles dir auf dem Weißen Schiff gemacht hat! Sie kann dir viel besser raten als wir, wovor du dich hüten musst.«

Lillia nickte. Sie stand auf und lief zum Turm. Unter dem Portal drehte sie sich noch einmal um. »Kommt ihr mit?«, fragte sie.

Ein weiterer Schreck huschte durch Jemrens *Taú*, viel sanfter als der erste. Er schüttelte den Kopf. »Nein, Lillia«, erwiderte er. »Geh du nur allein.«

Rufe ertönten auf den Treppen.

»Das gilt dir, Jemren!«, lachte Gorun und deutete in die Stadt hinauf. Und wirklich – die jungen Schützen stürmten auf den Platz am Turm und schwenkten die Bogen in heller Aufregung. Jemren erhob sich rasch, denn der Lärm, den sie veranstalteten, zog die Aufmerksamkeit aller Anwesenden auf sich.

»Kommt hierher!«, rief er ihnen zu und winkte sie zur Seite. »Vlessi, zu mir!«

Der beleibte Junge führte die Gruppe an. Stolz trug er eine erlegte Taube vor sich her; ein Pfeil hatte den Vogel durchbohrt.

»Du zeigst ihnen die Bogenkunst des Nordens?«, fragte Amra überrascht. Spätestens seit dem Augenblick in den Bergen wusste sie, wie heikel diese Angelegenheit für ihn war.

»Wegen Nret«, sagte Jemren. »Ihr Pakt mit den Nraurn zwingt mich, mein Wissen preiszugeben. Jetzt haben wir uns gegenseitig verraten – der Norden den Norden.«

Amra blickte ihm nach, als er zu der aufgeregten Gruppe hinüberschritt. Die Jungen umringten ihn, ganz ohne die anfängliche Scheu vor einem fremden Kämpfer, und bestürmten ihn mit Berichten ihrer jüngsten Erlebnisse auf dem Übungsplatz.

»Er hat sofort getroffen, mit einem ganz geraden Schuss. Keinen Augenblick lang hat er gezögert! Das hättest du sehen sollen!«, berichtete Kimrin. Jemren wehrte eilig ab, als Vlessi ihm ehrenhalber den aufgespießten Vogel überreichen wollte.

»Das ist doch keine Fledermaus«, wandte er ein. »Eine Taube fliegt viel langsamer, und außerdem ist es taghell.«

Die Jungen protestierten sofort. »Aber er hatte die Augen geschlossen!«, schrie Vlessi. »Ich habe es genau gesehen, ich stand neben ihm! Du musst den Schuss gelten lassen!«

Die anderen fielen in den Chor ein, alle riefen durcheinander, und Jemren hatte Mühe, sich Gehör zu verschaffen. »Wer von euch hat denn überhaupt geschossen?«, fragte er, als die Jungen ihn endlich zu Wort kommen ließen. »Wer hat die Taube getroffen?«

Kimrin deutete zur Treppe. »Mrerem war der Schütze«, erklärte er.

Der dunkelhaarige Junge stieg über die Stufen herab, aber er machte keineswegs das Gesicht eines erfolgreichen Jägers. Mrerem ließ die Schultern hängen und kam nur langsam näher. Der erste Treffer, dachte Jemren bekümmert. Jetzt ist es kein Spiel mehr. Er legte dem Jungen die Hand auf die Schulter.

»Sieh mich an!«, verlangte er, doch Vrarras' Sohn wich seinem Blick aus. »Du hast es gespürt, nicht wahr? Du hast erlebt, welchen Weg dein Pfeil nimmt – und was er im *Taú* anrichtet. Dann war es richtig, Mrerem. Dein erster Blindschuss. Aber so ist es jedes Mal. Auf solche Eindrücke musst du gefasst sein. Und es wird schwieriger, wenn es keine Taube mehr ist, sondern ein größeres Ziel – eines, das uns ähnlicher ist.«

Mrerem nickte stumm. Er achtete kaum auf die Zurufe der anderen Jungen.

»Verstehst du nun, weshalb ich den Bogen niemals in die Hand nehme, nur um mein Können unter Beweis zu stellen?«, fragte Jemren. Vrarras' Sohn hatte ihn immer wieder herausgefordert und seine Fähigkeiten bezweifelt. Doch in diesem Punkt ließ ein *Taú*-Schütze sich niemals erweichen. Endlich blickte ihm der Junge in die Augen.

»Ich gebe zu, das Sterben der Taube war keine angenehme Erfahrung«, erklärte er. »Aber ich will das Blindschießen erlernen. Ich will über dieselben Fähigkeiten verfügen wie du, um meine Stadt zu verteidigen.«

Verflucht seien die Verbitterung und der Starrsinn des Nordens, der mich in eine solche Lage bringt!, dachte Jemren.

»Eine klare Entscheidung ist gut«, sagte er laut. »Dann wird dein Vorhaben auch gelingen, Mrerem.«

Bevor der Junge zu einer Erwiderung ansetzen konnte, schlug am Haupttor ein Gong an, eine grelle Folge von Tönen, und die Torwache schrie: »Nraurn! Nraurn nähern sich der Stadt!«

Unruhe entstand auf dem Platz. Die Menschen zogen sich eilig in die Tempel, die Türme und Versammlungshäuser zurück. Irgendwo fiel ein Schemel um, und ein Hund bellte, doch der Rückzug ging ruhig vonstatten; niemand rannte oder schrie. Bewaffnete Reiter nahmen vor dem Eingang des Turms Aufstellung.

»Kimrin, lauf und hol meinen Bogen!«, bat Jemren. Der Junge rannte zum Turm der Reiter, um seinem Auftrag auszuführen, während Vrarras seine Krieger zum Tor und auf die Mauer beorderte.

Im Innenhof des Falkentors herrschte Aufregung. Die schwarzen Kriegspferde der Stadt, die hier angebunden waren, zogen an den Stricken und stießen unruhig mit den Flanken gegeneinander, als die Reiter ihnen die Sättel auflegten und die Gurte festzogen. Einer der Hirten war in die Stadt hinaufgerannt; atemlos stützte er die Hände auf die Knie. Diese Männer hatten sich trotz der Gefahr um die zahlreichen Viehherden in den Umfriedungen vor der Stadt gekümmert.

»Schützen begleiten die Nraurn!«, keuchte er. »Es ist das erwartete Heer!«

Jetzt ist es soweit, dachte Jemren. Jetzt ist der schlimme Augenblick gekommen, auf den wir seit Tagen warten.

Er drängte sich zu Vrarras durch, der inmitten seiner Reiter stand und Befehle gab. Der Kriegsherr verteilte seine Männer an allen wichtigen Stellen entlang der Mauer; den weitaus größten Teil der Reiter versammelte er jedoch am Tor.

4

Über den schmalen Aufgang neben dem Wehrturm stieg Amra auf die Mauer hinauf. Sie zitterte und schwitzte, als sie auf der Krone ankam, behindert von der Wunde am Bein und der eigenen Schwäche. Sie lehnte sich an die Turmwand und schöpfte Atem. Waffen wurden auf die Mauer gebracht, gefüllte Köcher und Wurfspeere. Die Posten waren nun um ein Vielfaches verstärkt. Speerkämpfer wachten neben Bogenschützen, Vrarras' Reiter hatten neben Kriegern aus Mrauréssi und Geristáni Stellung bezogen. Einige Schritte entfernt stand Gorun und beriet sich mit Falrau und Jemren, wer während des Angriffs welche Aufgabe übernähme.

Die Frist, die Kajlyn-Gua der Stadt eingeräumt hatte, war längst verstrichen; die Nacht befand sich im letzten Drittel. Es war nur noch eine Frage der Zeit, bis die Gehörnten Defágos angriffen. Kajlyn-Gua brachte sicherlich keine leeren Drohungen vor. Die Stadt lag in tiefem Schweigen, die Türme ragten wie kegelförmige Schatten auf. Keine einzige Lampe brannte. Auch in der endlosen Ebene vor der Stadt regte sich nichts, nur über dem Horizont hing ein rötlicher Schein. Die Helligkeit unzähliger Feuer strahlte gegen den Himmel – an dieser Stelle lagerte das Nraurnheer.

Amra erlebte nicht zum ersten Mal einen Angriff auf Mauer und Turm. In Caláxi war es immer wieder zu Beutezügen der Mnek oder der Arrak gekommen. Die Nraurn tauchten aus dem Nichts auf, schlugen blitzschnell zu und verschwanden ebenso rasch wieder. Eine Belagerung der Roten Stadt hatten sie allerdings nie gewagt; nie hatte Amra einer dräuenden Kriegsgefahr so lange entgegensehen müssen. Die dunkle Stadt und die halblauten Stimmen der Männer erfüllten ihr *Taú* mit einer Beklemmung, die ihr schier den Atem nahm.

»Komm mit uns!«, hatte Tadira sie angefleht. Das Kleinkind der jungen Frau aus Caláxi beobachtete verwundert die schweigsame Eile der Erwachsenen. »Wir begeben uns alle zum Tempel der Amatha.«

»Geh schon voraus«, erwiderte Amra. »Ich bin langsamer mit meinem Bein. Ich komme gleich nach.«

Doch sie wollte sich nicht verstecken. Sie hatte sich auch während der Überfälle auf Caláxi nie in die Türme zurückgezogen, denn ihre Heilgabe und die dunkleren Fähigkeiten der *Laîren* wurden im Kampf gebraucht. Im Tempel zu kauern, im süßlichen Geruch der Opfergaben und umgeben von angstvollem Stöhnen – allein diese Vorstellung war ihr unerträglich.

Sie blickte in den verhangenen Himmel. Sehnlichst wartete sie auf den Morgen, als brächte ein neuer Tag auch neue Hoffnung. Als sich endlich ein grauer Streif über dem Küstengebirge zeigte, die erste Helligkeit des Tages, drehte Amra sich wieder zu der Ebene um – und der Atem stockte ihr.

Das Nraurnheer stand unmittelbar vor der Stadt. Kajlyn-Guas Krieger hatten die Feuer in der Ferne brennen lassen und sich im Schutz der Dunkelheit angeschlichen. Nun spannte sich ein Halbkreis von Gehörnten von einem Ende der Mauern bis zum anderen, Krieger ritt neben Krieger, in den blassen Farben der Dämmerung gemalt. Amra konnte die vielfältigen Formen der Hörner erkennen: gerade oder gebogen, glatt, wulstig oder aber zu Spiralen verdreht. Nicht weniger unterschiedlich war die Beschaffenheit der Waffen und Schilde. Auch die Nouk waren mit Bronzeplatten gepanzert. Durch die Entfernung wirkten die Gesichter reglos wie Masken, und plötzlich schien es ihr, als schwenke ein Dämonenheer auf die Stadt ein.

»Was hast du auf der Mauer zu suchen?«, fragte Gorun dicht hinter ihr, und sie fuhr herum. Er trug Speer und Schild und die Kriegskleidung der Reiter, lederne Beinschützer und einen Mantel gegen die kühle Nachtluft. Bronzespangen bewahrten seine Handgelenke vor unerwarteten Stößen, und für alle sichtbar hingen ihm das Klanzeichen Sa Kaseira und das Figürchen des Nemnos um den Hals.

»Das Herumsitzen in der Stadt macht mich unruhig«, gestand Amra. »Ich muss sehen, was hier vor sich geht. Ich bin *Laîren*, ich werde den Kriegern nicht im Weg stehen.«

»Hier oben bietest du den Angreifern ein Ziel. Ich will nicht, dass dir noch einmal etwas zustößt. Du begibst dich auf der Stelle ...«

»Der Feind steht vor den Toren! Macht euch bereit!« Vrarras' Ruf unterbrach ihn. Die Warnung wurde von Mann zu Mann weitergegeben. Der Kriegerkönig schritt auf der Mauer entlang und wies den Kämpfern letztmalig ihre Stellungen zu.

»Khani, Hrauri«, rief Gorun von der Mauer in den Innenhof hinab, »bleibt unter allen Umständen am Tor, was auch immer auf der Mauer geschieht! Die Nraurn dürfen den Wall um die Stadt nicht durchbrechen! Wir unterstützen Vrarras' Kämpfer von hier oben aus.«

Plötzlich gerieten die Herden in den Pferchen außerhalb der Stadt in Panik. Die Tiere stoben in alle Richtungen auseinander und sammelten sich wieder in einer weit abgelegenen Ecke der Einfriedung. Angespannt starrten sie alle in dieselbe Richtung.

»Nret und ihre Schützen nähern sich zwischen den Herden«, warnte Jemren. »Sie nutzen das *Taú*, um sich zwischen den Tieren zu verbergen und sich so nahe wie möglich an das Tor heranzuschleichen. Dann schwächen ihre Pfeile die Verteidigung der Mauer und ermöglichen Kajlyn-Gua den Sturm auf den Wall.«

»Achtet auf die Schützen!«, gab Gorun die Warnung weiter. »Mit den Herden kommen die Blindschützen!«

Die Kriegsherrin der Nraurn ritt an der Spitze ihres Heers. Hoch aufgerichtet saß sie auf dem Nouk; die schwer bewaffnete Leibwache umgab sie Knie an Knie. Gehörnte Reiterinnen sprengten an den Reihen der Krieger entlang und bellten Befehle. Plötzlich stach die Ziegenkönigin den Speer in die Luft, stach nach den Menschen auf der Mauer, und der Aufschrei ihres Heers brandete auf – ein Schrei aus aberhundert Kehlen, getragen von einem dunklen Wind.

»Nraur-a-Khae!«, brüllten die Angreifer. *»Nraur-a-Khae!«*

Mit einem Zug spannte Jemren den Langbogen, eine sorgsam geölte Waffe aus den Beständen der Stadt.

»Wen willst du treffen – die Nraurin?«, lachte Falrau. »Das wäre allerdings ein guter Schuss! Und er würde einer elenden Auseinandersetzung ein rasches Ende bereiten.«

Jemren antwortete nicht. Die Sehne glitt durch die Kerben seiner Ringe, er hatte die Augen halb geschlossen und alle Aufmerksamkeit im *Taú* versammelt. Die Pfeilspitze wanderte, bis sie genau auf die schwarze Heerführerin zeigte. Da stutzte der Schütze plötzlich – und senkte den Bogen. »Das ist sie nicht«, stieß er hervor.

»Was redest du da?«, fragte Falrau.

»Die Reiterin ist nicht Kajlyn-Gua. Es ist Quinda-Na!«, beharrte Jemren.

»Es kann nicht sein – Quinda-Na ist tot!«, stieß Gorun hervor. »Bringst du die beiden Nraurinnen nun auch durcheinander?«

»Tot, ja – sie ist tot«, gab Jemren zurück. »Ich kann nicht auf sie zielen. Sie hat kein *Taú*.«

Fluchend prallte Falrau von der Mauer zurück. Amra blickte erschrocken zu der Nraurin hinüber. Sie sah doch, wie die Kriegerin sich bewegte, wie sie den Arm hob und das Heer entlang der Mauer auseinanderzog. Schatten lagen über der Ebene, als verharre die Nacht am Horizont. In Strahlen breitete sich die Dunkelheit um die schwarze Reiterin aus.

Gorun fuhr zu der Stadt herum, den Speer in der Faust. »Wenn es sich bei dieser Kriegerin um die tote Feldherrin handelt – von welcher Seite kommt dann Kajlyn-Gua, verflucht? – Vrarras!«, brüllte er. Der Kriegerkönig von Defágos fuhr herum, ein gutes Stück von ihnen entfernt. »Es muss noch eine Flanke geben!«, schrie Gorun. »Die Nraurn haben sich aufgeteilt!«

Da ertönte der Kampfschrei der Gehörnten. *»Nraur-a-Khae!«*

Die Nraurn gaben den Nouk die Zügel frei und rasten heran, als könne ihr Ansturm allein die schwarzen Mauern von Defágos niederdrücken; die Luft erzitterte vom Donnern der Hufe.

»Duckt euch!«, schrie Jemren. »Deckt eure *Taú*!«

Seine Warnung kam zu spät. Einer von Vrarras' Vertrauten, ein silberhaariger Mann, stürzte rücklings von der Mauer. Ein Pfeil hatte ihm die Kehle durchbohrt. Der Krieger schlug unten zwischen den zurückscheuenden Pferden auf und rührte sich nicht mehr. Nun stieg auch von der Innenseite des Mauerrings ein vielstimmiger Schrei auf – ein Schrei der Empörung, des Entsetzens über diesen blitzartigen Tod.

Defágos war verwundbar, trotz des Walls und der vielen Tore.

Amra presste sich flach an die Wand des Wehrturms, hörte das Zischen der Geschosse. Unten an der Mauer bemühten sich junge Reiter, die verschreckten Rappen zu bändigen. Gorun stach mit dem Speer über die Brüstung, gedeckt von seinem Schild, während Jemren dicht an der Mauer kniete und durch einen Schlitz Pfeil um Pfeil auf die Angreifer sandte.

Bahak kamen auf der Außenseite herauf, die größten und stärksten Krieger unter den Nraurnvölkern. Sie wirbelten die Haken an langen Riemen und schleuderten die Waffen zur Mauerkrone empor. Dutzende Klingen fielen nutzlos zurück, doch einige verfingen sich in den Schlitzen, und im rauen Stein der Brüstung. In raschen Sätzen kletterten die Gehörnten an der Mauer hinauf – leichtfüßig und flink wie Ziegen, und viel schneller, als Amra erwartet hatte. Speere krachten gegen wulstige Hörner, Schilde dröhnten gegeneinander, als Angreifer und Verteidiger zusammenprallten.

Gorun wirbelte den Speer in der Hand herum und durchbohrte die Schulter eines Bahak. Rücklings stürzte der Nraur an der Außenmauer herab, in die Lanzenspitzen seiner Gefährten, und riss Gorun die Waffe aus der Hand. Ein junger Bursche reichte dem Reiter den nächsten Speer. Er und seine Gefährten rannten zwischen den Waffenkammern und der Mauer hin und her und ersetzten geborstene Waffen und aufgebrauchte Geschosse.

»Gorun!«, ertönte Vrarras' Stimme über den Lärm des Kampfs. Der Kriegsherr deutete über die stillen Häuser und verlassenen Plätze hinweg. »Schnell – reite mit deinen Gefährten zum Sandplatz hinauf! Dort wird die zweite Gruppe durchzubrechen versuchen, denn an dieser Stelle gibt es keine Mauer, nur die Felswand! Beeilt euch! Wir halten die Mauer und das Tor.«

»Bringt die Pferde!«, befahl Gorun den jungen Reitern am Fuß der Mauer. »Jemren, wir brauchen dich und deine Schützen!« Er hastete die Treppe hinunter, dicht gefolgt von Falrau. Von den letzten Stufen aus sprang er in den Sattel und scherte sich nicht darum, ob der empfindsame Rappe aus Defágos unter einer solchen Behandlung scheute.

»Herunter von der Mauer, Amra! Such in den Tempeln Schutz!«, rief er ihr zu, und sie wollte seiner Aufforderung gern Folge leisten. Aber als sie den Fuß auf die erste Stufe setzte, durchfuhr ein schmerzhaftes Ziehen ihr Bein. Sie zuckte zusammen und suchte an der Wand des Wehrturms Halt. Der kalte Wind setzte ihr zu; sie spürte den Wetterwechsel in der vernarbten Wunde.

»Gorun!«, winkte sie dem Reiter zu. »Bring mich zu Any! Bring mich zum Blauen Turm! Ich muss die *Nashan* warnen!«

Als Gorun erkannte, dass sie sich nur mühsam fortbewegen konnte, trieb er sein Pferd kurzerhand die Treppenstufen hinauf. Der Rappe setzte an Jemren vorbei, der sich hastig an die Mauer schmiegte. Gorun gab nicht das Geringste mehr auf Anstand und Gebote. Er packte Amras

Hand und zog sie hinter sich auf das Tier. Hastig schlang sie die Arme um ihn, als er den Rappen auf der Hinterhand wendete und seitlich über das Geländer trieb. Mit einem Satz kam das Pferd am Fuß an der Mauer auf und glitt auf den Steinplatten beinahe aus.

»Bleib am Tor!«, fuhr Gorun Khani an, als der junge Reiter angerannt kam. »Wir erleben gerade die erste Angriffswelle! Die Bahak wollen uns durch ihre Schnelligkeit überrumpeln und das Tor von innen öffnen. Dort draußen in der Ebene sammeln sich bereits die anderen Nraurn zum Vorstoß. Haltet das Tor, Khani – für Caláxi, das wir nicht halten konnten!«

Der junge Reiter blieb stehen; mit blassem Gesicht umklammerte er den Speer.

»Nraur-a-Khae! Nraur-a-Khae!«, ertönte der Kampfschrei der Nraurn. Oben auf der Mauer klirrten Waffen, Verwundete stöhnten, und die Nraurn feuerten sich gegenseitig mit schrillen Rufen an. Plötzlich machte Khani auf dem Absatz kehrt und rannte zum Falkentor zurück. »Für Caláxi!«, schrie er, und einige der Männer fielen in seine Rufe ein. »Für Defágos! Für die Kühne Stadt!«

Gorun hieb dem Rappen die Fersen in die Seiten. Aufgeregt galoppierte das Tier über den großen Platz. Amra hielt sich an dem Reiter fest, mit beiden Händen presste sie ihm Klanzeichen und Götterstatue gegen die Brust. Sie fühlte seine Atemzüge, sein *Taú*; unter den Fingern spürte sie, wie hart sein Herz schlug.

»Gorun«, flüsterte sie und wusste nicht, warum sie ihn rief. Ohnehin war alles andere lauter als ihre Stimme: die Hufschläge auf den Steinplatten, die Schreie der Kämpfenden und der Verletzten, der durchdringende Gong am Tor, dessen Warnung durch die ganze Stadt hallte. Einen verzweifelten Augenblick lang wünschte sie, dass sie den Blauen Turm nie erreichten und das Pferd ewig unter ihnen dahinflog. Furcht erfüllte ihr *Taú*, wie Amra sie noch nie zuvor empfunden hatte – Furcht um ein anderes Leben.

Die Ewigen mögen ihn schützen, dachte sie und wiederholte den Wunsch wie ein Gebet. Die Ewigen mögen ihn schützen.

Vor dem Eingang des Turms zügelte Gorun den Rappen und gab ihr Halt, als sie vom Rücken des Pferds glitt. Seine Handfläche war schwielig und rau vom Umgang mit Schild und Speer; sie spürte die Kraft in seinem Griff. Er trieb das Pferd sogleich wieder an. Ihre Finger glitten auseinander, sie mussten sich loslassen, doch der Reiter blickte zu ihr zurück, bis der Rappe zwischen Bäumen und Häusern verschwunden war.

Amra blickte am Blauen Turm empor. Unter dem bedeckten Himmel wirkte das Bauwerk matt, die Ornamente auf den Wänden schienen stumpf und verblasst. So rasch sie konnte, betrat sie die Versammlungshalle. Der Saal war verlassen und still, ein unberührtes Heiligtum. Graues Tageslicht fiel durch den Glasstein, und im Dämmerlicht sah Amra die *Nashan* von Defágos in der Nähe des Brunnens stehen.

»Endlich kommst du«, empfing Anrynan sie mit einem tiefen Aufatmen.

»Du hast auf mich gewartet?«, fragte Amra verwirrt.

Die Priesterin lächelte. »Aber sicher«, erwiderte sie. »Wir haben lange gewartet, das Eine Kind und ich.« Lillia saß unweit von ihr auf dem Brunnenrand – ein ernstes, trauriges Mädchen. Sie starrte ins Wasser; gespenstisch trübes Licht spiegelte sich im Becken.

»Ich weiß jetzt, welche Erscheinungsform Antiles sich an Land gewählt hat«, stieß Amra hervor. Vor Entsetzen wurde ihr der Mund trocken. »Die tote Feldherrin – der Herr der Dunkelheit ist in ihren Leib gefahren. Er steht vor dem Tor und führt das Nraurnheer an!«

Anrynans Augen waren erloschen und dunkel wie der Brunnen, ihre Haut leuchtete weiß im Dämmerlicht. »Er lauert seit jeher vor meinem Tor, Amra«, entgegnete sie. »Aber heute begehrt er zum ersten Mal Einlass. Er ist sehr stark geworden«, gab sie zu. Ihre Stimme klang dumpf, als hätte eine große Schwäche sie ergriffen. »Der Schwarze Gott hat an Land Verbündete gefunden. Wer ihn verehrt, nährt seine Macht. Mit der Nraurn-Fürstin verhält es sich wohl so.«

Es war kalt in der großen Halle, Amra fror in dem dünnen Kleid. »Kajlyn-Gua verlangte Goruns, Jemrens und mein Leben von der Stadt«, berichtete sie. »Ist unser Tod das Unterpfand für den Schwarzen Gott? Wollte sie durch unser Opfer seine Gunst erwerben? Etwas Ähnliches hat auch Quinda-Na einmal versucht.«

Die Feenpriesterin von Defágos senkte den Kopf; die dunklen Locken verdeckten das Gesicht zur Hälfte.

»*Ein blinder Schütze, eine sehende Laîren und ein Diener des Nemnos*«, flüsterte sie.

»Qyon!«, entfuhr es Amra. »Der alte Nraur, dem wir in der Bemalten Schlucht begegnet sind! Er benutzte dieselben Worte wie du gerade eben!«

Lillias Worte kamen ihr wieder in den Sinn. *Qyon kennt mich doch. Er täte mir nie etwas Böses.*

Anrynan neigte den Kopf. »Qyon ist der Wächter über die Geschichte der Gehörnten – so wie in Defágos die Geschichte der Menschen bewahrt wird. Wir weihten ihn in alle Ereignisse ein, und dafür teilte er seine Erinnerungen mit uns.«

Er brachte mir jedes Mal eine andere Geschichte mit, hatte Lillia behauptet. Dem greisen Nraur war ein hohes Alter anzusehen, doch wie alt Qyon wirklich war, erfuhr Amra erst jetzt.

Die Priesterin wandte ihr das bleiche Antlitz zu. »Alle Völker der Insel haben die Weissagung vernommen, als ich die Worte vor vielen Jahren in der Quelle von Anáxi las. Wir haben lange gewartet, Amra, aber als ich durch Goruns Bericht zum ersten Mal von eurem Schicksal erfuhr, ahnte ich bereits, was es mit eurem merkwürdigen Los auf sich hat: Ihr seid die Begleiter des Einen Kindes.«

»*Wir* sind ein Teil der Prophezeiung?«, stieß Amra fassungslos hervor. »Gorun, ich und – Jemren? Das glaubt er mir nie! Was hat es zu bedeuten, wenn du sagst, wir seien die Begleiter des Einen Kindes? Was ist unsere Aufgabe? Wollte die Nraurin uns deshalb von dem Mädchen trennen?«

Anrynan lächelte. »Ihr habt bereits das Richtige getan, jeder auf seine Weise. Ihr seid dem Flüstern des Einen Kindes gefolgt – bis zu diesem Ort.« Sie deutete auf den Brunnen. »Offenbar kennt die Nraurin die Bedeutung meiner Quelle. Der Brunnen von Defágos wurde niemals künstlich angelegt, Amra. Er ist älter als die Stadt und dringt tief ins Gestein. An solchen Orten verhandeln wir mit den Geistern. Hier knüpfen wir den dünnen Faden, der uns mit der Insel verbindet.«

Amras Herz klopfte. Alles ist mit allem verwoben, dachte sie, das Hier mit dem Jetzt, die diesseitige Welt mit dem Entfernten Land. Das waren die Linien, von denen Lillia immer wieder flüsterte.

»In Anáxi wurde bestimmt, dass das Eine Kind drei Begleiter haben würde«, fuhr die Feenpriesterin fort. »Über eure Aufgaben ließ mich die Quelle jedoch im Dunkeln. Ich kann nicht einmal vorhersagen, ob sich die Prophezeiung hier und heute, in dieser Stadt erfüllen wird.« Anrynan blickte in ihrem dämmrigen Saal umher. »Der Herr der Dunkelheit ist nahe«, flüsterte sie. »Du musst das Eine Kind in deine Obhut nehmen.«

Amra erschrak. »Verlass mich jetzt nicht, Any«, flehte sie. »Ich bin *Laîren* – die Dienerin der Schatten. Wenn nicht einmal du meine Rolle in der Prophezeiung zu deuten vermagst, wie soll ich dann wissen, auf welche Weise ich Lillia beistehen kann?«

Die kühle Hand der Priesterin streifte tröstend ihren Arm, eine Berührung, die Menschen sich versagten.

»Wenn der entscheidende Augenblick gekommen ist, wirst du es wissen. Begreif doch, Amra ... Ich bin die Hüterin der Quelle. Ich muss das Wasser am Fließen halten und dem Murmeln der unterirdischen Ströme lauschen. Ich steige jetzt unter den Turm hinab, um dort den Ausgang des Kampfs zu erwarten. Das Eine Kind vor dem Schwarzen Gott zu bewahren: Das ist deine Aufgabe.«

5

Den Wind im Rücken, galoppierten die Reiter in die Stadt hinauf. Eine Handvoll Tage war bei weitem nicht ausreichend, um den Umgang mit Defágos' schwarzen Pferden zu erlernen, wie Jemren nun zu seinem Leidwesen erfuhr. Die Zügel brannten ihm in den Fingern; er hielt sie kürzer, als es dem Pferd gefiel. Der Rappe schüttelte immer wieder den Kopf und suchte sich zu befreien. Das Pferde-*Taú* flackerte zwischen seinen Knien und steckte ihn mit Ängstlichkeit an. Er brauchte beide Hände, um das Tier zu lenken und um nicht abgeworfen zu werden, während Gorun nahezu ohne Zügel ritt, den Speer in der einen, den Schild in der anderen Faust, als wäre er mit seinem Pferd verwachsen.

Das Gewirr der Häuser, Gärten, Mauern und die Kronen der Bäume verdeckten die Sicht auf den oberen Teil der Stadt. Für Augenblicke erschien ein erschrockenes Gesicht an einem Fenster, obwohl Vrarras die Anweisung gegeben hatte, dass alle Menschen sich während des Angriffs der Nraurn in den Türmen, Tempeln und Gemeinschaftshäusern verbergen sollten.

»Weg von den Fenstern! Verschanzt euch! Dort oben brechen Nraurn durch!«, schrie Gorun den leichtsinnigen Bewohnern des Hauses zu – einer alten Frau, die ihre fauchende Katze vom Fenstersims holte. Der Reiter fluchte.

»Vilon!«, rief er einem der Krieger zu und wies mit der Speerspitze auf das Haus. »Hier ist jemand zurückgeblieben. Nimm zwei Männer und sieh nach, ob sich nicht noch andere Menschen in den Häusern verborgen halten!«

Mit einem Handzeichen gab der Reiter von Defágos zu verstehen, dass er den Befehl verstanden hatte. Er zügelte sein Pferd und bog eilig in den Weg ein, der zum Haus führte. Jemren blickte über die Schulter zurück. Die Jungen mit ihren Bogen ritten dicht hinter ihm, sicher im Sattel, doch viel zu aufgeregt im Kampf. Ihnen folgten Falrau und ein weiterer Trupp Speerkämpfer.

Als Jemren sich wieder nach vorn drehte, lag der Sandplatz vor ihm. Nraurn seilten sich über den hoch aufragenden Felsen ab. Gewandt und behände glitten sie an den langen Lederriemen ihrer Haken abwärts, sprangen von Felsnase zu Felsnase und von dort auf den sandigen Boden herab – so zahlreich wie Perlen an einer Schnur. Zwischen ihnen hingen reglose Bündel in der Wand: die Wächter, die Vrarras oben auf den schwarzen Felsen postiert hatte. Jemren wollte sich lieber nicht vorstellen, wer sie so lautlos und aus dem Hinterhalt getötet hatte.

»Schützen! Dort oben sind Blindschützen!«, rief er den Speerkriegern zu. Wütende Gesten antworteten ihm – dieses Wort war längst zum Inbegriff der Gegner aus dem Norden geworden.

»Schneller!«, befahl Gorun. »Wenn sie erst zwischen den Häusern sind, wird dieser Kampf zum Albtraum!«

Er hatte recht. Ein Kampf innerhalb der Stadt, in dem Gewirr verwinkelter Gärten und sich kreuzender Treppen, ein Kampf, bei dem die Nraurn von oben auf sie eindrangen, während sie bergan standen – das war in der Tat ein Albtraum.

Die Ziegenkrieger stürmten über den Platz auf sie zu, fast alles Bahak mit schweren Waffen. Im Hintergrund rannten dunkel gekleidete Menschen mit Köchern über den Schultern und langen, wohlvertrauten Bogen. Blitzschnell verschwanden sie hinter der sich bietenden Deckung, und Jemrens *Taú* zog sich zusammen.

»Vorsicht!«, schrie er auf, doch da wurden die ersten Reiter schon aus den Sätteln gerissen – zwei, vier, fünf Männer. Sie stürzten zwischen sich überschlagenden Pferden, und keiner von ihnen erhob sich wieder. Die Speerkrieger der Stadt brüllten auf vor Zorn.

»Die Schilde!«, schrie Gorun den Reitern zu. »Benutzt eure Schilde, um die *Taú* zu decken!«

Er hob den Speer und lenkte das Pferd nur mit den Schenkeln über den Platz. Die Hufe des Rappen warfen Sand auf, als er auf die gehörnten Krieger zugaloppierte. So wenig einem Schützen ein Reittier nützte – Speer und Pferd waren wie füreinander geschaffen. Gorun stemmte den Schaft in die Halterung am Steigbügel, warf sein Tier herum und bewegte das Bein am Pferdeleib zurück – und der Speer fuhr fast bis zu seiner Faust durch einen Angreifer. Sofort wandte sich der Reiter von dem sterbenden Nraur ab. Selbst im dichten Kampf beachtete er die Gebote des Südens, selbst jetzt, als rings um ihn Mann gegen Mann, Speerkrieger gegen Nraur prallten. In zwei Reihen führten er und Falrau ihre Krieger den Bahak entgegen, während Jemren mit den Jungen am unteren Rand des Sandplatzes hielt.

»Herunter von den Pferden! Beeilung!«, rief er den Jungen zu, die sich erschrocken umsahen, zum ersten Mal mitten in einem Kampf. Er glitt aus dem Sattel und ließ sein Tier einfach laufen. Das Pferd trottete davon – und scheute, als sich ein Pfeil in den Sattel bohrte. »Sucht euch hinter den Bäumen und Mauern Deckung. Kassan, schieß nur, wenn du dir des Ziels sicher bist! Achtet auf die Reiter!« Er wusste, wie schnell man sich in der Aufregung der Schlacht verschätzte. Vlessi hantierte ungeschickt mit dem Köcher, fasste den Schulterriemen zu tief, und das Behältnis kippte; sämtliche Pfeile fielen zu Boden. Besorgt hakte Jemren einen Pfeil in die Sehne, spürte das Gleiten in den Ringen, während er den Bogen auszog. Die Jungen würden mehr Unterstützung brauchen, als sie geben konnten.

»Feuert abwechselnd, wie wir abgesprochen haben«, befahl er. »Die erste Gruppe: Bogen hoch – zieht aus – löst!«

Der Pfeilhagel ging über den Kämpfenden nieder und entfaltete seine Wirkung. Wütende Schreie gellten zu ihnen herüber – und waren noch nicht verklungen, als die zweite Garbe folgte. Auch die Nraurn deckten sich mit Schilden und stießen schrille Kampfrufe aus.

Mrerem kniete hinter der niedrigen Einfassung des Platzes. Vrarras' Sohn presste die Lippen aufeinander und sandte Pfeil auf Pfeil in den Kampf, gut gezielt und klug gewählt, aber er wagte nicht, die Augen zu schließen und der voll entbrannten Schlacht nur mit dem *Taú* entgegenzutreten. Jemren stützte die Schulter gegen einen Baumstamm und hob abermals den Bogen. Im ersten Augenblick fand er kein Ziel; alles war ein Gewirr aus hin und her schießenden Pferden, Nraurn und Reitern. Plötzlich tauchte ein Nraurn-*Taú* vor ihm auf, glimmend vor Wildheit, und er ließ den Pfeil von der Sehne schnellen.

Das Klirren der Waffen, Schreie und aufgewirbelter Sand erfüllten die Luft. Während die Jungen Pfeilschauer um Pfeilschauer sandten, suchte er sich einzelne Ziele: die Anführer unter den Nraurn. Seine Geschosse stiegen hoch in den Himmel auf, senkten sich im letzten Augenblick und töteten bei jedem Treffer. Sofort nutzten Goruns Krieger die Lücken, ritten zwischen die Angreifer, spalteten deren Reihen und drängten die Nraurn zum Rand des Platzes ab.

Jemren fuhr zurück, als neben ihm ein Geschoss in die Rinde des alten Baums einschlug. Splitter prasselten auf Vlessi herab. Der Junge warf sich hinter die Bank und riss schützend die Hände über den Kopf. Hinter den Kämpfenden ahnte Jemren die Schützen aus dem Norden. Sie gaben ihre *Taú* niemals preis, ließen den Gegner nie Gewissheit erlangen, wo sie sich gerade aufhielten und wie stark ihre Zahl war. Sie kämpften ganz anders als die Reiter, die mit ihrer kriegerischen Entschlossenheit viel zu offensichtliche Ziele boten. Jemren erhaschte einen Blick auf die geduckten Gestalten – und erkannte plötzlich das Muster in ihrem Vorgehen. Nach jedem Schuss wechselten die gegnerischen Schützen die Plätze, feuerten niemals zweimal aus derselben Stellung. Sie bildeten zwei sich durchdringende Reihen, eine schob sich voran, während die andere schoss – genau wie er die Jungen kämpfen ließ. Es war die Vorgehensweise, die Tarepin und er ersonnen hatten, um die Bahak so weit wie möglich von Tegaréssos' Mauer fortzulocken; dasselbe blitzartige

Auftauchen und Verschwinden; dasselbe Antäuschen, das nicht immer in einen Schuss mündete, sondern den Gegner zur Unvorsichtigkeit verlockte.

Sein einstiger Bogengefährte führte die Schützen an.

Vorsichtig beugte Jemren sich nach vorn und versuchte einen Überblick über das Kampfgeschehen zu gewinnen. Auf dem Platz gab es kaum Deckung. Tarepin war in seinen Bewegungen so eingeschränkt wie er mit den Jungen hinter den Bäumen und der Begrenzungsmauer. Die feindlichen Schützen huschten hinter den Schwingen und Scheiben entlang und nutzten die Übungsgeräte als Deckung. Mit ihren kurzen Dolchen durchtrennten sie die Seile, an denen die Holzscheiben aufgehängt waren. Die Übungsziele fielen in den Sand und wurden sofort von zwei Männern aufgerichtet. Wie ein Rad rollten die Gegner die Scheiben über den Platz, jeweils zwei Bogenschützen verbargen sich hinter der beweglichen Deckung. Die Scheiben hielten auf den dichtesten Kampf zu.

»Kimrin und ihr beide dort – ihr kommt mit mir!«, befahl Jemren. »Mrerem, du führst die anderen Jungen an. Haltet eure Stellung!«

Vrarras' Sohn nickte, ohne sich umzublicken. Jemren führte seine kleine Schar dicht an der Mauer entlang. Geduckt huschten sie von Baum zu Baum und nutzten die alten Stämme als Deckung, bis sie in den Rücken der Feinde gelangt waren. Mit einer Schulter stemmten sich die Männer gegen die Speichen, die Schmalseite der Scheibe zog eine tiefe Furche durch den Sand. Die Schützen tänzelten dahinter hin und her: ein Schritt seitlich aus der Deckung, ein gezielter Schuss und ein rascher Schritt zurück hinter das Holzrad. Zeitgleich zogen sie den nächsten Pfeil aus dem Köcher, spannten abermals den Bogen und trieben auf diese Weise Goruns Reiter immer weiter in die Enge.

Vorwärts!, winkte Jemren den Jungen. Sie schwangen sich über das niedrige Mäuerchen, rannten eine kurze Strecke und warfen sich hinter den Leibern zweier toter Pferde in den Sand.

»Bringt die Anschiebenden zu Fall!«, wies Jemren die Jungen an. Er stützte die Arme auf die warme Flanke des vor ihm liegenden Tiers, hielt den Bogen quer vor sich und schoss Gerras durch das Knie. Der große Mann aus Minéa fiel nicht; er brüllte auf und packte den Pfeil am Schaft. Wutentbrannt blickte er sich um und stützte das Rad nur noch mit einer Hand. Die schwere Scheibe geriet ins Taumeln. Erschrocken sprangen die anderen Schützen dahinter hervor, doch als Gerras hastig wieder in die Speichen griff, war es zu spät. Allein konnte er die Scheibe nicht aufrecht halten, das Rad neigte sich, kreiselte zu Boden und erschlug im Aufkommen den darunter befindlichen Mann.

Jemren zielte auf die Schützen hinter der vordersten Scheibe. Plötzlich spürte er Tarepins *Taú*, mit dessen Eigenschaften und Launen er so wohlvertraut war – es war nicht mehr wiederzuerkennen. Ein gähnendes Loch, das sich beständig vergrößerte, ein Abgrund, der den Schützen von innen aushöhlte – so schien es ihm.

Tarepin spürte sein Zielen sofort. »Hier steckst du also!«, schrie er und zeigte sich eine winzige Zeitspanne lang. »Du hast den Süden mit unserem Kampfstil vertraut gemacht, du verfluchter Verräter! Das werden wir dir vergelten, Jemren, das schwöre ich dir!«

Das Rad schwang herum und rollte auf ihn und seine Begleiter zu. Die Jungen stießen sich mit den Ellenbogen an und tuschelten. »Das ist doch ein Cousin von dir«, flüsterte Kimrin mit besorgtem Gesicht.

Jemren nickte kurz. »Ein Verwandter«, gab er zurück.

Tarepin zeigte sich immer wieder am Rand der Scheibe. Schweiß stand ihm auf der Stirn, und das Gesicht verzerrte sich in kurzen Abständen. Jemren hatte sein Ziel längst mit dem Schützensinn erfasst, aber er vermochte die Sehne nicht loszulassen; er schaffte es nicht. Er hatte nie zuvor einen Menschen getötet. Und nun erging es ihm wie vor vielen Jahren während der Übungen auf den Dünen hinter Tegaréssos: Er umklammerte den Griff des Bogens mit schwitzenden Fingern, während ihm die Furcht vor einem Treffer die Arme lähmte. Und Tarepin, der seine Schwäche genauestens kannte, baute auf sein Zögern.

»Siehst du, in welchem Zustand ich mich befinde?«, schrie er, während das Rad immer näher kam. »Das hat mir deine Freundin angetan. Seit die Hexe an jenem Abend am Xórostrai meinen Schützensinn verdarb, erdulde ich Qualen, wie du sie dir nicht ausmalen kannst.«

»Amra hat dir kein Leid zugefügt!«, rief Jemren. »Vielleicht wüsste sie sogar ein Heilmittel für dich. Ich kenne sie, Tarepin, sie sieht über so manches hinweg.«

»Ein Heilmittel!« Der Gefährte lachte, Kopf und Schulter erschienen kurz hinter der Scheibe. »Will sie ihren Schadenszauber etwa mit Gegenmagie bekämpfen?« Plötzlich schlug Tarepins Stimmung um. »Ich leide solchen Durst«, klagte er. »Ich könnte ohne Unterlass trinken. Nachts träume ich von Wasser – von seinem Geruch, von seinem Geschmack. Das blaue Bauwerk dort unten ist der Quellenturm, nicht wahr? Ah, ich möchte hineingehen und trinken, Jem. Ich bin nur nach Defágos gekommen, um einen Schluck zu trinken.«

»Er ist *hreku*«, urteilte Doron und verdrehte die Augen. In fliegender Hast knüpfte der Junge mit Fingern und Zähnen die gerissene Bogensehne zusammen.

Ja, er ist verrückt, dachte Jemren bekümmert. Der Schützenwahn hat ihn erfasst.

Plötzlich sprang Tarepin mit einem gellenden Schrei hinter dem Rad hervor, riss den Bogen hoch und feuerte; die Schreckensschreie der Jungen antworteten ihm. Das Geschoss bohrte sich in den Pferdeleib und wühlte sich unter dem Fell des Rappen entlang, bis Jemren die Spitze unter der Brust fühlte.

Er entließ den Pfeil. Die Wurfarme schnellten vor, die Sehne vibrierte, das Geschoss war schneller als das Auge. Doch mit einem Satz hatte Tarepin sich bereits wieder hinter die Scheibe gerettet, und der Pfeil bohrte sich zitternd in den

Rand. Jemren zielte auf die Gliedmaßen, die für den Bruchteil eines Augenblicks auftauchten. Auch die Jungen feuerten, aber durch ihre Bemühungen spickten sie das Holz lediglich mit bunten Pfeilen.

Immer mehr Bahak kletterten über die Steilwand in die Stadt herab. Kajlyn-Gua – die wahre Kajlyn-Gua – stürmte mitten unter ihren Gefolgsleuten über den Platz und brüllte Tarepin einen Befehl zu, worauf die Scheibe erneut die Richtung änderte.

Das *Taú* der Nraurn-Königin war mehr als lebendig. Ihr *Taú* war ein schwarzes Feuer, ein machtgieriger Brand, und als Jemren die Waffe auf sie richtete, hieb sie die Hörner durch die Luft, sodass die kupferdurchwirkte Mähne flog. Sie wich ihm nicht etwa aus, deckte sich nicht – ihr *Taú* blähte sich auf.

»Du wagst es, den Pfeil auf mich zu richten?«, schrie sie ihm zu. »Weißt du nicht, dass deine Schwester für jeden Schuss büßen muss, den du auf uns abfeuerst?«

Jemren zuckte zusammen und verfehlte die Nraurin. Hastig zog er den nächsten Pfeil aus dem Köcher, hörte nicht auf die Stimme im Innern und nicht auf den Hohn der Bahak-Königin.

»In den Klippen nahe Tegaréssos verlaufen Höhlen und Gänge, Schütze!«, rief die Königin der Gehörnten zu ihm herüber. »Glaubst du, ein solches Versteck bleibt uns lange verborgen? Nesyn hat deine Schwester aufgespürt, und nun sitzt sie in meinem Zelt gefangen und grämt sich. Weißt du, was Harat im Schlaf vor sich hinflüstert? *Jemren, wo steckst du nur? Komm doch und hilf mir, denn ohne deinen Beistand kann ich das schwarze Gewässer nicht überqueren!* Sicherlich habt ihr einmal eine fröhliche Runde abgegeben, der Meisterschütze, du und sie.«

Jemren biss die Zähne zusammen und feuerte erneut. Kajlyn-Gua trug keinen Schild, beidhändig führte sie Waffen. Doch ihre Leibwache umringte sie von allen Seiten, und der Pfeil prallte wirkungslos von deren Deckung ab. Ohne ihn weiter zu beachten, wandte sich die gehörnte Königin ab und folgte Tarepin und den Schützen hinter dem Rad. Sie suchte keine Auseinandersetzung auf dem Platz – sie suchte einen Weg hinunter in die Stadt. Plötzlich lösten sich zwei der Wächterinnen aus der Gruppe und stürmten auf Jemren und seine jugendlichen Gefährten zu.

»Zurück! Wir ziehen uns zurück!«, rief er. Ein Pfeil brachte eine der Nraurinnen zu Fall; die andere handhabte den Schild jedoch mit größerer Geschicklichkeit und schwang einen Haken.

Flach auf dem Bauch liegend krochen die Jungen zum Rand des Platzes, sprangen über die Mauer hinweg und rannten los. Dicht hinter Jemren prallte der Haken gegen eine Sitzbank, schlitterte über die Sitzfläche und verfing sich an der Kante. Bevor die Nraurin den Riemen wieder eingeholt hatte, traf Kimrins Pfeil sie in die Schulter.

»Weiter!«, rief Jemren dem Jungen zu, als dieser nach dem nächsten Geschoss fingerte. »Siehst du nicht, dass sie den Arm nicht mehr heben kann? Spar dir den Pfeil für einen gefährlicheren Gegner!«

Vrarras' Sohn hatte einen kühlen Kopf behalten. Jemren fand die Jungen zwischen den Bänken, der Mauer und den Bäumen in derselben Aufstellung wieder, wie er sie verlassen hatte. Auf dem Platz irrten reiterlose Pferde umher. Andere waren sterbend zu Boden gegangen, denn Tarepin und die fremden Schützen zielten vorwiegend auf die schlechter geschützten Tiere. Die Nraurn verwickelten die Krieger, die nun zu Fuß waren, in die gefürchteten und fürchterlichen Zweikämpfe, in denen sie das Gewicht und den ganzen Schwung der Hörner entfalten konnten.

»Auf die Pferde!«, befahl Kajlyn-Gua ihren Kriegern und ergriff einen schleifenden Zügel. Geschickt schwang sie sich in den Sattel. Der Rappe schäumte unter den Gurten und galoppierte mit aufgerissenen Augen über den Sand. »Auf die Pferde und mir nach!«

»Nehmt euch in Acht!«, rief Jemren den jungen Schützen

zu. »Die Nraurn werden versuchen, an dieser Stelle durchzubrechen!«

Die Gehörnten zogen sich zu einer engen Formation um ihre Königin zusammen. Jemren drückte den Pfeil fest gegen das glatte Bogenholz. Der Schaft glänzte, er ahnte die Flugbahn im Voraus und entließ schon fast die Sehne – da galoppierte Falrau in seine Schusslinie. Mit einem scharfen Atemzug schwenkte Jemren ab, als sich die *Taú* des Reiters und der Nraurn-Königin überdeckten.

Kajlyn-Gua parierte den Angriff mit der Lanze, der tief gezielte Speer in ihrer anderen Hand erwischte das Pferd. Mit durchtrennten Sehnen stürzte das Tier in den Sand und wälzte sich über den Speerkrieger hinweg. Gorun stieß einen Schreckensschrei aus, doch da kam Falrau wieder hoch und wich mit schmerzverzerrtem Gesicht vor den Gehörnten zurück. Die Nraurn setzten ihm augenblicklich nach. Jemren gab dem Speerkämpfer Deckung, während dieser an den Rand des Platzes humpelte und bereits nach einem frischen Pferd rief. Er schoss die letzten Pfeile auf die Verfolger ab; dann war der Köcher leer, und er streckte die Hand nach Nachschub aus.

Ein Mädchen reichte ihm das Gewünschte, ein hübsches Mädchen mit hellem Haar und dunklen Augen. Ihr Atem flog, weil sie mit den anderen Jungen Speere und anderes Kriegsgerät heranschleppte.

»Was tust du hier?«, fuhr Jemren sie an. Gekränkt zog sie die Brauen zusammen – sie verteidigte ihre Stadt. »Lauf hinunter zwischen die Häuser!«, beharrte er dennoch.

Falraus Pech öffnete die Lücke, auf welche die Nraurn gelauert hatten. Die Ziegenkrieger schwenkten auf Jemren und seine Kampfgefährten ein. Sie hatten das schwächste Glied der Verteidigungslinie erkannt – verunsicherte junge Schützen in ihrer ersten Schlacht.

»Zielt auf die Pferde!«, befahl Jemren, denn die gepanzerten Reiter waren viel schwerer zu treffen. Kimrin hielt sich tapfer, aber seine Schüsse erfolgten immer langsamer und mit wachsender Unsicherheit. Vlessi feuerte seine Geschosse mit zusammengekniffenen Augen ab, doch das war bestimmt kein Zielen mit dem *Taú*. Jemrens Befürchtung trat ein – die Knaben waren dem Ansturm der Bahak nicht gewachsen. Sie verfehlten die Gegner immer öfter, weil ihre Arme erlahmten und die innere Sammlung nachließ. Was immer er den Jungen eingeschärft hatte, zerfiel vor dem Angriff erwachsener Nraurn-Krieger zu nackter Angst.

Die Mähnen der Pferde loderten wie schwarze Flammen, die Gesichter der Bahak waren drohend verzerrt, die Münder zu Rufen geöffnet. Mit vorgestreckter Lanze brach Kajlyn-Gua eine Bresche in die Reihen der Kämpfenden.

»Die Pfeile – jetzt!«, befahl sie. Die schweren Scheiben kreiselten zu Boden, als die Schützen ihre Deckung aufgaben. Ein Schwarm aus Geschossen stieg in den Himmel, die Luft zischte und wisperte in der Befiederung.

»In Deckung!«, schrie Jemren den Jungen zu. Er duckte sich hastig hinter den Baum. Obwohl es keine Blindschüsse waren, auf einen einzelnen Gegner abgefeuert, fand beinahe jeder Pfeil ein Ziel. Vlessi krümmte sich neben der Bank und stöhnte, ein Geschoss ragte aus seinem Arm. Ein anderer junger Schütze lag mit dem Gesicht nach unten zwischen der Bank und dem Baum und rührte sich nicht mehr. Das Mädchen hielt noch immer trotzig mit ihnen aus, das *Taú* gespannt vor Furcht.

Jemren schoss in rascher Folge auf Nraurn und Pferde, traf ein Tier ins Auge, und es überschlug sich. Aber sie konnten den Platz nicht länger halten. Dicht an dicht stürmten die Bahak an ihnen vorbei, eine wogende Masse aus Leibern. Über die Wege und Treppen galoppierten sie in die Stadt hinunter und zogen Tarepin und seine Schützen mit sich. Als Gorun erkannte, dass die Nraurn durchgebrochen waren, scharte er eilig die Reiter um sich. Falrau saß wieder zu Pferd. Das Gesicht vor Grimm und Schmerzen verzogen, folgte er Gorun, als dieser den Rappen wendete und die Verfolgung der Gehörnten aufnahm.

»Auf!«, keuchte Jemren und zog Vlessi auf die Füße. Der Junge stöhnte leise, seine Armwunde blutete. »Wir ziehen uns zwischen die Häuser zurück.«

Geduckt wichen sie zurück: Kassan, Doron und alle anderen jugendlichen Schützen, die man ihm anvertraut hatte. Sobald der Platz einige Schritte hinter ihnen lag, sprangen sie auf und rannten. Kimrin hatte das mutige Mädchen an der Hand gefasst; sie verschwanden hinter einer Mauer.

Jemren folgte ihnen. Wie an den vergangenen, friedvollen Tagen lag Defágos vor ihm: die Gärten und Brunnen, die verwilderten Plätze, die Tempel und Türme. Aber das Tageslicht wirkte seltsam kalt. Korone kreisten über den Mauerkronen, dunkle Wolken drohten über der Stadt, und der Dampf der Bäder hob sich vor dem schwärzlichen Hintergrund ab. Doch kein gewöhnliches Unwetter nahte, ebenso wenig wie die Salzstürme über Tegaréssos je natürlichen Ursprungs gewesen waren. Schatten zogen über der Ebene von Fésos herauf. Die tote Nraurin ritt vor dem unbesiegten Haupttor auf und ab, die grässliche Wiedergängerin Quinda-Nas. Selbst von hier oben sah Jemren, wie sie die Arme schwenkte und die Düsternis lenkte; er spürte die kalte Macht, mit der sie ihr Heer anfeuerte. Die Böen trieben die Nraurn wie Blätter vor sich her und drängten die Streitmacht in immer neuen Angriffswellen gegen die Mauer.

Mrerem kam als Letzter vom Platz gelaufen. Vrarras' Sohn hatte die Lippen zusammengepresst und war von Entschlossenheit erfüllt. Es passte dem Jungen nicht, dass sie zurückweichen mussten.

»Nraurn kommen!«, keuchte er. »Eine weitere Schar klettert über die Felsen hinab und hält genau auf uns zu.«

»Keine Heldentaten«, warnte Jemren ihn. Von sinnlosem Sterben hielt er nichts, er hatte zu viel dergleichen gesehen. »Besinn dich auf dein Können und schieß auf keinen Fall, wenn sich dir kein eindeutiges Ziel bietet! Sobald du Deckung hast, lass sie dein *Taú* spüren – so als würdest du zielen.«

»Soll ich mich etwa vor ihnen verstecken?«, fragte der Junge entrüstet.

»Genau das sollst du tun«, gab Jemren zurück. Manchmal half ein schlichter Kunstgriff; manchmal hatten Tarepin und er junge Nraurn durch Ausweichen und Hinhalten verunsichern können, während sie Kräfte und Pfeile sparten.

Die jugendlichen Schützen kauerten hinter Mauern, Brunneneinfassungen und Sträuchern und spannten abermals die Bogensehnen. Vlessi lehnte an einer Hauswand, weiß im Gesicht, doch er hatte sich mehrere Köcher über die Schulter geworfen und teilte mit der unverletzten Hand Pfeile aus. Das Mädchen hatte Vlessis Bogen an sich genommen; sie ging sehr geschickt mit der Waffe um.

Gehörnte Krieger schritten vom Platz herab. Sie schienen keine Eile zu haben und hielten die Schilde wie eine bronzene Wand vor sich. Zu Jemrens Überraschung bestand die Schar nur aus wenigen Bahak – vor allem rotmähnige Nraurn kamen auf sie zu. Ein großer Krieger führte die Gruppe an. Seine Mähne und die glatten, gebogenen Hörner glänzten, ein schwerer Mantel fiel ihm über den Rücken – Nesyn.

Jemren murmelte eine Verwünschung, irgendeinen Ausdruck, den Gorun des Öfteren gebrauchte. Der Norden kannte keine Götter und somit auch keine ausdrücklichen Flüche, doch beim Anblick der Mnek, die in Scharen über die Felswände herabkletterten, wünschte er, er könnte an einen Gott der Schützen glauben, um nun dessen Beistand zu erflehen. Die Bahak hatten dem rotmähnigen Ziegenvolk den Weg geebnet. Kajlyn-Gua und ihre Krieger waren die Vorhut gewesen – und nun brachte Nesyn die Mnek in die Stadt. Der große Bahak bewegte sich mit äußerster Vorsicht und benutzte den Schild als Deckung. Seine Gefolgsleute umdrängten ihn.

»Seid wachsam!«, raunte er. »Sie lauern uns zwischen den Häusern auf.«

Lautlos hob Jemren den Bogen. Die Jungen taten es ihm

nach, doch in der Aufregung stieß Kimrin gegen einen lockeren Stein in der Mauer. Knirschend löste sich das Stück und prasselte samt einer Handvoll Schutt in ein Gesträuch.

Mit einem Satz war Nesyn bei dem Jungen. Jemrens Geschoss traf den unglücklichen Mnek hinter dem Bahak – da hatte Nesyn den jugendlichen Schützen bereits am Arm gepackt und zerrte ihn aus seiner kauernden Haltung hoch. Er riss den Dolch aus dem Stiefelschaft.

Jemren sprang auf. »Halt ein, oder ich töte dich!«, schrie er. Nesyn setzte dem Jungen die Klinge an den Hals, knapp hinter dem Ohr, so wie man Ziegen schlachtet.

»Nieder mit dem Bogen!«, forderte der Bahak. »Legt eure Waffen auf den Boden und kommt aus den Verstecken hervor, sonst schneide ich ihm die Kehle durch.«

Auge in Auge standen sie sich gegenüber und riefen einander Drohungen zu. Jemrens Pfeilspitze zeigte genau auf die Stirn des Nraur, wo der Wulst der Hörner endete und der glatte Knochen ansetzte. Für dieses Ziel war kein Blindschuss nötig – das wussten auch Nesyns Gefolgsleute. Die Nraurn standen wie erstarrt; auch von den Jungen in ihren Verstecken kam kein Laut. Kimrin atmete in heftigen Stößen, die Augen weit aufgerissen. Der Junge reichte dem Bahak gerade bis zur Brust. Vor Nesyns Lederpanzer wirkte sein Gesicht leichenblass. Unter der Messerspitze quoll ein Blutstropfen hervor und rann ihm über den Hals.

»Lass ihn los!«, verlangte Jemren. »Er ist noch ein Knabe ... ein Jüngling.« Er hatte keine Ahnung, wie die Nraurn ihre Kinder bezeichneten.

»Ein Jüngling mit einem Bogen«, murrte Nesyn düster. Im *Taú* nahm Jemren die Kampfbereitschaft des Kriegers wahr, eine große Wildheit und ein Gefühl, das er nicht sogleich einzuordnen wusste: Verwunderung. Angesichts der Kühnen Stadt empfand Nesyn Erstaunen.

Das brachte ihn auf einen Gedanken. »Wir kennen das Geheimnis des Einen Kindes jetzt!«, rief er dem Bahak zu. »In dieser alten Stadt wurde das Wissen über Lillias Kräfte bewahrt – genau wie der Wächter der Bemalten Schlucht eure Geschichte hütet!«

Nesyn stieß eine Flut von Nraurn-Worten hervor, die Jemren nicht verstand. »Qyon weiß über das Mädchen Bescheid«, fuhr er hastig fort. »Und er ist ihr in Freundschaft zugetan, weil er weiß, dass ihr Flüstern die Geister besänftigt. Deshalb ließ er uns damals weiterziehen, als wir in euer Heiligtum geraten waren.«

»Das Flüstern?«, schrie Nesyn. »Du lügst, Mensch! Das Eine Kind flüstert dir nichts zu!«

Verwirrt bemerkte Jemren die Erregung des Ziegenkriegers. »O doch, das Mädchen flüstert mit mir!«, gab er zurück und dehnte indessen den Bogen noch weiter. Die Sehne drückte gegen die Ringe, und er fühlte den glatten Schaft zwischen den Fingern. »Ihr seid auf diesem Land ebenso geduldet wie die Menschen. Wer hat also mehr Recht, hier zu sein – ihr oder wir? Und jetzt lass den Jungen los!«

Nesyn richtete sich zu voller Größe auf. Seine Messerklinge blitzte, die Spitze bohrte sich in Kimrins Hals. Der Junge sperrte den Mund auf wie die gefangenen Fische auf den Planken von Merras' Boot.

»Unser Recht ist älter«, beharrte Nesyn. Eine schlanke Bahak-Kriegerin beugte sich zu ihm und raunte ihm etwas ins Ohr. Da bemerkte Jemren aus den Augenwinkeln eine Bewegung.

Vrarras' Sohn kniete am Fuß eines freundlichen Hausgottes und hatte den Bogen bis zum Äußersten gespannt. Seine Augen waren geschlossen, Tränen rannen ihm über das Gesicht und tropften auf seinen Ärmel.

»Nein! Mrerem, nicht!«, schrie Jemren auf – doch da schnellte der Pfeil schon von der Sehne. Das Geschoss traf die Nraurin in der sanften Grube zwischen Schlüsselbein und Kehle; es hatte solche Wucht, dass es die junge Kriegerin zwischen ihren Gefährten zu Boden schleuderte.

Nesyn schrie auf. Seine Messerklinge drang Kimrin in den Hals, und im selben Augenblick prallte Jemrens Pfeil auf die

Stirnplatte des Nraur, schrammte über den harten Wulst und verfing sich zwischen den Hörnern. Kimrin riss sich los und stürzte mit schluchzenden Atemzügen auf Jemren zu, eine Hand auf die Wunde gepresst. Der Schütze packte den Jungen am Handgelenk und zog ihn mit sich zwischen die Häuser.

»Weg hier! Hinunter in die Stadt mit euch!«, fuhr er die jugendlichen Bogenschützen an, die vor Schreck wie gelähmt standen. Mrerem riss die Augen auf und bekam keine Luft, die getroffene Nraurin regte sich nicht mehr. Jetzt wusste Vrarras' Sohn, was Töten und Sterben wirklich bedeuteten.

»Ergreift sie!«, brüllte Nesyn. Er hatte das Geschoss von sich abgeschüttelt, Blut rann ihm über den schmalen Nasenrücken. »Schlagt sie nieder!«

Die Nraurn stürmten los. In Sätzen, die kein Mensch hätte ausführen können, überwanden die Ziegenkrieger die Mauern und brachen zwischen den blühenden Büschen durch – und jetzt endlich wandten sich die Jungen um und rannten um ihr Leben.

Jemren zwängte sich zwischen Stelen und Stauden hindurch und sprang über eine niedrige Mauer in einen Garten hinab. Ein Nraur setzte ihm nach, ein gewandter Mnek mit geflochtenem Bart. Er umklammerte eine Axt und schwang die grauenvolle Klinge nach Jemren. Dieser duckte sich, die Schneide pfiff dicht über ihn hinweg, und als er hastig zurückwich, stolperte er über die Einfassung eines Beets und fiel auf die Knie. Schon holte der Nraur von neuem aus – diesmal wollte er den Menschen mit voller Wucht treffen. Jemren warf sich nach vorn und rammte die Schulter gegen die Beine des Mnek, wollte keinesfalls den Bogen loslassen – seine einzige Waffe. Sein Angriff brachte den Gegner aus dem Gleichgewicht. Der gehörnte Krieger taumelte einige Schritte rückwärts und hob die Axt beidhändig über den Kopf. Hastig sprang Jemren auf und schoss den Pfeil aus kürzester Entfernung auf den Gegner ab.

Der Ziegenkrieger schnaubte überrascht und sprühte Blut über sie beide, Blut besudelte die zertrampelten Blumen und Beete. Der Mnek ließ die Axt fallen und umfasste den Pfeilschaft mit beiden Händen. Er stand da, als hätte er ein Geschenk erhalten, ein schreckliches Geschenk. Aus großen Ziegenaugen starrte er Jemren an. Ein Zittern lief durch die kraftvolle Gestalt, und dann tastete der Gehörnte mit der Hand nach einem Halt, sank auf einem Absatz nieder und blieb mitten im Garten sitzen wie eine der unzähligen Statuen – ein sterbender Ziegengott.

Jemren zog sich zum Ausgang zurück. Nesyns Befehle gellten über die Wege, doch die Jungen verschwanden geschickt in den Gärten und zwischen den Häusern. Sie kannten die Stadt besser als die Nraurn und entkamen den Gehörnten immer wieder aufs Neue. Auf dem Weg rannten Kimrin und das hellhaarige Mädchen auf ihn zu. Der Junge hatte sich das Gürteltuch der jungen Schützin um die Verletzung am Hals geknotet. Auf dem Stoff prangte ein roter Fleck, der jedoch nicht größer wurde.

Rasch warf Jemren einen Blick auf den Hauptturm. Kajlyn-Gua und ihre Krieger waren längst tief in die Stadt gedrungen. Über die Wege und Treppen fielen die Nraurn auf dem großen Platz ein, viele von ihnen waren beritten. Die Gehörnten durchbrachen den Verteidigungsring, den die Krieger von Defágos um den Turm gezogen hatten, und versuchten zum Eingang des Bauwerks vorzudringen. Auf den Treppen lieferten Gorun und seine Reiter sich erbitterte Gefechte mit den Ziegenkriegern, die zu verhindern suchten, dass er und seine Männer Vrarras' Leuten zu Hilfe kamen. Tarepin hatte seine Schar dicht an den Platz herangeführt – auch der Meisterschütze hatte erkannt, dass dort unten die Entscheidung fallen würde. Der Blaue Turm war das Ziel, dem der Krieg mit seiner ganzen Gewalt galt – Lillias Turm.

»Kimrin!«, winkte Jemren den Jungen und das Mädchen zu sich heran. »Ihr beide – lauft zu Mrerem und den anderen, so schnell ihr könnt. Begebt euch hinunter zu den Badehäusern. Von der Terrasse aus könnt ihr mit der Reichweite eurer Bogen den ganzen Platz abdecken. Schießt auf jeden, der sich dem Eingang des Turms nähert, ob Nraur oder Blindschütze, und kein Zögern diesmal. Wenn der Blaue Turm fällt, fällt die ganze Stadt, und dann sterben wir alle. Habt ihr das verstanden?«

Kimrin nickte, er war blass und befühlte immer wieder den Schnitt am Hals. Das Mädchen musterte Jemren. »Ich heiße Vraja«, erklärte sie kühl. »Mein Onkel brachte mir das Bogenschießen bei. Ich treffe ziemlich gut.«

»Vraja«, wiederholte Jemren anerkennend. »Wir können jeden Bogen brauchen. Lauft jetzt und beeilt euch! Ihr müsst Gorun und seinen Reitern helfen.«

»Aber was ist mit dir?«, rief Kimrin ihm nach, als Jemren sich abwandte und den Weg abwärtslief. »Wohin willst du denn?«

Jemren antwortete nicht mehr. Er rannte.

6

Khani hatte das Tor gehalten. Bis zu diesem Augenblick hatte der junge Reiter das Tor gehalten und verteidigte es immer noch – gegen jene Nraurn, die trotz Vrarras' Gegenwehr über die Außenmauer eindrangen. Hrauri war tot. Eine Lanze hatte den Hünen aus Geristáni aufrecht an das Tor genagelt. Die Waffe hatte die Bronzeverkleidung des Westflügels durchbrochen und steckte in den dahinterliegenden Holzstreben, ein Treffer mitten durch den Leib, den niemand, nicht einmal ein solcher Recke, überleben konnte. Als Gorun sein schweißnasses Pferd über die Wege lenkte, die zum Hauptturm hinabführten, sah er voll Kummer und Stolz, wie Khani sich deckte, abwehrte und zustieß, wie sein Cousin jede noch so kleine Lücke in der Abwehr seiner Gegner nutzte – so wie er Khani den Schwung mit dem Speer beigebracht hatte.

»Halt aus! Ich schicke dir Unterstützung!«, schrie er dem jungen Krieger zu und schwenkte die Waffe. Rufe antworteten ihm, vom Tor und von der Mauer, doch das waren keine Siegesschreie, sondern Rufe des Zorns und der Klage. Vrarras erkannte, dass sie die obere Stadt nicht hatten halten können und die Nraurn längst von allen Seiten auf den Platz am Hauptturm strömten. Immer wieder formierte Kajlyn-Gua ihre Kämpfer zum Vorstoß auf das Portal. Sie wollte sich Zugang zur Quelle erzwingen, während Gorun auf den Treppen aufgehalten wurde. Schritt für Schritt, Stufe für Stufe mussten er und seine Gefolgsleute sich den Weg in die Stadt erkämpfen. Auch Vrarras auf der Mauer hatte einen schweren Stand – zu Dutzenden erklommen die Angreifer das Bollwerk, als mache es ihnen nichts aus, an den Speeren der Reiter zu sterben. Leichen säumten die Brüstung und den Fuß des Walls, Menschen wie Gehörnte, und wenn Gorun längst nicht mehr vermeiden konnte, dass sein Blick auf die Toten fiel, so hielt er wenigstens das *Taú* abgewandt.

Falrau hielt sich nur noch gekrümmt im Sattel, ein Arm hing blutüberströmt herab. Der Krieger klemmte sich den Speerschaft unter das Knie und trieb sein Tier unablässig den Nraurn entgegen.

»Haltet die Linie!«, rief Gorun und sprengte hinter den Kämpfenden entlang. »Bleibt dicht beisammen – wir rücken vor!«

Der Rappe war erschöpft, Hals und Flanken verklebt von Schweißflecken. Das Pferd hatte ihn treppauf und treppab und durch den Kampf getragen und war bereits zweimal unter ihm gestürzt, doch noch immer war das Tier willig und folgte dem leisen Druck der Zügel.

»Dort drüben sind Mnek!«, keuchte Falrau. Er stützte die Hand auf den Oberschenkel und verzog das Gesicht zu einer schmerzerfüllten Grimasse. »Bei Narduks Speer, haben wir wirklich alle Nraurn gegen uns?«

Die Ziegenkrieger huschten auf einem hoch gelegenen Weg entlang. Hinter Büschen und Mauerwerk waren sie bis zu diesem Augenblick unentdeckt geblieben.

»Sie wollen das Tor stürmen«, stieß Gorun hervor. »Verflucht, sie wollen die Riegel öffnen! Khani benötigt deinen Beistand, Falrau! Nimm zwei Handvoll Männer und reite zum Tor!«

Das *Taú* schmerzte ihn, weil er den Freund in einen aussichtslosen Kampf schickte – die Nraurn waren mittlerweile in der Überzahl. Falrau stieß einen zustimmenden Laut aus und wendete den Speer. Mit dem Schaft trieb er seinen Rappen an.

»Wir sehen uns im Entfernten Land«, lachte er. »Versetz mich nicht, Gorun!« Mit diesem Gruß sprengte er davon.

Gorun ließ sein Pferd in Galopp fallen. In langen Sprüngen setzte der Rappe über den Weg und wurde mit jedem Abfedern schneller. Am Fuß einer Treppe zog Gorun das Tier in eine enge Wendung und schleuderte den Speer auf den Anführer der Mnek.

Nesyn witterte die herannahende Gefahr. Zeit zum Ausweichen blieb ihm nicht mehr – er riss den Schild hoch und stemmte sich ein, doch er hatte die Wucht des Wurfgeschosses unterschätzt. Der Aufprall riss den Nraur von den Füßen und schleuderte ihn gegen die Mauer. Etliche Mnek schrien auf.

»Nraurn!«, schrie Gorun Vrarras' Reitern zu. »Sie fallen von der oberen Stadt her ein!«

Vom Sattel aus nahm er den Speer eines Gefallenen an sich. Nesyn raffte sich rasch wieder auf. Der große Bahak wirkte benommen, eine blutige Schramme zeichnete sein Gesicht, die nicht von dem Speerwurf stammen konnte. Mit lauten Rufen befahl er seinen Kriegern den Sturm auf das Tor. Gorun packte den Speerschaft in der Mitte, doch bevor er erneut ausholen konnte, ertönte Vrarras' erschrockene Warnung.

»Die Statuen! Gorun, bewahre die Statuen vor dem Untergang!«, rief der Kriegerkönig von Defágos.

Gorun fuhr im Sattel herum. Unten auf dem Platz warfen die Gehörnten ihre Haken um Amathas Hand, schlangen ein Seil um Elrels Nacken und machten nicht einmal vor solchen Göttern Halt, in deren Anblick sie sich selbst wiederfinden konnten. Mit den stumpfen Rücken ihrer Äxte schlugen sie Jaruks Hörner ab und zerkratzten das Gesicht des Ziegengottes. Kajlyn-Gua jagte an den Statuen entlang und befehligte Zerstörungen in einer Stadt, die sie noch nicht einmal besiegt hatte.

»Stürzt die Götzenbilder!«, rief sie den Kriegern zu. »Werft die Götter der Menschen nieder!«

Zornerfüllt schrie Gorun auf, als die Nraurn an der Herrin des Sommers zerrten. Die Statue der Amatha knirschte, als die Gehörnten sie aus ihrer Verankerung rissen. Kopfüber stürzte das Bildnis der Sonnengöttin auf den Platz, ihr Rad zerbrach – und der Tag wurde dunkler. Der Himmel verblasste, das Licht wich einem fahlen Schein. Das Schimmern des Hauptturms behauptete sich nur noch mühsam gegen die heraufziehende Dämmerung.

Gorun feuerte das Pferd an und galoppierte mitten zwischen die Kämpfenden auf dem Platz. Die Gehörnten warfen ihre Schlingen schon um Anrynans Hals und zogen einen Riemen um den Krug, den die Göttin der Quelle in den Händen hielt – sie wollten das Bildnis der Hohepriesterin von Defágos stürzen.

»Auseinander!«, herrschte Gorun die Bahak an und trieb das Pferd mitten unter sie. Mit der Speerklinge durchtrennte er einen Riemen und teilte zugleich mit dem Ende des Schafts Stöße aus. Die gehörnten Krieger wandten sich ihm zu, Wut verzerrte die dunklen Gesichter. Gorun deckte sich mit dem Schildarm und rammte zur selben Zeit den Speer nach vorn, traf und zog die Waffe wieder zurück, um sogleich von neuem ausholen zu können. Die Bahak umringten ihn und das Pferd, packten ihn an den Beinen und am Mantel. Eine Klinge strich ihm über den Stiefelschaft und durchtrennte Leder und Haut. Der Schmerz drang ihm ins Bewusstsein und gemahnte ihn daran, mit welcher Beiläufigkeit es sich an einem Tag wie diesem starb. Mit Äxten hieben die Nraurn auf das Zeichen der Stadt ein, das sein Schild zeigte – Narduks aufsteigenden Falken. Er ließ den Speer über dem Kopf kreisen und stach in die gehörnte Runde. Ein Nraur prallte zurück und griff ins hervorschießende Blut, aber sofort drängte ein Dutzend seiner Gefährten nach. Die Nraurn hängten sich in Trauben an den Hals des Rappen und versuchten, das Pferd zu Fall zu bringen.

Gorun fluchte. Plötzlich sirrte die Luft, und er schwang hastig den Schild über sich, bot den Angreifern eine ungeschützte Flanke. Aber die Geschosse galten nicht ihm, sie bohrten sich den Nraurn in Schultern und Waden. Mit überraschten Schreien fuhren die gehörnten Krieger auseinander. Etliche brachen zusammen; andere schleppten sich mit Steckschüssen hinter die Statuen. Ein erzürntes Gebrüll erhob sich, das sich in Schmerzgeheul verwandelte, als weitere Pfeile trafen.

Verblüfft suchte Gorun nach den Schützen. Er entdeckte

ihren Standort nicht, so gelungen war ihre Deckung, doch am vielstimmigen, jugendlichen Jubel hörte er, dass sich die Jungen irgendwo in der Nähe der Bäder verbargen. Das ist Jemrens Einfall, dachte er mit plötzlicher Befriedigung. Fast hätte er aufgelacht, als der Schütze aus dem Norden nun seine ganze wohlüberlegte Vorgehensweise zur Verteidigung der Stadt Defágos und ihrer Götter einsetzte.

Die Jungen hatten erkannt, wie bedeutsam der Schutz der Statuen war, und schossen mit schöner Regelmäßigkeit auf die Nraurn, die sich an den Standbildern zu schaffen machten. Gorun trieb den zitternden Rappen die Stufen hinauf und befreite Anrynan von den Haken und Leinen – da ertönte ein Schrei.

»Gorun, nimm dich in Acht!«

Jemren rannte über die Treppen zum Platz hinunter und zog in vollem Lauf den Bogen aus. »Deck dich!«, schrie der Schütze, warnte ihn, aber Gorun erkannte die Gefahr nicht sogleich. Während er noch im Begriff stand, sich umzudrehen, legte sich plötzlich eine vollendete Zielgewissheit über sein *Taú*. Ein fremder Wille berührte ihn, ein fremdes *Taú*, erfüllt von einem einzigen Wunsch – ihn zu töten.

Der zweite Schütze stand am Fuß der Treppen, die blinkende Pfeilspitze war auf ihn gerichtet, längst vollkommen austariert, längst auf ihn gezielt.

»Tarepin!«, schrie Gorun auf, voller Zorn, weil dieser Mann Amra in Todesgefahr gebracht hatte. Wenigstens voller Zorn wollte er sterben.

Jemren riss den Bogen hoch. Er hatte den Hinterhalt vorausgeahnt, wollte Tarepins Plan vereiteln, doch auch wenn der Versuch Anerkennung verdiente – er stand in einem unmöglichen Winkel zu seinem einstigen Bogengefährten. Einen erschreckenden Atemzug lang begegneten sie sich alle drei im *Taú*; dann verließen die Pfeile die Sehnen zur gleichen Zeit. Sie kreuzten sich irgendwo über Gorun. Er spürte den Luftzug in der Befiederung, so dicht strichen die Geschosse über ihn hinweg. Tarepin stieß einen

Schrei aus, sprang in die Höhe und riss triumphierend die Arme auseinander – so glaubte Gorun im ersten Schreck. Dann sah er, wie sich der Mann im Fallen wand und rücklings zu Boden stürzte, wie er auf den Treppen aufschlug, tot, bevor er auf den Stufen aufkam. Ein langer Pfeilschaft ragte ihm aus der Brust, das Geschoss hatte den Sitz des *Taú* durchbohrt.

Gorun zog das Pferd herum. Jemren war auf ein Knie niedergegangen, sein Bogen lag auf dem Boden, und ein Ausdruck blanken Entsetzens stand auf seinem Gesicht.

»Sieh nicht dorthin!«, warnte Gorun, als er den Schützen erreichte und sich aus dem Sattel schwang. »Jemren, sieh den Gefallenen nicht an!«

»Ich habe ihn getötet!«, stieß der Schütze hervor, und Gorun fröstelte, als er daran dachte, auf welche Weise ein Blindschütze sein Ziel fand – was Jemren geben musste, um einen solch unmöglichen Schuss in einen Treffer zu verwandeln. Er ergriff den Schützen an der Schulter – und berührte ein *Taú*, das starr vor Grauen war.

»Ich habe ihn getötet«, klagte Jemren wieder, »und er war einmal mein Freund.«

»Bei den Göttern, Tarepin hat Amra und dich an die Nraurn verraten«, erinnerte Gorun den Schützen grimmig und packte ihn fester, um ihn aus der Erstarrung zu wecken. Sie konnten nicht ewig ohne Deckung hier verharren; der Kampf ging weiter, auch wenn sich die Knaben dort oben am Badehaus darauf verstanden, ihnen die Nraurn für eine Weile vom Hals zu halten.

Da sah er plötzlich, dass Jemren eine Hand gegen die Seite presste.

»Was ist das? Hat er dich etwa auch getroffen?«, fragte er und unterdrückte den aufsteigenden Schreck. Er hatte die Verlagerung in Tarepins *Taú* bemerkt, das blitzschnelle Umschwenken auf ein neues Ziel.

Jemren schien sich der Geste erst jetzt bewusst zu werden. Er ließ die Hand sinken, Blut glänzte an seinen Fingern. »Ich weiß nicht«, murmelte er. »Vielleicht hat mich sein Pfeil gestreift.«

Als er Atem holte, zuckte er zusammen. Mit klopfendem Herzen beobachtete Gorun die Bewegungen des Schützen, als dieser nach dem Bogen griff. Die Hand zitterte ihm, als er die Waffe an sich nahm, und er brauchte zwei Anläufe, um wieder auf die Füße zu kommen.

Von der Mauer erklangen Schreie, Falraus schwarze Flüche und das Dröhnen von Äxten und Lanzen. Nesyn und seine Schar erstürmten den Durchgang zum Innenhof. Das Bronzetor war aufgesprengt, das Gitter zerschmettert, der Kampf wogte nun zwischen den Mauern. Der Boden des Innenhofs war bedeckt mit Toten. Die Nraurn warfen die Gefallenen und Sterbenden auf die Treppenstufen, um den Kriegern der Stadt das Hinabkommen zu erschweren. Von den Wehrgängen des Innenhofs sandten Vrarras und seine Krieger einen Hagel aus Speeren und Pfeilen auf die Angreifer hinab. Etliche Männer rannten die Aufgänge hinunter, ein schreckliches, sinnloses Opfer, denn sie endeten in den aufgerichteten Lanzen der Ziegenkrieger. Es war ein letzter verzweifelter Versuch, das Falkentor zu retten und die Stadt Defágos vor dem Untergang zu bewahren. Denn die Mnek – Handelspartner der Kühnen Stadt seit so vielen Jahren – wussten, wie man die Vorrichtung bediente, die das Bronzegitter im Boden verankerte. Unter dem Schutz der Bahak machten sie sich an den Riegeln zu schaffen, zogen die Stäbe hoch und öffneten einen Durchgang in der Mauer.

»Das Tor«, stieß Gorun zwischen den Zähnen hervor, während er den ermatteten Rappen zu sich heranzog. »Wir müssen zum Tor und die Nraurn zurückschlagen, bevor sie den Platz erstürmen.«

»Zum Turm«, widersprach Jemren, und Gorun warf ihm einen Blick zu, als sie selbst jetzt unterschiedlicher Meinung waren.

»Das Tor ist längst verloren«, beharrte der Schütze. »Wenn Quinda-Na – oder wer immer die Reiterin dort draußen ist –

in die Stadt eindringt, müssen wir am Turm sein und verhindern, dass die Nraurn bis zur Quelle gelangen.« Er hatte sich halbwegs wieder gesammelt, auch wenn ihm alles Blut aus dem Gesicht gewichen war. Sein Blick glitt über die Wände und Ornamente des Turms. »Das Verbrechen, das sich in meiner Stadt zugetragen hat, darf sich in Defágos nicht wiederholen.«

Gorun holte tief Atem. »Also dann – zum Turm«, stimmte er zu und schwang sich in den Sattel.

Er galoppierte über den Platz, und Jemren folgte ihm im Laufschritt.

Es stand schlecht um die Kühne Stadt. Unter Kajlyn-Guas Führung erstürmten die Bahak die Treppen und drangen in die Versammlungshäuser und Tempel ein. »Treibt die Menschen auf dem Platz zusammen!«, befahl die Nraurn-Königin. »Lasst niemanden entkommen!«

Die Ältesten von Defágos traten den Gehörnten entgegen. Keine feindselige Geste ging von ihnen aus, ihre Geltung wurde von keiner Waffe unterstützt. Rücksichtslos stießen die Nraurn sie jedoch zur Seite und packten die Einwohner der Stadt und die Flüchtlinge, die in den Gebäuden Schutz gesucht hatten. Die Ziegenkrieger schleiften die Menschen die Treppen hinunter, zerrten die Wehrlosen mitten in den Kampf. Heftige Gefechte entbrannten auf den Stufen und Vorplätzen, als die Reiter von Defágos zornerfüllt gegen die Übergriffe einschritten. Aber die Nraurn drängten die Menschen unerbittlich an die Mauer des Turms und richteten blanke Klingen auf Kinder und Greise – auf Menschen, die keine Krieger waren und niemals zu Waffen gegriffen hatten.

Aus dem Innenhof des Tors erklangen schwere Schläge. Vrarras focht gegen zwei Gegner zugleich und stieß die Besiegten über die Stufen in die Tiefe, doch auch der Kriegerkönig von Defágos konnte nicht verhindern, dass sich immer mehr Gehörnte in den Vorhof des Falkentors drängten.

Gorun stockte der Atem, als er die Hundertschaften Ziegenkrieger sah, die durch das Tor strömten – Hörner in allen Formen und Mähnen in allen Schattierungen. Wie eine lebendige Woge ergossen sie sich über die Wege und Plätze und eroberten Defágos, die Stadt der Sieben Türme, die dem Ziegenvolk seit Menschengedenken getrotzt hatte.

Nret und ihre Schar schritten zwischen den Nraurn in die Stadt. Mit frecher Selbstgefälligkeit blickte die Klankönigin aus dem Norden umher. Jeder ihrer Gefolgsleute trug zwei Köcher über der Schulter, gefüllt mit langen schwarz gefiederten Pfeilen.

Kajlyn-Gua galoppierte mit ausgebreiteten Armen über den Platz, Speer und Lanze in den Fäusten. »Streck die Waffen, kühner König!«, schrie sie zu Vrarras hinüber. »Streckt die Waffen, oder für jeden meiner Krieger, der jetzt noch von deinen Kämpfern verletzt wird, stirbt eine Handvoll Menschen aus deiner Stadt.« Statt einer Antwort schleuderte Vrarras die Axt nach der Nraurn-Königin. Kajlyn-Gua riss das Pferd zurück; die Klinge verfehlte sie und schlitterte über die Platten.

Sie gab Nret einen Wink. Die Klanherrin rief ihren Begleitern einen Befehl zu und deutete auf die Menschen am Turm. Angstvoll schrien die Bedrohten auf, als die Blindschützen die Bogen hoben und wahllos in die Menge zielten.

»Nein!«, rief Jemren. »Nret – tu das nicht!« Die Klanherrin beachtete ihn nicht.

»*Nraur-a-Khae!*«, brüllten die Bahak, und vor dem Tor erhob sich ein Schwarm aus tausend Stimmen. »*Nraur-a-Khae!*«, toste der Ruf über die Mauer. Die Nraurn öffneten eine Gasse, die vom Tor zum Hauptturm führte, und eine Heerführerin von ganz anderer Art hielt Einzug auf den Platz.

Ein Luftzug blies trüben Dunst in die Stadt. Die Bö riss Blätter von den Bäumen und wirbelte das Laub über die Treppen. Vögel stoben in den Himmel. Selbst die hitzigsten Gefechte gerieten ins Stocken, und Menschen wie Nraurn wandten sich der Reiterin zu, als stünden sie unter einem Bann. Auch Gorun konnte den Blick nicht von Quinda-Na abwenden. Die Feldherrin hielt den Speer in der Hand, mit dem er ihr die tödliche Wunde zugefügt hatte. Wie ein Banner flackerte eine Rauchfahne am Schaft. Ihr Leib war nichts weiter als eine einbalsamierte Hülle, ein reitender Leichnam, den eine fremde Macht bewohnte. Kupferglanz lag über ihrer Haut, das schmale Gesicht wirkte wie eine Maske. Mit Augen aus schimmernder Bronze blickte sie auf dem Platz umher. Als sie Gorun entdeckte, grüßte sie ihn mit einem Neigen des Gehörns – sie kannte ihn vom eigenen Tod her.

Heute also begegnen wir uns wieder, Reiter von Caláxi, dröhnte Antiles' Stimme durch sein *Taú. Diesmal entgehst du mir nicht.*

»Sie spricht ... mit dir!«, keuchte Jemren neben ihm. Der Schütze presste einen Ellbogen gegen die verletzte Seite, ein Pfeil lag auf seiner Sehne bereit.

»Es ist Antiles«, erwiderte Gorun. »Der Fürst der See, der Schwarze Gott, in Quinda-Nas lebloser Gestalt – begreifst du?«

Der Fürst der Götter, griff Antiles seine Worte auf, und Jemren fuhr zusammen, als könne er die Stimme des Gottes ebenfalls vernehmen. *Der Fürst der Insel bin ich, Herr über eure kleine Welt!*

Angstvoll blickten die Menschen zu der gehörnten Reiterin auf; die Gesichter der Krieger waren düster. Auch die Nraurn und die feindlichen Schützen wandten sich der Feldherrin zu. Alle vernahmen das Wispern im *Taú*. Selbst die Toten in ihren Gräbern müssen dieser Stimme lauschen, dachte Gorun. Der Herr der Dunkelheit hat Macht über uns alle.

Lange Zeit habt ihr das Gesicht von meinem Anblick abgewendet und meinen Namen geschmäht. Den Laîren trugt ihr auf, sogar meinen Schatten zu verscheuchen. Ihr wandelt unter dem Licht der Sterne und wähnt euch unsterblich – aber schon mit dem ersten Atemzug seid ihr mir verfallen. Ich bin der Letzte Gott, der Mächtigste von allen. Nun erhebe ich Anspruch auf meinen Platz in dieser Runde.

Antiles deutete auf die Statuen der Götter. Plötzlich wirkten die Figuren wie unförmige Steinklötze; mit ausdruckslosen Gesichtern blickten sie ins Leere. Der abgeschlagene Kopf der Mondgöttin Cenlana lag auf dem Boden, die Flamme auf der Zunge der Feuergöttin war erloschen. Der Herr der Dunkelheit war nicht allein gekommen, um sich an den Menschen zu rächen – sein Zorn galt dem eigenen Geschlecht.

Ihr, eure Kinder und Kindeskinder sollen die Schmach wiedergutmachen, die mir angetan wurde. Von nun an werdet ihr mich als euren Gott verehren – als euren alleinigen Gott! Und der Blaue Turm von Defágos soll mein Tempel sein.

Besitzergreifend streckte Antiles die Hand nach dem Bauwerk aus.

Gorun schrie auf. »Niemals erhältst du Zutritt zu unserem Heiligtum!«, zürnte Vrarras von der Mauer herab. Jemrens Bogensehne sirrte. Der Pfeil stieg auf einer Geraden empor, und Gorun hielt den Atem an, als er des Ziels ansichtig wurde, das der Schütze sich gesucht hatte: Das Geschoss zerschmetterte Quinda-Nas Brustbein und bohrte sich bis zum Ansatz der Befiederung in die tote Feldherrin. Die Nraurin riss die Arme hoch, ihr Schrei, hörbar nur im *Taú*, gellte gegen die Wolken – und sie zerbarst. Der Herr des Todes sprengte seinen Kokon und fuhr aus dem Leib der Feldherrin; nichts als eine verwehende Staubwolke blieb von ihr. Auf dem Nouk aber saß ein Mann in einem reichbestickten Gewand: der nachtdunkle Zwilling des Seefürsten. Antiles hielt sich sehr aufrecht, seine Glieder waren fest und kraftvoll – keine Spur mehr von Klauen und Gebein. Nur das Gesicht unter der Knochenkrone veränderte sich ohne Unterlass: Es nahm die Züge der Sterbenden auf dem großen Platz von Defágos an.

Schießt!, befahl der Schwarze Gott den Blindschützen. *Benutzt meine Gabe und rächt das Unrecht, das euren Vorfahren vom Süden angetan wurde!*

Jemren schrie auf, als Nret den Pfeil von der Sehne schnellen ließ. Die Klankönigin hatte ein langes, dünnes Geschoss gezückt. In der Luft verwandelte der Pfeil sich in einen Schatten, in einen Atemzug des Dunklen Gottes. Er fuhr einer Frau in die Brust. Ohne eine Wunde zu schlagen, verschwand das Geschoss im *Taú*, und die Getroffene sank zu Boden.

»Das sind keine gewöhnlichen Pfeile!«, rief Jemren den Reitern zu, doch seine Warnung nützte wenig – auf dem Platz gab es keinerlei Deckung. Die feindlichen Geschosse schwärmten aus, ein Gestöber von Schatten. Voller Grauen sah Gorun, wie sie sich in der Luft drehten und die Flugbahn änderten. Aus großer Höhe stürzten sie sich auf ihre Opfer – sie *suchten* ihr Ziel. Hinterrücks rissen sie Reiter aus den Sätteln, erprobte Kämpfer, die niemals einem Feind den Rücken gekehrt hatten. Sie töteten Priesterinnen und Händler sowie den Baumeister der Kühnen Stadt; sie durchbohrten Geschwister, die sich voller Angst umschlungen hielten.

»Flieht!«, rief Vrarras den Unbewaffneten zu. »In den Blauen Turm! Sucht im Quellenturm Schutz! Ihr anderen – vorwärts! Greift an!«

»Für die Kühne Stadt! Für den Süden!«, brüllten seine Reiter. Die Krieger sprangen auf der Innenseite des Walls herab und rannten gegen die Gehörnten an. Manche hatten Nraurn-Waffen an sich genommen und schleuderten die Haken auf das überraschte Ziegenvolk. Überall auf dem Platz brachen Gefechte aus. Es gab längst keine Flanken mehr, keine Reihen und keine Ordnung der Kämpfenden, nur noch ein vollständiges Durcheinander, das Gorun erschreckend an die Schlacht um Caláxi erinnerte.

Mit Speer und Pferd bahnte er den Fliehenden eine Gasse zum Portal des Turms. Nraurn drängten von allen Seiten auf ihn und seine Kampfgefährten ein, mit unterschiedlichen Waffen und unterschiedlichen Fertigkeiten. Jemren kauerte dicht an der Wand des Bauwerks. Ein Schild lehnte an seinem Knie, aber der Schütze hatte keine Hand frei, um diese unzureichende Deckung festzuhalten. Er schoss mit halbgeschlossenen Augen, den Köcher vor sich auf dem Boden. Pfeil auf Pfeil zischte in die Menge der Angreifer, schneller, als Gorun zu zählen vermochte.

Da erhob sich auf dem Platz ein vielstimmiger Schrei.

Vrarras hatte die Bogenschützin aus dem Norden durchbohrt. Nret taumelte und ließ den Bogen fallen; ihre Narbe verwandelte sich in ein weißes Mal. Ihr Klanbruder stieß einen Klageruf aus und eilte auf die Kämpfenden zu. Als einziger der feindlichen Schützen hatte Tenon seinen Bogen nicht erhoben. Unnachgiebig drückte der Kriegerkönig die Gegnerin in die Knie. Nrets dunkles Auge quoll hervor. Vielleicht wollte sie Vrarras und den Süden verfluchen, doch statt der Worte floss ihr ein Schwall hellroten Bluts aus dem Mund, und sie sank vollends zu Boden.

Tenon fiel neben der Klanschwester auf die Knie. Vrarras beachtete ihn nicht; der Kriegerkönig wandte sich von den beiden Unglücklichen ab und suchte im Gedränge nach Kajlyn-Gua. Als Tenon erkannte, dass Nret nicht mehr zu helfen war, sprang er auf und warf sich seinen Begleitern in den Weg, im vergeblichen Versuch, dem Morden Einhalt zu gebieten. Aber die Blindschützen hörten nicht auf ihn; sie nahmen ihre Umgebung nicht länger wahr. Wie im Rausch schossen sie auf jedes *Taú*, auf jedes Ziel, das sich ihnen bot, und störten sich nicht einmal daran, dass sie sogar ihre gehörnten Verbündeten trafen. Die Nraurn zischten ihnen Verwünschungen zu und schlugen die Blutgierigsten mit den Schilden nieder, doch selbst das hielt die Schützen nicht auf. Antiles' Raserei war über sie gekommen. Die Mordlust des Schwarzen Gottes hatte sie erfasst.

Inmitten der Kämpfe thronte der Herr der Dunkelheit auf seinem Nouk und trieb es Schritt für Schritt auf den Blauen Turm zu.

»Nesyn!«, rief die Nraurn-Fürstin. Mit einem Schnitt trennte sie eines ihrer zahlreichen Siegel vom Sattel und warf es dem gehörnten Krieger zu. Nesyn fing die Kupferscheibe mit einem Ausdruck der Verblüffung auf. Die Nraurn in seiner Nähe verneigten sich hastig vor ihm.

»Ich erteile dir die Vollmacht über mein Heer!«, rief Kajlyn-Gua ihm zu. »Von nun an bist du mein Feldherr, wie Quinda-Na es war. Führe die Nraurn im Kampf und erobere den Platz, während ich den Turm erstürme! Lass niemanden mehr durch das Portal, sobald ich das Bauwerk betreten habe – denn dann ist die Stadt Defágos unser!« Mit diesen Worten zog sie das Pferd herum und jagte auf den Eingang des Turms zu.

Gorun ließ den Rappen angaloppieren. Er senkte die Speerspitze, presste den Schaft an den Sattelgurt, um sicheren Halt zu haben, wenn die Waffe die Nraurin durchbohrte. Aber das Pferd war erschöpft und langsamer, als er berechnet hatte. Kajlyn-Gua duckte sich mit einer geschickten Bewegung an seiner Waffe vorbei. Rasch straffte Gorun die Zügel und wendete den Rappen aus vollem Lauf.

»Reiter von Caláxi, wie oft willst du noch sterben?«, höhnte die Ziegenkriegerin. »Unter dem Tor deiner Stadt, auf Antiles' Schiff und nun vor Defágos' Blauem Turm. Bekommst du nie genug?«

»Frag deine Feldherrin, wie es sich mit dem Sterben verhält!«, gab Gorun hitzig zurück. »Quinda-Na hat den Angriff auf meine Stadt mit dem Leben bezahlt, und jetzt bist du nach Defágos gekommen, um selbst zu sterben.«

Er feuerte den kleinen Rappen an und stürmte abermals auf die Nraurin zu. Kajlyn-Gua schleuderte ihm den Speer entgegen. Funken sprühten, als die Waffe auf den Schild prallte und ihn aus dem Sattel hebelte. Hastig warf er den Arm um den Pferdehals und rettete sich gerade noch vor dem Sturz, das Gesicht in die verschwitzte Mähne gepresst, ein Knie um die Kante des Sattels gehakt. Aus den Augenwinkeln nahm er das Flattern und Gezänk wahr, als die Korone sich von der Turmkrone aus auf den Speer stürzten. Die Vögel ergriffen die Waffe noch im Fallen und trugen sie zu Kajlyn-Gua zurück.

Gorun zog sich wieder in den Sattel, das Herz hämmerte in ihm. Die Nraurn-Königin war Quinda-Na überlegen. Nie war die Feldherrin so schnell gewesen, nie hatte Quinda-Na eine solche Wucht im Stoß besessen. Jetzt bereute er, alle Ratschläge in den Wind geschlagen zu haben. Er hätte die Riten einhalten und Any bitten sollen, ihn von den Erinnerungen an das Totenschiff zu erlösen, ihn vom Blick des Schwarzen Gottes zu befreien. Er hatte nichts dergleichen unternommen. Stattdessen hatte er seine Tage am Krankenlager der *Laîren* verbracht, und nun hatte ihn das Wohlwollen der Götter verlassen – ihn und seine Mitstreiter in der Kühnen Stadt.

»Du lockst meine Waffen ja geradezu an, unglücklicher Reiter«, höhnte Kajlyn-Gua. »Um dich zu treffen, bedarf es nicht einmal eines sorgfältigen Zielens – so groß ist Antiles' Verlangen nach deinem *Taú*!«

Die Zügel waren glitschig vom Pferdeschweiß. Der Rappe atmete in Stößen, Gorun spürte das Heben und Senken des Brustkorbs an den Beinen. Nemnos' Zorn erfüllte ihn, als er das Pferd mit einem aufmunternden Schrei vorantrieb, die Speerspitze auf die Brust der Nraurin gerichtet. Bei aller Bewaffnung, bei allen dunklen Kräften, mit denen Kajlyn-Gua sich umgab – sie saß ohne Deckung im Sattel. Nichts konnte sie schützen, wenn er einmal nahe genug an sie herangekommen war.

Er zog den Speer unter dem Schild durch und schmetterte Kajlyn-Gua den Schaft gegen die Hüfte. Der Aufprall entlockte ihr ein Stöhnen, aber sie wich nicht zurück. Schlag krachte auf Schlag, Flanke an Flanke umtanzten die Rappen sich. Gorun duckte sich unter einem pfeifenden Hieb und stieß zu – die Speerklinge glitt am Sattelgurt der Nraurin ab und fuhr ihrem Pferd tief in die Weiche. Hastig packte er den Schaft, damit ihm die Waffe nicht aus den Händen gerissen wurde, als das Tier zu Boden ging. Die Nraurin wälzte sich über verstreut liegende Schilde und Speere hinweg und sprang auf. Angstvoll wichen ihr die Menschen aus, die zum

Turm drängten, doch die Flüchtenden waren Kajlyn-Gua gleichgültig – sie wollte Gorun.

Die Lanze traf auf die Innenseite seines Schilds und brachte ihm einen brennenden Schnitt am Unterarm bei. Kajlyn-Gua packte die Zügel des Rappen dicht am Maul und riss den Kopf des erschöpften Tiers nach unten. Grunzend brach das Pferd in die Knie – und die mächtige Nraurin hielt den Rappen fest, presste ihm die Stirn auf die Steinplatten des Platzes. Die Hörner der Ziegenkriegerin dröhnten auf Goruns Schild, immer wieder und wieder, bis der lederne Halteriemen barst und er die Deckung verlor; der nächste Stoß prellte ihm den Speerschaft aus der Hand. Er rollte über den Hals des Rappen ab, kam strauchelnd auf den Füßen auf und wich zurück, als die Nraurin den Speer nach ihm stieß, über den Hals des Pferds hinweg.

Jemren hatte den letzten Pfeil verschossen. Mit beiden Händen hielt der Schütze den Schild über sich und duckte sich unter den Schlägen eines Arrak. Neben ihm kämpfte ein Dutzend Speerkrieger gegen die Gehörnten. Kajlyn-Gua grinste, wie es die Art der Ziegen war – ohne eine Spur von Belustigung. Unvermittelt ließ sie den Rappen los. Das Tier sprang benommen auf; es schnaubte und schwankte, als die Nraurin sich in den leeren Sattel schwang.

Gorun wich zurück, die Augen auf die Gegnerin gerichtet. Die Glieder zitterten und schmerzten ihm, und er sah sich hastig nach einer Waffe um. Doch alles in seiner Nähe war geborsten, zerbrochen oder verbogen. Da hörte er ein Geräusch hinter sich – Vilon lag vor dem Eingang des Turms. Der Krieger aus Defágos blutete aus vielen Wunden und atmete nur noch mühsam. Als er Gorun erblickte, hob er die Faust mit dem Speer, und ein Lächeln verzog sein Gesicht.

»Gorun ... ohne ... Schild und ... ohne Speer!«, stieß er hervor. »Nimm ... meine Waffe. Ich brauche ... sie nicht länger.«

Ohne Zögern packte Gorun den Schaft. Hinter ihm dröhnten Hufschläge auf Stein – da warf er sich mit dem Rücken gegen die Turmwand, stemmte das Ende des Speers gegen die Einfassung des Portals und duckte sich zur Seite. Kajlyn-Guas Lanze krachte neben seinem Kopf in die Wand, Splitter flogen, und das aufgerissene Bronzemaul des Schakals hinterließ einen Kratzer im Stein. Zugleich bohrte Vilons Speer sich tief in die Brust des tapferen kleinen Rappen.

Der Schaft brach ab. Behände schwang sich die Nraurin aus dem Sattel des sterbenden Pferds und stürmte auf Gorun zu. Da stieß Jemren dem Arrak den Bronzeschild ins Gesicht, packte den nutzlosen Bogen am unteren Ende und hieb Kajlyn-Gua die Waffe quer über die Schultern. Augenblicklich rannte die Nraurin gegen den ungedeckten Schützen an. Sie rammte die Stirnplatte gegen ihn und schleuderte ihn mit solcher Wucht gegen die Wand des Turms, dass er zu Boden ging. Mit schmerzverzerrtem Gesicht rang Jemren nach Luft und presste die Faust gegen die Seite, stützte sich mit der anderen Hand auf dem Boden ab, während er den tödlichen Stoß der Nraurin erwartete.

Gorun drang auf die Ziegenkriegerin ein. Augenblicklich ließ Kajlyn-Gua von dem Schützen ab und hob die Waffen, die sie in beiden Händen trug. Gorun parierte den Speer mit dem Schaftrest, wehrte die Lanze mit dem Unterarm ab – als zersplitterten ihm alle Knochen, so fühlte sich ihr Treffer an. Die Speerklinge zuckte abermals nach vorn und bohrte sich zwischen seinem Brustkorb und dem Oberarm in eine Fuge der Turmwand. Mit einem Ruck zog er die Waffe aus dem Spalt und rammte Kajlyn-Gua das Ende gegen den Kehlkopf. Die Nraurin torkelte. Mit der Hand am Hals rang sie nach Luft; Blut färbte den Rand ihrer Nüstern rot. Gorun drehte den Speer in der unverletzten Hand, und als sie mit der Lanze zustoßen wollte, stach er ihr die Spitze tief in die Schulter.

Taumelnd wich die gehörnte Königin zurück. Da fiel ein Schatten zwischen die Kämpfenden – der Fürst des Todes trat unter das Portal des Turms. Er wandte Gorun das Antlitz zu, und der Reiter keuchte vor Entsetzen, als er unter der Knochenkrone das eigene Gesicht erblickte. Der Gott streckte die Hand aus und deutete auf das Klanzeichen vor Goruns

Brust. Schwer wie ein Mühlstein zog es plötzlich an ihm – das Gewicht des Todes. Hastig versuchte er das Amulett abzustreifen, als es ihm die Luft abschnürte, aber es gelang ihm nicht, sich von dem Ring zu befreien. Er taumelte und stürzte auf die Steinplatten. Benommen hörte er noch Jemrens Schreckensruf, doch es war bereits zu spät.

Der Schwarze Gott betrat den Turm.

7

Der Lärm der Schlacht hatte sich dem Turm immer weiter genähert. Auch wenn die dicken Mauern die Geräusche dämpften, so wusste Amra längst, dass auf dem Platz gekämpft wurde. Sie stand unter dem Eingang des Versammlungssaals. Menschen drängten sich in den Turm und brachten den Geruch des Schreckens mit sich, Schweiß, Metall und Angst. Sie schrien einander Berichte vom durchbrochenen Haupttor zu, Berichte von fremden Schützen und mörderischen Pfeilen, und sie wollten in den Saal stürmen.

Amra ließ sie nicht vorbei. »Lauft die Treppen hinauf!«, rief sie den Verängstigten zu. »Oben in den Kammern ist Platz für alle. Wahrt Abstand zum Brunnen!«

Verwirrte Rufe antworteten ihr, nicht alle hatten ihre Worte verstanden. »Wo ist Anrynan?«, fragte jemand. »Wo ist die *Nashan*?«

»Sie wacht in der Tiefe neben der Quelle«, erwiderte Amra. »Und jetzt lauft! Sucht oben im Turm Schutz!«

Endlich leistete man ihrer Aufforderung Folge. Die Menge wandte sich der Treppe zu, Füßescharren und angstvolles Murmeln erfüllten den Turm. Nach einer Weile dünnte der Flüchtlingsstrom aus, bis schließlich niemand mehr von außen hereinkam. Es wurde still – und in der Stille vernahm Amra die Kampfgeräusche lauter als zuvor: Schreie und Hufschlag und das unablässige Dröhnen der Bronze, der Gongschlag, mit dem Antiles seinen Blutzoll forderte. Es klang, als finde der Kampf unmittelbar vor dem Turm statt.

Besorgt blickte sie sich in dem Saal um. Es gab keinen Ausweg für sie und das Mädchen, das einzige Portal führte hinaus in die Schlacht. Lillia hatte sich so weit wie möglich vom Eingang zurückgezogen. Sie kauerte an der hinteren Wand des Saals und starrte reglos vor sich hin – ein verschrecktes Kind. Amra durchquerte den Saal, ging neben dem Mädchen in die Hocke und nahm sie tröstend in den Arm, bemüht, nicht an die eigene Furcht zu denken.

»Bleib bei mir«, flüsterte sie in die dichten Locken. »Begib dich nicht wieder auf die andere Seite, Lillia. Das Entfernte Land ist ein gefahrvoller Ort. Diesmal musst du bei den Menschen bleiben.«

Das Mädchen regte sich nicht. Ratlos hielt Amra die kleine kalte Hand in der ihren. *Bewahre das Eine Kind vor dem Schwarzen Gott,* hatte die Feenpriesterin ihr aufgetragen. Mit dem Ende und seinen Belangen kannte sie sich aus, nicht jedoch mit dem Beginn – und nun war ihr der Beginn allen Daseins anvertraut.

»Sprich mit mir!«, bat sie. »Erzähl mir von deinen Kräften, damit ich weiß, was ich zu deinem Schutz unternehmen kann.«

Doch das Eine Kind schwieg, und der Saal war düster und still.

Ein Schatten verdunkelte den Eingang. Den Umrissen nach handelte es sich um einen großen Mann, und Amra erhob sich erleichtert, denn im ersten Augenblick glaubte sie, Gorun habe den Saal betreten. Dann sprach der Schatten, und der Schreck fuhr ihr in die Glieder.

Da bist du ja, raunte Antiles. *Da bist du ja da bist du ja da bist du ja*, huschte das Echo durch den Saal.

Der bläuliche Schimmer der Wände erlosch. Die Dämmerung von Anrynans Turm wich der Dunkelheit, bis Amra die Hand nicht mehr vor den Augen sah. So wie es in der Kammer der Hohepriesterin keine Schatten gegeben hatte, erhellte nun kein Lichtstrahl den Turm. Schwärzer als die Schwärze, dunkler als die Dunkelheit glitt Antiles auf sie zu. Der Fürst der Schatten war ein Nichts, ein Loch in der Welt, das sie und alles in ihrer Umgebung zu verschlingen drohte.

Ungehorsamste unter meinen Priesterinnen, fuhr der Herr der Schatten sie an. *Du warst auserwählt, mir zu dienen und mich mit deiner Vergänglichkeit zu erfreuen. Statt-*

dessen lehnst du dich gegen mich auf – so wie sich die Kühne Stadt gegen das Unvermeidliche stemmt. Wir hätten euch Menschen niemals erlauben dürfen, einen Fuß auf die Insel zu setzen. Aber meine Bedenken verhallten ungehört. Mein Volk erlag dem Reiz des Neuen, der von eurer Ankunft ausging. Nun bin ich zurückgekehrt, um das Land wieder in seinen ursprünglichen Zustand zu versetzen. Bring mir das Kind!

»Nein«, erwiderte Amra und hoffte, ihre Stimme klänge entschieden und fest. Doch es drang kaum mehr als ein Flüstern aus ihrer Kehle. »Das Totengeleit ist meine Pflicht, aber auch die Linderung von Krankheit und Leid. Ich wähle letztere Aufgabe, Antiles. Meine Welt liegt noch nicht im Sterben.«

Der Herr der Dunkelheit stand dicht vor ihr. Er streckte die Hand aus und zeigte auf ihr Bein. Amra zuckte zusammen; die Hand fuhr zu der fast verheilten Narbe. Ein stechender Schmerz durchfuhr sie, und sie sank zur Seite.

Du trägst mein Zeichen, Laîren, zürnte der Dunkle Gott. *Es ist dir in Fleisch und Blut eingeschrieben. Einst fühltest du dich von mir angezogen. Da war ein Verlangen in dir, nach mir und meinen Geheimnissen. Wohlan – erfahre sie!*

Amra krümmte sich, als Antiles' Macht ihr durch die Glieder schwemmte. Binnen Augenblicken lehrte er sie sämtliche Tode, die es zu sterben galt – langes Leiden und rasches Dahinscheiden, den Tod durch Sieche und durch den Speer. Ihr blieb kein Atem mehr zum Schreien und keine Zeit zum Atemschöpfen. Jeder Herzschlag dröhnte in ihr, als sei es die letzte lebendige Regung.

Plötzlich verschwand Antiles' Hand in seinem weiten Ärmel, und die Qual hörte auf.

Steh auf!, verlangte der Unerbittliche Gott. *Steh auf und bring das Kind zu mir, wie du es von Anfang an hättest tun sollen!*

Zitternd raffte Amra sich auf. Ihre Glieder fühlten sich taub an, als seien es nicht länger die ihren. Sie stellte sich vor das Mädchen und breitete im Dunkeln die Arme aus, bis ihre Finger die Wand berührten.

»Hol sie dir, wenn du sie begehrst!«, keuchte sie. »Doch das vermagst du nicht! Tausend Todesarten kannst du dir ersinnen, den letzten Schritt aber müssen wir selbst tun. Bei unserer letzten Begegnung ließ ich mein *Taú* nicht los – deshalb starb ich nicht. Niemand stirbt, wenn noch Lebenswille in ihm ist. Ich überlasse dir das Eine Kind unter keinen Umständen.«

Antiles regte sich nicht.

Amra, flüsterte eine Stimme in ihrem Innern, doch es war nicht das Wispern des Dunklen Gottes. Es war Drauras greise Tonlage – ihre alte Lehrerin flehte sie an. *Führ aus, was er von dir verlangt! Es ist dein Gott, Amra. Gib ihm das Kind.*

»Nein!«, schrie sie. Tränen liefen ihr über das Gesicht, denn von allen Seiten zischten und zeterten die Toten.

Gib ihm das Kind!, befahl ihre Mutter.

Rasch, Amra, gehorche ihm!, flehte Goruns jüngerer Bruder. *Beeil dich, denn Antiles ist gefährlich und grausam.*

Siehst du nicht, wie schön er ist? Gib dich ihm hin, wisperte die *Hreka*.

»Nein!«, schluchzte sie. »Schweigt – ihr alle! Ihr seid nichts weiter als Gespenster! Auf dieser Seite der Welt habt ihr nichts mehr verloren. Kehrt zurück ins Entfernte Land, wie es euch bestimmt ist!«

Die Stimmen erstarben. Eine tiefe, bedrückende Stille kehrte ein. Antiles stand inmitten des Saals, eine schwarze Lohe, eine Rauchfahne in der Dunkelheit.

Du verbannst die Toten aus deiner Gegenwart?, fragte er. *Wohin sollen sie denn fliehen, Laîren? Es gibt keinen Ort mehr außer diesem Turm, weder für dich noch für deine Ahnen.*

Das Herz zog sich ihr zusammen. Da trat Lillia an ihre Seite. Das Mädchen streckte die Hand aus und zeigte auf den Boden. Sterne glommen auf – die Mosaikplättchen im Boden leuchteten. Erzürnt schrie der Herr der Schatten auf, denn vor dem Schimmern musste er zurückweichen; das schwache Silberlicht setzte ihm Grenzen.

»Da sind Linien«, flüsterte Lillia. »Zwischen allen Dingen.«

Und wirklich, als Amra genauer hinsah, entdeckte sie kaum sichtbare Verbindungen zwischen den Sternen. Die glimmenden Striche fügten das Gefunkel zu Bildern: »Kerron der Jäger«, »Schild und Lanze«, der »Krug« und das »Rad des Sommers«. Die Sternbilder eines ganzen Jahrs schimmerten auf dem Boden rings um den Brunnen. Die Sterne – helle Knotenpunkte – und die von Strichen begrenzten Felder ergaben ein Muster, das Amra wohlvertraut war.

Ungläubig starrte sie auf den Boden.

Sie hob den Kopf, als am Eingang Schritte erklangen. Kajlyn-Gua stürmte in den Saal, Waffen in beiden Händen. Ein Geflecht roter Rinnsale überzog den Arm der Nraurin; das Blut rann aus einer Wunde in der Schulter. Gorun und Jemren folgten der Kriegerin dichtauf, als hätten sie vergeblich versucht, die Nraurn-Königin am Betreten des Turms zu hindern. Amra erschrak, als sie sah, wie sehr der Kampf die beiden Männer gezeichnet hatte. Mit schmerzerfülltem Gesicht presste der Reiter einen Unterarm an sich und schob mit der anderen Hand sein Klanzeichen achtlos in eine Tasche am Gürtel. Ein geschwollener Striemen zog sich über seinen Nacken, als habe er sich das Amulett vom Hals gerissen, und das Gesicht des Schützen war aschfahl. Alle drei blieben wie angewurzelt stehen, als ihr Blick auf Gott und Kind und Sterne fiel.

»Bei der Quelle, was für eine Täuschung ist das denn nun wieder?«, stieß Jemren hervor.

»Spiel mit mir!«, rief Lillia ihm zu.

»Spielen? Jetzt? Hier? Wie stellst du dir das vor, Kind?«, fragte der Schütze entgeistert.

»Spiel!«, schrie das Mädchen, und das Echo hallte durch den Saal: *Spielspielspiel.* Gorun stieß eine Verwünschung aus.

Kajlyn-Gua verneigte sich vor dem Herrn der Schatten. »Altehrwürdiger«, grüßte sie ihn, »Fürst der Dunkelheit. *Edú*, das Spiel der Götter – das ist wahrlich ein würdiger Abschluss für diesen Tag. Seit Langem führst du meine Schwester und mich auf unserem Feldzug gegen die Menschen. Nun werde ich für dich gewinnen.«

Sie trat auf eines der Felder und schritt ohne Zögern bis zur Spitze des Dreiecks.

»Sie eröffnet! Sie meint es ernst«, rief Gorun verblüfft aus. »Dort hinüber auf das Feld, Jemren! Schnell!«

Geistesgegenwärtig übersprang der Reiter eine schmale Raute, die von Sternen gebildet wurde, und schloss mit raschen Schritten zwei weitere Felder an. Er spielte seinen Zug gewohnt entschlossen aus und verhinderte fürs Erste das Vorankommen der Nraurin.

Antiles neigte den Kopf. *Das Eine Kind verlangt ein Spiel? Nun denn – ich muss mich seinem Willen fügen. So spielt um euren Turm! Gewinne ich, fallen mir Kind und Quelle anheim. Gewinnt ihr, so ziehe ich mich aus eurer Stadt zurück. Doch meine Niederlage ist unwahrscheinlich: Ich war einer derjenigen, die sich das Spiel ersannen.*

Ein Lachen zeigte sich auf dem Gesicht des Gottes, aber aus seinem Mund drang kein Laut hervor.

»Worum geht es bei dieser Herausforderung?«, erkundigte Jemren sich. Glücklicherweise fragte er erst, nachdem er Goruns Aufforderung gefolgt und in die Mitte eines Fünfecks getreten war. Unsicher blickte er sich um.

»Die Regeln sind einfach«, versicherte Amra ihm. »Das Feld, in dem du stehst, bedeutet Wandel. Die Dreiecke stehen für Aufstieg, die Rauten für Fall. Es gilt, sich so viele Felder wie möglich anzueignen und den Bewegungsspielraum des Gegners einzuschränken.« Sie trat in eine der sternumgrenzten Flächen und zog Lillia mit sich. »Außer den Spielfiguren werden ein weißer Stein und ein schwarzer Stein auf das Feld gelegt. Sieger ist, wem es gelingt, eine Brücke zu schlagen und den eigenen Stein in den Kreis im Mittelpunkt des *Edú*-Bretts zu rücken.« Sie deutete auf den Brunnen. Der Schütze streifte sich das Haar aus der Stirn und blickte voller Zweifel auf die Sterne. An seiner Hand klebte geronnenes Blut.

»Wir hätten eine Partie spielen sollen, statt immer nur zu reiten«, gab Gorun grimmig zu. »*Edú* ist sehr alt. Die Krieger und die Priesterinnen des Südens vertreiben sich die Zeit damit – und die Nraurn offenbar ebenso.«

Er behielt Kajlyn-Gua unablässig im Auge. Mit weit ausholenden Bewegungen schritt die Kriegerin über die Felder und stieß die Enden ihrer Waffen auf den Boden. Von ihrem Ellenbogen troff Blut.

»Das Alte Volk lehrte uns dieses Spiel«, verkündete sie stolz und deutete mit der Lanzenspitze auf Lillia. »Von den Feen erhielt die erste *Nraur-a-Khae* ein kostbares *Edú*-Brett. Es befindet sich heute in meinem Besitz. Wir spielen häufig – und töten die Verlierer.«

»An einen solchen Einsatz dachte ich bereits«, knurrte Gorun. »Doch sei nicht zu siegesgewiss, Nraurin. Du ziehst als Einzelne gegen drei. Der Kreis im Mittelpunkt entscheidet über Leben und Tod des ganzen Spielfelds, Jemren«, klärte er den Schützen auf. »Du darfst dich dem Hauptfeld jedoch nicht auf geradem Wege nähern; du musst bestimmte Schrittfolgen beachten. Drei Felder hintereinander bilden ein Zug, doch sieh dich vor: Auf eine günstige Reihenfolge kommt es an. Aufstieg, Wandel, Aufstieg ist ausgezeichnet – Fall, Wandel, Fall hingegen verhängnisvoll.«

Verhängnisvoll, verhängnisvoll, verhängnisvoll, echoten die Wände.

Unter Antiles' Krone zeigte sich jenes edle, fein geschnittene Antlitz, das Amra im Schattenreich begegnet war. Es war nicht länger verschwommen und durchscheinend; es wirkte menschenähnlicher als je zuvor, und die Augen leuchteten wie Eis. Kügelchen baumelten am Gewand des Gottes, jedes vom Umfang einer Fingerkuppe – Verzierungen, dachte Amra zunächst. Als sie genauer hinsah, erkannte sie in dem Gehänge die Köpfe von Menschen und Tieren, am Scheitel an den Stoff genäht. Die Züge waren aufs Genaueste nachgebildet und trugen einen letzten Ausdruck zur Schau: Verwunderung, Schmerz oder friedlichen Schlaf. Es waren die Gesichter des Todes, in welche die *Laîren* so oft geblickt hatte. Klimpernd behängten sie den Schwarzen Gott, Perlen aus Knochen, vom Alter nachgedunkelt – Antiles trug seine Geschöpfe mit sich.

Amras Herz hämmerte. »Kajlyn-Guas Züge verschaffen dem Schwarzen Gott immer mehr Freiraum!«, rief sie Gorun zu. »Du musst Lillia an dich nehmen, sonst komme ich in Bedrängnis.«

Sie schob das Mädchen auf den Reiter zu. Die Kleine trat nicht in die Felder. Auf Zehenspitzen sprang sie von Stern zu Stern und streckte Gorun beide Hände entgegen. Der Reiter nahm sie in Empfang.

Jemren starrte das Mädchen an. »Lillia ist der weiße Stein?«, fragte er ungläubig. »Und Antiles ...«

»... ist der schwarze. Du lernst schnell«, bemerkte Kajlyn-Gua spöttisch. »Doch deine beiden Lehrmeister haben nie zuvor gegen einen Gott gespielt.«

Antiles' Gewand streifte über den Boden. Wo es die Sterne berührte, erlosch das silbrige Funkeln, und eine Spur aus Dunkelheit entstand. Der Gott erreichte das Kajlyn-Gua benachbarte Feld und riss die Arme auseinander. Seine Finger gruben sich tief in die verwundete Schulter der Nraurin. Mit einem Aufschrei ließ die Königin der Gehörnten die Waffen fallen.

Mein, hauchte der Schwarze Gott – und Lanze und Speer erhoben sich wie aus eigener Kraft. Vor Amras Augen lösten sich Schaft und Klinge auf, und anstelle des Speers flatterte ein Aasvogel auf. Die Lanze verwandelte sich in Antiles' zweiten Begleiter: einen Schakal. Wie ein Schatten strich er um Goruns Beine, unempfänglich für die erzürnten Tritte des Menschen. Mit stummen Gesten lenkte Antiles seine Wesen über das *Edú*-Feld – sogar die Nraurin musste seinem Befehl gehorchen.

»Jeder Zug hat seinen Preis«, keuchte sie mit schmerzverzerrtem Gesicht, während sie vorwärtsstürmte. »Nun hat der Schwarze Gott einen gerechten Ausgleich geschaffen – nun ziehen drei gegen drei.«

»Gerechtigkeit? Vom Fürsten der Schatten?«, lachte Gorun kalt. »Du erliegst einem Wahn, Nraurin.«

Auf seinen Wink hin eilte Jemren dem Reiter entgegen. Der Schütze streckte die Hand nach dem Mädchen aus, um Gorun die benötigte Bewegungsfreiheit zu verschaffen. Zu spät bemerkte Amra Kajlyn-Guas blitzartigen Richtungswechsel. Ihr gehörnter Schatten tauchte hinter Jemren auf. Amra schrie, doch da rempelte die Nraurin den Schützen schon zur Seite, packte Lillia am Arm und zerrte das Mädchen in ihr Feld. Einen Augenblick lang hing das Kind zwischen Jemren und der Kriegerin in der Luft. Als Lillia einen Klagelaut ausstieß, ließ der Schütze unwillkürlich ihr Handgelenk los. Sofort zog Kajlyn-Gua sich mit dem Mädchen aus seiner Reichweite zurück und grinste höhnisch. Erschrocken starrte Jemren der Nraurin hinterher.

»Bleib nicht stehen!«, rief Amra ihm zu. »Stillstand ist gefährlich. Das Spiel muss ständig in Bewegung gehalten werden.«

Antiles glitt bereits auf ihn zu – der schwarze Stein, der andere Spielfiguren nach Belieben fällen und gefangen setzen konnte.

Blindschütze, wisperte er, *Taú-Schütze. In unversehrter Gestalt durfte ich nicht zurückkehren, doch dein letzter Treffer hat mich von den Fesseln der Verbannung befreit.*

Er streifte die Gewänder zur Seite. In seiner Brust klaffte ein faustgroßes Loch.

Jemren schrak nicht vor dem Anblick des Hohlen Gottes zurück. »Du irrst, wenn du annimmst, der Norden würde in dir jemals einen Gott verehren«, hielt er Antiles entgegen. »Du bist wie das Abendlicht über dem Meer, der letzte Atemzug von vielen, ein Gedanke, der das *Taú* durchzieht – mehr aber auch nicht. Ich erkenne deine Macht nicht an.«

So lehre ich dich Respekt, erwiderte der Herr der Schatten.

Mit einem Schritt war er bei dem Schützen. Jemren hatte im Kampf um die Stadt eine Verletzung davongetragen. Unter der Achsel klebte ihm das blutdurchtränkte Hemd am Leib – und der Gott stieß den Finger in die Wunde.

Der Schütze sog hörbar die Luft ein und schwankte. Zugleich hob er die Hand in einer Gebärde der Abwehr. Wem auch immer Jemren die Geste abgeschaut hatte – es musste jemand aus dem Süden sein. Vermutlich wusste er selbst nicht, was er da tat: Mit dieser Geste beschwor er die Wandlungen der Mondgöttin Cenlana, das Licht, das stets aus der Unsichtbarkeit wiederkehrte. Die Handbewegung war nicht so mächtig wie die Zeichen, die einer *Laîren* zu Gebote standen, aber sie erfüllte ihren Zweck: Zischend zog der Gott den Arm zurück, als hätte sich der Herr des Todes an etwas Lebendigem verbrannt.

»Weiter!«, rief Amra dem Schützen zu, denn der Spielraum der Menschen wurde zunehmend enger. Sie raffte das Haar mit der Hand zusammen und versuchte sich zu besinnen, mit welcher Reihenfolge von Zügen sie ihre beiden Schwestern geschlagen hatte: Tola, die ihr als Ältere an Erfahrung voraus war, und Laurdana, die sich nicht immer an die Regeln hielt. Das Rund um den Brunnen war groß; sie hatte keinen Überblick über das ganze Feld. Ein, zwei Atemzüge lang schloss sie die Augen, um das ganze *Edú*-Brett vor sich zu sehen.

Worum spielen wir?, fragte sie sich, denn diese Frage begleitete jede Runde. Um den Turm, wie Antiles es verlangt? Der Turm mit seinen drei übereinanderliegenden Kammern stellt die Welt dar: den Himmel, das Entfernte Land und in der Mitte die Insel und ihre Bewohner mit ihrem Sehnen und Streben. Wie stehen wir also … in der Welt?

Sie schlug die Augen auf. Erschrocken bemerkte sie, dass sich weite Teile des Spielfelds bereits verdunkelt hatten. Die Sterne schimmerten nur noch am äußersten Rand des Saals und dicht um die Einfassung der Quelle. Kajlyn-Gua hatte sich durch geschickte Züge den größten Freiraum geschaffen – und so war es auch in Wirklichkeit: Durch die Trockenen Hügel hatten die Nraurn Zugang zum Norden und zum Süden der Insel. Gorun richtete seine ganze Aufmerksamkeit auf die Gegnerin. Sprungbereit und zornig verfolgte er jeden ihrer Schritte und übersah dabei manch günstige Gelegenheit. Jemren hingegen zögerte zu sehr und leistete sich in seiner Unwissenheit so manchen Fehltritt. Er verfügte über keinerlei Erfahrung mit den vielfältigen Auslassungen und Wechseln des Spiels. Der Norden hatte vergessen, was *Edú* bedeutete.

»Komm zu mir, rasch! Tritt in das Feld neben meinem!«, rief Amra dem Schützen zu und deutete auf eine von Sternen begrenzte Fläche. Jemren hatte nur Lillias Rettung im Sinn, doch ein befreiter weißer Stein allein würde ihnen nichts nützen, solange sich der schwarze Gegenpart ungehindert bewegen konnte.

Der Schütze folgte ihrer Weisung, vertraute ihr blind.

»*Edú* bedeutet Wandel«, erklärte sie ihm, als er in die Raute an ihrer Seite trat. »Das Spiel verdeutlicht unser wechselhaftes Geschick. Aber wir sind den Launen der Götter nicht willenlos ausgeliefert. Stets haben wir die Möglichkeit, den Weg zu wählen und unser Los zu beeinflussen.«

Sie wies auf das Feld, in dem sie stand: das Feld »Wandel«.

»Lillia wählte unseren Weg«, erwiderte der Schütze, atemlos von der raschen Abfolge seiner letzten Züge. Jemren hatte genau verstanden, dass sie nicht nur von dem Spiel sprach.

»Lillia führte uns über die Insel«, bestätigte Amra. »Aufbruch, Anfang, Wachstum – so lauten die Bedeutungen, die dem weißen Stein zugeschrieben werden. Der letzte Zug des Spiels entscheidet darüber, welche Kräfte in Zukunft aus der Quelle strömen.«

Sie blickten beide zu dem Kind hinüber. Kajlyn-Gua umklammerte Lillias Handgelenke mit einer Faust und zwang das Mädchen, ihr zu folgen. Gorun waren die Spielzüge der Nraurin nicht entgangen. Er schlug einen Bogen, der ihn näher zu Amra und Jemren führte, nutzte geschickt den Spielraum, der ihm verblieb – doch im Vergleich zur Königin der Gehörnten war er im Hintertreffen.

»Schneller!«, rief Amra ihm zu.

Da sah sie, wie Antiles erzürnt die Faust ballte. Der Schakal setzte zum Sprung an. Mitten im Satz verwandelte sich der gestreckte Körper in die Lanze zurück, die Waffe flog quer durch den Saal. Amra schrie auf, doch Gorun hatte die Gefahr bereits erkannt. Der Reiter warf sich zu Boden. Die Waffe glitt über ihn hinweg und prallte gegen die Mauer, die Spitze zog einen langen Funkenschweif. Eigenhändig hob der Schwarze Gott die Lanze auf.

»Beeil dich!«, feuerte Amra Gorun an, als sie sah, wie viele Schritte noch ausstanden, ehe der Reiter das freie Feld neben ihr und dem Schützen erreichte.

Der Koron kreiste über dem Brunnen. Plötzlich zog er die Schwingen an den Leib, sein schattenhafter Körper streckte sich und stürzte als Speer neben dem Brunnen herab. Etliche Mosaikplättchen zersprangen, als sich die Spitze in den Boden bohrte. Zitternd blieb die Waffe stecken. Der Koron war verschwunden, und an seiner Stelle besetzte der Speer des Dunklen Gottes ein Feld dicht am Brunnen. Daneben funkelten die Sterne des »Tors«: ein großes Dreieck, dessen Spitze auf den Brunnen zeigte. Auf dieses Feld hielt Kajlyn-Gua zu. Hastig streifte Amra den Schlangenreif vom Handgelenk, warf das Armband in die Mitte der Fläche – und verdarb der Nraurin den entscheidenden Zug.

Antiles holte mit der schweren Lanze aus. Die Waffe war nicht für den Wurf geeignet, doch der Herr der Dunkelheit hatte keine Mühe mit der Handhabung.

»Spring!«, schrie Amra Gorun zu. Mit einer Grimasse drückte der Reiter den verletzten Arm an den Leib und warf sich nach vorn. Er glitt auf den Steinplatten aus, geriet ins Straucheln und stieß sich fluchend das Knie am Brunnenrand, doch er trat nicht über die glimmenden Linien hinaus, die seinen Standort begrenzten.

Aufstieg, Wandel und Fall – sie bildeten eine Brücke.

Die Lanze strich so dicht an ihnen vorbei, dass Gorun zurückfuhr, aber die Klinge streifte den Reiter nicht. Eine Brücke war unverletzlich; sie enthielt das ganze Spiel.

Amra drehte sich zu Antiles um. »Wandle dich!«, rief sie. »Nimm deine andere Gestalt an!«

Das war ihr Einsatz – nun hatte sie ihn benannt.

Antiles' kalte Augen zersprangen, und eine klare Flüssigkeit rann ihm über das Gesicht. Das schöne, ebenmäßige Antlitz unter der Krone faulte, Löcher fraßen sich in die Wangen und entblößten ein scheußliches Gebiss. Alles Menschenähnliche verschwand aus den Zügen des Gottes, und sein wahres Wesen trat hervor.

Doch der weiße Stein war noch immer gefangen.

Lillia stemmte sich gegen Kajlyn-Gua und wollte der Kriegerin die Hand entwinden, aber die Nraurin umklammerte den Arm des Mädchens, als wolle sie es um nichts in der Welt hergeben. »Ihr habt euren letzten Zug getan!«, lachte sie. »Nun habt ihr zwar ein Bündnis geschmiedet – doch was nützt es euch?« Sie deutete auf die Linien der drei Felder, in denen die Menschen standen. Die Umrandungen glommen hell, und als Amra den Fuß über die Begrenzung setzen wollte, merkte sie, dass ihr ein Verlassen des Felds unmöglich war. Sie konnte ihren Standort nicht mehr wechseln – und Gorun und Jemren erging es ebenso.

»Nun führe ich das Eine Kind ins Ziel«, brüstete die Nraurin sich. »Somit fällt seine Macht an das Gehörnte Volk, wie es vorherbestimmt war. Stürme und Fluten und die Feuer des Scyéyan werden eure Türme verheeren; das schlafende Land wird sich auftun und euch verschlingen, ganz wie es die Prophezeiung verlangt! Den Gehörnten aber verhilft das Mädchen zu einem neuen Bund mit den verborgenen Mächten der Insel. Dann sind wir frei! Frei!«

Kajlyn-Gua schickte sich an, zum Brunnen zu schreiten. Die Regeln des *Edú* und den Schwarzen Gott, auf dessen Seite sie das Spiel bisher bestritten hatte, ließ sie siegesgewiss außer Acht – sie besaß den weißen Stein.

Antiles stieß ein heiseres Knurren aus. Seine Stimme glich dem Hall im *Taú* in keiner Weise. Auf seinen Ruf hin erhob sich die schakalköpfige Lanze von neuem – und wandte sich gegen die Kriegerin, welche die Waffe in die Kühne Stadt gebracht hatte. Die Lanzenspitze prallte auf eine der Kupferscheiben, die der Befestigung von Kajlyn-Guas Mantel dienten. Der Stoß traf die Nraurin an der verwundeten Schulter; durch die Wucht geriet sie ins Taumeln. Das aufgerissene Maul des Bronzeschakals verhakte sich im Stoff des Umhangs, der Schaft schlug ihr gegen die Kniekehlen und brachte sie zu Fall. Als sie vornüberstürzte, fing sie den Aufprall mit den Händen ab – doch dazu musste sie das Mädchen loslassen.

Lillia lief nicht augenblicklich davon, wie Amra erwartet hatte. Zu ihrem Entsetzen drehte sich das Mädchen zur Königin der Gehörnten um und starrte Kajlyn-Gua aus nächster Nähe ins Gesicht.

»Du gewinnst das Spiel nicht!«, flüsterte Lillia laut, und das Echo antwortete von den Wänden ringsum: *Das Spiel nicht, das Spiel nicht, das Spiel nicht.*

»Weg von der Nraurin, Kind!«, warnte Jemren.

Kajlyn-Gua bleckte die Zähne. Mit einem wütenden Aufschrei warf sie sich nach vorn, doch Lillia entwischte ihr. Das Mädchen sprang von Stern zu Stern und hüpfte auf die Brücke der Erwachsenen zu – ein Kind, in ein kindliches Spiel vertieft.

Kajlyn-Gua sprang auf. Die Nraurin verließ ihr Feld jedoch nicht, sondern bückte sich nach der Lanze. Mit beiden Händen hob sie die Waffe über den Kopf und rammte die Klinge in das letzte freie Feld. Aufstieg, Wandel, Fall – zusammen mit den Waffen des Schwarzen Gottes hatte auch sie eine Brücke geschaffen. Antiles' Weg zum Brunnen war frei.

Lillia trat auf die Sterne, die Jemrens Standort umrandeten. Der Schütze fasste sie an beiden Händen und half ihr hinüber in das Feld des Wandels. Sobald Amra das Mädchen sicher hielt, ließ der Schütze sie los, und Amra zog sie weiter. Zwei, drei Sprünge, dann konnte Gorun sie ergreifen.

Der Schwarze Gott huschte an ihnen vorbei. Antiles' Gewänder raschelten klamm, ein modriger Luftzug streifte Amra. Die Menschen und die Nraurin, die Lanze und der Speer bildeten das Spalier, durch das der Herr der Dunkelheit zum Brunnen schritt. Doch bevor sein Schatten über die Götterfiguren auf dem Rand fiel, packte Gorun das Mädchen unter den Achseln, schwang ihre Beine über den Beckenrand, ließ sie los – und fluchte vor Schreck.

Der Brunnen von Defágos war versiegt. Eine Staubschicht bedeckte den gekachelten Boden. An den Innenwänden und am Sockel des leeren Throns klebten Salzkrusten, als sei seit Jahrhunderten kein Wasser mehr durch das Becken geflossen. Lillia stand in der Mitte und presste erschrocken beide Arme an sich. Vor ihr ragte der Schatten des Schwarzen Gottes auf. Unter Antiles' Krone glänzte blanker Knochen. Der Unterkiefer hing sperrig aufgerissen herab, Reißzähne ragten daraus hervor. Dennoch hallten die Worte klar verständlich durch das *Taú*, als der Fürst der Schatten sprach.

Du hast vollkommen recht, meine Kleine. Weder Menschen noch Nraurn gewinnen das Spiel. Nur wir beide werden siegen – du und ich gemeinsam. Reich mir die Hand, und die Schätze des Weißen Schiffs gehören dir! Jedem deiner tapferen Spielgefährten hingegen verleihe ich einen Ehrenplatz in meiner Welt.

»Hör nicht auf ihn!«, rief Jemren dem Mädchen zu.

»Er lügt!«, warnte Gorun. »Du hast erlebt, wie seine vermeintlichen Schätze unter deinem Regenguss zerflossen sind.«

Sei mutig, Kind, dachte Amra. Das Herz schlug ihr bis in den Hals. Sei mutig und sei schlau.

»Ich brauche deine Geschenke nicht«, lehnte das Mädchen die Verlockungen des Totengottes ab. Furchtlos blickte sie in Antiles' leere Augenhöhlen. »Ich kann dich und dein Schiff später immer noch aufsuchen. Jetzt möchte ich erst einmal über die Insel wandern und mich mit allen Dingen unterhalten: mit dem Wald und mit den Quellen, mit den Nraurn und mit den Menschen, damit ich mich später an alle Geschichten erinnern kann.«

Es gibt kein Später mehr, schönes Kind. Denn die Insel der Stürme ... ist mein!, hauchte der Schwarze Gott.

Er stürzte sich auf das Mädchen. Lillia duckte sich unter seiner Knochenhand, warf sich auf die Knie und trommelte mit den Fäusten auf den Grund des Beckens.

»Anrynan!«, schrie das Mädchen. »Warum bist du jetzt nicht hier? Und wo ist dein Wasser? Hilf mir, oder Antiles holt mich zu sich!«

Antiles' knöcherne Finger packten das Kind.

»Ysh!«, schrie Lillia. *»Ysh!«*

Der Gott schlang beide Arme um das Mädchen. Ihre Stimme erstarb. Die weiten Ärmel seines Gewands umhüllten sie, bis kaum noch etwas von ihr zu sehen war. Die silbernen Strähnen in ihren Locken verblassten, das letzte Licht der Sterne erstarb. Der Turm und die Welt lagen in vollständiger Dunkelheit.

Amra stand reglos auf dem Fleck. Sie hörte die Atemzüge der Männer in ihrer Nähe und wartete auf das Verstummen, auf die einkehrende Grabesstille. Sie schloss die Augen, denn es gab nichts mehr zu sehen; der Saal war dunkler als das Innere der Totenkammern. Hier wie dort roch es nach Knochen und fauligen Gewändern. Das *Taú* zitterte in ihr, als wolle es sich davonstehlen.

»Lillia?«, fragte Jemren in die Stille hinein. Tiefes Schweigen antwortete ihm. Sogar die Nraurin schien zu begreifen, dass sie an einem Ort ohne Wiederkehr angelangt waren. Von ihr kam kein Laut.

»Bei der Quelle und allen Ewigen – das ist also das Ende?«, murmelte Gorun. »Sieht so unser Ende aus?«

Von weit her ertönte ein leises Donnern. Ein Schwindel erfasste Amra, die Sinne drohten ihr zu schwinden, und ihr schien, als hebe und senke sich der Boden unter ihr.

»Was war das?«, flüsterte der Reiter. »Habt ihr das Geräusch gehört?«

Die Welt zerbricht, dachte Amra. Die Insel versinkt im Meer.

Plötzlich verspürte sie eine federleichte Berührung auf dem Handrücken. Das Prickeln stieg ihren Arm hinauf und breitete sich über ihrem Gesicht aus, als kröchen ihr winzige Fliegen über die Haut – doch Fliegen waren es nicht. Es roch nicht länger nach Tod, sondern nach feuchtem Staub, nach Erde, über der ein Sommerregen niederging. Aus der Dunkelheit drangen ein Gurgeln und Plätschern an ihr Ohr. Langsam schwoll das Geräusch zu einem Rauschen an, Tropfen übersprühten sie.

Gorun lachte leise. »Ah, du Scheusal, damit hast du nicht gerechnet«, raunte er.

Regen fiel auf sie, als befänden sie sich nachts an der Küste oder in einem stillen Tal. Amra hob die Hand und wischte sich über die Stirn. Sie hielt das Gesicht in den Schauer, das Wasser perlte ihr über die geschlossenen Lider und rann ihr vom Kinn. Mit den Händen formte sie eine Schale und badete das Gesicht im kalten Nass. Sorgfältig führte sie die Handgriffe aus, mit denen die *Laîren* nach einer Bestattung jegliche Erinnerung an den Tod abstreifte. Lautlos flüsterte sie das »Lied des Trennens«, wiederholte im Stillen die althergebrachten Worte, die Draura ihr so oft vorgesagt hatte, bis sie die Strophen auswendig gelernt hatte.

Im Dunkeln tastete sie nach Goruns Handgelenk. Der Reiter zuckte zusammen, als er ihren Griff verspürte, aber als sie sacht an seinem Arm zog, trat er einen Schritt zu ihr heran. Jetzt wagte sie die Berührung, da jeder von ihnen in einem klar umgrenzten Feld stand. Sie streifte seine Brauen mit den Fingerspitzen, und Gorun senkte den Kopf, als verstünde er, was sie zu tun beabsichtigte. Sie murmelte die Beschwörungen mit halblauter Stimme, und ihre Handgriffe wurden sicherer, während sie die Finger durch sein Haar gleiten ließ, über die Schläfen und den Bogen der Wangenknochen, über die Lippen und das Kinn. Sie streifte ihm das Wasser von den Schultern und Armen und weihte ihn auf diese Weise in eines der größten Geheimnisse der Totenpriesterin ein: in das Bannen des Schwarzen Gottes. Doch Gorun war auf Antiles' Schiff gereist, Auge in Auge hatte er dem Herrn der Schatten widerstanden – er war längst ein Wissender. Als sie schließlich bei seinem *Taú* anlangte, merkte sie, dass er die ganze Zeit über den Atem angehalten hatte.

»Entlasst ihn!«, flüsterte sie, an die Schatten gewandt.

Sie wagte es nicht, die Augen zu öffnen und zu sehen, was aus ihren Sinnsprüchen wurde. Sie begab sich zur anderen Seite ihres Felds und führte den Ritus auch für Jemren aus. Der Schütze ließ zu, dass sie ihm das Blut von den Händen wusch, und sie wünschte, der schlichte Brauch nähme die Erinnerung an den Anblick unter dem Turm von Tegaréssos von ihm – nur diese Erinnerung allein.

Sie standen mittlerweile bis zu den Knöcheln im Wasser. Als Amra sich schließlich ein Herz fasste und die Augen aufschlug, zitterten Dutzende Sterne unter der Oberfläche; die gebrochenen Strahlen erfüllten die Halle mit wirren Lichtern. Im Brunnen stieg eine Wassersäule auf und zersprang unter der Decke des Saals zu einem Regenschauer. Große, durchscheinende Wesen traten aus dem Strahl hervor. Das Schimmern der Sterne brach sich auf den Leibern der Ysh. Die Gesichter der Quellengeister erinnerten Amra an Wolkenspiegelungen auf einem glatten See, an Nebel, Eis und Regen – an alle Formen, die das Wasser annehmen konnte.

Kajlyn-Gua hatte ihre Waffen an sich genommen und schlich lautlos zum Ausgang des Saals. Die Königin der Gehörnten stahl sich davon, um nicht die Aufmerksamkeit der Quellengeister zu erregen. Aber die Ysh beachteten sie nicht, sie umringten den Thron in der Mitte des Beckens. Lillia saß auf dem Steinsitz. Tropfen hingen in ihrem Haar und wuchsen zu Perlen heran, die schließlich in den Brunnen fielen. Die Stimme des Mädchens schwoll an und verebbte wieder; der Singsang der fremden Melodie erfüllte die Halle. Amra erinnerte sich, ein ähnliches Wispern schon einmal gehört zu haben – im Durchgang unter den Kalkfelsen tief im Land der Nraurn, wo sie und ihre Gefährten sich auf der Flucht vor ihren Verfolgern verborgen hatten.

Lillia lächelte ihr zu, und die Knie wurden ihr weich vor Erleichterung. Sie waren dem Schwarzen Gott um einen Schritt voraus gewesen. Um einen einzigen Schritt hatten sie Antiles besiegt, und nun belebte sich die Quelle von Defágos wieder.

Auf der Lehne des Throns hockte ein Vogel. Tropfen perlten über das schwarze Gefieder, der Schnabel und die Krallen des Koron glänzten wie Bronze. Mit ausdruckslosen Blicken starrte er auf das Kind. Lillia streckte den Arm aus, als wolle sie den Koron zu sich locken, als wünsche sie gar, der Aasfresser möge sich auf ihrer Hand niederlassen. Da breitete der Vogel die Flügel aus und flatterte im Saal empor. Wasser stob von seinen Schwungfedern. Er kreiste einmal über dem Brunnen, segelte durch die Türöffnung hinaus und ließ die Menschen bei dem Einen Kind zurück.

Regen fiel über Defágos. Amra hörte das gleichmäßige Rauschen, als sie unter das Portal des Turms trat. Für einen Augenblick klang es lauter als das Kampfgeschrei. Mit einiger Mühe streifte Gorun sich die Bronzespange vom Handgelenk. Er hatte einen heftigen Schlag abbekommen. Der Unterarm verfärbte sich grün und dunkelblau, doch die Spange hatte ihn vor einem Knochenbruch bewahrt. Ansonsten wirkte der Reiter unversehrt, als habe ihn ein besonderer Schutz umgeben, während ringsum der Kampf tobte, und Amra glaubte einige Herzschläge lang beinahe daran, dass das Wünschen und Bangen der *Laîren* doch Gutes bewirkten. Jemren hatte weniger Glück gehabt: Die Wunde an seiner Seite blutete noch immer leicht. Aber er hielt sich aufrecht und begleitete sie auf den Platz vor dem Turm.

»Die Nraurn und die fremden Schützen haben in der Stadt ein Blutbad angerichtet«, warnte der Reiter halblaut.

Als Amra ins Freie trat, fand sie seine Worte auf schreckliche Weise bestätigt. Der große Platz um den Turm war bedeckt mit Toten. So viele waren gefallen, dass Amra die Hand vor den Mund schlug. Menschen lagen neben Nraurn, Kinder neben Kriegern, und die Statuen der Götter waren verwüstet. Regen sammelte sich zu großen Pfützen.

Soeben schwang Kajlyn-Gua sich auf ein Nouk; eine ihrer Kriegerinnen hielt ihr den Steigbügel.

»Sammle die Krieger, Nesyn!«, schrie sie ihrem Feldherrn zu. »Schließt dichter auf und haltet eure Stellung! Wir geben den Blauen Turm nicht verloren!«

Die Krieger der Stadt hatten die Nraurn an den Rand des Platzes zurückgedrängt. Dort wurden noch immer erbitterte Gefechte ausgetragen. Nesyn und Vrarras rangen um einen Speer aus massiver Bronze. Der Nraur stand breitbeinig auf den Stufen, auf seiner Stirn verschorfte eine Schramme.

»*Nraur-a-Khae!*«, schrie er Kajlyn-Gua zu, als er sie auf dem Nouk erblickte. »Noch ist das Tor offen! Reite zu uns und rette dich!«

Die Ysh strömten aus dem Turm. Mit der Gewalt einer Flutwelle brachen die Wassergeister über die Nraurn herein und drückten jeden gegen die Statuen und Wände, der ihnen Widerstand leistete. Sie warfen die Arme um Kajlyn-Guas Krieger und drohten, die Gehörnten in dieser schrecklichen Umarmung zu ertränken. Alles Schreien und Umherschlagen nützte nichts: Die Hiebe spritzten durch Wasser. Weitere Ysh strömten über die Treppen und Wege herab. Sie unterschieden sich sehr von den kühlen Geistern aus dem Turm, denn sie waren den Quellen der Badehäuser entstiegen. Hitze brodelte in ihren Leibern, Dampf stieg von ihren Gliedern auf. Sie spien einer Leibwächterin Kajlyn-Guas kochendes Wasser ins Gesicht, und die Nraurin schrie kläglich auf.

Beim Anblick der Geister erbleichten die Mnek. Schritt für Schritt wichen die rotmähnigen Nraurn zurück und hinterließen immer größere Lücken in den Reihen ihrer Kampfgefährten.

»Schließt auf!«, befahl Kajlyn-Gua abermals.

Aber die Mnek beachteten den Befehl der Nraurn-Königin nicht länger. Als die Ysh immer näher kamen, warfen sie sich plötzlich herum, rannten in den Innenhof und von dort hinaus ins Freie. Hals über Kopf flohen sie aus der Kühnen Stadt.

Erzürnt schrie Kajlyn-Gua auf. »Haltet die Verräter auf!«, schrie sie und trieb das Nouk an. »Vorwärts! Greift die Menschen an!«

Die Nraurn, denen diese Order galt, zögerten sichtlich. Etliche Blicke irrten zu Nesyn, der laut Kajlyn-Guas eigenem Willen das Heer anführte – und der große Krieger tat nichts, um dem Befehl seiner Königin nachzukommen.

»Nraur-a-Khae!«, schrie er erneut. Wie ein Klageruf ertönte ihr Ehrentitel nun. »Die Geister stehen auf Seiten der Menschen! Flieh, oder sie stürzen uns alle ins Verderben! Flieht! Verlasst die Stadt!«, rief er den Gehörnten zu und gab den Speer verloren, um den er soeben noch mit Vrarras gerungen hatte. Immer mehr Nraurn rannten in die Ebene vor den Toren der Stadt hinaus. Von den feindlichen Schützen war nirgendwo mehr etwas zu sehen. Vrarras' Stöße trieben Nesyn immer weiter auf die Mauer zu. Der Bahak wich den Hieben des Kriegsherrn aus, aber er wollte offenbar nicht fliehen, solange er seine Königin nicht in Sicherheit wusste.

Kajlyn-Gua stieß eine Flut zorniger Worte hervor. Mit wütenden Peitschenhieben trieb sie das Nouk auf das Falkentor zu. Gorun hatte eine Waffe an sich genommen und versuchte ihr den Weg abzuschneiden, aber sie stürmte in vollem Galopp an dem Reiter vorbei.

»Vrarras, pass auf! Sie kommt!«, schrie Gorun.

Der Kriegerkönig fuhr herum und schwang der Nraurin den Speer entgegen. Kajlyn-Gua duckte sich mit einem schrillen Laut. Mit einem Kopfstoß begegnete sie dem Hieb; ihr Nouk setzte über die Toten im Innenhof. Sie ritt dicht an Nesyn vorbei und schrie ihrem Gefolgsmann einen Befehl zu. Aber sie wurde nicht langsamer, sondern jagte aus der Stadt und ließ Nesyn zurück. Der große Bahak warf den Schild von sich und hastete in langen Sätzen durch das Tor, floh hinter seiner Königin in die Ebene hinaus.

»Schießt nicht auf sie!«, wies Vrarras seine Schützen an, die sich oben auf der Mauer bereits mit den Flüchtenden drehten und zielten. »Niemand soll der Kühnen Stadt nachsagen, sie töte Fliehende, die ihren Toren den Rücken kehrten!«

»Die Ysh!«, riefen Amra und Gorun wie aus einem Mund. »Vrarras, nimm dich in Acht!«

Sogar der Kriegsherr von Defágos wich eilig zur Seite, als die Geister sich in einem breiten Strom durch das Tor seiner Stadt ergossen. Dicht an dicht strömten kühle und kochende Ysh in die Ebene hinaus; die dampfende Masse an Leibern überspülte jeden Feind, der sich noch in der Nähe der Mauern aufhielt. Wie die Wellen mit Strandgut spielen, so trieben die Geister die letzten Nraurn vor sich her und entfernten sich immer weiter von der Stadt. Je größer der Abstand wurde, desto mehr lösten sich ihre Umrisse auf. Die Ysh verschmolzen mit dem Regen und dem Dunst, bis nichts mehr von ihnen zu sehen war.

Beklommen blickte Amra auf dem verwüsteten Platz umher. Ein feindlicher Kämpfer hielt sich noch in der Stadt auf. Tenon hatte Nrets Leichnam in sitzende Stellung aufgerichtet. Regentropfen perlten über den Kopfschmuck der Klankönigin aus Thárraxi. Eine silbriggraue Haut überzog beide Augen, sodass Nret nun vollständig erblindet schien. Tenon stützte die Tote gegen ein Knie und griff nach den Zügeln eines Nouk, doch das Tier widerstrebte, und der Körper der Klanherrin drohte erneut zu Boden zu gleiten. Tränen liefen dem Schützen über das Gesicht, während er sich abmühte, seine gefallene Schwester zu bergen.

Jemren fasste das Nouk am Zaum und beruhigte es durch halblautes Zureden. Als sich das Tier fügte, bückte er sich, hob Nrets Beine an und half Tenon, den leblosen Körper in den Sattel zu hieven. Sein Gesicht war nicht weniger kummervoll als die Züge des älteren Schützen.

»Warum?«, fragte er. »Warum musste es so weit kommen? Warum war Nret nicht begreiflich zu machen, dass wir im Süden keine Feinde haben? Die Reichtümer der Städte hier begehrte sie? Sie hätte nur darum bitten müssen, Tenon. Wir hätten mit dem Süden Handel treiben können, wie die Nraurn es seit Langem tun. Stattdessen haben wir nun alle bitter für Hass und Habgier bezahlt.«

Der ältere Schütze schüttelte den Kopf. Die Erschöpfung zog tiefe Furchen durch seine Züge.

»Du verstehst unsere Gründe nicht, Jemren. Du bist jung, du kennst das Gefühl nicht, wenn die Jahre vergehen und eine Hoffnung nach der anderen erlischt. Schließlich bleibt nichts außer der Aussicht auf ein Leben in Mühsal und Not. Wir kämpften für alle, die im Norden zurückgeblieben sind, für alle, die sich eine bessere Zukunft erhofften – auch für dich.«

»Für mich?« Jemren lachte kurz und freudlos auf. »Was hat der Norden jetzt gewonnen?«, fragte er und deutete auf den mit Leichen übersäten Platz, auf das Blut, das mitsamt dem Regen in Steinrinnen abfloss. »Wie lange währt unsere Zukunft nun wohl noch, da wir den Süden auf eine solche Weise herausgefordert haben?« Die Stimme versagte ihm. Tränen standen auch ihm in den Augen; er wischte sie weg.

Angstvoll blickte Tenon umher, als Speerkämpfer sich den beiden Schützen näherten. Die Gesichter der Männer waren düster; sie hielten Waffen in den Händen. Nicht einer war unter ihnen, der keine Angehörigen verloren hatte, nicht einer in der Stadt, der keine Freunde und Verwandten zu beklagen hatte.

Amra raffte die nassen Röcke und drängte sich durch den Ring der Bewaffneten, doch die Männer ließen sie nicht zu Jemren und den Schützen aus Thárraxi vor. Man hieß sie zurückbleiben, Drohungen wurden laut. Vrarras schritt eilig über den Platz herbei, gefolgt von Gorun. Das Gesicht des Reiters war ernst. Mit dem Gürtel hatte Gorun sich den verletzten Arm an den Leib gezurrt. Als er Tenon erblickte, raunte er Vrarras eine Bemerkung zu.

Die Reiter machten den Verteidigern von Defágos Platz. Der Kriegerkönig musterte den fremden Schützen mit düsterer Miene. Vrarras hatte sich in eine erschreckende Erscheinung des Narduk verwandelt. Sein Zopf hatte sich gelöst, das Haar fiel ihm auf die Schultern. Tropfen fielen vom Mantelsaum zu Boden. Der Bronzespeer glänzte, und der Falke auf seinem Schild stieg wieder gen Himmel auf.

»Du tätest gut daran, die dir gestellten Fragen zu beantworten, Bogenschütze«, sagte er grimmig. »Sie sind mehr als berechtigt. Weshalb greift ihr den Süden an? Der Scyé schuf so viele Jahre der Stille zwischen uns, dass unsere Feindschaft längst eingeschlafen war. Längst hätten wir vergeben und vergessen können, aber der Norden zog es vor, den alten Hass zu nähren. Mit dem heutigen Tag habt ihr die Bestie Krieg wieder zum Leben erweckt.«

Vrarras ließ den Blick über den Platz gleiten. Seine Züge spannten sich, als er sich die Verwüstungen in seiner Stadt besah. Schließlich nickte er seinen Kriegern zu. »Lasst diesen Mann gehen«, sagte er.

Tenon blickte den Kriegerkönig überrascht an; auch die umstehenden Reiter regten sich voller Verblüffung. Mit Tenons Freilassung hatte niemand gerechnet.

»Vrarras«, wagte ein Mann einzuwenden, doch der Erste Reiter von Defágos hob die Hand.

»Was verlangst du, Akkan?«, fragte er. »Rache? Noch mehr Blutvergießen? Keiner unserer Gefallenen wird wieder lebendig, wenn wir den *Taú*-Schützen töten. Nur einer triumphiert – der Schwarze Gott.«

Mit der Speerspitze wies er auf die Krone des Turms. Dutzende von Aasvögeln krallten sich in die Brüstung und stritten um die besten Plätze. Ein großer Koron äugte zu ihnen herab; sein Bronzeschnabel glänzte. Die Mauern des Turms waren noch immer dunkel, nur ebenerdig glomm bläuliches Licht. So hoch war das Wasser der Quelle mittlerweile gestiegen.

Schweigend öffneten die Reiter den Ring um die beiden

Schützen und das Nouk. Tenon blickte sich verunsichert um, aber als er erkannte, dass niemand ihn aufhalten würde, zog er das lahmende Tier zum Tor. Im Innenhof drehte er sich noch einmal um und warf einen Blick auf die Kühne Stadt.

»Du hast deine Wahl getroffen!«, rief er Jemren zu. Er deutete über die sieben Türme von Defágos. »Du hast dich für den mächtigen Süden entschieden. ›Wer nur nach vorn blickt, den führt kein Weg zurück‹, sagt man. So blick denn nach vorn, Jemren aus Tegaréssos! Hinter dir liegt nichts mehr.«

Mit diesen Worten verließ der letzte feindliche *Taú*-Schütze die Stadt.

Die Vögel flatterten von der Turmkrone auf. In großer Zahl schwirrten sie über den Platz und sammelten sich zu einem Zug. Ihr Krächzen und das Rauschen ihrer Schwingen erfüllten die Luft. Der Koron setzte sich an die Spitze, und dann flogen die Todesboten des Antiles über die Stadtmauer hinweg und zogen gen Westen davon.

»Was hast du Vrarras ins Ohr geraunt?«, flüsterte Amra Gorun zu.

Der Reiter starrte auf das Tor. »In Thárraxi gewährte Tenon uns das Gastrecht«, erklärte er. »Dich zog man dort als Erste aus dem Fluss, und dieser Mann trug Sorge dafür, dass man dich anständig behandelte. Zumindest eine Gegenleistung sind wir ihm schuldig. Doch ich fürchte, wir werden ihn wiedersehen. Es ist noch nicht vorbei.«

Er blickte Jemren an, und der Schütze nickte stumm. Sein Gesicht war beinahe so weiß wie der Stoff des Leinenhemds, wo es nicht mit Blut und Schmutz besudelt war. Regen tropfte ihm aus dem Haar.

»Deine Wunde beruhigt sich nicht. Lass mich einen Blick auf die Verletzung werfen«, bat Amra.

Doch der Schütze schüttelte den Kopf. »Ich komme zurecht«, erklärte er. »Andere benötigen deine Hilfe dringender.«

Zu ihrem Leidwesen hatte er recht. Vrarras' Reiter schritten auf dem Platz umher und kümmerten sich um die Verletzten. Manche Krieger lagen reglos auf den Tragen, andere waren von den Hörnerklingen der Nraurn verstümmelt und wälzten sich voller Qual hin und her. Die Überlebenden wagten sich allmählich wieder aus dem Turm hervor. Beim Anblick der vielen Toten sanken sie auf den Stufen nieder und beweinten ihre Stadt.

»Antiles hat deine Verletzung berührt«, mahnte Gorun. »Mit den Fingerzeigen des Schwarzen Gottes ist nicht zu spaßen, Jemren. Geh zu Anrynan und bitte sie um eine Wundbehandlung, doch warte nicht allzu lange! Ich vermisse heute schon zu viele Freunde.«

Die beiden Männer blickten sich an. Schließlich nickte der Schütze. Er wandte sich ab und ging mit langsamen Schritten auf den Turm zu. Gorun begab sich zum Tor, um dort nach Falraus Verbleib zu forschen; auch von Khani fehlte jede Spur. Amra wollte dem Reiter schon folgen, da sprach eine ältere Frau sie an.

»*Laîren?*« Ein feiner grauer Wollschal bedeckte das Haar der Frau. Sie trug einen Korb bei sich, in dem sich Öle, Tonschalen, Räucherwerk und Leinen befanden – Gegenstände, die für Bestattungen gebraucht wurden. Überrascht blickte Amra in das Gesicht der *Laîren*. Ihr Blick war lebhaft, die Wangen waren gerötet – die Totenpriesterin von Defágos wirkte nicht wie eine Frau, die sich tagein, tagaus mit dem Sterben befasste.

»Dürfen wir um deine Hilfe bitten?«, fragte sie. Zwei jüngere Frauen begleiteten sie und trugen ähnliche Körbe.

Amra zögerte. Vrarras' Krieger schafften die vielen Gefallenen bereits vor das Tor. Plötzlich graute ihr vor den losen Gliedern und den Wunden. »Ich verstehe mich auf die Kräuterkunde und das Heilwesen«, sagte sie ausweichend. »Ich könnte bei der Versorgung der Verletzten zur Hand gehen.«

Die *Laîren* von Defágos deutete zum Turm. »Hier in Defágos übernehmen Anrynan und ihre Priesterinnen diese Aufgabe«, erklärte sie. »Ich und meine Helferinnen – wir sind hingegen nur zu dritt.«

Unbehaglich willigte Amra ein und folgte den *Laîren* durch das Falkentor.

Die Grabstätten der Kühnen Stadt lagen außerhalb der Mauern an den Hängen des Küstengebirges. Es war eine große Anlage, viel größer als das Gräberfeld von Caláxi. Ein Halbkreis aus Stelen schirmte die Totenkammern von den Lebenden ab, und als Amra auf den Platz trat, stockte ihr der Atem – sie war schon einmal hier gewesen. Dies war das Gräberfeld aus ihrem Traum, hier hatte ihre Reise durch das Schattenland geendet. Da fiel ihr Blick auf die Statue zwischen den Gräbern, und sie stieß einen überraschten Laut hervor. Jemand hatte Antiles' Kopf verhüllt.

Die drei *Laîren* von Defágos tauschten einen Blick.

»Uns wurde zugetragen, was Anrynan vom Blauen Turm in der Versammlung berichtete«, erklärte die ältere Frau, die Amra um Hilfe gebeten hatte. »Der Schwarze Gott hat die Ewigen verraten. Er mag zwar Herr über das Entfernte Land sein – doch wir bestatten die Toten nicht länger in seinem Namen.«

Erstaunt sah Amra der Frau bei den vertrauten Handgriffen zu. Jeder im Süden wählte seinen Gott – an diesem Satz war etwas Wahres. Aber sie hatte noch nie gehört, dass ein Mensch seine Entscheidung rückgängig gemacht hatte. Wem fielen die Toten zu, wenn nicht dem Schakalgott?

Sie ergriff einen Korb. Die Reiter legten die Gefallenen vor den Stelen ab. Dort nahmen die *Laîren* sie in Empfang, wuschen sie und hüllten die Leichname schließlich in die Totentücher, bevor sie die Verstorbenen in Kammern unter der Erde zur letzten Ruhe betteten. Amra bückte sich zu einem Reiter hinunter. Sie goss sich ein wenig Öl in die Hand und bestrich die Stirn des Toten. Im *Taû* wandte sie sich an den verstorbenen Krieger, doch kein fernes Echo antwortete ihr; kein noch so leiser Hauch erwiderte die Gebete, wie es sonst immer geschehen war. Stumm und reglos lag der Tote vor ihr. Die Stille lastete erstickend auf ihr – und plötzlich wusste sie, wo sie das Schweigen zum ersten Mal vernommen hatte: im Blauen Turm, als das Gewisper der Verstorbenen sie bedrängte. Dort hatte sie Stille befohlen. Und die Toten entsprachen ihrem Wunsch.

Erschrocken deckte sie die Hand über das *Taú*. Von frühester Kindheit an hatte sie das Flüstern der Ahnen vernommen. Im Schlaf wie im Wachen war sie mit den Stimmen des Entfernten Landes vertraut. Das Echo von der anderen Seite hatte sie erst auf ihren Weg geführt – zu ihrer Aufgabe als *Laîren*. Und nun waren die Stimmen der Verstorbenen verstummt. Nun war sie Priesterin von gar nichts mehr.

Amra erhob sich und schritt rasch zum Rand der Grabanlage, um den inneren Aufruhr vor den anderen *Laîren* zu verbergen. Ein Stück entfernt schaufelten die Steinmetze der Stadt in der regennassen Erde und hoben eine Grube aus. An Lederseilen schleiften die Reiter die toten Nraurn dorthin – die Leichen türmten sich bereits zu einem Berg. Da entdeckte Amra unter den vielen Gliedern einen menschlichen Körper.

Sie eilte über den Pfad, der sich durch Büsche und Gras bis zu der Grube schlängelte. Der Tote lag eingeklemmt unter den schweren Leibern der Gehörnten. Sie zog einen Arm von seinem Gesicht – es war Tarepin.

Der Tod glättete die Züge des Schützen; der Tod hatte die Unruhe und Verkniffenheit von ihm genommen. In erschöpftem Schlaf, so lag er vor ihr, und glich Jemren mehr als je zuvor.

»Kein Wort des Bedauerns für die Gehörnten, *Laîren*«, knurrte einer der Steinmetze sie an. »Bedauerlich ist höchstens, dass die Ziegenleute unserer Stadt so nahe kamen.«

»Dieser Mann hier«, brachte sie hervor und deutete auf den Leichnam des Schützen. »Er darf nicht zwischen den Nraurn verscharrt werden.«

Der Steinmetz schritt um den Haufen herum. Als sein

Blick auf den Toten fiel, wandte er den Kopf zur Seite und spie aus.

»Ein Blindschütze«, meinte er verächtlich. »Wohl wahr, einer wie er gehört nicht unter die Erde des Südens. Man sollte ihn den Koronen zum Fraß vorwerfen.« Er stieß Tarepin mit der Hacke an. Ein Hagel kleiner Steine fiel auf das Gesicht des Schützen.

Mit ihm darf nicht dasselbe geschehen wie mit den unglücklichen Gefallenen in der Ebene von Fésos, dachte Amra. Die Erinnerung an das totenstille Land, in dem die Knochen aus der Erde ragten, an die vergessenen und verlassenen *Taú* verfolgte sie. Sie deutete auf eine Fläche am Hang.

»Hebt dort ein einzelnes Grab aus«, verlangte sie. »Ich werde ihn bestatten.«

Der Baumeister lehnte sich auf den Stiel seines Werkzeugs und musterte sie eingehend.

»Du stammst nicht aus Defágos«, bemerkte er unfreundlich. »Du bist mit den letzten Flüchtlingen eingetroffen. Mit dir kam der andere *Taú*-Schütze in die Stadt – Jemren aus dem Norden. O ja, Gorun von Caláxi hält große Stücke auf ihn, und unser Kriegsherr vertraut ihm den eigenen Sohn an. Doch eines weiß ich genau: Vor solchen Männern müssen wir uns in Acht nehmen. Die Blindschützen waren niemals etwas anderes als Verräter.«

Amra verschloss das *Taú* vor dem gehässigen Gerede. »Das Grab«, erinnerte sie den Mann. »Je länger wir hier stehen, desto schwerer wird es auszuheben sein, und ich möchte nicht den ganzen Tag im Regen verbringen.«

Ihr Tonfall ließ den Steinmetz stutzen. Die *Laîren* besaß Verfügungsgewalt über die Toten; auf diesen Einfluss baute sie. Missmutig nahm der Mann seine Hacke auf.

»Heda!«, rief er seinen Helfern zu. »Schafft die Leiche den Hang hinauf!« Bevor er selbst zu dem geraden Stück hinaufstieg, beugte er sich zu Amra.

»Ehe du es dich versiehst, wirst du an meine Worte denken, *Laîren*«, raunte er.

Der Abend dämmerte bereits, als sie in die Stadt zurückkehrte. Bei Einbruch der Dunkelheit verließen die *Laîren* den Begräbnisplatz. Die Dämmerung war noch immer Antiles' Stunde, und auch wenn sein Name nicht länger ausgesprochen wurde, so glitten doch die Schatten aus den nahen Bergen heran und vertrieben die Lebenden von den Gräbern.

Der Regen war zu einem feinen Nieseln geworden. Amras Gewänder waren feucht, am Saum und an den Händen klebten Erde und Ölreste. Sie wusch sich an einem Brunnen, zum zweiten Mal an diesem Tag. Dann schritt sie auf den großen Turm zu. Die jungen Schützen lungerten vor dem Eingang herum und zogen die Stirn in Falten. Ein hübsches, hellhaariges Mädchen war bei ihnen. Sie kauerte auf einem Steinvorsprung, stützte den Köcher auf den Boden und drehte das leere Behältnis zwischen den Füßen hin und her.

»Man lässt uns nicht in den Saal«, beklagte Vlessi sich. »Dabei wollten wir uns nur erkundigen, wie es um Jemren steht.«

»Es ist kein schwerer Treffer – das hast du jetzt schon oft genug gehört«, fuhr Vrarras' Sohn ihn an. Mrerem wirkte älter als noch am Tag zuvor; die jugendliche Unbekümmertheit war aus seinem *Taú* verschwunden. Bald muss er sich unter den Ewigen einen Gott wählen, dachte Amra. Welchem der Ewigen mag er sich wohl zugetan fühlen? Sie wünschte für den jungen Mann, dass es kein so strenger Herr wie Narduk war.

»Nun zieht nicht solche Gesichter«, beruhigte sie die Jungen. »Jemren verfügt über ein starkes *Taú*, er lässt sich vom Schwarzen Gott nicht so ohne Weiteres beeindrucken. Deshalb wird die Verletzung auch rasch verheilen.«

Die Jungen stießen sich mit den Ellbogen an und flüsterten einander zu, dass die *Laîren* von Caláxi vor ihnen stehe. Hände verschwanden hinter dem Rücken, und manch einer zog sich gar ein kleines Stück von Amra zurück, damit ihn nicht einmal der Rocksaum der Totengräberin streifte. Nur Kimrin starrte sie an. Der Junge drückte sich einen blutigen Wickel gegen den Hals.

»Was hast du da?«, fragte Amra. »Wie ist das passiert?«

Der Junge sah sie weiterhin mit großen Augen an, aber er hielt still, als sie das Tuch mit spitzen Fingern ein wenig zur Seite zog und die Wunde begutachtete.

»Nesyn hat ihm ein Messer an den Hals gehalten«, berichtete Vlessi schaudernd. »Fast hätte der Nraur ihn umgebacht.«

»Es ist nur ein Schnitt in der Haut«, tröstete Amra den Jungen. »Nicht sonderlich tief, und er hat schon aufgehört zu bluten. Kau ein wenig Labkraut und leg es auf den Stich, dann entzündet die Wunde sich nicht.«

Kimrin nickte. Er befestigte den Verband wieder um seinen Nacken. »Ich bin so schnell gelaufen wie noch nie in meinem Leben«, sagte er und wirkte selbst jetzt noch atemlos. »Richtest du Jemren das aus, Amra? So schnell ich konnte.«

Sie lächelte. »Ihr habt die Stadt gerettet«, erklärte sie. »Ihr alle, indem ihr die Nraurn davon abgehalten habt, die Götter zu stürzen. Überall reden die Reiter von eurem raschen Eingreifen. Defágos ist stolz auf euch.«

Die jungen Schützen nahmen ihre Worte mit einem Nicken hin. Das Mädchen schürzte die Lippen, und dann lächelte sie. Mrerem ließ den Blick über die gefallenen Statuen gleiten, die sein Vater soeben wieder aufrichten ließ, soweit sie nicht vollständig geborsten waren. Eine Klankönigin hielt einen Kienspan an Xynopes ölgefüllte Lippen. Flammen tänzelten über die Zunge der Feuergöttin und beleuchteten ihren Rachen. Anrynans Bildnis wirkte unversehrt; auch die Statue des Narduk war unbeschädigt. Amathas Sonnenrad hingegen war in acht ungleiche Stücke zerbrochen.

»Kommt mit«, schlug Mrerem seinen Freunden vor. »Gehen wir Vrarras zur Hand. Die Götter sollen noch heute Nacht wieder auf dem großen Platz von Defágos stehen.«

Amra blickte der Schar nach. Die jungen Leute schritten zu den Reitern und boten ihre Hilfe an. Vrarras legte Mrerem den Arm um die Schultern, als wolle er sich von dessen heilen Knochen überzeugen, und dann sammelten Vater und Sohn den zerbrochenen Kranz der Sonnengöttin auf.

Amra betrat den großen Versammlungssaal. Lampen brannten an den Wänden, die Quelle strömte wieder gleichmäßig und warf den Schein der Flammen zurück. Das Wasser war abgeflossen, der Boden zeigte ein scheinbar gewöhnliches Mosaik. Viele Menschen lagen hier auf dünnen Matten. Sie zeigten keine sichtbaren Wunden an sich; anscheinend ruhten sie sich aus. Doch als Amra durch die Reihen schritt, erfasste sie das Grauen: Die *Taú* der Menschen waren in einem Zustand zwischen Schlaf und Wachen gefangen, in einem Albtraum in der stillsten Stunde der Nacht – ganz ähnlich, wie sie es bei den Toten in der Schattenebene erlebt hatte. Es handelte sich um alle Unglücklichen, die von den Pfeilen der Blindschützen getroffen worden waren.

Voller Beklemmung sah sie sich nach bekannten Gesichtern um. Auf den Bänken am Rand saßen ebenfalls Verletzte. Tadira schaukelte ihr Kind auf den Knien; ein Verband umhüllte den Kopf des Kleinen. Unweit saß Gorun auf einer Bank und wachte über Khani. Der junge Reiter ruhte mit geschlossenen Augen auf einem Laken, das Gesicht wächsern und blass. Der Reiter regte sich nicht, als Gorun aufstand und Amra entgegenging. Er hatte sich ein nasses Tuch um den Arm geschlungen und kühlte die Prellung.

»Khanis *Taú* ist nur noch ein dünner Faden. Ich habe ihn unten am Tor gefunden, zwischen Schutt und einem toten Pferd«, berichtete er und fuhr sich durch die Locken, als wolle er das wahre Ausmaß seiner Besorgnis verbergen. »Anrynan ist überzeugt, dass er durchkommt, aber wenn ich ihn so sehe …« Er brach ab und starrte zu seinem besinnungslosen Cousin hinüber.

Auch Falrau lebte noch. Kimra saß neben ihm auf dem Boden und hielt ihm einen Becher an die Lippen, da der Speerkrieger offenbar keinen Arm mehr gebrauchen konnte. Doch Falrau fand bereits wieder zu grimmigen, knappen Sätzen zurück, mit denen er der Gefährtin den Kampf um das Tor schilderte.

Lillia spazierte auf dem Rand des Brunnens umher und berührte der Reihe nach jede der Götterfiguren mit dem Finger, als überprüfe sie die Ewigen auf Vollzähligkeit. Amra und Gorun traten zu dem Schützen, der auf der Einfassung des Beckens saß. Als Lillia sie erblickte, kam sie herbei und schlang Jemren die Arme um den Hals, menschlicher und kindlicher als je zuvor.

»Du stehst Anrynan im Weg, Kind«, murmelte der Schütze. Seufzend setzte Lillia sich neben ihm auf den Brunnenrand. Jemren stützte die Hände auf die Knie, während die *Nashan* sich über seine Seite beugte und den Schnitt zwischen den Rippen betrachtete. Die Stelle war bereits mit einer Tinktur behandelt worden, die Blutung hatte aufgehört. Die Haut verfärbte sich leicht, doch sonst konnte Amra nichts Besorgniserregendes entdecken.

»Wir haben Antiles beim *Edú* besiegt, Any«, erzählte Lillia. »Es ging ganz einfach, weil Amra alle Regeln wusste und Gorun und Jemren immer genau erklärt hat, was sie tun mussten. Und schon haben wir gewonnen.«

Die Hohepriesterin lächelte. Gorun runzelte kurz die Stirn, dann seufzte er und schwieg. Anrynan blickte Jemren forschend an.

»Du suchst meinen Tempel recht spät auf«, bemerkte sie. »Alle anderen Ankömmlinge waren vor dir da, um mir die Ehre zu erweisen.«

Der Schütze betrachtete das Mosaik auf dem Boden. »Defágos ist nicht meine Stadt«, entgegnete er ausweichend. »Im Norden wird Zurückhaltung erwartet, besonders der *Naszan* gegenüber. Aber ich wollte dich nicht kränken.«

Anrynan musterte ihn, ihre grünlichen Augen funkelten belustigt. *»Naszan«*, wiederholte sie. »Eine solche Betonung habe ich schon lange nicht mehr gehört.«

Verwirrt hob Jemren den Kopf. Das Wasser im Brunnen kräuselte sich leicht und strömte ein klein wenig schneller um den Sockel des Throns – als teile Anys Stimmung sich dem Brunnen mit. Das Wasser ist wie ihr *Taú*, dachte Amra erstaunt. Nein, verbesserte sie sich dann: Die Quelle ist tatsächlich Anys *Taú*.

»Du hast dich heute also um fremde Türme bemüht?«, erklang Vrarras' Stimme hinter ihnen. Der Kriegerkönig hatte sich die Spuren des Kampfes abgespült und sich frisch eingekleidet. Er wirkte so kraftvoll und ausgeruht, als sei an diesem langen Tag nichts von Bedeutung vorgefallen. »Mein Sohn hat mir von den Kämpfen in der oberen Stadt berichtet. Wie verteidigt der Norden dann erst die eigenen Mauern?«, erkundigte der Kriegerkönig sich freundlich.

Jemren schwieg. Als Anrynan die Hand auf seine Seite legte, zuckte er zusammen, und die dunklen Brauen spannten sich. Das Gesicht der Feenpriesterin nahm einen ernsten Ausdruck an.

»Du weißt, was die Verletzung verursacht hat«, stellte sie fest. Der Schütze nickte. »Ich kann sie nicht mehr entfernen«, fuhr Anrynan fort. »Sie ist schon zu tief eingedrungen.«

»Sie ist ... eingedrungen? Sie müsste entfernt werden? Wovon sprecht ihr?«, mischte Gorun sich ein. Als der Schütze seinem Blick auswich, beugte der Reiter sich zu ihm hinab. »Bei der Quelle, Jemren – rede mit mir! Du hast dich zwischen mich und diesen falschen Schützen gestellt. Jetzt erklär mir, welche Folgen du zu tragen hast.«

»Es gab da einmal eine Begebenheit«, begann Jemren zögernd. »Sie trug sich während der Langen Kriege zu, und man erzählt sie sich nicht gern, aber mein Onkel berichtete mir von jenem Tag. Damals hielten sich große Teile unserer Kämpfer bereits im Norden auf. Es stand nicht gut um uns. Wir waren schon zu oft geschlagen worden und hatten zu große Verluste erlitten. Da kamen Nraurn in unser Lager.«

»Die Gehörnten griffen einst in die Kämpfe ein?«, fragte Gorun düster und stemmte die unverletzte Hand in die Hüfte. »Das ist mir neu. Und es lässt nichts Gutes hoffen.«

»Die Nraurn boten uns einen Handel an«, fuhr Jemren fort. »Sie verlangten freien Zugang zu den Küsten, sollten wir uns endgültig im Norden niederlassen, vermutlich um ihre Verbindung zum Fürsten des Weißen Schiffes aufrechtzuerhalten. Die Zugangsrechte wurden später von unseren Türmen widerrufen. Auch das ist ein Grund für die Feindseligkeiten der Gehörnten gegen uns: Die Nraurn fühlen sich betrogen. Als Gegenleistung boten sie uns eine Waffe – eine Waffe, mit der wir den Süden besiegen könnten.«

Angespannt hörte Amra zu. Vrarras' Züge verdüsterten sich zusehends. Anrynans Gesicht war so reglos wie Stein, und auch das Wasser stand unbewegt im Brunnen. Jemren sprach weiter.

»Es handelte sich um Pfeilspitzen, die – so behaupteten die Bahak – mit einem Fluch belegt waren: Angeblich spürten sie jedes *Taú* auf, auf das sie einmal gerichtet worden waren, selbst wenn der Schuss missglückte. Leider ... entsprach das Gerücht den Tatsachen. Unsere Schützen verwendeten die Geschosse während der Kämpfe in der Ebene von Fésos.«

»Tausende Gefallene an einem Tag«, gab Vrarras die alten Berichte wieder. *»Antiles' Schatten verdunkelte die Sonne selbst.* Von dieser Schlacht sprichst du?« Die Ebene lag vor den Toren seiner Stadt. Als Kriegerkönig von Defágos war er Wächter über das blutige Erbe.

Jemren nickte. »Am Ende dieses Tages erschrak der Norden selbst über die verheerenden Auswirkungen der Waffe«, gestand er ein. »Aus diesem Grund sind die *Taú*-Schützen gefürchtet – in meiner Heimat kaum weniger als hier. Damals kamen die Kriegsparteien überein, das Blindschießen zu ächten. Der Norden entschloss sich, die restlichen Pfeilspitzen im Meer zu versenken und niemals wieder eine solche Waffe anzurühren. Die unablässigen Auseinandersetzungen mit den Nraurn zwangen uns schließlich dazu, die alte Bogenkunst wieder aufzunehmen, doch die verfluchten Pfeilspitzen ließ man in der Tiefe liegen.«

»Bis Nret sie wieder herauffischte«, ergänzte Gorun grimmig. »Sie hat die Pfeile ihrer Begleiter damit bestückt und die Geschosse heute auf dem großen Platz von Defágos verwendet. Dutzende Unschuldiger hat sie getötet – und nun steckt eines dieser Dinger zwischen deinen Rippen. Lautet so etwa die Fortsetzung deines Berichts?«

»Die Spitze muss sich vom Schaft gelöst haben, als Tarepins Pfeil mich streifte«, erklärte Jemren. »Es ist ... nicht gut.«

»Nicht gut? Nicht gut nennst du das?« Gorun fluchte, und seine unbeherrschte Wesensart brach hervor. »Gibt es denn nicht wenigstens eine Untat, die wir nicht begangen haben – ein einziges Unheil, das nicht zwischen unseren Ländern geschehen ist?«

Der Schütze schwieg.

»Nein, Gorun, Nret hat die Pfeilspitzen nicht wieder hervorgeholt«, widersprach Amra. »Ein solcher Schritt lag gar nicht im Bereich ihrer Möglichkeiten. Von den Nraurn erhielt der Norden einst die tödliche Waffe – so muss es auch diesmal gewesen sein. Jemren sprach von einem Fluch, mit dem die Geschosse belegt seien. Was kann das anderes sein als Antiles' Einfluss? Der Schwarze Gott hatte seine Hand im Spiel.«

Gorun schauderte. »Waffen – aus dem Entfernten Land«, stieß er hervor.

»Die Pfeilspitze wird wandern«, warf Anrynan ein. »So wie es mein dunkler Bruder einst verfügte, macht sich seine Gabe auf die Suche nach dem *Taú*, und sobald sie es erreicht, wird sie es vergiften.« Ihre Stirn war gerunzelt. Die Hohepriesterin blickte im Saal umher, auf die vielen Verwundeten, die zwischen Tod und Leben schwebten. »Ich kann nicht sagen, wie viel Zeit uns bleibt. Mit dem heutigen Tag hat Antiles den Fuß wieder auf die Insel gesetzt. Was er als Nächstes unternehmen wird, ist ungewiss, doch solange er sich an Land aufhält, steht es nicht in meiner Macht, das Vordringen seiner Geschosse zu verhindern. Ich kann nichts tun – weder für Jemren noch für die anderen Verwundeten.«

Gorun starrte den Schützen an. Lillia hockte auf dem Brunnenrand und blickte so bekümmert drein, als verstünde sie die

Ängste und Sorgen der Menschen. *Jeder Zug hat seinen Preis* – plötzlich hallten Kajlyn-Guas Worte in Amra nach. Als sie die Brücke bildeten, hatte sie Jemren das Feld »Fall« zugewiesen. In jenem Augenblick hatte sie nicht weiter über diesen Umstand nachgedacht, aber jetzt wurde ihr klar, dass sich die Bedeutungen des Spiels und der Welt auf seltsame Weise durchdrangen. Nur deshalb hatten sie den Schwarzen Gott besiegen können.

Es kann doch nicht sein, dass am Ende dieses Wegs nur der Tod auf ihn wartet, dachte sie erschrocken. Seit jenem Augenblick auf dem Berghang, als die Kräfte sie verließen, war ihr, als kenne sie den Schützen schon seit Langem – dabei waren sie sich im Frühjahr zum ersten Mal begegnet. Das *Taú* enthielt das Wesen eines Menschen, und das *Taú* hatte Jemren ihr angeboten; auf sein *Taú* hatte sie sich gestützt, um den Augenblick der Schwäche zu überwinden. Seitdem flossen die Ströme aus dem Innern unaufhaltsam zwischen ihnen hin und her, wenn einer in des anderen Nähe war. Es war nicht unangenehm – sie nahm schlicht an seinen nachdenklichen Stimmungen teil, die der Grund für seine Schweigsamkeit waren; an seinen Beobachtungen und an den Schlüssen, die er aus seinen Erlebnissen zog. Und umgekehrt wusste er ebenso, wie es ihr erging.

Jetzt blickte Jemren die Umstehenden der Reihe nach an. »Die Nraurn haben meine Schwester in ihrer Gewalt«, vertraute er ihnen an. Er fuhr sich mit der Hand über das Gesicht; Amra hatte ihn noch nie so verzweifelt erlebt. »Während des Kampfs drohte Kajlyn-Gua mir an, sie werde an Harat Vergeltung üben. Die Träume von dem unterirdischen See, von dem Boot auf der Strömung – das waren keine Träume, Amra. Ich hörte Harats Hilferuf im *Taú*, so wie wir beide …« Er verstummte kurz. »Sie verbarg sich in einer Höhle nahe der Bucht von Tegaréssos, doch die Nraurn spürten das Versteck auf. Oder Tarepin hat es ihnen verraten. Ich muss in den Norden zurückkehren und nach ihr suchen.«

Also deshalb durchstöberte Antiles in jener Nacht in Tegaréssos jeden Winkel des kleinen Klanhauses, dachte Amra. Weil Jemrens Schwester noch am Leben ist. Sie hütete sich, den Gedanken laut auszusprechen.

Vrarras musterte den Schützen. »Leider ist die Suche nicht so ohne Weiteres möglich«, bedauerte der Kriegerkönig. »Du kannst Defágos jetzt nicht verlassen.«

Jemren schluckte. »Ihr verwehrt mir die Rückkehr in mein Land?«, fragte er.

Bevor Vrarras antworten konnte, trat Amra zum Brunnenrand. »Es ist nicht so, wie du denkst«, beschwichtigte sie ihn. »Vrarras' Ablehnung hat einen ganz anderen Grund als die Feindschaft zum Norden. Gorun, du und ich – wir sind ein Teil der Prophezeiung.«

Sie wünschte, sie hätte ihm diesen Umstand in einem fröhlicheren Augenblick beibringen können. Der Schütze machte ein Gesicht, als wolle er sie gleich fragen, von welcher Prophezeiung überhaupt die Rede war.

»Wir? Ein Teil der Prophezeiung?«, wiederholte er. »Du und Gorun – vielleicht. Aber ich? Sieh mich doch an, Amra! Ich komme aus dem Norden, wo man auf Weissagungen und Götter nicht das Geringste gibt.«

Sie deutete auf das kleine Mädchen, das an seiner Seite saß. »Du erhörtest Lillias Flehen«, erinnerte sie ihn. »Du hast sie aus Quinda-Nas Netz befreit. In diesem Augenblick gingst du den Bund mit ihr ein. Sie ist die Göttin, die du dir erwählt hast, Jemren.«

Der Schütze blickte das Mädchen an. Sie legte den Kopf in den Nacken und starrte ohne Blinzeln zurück.

»Du siehst einen Zusammenhang zwischen uns und der Prophezeiung?«, erkundigte Gorun sich verwundert. »Wie kommst du denn darauf?«

»Ein Taú-Schütze, ein Diener des Nemnos und eine Laîren.« Amra deutete zuerst auf Jemren, dann auf den Reiter aus Caláxi und zum Schluss auf sich selbst. »*Alles ist, wie es sein soll* – erinnert ihr euch noch? Qyon sprach von *uns*. In uns erkannte er die Begleiter des Einen Kindes.«

»Der verrückte Nraur?«, lachte Gorun. »Bei der Quelle, Amra, wenn du keinen verlässlicheren Gewährsmann vorzuweisen hast ...«

»Qyon ist nicht verrückt!«, protestierte Lillia. »Er weiß bloß so viele Geheimnisse, dass sie ihn manchmal durcheinanderbringen. Das erginge dir auch so, wenn du dir so viele Dinge merken müsstest.«

»Qyon hütet die Geschichte der Nraurn von den Anfängen bis heute«, ergänzte Amra. Sie blickte Anrynan an, und die Feenpriesterin nickte ihr kaum merklich zu. »Er kennt den Wortlaut der Prophezeiung.«

»Es kann einfach nicht sein«, begehrte Gorun auf. »Ich bin doch nicht ... ich bin doch kein ...« Plötzlich verstummte er, als dämmere ihm eine bislang ungeahnte Erkenntnis. Er starrte Vrarras an. »Das ist nicht wahr!«, stieß er hervor. »Sag, dass das nicht wahr ist.«

Der Kriegerkönig von Defágos zog bekümmert die Stirn in Falten.

»Wir waren uns anfangs nicht sicher, Gorun«, erklärte er. »Aber in deinem Fall gab es sehr viele Übereinstimmungen. An den Sternen konnte Anrynan ablesen, wie nahe die Zeit war, da sich die Große Prophezeiung von Anáxi erfüllen würde. Nur wenige junge Männer erwählten Nemnos; der Gott wird zu Recht als schwierig angesehen. Und nicht alle seine Anhänger streben nach der Laufbahn eines Reiters und Kriegers – eines ›Dieners‹ der Bronze. Du warst ein geeigneter Anwärter, aber du zaudertest zu sehr. Du warst dir unschlüssig, ob Nemnos das richtige Gegenüber für dich sei. Kaseira fiel die Entscheidung über deine Entsendung nicht leicht, doch schließlich konnte ich sie überzeugen, dass es das Beste sei, dich in das Wissen des Südens einzuführen, und zwar in der Stadt, in der es aufbewahrt wird: in Defágos. So kamen dein Klanhaus und ich überein, dass du ein Jahr unter meiner Obhut verbringst. Und das war richtig so: Hier hast du dich schließlich für Nemnos entschieden.«

»Nur aus diesem Grund verbrachte ich ein Jahr in der

Kühnen Stadt – wegen der Prophezeiung? Nichts, was ich je beschlossen habe, entschied ich für mich selbst? Mein ganzes bisheriges Leben war nichts weiter als ein ... ein Zug im Spiel der Götter?«, empörte Gorun sich, das *Taû* so betroffen und enttäuscht, als habe ihn der eigene Klan hintergangen. »Weshalb habt ihr mich nicht eingeweiht? Weshalb habt ihr mit keiner Silbe die Vermutung geäußert, *ich* sei der erwähnte Diener des Nemnos – all die Jahre nicht?«

Anrynan legte ihm die Hand auf den Arm. »Weil es dann keine Prophezeiung mehr wäre«, tröstete sie ihn. »Eine Weissagung erfüllt sich ohne das Wissen der Beteiligten – sonst unterläge sie unseren Entscheidungen. Wir dürfen die Ereignisse aber nicht nach eigenem Gutdünken beeinflussen. Wir wählen den weißen oder den schwarzen Stein, den Ausgang des Spiels aber bestimmen andere Kräfte. Nicht einmal ich durfte in den Verlauf der Ereignisse eingreifen, und ich warte seit dem Untergang von Anáxi auf das Eintreffen der drei Begleiter. Verstehst du nun«, wandte sie sich an Jemren, »weshalb du Lillia zu diesem Zeitpunkt noch nicht verlassen darfst?«

Jemren betrachtete das kleine Mädchen. »Dann ist das hier nicht dein Turm?«, erkundigte er sich. »Du bist noch immer nicht in Sicherheit?«

Lillia schüttelte verneinend den Kopf. »Der Blaue Turm gehört Any«, erklärte sie. »Mein Turm ist viel höher. Und auch tiefer.« Sie streckte die Arme aus, um die verwirrenden Ausmaße anzudeuten, und stützte sich wieder auf den Brunnenrand. »Antiles kann jederzeit nach Defágos zurückkommen«, setzte sie flüsternd hinzu. »Jetzt kennt er sich in der Stadt aus und weiß, wie er mich finden kann.«

Beruhigend deckte Jemren die Hand über ihre Finger. »Als wir damals von Tegaréssos aufbrachen, habe ich mir den Weg ganz anders vorgestellt«, gab er zu. »Ich wusste wirklich nicht, wie viel von deinem Schicksal abhängt, Lillia. Aber auch ohne dass du eine kleine Ewige bist, wie Amra sagt – ich habe dir mein Wort gegeben. Ich versprach, dich nach

Hause zu begleiten, und solange Antiles oder die Nraurn dir gefährlich werden können, bin ich an mein Versprechen gebunden. Ich lasse dich nicht allein.«

Als Gorun diese Worte vernahm, ließ er das Figürchen des Nemnos los, das er nachdenklich zwischen den Fingern hin- und hergedreht hatte.

»Eine gewisse Wegstrecke ist uns also vorherbestimmt«, nickte der Reiter in Anerkennung der Tatsachen. »Doch sobald wir unsere Aufgabe in der Prophezeiung erfüllt haben, Jemren, suchen wir gemeinsam nach deiner Schwester. Wir finden sie und befreien Harat aus wessen Händen auch immer – das verspreche *ich* dir.«

Das Wasser im Brunnen strömte nun wieder ruhig und klar. Gorun hatte sich neben Jemren auf dem Brunnenrand niedergelassen und ließ sich alles über Harats Verbleib berichten, bis in die scheinbar unbedeutendste Kleinigkeit. Lillia hörte den beiden Freunden aufmerksam zu und streute hin und wieder eine ihrer seltsamen Bemerkungen ein. Vrarras schritt zum Ausgang des Saals, um in der Stadt nach dem Rechten zu sehen, während Anrynan sich mit ihrem Krug zu den Verletzten begab und ihnen Linderung verschaffte.

Langsam ging Amra durch den Saal. Als sie in die Nähe des Beckens kam, bemerkte sie auf dem Boden ein schwaches Glitzern. Sie bückte sich und entdeckte zu ihrer freudigen Erleichterung die Steinschlange am Brunnenrand. Sie nahm das Armband an sich. Nun hatte sie Anrynans Geschenk doch nicht verloren! Als sie sich den Reif über den Arm streifte, bemerkte sie auf dem Rücken der Schlange winzige Silberpunkte. Verwundert betrachtete sie die Veränderung – als habe ein geschickter Schmied zusätzliche Verzierungen angebracht.

Aufgewühlt verließ sie die Kuppelhalle. Der Kopf schwirrte ihr von den Ereignissen, das *Taú* wollte sich nicht beruhigen. Sie stieg die Treppe zu der Plattform hinauf, die den Turm abschloss. Ein zerknittertes Tuch, eine verlorene Sandale auf den Stufen zeugten noch von der Flucht der Stadtbewohner. Auf den letzten Stufen wehte ihr ein regnerischer Luftzug entgegen. Sie trat auf die Plattform hinaus, stellte sich dicht an die Brüstung und sog die Nachtluft in tiefen Zügen ein. Der Himmel hatte aufgeklart. In den Gärten von Defágos glänzten wieder einzelne Lampen, und über ihrem Kopf funkelten die Sterne.

Sie legte den Kopf in den Nacken. Über dem Küstengebirge ging soeben der »Jäger« auf und spannte seinen Bogen, der »Hase« floh vor ihm. »Schild und Speer« schimmerten über der Ebene von Fésos, der »Krug« vergoss sein mildes Licht, und in der Nähe des Himmelsmittelpunkts schimmerten die hellen Sterne des »Tors«.

Plötzlich hielt Amra den Atem an.

Etwas hatte sich verändert. Mitten im »Tor« entdeckte sie eine verschlungene Gruppe von Sternen, die zuvor noch nicht da gewesen war. Sie wagte es kaum, einen Blick auf ihren Armreif zu werfen. Die Silberpunkte auf dem Rücken der Schlange hatten ebenfalls zu leuchten begonnen, winzige Splitter aus Licht. Sie blickte auf die Spange, dann in den Himmel und dann wieder auf den Reif – Sterne und Schmuck bildeten dieselbe Wellenlinie, und der Kopf der Schlange glitzerte am hellsten.

»Alle Dinge sind miteinander verbunden«, sagte eine Stimme hinter ihr. »Behauptet das Eine Kind nicht manchmal etwas Ähnliches?«

Amra drehte sich um. Die *Nashan* von Defágos war so leise auf die Plattform getreten, dass Amra ihr Näherkommen nicht bemerkt hatte. Anrynan trat neben sie und legte beide Hände auf die Brüstung. Im Sternenlicht wirkte das Gesicht der Feenpriesterin so weiß und glatt wie Stein.

»Jeder Schritt hinterlässt Spuren, Amra«, sagte sie. »Du darfst dich nicht länger vor den Folgen deines Tuns fürchten. Schließlich hast auch du deine Bestimmung gefunden – so wie deine beiden Gefährten unten im Saal.«

Sie weiß es, dachte Amra erschrocken. Sie blickte auf die

Sterne, und die Lichter verschwammen vor ihren Augen. Sie weiß, dass die Toten schweigen. Anrynan weiß alles.

Die Feenpriesterin betrachtete den Himmel. Schließlich hob sie den Arm und deutete auf die höchste Stelle der nächtlichen Kuppel. »Für das Sternbild dort müssen wir nun wohl einen anderen Namen finden«, meinte sie.

Amra blinzelte. Anrynan deutete auf das große Dreieck am Himmelsmittelpunkt. Die neue Sterngruppe war noch immer zu sehen, ein milchiger Schnörkel.

Amra holte tief Atem. »Die ›Schlange im Tor‹«, schlug sie vor.

Anrynan vom Feenvolk nickte. »Die ›Schlange im Tor‹«, wiederholte sie. »So soll das Sternbild von nun an heißen.«

Eine Weile standen sie schweigend unter dem funkelnden Himmel.

»*Edú*«, sagte Anrynan schließlich sanft. »Die Welt befindet sich im Wandel.«

Glossar

Menschen

Amra Sa Kedra – junge Frau aus der Stadt Caláxi, *Laîren*

Akkan Su Catara – Krieger aus Defágos

Ara – Klankönigin aus Geristáni, Kimrins Mutter

Aureia – Quellenpriesterin von Caláxi

Auru – Klankönigin aus Tegaréssos

Baudan Su Caminia – alter Mann aus Caláxi

Bron Su Sunna – Ehemann von Kedra, Vater von Amra

Caminia – Klankönigin aus Caláxi

Cassan – Liebhaber von Laurdana, Vater von Mitado

Cairan Su Marema – Jugendlicher, Caláxi

Darru – alter Krieger, Defágos

Doron – junger Schütze aus Defágos

Drala – Klankönigin, Caláxi

Draura Sa Dana – alte *Laîren* aus Caláxi

Fagon – Krieger aus Caláxi

Falrau – Krieger aus Caláxi, Goruns Freund

Ferra – Mutter von Kedra, Caláxi

Firos – Krieger aus Caláxi

Gerras – Schütze aus Minéa

Gissa Sa Caminia – junge Frau aus Caláxi, ein Sohn

Gorun Su Kaseira – Krieger aus Caláxi

Haye – Frau aus Caláxi

Harat Sa Tachra – Jemrens Schwester, Tegaréssos

Hirau – Krieger aus Caláxi

Hrauri – Krieger aus Geristáni

Jardara – mythisches Kind aus der historischen Stadt Anáxi, wurde zu Beginn der Langen Kriege ermordet

Jemren Su Tachra – Bogenschütze aus Tegaréssos

Jori Su Kimra – junger Mann aus Caláxi

Kaseira – Goruns Mutter, Pferdezüchterin aus Caláxi

Kassan – junger Bogenschütze aus Defágos

Kea – Frau aus Caláxi, Töpferin

Kedra Sa Ferra – Klankönigin aus Caláxi, Mutter von Amra

Khani – junger Krieger aus Caláxi, Goruns Cousin

Kimra – Zuckerbäckerin aus Caláxi

Kimrin Su Ara – junger Bogenschütze aus Geristáni

Lagos – Krieger aus Defágos

Lal Su Marema – Halbwüchsiger, Caláxi

Laurdana Sa Kedra – jüngste Schwester von Amra

Larrad Su Vres – Vater von Tarepin, Meisterschütze aus Tegaréssos

Magon – Krieger aus Caláxi

Marema – Frau aus Caláxi, Weberin, Freundin von Amra

Merras Su Tachra – Jemrens Onkel, Fischer aus Tegaréssos

Milea – Frau aus Caláxi, Lederhändlerin

Milan Su Kaseira – jüngerer Bruder Goruns

Mitado (Mito) Su Laurdana – Junge aus Caláxi, Amras Neffe

Mrara – Jemrens verstorbene Mutter

Mrerem – Vrarras' Sohn, junger Bogenschütze aus Defágos, Jemrens Schüler

Nret – Klankönigin aus Thárraxi

Olassan – Krieger aus Martáxi

Piros – Ehemann von Marema, aus Noárta

Tachra – Königin von Jemrens Klan, seine Großmutter

Tadira – Frau aus Caláxi, Schmuckherstellerin

Tamela – Frau aus Caláxi, Korbwaren

Tamyra Sa Tadira – (Tammy) jüngste Tochter von Tadira

Tarqa – Hohepriesterin aus Mrauréssi

Tarepin Su Vres – ehemaliger Bogengefährte und Freund von Jemren, Meisterschütze von Tegaréssos

Tassra – Klankönigin aus Tegaréssos

Tenon Su Nret – Klanbruder von Nret, Bogenschütze aus Thárraxi

Tegos – Krieger aus Caláxi

Thirion Su Kedra – junger Mann aus Caláxi, Bruder von Amra, Steinmetz

Tola Sa Kedra – ältere Schwester von Amra aus Caláxi

Vala – Klankönigin aus Caláxi

Valassa – Hohepriesterin aus Martáxi

Varca – Schütze aus Golóni im Norden

Vlessi – junger Bogenschütze aus Defágos, Jemrens Schüler

Vraja – Mädchen aus Defágos

Vrarras – Erster Reiter und Kriegerkönig von Defágos, Goruns Lehrmeister und Freund

Vrauron – Baumeister von Caláxi

Vres – Klankönigin aus Tegaréssos, Tarepins Mutter

Xora – Hauptpriesterin der Quelle von Caláxi

Chöre der Geschichte

Süden

Lied vom Ende

Lied der Großen Flut (Caláxi)

Lied von der Insel

Lied vom Licht

Lied vom Klan

Lied von Kerron, dem Jäger

Lied von der Quelle (Wassersegen)

Lied des Trennens

Lied des Wachsens

Lied vom Wind

Lied vom Weggang

Lied der Vergehenden Zeit

Norden

Lied von der Insel (Überlieferung aus dem Süden)

Lied vom Klan (Überlieferung aus dem Süden)

Lieder der Erinnerung

Klage von der Vertreibung

Begriffe der Menschen

Baumschläfer – Pelztier, lebt in Erdhöhlen und morschen Baumstämmen

Blauer Turm – Hauptturm von Defágos, Quellenturm, berühmtes Bauwerk im Süden

Blindschütze – Bogenschützen aus dem Norden, die ihr Ziel durch das *Taú* anvisieren; Begriff wird oft als Schimpfwort gebraucht

Chöre der Geschichte (Süden) – Liederzyklus, in denen die Menschen auf dem Südteil der Insel ihre Geschichte festgehalten haben

calassu/calassa – rot

Dunkler Turm – Waffenlager einer Stadt

Entfernte Land – Land der Toten, in das die *Taú* eingehen

Falal – Baumpilz, Delikatesse

Falkentor – mosaikverziertes Haupttor der Stadt Defágos

Fenn – eidechsenartiges Reptil

Gebbu (Süden) – schlankes, scheues Wildtier

Grassänger – grillenähnliches Insekt

Harzbusch – gelb blühender Busch, ähnlich Ginster, der jedoch ein klebriges, rötliches Harz absondert

hreku/hreka – verrückt

Jeffu/Jeffa – Wolf, Wölfin

Klauenkraut – Busch im Norden, fünfzackige Blätter mit langen, gebogenen Dornen

Kornturm – Getreidelager einer Stadt

Koron – schwarzer, krähenartiger Vogel, Aasfresser, gilt als Unglücks- und Todesbote

Kupferkraut – Hängegewächs, kupferfarbene Blüten

Labkraut – Heilpflanze

Laîren – Totengräberin, Geleiterin des *Taú* in das Entfernte Land, unberührbare Priesterin des Schwarzen Gottes

Lieder der Erinnerung (Norden) – Liederzyklus, der Erinnerungen an die verlorene Heimat im Süden überliefert

Mauerstreif – schwarze, ungiftige Schlange

Milchbaum – Ziergewächs, wird für Parfümöle verwendet

Nashan (Süden) oder *Naszan* (Norden) – Hohepriesterin des Wasserkultes, Hüterin der Quelle

Neun Winde – wehen aus verschiedenen Himmelsrichtungen, z. B.

Shan – Wind aus Süden, bringt im Sommer Hitze und Trockenheit

Hraul – Nordwind, bringt im Winter Kälte und Nässe

Wel – Fallwind

Dau – milder Wind aus Südwest zu Beginn des Frühlings

Offener Turm – Bibliothek von Defágos

Olza-Strauch – Strauch mit dunkelgrünen Blättern und giftigen Dornen; Früchte essbar, ölhaltig

Salzsturm (Norden) – Wettererscheinung mit Salzhagel, Sturmböen und starken Regenfällen

Schützensinn – im Norden Bezeichnung für das *Taú*

Schützenwahn – Erkrankung, die das *Taú* eines Blindschützen zerstört

Seidenkraut – Pflanze mit kleinen, blauen Blüten, Heilpflanze

Sen-Djai-Don-Gea: die Jahreszeiten, Sen: Herbst, Djai: Frühling, Don: Sommer, Gea: Winter

Sperberkraut – hochwachsende, rotblühende Sumpfpflanze

Sraxi – Goruns Kriegspferd

Steinwendel – kleines Kraut, wächst in warmen Felsspalten, Saft schmerzstillend

Sundschlange – Giftschlange mit dreifachem blauem Band auf dem Rücken

Taú – Lebenspunkt; »das Innerste«, Einheit aus Bewusstsein, Empfindung und Lebenskraft; wird im Süden als Kern der Persönlichkeit angesehen, der nach dem Tode weiterlebt

Turm der Reiter – Wohnstätte der Krieger einer Stadt

Wegmenning – Heilpflanze

Weißes Schiff (Norden) – Gerüchten zufolge eine Erscheinung auf dem Meer, die einen heraufziehenden Sturm ankündigt

Windraute – Heilkraut, wächst an der Küste; heilt Wundbrand

Yaza – Baum mit silbrigen Blättern

Nraurn

Hnyn-Qe – Kajlyn-Guas Dienerin

Kajlyn-Gua – Königin der Bahak-Nraurn aus dem Norden

Kala-Qua – Königin nach Mequa-Te

Kugaj – junger Bahak-Krieger

Nesyn – Bahak-Krieger, neuer Feldherr Kajlyn-Guas

Mequa-Te – Gründungskönigin der Nraurn

Menyn-Te – junge Nraurn-Kriegerin, Mnek, von Quinda-Na ermordet

Quinda-Na – Nraurn-Feldherrin aus dem Norden, Bahak

Qyon – verkrüppelter Nraur, Wächter der Bemalten Schlucht

Rysen-Ne – alte Königin der Mnek, verstorben

Syne-Ne – junge Bahak-Kriegerin, Geliebte von Nesyn

Vysek – ehemaliger Marschall von Quinda-Na, von Jemren getötet

Yagu-Ya – Königin nach Kala-Qua

Begriffe der Nraurn

Bemalte Schlucht – Kultort der Nraurn mit Felszeichnungen; Grabmal der ersten *Nraur-a-Khae*

ehnun – bringen, halten, übertragen

guyen – Krieger, Kriegerin

kert – großes Rundzelt

nkemen – geschliffene Metallspiralen an den Nraurnhörnern, Hörnerklingen

Nouk – Kreuzung aus Pferd und Ziege; großes, gehörntes Reittier der Nraurn

Nraur-a-Khae – Königin aller Nraurnvölker; mythische Figur

qerrhun – schenken, überlassen, verausgaben

rak – Kupfer, Blut, Handelsgut, Kostbarkeit

yu – groß, viel, vollzählig; auch Zahlwort

Nraurnvölker: Arrak, Bahak, Ehnek, Gemnen, Hnak, Kerrek, Mnek, Oqun

Götter des Südens/Feenvolk

Amatha – Göttin des Getreides, des Sommers und der Sonne; Symbol: Rad aus Ähren

Anrynan – Göttin der Quelle, der Gewässer und der Heilkunst; Symbol: Krug

Antiles – Gott des Todes, der Schwarze Gott, Gott der Tausend Gesichter, Herr der Dunkelheit; heilige Tiere: Koron (Aasvogel), Schakal

Aoru – Herr über die Neun Winde

Celessedra – Göttin der Sterne und der Nacht, der vergehenden Zeit

Cenlana – Göttin des Mondes und des Wassers

Elrel – Gott der Altersweisheit und der Geduld

Jaruk – gehörnter Gott der Ziegen

Kerron – der Jäger, Gott der Jagd und des Wilds; heiliges Tier: Hund

Lillia – Kindgöttin, das Eine Kind; verkörpert den Ursprung der Welt

Nemnos – Gott der Bronze, des Mutes und der Freundschaft; Symbol: ausgestreckte Hand

Narduk – Gott des Krieges; Symbol: Schild und Speer; heiliges Tier: Falke

Xynope – Göttin des Feuers; Symbol: Flammenzunge

Zesake – Gott des Geldes und der Händler; Symbol: Münze

Begriffe des Feenvolks

Edú – Brettspiel, Spiel der Götter, Spiel des Wandels

Scyé – der Wächter

Scyéyan – der Erhabene, der Ehrwürdige, Vater des »Wächters«

Sgú – Weg

Xyx – Feuergeister

Yhv – Windgeister

Ylda – Wald

Yku – Erdgeister

Ysh – Wassergeister

Ykun – Stein

Orte

Ájeri – »die Kleine«, Süden, zwei Türme, kleine Stadt im Süden

Altéru – unzugängliches Hochgebirge im Osten der Insel

Anáxi – die »Stolze«, historische Stadt, einst Zentrum des Südens, Ausgangspunkt der Langen Kriege und seit deren Ende Ruinenstätte

Aránno – kleine Stadt im Norden, an der Mündung des Flusses Nárdas gelegen

Caláxi – die »Freundliche«, auch: die Rote Stadt, Süden, Heimat von Gorun und Amra; vier Türme, graue Pferde

Corredános – Weißer Fluss aus dem Altéru, Süden

Cuétos – die »Prächtige«, Süden, liegt am See Jarú; drei Türme, gefleckte Pferde

Defágos – die »Kühne«, Süden; sieben Türme, schwarze Pferde

Ebene von Fésos – Süden, historisches Schlachtfeld

Felsgärten von Néhraja – steile Felsnadeln im Meer auf der Ostseite der Insel; gefährliche Strömungen

Geristáni – die »Glänzende«; zwei Türme, weiße Pferde

Góloni – Stadt am Scyé, Norden

Jarú – See im Süden, berühmt für sein fruchtbares Umland

Kílmini – die »Wachsame«, Süden; drei Türme, kupferfarbene Pferde

Mandóxi – die »Weitblickende«; vier Türme, silberne Pferde

Martáxi – die »Reiche«, Süden; drei Türme, lavafarbene Pferde

Millássan/Millássu – Doppelstadt, Süden; je drei Türme, sandfarbene Pferde

Minéa – Küstenstadt im Norden

Mrauréssi – die »Befestigte«, Süden; rote Pferde, gewaltige Maueranlage

Nárdas – Fluss, entspringt im Altéru, Verzweigung des Corredános; Grenze zwischen den Trockenen Hügeln und dem Norden

Noárta – die »Südliche«, Heimat von Piros; fünf Türme, windfarbene Pferde

Saréxi – Tafelberg in der Ebene nördlich von Caláxi

Scyé – der »Wächter«; tiefe Lavaschlucht, Grenze zwischen dem Norden und Süden; gegen Ende der Langen Kriege durch Ausbruch des Vulkans Scyéyan entstanden

Scyéyan – der »Erhabene«, der »Ehrwürdige«; aktiver Vulkan im Grenzgebiet zwischen dem Norden, dem Süden und den Trockenen Hügeln

Taláxi – die »Offene«, liegt an wichtiger Handelsroute des Südens

Tássran – östlichste Stadt des Nordens

Thárraxi – die »Hoffnungsvolle«, später umgedeutet in: die »Erbitterte«; zweieinhalb Türme, älteste Stadt des Nordens

Tegaréssos – ursprünglich: die »Windige«, nach der Zerstörung: die »Verfluchte«, Norden; ein Turm, Heimat von Jemren

Tenéxi – die »Aufrechte«, Süden, in der Nähe des Scyé; ausdauernde braune Pferde

Trockene Hügel – Steppe/ Wüste, Rückzugsgebiet der Nraurn

Vier Isžj – die »vier Riesen« oder: die »vier Geister«, Inselgruppe im Nordosten auf der Höhe von Thárraxi

Vreréssi – die »Verborgene«, Festung in den Bergen, Süden; drei Türme, zähe Bergpferde

Xórostrai – der »Silberne«, Norden, See am Rand des Scyé

Abweichende Schreibweisen zwischen dem Norden und dem Süden

NORDEN (alte Schreibweise/ Aussprache)	SÜDEN (neuere Schreibweise/ Aussprache)	BEDEUTUNG
Calacži	Caláxi	die Rote
Cžorostrai	Xórostrai	der Silberne
Isžj	Ishj	Riese/Geist
Naszan	*Nashan*	Hohepriesterin
Tharracži	Thárraxi	die Hoffnungs-volle

Sterne und Sternbilder

»Hase«

»Jäger«

»Krug«

»Rad des Sommers«

»Rad des Winters«

»Schild und Speer«

»Tor«/»Schlange im Tor«

die »Vier Riesen«

Ystras – »Nabel«, Fixstern, markiert südlichen Himmel

PIPER

Monika Felten

Die Schattenweberin

Dritter Roman der Trilogie »Das Erbe der Runen«.
464 Seiten. Gebunden

Wer das Träumen noch nicht verlernt hat, wird dem grandiosen Finale der Saga um das Erbe der Runen entgegenfiebern. Die junge Heldin Ajana – längst erklärter Liebling Tausender Fans – nimmt schweren Herzens Abschied von ihrem Liebsten, dem geheimnisvollen Falkner Keelin. An der Seite ihrer Gefährten begibt sie sich auf die beschwerliche Reise zum fernen Weltentor. Unweigerlich führt sie der Weg durch die karge Wüste Andauriens. Dort herrschen die Schergen des Dunklen Gottes – allen voran Vhara, die mordlüsterne Feuerpriesterin. Noch ahnt Ajana nicht, daß die Gefahren, die überall drohen, erst der Auftakt für die letzte entscheidende Schlacht der Götter sind.

»Monika Felten komponiert hervorragend und fesselt mit raffinierter Dramaturgie wie auch mit den spannend entworfenen Charakteren und Bildern.«
Rheinische Post

01/1586/01/L

PIPER

Lisa Tuttle

Das geheime Land

Phantastischer Thriller. Aus dem Amerikanischen von Jürgen Langowski. 400 Seiten. Gebunden

Seit Jahrhunderten verschwinden Menschen von einem Tag auf den anderen, ohne je wieder aufzutauchen. Privatdetektiv Ian Kennedy hat sich auf diese unheimlichen Fälle spezialisiert. Auch sein Vater ist einst verschwunden. Dieses traumatische Erlebnis holt den Detektiv ein, als die junge Peri als vermißt gemeldet wird. Ian ermittelt, und bald macht er eine Entdeckung, die gefährlicher ist, als er ahnen kann: Neben unserer Welt existiert ein geheimes Land der keltischen Mythen und Legenden, das durch Tore mit der Gegenwart verbunden ist. Dort regiert ein unberechenbarer Gegner. Um Peri zu retten, muß Ian den Schritt in das magische Reich wagen …
Nach ihrem großen Erfolg »Sturm über Windhaven«, den sie zusammen mit George R. R. Martin schrieb, ist dies Lisa Tuttles lang erwarteter neuer Fantasy-Roman: ein glänzend geschriebener Thriller voller bestechender Charaktere, die einen nicht mehr loslassen.

01/1587/01/R

Insel der Stürme
Aránno
Tássran
Nárdas
Tegaréssos
Golóni
Thárraxi
Minéa
See Xórostrai
Scyé
Vulkan Scyéyan
Saréxi
Die Trockenen Hügel
Tenéxi
Caláxi
Altéru
Gärten von Néhraja
Geristáni
Corredános
Defágos
Kílmini
Ebene von Fesos
Martáxi
Historische Lage von Anáxi
Mandóxi
Cuétos
Mrauréssi
See Jaru
Taláxi
Zwillingsstädte
Millássan
Millássu
Vreréssi
Ájeri
Noárta